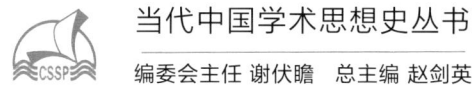

当代中国学术思想史丛书

编委会主任 谢伏瞻　总主编 赵剑英

当代中国现代文学研究

Contemporary Studies of
Modern Chinese Literature

(1949-2019)

邵宁宁　郭国昌　孙强　著

中国社会科学出版社

图书在版编目(CIP)数据

当代中国现代文学研究：1949—2019 / 邵宁宁等著 . —北京：中国社会科学出版社，2019.12

（当代中国学术思想史丛书）

ISBN 978 – 7 – 5203 – 5392 – 2

Ⅰ.①当… Ⅱ.①邵… Ⅲ.①中国文学—现代文学—文学研究 Ⅳ.①I206.6

中国版本图书馆 CIP 数据核字（2019）第 226307 号

出 版 人	赵剑英
责任编辑	陈肖静
责任校对	韩海超
责任印制	戴 宽

出 版	中国社会科学出版社
社 址	北京鼓楼西大街甲 158 号
邮 编	100720
网 址	http://www.csspw.cn
发 行 部	010 – 84083685
门 市 部	010 – 84029450
经 销	新华书店及其他书店
印刷装订	北京君升印刷有限公司
版 次	2019 年 12 月第 1 版
印 次	2019 年 12 月第 1 次印刷
开 本	710×1000 1/16
印 张	37.25
字 数	573 千字
定 价	208.00 元

凡购买中国社会科学出版社图书，如有质量问题请与本社营销中心联系调换
电话：010 – 84083683
版权所有　侵权必究

当代中国学术思想史丛书
编辑委员会

主　任　谢伏瞻

副主任　蔡　昉　高　翔　高培勇　姜　辉　赵　奇

编　委　（按姓氏笔画为序）
　　　　　卜宪群　马　援　王延中　王建朗　王　巍
　　　　　邢广程　刘丹青　刘跃进　李　扬　李国强
　　　　　李培林　李景源　汪朝光　张宇燕　张海鹏
　　　　　陈众议　陈星灿　陈　甦　卓新平　周　弘
　　　　　房　宁　赵　奇　赵剑英　郝时远　姜　辉
　　　　　夏春涛　高培勇　高　翔　黄群慧　彭　卫
　　　　　朝戈金　景天魁　谢伏瞻　蔡　昉　魏长宝

总主编　赵剑英

书写当代中国学术史,加快构建中国特色哲学社会科学

谢伏瞻*

在中华人民共和国成立70周年之际,中国社会科学出版社修订出版《当代中国学术思想史丛书》(以下简称《丛书》),对于推动我国当代学术史研究,加快构建中国特色哲学社会科学学科体系、学术体系、话语体系具有重要的意义。

党的十八大以来,以习近平同志为核心的党中央高度重视哲学社会科学。2016年5月17日,习近平总书记主持召开哲学社会科学工作座谈会并发表重要讲话,明确提出加快构建中国特色哲学社会科学学科体系、学术体系、话语体系的重大论断和战略任务。这是一个极为重要的战略考量,关系我国哲学社会科学的长远发展,关系中国特色社会主义事业发展全局,是重大的学术任务,更是重大的政治任务。广大哲学社会科学工作者要以高度的政治自觉和学术自觉,以强烈的责任感、紧迫感和担当精神,在加快构建中国特色哲学社会科学"三大体系"上有过硬的举

---

* 谢伏瞻:中国社会科学院院长、党组书记。

措、实质性进展和更大作为。《丛书》即为加快构建中国特色哲学社会科学"三大体系"的具体措施之一。

　　研究学术思想史是我国的优良传统之一。学术思想历来被视为探寻思想变革、社会走向的风向标。正如梁启超在《论中国学术思想变迁之大势》中所言，"学术思想与历史上之大势，其关系常密切。""学术思想之在一国，犹人之有精神也；而政事、法律、风俗，及历史上种种之现象，则其形质也。故欲觇其国文野强弱之程度如何，必于学术思想焉求之。"我国古代研究学术思想史注重"融合""会通"，对学术辨识与提炼能力有特殊要求，是专家之学，在这方面有大成就者如刘向、刘歆、朱熹、黄宗羲等皆为硕学通儒。近代以来，随着"西学东渐"，我国哲学社会科学各学科逐渐发展起来，学术思想史研究亦以梁启超的《中国近三百年学术史》为发轫，以章炳麟、钱穆等为代表的一批学者用现代学术视角"辨章学术、考镜源流"，开始将学术思想史研究与近现代哲学社会科学发展结合起来，形成了不少有影响的名品佳作。新中国成立以后，在马克思主义指导下，我国哲学社会科学不断发展，特别是改革开放以来，哲学社会科学的地位更加凸显，在研究工作的广度和深度上不断取得新突破。但是，我国当代学术思想史研究没有跟上哲学社会科学发展的步伐，呈现出"有数量缺质量、有专家缺大师"的状况，有分量的研究成果寥若晨星，公认的学术思想史大家屈指可数。新时代，我国哲学社会科学地位更加重要、任务更加繁重，有组织、有计划地开展学术思想史研究和出版工作，系统梳理我国当代哲学社会科学各学科学术思想的发展脉络，总结各学科积累的优秀成果，既是对学术研究传统的继承和发扬，弥补当代学术思想史研究的不足，也将在中国特色哲学社会科学"三大体系"建设中发挥独特而重要的作用。

中国社会科学院是党中央直接领导的哲学社会科学研究机构，在加快构建哲学社会科学"三大体系"建设中发挥着主力军作用。早在建院之初的1978年，胡乔木同志主持的《1978—1985年全国哲学社会科学发展规划纲要（初稿）》就提出了研究"中国经济思想史""中国政治思想史""中国教育思想史""中国伦理思想史"等近10种"学术思想史"的规划。"当代中国学术思想史"丛书初版于2009年，在新中国成立70周年之际，予以修订再版，充分体现出我院作为"国家队"的担当。《丛书》以新中国成立以来学术思想史演进中的脉络梳理与关键问题分析为主要内容，集中展现在中国共产党坚强领导下，创建、发展和繁荣哲学社会科学各学科学术思想史的历程，突出反映70年来哲学社会科学各领域的成就与经验，资辅当代、存鉴后人，具有较强的学术示范意义。

学术思想史研究为哲学社会科学学科体系建设提供了有力的支撑。学科体系是加快构建中国特色哲学社会科学的根本依托。经过几十年的发展，我国哲学社会科学已拥有20多个一级学科、400多个二级学科，学科体系已基本确立，但还不健全、不系统、不完善，离习近平总书记提出的基础学科健全扎实、重点学科优势突出、新兴学科和交叉学科创新发展、冷门学科代有传承的要求还有相当大的差距。学科体系建设的前提是对各学科做出科学准确的评估，翔实的学术思想史研究天然具备这一功能。《丛书》以"反映学科最新动态，准确把握学科前沿，引领学科发展方向"为宗旨，系统总结文学、历史学、语言学、美学、宗教学、法学等学科70年的学术发展历程。其中既有对基础学科、重点学科学术思想史的系统梳理，如《当代中国美学研究》《当代中国文艺学研究》等；又有对新兴学科、交叉学科和冷门学科学术思想史的开拓性研究，如《当代中国近代思想史研究》《当代中国边疆研究》《当代中国简帛学研究》等。从学术思想史的角度，系统评价各学科的发展，对于健全学科体系、优化学科布局，加快构建中国特色哲学社会科学学科体系无疑是大有裨益的。

学术思想史研究为哲学社会科学学术创新提供了坚实的基础。学术体系是加快构建中国特色哲学社会科学的核心。主要包括两个方面：一是思想、理念、原理、观点、理论、学说、知识、学术等；二是研究方法、材料和工具等。习近平总书记指出，理论的生命力在于创新。只有不断推进知识创新、理论创新、方法创新，才能着力打造"原版""新版"的哲学社会科学。学术创新是有前提的，正如总书记所深刻指出的，理论思维的起点决定着理论创新的结果，理论创新只能从问题开始。从某种意义上说，学术创新离不开学术思想史研究，只有通过坚实的学术思想史研究，把握学术演进的脉络、传统、流变，才能够提出新问题、新思想，形成新的学术方向，这是《丛书》为哲学社会科学学术创新作出的贡献之一。学术思想史的研究内容、研究方法、材料与工具自成体系，具有构建学术体系的各项特征。《丛书》通过对学术思想史研究的创新，为哲学社会科学学术创新提供了有益的尝试。

一是观点创新。中华人民共和国成立以来，随着马克思主义在哲学社会科学领域指导地位的确立，我国思想界发生了大规模、深层次的学术变革，70年间中国学术已经形成了崭新格局。《丛书》紧扣"当代中国"这一主题，突破"当代人不写当代史"的思想束缚，独辟蹊径、勇于探索，聚焦中国特色哲学社会科学的发展道路、马克思主义指导下的中国学术发展、中国传统学术继承和外来学术思想借鉴，民族复兴在学术思想史上的反映等问题，从而产生一系列的观点创新。

二是研究范式创新。一个时代的主流思想和历史叙事，是由反映那个时代的精神的一系列概念和逻辑构成的。当代中国学术的源流、变化与当代中国政治、经济、文化、社会的变革密切相关。《丛书》把研究中国特色学术道路的起点、进程与方向作为自觉意识，贯穿于全丛书，注重学术思想史与中国学术道路的密切联系、学理化研究与中国现实问题的密切联系、个别问题研究与学术整体格局的密切联系、研究当代中国与启示中国未来的密切联系，开拓了学术诠释中国道路的新范式。

三是体例创新。《丛书》将专题形式和编年形式相互补充与融合，充分体现了学术创新的开放性，为开创学术思想史书写新范式探路。对于当代学术思想史研究，创新之路刚刚开始，随着《丛书》种类的增多，创新学术思想史研究的思路还会更多，更深入。

学术思想史研究为构建哲学社会科学话语体系提供了广阔的平台。话语体系是学术体系的反映、表达和传播方式，是有特定思想指向和价值取向的语言系统，是构成学科体系之网的纽结。习近平总书记指出，在解读中国实践、构建中国理论上，我们应该最有发言权。这就要求我们在构建话语体系时，要坚持中国立场、注重中国特色，用中国理论阐释中国实践，用中国实践升华中国理论，更加鲜明地展现中国思想，更加响亮地提出中国主张。要主动设置议题，勇于参与世界范围的"百家争鸣"。《丛书》定位于对当代中国学术思想的独家诠释，内容是原汁原味的中国学术，具有学术"走出去"、参与国际学术对话、扩大我国学术思想影响力、增强中华文化软实力的条件。《丛书》通过生动的叙述风格传播中国学术、中国文化，全面、集中、系统地反映我国当代学术的建构过程，让世界认识"学术中的中国""理论中的中国""哲学社会科学中的中国"。习近平总书记强调，把中国实践总结好，就有更强的能力为解决世界性问题提供思路和办法。《丛书》通过对当代中国学术思想史的描绘，让世界了解中国特色的学术发展之路，进而了解中国特色社会主义文化和中国特色社会主义道路。《丛书》中的《当代中国法学研究》《当代中国宗教学研究》《当代中国近代史研究》《当代中国近代社会史研究》等已经翻译成英文、德文等多种语言，分别在有关国家出版发行，为当代中国学术思想的国际化传播开拓了新路。

目前，《丛书》完成了出版计划的一部分，未来要继续作好《丛书》出版工作。关键是要坚持正确的政治方向、学术导向和价值取向。要提高政治站位，增强"四个意识"，坚定"四个自信"，做到"两个维护"，在思想上政治上行动上同以习近平同志为核心的党中央保持高度一致。要坚持马克思主义的指导地位，特别是用习近平新时代中国特色社会主义思想指导学术思想史研究和出版工作。要落实意识形态工作责任制，做到守土有责、守土负责、守土尽责。作好《丛书》出版工作必须坚持以质量为生命线。在任何时候都要坚持质量第一的方针，坚持"宁缺毋滥"的原则，多出精品力作。要把社会效益放在首位，实现社会效益和经济效益相统一。要严格遵守学术规范，秉承认真负责的治学态度，严肃对待学术研究，潜心研究，讲究学术诚信，拿出高质量的学术成果。

当今世界处于百年未有之大变局，中国特色社会主义进入新时代，这都对哲学社会科学提出了更高的要求，广大哲学社会科学工作者要积极响应习近平总书记和党中央号召，以习近平新时代中国特色社会主义思想为指导，努力提高政治站位，增强思想自觉，敢于担当，奋发有为，繁荣中国学术，发展中国理论，传播中国思想，加快构建中国特色哲学社会科学"三大体系"，为实现"两个一百年"奋斗目标，实现中华民族伟大复兴的中国梦作出应有的贡献。

是为序。

2019 年 10 月

目　录

引言 ………………………………………………………………（1）

第一章　中国现代文学研究学科体系的建立（1949—1978）………（1）
　　第一节　革命文艺秩序中的现代文学研究 ……………………（1）
　　第二节　现代文学研究的革命史范式 …………………………（9）
　　第三节　另一种立场与视野
　　　　　　——同期台、港、海外现代文学研究 …………………（26）

第二章　中国现代文学研究学科体系的重建（1979—1993）………（36）
　　第一节　革命文艺秩序的恢复与学科体系的重建 ……………（36）
　　第二节　中国现代文学史研究的现代化范式 …………………（48）
　　第三节　研究领域的拓宽与现代文学研究的新格局 …………（63）

第三章　中国现代文学研究学科体系的调整（1994—2009）………（78）
　　第一节　现代文学研究的收获期 ………………………………（78）
　　第二节　现代文学研究的后现代、后革命、后殖民视角 ………（91）
　　第三节　一些新的视域与问题 …………………………………（106）

第四章　中国现代文学研究学科体系的拓展（2010—2019）………（125）
　　第一节　现代文学研究的全球化时代与中国性追求 ……………（125）

第二节　发生学兴趣的高涨与影响研究的深化 …………… (140)
　　第三节　文献学进展与学术史反思 ………………………… (157)

第五章　文学思潮与社团流派研究（上） …………………… (176)
　　第一节　"五四"新文化运动及新文学运动初期社团流派研究 …… (176)
　　第二节　"左联"及30年代革命文艺研究 ………………… (201)
　　第三节　"讲话"及延安文艺思潮研究 …………………… (220)

第六章　文学思潮与社团流派研究（下） …………………… (240)
　　第一节　中国现代自由主义文学思潮研究 ………………… (240)
　　第二节　抗战及战后文艺思潮研究 ………………………… (256)
　　第三节　晚清文学的"现代性"问题研究 ………………… (274)

第七章　重要作家研究（上） ………………………………… (292)
　　第一节　鲁迅研究 …………………………………………… (292)
　　第二节　郭沫若研究 ………………………………………… (318)
　　第三节　茅盾研究 …………………………………………… (336)
　　第四节　巴金研究 …………………………………………… (357)
　　第五节　老舍研究 …………………………………………… (370)

第八章　重要作家研究（下） ………………………………… (388)
　　第一节　周作人研究 ………………………………………… (388)
　　第二节　沈从文研究 ………………………………………… (405)
　　第三节　张爱玲研究 ………………………………………… (419)
　　第四节　赵树理研究 ………………………………………… (431)

第九章　文体研究（上） ……………………………………… (444)
　　第一节　小说研究 …………………………………………… (444)
　　第二节　散文研究 …………………………………………… (489)

第十章　文体研究(下) ······················(512)
　　第一节　诗歌研究 ····························(512)
　　第二节　戏剧研究 ····························(543)

参考文献 ······································(576)

后记 ··(578)

引　言

　　中国现代文学研究是一门以中国文学的现代进程为研究对象的学科，有关它的学科性质和研究范围的认识，本身就构成了一个学术问题。一般来说，较早使用的"现代文学"概念，大体相当于"新文学"。80年代之后，随着"20世纪中国文学""新文学整体观"等一系列新观点的提出和持续至今的文学史"重写"，有关认识的内涵及研究范围逐步扩大。首先是从时间上向上将一部分原称"近代文学"的内容纳入了自己的研究范围；其次是向下朝"当代文学"开放了学科边界；再次是逐步突破"新文学"界限，尝试将所有发生在这一时段内的文学现象囊括进来。现代文学研究范围的变化，也反映着有关它的性质认识的变化。最初以"新文学"为对象的"现代文学"，对自身学科性质的认定有着较浓厚的意识形态色彩；越到后来，它的范围越大，对中国文学现代性的认识越具有包容性，概念的时间划定意义愈加突出。考虑到这一学科目前的发展现状，本书对当代中国现代文学学科研究的论述，在力求全面呈现学科内涵学科建构本身的历史发展的同时，对具体研究成果的介绍，仍将限于狭义的"现代文学"，集中展示新中国成立70年这一学科领域所取得的成就和所面对的问题。

　　中国现代文学研究学科的构建，经历了一个复杂的历史过程。根据不同时期研究展开的生活背景及研究者自身身份定位，以及现代文学研究有关学科对象、研究范围、研究方法等问题认识的不同特点，我们将新中国成立以来70年间的这一学科历史，大体分作四个阶段：从1949年至1978

年，为第一阶段，大体可称为学科的初创期或构建期；从1977年至1993年，为第二阶段，大体可称作学科的恢复期或重建期；从1994年至2009年，为第三阶段，大体可称为学科的成熟期或调整期；2010年至今，为第四阶段，大体可称为学科的拓展期。

第 一 章

中国现代文学研究学科体系的建立
（1949—1978）

1949年10月中华人民共和国的成立，将中国历史带入了一个新纪元，同时，也将中国现代文学研究带入了一个与国家意识形态建构关系紧密的历史时期。受社会环境与时代思潮的影响，这一时期的现代文学研究，始终与当时的文艺与政治运动密切相关，研究的内容、重心，在不同时段有所不同，但其中始终贯穿的，是对现代文学革命史性质的强调，研究取得的成就和它面临的困难和迷误，同样令人反思。

第一节 革命文艺秩序中的现代文学研究

自从有了中国现代文学，就有了现代文学研究。宽泛意义上的中国现代文学研究，是与现代文学本身的发展并行的。文学革命的发生、发展本身，就包含了对"新文学"性质、内涵、特点的探求、检讨和批判，而其后所有的文学批评活动，也都可以看作是一种广义的现代文学研究；现代文学发展中每一个有见地的批评家，事实上也都可以看作是现代文学的研究者。但较严格意义上的现代文学研究，却还得从研究者开始具备较为自觉的反思意识，并尝试以史家身份，总结、梳理现代文学发展所涉及的一切算起。按一般的看法，有关现代文学的较具学术意义的研究，其上端甚至可追溯至新文学运动初期一些人的撰述，如罗家伦1920年9月于《新潮》2卷5号发表的《近代中国文学思想的变迁》，胡适1922年为上海《申报》50周年纪念特刊撰写的《五十年来中国之文学》等①。这些新文学发动者们的夫子自道，如今已被理所当然地看成了中国现代文学研究的滥觞。而在其之后，从20世纪20—40年代，也不断有各式各样的现代文学研究论著次第登场，除了一般的批评研究文字，仅仅是专门讨论这一领域问题的文学史，也早已陆续产生出相当一批，其中如谭正璧《中国文学史大纲》②，赵景深《中国文学小史》③，陈子展《中国近代文学之变迁》④、《最近三十年中国文学史》⑤，向培良《中国戏剧概评》⑥，草川未雨《中国新诗坛的昨日今日和明日》⑦，周作人《中国新文学的源流》⑧，王哲甫《中国新文学运动史》⑨，钱基博《现代中国文学史》⑩，伍启元《中国新文化运动概观》⑪，王丰园《中国新文学运动史》⑫，霍衣仙《最近二十年文学史纲》⑬，吴文祺《新文学概要》⑭，李何林《近二十年文艺思潮论》⑮，李一鸣《中国新文学史讲话》⑯，任访秋《中国现代文学史》（上卷）⑰，冯雪峰《论民主革命的文艺运动》⑱，蓝海（田仲济）《中

---

① 参黄修己、刘卫国《中国现代文学研究史》，广东人民出版社2008年版；黄修己《中国新文学史编纂史》，北京大学出版社1995年版。
② 谭正璧：《中国文学史大纲》，泰东图书局1924年版。
③ 赵景深：《中国文学小史》，大光书局1926年版。
④ 陈子展：《中国近代文学之变迁》，中华书局1929年版。
⑤ 陈子展：《最近三十年中国文学史》，太平洋书店1930年版。
⑥ 向培良：《中国戏剧概评》，上海泰东书局1928年版。
⑦ 草川未雨：《中国新诗坛的昨日今日和明日》，北平海音书局1929年版。
⑧ 周作人：《中国新文学的源流》，北平人文书店1932年版。
⑨ 王哲甫：《中国新文学运动史》，杰成书店1933年版。
⑩ 钱基博：《现代中国文学史》，上海世界书局1933年版。
⑪ 伍启元：《中国新文化运动概观》，上海现代书局1934年版。
⑫ 王丰园：《中国新文学运动史》，新学社1935年版。
⑬ 霍衣仙：《最近二十年文学史纲》，北新书局1936年版。
⑭ 吴文祺：《新文学概要》，中国文化服务社1936年版。
⑮ 李何林：《近二十年文艺思潮论》，重庆生活书店1939年版。
⑯ 李一鸣：《中国新文学史讲话》，世界书局1943年版。
⑰ 任访秋：《中国现代文学史》（上卷），河南南阳前锋报社1944年版。
⑱ 冯雪峰：《论民主革命的文艺运动》，上海作家书屋1946年版。

国抗战文艺史》①，以及朱自清1929年在清华大学、周扬1939年在延安鲁迅艺术学院的讲稿等，都是如今常被人提及的重要著作。而特别令人看重的，还有1935年至1936年由赵家璧主持的良友版《中国新文学大系》出版时，邀集蔡元培、胡适、鲁迅、朱自清、郑振铎、阿英等所做的那些编集、总结、阐释工作。这一切当然都从观念、视野、方法等不同的方面，对后来的现代文学研究产生了深远的影响。另外，值得特别注意的还有，时近40年代末，参与了中国现代文学运动的各种力量，也都开始从各自不同立场和视角，做出对现代文学运动的面对新的历史转折的总结与思考。从冯雪峰的《论民主革命的文艺运动》到朱光潜的《现代中国文学》②，无论是左翼，还是自由主义，都从各自的认识出发，提出了不同的现代文学认识纲要的雏形。而更为重要的，还有邵荃麟、胡绳、林默涵等中共知识分子在香港通过创办《大众文艺丛刊》展开的文艺批判，这一切，均可谓为1949年以后的现代文学研究奠定了重要的基础。

然而，即使如此，从整体上看1949年之前的现代文学研究，仍然未能形成一个比较严格的学科体系。这一方面是由于现代文学在整个国家的文化教育体系中的位置还有待确定，研究者对这一学科性质、内容、特点、范围的认识还比较随意；另一方面也因为研究工作整体上还处于一种自发状态，缺少一支专业化的稳定的研究队伍，研究者的专业身份尚不分明，以及他们因与研究对象之间尚未产生足够的时空距离，而很难将研究对象真正学术化、历史化等复杂的原因。对于这种状况，王瑶在《中国现代文学研究的历史和现状》③一文中曾经有着确切说明："中国现代文学研究是一门年轻的学科。新中国成立前，有关现代文学的论著大多是从当代文学批评的角度进行的作家作品评论，或者是作为中国文学史附庸的最后概述章节，这说明现代文学研究还没有形成一门独立的学科。"

必须承认，作为一个学科的现代文学研究的出现，主要还是1949年以后的事。1949年中华人民共和国的成立，在为中国社会的发展带来了

---

① 蓝海（田仲济）：《中国抗战文艺史》，现代出版社1947年版。
② 朱光潜：《现代中国文学》，《文学杂志》1948年第2卷第8期。
③ 王瑶：《中国现代文学研究的历史和现状》，《华中师范大学学报》1986年第3期。

一种全新的秩序,也为现代文学学科体系的构建,提供了重要的历史机遇。新中国成立初期的一系列文化生活事件和制度安排,包括中华全国文学艺术工作者第一次代表大会的召开及其确立的文艺路线,教育部"高等学校文法两学院各系课程草案"的制定,以及其后次第展开的知识分子思想改造和文艺批判,均从不同的方面对正处于创生期的这一学科产生了深刻的影响。今天回顾这一时期的现代文学研究,也不得不从这些事件和活动说起。

1949年7月2日开始召开的中华全国文学艺术工作者代表大会,通常被看作中国当代文学的开端,事实上,它也是当代中国现代文学研究体系构建的开端。会议对毛泽东文艺思想领导地位的强调,对现代文艺运动史的阐释,以及中国文联、中国作协等组织的成立,标志着中国大陆的文艺生活开始进入一种全新的秩序。1949年之后的现代文学研究从属于这种秩序,也服务于这种秩序。大会的一些重要文献,如周恩来的政治报告,郭沫若的总报告,茅盾、周扬分别代表国统区、解放区所做的报告,不但从新的历史高度对中国现代文学发展做出了新的简要概括,而且很大程度上也为此后现代文学研究的展开提供了决定性的标准与依据,长期规约、影响着其后现代文学研究工作的开展。作为新中国文化建设一环的现代文学研究,正是以这样一种隆重而又颇具政治规定性的方式正式起步。

1950年5月,教育部召集全国高等教育会议,通过了"高等学校文法两学院各系课程草案",其中规定"中国新文学史"是各大学中国语文系的主要课程之一,并且说明其内容是"运用新观点,新方法,讲述自'五四'到现在的中国新文学的发展史,着重在各阶段的文艺思想斗争和其发展状况,以及散文,诗歌,戏剧,小说等著名作家和作品的评述"。这个草案,不但确立了现代文学在高等教育及国家学术体制中的位置,也明确规定了现代文学研究的具体内容、观点、方法及重心所在。而1951年7月发表于《新建设》杂志的由老舍、蔡仪、王瑶、李何林共同起草的《〈中国新文学史〉教学大纲(初稿)》,则是从这一课程的具体内容、基本观点、研究方法、研究重心等方面对之做出的更加具体明确的规定。

从1949年到1956年,中国的国家建设整体上还处于一个过渡的、转型阶段,现代文学研究学科总体上还处于一个比较平稳的建设时期。1951

年 9 月、1953 年 8 月，王瑶著《中国新文学史稿》（上、下册）相继由开明书店出版。作为新中国第一部现代文学史，不论是从其视野，还是研究方法看，都为其后的现代文学研究做出了重要的示范。其后，从 1952 年到 1956 年，相继又有蔡仪《中国新文学史讲话》①，丁易《中国现代文学史略》②，张毕来《新文学史纲》（第一卷）③，刘绶松《中国新文学史初稿》④ 出版。随着国家意识形态建设对现代文学的特别重视和现代文学教学活动在大学的展开，现代文学研究不断明确自己的研究对象、性质和意义，并逐步形成了一支稳定的学科队伍，初步完成了中国现代文学学科体系的建立。

这一时期的现代文学研究，从根本上受到"新的人民文艺"秩序构建要求的决定，同时也不断受到发生在当时文艺生活现实领域的一些事件，如对电影《武训传》的批判，对胡适、俞平伯《红楼梦》研究的批判，对胡风文艺思想的批判等重大活动的影响，但由于所有的斗争尚在展开之中，就现代文学史的认识而言，一定程度上仍然还存在个人著述的空间，现代文学研究的总体态势，可以说兼有建设性和批判性的特点，而其中前者的意义还略要大于后者。

从 1956 年下半年到 1957 年上半年，中国的思想文化界进入了一个短暂的"百花时代"。1956 年毛泽东提出"双百"方针，给当时整个的社会风气都带来一种比较活跃的态势。作为当代中国最重要的文化资源和意识形态战线的现代文学研究，同样不能不受到它的影响。这首先表现在，文学界及一般舆论开始重新注意一些从前被边缘化的现代作家，一些非主流的新文学作家，如汪静之、饶孟侃、徐玉诺、陈梦家、吴兴华、沈从文、周作人、孙大雨、梁宗岱、杜运燮、郑敏、穆旦、袁可嘉等的文章开始重新出现在刊物上；与之同时，张恨水、陈慎言、张友鸾等通俗文学作家，对"通俗文艺"、章回小说被轻视的现象也提出了意见。针对已经出

---

① 蔡仪：《中国新文学史讲话》，新文艺出版社 1952 年版。
② 丁易：《中国现代文学史略》，作家出版社 1955 年版。
③ 张毕来：《新文学史纲》（第一卷），作家出版社 1955 年版。
④ 刘绶松：《中国新文学史初稿》，作家出版社 1956 年版。

版的一些文学史，也有人提出不同意见，比如汪曾祺在中国作家协会召开的座谈会上，就说："写文学史是个复杂的工作，已出版的几本，都有教条主义，往往以作家的政治身份来估价作品"，并明确举出沈从文的例子，认为"对沈从文先生的估价是不足的"，蹇先艾也在一篇文章中不点名地提到了沈从文的现实遭遇以及对他的评价问题。①

1956年8月，李何林的《关于中国现代文学》一书由新文艺出版社出版，随后发表的一些评论文章，除肯定性的意见外，也提出了一些不同的看法。譬如许杰在有关文章中就指出，作者说"胡适在'五四'时代提出改良主义的文学主张，以和文学革命相对抗"，是"不完全合于历史事实的"②。认为有关胡适的评价，应在坚持总体否定的前提下，适度肯定其历史进步意义。余敦康的《评李何林的"关于中国现代文学"》一文更明确提出："应该以现代文学史对象问题的研究来代替新文学性质问题的研究。"③ 该文篇幅虽然不长，现在看来，却是这一时代最有理论意义的现代文学观念反思文字。针对当时有关新文学性质的不同看法，他首先指出，这些看法"虽然分歧很大，但有一个共同的倾向，即把五四以来的新文学看作某种单一的、独流的整体，企图把它们都归结到一个统一的大帽子下来。或者是新民主主义的文学，或者是社会主义的文学；或者是批判现实主义的文学，或者是社会主义现实主义的文学。在这种非此即彼的逻辑推理下，无论得出怎样的结论来，都是和实际情况不相符合的。"文章论析的直接对象是李何林的论著，实际批评的却是当时流行的现代文学研究观念及方法。与此相联系，文章还辨析了"新文学"与"现代文学"概念的历史关系问题，认为"李何林提出的两个基本论点：社会主义现实主义是'五四'以来文学的基本方向与主流，'五四'时代的新文学作品中已有了社会主义现实主义的萌芽；'新文学中社会主义现实主义的成长主要的也就是马克思主义及其文艺思想的成长'。这两个论点不是分析历史的具体过程得来，也没有做任何理论上的阐明，而是事先就规定

---

① 洪子诚：《1956：百花时代》，山东教育出版社1998年版，第32—45页。
② 许杰：《李柯林："关于中国现代文学"》，《学术月刊》1957年第1期。
③ 余敦康：《评李何林的"关于中国现代文学"》，《文艺学习》1957年第8期。

好的。既然结论已经有了，那么剩下来的问题就只是用它们来解释新文学史上的一些复杂问题了。"可以说，这样的批评，的确抓住了共和国前期整个现代文学研究中的一种无法否认的矛盾，其所提出的"应该以现代文学史对象问题的研究来代替新文学性质问题的研究"的观点，在当时的确具有比较超前的意义。遗憾的是，随着"反右"的到来，不但作者自己被划成了右派，他所提出的这一颇具前瞻性的观点，不仅在当时，即便在后来也未能引起任何的重视。

到"反右"之后，曾在现代文学研究领域崭露头角的思想活跃态势，很快为当时的运动及大跃进后期对修正主义文艺思想的批判所打破。50年代后期的现代文学研究领域，除了观点更趋革命化，文学史的撰著方式也出现了鲜明的变化。这就是特别突出了集体写作的意义，有意识地组织安排学生或青年教师编写新的文学史。像上海文艺出版社1959、1960年出版的复旦大学中文系1957级文学组集体编著的《中国现代文学史》《中国现代文艺思想斗争史》，吉林人民出版社1962年出版的吉林大学中文系中国现代文学史教材编写组的《中国现代文学史》，内蒙古人民出版社1960年出版的内蒙古大学语文系的《内蒙古自治区文学史》等，都是这一风气下的产物。除了高度革命化之外，这些著作在叙事上，大都采用"我们"的口吻，特别突出了革命文艺的集体认同。而这一切，就成为60年代初唐弢《中国现代文学史》编写的序曲或前奏。

60年代初期唐弢本《中国现代文学史》的编写，既是对50年代以来现代文学史的一次总结，同时也标志着现代文学研究进入了一个更加强调认识的统一性的新阶段。现在看来，这部书的编写，一定程度上是大学及文学研究机构学术规划、当时的意识形态建设需要及主编者个人追求"合力"的产物。1953年2月成立的北京大学文学研究所，一开始就被设定为一个国家级的文学研究机构，1956年划归中国科学院，作为文学研究的国家队和统筹机关的意识更加明确。据樊骏回忆[①]，"文学研究所一成立，何其芳就把编撰中国文学史列为一项主要的科研任务"，到1960年前后，成立了"文学史编委会"，成员有何其芳、毛星、唐棣华、唐弢、

[①] 樊骏：《编撰〈中国现代文学史〉的若干背景材料》，《新文学史料》2003年第2期。

贾芝、蔡仪、余冠英等。1960年1月，中宣部召开了"加强理论批评工作会议"，还专门做出了由文学所负责编写一部中国现代文学史的决定。这一切表明，"这个项目从一开始就不同于一般的研究课题，具有更多的政治色彩和更高的规格"。而就写作方式来说，它的完成，也更突出了集体编写的性质。据樊骏回忆，文学所的"现代文学史的编写工作并没有立即上马"，除了"让大家分头熟悉文学史材料的同时，唐弢从两个方面着手前期准备工作"，一是通过中宣部从全国多处借调研究人员，二是"为了促使相关人员尽快进入角色，陆续邀请茅盾、夏衍、罗荪、黎澍、思基、陶然、冯其庸等人座谈"。到1961年年初，这项工作又被纳入国家全面铺开的高校文科教材（总数达二百数十种）编写计划。"整个工作由中宣部副部长周扬主持，高教部设有专门机构"，虽然经周扬指定，《中国现代文学史》仍然由唐弢担任主编，但事实上，这已完全打乱了这本书原定的写作计划，而使之更具国家意识形态的统筹规划性质。但即便如此，"1964年夏，上半册的征求意见稿终于赶印出来，却无人理睬而被长期束之高阁"，"文革"爆发后，它还未及正式出版，就被"宣判为毒草了"。"书稿的上半部分因已经印出征求意见稿，得以保存下来；下半部分只有一份手写的初稿，在那些混乱的日子里不知所终"。直到历史进入新时期之后，经过修改和重写，全书才分别于1979年6月、11月和1980年12月出版。

1966年"文化大革命"的爆发，将中国现代文化建设带入了一个剧烈的破坏时期，也将现代文学研究带入一种完全为政治斗争服务的格局。1966年4月，经毛泽东审阅修改的《林彪同志委托江青同志召开的部队文艺工作座谈会纪要》发表，7月，《红旗》杂志重新发表毛泽东《在延安文艺座谈会上的讲话》，并加"按语"点名批判周扬为"顽固地坚持资产阶级、修正主义文艺黑线"的"党内资产阶级代表人物"；同时发表阮铭、阮若英的文章《周扬颠倒历史的一支暗箭——评〈鲁迅全集〉第六卷的一条注释》、穆欣的文章《"国防文学"是王明右倾机会主义的路线》，矛头所向，直指周扬及其所树立的革命文艺传统。以1967年姚文元发表的《评反革命两面派周扬》为标志，经"文革"前十七年种种努力建构而成的革命文艺秩序宣告彻底颠覆，历史以一种出乎意料的方式，将周扬、田汉、夏衍、阳翰笙、林默涵、邵荃麟等与其前被他们打倒的胡风、冯雪峰、丁玲、艾青、秦兆阳,以及更早期的王实味、萧军等一道,以"文艺黑线"的名义进行了新的归并①。

"文革"时期的现代文学研究,深受两条路线斗争思维的影响,一边极力强化毛泽东文艺思想的历史地位,一边突出了对所谓"三十年代文艺"的批判。同时始终围绕鲁迅作文章。鲁迅在特定时期、特定语境下所说的一些话——特别是《答徐懋庸并关于抗日统一战线问题》一文中的话——被刻意歪曲、放大,完全沦为现实政治斗争的工具。同时,他的思想、形象也不断遭受严重的歪曲。1966年《红旗》杂志第14期设了"纪念文化战线上的伟大旗手鲁迅"专栏,发表姚文元、许广平、郭沫若、陈伯达等在纪念鲁迅大会上的发言。在姚文元看来,"纪念鲁迅,首先和主要的,就是按照伟大的毛泽东思想,大大发扬这种大无畏的、彻底的革命精神,敢想、敢说、敢做、敢闯、敢革命,锻炼出一身无产阶级的钢筋铁骨,同以美帝为首的帝国主义、同以苏共领导集团为中心的修正主义、同那些反华大合唱中乱跳乱叫的啦啦队、同国内外的反动势力、同一切牛鬼蛇神战斗到底。"许广平的发言则反复强调:"鲁迅的心,向往着毛主席,跟随着毛主席,我们伟大的领袖毛主席,是鲁迅心中最红最红的红太阳。"而与此同时,其他一些现代作家,则都或被彻底屏蔽出现代文学的视野,或不同程度地蒙受了精神乃至肉体上的批判或伤害,一些现代文学研究者,也面临着十分困窘甚而无法生存的命运。

第二节 现代文学研究的革命史范式

20世纪50—70年代的现代文学研究,有着鲜明的特点:在对现代文学性质的认识上,突出新文学的革命性,不断强化现代文学的无产阶级属性;在内容选择上,突出革命文艺的主流地位,突出共产党对革命文艺的领导和毛泽东思想的指导地位;在结构安排上,突出革命文艺、鲁迅、左

---

① 姚文元:《评反革命两面派周扬》,洪子诚编《中国当代文学史·史料选》下册,长江文艺出版社2002年版,第557页。

翼文学与解放区文学的主线，而将其他文学现象与流派归入批判的对象和斗争的对象；研究旨趣上，强调文学史研究对现实斗争的服务意义；在研究方法上，强调马克思主义社会学与阶级分析方法，对艺术问题的认识受形式内容二分法的影响，强调内容对形式的决定作用，忽视艺术分析；在研究者的自我定位上，突出其革命文艺工作者的属性，突出体现统一意志与国家权威的集体写作，淡化个人研究。

像在现代史的认识中突出中国共产党领导的革命的历史意义一样，努力呈现这一革命对现代文学发展的决定性影响以及它在革命运动中的作用，也成为共和国前三十年现代史写作的中心要旨之一。第一次文代会上茅盾代表国统区文艺界所做的《在反动派压迫下斗争和发展的革命文艺》的报告、周扬代表解放区所做的《新的人民的文艺》的报告，都特别突出了革命文艺，特别是延安文艺，在中国现代文艺运动史上的地位。此后，对革命文艺史的勾勒、阐释，便一直是现代文学研究的最主要使命，也是贯穿于50年代以来现代文学研究的一个最基本的主题。在这样的思想支配下，一部部编写于这一时期的中国现代文学史，事实上也就是一部部革命文艺史。包括王瑶的《中国新文学史稿》、蔡仪的《中国新文学史讲话》、丁易的《中国现代文学史略》、张毕来的《新文学史纲》（第一卷）、刘绶松的《中国新文学史初稿》在内的一批文学史著作，历史叙事的内容、重心和方法虽各有不同，但从革命史的角度出发叙述现代文学的发展历程的基本立场，却始终一致。在看上去颇有分别的内容中，隐含的其实始终是一个共同的东西，那就是对中国共产党领导的新民主主义革命历史地位的不断突出。毛泽东的《新民主主义论》《在延安文艺座谈会上的讲话》始终是这一时期现代文学研究最重要的指导文献与思想纲领。第一次文代会上周恩来、郭沫若、茅盾、周扬等所做的报告，旗帜鲜明地宣告毛泽东文艺思想的领导地位。郭沫若的致辞，明确表示毛泽东《在延安文艺座谈会上的讲话》"一直是普遍而妥当的真理"，并要求"把这一普遍而妥当的真理作为我们今后的文艺运动的总指标"[①]。此后，不论

[①] 郭沫若：《大会开幕词》，《中华全国文学艺术工作者代表大会纪念文集》，新华书店1950年版。

是王瑶、蔡仪、丁易、张毕来、刘绶松，还是别的什么人，所做的一切，无非都是想更突出地体现对这一基本认识的更深入的理解而已。王瑶的《中国新文学史稿》打一开始就尝试以毛泽东的《讲话》为中心构建自己的体系，其后的修订，所做的也不过是不断地向对这一思想体系的新认识靠拢。蔡仪的《中国新文学史讲话》更明确宣称："它不是叙述一般新文学运动的史实，只是考察几个新文学史上的问题；却想通过这几个问题，去认识新文学运动的大致情形，并且进一步去理解毛主席《在延安文艺座谈会上的讲话》是如何英明地把握了新文学运动的主导方向，解决了当时新文学工作中的基本问题，指示了以后新文学发展的必然道路。"①

对现代文学性质的讨论，始终是50—70年代现代文学研究的最重要课题。在为第一次文代会所做的《为建设新中国的人民文艺而奋斗》的总报告里，郭沫若对"五四"以来的新文艺从性质到发展曾做出明确的论述，认为："五四以后的新文化已经不是过时的旧民主主义的文化，而是无产阶级领导的人民大众反帝反封建的新民主主义文化；五四运动以后的新文艺已经不是过时的旧民主主义的文艺，而是无产阶级领导的人民大众反帝反封建的新民主主义文艺。"1951年出版的王瑶《中国新文学史稿》，绪论分"开始""性质""领导思想""阶段"四节，逐次论述作为新文学开端的"五四"文学革命与中国新民主主义革命的关系，新文学运动反帝反封建的新民主主义属性和现实主义特征，无产阶级对它的领导，以及新文学分期等问题。其核心，始终在突出"讲话"的中心意义。强调现代文学发展与现实的革命斗争的联系，是这一时期现代文学研究的突出特点之一。王瑶说中国新文学的历史"是中国新民主主义革命三十年来在文学领域中的斗争和表现"，"必然是中国新民主主义革命史的一部分，是和政治斗争密切结合着的"。丁易说它"是随着革命运动的发展而发展的"，"发展的过程也是就和革命运动逐步地深入结合的过程"。刘绶松则更强调"在任何时代被写下来的历史书籍，都是阶级斗争的产物，都是为某一阶级的经济利益和政治利益服务的"。

现代文学史的这种革命文艺史特点，同样也体现在它的结构方式上。

---

① 蔡仪：《中国新文学史讲话》，新文艺出版社1952年版，第Ⅰ—Ⅱ页。

事实上，从王瑶的著作起，有关现代文学史的分期问题，就一直是这一研究领域经常讨论的主要问题之一。王瑶著《中国新文学史稿》共分四编，分别为：第一编"伟大的开始及发展（1919—1927）"，第二编"左联十年（1928—1937）"，第三编"在民族解放的旗帜下（1937—1942）"，第四编"沿着《讲话》指引的方向（1942—1949）"，仅从标题就可看出其历史认识的根本和叙事重心的选择，均与中国共产党领导的现代革命运动密切相关。丁易的《中国现代文学史略》前四章集中论述现代文艺运动，其标题分别为："五四运动与中国现代革命文艺运动的兴起、发展和斗争以及鲁迅的贡献""左翼文学运动（上）——以鲁迅为旗手的中国左翼作家联盟的活动""左翼文学运动（下）——文艺界抗日民族统一战线及抗战文学的理论""中国文学的工农兵方向——毛泽东同志的《在延安文艺座谈会上的讲话》的发表以及文艺理论的斗争"，除了更加突出鲁迅和毛泽东的贡献，历史认识的基本格局也更加向革命史认识靠拢。而刘绶松的《中国新文学史初稿》分五编——"五四"时期、第一次国内革命战争、第二次国内革命战争、抗日战争、第三次国内革命战争——讲述现代文学的发展，外加附编"旧民主主义革命时期文学"，干脆连表述语言都和《新民主主义论》中有关革命阶段的分期统一起来。不难看出，"五四"、左翼及延安，始终是这一时期现代文学叙事的基本重心，而越到后来，毛泽东的"讲话"越在现代文学发展中趋向唯一的中心地位。按这种观点对新文学传统进行选择和建构的结果，描绘出的自然就是一部从"五四"的文学革命到30年代的革命文学，再到40年代的延安工农兵文学的不断提升、不断纯粹的革命文学史。

按照这种思路，不但现代文学史上的思潮流派的意义估价，要依其与无产阶级革命关系的疏密而定，中国现代文学史中的作家也常常依其与革命的关系被划分为不同的类型。大约从丁易的《中国现代文艺史略》起，现代作家就被不断归入三个意义不同的部分：第一类是所谓革命作家（或无产阶级作家、左翼作家）。除了作为旗手的鲁迅，还包括郭沫若、瞿秋白、李大钊、茅盾、丁玲、赵树理、艾青、蒋光慈、成仿吾、夏衍、田汉、冯雪峰、殷夫、柔石、叶紫、沙汀、艾芜、田间、洪灵菲、张天翼、萧红、臧克家、袁水拍、李季、孙犁、刘白羽、贺敬之、柯仲平等。

其身份认定，一方面依据他们与中国共产党领导的革命的实际关系，另一方面也受其在当代政治生活中地位变化的影响；而其位次安排，同样具有重要的文学评价意义。第二类是所谓进步作家（或民主主义作家、爱国作家），常被列入这一行列的有：叶圣陶、郁达夫、巴金、老舍、曹禺、闻一多、朱自清、郑振铎、冰心、王统照、戴望舒、李健吾等；多数被认为具有不同程度的革命倾向或同情革命，符合党的统一战线政策要求的作家。第三类则是所谓反动作家，除了作为主要批判对象的胡适，常被提及的还有徐志摩、沈从文、周作人、陈西滢、梁实秋、林语堂，以及新文学运动初期的林纾、严复、章士钊、吴宓，30年代的"民族主义文学"提倡者、40年代的"战国策派"等，以及一些在不同时期被淘汰出革命文艺队伍的人物，如王实味、胡风、萧军等。而对这些作家类型的认定，事实上也常常因情因势而变。"革命作家"与"反动作家"的范围也依不同时期政治标准的宽窄而不断改变。

阶级分析的方法与围绕"革命性"建立的作家作品二元评价体系，是这一时期现代文学研究在方法上的主要特点之一。一旦决定了一个作家的位置，接下去就是按马克思主义社会学的观点与阶级分析的方法对其进行研究和分析。而研究者在这一点上所做的，也无非两个方面：一是从其生活经历出发，集中阐发其文学道路与革命运动的关系；二是按一种内容/形式二分的方式对其代表性的创作进行评价。对作家"道路"问题的关注和对作家阶级身份的分析，持续成为现代文学研究的中心兴趣。

这种革命史范式的另一特点，就是在作品的分析上，始终遵循着一种内容（思想）/形式（艺术）相对的二元评价体系。几乎所有的作家、作品评论，都是先做内容（思想）上的评判，再做艺术上的简要分析。思想、内容上的分析，除了凸显其与革命史的关系，就是用马克思主义社会学的观点进行阶级分析。发掘革命作家思想、文本中的革命因素，或批判那些非革命作家思想、文本中的反动因素，突出、放大这种因素的思想及阶级来源，是很多研究的最主要工作。即便是对一些因种种原因受到时代肯定的非革命作家的评论，这些研究往往也都努力从中发掘革命性的因素，并通过放大这种因素，尽力减弱其自由主义的（或非革命的）那部分活动和创作的影响。

这一时期现代文学研究特点的形成，与研究者自身的人生经历及身份认同也有着很大的关系。活跃在50—70年代的研究者，主要包括今天人们所说的现代文学研究的第一代、第二代学者。第一代如冯雪峰、何其芳、唐弢、王瑶、陈涌、蔡仪、李何林、丁易、张毕来、刘绶松、陈瘦竹、田仲济、任访秋、钱谷融、王西彦、许杰、张庚、邵荃麟、以群、罗荪、臧克家、刘泮溪、俞元桂等，除个别人（如王瑶、任访秋）在新中国成立前曾受过较多的学院学术影响之外，多属中国现代文学运动的实际参与者，其中许多人都有较长时期从事革命文艺运动的实际经历，他们从新中国成立初期就开始现代文学研究，既是这门学科的最初构建者，也是当代文艺运动的身份复杂的参与者，常常承担着一边构建、一边批判，同时又不断为别人所批判的命运。第二代，如樊骏、严家炎、乐黛云、孙玉石、林志浩、叶子铭、孙中田、陆耀东、吴宏聪、陈鸣树、支克坚、吴小美、许志英、朱德发等，基本上都是新中国成立后受新的意识形态教育的一代，从50年代后期或60年代一加入现代文学研究，就具有更彻底的革命意识，在推进革命文艺认识的同时，还承担着不断批判他们的师辈以寻求超越的使命。

需要指出的还有，就是在这一时期，在许多现代文学研究者的学术思想与他们的实践活动之间，同样存在着复杂的矛盾。樊骏论述50年代之初王瑶著《中国新文学史稿》，认为其首先在于"率先把现代文学作为一份遗产、一段历史研究，而不再是作为同时代人的作品进行评论"，这或许的确是作者真实的愿望，但在当初，这一想法在事实上还是很难实现。就此而言，该书自序说自己编写此书"也并非自己觉得很胜任，只是因为工作分配关系，必须把它来当作任务完成"，倒的确说出了这一研究的一个根本特点。也正因此，即便他从很早的时候就意识到"文学史应该考虑到文学的特点，不能与革命史等同起来，好像只是它当中的一章"这样一个简单道理，但在实际中，还是不得不坚持以"讲话"为中心构建自己的体系，宣称"如果我们充分估计到毛主席这一伟大著作的历史意义和它所引起的文学面貌上的巨大变革的话，那在文学史的分期上很难不把1942年作为一条重要界线的，因为从此现代文学的确推进到了'一个光辉的新阶段'"①。同样，作为这一学科另一重要奠基者的唐弢，虽然从很早的时候就一直有着个人编修现代文学史的意愿，但最终所能扮演的仍然不过是一部集体编纂的文学史的主编这样一个角色。就连他当时提出的具有深远意义的要求参编人员读原始报刊等一系列要求，也只能等到新的历史时期才能真正产生它理应产生的影响和作用。

如何选择、安排这段文学史的具体内容，始终是这一时期文学史研究的基本问题。1952年8月，中央人民政府出版总署曾与人民日报社共同召开王瑶《中国新文学史稿》（上册）座谈会。会议由叶圣陶主持，孙伏园、孟超、袁水拍、吴组缃、李广田、李何林、林庚、杨晦、钟敬文、黄药眠、王淑明、蔡仪、臧克家等18人参加。会间的发言，除了肯定的意见之外，也有许多是对它的批评。总结这些批评，黄修己认为："这些问题，说穿了，其实只是一个问题：为谁树碑立传。""四十年过去，直到今天，现代文学研究中争论的一些具有尖锐性的问题，也还是离不开这个问题。"② 这实在是一个深刻的洞见。也正因此，文学史编撰，也就始终是这一时期现代文学研究得以展开的主要方式，而文学史的每一次重新编写，事实上也就是对革命文艺秩序的一次重新选择与安排。

这一切，还在1949年7月召开的第一次文代会之前，其实就已露出了端倪。1948年发生在香港《大众文艺丛刊》上的批判，虽属当时文艺斗争的一部分，但显然已有针对新的历史转折，自觉梳理现代文学传统，指明方向，确立典范的意图。而会议的代表选择和人事安排，也分明隐含着这样一种对于现代文学传统的取舍理解。现在常被人提及的沈从文被排除在外，胡风退出国统区文艺报告起草等现象，一定程度上预示的其实就是革命文艺的这种"纯粹性"要求，以及其后一部分作家将要遭受的被遮蔽、被压抑的命运。会议的主要文献，包括周恩来的政治报告，郭沫若的总报告，茅盾代表国统区文艺所做的报告，周扬代表解放区文艺所做的报告，体现其中的对于现代文学传统的取舍轻重立场十分鲜明。而会前会后一些书籍，特别是周扬、柯仲平、陈涌等编辑的《中国人民文艺丛书》

---

① 王瑶：《毛主席"讲话"在现代文学史上的重大意义》，《人民文学》1957年第5—6期。
② 黄修己：《中国新文学史编纂史》，北京大学出版社1995年版，第146页。

以及开明版"新文学选集"丛书的出版,其确立传统、指示方向的意图也十分明显,体现其中的选择与安排也明显地影响到了其后相当一段时期的现代文学研究。

大张旗鼓地宣传革命文艺,毫不留情地贬低、批判其他一切非革命的文艺创作,是这一时期现代文学研究的基本立场,而其中对解放区文学的成就的推重,尤其是这一时期文学叙事的结构重心。从解放之初就由新华书店隆重推出的,周扬、柯仲平、陈涌等编辑的《中国人民文艺丛书》,既可以说是对解放区文学成就的一次集中展示,也可以说是对革命文学传统及其方向的一次具体指示。丛书汇集解放区优秀文艺作品58种,包括贺敬之、丁毅等创作的《白毛女》,傅铎的《王秀鸾》,延安平剧院集体创作的《逼上梁山》《三打祝家庄》,魏凤、刘莲池的《刘胡兰》,阮章竞的《赤叶河》,马健翎的《血泪仇》《穷人恨》,柯仲平的《无敌民兵》,王大化等的《兄妹开荒》,阿英的《李闯王》等剧作;赵树理的《李有才板话》《李家庄的变迁》,丁玲的《太阳照在桑干河上》,周立波的《暴风骤雨》,欧阳山的《高干大》,柳青的《种谷记》,刘白羽的《无敌三勇士》,草明的《原动力》,柯蓝的《洋铁桶的故事》,孔厥等的《一个女人翻身的故事》,邵子南等的《地雷阵》,马烽、西戎的《吕梁英雄传》等小说;周而复、师田手的《诺尔曼·白求恩片断》,华山的《英雄的十月》等通讯报告;李季的《王贵与李香香》,田间的《赶车传》等诗歌以及韩起祥的《刘巧团圆》等曲艺作品。据说,配合周扬所做的《新的人民的文艺》的报告,参加第一次文代会的所有代表均得到了新出版的这套丛书。1951年,人民文学出版社成立后,"中国人民文艺丛书"中的一些优秀作品被重排印刷。"自1952年到1954年人民文学出版社共出版《货郎担》(秧歌剧)、《刘胡兰》、《种谷记》等二十一种,1952年4月重排的《吕梁英雄传》,到1953年8月已经是第五次印刷,总印数达169000册。解放区文学备受主流意识形态的青睐而被确定为新中国文学的典范。"①

解放区文艺之外,另一受到重视的领域是所谓"五四"以来的进步

---

① 陈改玲:《重建文学史秩序:1950—1957年现代作家选集的出版研究》,人民文学出版社2006年版,第4—5页。

文学。开明书店于1951—1952年推出的在当时即被誉为"新文学的纪程碑"的《新文学选集》①,是新中国第一套汇集"五四"以来作家作品的现代文学作品选集。该丛书分别收入已故及健在作家选集各十二种,作者包括:鲁迅、瞿秋白、郁达夫、闻一多、朱自清、许地山、蒋光慈、王鲁彦、柔石、胡也频、洪灵菲、殷夫、郭沫若、茅盾、叶圣陶、丁玲、田汉、巴金、老舍、洪深、艾青、张天翼、曹禺、赵树理②。这些作家,再加上此前周扬等编辑的"中国人民文艺丛书"收入的作家作品,大体勾勒出了50年代现代文学作家研究的一个大致范围。同时,也成为前述各种现代文学史及发表于这一时期的为数不算太多的各类作家作品专论所涉猎的主要对象。

这一文学史建构的政治取向性,同样表现在该时期现代文学研究的作家评论上。在一般评论和一些文学史描述中,现代作家常常被依其重要程度而分出不同的等级和位次。

由于鲁迅在中国现代文学中的实际贡献和毛泽东在《新民主主义论》等作中对他的高度评价,鲁迅研究在整个20世纪50—70年代的现代文学研究中一直具有一种特殊的意义,不但地位突出,成果众多,有关论著占去该时期现代文学作家研究的大部分篇幅,并在接连不断的政治运动中,其形象也不断趋于"革命化",甚而一再沦为现实斗争的工具③。鲁迅之外,另一位备受推崇的人物是郭沫若。据有关研究,五六十年代研究郭沫若的论著达300多篇(部)④,其中较著名的有楼栖的《论郭沫若的诗》(上海文艺出版社1959年版)、陈瘦竹的《郭沫若的历史剧》(《戏剧论丛》第2辑,1958年)、张光年的《论郭沫若的诗》(《诗刊》1957年7月)等。再接下去,受到较多关注的作家依次有:茅盾、巴金、老舍、叶圣陶、曹禺、赵树理、闻一多、朱自清、冰心、郁达夫、丁玲、田汉、

---

① 《新文学选集》广告,《进步青年》1951年8月1日。转引自陈改玲《重建文学史秩序》,第23页。

② 其中《瞿秋白选集》和《田汉选集》实际未能出版。

③ 有关情形,可参看王宏志《一个伟人之死:鲁迅的生前死后》第四、五节。《鲁迅与"左联"·附录》,新星出版社2006年版,第328—345页。

④ 温儒敏、赵祖谟主编:《中国现代文学专题研究》,北京大学出版社2002年版,第40页。

夏衍等。但他们的位置也并非固定不变，一些作家的定性和地位，也常随不同时期历史认识的不同而变来变去。譬如"反右派"运动开展之后，随着1958年1月26日的《文艺报》"再批判"专栏对丁玲、萧军、罗烽、艾青等1942年写于延安的文章的再批判，他们的文学史地位也就如王实味，一下子跌落到了"革命"的对立面。60年代毛泽东对文艺工作做出两次"批示"后，周扬、夏衍、田汉、阳翰笙等的左翼文艺运动领袖地位，就变得可疑，到"文革"《纪要》发表，则完全被逐出了革命阵营。这样一次次"纯洁革命队伍"的趋势，导致能够被革命文学序列容纳的作家越来越少，越到后来的文学史关于作家作品的论述也越来越单薄。

对小资产阶级个人主义、人性论的批判构成了这一时期现代文学研究的另一鲜明特点。以1948年发表在香港《大众文艺丛刊》上的批判为先导，当代前期的现代文学研究始终将对资产阶级、小资产阶级文艺的批判作为它最重要的使命之一。1949年8月，上海《文汇报》就小资产阶级可否作为文艺作品的主角问题展开讨论。1949年之后，朱光潜、沈从文、萧乾等自由主义作家纷纷公开检讨自己旧的文艺观念，即使是一些从解放区出来的作家，也都对自己前期的创作做出了批判性的评价。1951年，何其芳在重印他在延安时期写的《夜歌和白天的歌》时说："这个旧日的集子，虽然其中也有一些诗是企图歌颂革命中的新事物的，但整个地说来，却是带着浓厚的旧中国气息。"随着历史的进展，包括郭沫若、茅盾、巴金、老舍在内的现代文学作家，都开始踏上不断自我批判的历程，同时，也开始根据新的历史认识修改自己发表在1949年之前的作品（这也成为后来的现代文学研究不得不面对的现象）。

这样一种以自我反省、自我否定为特点的思维，不仅是作家们自己的态度，而且很大程度上也反映着当时人们认识现代文学的一个特点。1951年《人民教育》发表一个中学教师对朱自清名篇《背影》的疑惑："认为作品所宣扬的是一种抽象而颓弱的父子之爱，它会破坏青年学生对于劳动人民的辽阔胸襟以及初步建立起来的新社会的集体观念。"之后，该刊连续发表六篇教师来信，讨论《背影》的社会意义和思想倾向，编者在《对〈背影〉的意见》中也认为："《背影》宣扬了父子间的私爱和小资产阶级感伤主义的情绪，这种情绪乃是官僚阶级没落时期的产物,因此应把作品从中学课本中清除出去。""自此以后,研究者总是有意无意地避免涉及《背影》以及这一类作品,即使涉及也是出语谨慎,在作品的价值(认识价值和审美价值)判断上表现出极大的克制。相反,对那些情绪昂扬亢奋、富于社会反抗色彩的作品则浓笔重书,语多褒扬。"① 王瑶的《中国新文学史稿》(1951年)、张毕来的《新文学史纲》(1954年)、丁易的《中国现代文学史略》(1955年)、刘绶松的《中国新文学史初稿》(1956年)论及朱自清,无一例外地均对朱自清两首并不重要的诗作——《送韩伯画往俄国》和《赠A.S.》表现出很大兴趣,并予以高度评价,其缘由正在于认为它们反映了作者对十月革命的歌颂之情和反抗现实的精神。

作为批判的对象,在革命文学对立面的作家中,这一时期较多被提及的作家,主要有胡适、梁实秋、林语堂、陈西滢等人。对胡适的批判一直是现实文艺斗争的一部分。1949年之后对胡适的批判,首先的发动者,往往是那些曾经与他有过较密切关系的人。1951年《中国青年》第56期发表了当时在华北革命大学学习的胡适次子胡思杜思想反省的一部分——《对我父亲——胡适的批判》。同年,朱光潜在《新观察》第9期上发表《澄清对于胡适的看法》,1952年陆侃如又在《文史哲》第3期发表《纪念五四,批判胡适》,锋芒所向都在胡适的阶级立场及在新文化、新文学运动中的反动性。1954年,毛泽东发表有关《红楼梦研究》的意见后,出现了数百篇批判文章,其中如王瑶的《辟胡适的所谓"历史进化的文学观念"》②、魏建功的《胡适文学语言观点批判》③ 等,均与现代文学有关。而此后每逢重要运动,如60年代初批周谷城,"文革"中批吴晗,70年代"批林批孔",都会根据需要将胡适拉出来做靶子,进行一轮又一轮的批判。胡适之外,徐志摩是另一位20世纪50年代较多被提及的自由

---

① 姜建:《建国以来朱自清研究述评》,《文学评论》1989年第2期。
② 王瑶:《辟胡适的所谓"历史进化的文学观念"》,《北京大学学报》(哲学社会科学版)1955年第1期。
③ 魏建功:《胡适文学语言观点批判》,《北京大学学报》(哲学社会科学版)1955年第2期。

主义作家。1957年《诗刊》相继发表陈梦家的《谈谈徐志摩的诗》和巴人的《也谈徐志摩的诗》，是为数不多的较为客观地评价徐志摩的诗歌创作的文章，其中对徐志摩的创作做出了在当时情况下所能做出的较为积极的评价。但到1960年第5期，该刊刊出的殷晋培的文章《巴人的一支冷箭——驳巴人〈也谈徐志摩的诗〉》，则又回到了激烈的批判。1963年《中山大学学报》第1—2期发表的吴宏聪的《资产阶级诗歌的堕落——评徐志摩的诗》，是当时最具规模的评论。该文开章明义："被称为中国资产阶级'末代诗人'的徐志摩，在文学史上并不占什么重要的地位，但他的诗歌却最清晰地记录了20—30年代中国资产阶级的声音笑貌，揭开了资产阶级精神世界的一角。……在他同时代的许多资产阶级作家中，我们的确很难找到象徐志摩的诗那样，如此显明地表现着阶级堕落的色彩的。"然而，不可否认的是，虽然全篇贯穿的几乎都是政治定性式的批判，作者还是在无意中流露出了他对徐志摩诗歌的某种喜爱，并以一种特殊的方式，向更多的人介绍和传播了徐志摩的诗作。

此外，梁实秋是另一位时常受到批判的人物。集中批判他的文章，主要有1958年第3期《文艺月报》上以群发表的文章《重谈梁实秋的"人性论"》等。除了上述几位靶子式的人物，在50—70年代的研究中，大多的自由主义作家主要处于一种被漠视、被遗忘的状态。

20世纪50—70年代的现代文学研究，始终是一个高度政治化的领域。由于与当时正在形成中的文艺生活秩序之间不可分割的关系，20世纪50—70年代的当代文学研究及文学史书写，始终都无法脱离当时文艺运动和文艺思想斗争的实际，50年代以后的每一次政治运动，都会使一批现代作家的命运发生意想不到的沉浮，都会改变或减少一些现代文学研究内容。因而五六十年代现代文学研究的开展，实际上常常也只是对文艺革命史线条的重描重绘和对革命文艺谱系的一再重编、更定。

在突出革命文艺，批判一切非革命的文艺的同时，这一时期的现代文学研究也有意或无意地遮蔽了一些现在看来颇为重要的领域。除了因政治原因而被摒除出研究视野的那些新文学作家之外，比较集中的，还有民国时期颇为流行的市民通俗文学。中国现代文学发展对待通俗文学，一直抱有一种复杂的态度，无论是文学革命的发动，还是大众文艺运动的提倡，在对通俗文学的评价上都存在着一种双重的态度。一方面是对传统的、农民的通俗文学的高度肯定，另一方面是对当下的、市民的通俗文学的轻蔑与抨击。1949年之后的现代文学研究，延续了对于通俗文学的这种矛盾态度。不可否认的是，在当时书写的各类重要文学史上，通俗文学的位置均被一概付之阙如。但20世纪50年代的通俗文学研究，也非一片空白。相反，随着新时代的到来，通俗文学作家在对自己的创作做出回顾和总结的同时，也对许多涉及通俗文学理论认识的问题，做出很有价值的探索。这中间有代表性的成果，当推郑逸梅的《民国旧派文艺期刊丛话》（1961年）、范烟桥的《民国旧派小说史略》（1962年）和张恨水的《我的创作和生活》（1963年）等文章。其中郑逸梅的《民国旧派文艺期刊丛话》，分杂志（114种）、大报附刊（4种）和小报（45种）三个部分，较为系统地梳理、介绍了中国现代旧派文艺期刊的基本面貌，其中"杂志部分所搜辑的资料，从辛亥革命前夕直到全国解放前，较为完备，而大报附刊和小报两部分的资料，则仅搜集到一九三七年抗日战争爆发为止"①。范烟桥的《民国旧派小说史略》则分十节：概说、言情小说、社会小说、历史、传奇小说、武侠小说、翻译小说、侦探小说、短篇小说（附笔记）、两个团体——青社与星社、尾声，简明论述了现代通俗小说的发展状况，其中分析通俗小说繁荣的原因时指出，造成这种繁荣的原因大体包括四个方面："一、辛亥革命以后，当时的知识阶级以及革命党人中间的文人，要利用小说来宣传民主共和，自由平等的观念，同时，革命的不彻底……令不平的社会现象随处可见，小说作者纷起加以抨击，这是民国初期小说繁荣的社会原因，也是基本原因。二、印刷事业、交通事业日渐发达，发行网不断扩大，出版商易于维持，书肆如雨后春笋，小说作品的出路也随之开阔了。三、社会上对小说看法改变了，对小说作者的看法也有改变，以前是鄙薄、厌弃，现在是歆羡、爱好。……而旧时文人，即使过去不搞这一行，但科举废止了，他们的文学造诣可以在小说上得到发挥，特别是稿费制度的建立，刺激了他们的写作欲望。四、翻译小说的兴起，为懂得外文的人多辟了一条出路，也为旧派小说的写作的取材与技法，提

---

① 魏绍昌编：《鸳鸯蝴蝶派研究资料》上卷，上海文艺出版社1984年版，第366页。

供了参考的资料。"在论及通俗小说的评价时,作者说:"'旧派小说'在中国文学史上虽然是个不甚光彩的名词,但究其实际,亦不可一概而论。以作者论,固有高下之分;以小说论,亦有质量高低,内容正邪之别。而尤可注意者,是这种小说在数十年间的所出版的数量,是惊人的。"① 这一类的观点对后来的通俗文学研究产生了深远的影响。张恨水的文章,则从自身身世经历讲起,从一个具体的层面,为人们了解通俗文学的社会基础和作家的创作态度提供了重要的资料。

从20世纪50年代后期起,对通俗文学的批判与否定态度加强,当时出版的一些文学史著作,对通俗文学都采取批判的态度。如1959年出版的北京大学中文系文学专门化1955级集体编著的《中国文学史》、复旦大学中文系古典文学组学生集体编著的《中国文学史》、北京大学中文系1955级编的《中国小说史稿》、1960年出版的复旦大学中文系1956级编的《中国近代文学史稿》等,都把鸳鸯蝴蝶派和黑幕小说认定为"反动逆流",认为这些作品,在思想倾向上"代表了封建阶级和买办势力在文学上的要求",体现了小市民的庸俗趣味,"他们不懂得文学的真正使命,积极宣扬文学上的趣味主义""宣扬低级庸俗的感情"。复旦大学中文系1957级编《中国现代文艺思想斗争史》则着重阐述共产党人邓中夏、萧楚女及沈雁冰等人对他们的批判。然而,即便是在这样的整体否定中,仍有一些值得注意的分析性的观点。如北京大学1955级本《中国文学史》在整体否定鸳鸯蝴蝶派的同时,也承认它"在艺术上总的特点是形式主义地模仿西洋小说的结构、手法。对话作用的提高、大段的心理描写、生活场景的撷取、插叙补叙的运用……所有这些都曾给中国小说发展带来过新鲜的气息。但由于作品内容的公式化及模仿者缺乏批判发展的创造精神,致使新的形式迅速僵化。叙述上的三段论:描写现在——回忆过去(用倒叙、补叙、插叙等手法)——描写现在,几乎成了小说情节发展的固定程序。作品语言富丽,有堆砌词藻之弊",承认"在短篇小说体裁的发展上,'鸳鸯蝴蝶派'客观上

---

① 魏绍昌编:《鸳鸯蝴蝶派研究资料》上卷,上海文艺出版社1984年版,第269、271页。

起了一定的促进作用。"① 应该说，这是五六十年代现代文学研究界在有关通俗文学评价方面的一种基本看法，直到1979年出版的唐弢本文学史，延续的仍然是这样一种看法。

这一时期对中国现代文学与传统文学及世界文学关系的探讨，同样围绕革命而展开。对现代文学与古典文学及世界文学关系问题的探讨，早在50年代初就已展开。不过，虽然有王瑶《论鲁迅作品与中国古典文学的历史联系》《"五四"新文学所受外国文学的影响》等有分量的文章发表②，同期这方面的研究，整体上仍然单薄。受《新民主主义论》"中国革命是世界革命的一部分"观点的影响，五六十年代革命文艺史构造的另一方面，就是要将中国现代文学描绘为整体的世界革命文艺的一个部分，因而这一时期的现代文学研究，在涉及现代文学与外国文学的关系时，突出体现了它与世界革命/进步文艺的关系。王瑶写于1950年的《反美运动在中国近代文学上的反映》③，突出的是近代以来的文学中的反美历史，内容涉及黄公度、梁启超等人的诗文，吴趼人等反映华工生活的近代小说《劫余灰》《黄金世界》《苦社会》，以及鲁迅、林语堂、茅盾、闻一多、邹韬奋等新文学作家的作品。从20世纪50年代初期到60年代初，由于中苏关系的紧密，从与世界文学的关系角度对现代文学的研究，也更多注意其与苏联及社会主义国家文学的呼应关系，这方面比较突出的论著，有1959年韩长经发表的《鲁迅与俄罗斯苏维埃文学的关系》④等。此外，这一时期，较为系统地涉及中国现代文学发展与外国文学关系的研究，还有1962年8月中华书局出版的由孔立编写的《林纾与林译小说》（中华书局1981年再版）一书。该书是这一时期为数不多的较为系统的中外文学关系研究论著。全书分六个部分，分别介绍了中国近代翻译小说兴起的基本社会背景和当时翻译界的情况；林纾的生平、学养背景；这个"不懂外文

---

① 魏绍昌编：《鸳鸯蝴蝶派研究资料》上卷，上海文艺出版社1984年版，第134—138页。
② 王瑶：《论鲁迅作品与中国古典文学的历史联系》，《文艺报》1956年第19—20期；《"五四"新文学所受外国文学的影响》，《新建设》1959年第5期。
③ 王瑶：《反美运动在中国近代文学上的反映》，《光明日报》1950年12月16日。
④ 韩长经：《鲁迅与俄罗斯苏维埃文学的关系》，《山东大学学报》1959年第2期。

的翻译家"的奇特翻译方法；风行一时的"林译小说"《巴黎茶花女遗事》《黑奴吁天录》《块肉余生述》《迦茵小传》等作品的基本情节及在当时中国的反响；林纾的爱国思想与他的翻译工作的关系，以及林纾在中国翻译史上的地位。拥有翔实、可靠的史料，是文学史研究的基础。受中国传统学风影响，中国现代文学的研究者从较早的时候就注意到了史料收集整理工作的重要性。1934 年，茅盾评论王哲甫《中国新文学运动史》时就提出，在得到一部较为理想的文学史之前，先"希望有一部搜罗得很完备，编得很有系统的记载'史料'的书"。茅盾还提出了具体要求："这部书可以是'编年体'，按年月先后著录重要的'理论文章'及'作品'，记载文学集团的成立，解散，以及杂志的发刊等等，'理论'文可以摘录要点，或抄录全文，'作品'可以来一个'提要'。如果不用'编年体'，也可以用'纪事本末体'，把十五年来文坛上讨论过的重要问题详细记叙它的发端，论争，以及结束。另外，再加上两个'附录'，一是重要'作品'的各方面的批评及其影响，二是文学社团的小史"，认为"倘使有这样的书出来，对于研究现代文学史的人固然有用，对于一般想要明了过去到现在的文坛情形的青年也很有益。"① 同年，阿英编《中国新文学运动史资料》由上海书店出版。1935—1936 年，赵家璧主编《中国新文学大系》时，又请阿英编了一卷《史料·索引》，这是中国现代文学发生后，对新文学文献进行的第一次较大规模的系统整理。此后，受种种条件的制约，虽然也有一些研究者，如赵景深、杨世骥、唐弢、林辰、罗洛等，以不同方式做过一些这方面的工作，但中国现代文学的史料搜集和整理工作，整体上仍然有待进一步展开。

  1949 年之后的现代文学研究，也注意到史料收集工作的重要性。早在 1950 年 8 月，文化部文艺局就曾颁发过一则收集"五四"以来新文学资料的《启事》②。与之相先后，新华书店、开明书店、人民文学出版社也先后开始编选推出"人民文艺丛书"等重要的现代作家选集、文集，

---

  ① 茅盾：《中国新文学运动史》，《文学》1934 年第 3 卷第 4 号。
  ② 文化部文艺局：《启事》，《文艺学习》第 1 卷第 5 期。转引自陈改玲《重建文学史秩序》，第 35 页。

上海文艺出版社还影印了四十余种革命文学期刊。同时，一些文学史研究者，在其著述过程中也注重从引证中保存史料的工作，王瑶著《中国新文学史稿》还因引录较多的史料而遭"剪刀＋浆糊"之讥。50年代末60年代初，唐弢"给社科院文研所现代文学进修生开必读书目时，就开了不少文学期刊和综合性文化期刊"。1961年，接受"上下一致要求"担任集体编写的《中国现代文学史》主编时，又一再向所有编写者强调采用第一手材料的重要性。① 50年代中后期，包括现代文学研究在内的学术活动深受政治实用主义影响，但就是在这样的情况下，研究者还是完成了《鲁迅研究资料编目》《中国现代作家研究资料索引》《中国现代作家著作目录》《1937—1949年中国主要文学期刊目录索引》等史料整理工作。其中，由薛绥之、冯光廉、顾盈丰等山东师范学院中文系教师带领部分学生编成的《中国现代作家研究资料索引》，1960年作为该系编辑的"中国现代作家研究资料丛书"之一曾内部印行，《中国现代作家著作目录》《1937—1949年中国主要文学期刊目录索引》也于1962年编成并刊出了出版消息②。这一时期重要的现代文学史料整理工作，还有上海文艺出版社1962年、1963年出版的《中国现代文艺资料丛刊》第1—3期，以及1964年湖北省图书馆等单位编写的《中国现代文学作家著作联合目录（1937—1963）》等③。此外，1954年到1959年陆续出版的由张静庐辑注的《中

---

① 严家炎说："据我查考，研究现代文学必须采用第一手材料，这是唐弢先生在1961年首次提出的，在此以前大家比较忽视"，"唐弢先生因为喜欢搜集各种版本，所以对第一手材料特别看重。50年代末、60年代初，他给社科院文研所现代文学进修生开必读书目时，就开了不少文学期刊和综合性文化期刊。这份刊物目录我在60年代抄过来了。到1978年王瑶先生要我给北大研究生开必读书目，我就参考了唐先生指定的刊物目录并作了一些补充和调整，首次在作品和理论资料之外，开进一批文学期刊（王瑶先生也很赞成）。"严家炎：《唐弢先生对中国现代文学学科建设的贡献》，中国社会科学院文学研究所编《唐弢纪念文集》，社会科学文献出版社1993年版，第597—598页。另外，进入新时期后，林非、徐迺翔、卓如、郑择魁、许志英等也都不止一次地提到他对学科发展的这一贡献。详参邵宁宁《关于现代文学杂志研究的方法论思考》，《甘肃社会科学》2006年第3期。

② 绥之：《山东师范学院中文系编成〈中国现代作家著作目录〉和〈1937—1949年中国主要文学期刊目录索引〉》，《文史哲》1962年第2期。

③ 湖北省图书馆等编：《中国现代文学作家著作联合目录（1937—1963）》，武汉地区中心图书馆委员会铅印本。

国近代出版史料》《中国现代出版史料》，虽然主要目标并非文学，但也提供了大量对理解现代文学发展有价值的文献。然而，我们不得不注意的是，这一时段的文学史料工作关注最多的依然是与意识形态所规约的革命文艺相关的资料和文献，更多地起到了为革命文艺寻找证据和提供注脚的作用。因此，这一时段的文献工作虽然取得了一些成绩，但不足也是明显的，尤其是"文革"开始后，许多弥足珍贵的资料被销毁，对现代文学史料工作的进行，也构成了毁灭性的打击。

第三节　另一种立场与视野
——同期台、港、海外现代文学研究

　　1949年之后，随着国民党政权在大陆地区彻底溃败，台湾在很长时期内成为中国全境最后一块"国统区"。出于对自身政治、文化战略上失败的反省，台湾当局对中国现代文学，特别是30年代文学及所有留在大陆的作家作品，长期充满了敌意，并采取了一系列封禁政策，以致在相当一个时期内，台湾青年所能读到的三四十年代文学，主要限于朱自清、徐志摩等少数几个人。但即便如此，一些赴台现代作家还是撰写了一些文坛回忆文字，如孙陵的《文坛交游录》①、蒋梦麟的《谈中国的新文艺运动》②之类，而50年代的台湾文学青年与学者，对现代文学也仍然有一些他们独到的选择和评论。比如1956年创刊的由夏济安主编的《文学杂志》，就曾刊出过一组包括夏济安的《旧文化与新小说》、劳干的《对于白话文与新诗的一个预感》、朱介凡的《论丁玲〈太阳照在桑乾河上〉》、覃子豪的《现代中国新诗的特质》、夏志清的《张爱玲的短篇小说》和《评〈秧歌〉》等有特色的研究论文。

　　进入60年代，情况开始发生微妙的变化。国民党的文化控制对现代文学的注意有所放松，包括鲁迅在内的一些现代作家的著作开始进入读者

---

① 孙陵：《文坛交游录》，高雄大业书店1955年版。
② 蒋梦麟：《谈中国的新文艺运动》，中国文艺协会编《中国文艺复兴运动》，1961年。

的视野①，当时的文坛也开始出现了一些有关现代文学的回忆及研究论著，如王平陵的评论集《卅年来文坛沧桑录》②，梁实秋的《谈闻一多》③，刘心皇的《现代中国文学史话》④《郁达夫与王映霞》⑤《徐志摩与陆小曼》⑥《抗战时期沦陷区文学史》⑦，李牧的《三十年代文艺论》⑧，水晶的《张爱玲的小说艺术》⑨，蔡义忠的《从陈独秀文学革命到李金发象征派新诗》⑩，侯健的《从文学革命到革命文学》⑪，尹雪曼主编的《中华民国文艺史》⑫，周锦的《中国新文学史》⑬《朱自清研究》⑭，陈少廷的《台湾新文学运动简史》⑮ 等。

1976年8月，台湾联经出版事业公司出版叶维廉主编的《中国现代文学批评选集》，收录港台及海外学者论文19篇，包括夏济安的《评彭歌的〈落月〉兼论现代小说》和《鲁迅作品的黑暗面》、姚一苇的《论境界》、林以亮的《论散文诗》、夏志清的《〈中国古典小说〉导论》和《现代中国文学感时忧国的精神》、颜元叔的《文学与文学批评》、刘绍铭的《现代中国小说之时间与现实观念》、叶维廉的《从比较的方法论中国诗的视境》、李欧梵的《五四运动与浪漫主义》等文章，比较集中地反映出台湾与整个海外现代文学研究相互沟通的一面。1980年5月，台北成

---

① 作家聂华苓回忆，她开始看鲁迅的书便在"六十年代初期"。聂华苓：《海外文学与台湾文学现状》，《河南师范大学学报》1980年第4期。
② 王平陵：《卅年来文坛沧桑录》，台北中国文艺社1965年版。
③ 梁实秋：《谈闻一多》，传记文学杂志社1967年版。
④ 刘心皇：《现代中国文学史话》，正中书局1971年版。
⑤ 刘心皇：《郁达夫与王映霞》，大汉出版社1978年版。
⑥ 刘心皇：《徐志摩与陆小曼》，大汉出版社1978年版。
⑦ 刘心皇：《抗战时期沦陷区文学史》，成文出版社1980年版。
⑧ 李牧：《三十年代文艺论》，黎明出版社1973年版。
⑨ 水晶：《张爱玲的小说艺术》，台北大地出版社1973年版。
⑩ 蔡义忠：《从陈独秀文学革命到李金发象征派新诗》，清流出版社1973年版。
⑪ 侯健：《从文学革命到革命文学》，中外文学月刊社1974年版。
⑫ 尹雪曼主编：《中华民国文艺史》，正中书局1975年版。
⑬ 周锦：《中国新文学史》，长歌出版社1976年版。
⑭ 周锦：《朱自清研究》，智燕出版社1978年版。
⑮ 陈少廷：《台湾新文学运动简史》，联经出版事业公司1977年版。

文出版社又集中推出由周锦主编的一套三十本的"中国现代文学研究丛刊",从某种意义上完成了对过去十几年台湾中国现代文学研究的一次"检阅和总结"。①

出于种种复杂的政治、文化原因,香港成为这一时期中国现代文学研究的一块独具意义的地区。一方面,长期以来香港地区对中国现代文学相当漠视,"就是到了六七十年代,中国现代文学在香港还是一门很少有人认识或注意的科目"。数十年来,出现在香港的中国现代文学史著作,也"都是毫无例外地由一些来自中国大陆的学者所编写的"②。另一方面,香港与同期大陆、台湾比较相对宽松的政治环境,却为学者相对独立的现代文学研究提供了必要的条件。从50年代始,香港对现代文学的研究,就自立于大陆、台湾之外,在政治倾向性问题上较多地显出超越性的一面。50—70年代,香港地区出版了较多的现代文学作品。曾有人统计,仅出现在1980年年底香港132家出版社在北京、上海等城市举办的"香港中文图书展览"上的图书中,属于中国现代文学类的就有284种,其中包括鲁迅、郭沫若、茅盾、巴金等30余位现代作家的全集、文集、文选、选集等。与此同时,许多大陆、台湾出版的现代文学研究著作在香港也能找到翻印、盗版的版本。③

香港较早从事现代文学研究的,多是来自大陆的现代作家,如曹聚仁、李辉英、赵聪等。这些人,对现代文学的历史进程,均有一些独到的观察和认识,虽然也时有囿于所见和政治倾向性的问题,但总体来说,都有摆脱政治桎梏,记录历史真实的愿望,因而也对这一时期大陆现代文学研究的一些方面,产生了重要的拨正和补充作用。香港出版的第一部有文学史性质的著作,是曹聚仁著《文坛五十年》。曹聚仁本身就是一位现代作家,并且与现代文坛众多核心人物,如章太炎、吴稚晖、鲁迅、周作

---

① 张建勇:《评台湾省出版的"中国现代文学研究丛刊"(三十本)》,《文学评论》1983年第5期。

② 王宏志:《历史的偶然——从香港看中国现代文学史》,牛津大学出版社1997年版,第12、17页。

③ 杨洪承:《香港中国现代文学研究综述》,《山东师范大学学报》1986年第3期。

人、陈望道、刘大白、夏丏尊、朱自清、俞平伯、丰子恺等有过交往，政治上也与国共两党高层人物均有联系，这样一种特殊的经历和眼界，为他的写作提供了丰富的材料。作为一位自居"史家"，而又栖身文学、新闻两界的重要人物，其前半生亲历亲闻了许多文坛事件，他写作此书的本意，原本就是想以见证者的身份为历史保存一份真实，因而尽管其写作方式与"正式"的文学史很不相同，但著作的完成，还是给现代文学史研究提供了许多不同于大陆及台湾同类著作的材料和信息。首先是其标榜的超越政党的立场，使其在对现代作家的选择和评判上，表现出了一些足以补充、校正同期大陆、台湾有关现代文学认识的一些内容。比较突出者，如他对吴稚晖、胡适文学史地位的评价，对周作人、梁实秋文学贡献与写作水平的褒扬，以及对鲁迅"人性"的而非"神性"的理解，对王了一、钱锺书小品及文艺评论独到价值的点评等，"都是与一般文学史不同的地方，当中国大陆所出版的文学史著作里作家数目因着政治运动而变得越来越少的时候"，他的著作"这种为文学作家及作品'出土'的贡献还是不小的"①。另外，他长期的报人身份，也使他在中国现代文学发展与出版界的关系问题上获得了这样的深刻认识："一部近代文化史，从侧面看去，正是一部印刷机器发达史；而一部近代中国文学史，从侧面看去，又正是一部新闻事业发达史"；"中国的文坛和报坛是表姊妹，血缘是很密切的"。而他的这一认识在写作中得以落实，从而使该书成为"现有的新文学史中最多讨论报刊杂志的一种"②。这本书分正、续两编，均于1955年推出，虽然由于其内容主要由作者见闻构成，大多数研究者并不将之当作一部文学史，但其潜在的史学品格，还是受到另一些人看重，被称作是一部"见证文学史"。③ 曹聚仁50年代另一部重要的现代文学研究著作是《鲁迅评传》（1956年）。关于这部书的写作，曹聚仁在回答一位"比较知心的朋友"的问话时，明白说道："我是为了要写许多人的传记，连自

---

① 王宏志：《历史的偶然——从香港看中国现代文学史》，牛津大学出版社1997年版，第84页。
② 同上。
③ 同上。

传在内,才到香港来的。第一部,就是要写《鲁迅评传》。"他甚至将之与蔡邕临死"只想续成《汉书》,黄梨洲、万斯同晚年唯一寄托就在编次明史"相提并论,将之视为他余生事业的最大者。在他看来,当时情形下,"那些接近鲁迅的人,都已没胆量把真实的鲁迅说出来了","……我若不赶快把所知道的写出来,……说鲁迅的,也只能让聂绀弩、王士菁、郑学稼颠倒黑白,乱说一阵了;我把真实的事实,鲁迅的真面孔,摆在天下后世的人的面前"①。该书一开篇,即回忆他 1933 年与鲁迅的谈话,声称要将鲁迅写成一个"人",而非一个"神"②。尽管由于立场和史料使用上的一些原因,该书在大陆出版后引出了一些颇为不同的看法③,但在当时大陆地区造神运动日甚一日之时,从"人"的角度而非"神"的角度看待鲁迅,这样一种态度,的确有难能可贵之处。此外,曹聚仁与现代文学有关的著作,还有《现代名家书信》《现代文艺手册》《鲁迅年谱》《书林新话》《书林又话》《我与我的世界》《听涛室剧话》《现代中国报告文学选甲编》《现代中国报告文学选乙编》等多种,对现代文学研究的许多方面都有独到的贡献。

香港另一位重要的现代文学研究者李辉英,原来也是一位大陆作家,而其现代文学研究,同样开始于 50 年代。譬如早在 1957 年,他就曾以"林莽"为笔名,出版过一本《中国新文学廿年》,1958 年又出版过《中国作家剪影》《作家的生活》。同时,他也是"第一位在香港大专院校开设新文学课程的人",时在 1967 年秋。④ 他的重要现代文学研究论著还有《中国现代文学史》(1970 年)、《三言两语》(1975 年)、《中国的现代戏剧》(1975 年)等⑤。其中较有代表性的,是他为香港中文大学开设新文学课程撰写的《中国现代文学史》,虽然其内容"都是一些最基本的文学史料",并引录了相当数量的作品,对作品的分析

---

① 曹聚仁:《鲁迅评传》,东方出版社中心 1999 年版,第 157 页。
② 同上书,第 1 页。
③ 朱正:《"史人""妄人"曹聚仁——且说他〈鲁迅评传〉的硬伤》,《鲁迅研究月刊》2009 年第 3 期。
④ 王宏志:《历史的偶然——从香港看中国现代文学史》,牛津大学出版社 1997 年版。
⑤ 同上书,第 95—96 页。

"相当贫乏",编排方式与内容均参考了王瑶著《中国新文学史稿》的内容,但不同于大陆著作的是,他并没有依据《新民主主义论》和《在延安文艺座谈会上的讲话》的论断来评断一切现代文学现象。

除了曹聚仁、李辉英的著述,60年代香港较重要的现代文学研究著作,还有赵聪的《文坛泥爪》(后改名《五四文坛点滴》)和余思牧的《作家巴金》。特别值得一提的是,60年代末,香港文学研究社还编撰出版了十大卷《中国新文学大系·续编》,试图承续30年代良友版《中国新文学大系》的传统,对1927—1937年的现代文学运动、文学创作做出较大规模的选择和整理。进入70年代后,香港中国现代文学研究的重要著作有《现代中国作家剪影》(黄俊东著,1972友联社出版),《中国现代作家列传》(赵聪著,1975年友联社出版),《中国现代六百作家小传》《中国现代六百作家资料索引》(李立明编著,1977、1978年波文书局出版),《中国现代戏剧图书目录》(香港甲文联合书院图书馆编,该馆印行),《当代中国小说戏剧一千三百种提要》(苏雪林等合编,龙门书店印),《鲁迅旧诗笺注》(张向天著,1972年雅典美术印刷公司出版),《鲁迅与梁实秋论战文选》(璧华编著,天地出版公司出版),《新文学丛谈》(司马长风著,1975年昭明出版社出版),《中国新文学思潮》(于蕾编著,1979年万源图书出版公司出版)等①,而其中最重要、也对后来大陆地区的现代文学研究产生了最突出影响的,首推司马长风著《中国新文学史》。该书分上、中、下三卷,分别出版于1975年1月、1976年3月及1978年12月。作者司马长风原是研究政治思想史的学者,1973年因到香港浸会学院代人讲授现代文学,才开始对这一段文学史进行系统研究、梳理。全书将30余年的现代文学历史分为诞生期、成长期、收获期、凋零期四个阶段,每一编先概述文坛动态,再选择有代表性的作家作品进行述评,每章后又以表格或附录的形式对正文内容做补充和说明,从史观、体例、笔法到内容,均表现出相当突出的特点。在作者看来,这不仅是"打碎一切政治枷锁,干干净净以文学为基点写的新文学史",而且是"以纯中国人的心灵所写的新文学史"。可以说,正是这两点——即某种

---

① 杨洪承:《香港中国现代文学研究综述》,《山东师范大学学报》1986年第3期。

与作者思想倾向密切相关的纯文学想象和他对欧化文风的厌恶和抨击，构成了此书引人注目的最重要特点。或许正是因为这两点，它对80年代之后大陆的现代文学研究也产生了不可忽视的影响。

香港之外，这一时期，在新加坡的华人学者中，也有一些人对中国现代文学的研究，倾注了不少精力。比较突出的，像郑子瑜、王润华，均从不同的角度对中国现代文学研究作出了意义独到的贡献。前者从1952年起就在香港出版过《鲁迅诗话》（大公书局，1955年修订三版），1959年后又先后出版有《人境庐丛考》（新加坡商务印书馆，1959年）、《黄遵宪与日本友人笔谈遗稿》（与实藤惠秀合编，日本早稻田大学语学教育研究所，1968年）、《诗论与诗纪》（香港中华书局，1978年）等论著。论题涉及明清诗人黄遵宪、郁达夫的旧体诗，鲁迅、周作人的新旧体诗等，其中对黄遵宪的研究和对中国现代旧体文学的研究，都在整个这一时期的现代文学研究中具有突出的意义。后者擅长从比较文学的角度研究现代文学，其对鲁迅、老舍、钱锺书、沈从文小说的研究，也颇具慧心。

这一时期，较早注意并研究中国现代文学的，还有苏联和东欧的学者。早在1950年年初，《人民文学》第3期即发表过苏联学者费德林的文章《论中国新文学》。该文从一个社会主义国家研究者的角度评述中国现代文学，其重心当然首在革命文学的发展成就。50年代，由于中苏之间的特殊关系，包括费德林、艾德林等在内的苏联学者对中国现代文学的翻译与评介，一直抱有较高的兴趣，但其研究成果却并无特别引人注目的地方。不过，同一时期，在同属社会主义阵营的捷克斯洛伐克，却出现了一位出色的中国现代文学研究者——普实克。他早年受教于著名的瑞士汉学家高本汉，30年代初来中国居留两年，除熟悉了中国的生活与文化外，与现代文学的许多著名人物，如徐志摩、胡适、郑振铎、鲁迅、郭沫若、茅盾、冰心、丁玲、沈从文等均有所交往。早年所获充足的东西方文化学养及对中国现代文学的切身了解，加上五六十年代东欧国家对中国的特殊感情，使他成为"为数不多的对传统和现代的中国文化都能应付自如的欧洲汉学家之一"[1]，并使其在现代文学的研究中，兼及中国文学自身的

---

[1] 李欧梵：《普实克中国现代文学论文集》，湖南文艺出版社1987年版，"前言"，第2页。

传统与世界文学影响，并娴熟运用结构主义的视野与方法，从"抒情的"和"史诗的"两条不同线索，透视中国现代文学基本特征，提出了一系列不同凡俗的对中国现代文学的见解。其论文《中国现代文学中的主观主义和个人主义》《以中国文学革命为背景看传统东方文学同现代欧洲文学的对立》《二十世纪初中国小说叙事者作用的变化》《茅盾与郁达夫》等，以及针对60年代初夏志清《中国现代小说史》英文版所撰写的批评文章，均以对中国现代文学精神的深刻洞察和同情的了解，有力地影响了包括捷克的高利克、美国的李欧梵、中国的陈平原等一批重要的后来者。

美国的中国现代文学研究，一开始与港、台地区有较多的联系。最早研究现代文学的学者，多是从40年代末或其后从大陆或台港赴美的华人。比如，许芥昱1959年就撰有博士论文《闻一多评传》，其后又编选、翻译《二十世纪中国诗选》，组织编纂《二十世纪中国作家传记辞典》等，对推动中国现代文学研究在海外的发展作出了突出的贡献。夏济安于1956年赴美，其英文代表作《黑暗的闸门》，尤其是其中的《鲁迅作品的黑暗面》一节，对海内外现代文学研究也产生了不小的影响。正是在他们和其他一些学者的努力下，西方中国现代文学研究在六七十年代之后取得了重大的进展。1976年，戈茨（Michael Gotz）的研究报告《中国现代文学研究在西方的发展》指出："在过去20年左右，西方学者对中国现代文学严肃认真的研究已大大的发展起来，可以名副其实到了称为'学科'的阶段。中国现代文学研究已不再是附属于汉学的一部分，它已经从语言、历史、考古、文字研究及其他与中国有关的学术研究中脱离，自成一门独立的学科。"①

除前述两位外，周策纵、夏志清、陈世骧、柳无忌、林毓生、李欧梵、刘绍铭等华人学者，韩南、胡志德、金介甫、葛浩文等美国本土学者，从不同的方面，均对中国现代文学的研究作出了重要的贡献。其中如周策纵的论著《五四运动史》、李欧梵的博士论文《中国现代作家的浪漫

---

① ［美］戈茨：《中国现代文学研究在西方的发展》，转引自王润华《华文后殖民文学——中国、东南亚的个案研究》，学林出版社2001年版，第4页。

一代》、刘绍铭有关曹禺戏剧的论文、金介甫对沈从文的研究等，在 80 年代之后被逐渐译介到国内，均对其后中国现代文学研究的突破，发挥了不小的启示作用。

不过，这一时期海外出版的最重要的中国现代文学研究著作，还是当推夏志清的《中国现代小说史》。这部书最早于 1961 年用英文在美国出版，由于不同的立场、观点，早在这部书英文版出版不久的 1961、1963 年，围绕小说史采用的历史态度与批评方法以及对一些左翼作家的评价，就发生了捷克汉学家普实克与作者之间的论战。到 70 年代后期，又被港台学者翻译成中文在台湾出版，此后通过种种不同途径进入大陆学者视野，对 80 年代以后中国现代文学的研究产生了重大的影响。由于不同的政治立场与文化、文学批评观念，这部书对中国现代小说的发展做出了一种与同期大陆文学研究界有巨大差异的选择与评价。这一点仅从其章节安排就可明显看出。该书分三编，第一编"首叙初期（1917—1927）"，又分三章：第 1 章文学革命，第 2 章鲁迅，第 3 章文学研究会及其他：叶绍钧、冰心、凌叔华、许地山，第 4 章创造社：郭沫若、郁达夫等。第二编"成长的十年（1925—1937）"，包括八章：第 5 章三十年代的左派作家和独立作家，第 6 章茅盾，第 7 章老舍，第 8 章沈从文，第 9 章张天翼，第 10 章巴金，第 11 章第一个阶段的共产小说，第 12 章吴组缃。第三编"抗战时期及胜利以后（1937—1957）"，包括七章：第 13 章总论"抗战期间及胜利以后的中国文学"，第 14 章资深作家茅盾、沈从文、老舍、巴金，第 15 章张爱玲，第 16 章钱锺书，第 17 章师陀，第 18 章第二阶段的共产小说，第 19 章结论。书后附录文字三篇：一九五八年来中国大陆的文学、现代中国文学感时忧国的精神、姜贵的两部小说。

对于中国大陆地区的读者，这里最令人印象深刻的，大概就是作者对沈从文、张爱玲、钱锺书、师陀等作家的不同寻常的看重。从 1949 年到 1978 年，沈从文在大陆"文坛"几近消失，即使偶尔露面，也是批判性的。夏志清在其书中给了他如此突出的地位，确实是让很多人感到惊奇的。至于张爱玲和钱锺书，在大陆编写的文学史上，几乎都从未出现过，夏氏对他们的分析评价，也给人耳目一新的感觉。除此之外，它迥异于大陆地区的研究立场和受新批评影响的注重文学性的研究方法，也给 80 年代以后的大陆现代文学研究带来了有力的冲击。

日本的中国现代文学研究，开始于20世纪30年代。从1934年竹内好、增田涉、松枝茂夫、武田泰淳、小野忍等组织"中国文学研究会"，刊行《中国文学月报》开始，以鲁迅为代表的中国现代文学就被系统地介绍到这个国家。日本的中国现代文学研究，有着自己鲜明的特色，从1943年竹内好写作《鲁迅》始，这一研究就隐然将对中国现代文学的研究与日本及亚洲近代化的命运联系在一起考虑，独特的视角，严谨的学风，造就了许多有价值的研究论作。20世纪50—70年代，日本的中国现代文学研究，一直都有值得重视的成果推出，其中如竹内好的《现代中国论》（1951年）、小野忍的《中国现代文学的研究》（博士论文，1958年）、尾上兼英的《鲁迅与尼采》（1961年）、北冈正子的《鲁迅的"进化论"》（1967年）和《〈摩罗诗力说〉材源考笔记》（1972年）、丸山升的《鲁迅——他的革命和文学》（1965年）、伊藤虎丸的《鲁迅与终末论》（1975年）和《创造社研究》（合著，1979年）、木山英雄的《〈野草〉主体构建的逻辑及其方法》（1963年）和《北京苦住庵记——日中战争时代的周作人》（1978年）等，都是思想深刻、见解独到、资料翔实的论作，但其对中国大陆地区的影响，大都要延迟至70年代末以后才逐步显现出来。

第 二 章

中国现代文学研究学科体系的重建
（1979—1993）

1976年10月粉碎"四人帮"，是中国当代历史的一个转折性事件。随着持续十年的"文革"动乱的结束，社会的政治、经济、文化生活秩序恢复正常，历史逐步进入一个以现代化建设为主要目标的"新时期"，同时，也将中国现代文学研究带入了一个以拨乱反正为先导，思想解放为动力的学科重建时期。从70年代末革命文艺秩序的恢复，到80年代中期"二十世纪中国文学"概念的提出，现代文学研究中的"革命史"模式逐渐为现代化叙事话语所取代，以"重写文学史"为标志，中国现代文学学科的重建也进入了一个充满活力的新时期。

第一节 革命文艺秩序的恢复与学科体系的重建

中国共产党十一届三中全会之后，中国的社会生活在政治领域逐渐恢复正常，文化领域也出现了一系列解冻期现象。"文革"路线的否定，带来了思想解放的热潮。对一批从前被打倒的老干部的平反及对知识分子社会地位的重新认定，深刻影响了其后的文化生活秩序，也为中国现代文学领域的拨乱反正、学科重建，提供了基本的生活背景和思想动力。

70年代末期当代中国文艺生活领域里的一系列变化，直接影响到了现代文学学科重建的进程：1977年11月20日和12月28日，《人民日报》编辑部、《人民文学》编辑部相继召开座谈会，批判"文艺黑线专政"论；1978年5月,《人民文学》在"彻底揭批'文艺黑线专政'论"的专栏里，发表林默涵的《解放后十七年文艺战线上的思想斗争》等文章，正式揭开文艺界"拨乱反正"的序幕；1980年4月,《上海文学》发表评论员文章《为文艺正名——驳"文艺是阶级斗争的工具"论》，开启新时期文学观念强调艺术自律的先声；同年5月,《人民日报》发表周扬《三次伟大的思想解放运动——在中国社会科学院召开的纪念五四运动六十周年学术讨论会上的报告》；解放军总政治部撤销《部队文艺座谈会纪要》；10月，第四次文代会在京召开，一批在"文革"及之前的"反右"中被逐出文坛的人物：周扬、夏衍、丁玲、冯雪峰、艾青、萧军等重新回到人们的视野……历史从此进入一个以反思为特征的革命文艺秩序重建、重评和以现代化建设为目标的更注重思想包容性的时代。

在这样的历史转换期，中国现代文学研究领域也出现了一连串学科重建的迹象：1978年《新文学史料》丛刊创刊；1979年12月12日，鲁迅研究会在京成立；1979年1月，在教育部组织的一次现代文学教材审稿会上，与会代表倡议成立全国高等院校中国现代文学研究会①，次年7月12—18日，中国现代文学研究会首届学术讨论会在包头举行；1979年4月，由高校中国现代文学研究会主办的《中国现代文学研究丛刊》创刊；1980年3月28日，纪念"左联"成立50周年大会在京举行；1980年12月21—23日，香港举办由香港中文大学中文系主办的"中国现代文学研讨会"；1981年9月25日，鲁迅诞生100周年纪念大会在人民大会堂举行；1982年10月16日，中国现代文学馆筹建处在北京万寿寺西院正式成立……

与此同时，上海文艺出版社从1978年7月开始陆续推出一套"中国现代文学研究丛书"，包括王瑶著《中国新文学史稿》，楼栖著《论郭沫若的诗》，叶子铭著《论茅盾四十年的文学道路》，凡尼著《论殷夫的诗》，吴中杰、高云著《论鲁迅的小说创作》，林非著《鲁迅前期思想发

---

① 会议选举王瑶任会长，田仲济、任访秋任副会长，丁尔纲、公兰谷、支克坚、叶子铭、华忱之、孙中田、邵伯周、吴奔星、严家炎、陆耀东、林志浩、单演义、黄曼君为理事。见《高校中国现代文学研究会成立》，《中国现代文学研究丛刊》1979年第1期。

展史略》,陈永志著《试论〈女神〉》,范伯群、曾华鹏著《王鲁彦论》,钱谷融著《〈雷雨〉人物谈》等,尝试开辟现代文学研究的新境界的同时,对前三十年的现代文学研究进行了一次较大规模的总结。作为一个学科的现代文学研究,逐渐走出"文革"阴影,开始进入一个新的活跃时期。

像政治领域的"拨乱反正"一样,现代文学研究的"拨乱反正",一开始同样表现出一种以"平反""恢复"为主的过渡期特征。而这项工作的第一步,便是对《部队文艺座谈会纪要》的否定,以及与之紧密相关的对30年代左翼文学的重新评价。1978年3月,北京大学、北京师范大学和北京师范学院中文系教师在北大图书馆召开讨论会,讨论的主要问题就是左翼文艺运动的评价及"两个口号"论争问题,会间杨占升、袁良骏、唐沅、郏瑢等研究者的发言及会后发表的郏瑢的文章《还历史的本来面目——学习鲁迅关于"国防文学"的论述》、杨占升的文章《评两个口号的论争》、唐沅的文章《关于一九三六年"两个口号"论争的性质问题》①,均对这一问题做出了还历史以真相的新的发掘和判断。其后,由陈荒煤、沙汀编写的《"两个口号"论争资料选编》《左联回忆录》两书相继出版,新时期重整革命文学秩序问题的序幕,就此正式揭开。对"两个口号"论争问题的重新审视,构成了这一时期现代文学研究的第一波浪潮,对30年代左翼文艺运动历史的研究,成为新时期中国现代文学研究的最初突破口。

紧随其后的,是对一批革命文学作家的平反和评价问题。还在"两个口号"论争问题讨论期间,由冯雪峰"文革"时期的一份交代材料引发的有关冯雪峰、胡风等人物的历史评价问题。②像冯雪峰、丁玲、艾青、萧军等一批在1957年的"反右派"中被打倒的作家,原本都是革命文学队伍中的重要人物。随着1978年4月右派分子帽子的摘去,他们在政治上的地位不再成为问题,但其思想、行为在革命文学史中的地位,仍

---

① 唐沅:《关于一九三六年"两个口号"论争的性质问题》,《文学评论》1978年第3期。
② 徐庆全:《文坛拨乱反正实录》第三章"重评中国左翼文艺运动的功过",浙江人民出版社2004年版,第121页。

然有待进一步的确定。获得政治上的"平反""昭雪""第二次解放"的他们，急切地想从历史和文学的研究中辩明自己的立场，确认自己的地位，而这也无疑为中国现代文学研究学科建设的推进提供了一份十分重要的动力。胡风从 50 年代中期被打倒，随后被剔除出革命文学史，一批与之相关的作家作品也从而长期沦为被迫害被批判的对象，其涉及的思想和艺术认识问题更为复杂。从 1980 年中共中央初次决定为"胡风反革命集团"平反，到 1988 年再次发布《关于为胡风同志进一步平反的补充通知》，有关问题的政治解决经历了一个曲折的过程，与之相应，有关胡风的研究，也成为 80 年代现代文学研究的持续热点之一。与之相似的，还有王实味问题。作为延安时期著名的"反动人物"，王实味因 1942 年发表《野百合花》被划为"托派"，其后又被错误地杀害。80 年代初，经其遗属和部分当事人的努力，问题一步步地得到澄清，但直到 1991 年，中共中央才做出了《关于王实味同志托派问题的复查决定》。以此为标志，现代文学领域的平反昭雪浪潮，现代文学研究领域的革命文学秩序的重整，基本告一段落。

对应于这种现实领域的革命文学秩序重整，七八十年代之交的现代文学研究，体现出一种明显的以"辩护"为中心的话语特点。还在推动 80 年代文学取得更大突破的各类"发现"之先，为形形色色的文学现象和人物"辩护"，指明事实真相，申说现象存在的合理性，就成了现代文学研究取得突破的最重要的途径。

首先是对一些先前已被归入革命作家或进步作家的文学人物生活和创作中的一些一度受批判的问题的辩护。从 1978 年起，《文学评论》等刊物先后发表了一系列文章，涉及的作家，不但有茅盾、周扬、赵树理、夏衍、田汉、瞿秋白等"文革"中受冲击、批判的对象，也有丁玲、萧军、胡风、路翎等在其前的历次运动中被打倒的历史人物，这些文章，如叶子铭的《评〈林家铺子〉——兼谈对新民主主义时期文学作品的批评标准》①，李文儒的《表现无产阶级文学新纪元的先声——试论〈小二黑结

---

① 叶子铭：《评〈林家铺子〉——兼谈对新民主主义时期文学作品的批评标准》，《文学评论》1978 年第 3 期。

婚〉、〈李有才板话〉在现代文学史上的意义》①，陈俊涛、杨世伟、王信的《关于〈二月〉的再评价》②，陈则光的《论历史讽喻剧〈赛金花〉》③，袁良骏的《褒贬毁誉之间——谈谈〈莎菲女士的日记〉》④，严家炎的《现代文学史上的一桩公案——重评丁玲小说〈在医院中〉》⑤，钱理群的《探索者的得与失——路翎小说创作漫谈》⑥，杨义的《路翎——灵魂奥秘的探索者》⑦ 等，中心的目的都在为那些一度蒙冤或遭受不公正评价的革命文学作家、作品辩诬，论证这些人物、作品的革命性，仍然是研究的主要目标。不过，随着问题讨论的深入，有关现代文学研究的认识标准和评价尺度问题，也逐步进入了人们的视野，不止一位研究者于此都提出，将现代文学的评价标准由社会主义转向新民主主义，而这同时也就使一批先前不同程度地受到压制、批判的民主主义作家（或称"进步作家""爱国作家"）思想、创作中的一些问题，开始得到了新的认识和评价。巴金的无政府主义、老舍《猫城记》中的"政治错误"、郁达夫的颓废、冰心的爱的哲学，这类长期被视作作家思想中的"污点"，使他们抬不起头来的问题，至此也开始得到比较全面的认识。

再接下去，一些原来被视作资产阶级代表人物的名字，也出现在现代文学研究的对象之中。1979 年出版的《中国现代文学研究丛刊》创刊号登出的文章，除了作为主体的鲁迅研究，左翼文艺运动、左翼作家研究，也出现了像耿云志的《胡适与五四文学革命运动》这类文章。1980 年第 1 期该刊又发表朱靖华的《一个充满矛盾而易遭误解的作家——略论郁达夫》，赵凤翔的《冰心简论》，陆树仑、李庆甲的《试评胡适的小说考

---

① 李文儒：《表现无产阶级文学新纪元的先声——试论〈小二黑结婚〉、〈李有才板话〉在现代文学史上的意义》，《山西师院学报》1978 年第 2 期。
② 陈俊涛、杨世伟、王信：《关于〈二月〉的再评价》，《文学评论》1978 年第 6 期。
③ 陈则光：《论历史讽喻剧〈赛金花〉》，《文学评论》1980 年第 2 期。
④ 袁良骏：《褒贬毁誉之间——谈谈〈莎菲女士的日记〉》，《十月》1980 年第 1 期。
⑤ 严家炎：《现代文学史上的一桩公案——重评丁玲小说〈在医院中〉》，《钟山》1981 年第 1 期。
⑥ 钱理群：《探索者的得与失——路翎小说创作漫谈》，《中国现代文学研究丛刊》1981 年第 3 期。
⑦ 杨义：《路翎——灵魂奥秘的探索者》，《文学评论》1983 年第 5 期。

证》；第 2 期刊出陆耀东的《评徐志摩的诗》，杨义的《论叶圣陶短篇小说的艺术特色》，温儒敏的《论郁达夫的小说创作》；第 3 期又出现了陈金淦的《关于"现代评论派"》，凌宇的《沈从文小说的倾向性和艺术特色》，王文英、朱立元的《略论许地山的创作》；第 4 期许志英的《论周作人早期散文的思想倾向》，任广田的《从〈隔膜〉到〈倪焕之〉——论叶绍钧二十年代的创作思想》，董易的《关于郁达夫的生活道路和创作个性的形成》，张立国的《关于〈幻灭〉评价的几个问题》，史承钧的《试论解放后老舍对〈骆驼祥子〉的修改》，王德禄、吴三元的《关于胡适与〈新青年〉关系的一点考证》，凌宇的《沈从文谈自己的创作——对一些有关问题的回答》。

显而易见，除了从前受重视的那些革命作家、进步作家，像胡适、周作人、徐志摩、沈从文一类在 50—70 年代的革命文艺史叙述中被批判、被删除的"反动作家"，在新的历史条件下，也开始得到研究者的重视并不同程度地获得一些较为积极的评价。现代文学研究的视野变得较前远为开阔，那种纯粹以政治或革命为标准的文学研究话语，开始发生缓慢然而不可逆转的动摇、解体。

不过，需要指出的是，这一时期现代文学研究与意识形态之间的关系依然紧密。在上述研究中，评价的标准虽然放宽了，但基本立场并未改变。不同作家、作品与现代革命运动的关系，仍然是衡量它的价值和意义的基本依据。有关作家人生"道路"的探求，仍然是研究者所要着力阐发的主要问题。就如一位研究者当年对巴金"道路"的概括："经过艰苦、漫长、曲折的思想发展道路，巴金终于找到社会解放的真理。他也由一个否定一切国家、政府、政党、军队、法律和专政的无政府主义信仰者，成为了共产党的战友和新中国的热情歌手。"① 这种经由曲折道路终于找到革命真理的叙事，堪称当年作家作品论的一种典型表述方式。

就在现代文学研究为革命文艺秩序如此忙碌的同时，来自高等教育领域的要求，也为这一学科的重建带来了新契机。随着中断多年的高考制度

---

① 吴定宇：《巴金与无政府主义》，《中国现代文学研究丛刊》1984 年第 3 期。

恢复和高校教学秩序恢复正常，高校中文系有关课程的教学需要也给现代文学研究提出了新的要求。为了适应这样的要求，七八十年代之交的出版界和现代文学研究界，相继推出了一批重版的或新编的现代文学史教材。其中包括王瑶、刘绶松50年代的著作，也包括60年代因故停顿，1978年9月重新启动，并于1979年、1980年先后出版的唐弢、严家炎主编的三卷本《中国现代文学史》，同时，还包括一批仓促上马的文学史新著，如田仲济、孙昌熙主编《中国现代文学史》①、九院校编写组《中国现代文学史》②、中南七院校编著《中国现代文学史》③、林志浩主编《中国现代文学史》④、七省区十七院校编写组《中国现代文学史》⑤、十四院校编写组《中国现代文学》⑥等。这些论著，总体上均带有一种明显的过渡期特征。其中的旧作，固然仍然维持着先前那种以"革命"为中心的叙事格局，就是新著，同样也不脱"革命文学史"的一些基本特点，如继续强调"文艺斗争是从属于政治斗争的，政治的分野决定着文艺的分野"，继续突出"革命文学"的主流地位，突出阶级、路线、现实主义等范畴在判定文学现象、作家作品中的标志意义。文学研究与意识形态之间的关系依然紧密。不过，值得注意的是，其中许多具体的观点，却已得到不同程度的修订，文学研究的视野有所拓展，评价的尺度也较前大为放宽。

80年代前期现代文学研究的另一值得注意的变化，是个人编史的重新出现。1984年人民文学出版社出版了黄修己编的《中国现代文学史简编》，现在看来，它最主要的意义，或许还不在它的内容，而更在它对这种个人修史的撰述方式的恢复。这不但标志着对个人学术能力、学术劳动的尊重，更标志着现代文学研究从那种"计划经济"式的国家统制中重新获得了某种程度的自由。

推动并改变了新时期现代文学研究格局的，还有来自海外现代文学研

---

① 田仲济、孙昌熙主编：《中国现代文学史》，山东人民出版社1979年版。
② 九院校编写组：《中国现代文学史》，江苏人民出版社1979年版。
③ 中南七院校编著：《中国现代文学史》，长江文艺出版社1979年版。
④ 林志浩主编：《中国现代文学史》，中国人民大学出版社1979年版，1984年修订重版。
⑤ 七省区十七院校编写组：《中国现代文学史》，内蒙古教育出版社1980年版。
⑥ 十四院校编写组：《中国现代文学》，云南人民出版社1980年版。

究界的直接挑战和启示。从 70 年代末开始，曹聚仁、夏志清、司马长风等一系列海外现代文学研究者的研究成果，或直接或间接地被介绍入大陆。许多学者从不同的途径开始接触诸如夏志清《中国现代小说史》、司马长风《中国新文学史》、曹聚仁《鲁迅评传》《文坛五十年》等研究专著，以其不同的观念、不同的选择，以及对"纯文学"的关注，引发了国内学界长期的模仿、学习潜流。这其中特别要提到的，首先是夏志清的《中国现代小说史》。这部书 1979 年由刘绍铭等译成中文，在香港友联出版社和台湾传统文学出版社出版，一部分大陆学者也因之与它有了接触，并深受刺激。令他们印象深刻的，除了它的不同政治立场，还有体现全书的纯文学追求，以及由之出发对中国现代作家成就的不同于大陆地区的抑扬取舍。最初的反应多是批判性的。1981 年 6 月，李何林在南开大学做《普及鲁迅著作，提高鲁迅研究水平》的报告，其后半部分主要都是对以苏雪林、夏志清、曹聚仁、胡菊人为代表的港台鲁迅研究的激烈抨击，其要点，则主要在对不同"立场"的强调。然而，随着这些论著带来的新的认识的不断传播，也有人开始认同其中的一些观点。与李何林的激烈排斥不同，唐弢的态度要微妙得多。譬如他在 1981 年参加香港现代文学研讨会后写的《中国现代文学史的编写问题》①一文谈及这部书，除了指出"实际上他写的是小说史，不是文学史"这一事实外，还引述他自己在大连对丁玲"你们为什么不批一批夏志清呢"的问题的回答，说国内已有人在批，但他认为"最重要的还是写出正面的好的文学史，以抵消错误影响。这是最根本的一着。因为单是反驳一个夏志清，不一定有效。我们现在还拿不出一部好的现代小说史，这是我们自己的缺点。当然，有一些文章反驳也是需要的。"他还说自己前一年在"香港就作了这个工作"，但"作得很隐晦，没有点夏志清的名。因为目的是要多团结一些人"。

如果说李何林所受的刺激，主要是一个革命文艺家所受的刺激，那么，可以说，唐弢所受的刺激更多的是一个文学史家的刺激，而他之所以在此前后一再否认夏志清对张爱玲、钱锺书的"发现权"，或许正是因为

---

① 唐弢：《中国现代文学史的编写问题》，《唐弢文集》第 9 卷《文学评论卷》，社会科学文献出版社 1995 年版。

刘绍铭在译序中对这一点的强调，强烈地刺激了他。现在看来，唐弢当年对夏志清的小说史许多方面其实是相当认可的，就是他一再申说钱锺书、张爱玲并非夏志清的发现这一情况本身，也表明他已在相当程度上认可了夏氏对这两位作家的看重。有研究者注意到，"1981至1983年间，唐弢连续写出的《在中国现代文学思潮、流派学术交流会上的发言》、《四十年代中期的上海文学》、《西方影响与民族风格》、《从香港"中国现代文学研讨会"谈到我的一点看法》、《面向生活》、《中国现代文学史的编写问题》、《艺术风格与文学流派》等多篇重要文章，就充满了与夏志清《小说史》'对话'的味道。仅在《中国现代文学史的编写问题》一文中，提到夏志清的名字即有十次之多（这还不包括若干次提到'他'）；受到夏志清掀起的'《围城》热'影响，他的两万多字的《四十年代中期的上海文学》，也竟不自觉地用了八千多字去分析这部小说的故事和人物，足见夏著对现代文学界的冲击之大"①。

正像有的研究者所指出："实际上，夏志清的《中国现代小说史》构成了大陆80年代以来'重写文学史'的最重要的动力，它不仅有力地推动了大陆的'重写文学史'运动，同时也在'重写文学史'的实践上具有明显的规范意义。在某种意义上，它意味着当代文学史典范的变革。它对张爱玲、沈从文和钱锺书等人的发现和推崇，确定了'重写文学史'的坐标和界碑。50年代以来，大陆的现代文学史写作留下了大量的空白，与夏志清的《中国现代小说史》构成了有趣的对照和潜在的对话关系。这种张力为'重写文学史'留下了大量的空间和充分的合理性。"②

重建期的现代文学研究，一个最重要的议题，就是如何恢复它的史学属性及学术品格问题。1980年7月召开的中国现代文学研究会首届学术讨论会，中心议题是用马克思主义的立场、观点、方法、实事求是的态度研究、恢复中国现代文学史的本来面目，提高现代文学研究的水平问题。会议讨论的内容，包括：一，肃清"左"倾思潮的流毒；二，彻底解放思想，发扬学术民主；三，坚持实事求是的科学态度，为恢复

---

① 程光炜：《中国现代小说史与80年代的现代文学》，《南方文坛》2009年第3期。
② 旷新年：《"重写文学史"的终结与中国现代文学研究转型》，《南方文坛》2003年第1期。

现代文学史的本来面目而不懈努力；四，扩大研究领域，改进研究方法，加强研究深度。当时列举的"左"倾思潮对现代文学史研究造成的流毒，主要是："主流论""过时论""本质论"和"人性论"。王瑶在会议的发言中明确提出，"文学史既是文艺科学，也是一门历史科学"①，自此淡化文学研究的政治色彩，使其重归历史和学术的本位，成为研究者的自觉追求。

这种"历史化"认识的第一点，就是将研究对象当作已然发生的事实，而非现实政治斗争的工具。《关于现代文学研究工作的随想》②说："现代文学史由于所研究的作家是我们的同时代人，因此常常不免有超出学术范围的干扰；但科学地研究问题必须有勇气排除这些干扰，文学史只能根据作品在客观上所反映的思想倾向和艺术成就来评价，与政治的结论是完全不同的。"《关于现代文学史的起讫时间问题》③又说："历史是过去的经过一定时间后稳定和凝结了的现实"，文学史和其他历史科学一样"只能研究已经相当稳定了的现实，不能在事物尚在变动状态，它的性质尚未充分暴露，它与其他事物的联系或反响尚未发生或尚未引人注意时，就匆忙地作出历史性的阐释和评价"④。现代文学史学科奠基者对自己学科属性这种史学品格的强调，一开始的确与其试图将学术研究从一套"左"的话语中解放出来的努力有关。对于这一点，唐弢的表态同样明确："文学史就应该是文学史，而不是什么文艺运动史，政治斗争史，也不是什么思想斗争史。"⑤

在强调现代文学研究的历史品格的同时，对史料的重视，也再一次提到了议事日程上。唐弢1982年发表在《文史哲》第5期的《关于中国现

---

① 王瑶：《关于中国现代文学研究工作的随想》，《中国现代文学史论集》，北京大学出版社1998年版。
② 同上。
③ 王瑶：《关于现代文学史的起讫时间问题》，《王瑶全集》第5卷，河北教育出版社2000年版。
④ 孙玉石：《作为文学史家的王瑶》，《现代文学漫谈》，北京大学出版社2010年版。
⑤ 唐弢：《中国现代文学史的编写问题》，《唐弢文集》第9卷《文学评论卷》，社会科学文献出版社1995年版。

代研究问题》再一次强调了史料问题的重要性，提出"现在我们应该大力抢救资料"，要"请老人写回忆录，访问整理"，同时对回忆录里的东西"必须仔细分析，仔细辨别"。1985年，《中国现代文学丛刊》第1期发表了马良春的《关于建立中国现代文学史料学的建议》；1986年，朱金顺的著作《新文学资料引论》① 出版；1988年，樊骏在《新文学史料》发表了长达八万字的《关于中国现代文学史料工作的总体考察》，中国现代文学研究史料学建设迎来了第一次全面的自觉。

80年代的史料整理取得了明显的进步。1978年创刊的《新文学史料》，从1979年起每年出版4期，迄今发表各类文章近5000篇。1979年，由中国社会科学院文学研究所发起并主持、陈荒煤担任主编、全国有关高校及科研单位参加编写的《中国现代文学史资料汇编》丛书，被列入国家哲学社会科学"六五"计划重点规划项目，自1982年起陆续由中国社会科学出版社、中国戏剧出版社、北京出版社、天津人民出版社、福建人民出版社等10余家出版社出版。丛书原计划200余种，分甲、乙、丙三种，分别设立编辑委员会。甲种为《中国现代文学运动、论争、社团资料丛书》，内容主要包括文学史上的运动、思潮、论争与社团资料，共31种；乙种为《中国现代作家作品研究资料丛书》，收录从1919年至新中国成立前夕作家的传略、生平活动、著译目录索引等资料，以及对作家思想和文学创作的评论等，以作家新民主主义革命时期的资料为主，也适当选录1919年以前和新中国成立以后的有关材料，按不同情况分为专集或合集，共170余种；丙种为《中国现代文学书刊资料丛书》，分文学期刊目录索引、主要报纸文艺副刊目录索引、现代文学总书目3种。进入90年代后，尽管由于种种原因，工作陷于停顿，到新世纪为止，共完成其中60余种的编撰，但它在中国现代文学研究史上的意义非常重大。这一时期史料整理工作方面的重要成绩还有中国社会科学院文学研究所编《"革命文学"论争资料选编》（上、下）②，吉明学、孙露茜编《三十年

---

① 朱金顺：《新文学资料引论》，北京语言学院出版社1986年版。
② 中国社会科学院文学研究所编：《"革命文学"论争资料选编》（上、下），人民文学出版社1981年版。

代"文艺自由论辩"资料》①，文振庭编《文艺大众化问题讨论资料》②，陈瘦竹编《左翼文艺运动史料》③，刘增杰、赵明、王文金等编《抗日战争时期延安及各抗日民主根据地文学运动资料》（上、中、下）④，苏光文编《国统区抗战文学研究丛书·文学理论史料选》⑤，文天行等编《中华全国文艺界抗敌协会史料选编》⑥ 等。另外，大量的现代作家书信得以收集出版，比如孔另境编的《现代作家书简》⑦，萧军编的《萧红书简辑存注释录》⑧ 和《鲁迅给萧军萧红信简注释录》⑨ 等。

像现代文学研究领域许多其他做法一样，对作家作品的版本校勘工作，最早也是从鲁迅研究领域发展起来的。进入80年代，较早出现的现代文学版本校勘专著，有朱正著《鲁迅手稿管窥》⑩、孙用编《〈鲁迅全集〉校读记》⑪、王得后的《〈两地书〉研究》⑫、唐弢等的《鲁迅著作版本丛谈》⑬ 等。随后，桑逢康的《〈女神〉汇校本》⑭、龚明德的《〈太阳照在桑干河上〉修改笺评》⑮ 和《〈死水微澜〉汇校本》⑯、朱泳燚的《叶圣陶的语言修改艺术》⑰ 等，将版本研究的范围逐渐扩大到了郭沫若、丁玲、叶圣陶、李劼人等著名作家。

---

① 吉明学、孙露茜编：《三十年代"文艺自由论辩"资料》，上海文艺出版社1990年版。
② 文振庭编：《文艺大众化问题讨论资料》，上海文艺出版社1987年版。
③ 陈瘦竹：《左翼文艺运动史料》，南京大学学报编辑部1980年版。
④ 刘增杰、赵明、王文金等编：《抗日战争时期延安及各抗日民主根据地文学运动资料》（上、中、下），山西人民出版社1983年版。
⑤ 苏光文编：《国统区抗战文学研究丛书·文学理论史料选》，四川教育出版社1988年版。
⑥ 文天行等编：《中华全国文艺界抗敌协会史料选编》，四川省社会科学院出版社1983年版。
⑦ 孔另境编：《现代作家书简》，花城出版社1982年版。
⑧ 萧军编：《萧红书简辑存注释录》，黑龙江人民出版社1980年版。
⑨ 萧军编：《鲁迅给萧军萧红信简注释录》，黑龙江人民出版社1981年版。
⑩ 朱正：《鲁迅手稿管窥》，湖南人民出版社1981年版。
⑪ 孙用编：《〈鲁迅全集〉校读记》，湖南人民出版社1982年版。
⑫ 王得后：《〈两地书〉研究》，天津人民出版社1982年版。
⑬ 唐弢等：《鲁迅著作版本丛谈》，书目文献出版社1983年版。
⑭ 桑逢康：《〈女神〉汇校本》，湖南人民出版社1983年版。
⑮ 龚明德：《〈太阳照在桑干河上〉修改笺评》，湖南人民出版社1984年版。
⑯ 龚明德：《〈死水微澜〉汇校本》，四川文艺出版社1987年版。
⑰ 朱泳燚：《叶圣陶的语言修改艺术》，宁夏人民出版社1985年版。

新时期之初现代文学学科意识的另一重要变化，体现在对研究者学术个性的呼唤和尊重上，而这事实上也是对研究活动的主体性原则的一种曲折的肯定和维护。50年代后期以来的现代文学研究，逐渐削弱了研究者个人在学术活动中的意义。所谓"集体"写史，除了体现统一意志，实际也意味着对研究者个人品格和能力的不信任及对研究成果多样、多风格的排除。进入新时期之后，历史对此同样进行了反拨。在1980年召开的现代文学研究会第一次研讨会上，有人就对当时的文学史著述方式提出了批评和新的要求，认为集体编著的现代文学史已经不少，集体编史有它的长处，但也有很大局限，今后更应提倡个人著史或几个观点一致、学术思想相近的少数人合作著史。针对夏志清小说带来的启示，唐弢同样提出"可以有多种多样的文学史"，同时表示"我个人如果写，就写一家言，写我自己喜欢的，代表我自己的艺术欣赏标准"。对编史方式的这种评论，表达的其实是研究者想从学术活动中重新觅得个人主体性的一种努力。这一点，同样对后来的研究产生了不小的影响。虽然唐弢个人的心愿始终未能实现，但正是因为有了这样的思想，从黄修己开始，中国文化固有的个人编史传统，才得以在现代文学研究领域逐步恢复。也正是在这样的思想指导下，作为新一代文学史研究者翘楚之一的杨义，才得以完成被苏联学者费德林称为"一个人做了我们需要一个研究所做的工作"的《中国现代小说史》的写作。

第二节　中国现代文学史研究的现代化范式

现在看来，80年代从事现代文学重建的至少包括三代学者。现代文学研究的第一代学者，以王瑶、唐弢、李何林、贾植芳、钱谷融、陈涌、陈白尘、陈瘦竹、田仲济、任访秋、王士菁等为代表；第二代学者，以严家炎、樊骏、叶子铭、乐黛云、陆耀东、孙玉石、范伯群、邵伯周、黄修己、林非、袁良骏、吴中杰、支克坚、吴小美、陈鸣树、许志英、朱德发等为代表；第三代学者，以钱理群、王富仁、杨义、赵园、刘纳、蓝棣之、吴福辉、温儒敏、艾晓明、陈思和、王晓明、汪晖、陈平原等为代表。这三代学者开始进入现代文学研究领域的时间不同，相应的政治、文化立场，学术个性也存在着明显差异，对这一学科重建所作出的贡献，也各有不同的侧重。

第一代学者，早在五六十年代就主持或参与了这个学科的创建，其中的许多人同时也是现代文学的作家或现代文学运动的积极参与者。其文化立场，从根本上始终属于左翼，属于"五四"。因而，即便历史已经进入80年代，他们中的一些人对于历史的反思，仍然有着自己的限度。譬如李何林，直到1984年，仍然坚持中国现代作家作品论"应该按照中国现代文学是'无产阶级领导的、人民大众的、反帝反封建的、反买办官僚资产阶级的、新民主主义的文学'这种性质和标准去评价"，坚持认为"辩证唯物主义和历史唯物主义以及两者和中国革命实际相结合的《新民主主义论》，应该是我们的指导思想，是现代作家作品论的基本原则"①。王瑶对现代文学史编写的要求，也始终坚持"必须突出进步的、民主主义和社会主义的文学的主流"，要求"各种文学流派和有影响的作家作品"都"以它的贡献和同主流的关系来得到不同的评价"——据他的学生回忆，对八十年代中期的"文化热"，他既"十分关注并热情支持"，同时又对"出于对前些年过分强调文学政治工具作用的反感，轻重不同地淡化政治，只谈艺术和文化"的做法，"始终持有异议"，并曾明确表示："我们搞现代文学的，不能离开政治谈文化，不能一味地淡化政治。淡化政治，淡化到了零的程度是不行的。"② 就是唐弢，也是一方面明确表示赞成"写一家言""写我自己喜欢的，代表我自己的艺术欣赏标准"的"多种多样的文学史"，另一方面同样坚持现代文学的新文学立场，坚持"现代文学应当是具有真正现代意义的全新的文学"，而不应包括"旧文学和鸳鸯蝴蝶派文学"，"因为中国现代文学正是同旧文学、同鸳鸯蝴蝶

---

① 李何林：《中国现代作家作品论的基本原则》，《中国现代文学研究丛刊》1985年第1期。

② 孙玉石：《他拥有绿色的永恒》，《王瑶先生纪念集》，天津人民出版社1990年版，第189页。

派文学不断较量中产生和壮大起来的"①。

第二代学者,大多于前一时期开始从事现代文学研究,但其学术地位的获得,则主要在80年代之后。由于从青年时代一开始就接受新中国的教育,其对革命文化的认识和了解,甚至比上一代人更为彻底、深刻。其对革命立场的坚持或反省,也更具有思想的深度和历史的雄辩。夏志清《中国现代小说》等台、港、海外现代文学研究著作中的一些观点传入大陆后,不但是李何林、王瑶、唐弢对其抱有一种复杂的接受态度,第二代学者中的一些人,对其立场、方法,还有观点的抵触,态度也更为鲜明。从1982年到1984年,即有丁尔纲、袁良骏、徐明旭、华忱之等先后发表多篇文章,对之做出批评性的回应②。1983年《文艺报》第8期刊出袁良骏的《评夏志清的〈中国现代小说史〉》,开篇即借某些"有识之士"的话,批评它"赤裸裸的反共渗透在这本书的字里行间,使之无法被称为严肃的学术著作,某些章节甚至无法让人卒读",接下去又从四个方面对之做出了全面的否定,批评其"反共立场带来了严重的政治实用主义","宗教偏见导致了对整个中国现代文学的贬低和抹煞","历史偏见掩盖了真正的历史规律","艺术偏见诱发了一系列的错误评价"。而仅仅在文章末尾,才指出:"当然,我们从不否认,夏著的某些艺术分析还是不无可取之处。而所有这些可取之处,也正是远离了反共说教之处。可以想见,假如夏氏彻底抛弃了那些反共说教,他或许有可能写出一部像样子的、具有某些学术价值的《中国现代小说史》。"这样的批评话语,无疑带有明显的前一时代特点。

事实上,20世纪50—70年代,几乎所有的现代文学研究者,很少有人以学者自居,他们更准确的角色定位,其实是革命文艺工作者。到80

---

① 唐弢:《求实集》,北京大学出版社1983年版,"序"第4—5页。
② 见丁尔纲《艺术探索与政治偏见之间的徘徊倾斜——评美国学者夏志清的〈中国现代小说史〉茅盾专章》,《中国现代文学研究丛刊》1982年第4期;《评夏志清著〈中国现代小说史〉》,《鲁迅研究动态》1983年第7期;袁良骏《理论的谬误与学术的歧路——再评夏志清著〈中国现代小说史〉》,《海南大学学报》1984年第4期;徐明旭《"偏爱",还是偏见?——评夏志清著〈中国现代小说史〉有关许地山章节》,《中国现代文学研究丛刊》1984年第3期;华忱之《夏志清〈中国现代小说史〉评析》,《四川大学学报》(哲学社会科学版)1983年第4期。

年代之后，虽然情况发生了很大的改变，社会的"革命"的冲动日渐弱化，生活及大学教育体制的恢复常态，使其中的许多人回到教师或学者这样的普通社会角色之中，但由于历史及思维的惯性，要他们的反思，真正突破革命文化的局限，仍然是一件需要相当的时间和过程的事。

真正对现代文学研究的革命史范式发起挑战的，是新一代的研究者。1979 年高考制度和 1979 年研究生招生制度的恢复，让一批新的学者走入了现代文学研究的行列。由于所处时代和所受教育的不同，新一代研究者在身份认同、知识结构及文化理念上都与前一代学者存在明显的不同。这一点，事实上造成了对现代文学研究原有格局的更大冲击。

虽然实际的年龄差距不小，但现代文学研究的第三代，均属一度受革命文化熏陶又于 70 年代末期重返校园的一批人，从他们一进入角色，中国的社会生活已驶向了新的航道，现代化已然成为新的时代潮流和不可阻扼的趋势。改革开放年代接触到的新知识和新思想，为其从现代化的角度反思革命文化，重新认识学科研究对象提供了深刻的动力；恢复常态的社会分工和学科体制，也使他们很快从大学教育与科研机构中获得了一种不同于前的知识分子岗位意识。到 80 年代中期，随着新一代研究者知识积累的初步完成和思想的逐渐成熟，中国现代文学研究的一种新范式——"现代化"范式，呼之欲出。

改革开放在给中国社会带来了物质文化进步的同时，也带了思想的解放和观念的更新。随着社会开放程度的不断提升，西方文化中那些从前被拒之门外的东西，特别是 20 世纪以来的现代哲学—美学思潮开始一波波涌进中国。这一切，理所当然地对中国现代文学研究造成了极大的影响。

1984 年，王富仁的博士论文通过答辩，其后，论文的一部分于 1985 在《文学评论》第 3、4 期上发表①。他从思想启蒙的角度来评价鲁迅小说这一新的视角，给当时的现代文学研究带来了不小的震动，同时也预示着一种与前不同的现代文学认识模式即将取代旧模式的趋势。同年，在中国现代文学馆召开的"中国现代文学研究创新座谈会"之后，由黄子平、

---

① 王富仁：《〈呐喊〉〈彷徨〉综论》，《文学评论》1985 年第 3、4 期。

陈平原、钱理群共同撰写的《论"二十世纪中国文学"》一文在《文学评论》第 5 期刊出。文章打破以往以近代、现代、当代划分 20 世纪历史并给予不同的政治评判的做法，明确以"现代化"思路统摄近代以来的历史，宣称："所谓'二十世纪中国文学'，就是由上世纪末本世纪初开始的，至今仍在继续的一个文学进程，一个由古代中国文学向现代中国文学转变、过渡并最终完成的进程，一个中国文学走向并汇入'世界文学'总体格局的进程，一个在东西方文化的大撞击、大交流中从文学方面（与政治、道德等诸多方面一道）形成现代民族意识（包括审美意识）的进程，一个通过语言的艺术来折射并表现古老的中华民族及其灵魂在新旧嬗替的大时代中获得新生并崛起的进程"①，事实上，他们为其后的现代文学研究勾勒出了一个新的思想轮廓。1986 年，李泽厚发表《启蒙与救亡的双重变奏》②，以其著名的"救亡压倒启蒙"论，在当时的知识思想界引起了广泛的回响。1986—1988 年，包括王富仁的《反封建思想革命的一面镜子》、赵园的《艰难的选择》、陈思和的《中国新文学整体观》、刘纳的《论五四新文学》、陈平原的《在东西方文化碰撞中》、钱理群的《心灵的探寻》等在内的一批新一代研究者的研究专著，分别由北京、上海、浙江等地的出版社出版，有着不同学缘背景的南北学者，几乎不约而同地都将注意力投向了与思想和启蒙有关的问题领域。

1988 年，陈思和、王晓明在《上海文论》主持"重写文学史"专栏，提倡"冲击那些似乎已成定论的文学史结论"，"探讨文学史研究多元化的可能性"。"重写"开始冲击那些曾经构成"革命史"模式现代文学秩序的一些关键性领域。从 1988—1989 年，《上海文论》先后发表十余篇论文及笔谈，包括戴光中的《关于赵树理方向的再认识》、王雪瑛的《论丁玲的小说创作》、蓝棣之的《一份高级形式的社会文件》、徐循华的《对中国现当代长篇小说的一个形式考察》、王彬彬的《良知的限度——作为一种文化现象的"何其芳"现象》、李振声的《历史与自我：深隐在

---

① 钱理群、黄子平、陈平原：《二十世纪中国文学三人谈·漫说文化》，北京大学出版社 2004 年版，第 11 页。

② 李泽厚：《启蒙与救亡的双重变奏》，《中国现代思想史论》，东方出版社 1987 年版。

《女神》诗境中的一种困难》等,从不同领域、不同方向向前一时代构建的现代文学认识发起挑战。与此同时,包括《文学评论》《文艺报》《中国现代文学研究丛刊》在内的一批重要刊物,也纷纷开辟讨论相关问题的专版、专栏。1989年,《文学评论》第4期发表了夏中义的文章《历史无可避讳》,将反思批判的矛头直接指向毛泽东《在延安文艺座谈会上的讲话》,以新的思想启蒙为旨归的这一思潮,终于趋向了一个新的历史转折点。

其实,"二十世纪中国文学"也罢,"新文学整体观"也罢,最终的意义都在突出现代化过程的统一性,从而使现代文学史从先前那种以"革命"为中心建构起来的历史秩序中解放出来。"重写"的实质,并不在于一般性地改变以往现代文学研究的范围和某些具体观点,而在试图从根本上将那种以革命史为中心的文学史叙事转变到以"现代化"为中心的历史认识上来。就此而言,"重写"口号的提出虽在1988年,但其精神,却是对整个80年代中期以来现代文学领域一系列突破的总结和提升。

新文学启蒙主义话语的核心之一是"人"的思想和解放问题,新时期以来呼吁回归新文学传统,从某种程度上来说,是与重提人道主义和人性论交相辉映的。80年代中国大陆的"沈从文热"兴起与时代生活密切关系中的重要的一项,就是它对80年代重评人道主义、人性论的启示意义。关于人道主义思潮在80年代的兴起,当代文学研究者已有很多论述,这里要指出的只是,早在提出沈从文的文学史地位问题之先的1979年年初,朱光潜就在《文艺研究》第3期发表的文章《关于人性、人道主义、人情味和共同美问题》中,率先提出了影响新时期文学深远的人道主义、人性问题。这不仅有现实的意义,而且涉及现代文学人物的历史评价和现代文学史基本秩序的调整等一系列问题。就此而言,就连朱光潜的借"世界公认"要求提高沈从文的文学地位,也除了标志着文学评价的一种世界文学标准的恢复,还包括更深刻的思想内容,在他所相信的"公是公非"中,隐藏的其实正是普遍人性的信念。

同样与此有关的,还有对胡风文艺思想的重新讨论。随着胡风一案的政治平反,对胡风文艺思想的讨论持续成为新时期现代文学研究的热点问题。而问题的关键，首先在于如何认识他所提倡的主观战斗精神。这一点，同样有着深刻的思想意义。如果说对沈从文的发现，暗含着对人性论的重新肯定；那么，对胡风的重评，应和着的就是对作家主体性的承认，以及个人主义的重新评价。这一时期的胡风研究论著，均不同程度地对这一问题做出了比较深入的论述。比如胡铸的《胡风的主观战斗精神》尽管仍然保留了胡风在理论上有所错误的判断，但同时认为"胡风在认识到生活对于创作的重要的同时，而又十分重视作家的主观能动作用，这是颇有见地的。他强调的主观战斗精神，实际上就是作者的主观感情与创作态度"①。朱寨的《胡风的文艺批评》也在指出50年代之后对胡风的形象严重歪曲的同时，分析并肯定了他的文艺批评的这些特征及贡献②。陆一帆的《论胡风的文艺思想》③、魏绍馨的《人本主义的现实主义文学创作论——胡风文学思想评析》④、艾晓明的《胡风与卢卡契》⑤、钱理群的《胡风与五四文学传统》⑥ 等也从不同的角度论述了胡风的文艺思想。

正是在这样的背景下，现代文学研究发生了从革命到现代化，从政治到思想，从突出阶级到关注人性，从否定个性到张扬主体，从视表现为工具到寻求它的自在价值的深刻范式转变。回归"五四"，回归现代文学的启蒙主义传统，宽容和正视人性的复杂性和丰富性，成为新的文化潮流。1979年，支克坚在《文学评论丛刊》发表《关于阿Q的"革命"问题》⑦，既批判和否定阿Q的"不革命"，又批判和否定阿Q的"革命"。从鲁迅研究入手，"不仅'复活'了启蒙主义的观点，而且在痛定思痛的历史反思大背景下，为之注入了新的历史内涵，……成为建国后鲁迅研究

---

① 胡铸：《胡风的主观战斗精神》，《苏州大学学报》1983年第3期。
② 朱寨：《胡风的文艺批评》，《文艺研究》1985年第6期。
③ 陆一帆：《论胡风的文艺思想》，《中山大学学报》1986年第2期。
④ 魏绍馨：《人本主义的现实主义文学创作论——胡风文学思想评析》，《中国现代文学研究丛刊》1988年第4期。
⑤ 艾晓明：《胡风与卢卡契》，《文学评论》1988年第5期。
⑥ 钱理群：《胡风与五四文学传统》，《文学评论》1988年第5期。
⑦ 支克坚：《关于阿Q的"革命"问题》，《文学评论丛刊》1979年第4辑。

从政治说向启蒙说转折的醒目界碑"①。在这之后，从思想启蒙的角度展开对鲁迅及其他作家的研究，逐渐成为新的时代风气。从王富仁的《反封建思想革命的一面镜子》到汪晖的《反抗绝望》，有关鲁迅思想意义的研究步步深入，再一次成为引领现代文学研究实现范式转变的重要领域。研究者在分析作家作品时，不再拘泥于革命政治标准，而更从思想史的层面上展开对作家和作品丰富性的探寻。"艰难的选择""心灵的探寻"等着眼于现代知识分子精神丰富性的题目②，相继成为一个时期文学研究兴趣最为突出部分。而这进一步，也同样可以解释为什么在80年代影响现代文学研究的外来思潮里，心理分析何以始终是最受重视，也是最有成就的部分之一。

虽然弗洛伊德主义在中国的最早传播可追溯到20世纪20年代初③，虽然中国现代的许多作家、批评家，包括鲁迅、周作人、郭沫若、郁达夫、叶灵凤、沈从文、朱光潜、曹禺、刘呐鸥、穆时英、施蛰存等，在其创作和批评实践中早就不同程度地受惠于这种学说的影响，但自50年代以来的现代文学研究，却一直缺少从这一角度对问题的探索。改革开放之后，包括弗洛伊德、荣格、弗洛姆、拉康一大批精神分析学家的著作，再一次被大量翻译介绍入中国，借精神分析的视角探讨现代作家作品的复杂性，正式成为现代文学研究的一个重要角度。1982年，吕俊华出版的《论阿Q精神胜利法的哲理和心理内涵》一书④，是新时期较早应用心理分析方法研究现代文学的论著之一。作者从变态心理角度对精神胜利法的分析，突破了先前流行的阶级分析方法的缺陷，给当时的研究以一种积极的启示。《文学评论》1985年第5期刊出了余凤高的论文《心理学派与中国现代小说》。1987年，中国社会科学出版社出版了余凤高的专著《"心理分析"与中国现代

---

① 解志熙：《深刻的历史反思与矛盾的反思思维——从支克坚先生的革命文学研究说开去》，《中国现代文学研究丛刊》2002年第1期。
② 赵园：《艰难的选择》，上海文艺出版社1986年版；钱理群：《心灵的探寻》，上海文艺出版社1988年版。
③ 早在1920年，汪敬熙就在《新潮》丛刊第2卷第4、5期先后发表《本能与无意识》《心理学之最近的趋势》等文介绍过有关学说。
④ 吕俊华：《论阿Q精神胜利法的哲理和心理内涵》，陕西人民出版社1982年版。

小说》。同年，学林出版社出版了吴立昌的专著《精神分析与中西文学》（其第三章为"精神分析在中国现代文坛留下的轨迹"）。其后有关"五四"后精神分析学说在中国的传播，及中国现代作家、流派创作影响的研究全面展开。从鲁迅、郭沫若、郁达夫、周作人到施蛰存、穆时英、沈从文、曹禺、张爱玲，都有人撰文从心理分析的角度加以讨论。从蓝棣之自1986年开始发表后来收入《现代文学经典：症候式分析》的那些论文[1]，到王晓明的《无法直面的人生——鲁迅传》[2]《潜流与漩涡——论20世纪中国小说家的创作心理障碍》[3]一书的某些章节，心理分析的方法，对80年代以来的现代文学探究作家创作的心理奥秘，发挥了十分重要的作用。

到80年代中期，对现代文学研究产生重要影响的，还有当时所谓"文化热"的兴起。而这也就同时意味着现代文学研究在经历了重视个人、重视思想之后，更将认识的层面拓展到制约着人类生活的文化层面的努力。呼应着创作领域的"寻根"冲动，现代文学研究有关文化问题的讨论也骤然增多。从乡土文化到家族文化，从地域文化到民族文化，从宗教文化到民俗文化，现代文学与种种不同的人类文化活动的关系，相继成为研究者认真讨论的问题。首先，是对乡土文化的重视。中国现代文学一大特色是城乡对立，从鲁迅开始，对乡村文化的批判、留恋与反思早就构成了中国现代文学表现的重要主题。在后来收入《地之子——乡村小说与农民文化》中的那些文章，如《回归与漂流》《乡村荒原》《土地与性》中[4]，赵园对包括中国现代作家的乡土情怀、荒原感觉、流浪体验、土地意识、性文化等内容，做出全面深入的论述，从而将乡土文学的研究推到了一个深刻的文化反思层面。与此同时，有关城市文化的研究，在这时期也开始得到新的开展。长期以来的现代文学研究，注意力主要在农村。这种对乡土的重视和对城市的轻视在现代文学本身就能找到一定的依

---

[1] 蓝棣之：《现代文学经典：症候式分析》，清华大学出版社1998年版。
[2] 王晓明：《无法直面的人生——鲁迅传》，上海文艺出版社1993年版。
[3] 王晓明：《潜流与漩涡——论20世纪中国小说家的创作心理障碍》，中国社会科学出版社1991年版。
[4] 赵园：《地之子——乡村小说与农民文化》，十月文艺出版社1993年版。但文章从1989年起已在《文艺研究》《上海文学》等刊发表。

据。50年代以来，农村文化成为当代文化建设的主要取向。对城市文化的不信任感与对资产阶级思想的警惕常常联系在一起。在这样的背景下，对现代文学中的城市文学的轻忽，也就成为"文革"之前现代文学研究的一个明显缺陷。80年代以来，随着现代化建设的进展，城市化再一次成为中国社会发展的重要主题，伴随着开放意识形态对资产阶级文化的重新的、较为公允的评价，带来了城市文学的新发展，也带来了人们对现代文学都市文学的重新审视。

家族文化是中国传统社会的固有特征之一。中国现代文学从《狂人日记》起就有对家族文化的批判，但家族存在又是一个异常复杂的现象。从家族文化的角度，探讨现代文学的精神内涵，也成为学者关注的重要问题。像赵园的《现代小说中宗法封建性家庭的形象与知识分子的几个精神侧面》[1]、谢伟民的《文化转型期的悲剧人格——论现代长子形象的悲剧性及悲剧意义》[2]、李金涛的《巴金的〈激流三部曲〉与中国传统家庭文化》[3]等成果，都涉及这方面的问题。现代文学研究领域对地域文化的重视，与鲁迅、沈从文、赵树理等乡土文学的研究密切相关。在有关鲁迅的研究中，早就有人注意他与绍兴及浙江文化的关系，沈从文与湘西的关系更是有关研究最热衷谈论的话题，同样，赵树理与晋东南、孙犁与冀中农村的关系也引起关注。

中国现代文学与宗教文化关系的研究，也是这一时期中国现代文学文化研究的一个热门话题。在中国现代文学的发展中，宗教文化的影响本是一个不该被忽视的课题。中国一大批现代文学作家的经历与思想都与不同的宗教有着或深或浅的关系，然而，由于新中国成立后一段时期内对于宗教问题的简单化态度，现代文学与宗教的关系问题也就成为一个长期被搁置的东西。80年代以后，随着思想解放潮流的深入，现代文学与宗教文

---

[1] 赵园：《现代小说中宗法封建性家庭的形象与知识分子的几个精神侧面》，《文艺论丛》1985年第22辑。

[2] 谢伟民：《文化转型期的悲剧人格——论现代长子形象的悲剧性及悲剧意义》，《中国现代文学研究丛刊》1989年第2期。

[3] 李金涛：《巴金的〈激流三部曲〉与中国传统家庭文化》，《江汉论坛》1988年第6期。

化的关系问题也开始吸引众多研究者的目光。较早涉及这一领域问题的,有宋益乔、沙均、朝戈金关于许地山、萧乾、老舍与宗教有关的一些认识问题的探讨研究①,而影响最为突出的则是陈平原的《论苏曼殊许地山小说的宗教色彩》②。80年代中期"文化热"兴起后,这一角度的研究,更加引人注目。包括许地山、废名、老舍、巴金、曹禺、鲁迅、丰子恺等在内的一系列作家与宗教文化的关系问题,逐步得到了较为深入的讨论。

文学研究理念变化的又一点,表现在世界视野和世界标准的重新获得上。改革开放让新时期的中国重新走入现代世界。现代文学研究"世界文学"视野的获得,不仅为它带来了这一时期文学性质认识上的巨大变化,而且也为它确立了不同于前的研究方法和评价标准。

如前所述,有关中国现代文学与世界文学关系问题的一些研究,其实早在50年代就已展开,但当时对问题的讨论,兴趣主要在突出其与世界革命文学——特别是苏联文学的关系。到新时期现代文学学科重建之初,受新时期"改革开放"思潮的鼓舞,重新恢复活力的这一研究领域,比之前更加强调这一问题——现代文学研究与外国文学的关系问题。从80年代初期起,对现代文学与外国文学关系问题的讨论,就形成了这一领域研究中一个突出的现象。从王瑶的《论鲁迅作品与外国文学的关系》③、乐黛云的《尼采与中国现代文学》④,到温儒敏的《鲁迅早期美学思想与厨川白村》⑤、彭晓丰的《郁达夫与卢梭》⑥、曾光灿的《〈子夜〉与〈金钱〉》⑦、彭定安的《鲁迅的〈狂人日记〉与果戈理的同名小说》⑧,秦安琪与陆协新的《阿Q与堂吉诃德形象的比较研究》⑨、陈

---

① 相关文章参见《中国现代文学研究丛刊》1984年第2期、1985年第2期。
② 陈平原:《论苏曼殊许地山小说的宗教色彩》,《中国现代文学研究丛刊》1984年第3期。
③ 王瑶:《论鲁迅作品与外国文学的关系》,《鲁迅研究》1980年第1辑。
④ 乐黛云:《尼采与中国现代文学》,《北京大学学报》1980年第3期。
⑤ 温儒敏:《鲁迅早期美学思想与厨川白村》,《北京大学学报》1981年第5期。
⑥ 彭晓丰:《郁达夫与卢梭》,《中国现代文学研究丛刊》1984年第4期。
⑦ 曾光灿:《〈子夜〉与〈金钱〉》,《齐鲁学刊》1980年第4期。
⑧ 彭定安:《鲁迅的〈狂人日记〉与果戈理的同名小说》,《社会科学战线》1982年第4期。
⑨ 秦安琪、陆协新:《阿Q与堂吉诃德形象的比较研究》,《文学评论》1982年第4期。

平原的《鲁迅的〈故事新编〉与布莱希特的"史诗戏剧"》①,以及陈思和、李辉对巴金与俄国文学、法国民主主义、西欧文学、欧美恐怖主义等西方文学与社会思潮的那些系列论述②,有关现代文学研究与外国文学关系的讨论,一直是这一研究体系中最有活力的话题领域之一。

1985年发表的《论"二十世纪中国文学"》一开篇,就将"走向'世界文学'"列为20世纪中国文学的首要特点,宣称:"20世纪是'世界文学'初步形成的时代"。这不仅从方法上,而且从观念和价值判断上为世界文学视野的展开提供了保障。1986年湖南文艺出版社出版了曾小逸主编的《走向世界文学——中国现代文学与外国文学》,导言即为"论世界文学时代",其后分四辑,收论文三十篇,分别讨论鲁迅、许地山、茅盾、郁达夫、王统照、老舍、废名、沈从文、艾芜、巴金、施蛰存、张天翼、路翎等的小说,郭沫若、徐志摩、闻一多、李金发、冰心、蒋光慈、冯至、戴望舒、艾青、卞之琳、何其芳等的诗歌,周作人、丰子恺、梁遇春的散文,田汉、夏衍、曹禺的戏剧,系统地探讨了中国现代文学与世界文学的关系,展示了作为世界文学一个组成部分的中国现代文学在东西文化汇流中的选择与特点。作者除主编外,包括王富仁、陈平原、叶子铭、许子东、杨义、宋永毅、金宏达、凌宇、王晓明、汪应果、吴福辉、赵园、刘纳、孙乃修、蓝棣之、方锡德、高鑫、於仁涵、夏仲翼、黄子平、赵毅衡、张文江、陈圣生、钱理群、陈星、刘珏、王文英、朱栋霖等,均属当时现代文学研究领域最有实力的学者,且多数都是80年代以后进入中国现代文学研究的"第三代"学人,集中展示了当时学术界在这一领域所取得的成就与进展。其后,有关研究论著仍旧不断出现,像乐黛云的《比较文学与中国现代文学》③、陈平原的《在东西方文化碰撞中》④、王厚锦的《五四新文学与外国文学》⑤、王晓平的《近代中日文学

---

① 陈平原:《鲁迅的〈故事新编〉与布莱希特的"史诗戏剧"》,《鲁迅研究》1984年第2辑。
② 相关文章参见《文学评论丛刊》第11辑、第21辑;《文学评论》1982年第5期、1983年第4期。
③ 乐黛云:《比较文学与中国现代文学》,北京大学出版社1987年版。
④ 陈平原:《在东西方文化碰撞中》,浙江文艺出版社1987年版。
⑤ 王厚锦:《五四新文学与外国文学》,四川大学出版社1989年版。

交流史稿》① 等著作，王宁的论文《弗洛伊德主义在中国现代文学中的影响与流变》②，以及收入中国现代文学研究会编《在东西古今的碰撞》一书中的那些论文③。

可以说，"世界文学"视野的获得、比较文学方法的运用，和"走向世界文学"的观念，构成了 80 年代现代文学研究最基本的特点之一。而用世界文学的标准来衡量中国现代文学，也成为当时研究的一个普遍倾向。王晓明在《二十世纪中国文学史论·序》④ 中指出，"随着人们对二十世纪世界文学的了解日渐广泛，那种觉得中国现代文学相形见绌的看法也日渐扩散。我自己就正是它的一个热烈的附和者，还曾举鲁迅的例子加以阐发。在中国的现代作家中，鲁迅无疑是最出色的一个，但以世界文学的标准衡量，他却还不能算是伟大的作家，尽管他本来有可能成为一个伟大的作家"。

夏志清的《中国现代小说史》等大陆之外的现代文学研究成果的引进，除了更新了现代文学研究的作家谱系，也在文学思想和研究方法上，给国内的研究带来了新的启示。王瑶的《随想》在谈到了国外现代文学研究的方法给国内研究带来的"新奇感"时，就也从总体上分析了"结构主义的分析方法和对作家进行的比较文学的论证方式"的利弊得失。在他看来，这些方法既是有益的，又是有缺陷的。他强调"我们是努力运用马克思主义来指导我们的研究工作的，我们相信马克思主义不仅是科学的世界观，也是科学的方法论"。但对方法问题的讨论，毕竟从这个学科的一开始重建，就进入了人们的视野。

传统的文学研究，一向拙于艺术分析。五六十年代的文学研究，虽然以思想、艺术的二分构成其基本格局的特点，但实际所重一直在思想的方面，对艺术的分析，往往要么笼统地贴上现实主义或浪漫主义的标签，要么以人物形象分析的名义将话题再度偷换到思想的领域，再不然就是做一

---

① 王晓平：《近代中日文学交流史稿》，湖南文艺出版社 1987 年版。
② 王宁：《弗洛伊德主义在中国现代文学中的影响与流变》，《北京大学学报》1988 年第 4 期。
③ 中国现代文学研究会编：《在东西古今的碰撞》，中国城市经济社会出版社 1989 年版。
④ 王晓明主编：《二十世纪中国文学史论》，东方出版中心 1997 年版，"序"第 2 页。

点极微观的修辞分析。80年代初,王瑶虽然说"文学史既是文艺科学,也是一门历史科学",唐弢也明确表示"文学史就应该是文学史,而不是什么文艺运动史,政治斗争史,也不是什么思想斗争史",但接下去的论述,往往还是回到怎样恢复历史的真实;对于究竟什么才是文学史中的文学,始终缺少明确的界说。80年代中期之后,随着自然科学领域系统论、控制论、信息论等新兴理论,以及新批评、形式主义、结构主义、符号学、叙事学、精神分析、原型批评等20世纪西方文论的传入,对文学研究方法问题的探讨,一时形成新的热潮。

1984年第6期《文学评论》集中刊出一组讨论方法论问题的文章,包括刘魁立的《要重视科学研究的方法论问题》、刘再复的《思维方式与开放性眼光》、林兴宅的《科技革命的启示》①、钱中文的《文艺理论的发展和方法更新的迫切性》②、杨义的《研究方法上的三个境界》③ 等,文学研究领域的方法论热,就此兴起。应用新方法,解决老问题,成为许多现代文学研究者竞相追求的时尚。先后出现了诸如林兴宅的《论阿Q的性格系统》、刘再复的《性格组合论》等文章或著作,采用系统科学的方法,考察文学形象或文学史的构成要素及方式,在当时颇给人耳目一新的感觉。

不过,这种简单自然科学思维的方法热,事实上还难有真正的突破,也很难持久。事实上,80年代中期以来,真正给予现代文学研究以方法论启示的还是新批评、形式主义、结构主义、叙事学、符号学以及精神分析、原型批评等20世纪西方文论中的东西。

1981年,杨周翰在《国外文学》发表《新批评派的启示》一文,标志着新批评方法再次进入中国。1984年韦勒克、沃伦合著《文学理论》的出版,使人们更多地了解了这种侧重文学的"内部研究"的方法。在这样的背景下,80年代中期以后的现代文学,明显地加强了对作品的文本分析和欣赏,出现了一些像赵园《论萧红小说兼及中国现代小说的散

---

① 林兴宅:《科技革命的启示》,《鲁迅研究》1984年第1辑。
② 钱中文:《文艺理论的发展和方法更新的迫切性》,上海文艺出版社1986年版。
③ 杨义:《研究方法上的三个境界》,上海文艺出版社1991年版。

文特征》① 一类注重文本内在特征分析的力作，和不少诸如《中国新诗鉴赏辞典》② 一类的以细读欣赏为主要目标的著作。新方法的运用在 90 年代之后进一步推动了研究的深入展开。从 1984 年季红真发表《文学批评中的系统方法与结构原则》③ 起，结构主义及叙事学的研究方法，也渐次进入中国现代文学研究领域。比较突出的例证，首推汪晖的博士论文《反抗绝望》第三编"鲁迅小说的叙事原则与叙事方法"和陈平原的博士论文《中国小说叙事模式的转变》，以及后者在前期研究的基础上撰写的《二十世纪中国小说史》第一卷④。尽管这两位作者在 90 年代以后，研究兴趣都转向了别的方面，但作为当时中国最早培养的一批现代文学博士，他们的选择的确能够见出一种时代的风气。

除人性论之外，支持着 80 年代文学观念的，还有一种纯文学的想象。"回到文学自身"，成为 80 年代许多研究者的美妙想象和不懈追求。欧美新批评理论被适时地介绍进来，韦勒克和沃伦合著的《文学理论》中关于内部研究、外部研究的区分，为时代观念的更新提供了武器，从前那种社会历史—意识形态批评被归入外部研究，虽然仍然有人在做着坚实的研究，但已不是代表着时代新方向的主流。在被称为"文学思维空间的拓展"的方法论热中，20 世纪西方文学批评的种种理论作为"新"思潮，被不断地引入文学研究的观念与实践当中。从新批评到形式—结构主义，从精神分析到神话原型，从存在主义到现象学，从意象批评到叙事学，从阐释理论到接受美学，种种新观念、新方法，使人眼花缭乱，目不暇接，新术语的泛滥更是几乎形成了一种新的社会沟通问题。美学持久地成为 80 年代的显学，并继政治之后成为左右文学话语发展方向的强势思维。就是在这样的理论热背景中，80 年代现代文学研究的主流，不断循着内在性的思路向前推进。

---

① 赵园：《论萧红小说兼及中国现代小说的散文特征》，《论小说十家》，浙江文艺出版社 1987 年版。
② 吴奔星主编：《中国新诗鉴赏大辞典》，江苏教育出版社 1988 年版。
③ 季红真：《文学批评中的系统方法与结构原则》，《文艺理论研究》1984 年第 3 期。
④ 陈平原：《二十世纪中国小说史》第一卷，北京大学出版社 1989 年版。

重建期的现代文学研究,以"求真""启蒙"为动力,在不断加强学科的历史属性的同时,也不断突出着它的思想探求意义。与之同时,对于文学研究的"文学性"问题,一直较少切实地应对。这一方面固然缘于现代文学研究的"当代性",(即希望与当代生活保持密切关系),另一方面,也与传统的文学研究在文学性分析上一直缺少有效的途径有着很大的关系。"在正统的社会历史—意识形态批评中,形式不过是装载内容的容器,理论很少对它做正面的深入探究,因此,即便研究者要对作品的艺术性表现出一种关心,也很难找到一套可以用来描述这种美感形式和审美经验的恰当语汇。80年代,由克莱夫·贝尔提出的'有意味的形式'的美学观念开始普遍流行,形式因素在文学中的存在不再只具有依附性的价值,相反,在一些人看来,正是形式因素的演进才构成了真正的'文学史'。'纯文学'的观念在理论、创作和文学史研究的领域相互促进,彼此呼应。在现代文学领域,也出现了纯化文学史的思想和努力,杂文的文学地位成了最大的问题,原来构成着文学运动史的一些内容也要被归还给思想史或学术史。这种'文学史应该就是文学史'的看法,从八十年代开始形成,其影响却一直持续到九十年代以后。"①

第三节　研究领域的拓宽与现代文学
　　　　　研究的新格局

随着现代文学研究的展开,扩大研究的内容,就成为一个不可回避的问题。1979年4月出版的《中国现代文学研究丛刊》创刊号,卷首语即云:"鉴于过去对现代文学的各种复杂成分注意很少,研究很不够,我们希望今后不仅要注意研究文学运动、文学斗争,还要注意研究文学思潮和

---

① 譬如严家炎写于1992年的《杂谈中国现代文学史研究》,就仍然将这一问题作为现代文学研究的一项重要任务提出。见黄修己编《中国现代文学研究方法论集》,首都师范大学出版社1994年版,第50页。

创作流派；不仅要注意有代表性的大作家的研究，还要注意其他作家的研究；不仅要研究无产阶级革命作家，还要研究民主主义作家，对于历来认为是反面的作家作品也要注意研究剖析；不仅要考察作品的思想内容，还要注意作品艺术形式、风格的研究。"

进入80年代，现代文学研究开始进入一个以"发现"为标志的历史时期。80年代以来的现代文学研究，伴随着一系列接连不断的发现，发现沈从文，发现钱锺书，发现张爱玲，发现汪曾祺，发现无名氏，发现徐訏，发现梅娘，发现……不但从前被遗忘、被忽视的这些作家需要发现，就是对于从前那些被看重或有选择地接受过的作家，如今也有了许多新的"发现"。从郁达夫、徐志摩、戴望舒、李金发，到张恨水、还珠楼主等一大批从前不算陌生的名字，如今也都给人一种前所未有的新鲜感。作家的发现，流派的发现，史料的发现……发现的浪潮席卷整个80年代的现代文学史。一次"发现"，就是文学史秩序的一次重新调整与安排；"发现"构成了80年代现代文学研究最具活力的内容。

现代文学研究的"发现"浪潮，直接受到海外现代文学研究的影响。对大陆现代文学史研究中作家阵容的单薄，无论是作为三四十年代知名作家，还是作为文学史研究者，唐弢其实都是深感遗憾的，因而十分赞同夏志清"好的文学史要发现新作家和作品"的说法。在他看来，"注意发现作家、作品的确是一个文学史家的任务。有影响的要考虑到，有艺术特色的也要考虑到。要用历史唯物主义的态度看待那些作品，科学地衡量一个作家、一个作品有没有入史的资格。我们把这个问题看得太轻易了，许多作家是有意见的，他们看得很重要。哪些作家可以入史，哪些作家不能入史，这是个关键问题，也是一门很大的学问。文学史家的学问表现在哪里呢？首先表现在有眼光，衡量哪些作家可以入史要有敏锐公正的眼光，发现新作家新作品也要有敏锐公正的眼光，这叫做史识。文学史家衡量作家作品总有一条杠。主编的责任就要掌握好这个杠"。

他在《中国现代文学史的编写问题》中指出："要真正用辩证唯物主义和历史唯物主义看待作家，分析作品，就必须从几个角度考虑。第一是要能够发现作家，发现作品"，"一个文学史家，发现不了作家，发现不了作品，还算什么文学史家？"他也批评自己的文学史"在编写的时候，比较强调吸收已有的研究成果……，但新作家、新作品发现的很少"。1984 年，他在为自己招收的首届中国现代文学专业博士研究生出考试题时，就列举了于赓虞、王独清、叶灵凤、叶鼎洛、张资平、沉樱、周全平、罗黑芷、高长虹、倪贻德、陈铨、徐玉诺、曾朴、绿漪、穆时英十五位"在某个时期写了许多作品，起过一定影响，但因种种原因，目前一般现代文学史里很少论及，或根本不提"的作家，要求考生选答十人。其后，他又撰文对其逐一做了介绍，指出"现代文学的研究范围应当放大一些，正面和反面，成功和失败，各有经验可以总结。左中右都需要摸一摸"，同时在考题列举的十五个作家之外，又列举出一批"写了不少作品，在某种条件下有过影响的作家"，认为"其他如王以仁、古有成、左干臣、白采、顾仲起、尚钺、林徽音、金满成、段可情、刘大杰、胡云翼、彭芳草、章衣萍、滕固、罗皑岚、缪崇群等等，各树一帜，互有特点，何止三十个、五十个！尤其是政治倾向进步，艺术风格非常显著，如小说方面的蔡希陶、耶林，散文方面的梁遇春、黄裳，诗歌方面的方令孺、穆旦，剧作方面的宋春舫、杨绛，报告文学方面的杨刚、徐盈，也还没有引起现代文学研究者足够的注意，更是我们这一代人的疏忽，下一辈人的任务"①。

时至今日，这些作家中的大部分的确早已成为现代文学研究的对象，其中一些人，如穆时英、林徽音、梁遇春、穆旦、杨绛等甚至已相继成为现代文学研究的一些热点，但其中仍有一些人，如古有成、左干臣、顾仲起、金满成、段可情、彭芳草等，至今仍缺少认真的对待。

"文革"后现代作家阵容的扩大，首先表现在左翼文学队伍的重整。"革命文艺"队伍的重整，首先涉及的是对前述那些"文艺黑线人物"的重新评价，七八十年代之交"两个口号"论争的真实意义，便在于此。接下去要涉及的，便是对那些在更早期的左翼文艺内部斗争中被排除出去的问题人物或异端人物的重新评价和认识问题。从丁玲、冯雪峰、艾青、胡风、萧军，一直到王实味，一个有意思的现象是，像在文坛实际中的"归来"一样，在现代文学认识评价中，也是越晚被排除出去的作家，越

---

① 唐弢：《由现代文学博士生试题想起的事》，《中国现代文学研究丛刊》1985 年第 1 期。

早被重新纳入革命的阵营。而所谓"平反",一开始涉及的主要是政治问题,接下去,则不得不面对作家思想和经历的复杂性。80年代以来对丁玲、冯雪峰、胡风、萧军、王实味等作家的研究,便都经历了这样一个过程。

随着思想解放的展开,一批批原来一度被摒除出现代文学史视野的具有自由主义倾向的作家,也开始回到了研究者的注意中。文学界的拨乱反正事实上一开始只是要求否定"文革"时期的"文艺黑线论",恢复"十七年"原有的文艺秩序。然而,随着思想解放的逐步深入,一部分重新浮出水面的现代自由主义作家也表达了获得承认的欲求。也就是说,文学史重构的要求,同样也来自当年被认定为自由主义的一些作家。1980年,朱光潜在《花城》第5期发表文章《从沈从文先生的人格看他的文艺风格》,称赞《边城》(原文中作《翠翠》)"这部中篇小说是在世界范围里已受到热烈欢迎的一部作品"。1983年,他又在发表于《湘江文学》第1期的《关于沈从文同志的文学成就历史将会重新评价》一文明确指出:"据我所接触到的世界文学情报,目前在全世界得到公认的中国新文学家也只有从文和老舍,我相信公是公非,因此有把握地预言从文的文学成就,历史将会重新评价。"

时至今日,仍然有许多人将沈从文、张爱玲等作家的"发现",简单地归之于夏志清及其他海外学者研究的影响。这固然不无历史的根据,但也忽视了中国现代文学学科发展自身的内在逻辑。的确,早在1961年,夏志清就在美国出版的英文版《中国现代小说史》中对沈从文给予了极高的评价,并在英语世界产生了不小的影响。1977年,美国学者金介甫又以沈从文为题撰写博士论文,并在随后出版的《沈从文传》中将沈从文对乡土中国的描绘媲美于契诃夫。然而,就中国大陆现代文学研究学科的发展来说,这些外来的影响,说到底只是一种诱因。朱光潜对恢复沈从文文学史地位的呼吁,引证的虽是当时一些海外学者——所指应该主要是夏志清、金介甫——的研究,但其判断得以产生的根本,其实还是他与沈从文"相知逾半个世纪"的了解和共同的文学理想。特别值得注意的是,朱光潜对于沈从文的这种肯定,也是和对整个"京派文人"的评价联系在一起的。他说:"京派文人的功过,世已有公评,用不着我来说,但有一点却是当时的事实,在军阀横行的那些黑暗日子里,在北方一批爱好文艺的青少年中把文艺的一条不绝如缕的生命线维持下去,也还不是一件易事。于今一些已到壮年或老年的小说家和诗人之中还有不少人是当时京派文人培育起来的。"①

对文学社团流派的研究,是80年代现代文学研究一个成绩比较突出的领域。1980年7月在包头召开的中国现代文学研究会首届学术讨论会,就曾集中讨论了新月派、现代派及文学流派的消长问题。其后唐弢、王瑶、严家炎等在不同的场合,又多次讨论了文学流派研究的重要意义。唐弢在《艺术风格与文学流派》②一文中,更从学科史的角度,批评了以往研究对文学社团流派重视的严重不足,指出"应当有对'五四'以来各种风格、各个流派进行深入研究和总结分析的经得起考验的现代文学史",并将之列为"我们一代人的责任"之一。

80年代初期的现代文学社团流派研究,一开始就显出了相当的活力。除了以前讨论得较多的"五四"时期的一些文学社团,如文学研究会、创造社、语丝社、浅草社、沉钟社、弥洒社以及一度被作为逆流的学衡派、甲寅派等,继续得到重视外,包括新月派(现代评论派)、象征派、现代派、七月派、九叶派、新感觉派、海派、京派等,也成为新的研究热点。1981年,诗集《白色花》《九叶集》陆续由人民文学出版社出版,绿原和袁可嘉在各自所写的序言里,不但简略地介绍了两个诗歌流派的历史,而且对这个"九叶派"与"七月派"的定名和研究,提供了最初的基础。

从1985年起,这方面的研究成果还有相继推出的严家炎编《新感觉派小说选》③、孙玉石编《象征派诗选》④、蓝棣之编《现代派诗选》⑤《新月派诗选》⑥《九叶派诗选》⑦等,书前皆有编者撰写的长篇"前言"。

---

① 朱光潜:《从沈从文先生的人格看他的文艺风格》,《花城》1980年第5期。
② 唐弢:《艺术风格与文学流派》,《社会科学战线》1983年第4期。
③ 严家炎编:《新感觉派小说选》,人民文学出版社1985年版。
④ 孙玉石编:《象征派诗选》,江西人民出版社1985年版。
⑤ 蓝棣之编:《现代派诗选》,人民文学出版社1986年版。
⑥ 蓝棣之编:《新月派诗选》,人民文学出版社1989年版。
⑦ 蓝棣之编:《九叶派诗选》,人民文学出版社1992年版。

1982年，严家炎在北京大学中文系开设"中国现代小说流派史"，其讲稿从1984年起，在《小说界》《北京大学学报》《文艺报》等报刊连载。这些文章，连同1985年他为《新感觉派小说选》撰写的三万多字的长篇"前言"，在国内外学界产生了广泛影响，被称为"现代小说'群落'的开拓性研究"①，到1989年经整理、补充，以"中国现代小说流派史"为题由人民文学出版社出版。这部著作的出版将80年代现代文学的小说流派研究，推进到了一个新的历史高度。1989年，吴福辉在《文艺报》和《上海文学》上分别发表《为海派文学正名》《大陆文学中的京海冲突》等文章，有关海派、京派的讨论，开始形成新的研究高潮。

社团流派研究方面代表性的成果还有孙玉石的《中国初期象征派诗歌研究》②、陆耀东的《20年代中国各流派诗人论》③、温儒敏的《新文学现实主义的流变》④、蓝棣之的《正统的与异端的》⑤等研究著述。1993年出版的范泉主编的《中国现代文学社团流派辞典》，也是流派研究的收获之一。这部书的编纂，"历时十载，三易其稿"，"共收入中国现代文学社团流派辞目1082条，其中社团1035条，流派47条；正目667条，参考415条"⑥，为这一领域研究的进一步展开，提供了重要的线索。

新时期现代文学范围的扩展，面对的另一个比较突出的问题是现代派及现代主义文学的重新评价问题。1978年，徐迟在中国文联一次会议上作《文艺和现代化》的发言，以一种迂回的方式再次提出中国文学的现代化问题。1980年至1985年，袁可嘉、董衡巽、郑克鲁选编的《外国现代派作品选》四卷本由上海文艺出版社出版，引起了巨大的反响。1982年第1期《外国文学研究》发表徐迟的《现代化与现代派》一文，同年第8期《上海文学》又发表作家冯骥才、李陀、刘心武的《关于"现代

---

① 温儒敏：《现代小说"群落"的开拓性研究》，载严家炎《中国现代小说流派史》（增订本），长江文艺出版社2009年版。
② 孙玉石：《中国初期象征派诗歌研究》，北京大学出版社1983年版。
③ 陆耀东：《20年代中国各流派诗人论》，中国社会科学出版社1985年版。
④ 温儒敏：《新文学现实主义的流变》，北京大学出版社1988年版。
⑤ 蓝棣之：《正统的与异端的》，浙江文艺出版社1988年版。
⑥ 范泉主编：《中国现代文学社团流派辞典》，上海书店1993年版，第8页。

派"的通信》，将一个经受了长期压抑的问题再一次清晰地呈现在人们的面前。其后，在当代文学创作中现代主义的影响日渐加深的同时，对中国现代文学与世界现代主义文学思潮之间关系的研究，也成为现代文学研究中一个受到持续关注的话题。1983年，王佐良发表《新诗中的现代主义——一个回顾》①，袁可嘉发表《西方现代派诗与九叶诗人》②，对现代主义与四十年代诗歌的关系做出了历史的承认；田本相发表《试论西方现代派戏剧对中国话剧发展之影响》，对包括郭沫若、田汉、洪深、曹禺在内的一批现代作家的戏剧创作与西方唯美派、表现派、象征派、颓废派的关系做出概括的论说③；应锦襄发表《现代派对中国二十年代小说之影响》，对20年代小说与现代派关系做出论说④。1985年，严家炎发表了《论三十年代的新感觉派》⑤，陈思和发表了《中国新文学发展中的现代主义——兼论现代意识与民族文化的融会》⑥。1987年，孙玉石发表了《面对历史的沉思：关于中国现代主义诗歌源流的回顾与评析》⑦。诸如此类研究成果的出现，标志着现代主义与中国现代文学发展间的关系得到了学术界全面的正视与认真的对待。

对鲁迅创作（尤其是《野草》）所受象征主义及尼采的影响的研究，新时期之初就受到人们的关注。1982年6月，中国社会科学出版社出版了孙玉石的《〈野草〉研究》。该著第七章"《野草》的艺术探源"以当时的旧报刊为基础，探讨了《野草》与波特莱尔等外国作家散文诗之间的艺术渊源关系。该著明确指出："鲁迅《墓碣文》的巡视墓碣文、同死者相对的奇幻的艺术构思，在幻境的形象中揭示比较朦胧

---

① 王佐良：《新诗中的现代主义——一个回顾》，《文艺研究》1983年第4期。
② 袁可嘉：《西方现代派诗与九叶诗人》，《文艺研究》1983年第4期。
③ 田本相：《试论西方现代派戏剧对中国话剧发展之影响》，《南开大学学报》1983年第2期。
④ 应锦襄：《现代派对中国二十年代小说之影响》，《厦门大学学报》1983年第4期。
⑤ 严家炎：《论三十年代的新感觉派》，《中国社会科学》1985年第1期。
⑥ 陈思和：《中国新文学发展中的现代主义——兼论现代意识与民族文化的融会》，《上海文学》1985年第7期。
⑦ 孙玉石：《面对历史的沉思：关于中国现代主义诗歌源流的回顾与评析》，《文艺报》1987年2月14日至8月1日连载。

的思想的表现方法,明显地是受了波特莱尔象征主义影响的。"而波特莱尔对《野草》的最大影响就是象征主义方法的运用。吴小美也对鲁迅与波特莱尔散文诗做了比较研究,指出:"正是鲁迅这位'拿来主义'的倡导者,自己动手,从波特莱尔这位'世纪末'的'颓废诗人'那里'拿来'甚多。其中并不是如有的研究者所强调的,只是'拿来'了艺术表现手法——如果我们不勉强把构思、寓意、哲理、形象等全都局限在表现手法中的话。'没有拿来的,文艺不能自成其新文艺。'"① 作者从心灵的色形与深度,神秘、朦胧与真诚、自尊等角度对鲁迅与波特莱尔进行了较为深入的研究。

对存在主义对现代文学研究的影响研究,在 80 年代末也取得了重要的突破。钱理群《心灵的探寻》②对鲁迅哲学的阐发,就具有浓厚的存在主义色彩。汪晖的博士论文《反抗绝望——鲁迅的精神结构与〈呐喊〉、〈彷徨〉研究》③虽于 1991 年出版,但其代表的正是 80 年代现代文学研究在这一方面取得的重要成果。与之类似的还有解志熙于 1989 年完成的博士论文《生的执着——存在主义与中国现代文学》和留学德国的殷克琪的博士论文《尼采与中国现代文学》(该书 2000 年由洪天富译出,由南京大学出版社出版)等。应该说,这些著作对中国现代文学所受外来影响做出了全面的爬梳、分析,至今仍然影响深远。

从 80 年代初,对李金发、戴望舒及 30 年代"现代派"的评价问题,就进入了研究讨论的范围,出现了杜学忠等人的《论李金发的诗歌创作》④、丘立才的《李金发的生平及其创作》⑤、凡尼的《戴望舒诗作试论》⑥、阙国虬的《试论戴望舒诗歌的外来影响与独创性》⑦、郑择魁的

---

① 吴小美、封新成:《"北京的苦闷"与"巴黎的忧郁"》,《文学评论》1986 年第 5 期。
② 钱理群:《心灵的探寻》,上海文艺出版社 1988 年版。
③ 汪晖:《反抗绝望——鲁迅的精神结构与〈呐喊〉、〈彷徨〉研究》,上海人民出版社 1991 年版。
④ 杜学忠等:《论李金发的诗歌创作》,《中国现代文学研究丛刊》1983 年第 1 期。
⑤ 丘立才:《李金发的生平及其创作》,《新文学史料》1985 年第 3 期。
⑥ 凡尼:《戴望舒诗作试论》,《文学评论》1980 年第 4 期。
⑦ 阙国虬:《试论戴望舒诗歌的外来影响与独创性》,《文学评论》1983 年第 4 期。

《试论戴望舒诗歌的独创性》①、应国靖的《论中国三十年代的"现代派"》② 等论文。其后，对这一问题的讨论，又扩展到新感觉派及40年代九叶派的评论中，出现了叶渭渠的《试谈新感觉派的特征》③、吴福辉的《中国新感觉派的沉浮和日本文学》④、余清香的《论穆时英新感觉派都市小说》⑤、袁可嘉的《西方现代派诗与九叶诗人》⑥、陈维松的《论九叶诗派与现代派诗歌》⑦ 等论文。

进入新时期之后，改变现代文学研究的既有格局，增大研究的容量，成为一种普遍的要求。就连左翼文学的一些核心人物，也开始承认扩大文学史论述范围的必要性。据当事者回忆，唐弢本文学史编写重新启动时，唐弢就曾向周扬征求意见，周表示"对于像张资平这样在文学史上有过影响、写史绕不过去的作家，还是应该入史"⑧。

不过，最早的构想，却或许并非由研究者提出，而更出自现代文学史的那些亲历者和参与者。除了前面说到的朱光潜为沈从文的文学地位发出的呼吁，徐迟重提"现代派"与"现代化"的关系，唐弢对40年代中期上海文坛面貌的勾勒，革命作家中也有人提出了重写文学史的要求。而这里特别值得注意的，首先是姚雪垠提出的"大文学史"构想。

1980年1月15日，姚雪垠在写给茅盾的一封信里⑨，提出中国现代文学史应该有两种编写方法："一种是目前通行的编写方法，即只论述'五四'新文学运动以来的白话体文学作品，供广大读者阅读，也作为大

---

① 郑择魁：《试论戴望舒诗歌的独创性》，《浙江学刊》1985年第5期。
② 应国靖：《论中国三十年代的"现代派"》，《社会科学》1982年第1期。
③ 叶渭渠：《试谈新感觉派的特征》，《当代外国文学》1983年第3期。
④ 吴福辉：《中国新感觉派的沉浮和日本文学》，《中国现代文学研究丛刊》1986年第4期。
⑤ 余清香：《论穆时英新感觉派都市小说》，《中国现代文学研究丛刊》1990年第1期。
⑥ 袁可嘉：《西方现代派诗与九叶诗人》，《文艺研究》1983年第4期。
⑦ 陈维松：《论九叶诗派与现代派诗歌》，《中国现代文学研究丛刊》1990年第3期。
⑧ 樊骏：《编撰〈中国现代文学史〉的若干背景材料》，《中国现代文学研究论集》（上），人民文学出版社2006年版，第233页。
⑨ 姚雪垠：《无止境斋书简抄·中国现代文学史的另一种编写方法——致茅公同志》，《社会科学战线》1980年第2期。

学中文系的教材或补充教材。另外有一种编写方法，打破这个流行的框框，论述的作品、作家、流派要广阔得多，姑名之曰'大文学史'的编写方法，不是对一般读者写的。"这个"大文学史"的内容，"第一要包括'五四'新文学运动以来的旧体诗词"，还有"民国初年和'五四'以后的章回体小说家"，包括茅盾在文代会上的发言中讲到的柳亚子、苏曼殊等南社诗人的创作，茅盾、郁达夫、吴芳吉、于右任、沈祖棻等的诗词，包天笑、张恨水的小说，等等①。不过，这种"大文学史"，"仍以'五四'以来的主流文学为骨架，旁及主流之外的各派作家和诗人，决不混淆主次之分。这样一部文学史将会较全面地反映我国近半个世纪来的文学运动情况，丰富多彩，也能够回答读者所需要明白的问题。例如，所谓'礼拜六派'，究竟是怎样回事儿……"

姚雪垠这封信涉及的五个方面：一、晚清文学的叙述与评价问题；二、现代文学史的编写方法问题；三、现代旧体诗词的入史问题；四、通俗文学评价问题；五、一些被以往的文学史忽略的具体文学现象、作家作品的历史复杂性问题，可以说触及了现代文学研究在其后很长一段时期内"扩容"所要面对的主要问题。其中的确不乏真知灼见，如现代文学史与教学之间的关系，一直是困扰着文学史编写的一个问题。姚雪垠在这里提出编写两种不同类型的文学史的设想，以及有关"大文学史"内容、结构的构思，对促进现代文学研究中观念与格局的调整，无疑具有十分积极的启示作用。对一些更具体问题的看法——譬如文中提到的叶圣陶、刘半农早期创作与"礼拜六派"的关系问题，徐訏、张爱玲在抗战末期和解放战争时期文学创作中的文学史地位等问题，也都成为近30年现代文学研究的重要课题。

除传统的解放区、国统区，以及抗战时期的"孤岛"文学受到众多关注外，一向处于被忽略地位的沦陷区文学研究，也开始取得重要进展。1980年，美国学者耿德华著《被冷落的缪斯——中国沦陷区文学史（1937—1945）》在美出版，"超前地把中国沦陷区文学推到了中国

---

① 在该信发表时的"跋"里，又加入了刘半农、徐忱亚、徐訏和张爱玲，表示"抗战末期与大陆解放前夕应该提一提徐訏，当时上海的女作家应该提到张爱玲"。

现代文学研究的前台",由于该书对当时一些国内还不大敢论及的问题的挖掘,对张爱玲、钱锺书、周作人、柯灵、师陀、杨绛、姚克等作家及《秋海棠》一类作品的独到分析,旋即在国内研究界引起不少注意①。与之同时,台湾学者刘心皇的《抗战时期沦陷区文学史》②,也因其鲜明的民族主义立场和对一些作家的缺乏审慎的评判,引起不少人的注意。80 年代中期之后,大陆地区对沦陷区文学的研究,首先在一些与东北作家有关的问题上取得突破。随着沈卫威的《试论"东北流亡文学"的独立体系和结构形态》③、黄万华的《研究沦陷区文学应重视文化环境的考察》④、金训敏的《"回归":沦陷区文学思潮的矛盾运动》⑤和《东北沦陷区新小说的艺术特色和审美价值》⑥等研究论文出现,这一领域的研究开始走上正轨,但限于时间短促,其真正的收获则要等到历史进入 90 年代之后。

1980 年召开的现代文学研究会第一次会议,谈及扩大研究领域,就提出要逐步将港、台文学写进现代文学史,同年第 2 期的《中国现代文学研究丛刊》就发表了张葆莘的《台湾现代文学一瞥》一文。其后,随着聂华苓的《海外文学与台湾文学现状》⑦、陈漱渝编《台湾省、香港地区中国现代文学作品及研究著作要目》⑧、张建勇的《评台湾省出版的"中国现代文学研究丛刊"(三十本)》⑨等作的发表,台湾地区的现代

---

① 张泉:《被冷落的缪斯——中国沦陷区文学史(1937—1945)》,"译者序",新星出版社 2006 年版。
② 刘心皇:《抗战时期沦陷区文学史》,台北成文出版社有限公司 1980 年版。
③ 沈卫威:《试论"东北流亡文学"的独立体系和结构形态》,《学习与探索》1987 年第 6 期。
④ 黄万华:《研究沦陷区文学应重视文化环境的考察》,《文学评论》1988 年第 4 期。
⑤ 金训敏:《"回归":沦陷区文学思潮的矛盾运动》,《文学评论》1989 年第 6 期。
⑥ 金训敏:《东北沦陷区新小说的艺术特色和审美价值》,《吉林大学学报》1989 年第 4 期。
⑦ 聂华苓:《海外文学与台湾文学现状》,《河南师大学报》1980 年第 4 期。
⑧ 陈漱渝编:《台湾省、香港地区中国现代文学作品及研究著作要目》,《齐齐哈尔师范学院学报》1981 年第 3 期。
⑨ 张建勇:《评台湾省出版的"中国现代文学研究丛刊"(三十本)》,《文学评论》1983 年第 5 期。

文学研究也进入了大陆学者的视野。1987—1988 年，辽宁大学出版社先后推出白少帆、王玉斌的《现代台湾文学史》，张毓茂主编《二十世纪中国两岸文学史》。1989 年，徐逎翔编《台湾新文学辞典》又由四川人民出版社出版。之后，现代文学研究的空间视野，进一步扩展到海峡两岸。

新时期现代文学研究对通俗文学的重新评价，开始于 80 年代初期。据范伯群回忆[①]，事情的起因，缘于 1979 年年底中国社会科学院文学研究所编辑"中国现代文学论争社团流派丛书"，委托当时的江苏师范学院编一套"鸳鸯蝴蝶派文学资料"，并请他担任主编。由于文学史先前对这个流派的批判，起初他们"很不情愿搞这个题目，但文学所说鸳鸯蝴蝶派多是苏州人、扬州人，你们江苏师范学院研究本地作家，资料也丰富，是理所当然的"。任务就这样分配给了他们。后来，经过三年时间的文献翻阅、查证，课题组从浩繁的材料中，"发现了鸳鸯蝴蝶派作品中不少好的或比较好的东西"，同时也意识到"过去对他们的评价是不公平的"。1981 年，范伯群发表《试论鸳鸯蝴蝶派》[②]，1982—1983 年，刘扬体连续发表《病态文学的盛衰——鸳鸯蝴蝶派初探》[③]、《关于认识和划分鸳鸯蝴蝶派的几个问题》[④] 等文章，正式揭开通俗文学重新发现、评价的序幕。

1987 年，范伯群发表在《中国现代文学研究丛刊》第 1 期上的《关于编写中国近、现代通俗文学史的通信》明确提出"通俗文学的定义、范围定界和研究对象以及评价标准问题"，认为"这些问题的圆满答案才是研究通俗文学历史的'基础工程'。否则，好似'瞎子摸象'，主观武断，以偏概全"。1989 年，他又发表《对鸳鸯蝴蝶派——礼拜六派评价之

---

① 袁良骏、范伯群：《关于中国现代文学史的"两个翅膀论"的论争》，中国网，2003 年 9 月 28 日。http://www.china.com.cn/chinese/RS/413590.htm。

② 范伯群：《试论鸳鸯蝴蝶派》，《中国现代文学研究丛刊》1981 年第 2 辑。

③ 刘扬体：《病态文学的盛衰——鸳鸯蝴蝶派初探》，《中国现代文学研究丛刊》1982 年第 1 辑。

④ 刘扬体：《关于认识和划分鸳鸯蝴蝶派的几个问题》，《中国现代文学研究丛刊》1983 年第 2 辑。

反思》①《现代通俗文学被贬的原因及其历史真价》②，对问题做出进一步的论证和申说。与之同期，朱德发、良珍、杨义、袁进等也撰文重新评价鸳鸯蝴蝶派。1989年，范伯群出版专著《礼拜六的蝴蝶梦》③，从作者形成、流派发展、思想艺术特点，以及主要作家作品等方面，对民国以来影响颇大的这一通俗小说流派，第一次做出了全面系统的论析。

80年代后期以来对近现代通俗文学的重新发现，既是观念解放的结果，也与其时创作和文学阅读中通俗文学的受欢迎有直接的关系。范伯群的文章也提道："近几年来通俗文学和'庸俗文学'以鱼龙混杂之势，滔滔奔涌，有些'通俗文学'比昔日某些鸳蝴派和礼拜六派的作品，趣味还要低下庸劣。而它们的畅销又攫取大量读者，使'纯文学'或'严肃文学'（姑且容我用这两个不大确切的概念，……）的地盘大大缩小。连知名度极高的作家的选集订数也只有两千册，我们不得不惊呼：难道我们甘心做通俗文学汪洋中的纯文学小岛？文艺理论界也感到，通俗文学的魔力和必然复苏的问题，亟须研究；如何正确引导向健康的方向发展，也应有卓识的对策。"范伯群的论述还涉及了人们对待通俗文学的一种复杂心态："我们读一些优秀的通俗小说，有时为它富有魅力的情节所吸引，用'手不释卷'和'废寝忘食'这样的词汇形容，不算过分。可是当读完之后，我们又会批评它的肤浅，仅注重故事的魅力而忽视典型人物的塑造……如此等等，不一而足，以显示自己的高明和雅致。有时暗里读得津津有味，明里却不愿津津乐道；感情上被它打动过，理智上认定它低人一等。深究其原因，恐怕是我们长期受'经典作品'的熏陶，始终在纯文学或严肃文学的圈围中周旋；我们自制了一套价值标码，而广大的各层次的读者并不一定承认这种明码标价；而我们却不自制地顺着惯性进入了'双重人格'的境界。"④

---

① 范伯群：《对鸳鸯蝴蝶派——礼拜六派评价之反思》，《上海文论》1989年第1期。
② 范伯群：《现代通俗文学被贬的原因及其历史真价》，《丛刊》1989年第2期。
③ 范伯群：《礼拜六的蝴蝶梦》，人民文学出版社1989年版。
④ 范伯群：《关于编写中国近、现代通俗文学史的通信》，《中国现代文学研究丛刊》1987年第3期。

为旧体诗的文学地位辩护也是新时期以来现代文学研究的一个重要方面。新文学将旧文学逐出了文坛，但旧体诗的创作并没有消失。新旧文学界对旧体诗的讨论一直没有停止，但就文学史的叙述和现代文学的研究而言，旧体诗从整体上是被长期排斥在外的。虽然50—70年代也有很多研究鲁迅旧诗的文章，甚至一再形成讨论。然而，50年代以后的现代文学史著作，从王瑶、丁易、刘绶松，到唐弢都不将现代作家的旧体诗当作论述对象。

进入新时期以后，在继续对鲁迅、郁达夫等人的旧体诗词表现出浓厚兴趣的同时，也有一些研究者就旧体诗词不能"入史"的问题提出了意见。1980年，姚雪垠在致茅盾的信中，就提出了将现代作家的旧体诗写入文学史的问题，认为"我所说的'大文学史'中，第一要包括'五四'新文学运动以来的旧体诗词"，并在毛泽东等老一辈革命家流传社会的旧体诗词之外，提到"新文学作家也有许多人擅长写旧体诗、词，不管从内容看，从艺术技巧看，都达到较高境界"，并具体举茅盾与郁达夫为例，此外，还特别提到柳亚子、苏曼殊及学衡派的吴芳吉、女词人沈祖棻、国民党元老于右任。但就现代文学研究界来说，对姚雪垠的这种主张看法并不一致。姚雪垠在接受茅盾的建议将该信付诸发表前，"因为自己没有把握"，曾将之寄给多年研究近代和现代文学，当时担任着高校现代文学研究会副会长的"老朋友任访秋，征求他的意见"，任的"回信表示完全同意"。但时隔不久，在中国现代文学研究会学术讨论会上的发言中，王瑶却明确表示，他对此有所保留，其理由，一方面是因为"文学史研究的对象应该是在社会上公开发表过并且得到社会上一定评价的作品"，而老一辈革命家及新文学著名作家的旧体诗词在新中国成立之前大致都没有公开发表过，同时，"新文学作家最多把写旧诗作为业余爱好，只在朋友间流传，最初并没有公之于世的意思"；另一方面，如吴宓、吴芳吉等的作品虽有出版，但"社会影响甚微，而且明显处于新文学对立面的范畴"。因此，现代文学史写作中是否应该包括旧体诗词，是值得研究的问题。①

---

① 王瑶：《关于中国现代文学研究的随想》，《中国现代文学研究丛刊》1980年第4期。

现代文学研究的另一位代表人物唐弢一方面表示："我个人很喜欢旧体诗，但主张以新诗为主"，另一方面明确主张："但作为中国现代文学史，不应该将旧体诗写进去。……专章谈旧体诗，那不是现代文学史的任务。就是毛主席的旧体诗词，我也不主张放进现代文学史里去，因为那不是尊敬他，反而不伦不类。"这样主张的最重要的理由，则在于"我们在'五四'精神哺育下成长起来的人，现在怎能回过头去提倡写旧体诗？不应该走回头路。所以，现代文学史完全没有必要把旧体诗放在里面作一个部分来讲"①。

80 年代再次提起这一问题，是 1985 年倪墨炎在《书林》杂志第 5 期发表《不应忽视旧体诗在现代诗歌中的地位》一文，但在当时同样没有引起多少重视。后来，毛大风发表《现代旧体诗的历史地位》②，在总结了自"五四"以后的旧体诗的发展及其成就后，认为现代文学史中"不谈旧体诗，是极不公正的，是违反历史主义的原则的"。"'五四'创立了新诗，只是结束了古典诗歌统治中国诗坛的历史，开始了新诗白话诗或自由体和旧诗并存的新局面，而决不是'新诗取代了旧诗'，成为新诗独存、独尊的局面。"不过，尽管有这么多的辩护和讨论，80 年代的现代文学研究者并未将旧体诗写进文学史中。

---

① 《中国现代文学史的编写问题》，《唐弢文集》第 9 卷《文学评论卷》，社会科学文献出版社 1995 年版。另外，1983 年，在为高信著《鲁迅诗歌散论》一书所写的序言"关于旧体诗"里，唐弢也表达了相近的观点。他认为："站在拥护白话的立场上，人们有理由反对旧体诗，但不能否认旧体诗久以包容的我们民族的精神内涵的特点。因为这不是文言白话的问题。""新诗人应当多读旧体诗，下功夫研究古典诗词反映生活的艺术手段，借以丰富和充实新诗的创造，而不是去学写旧体诗。"《诗刊》1983 年第 9 期。

② 毛大风：《现代旧体诗的历史地位》，《群言》1987 年第 4 期。

第 三 章

中国现代文学研究学科体系的调整
（1994—2009）

　　80年代初，王瑶在回顾中国现代文学研究的历史时，曾一再强调"它是一门很年轻的学科"①，到1994年，始终关注这一学科历史发展的樊骏终于做出了新的判断："我们的学科：已经不再年轻，正在走向成熟。"② 经过整个80年代的酝酿、积累，现代文学研究在90年代以后，从整体上进入了一个全面收获与突破的时期。在许多80年代即已展开的课题，逐渐开始收获总结性的成果的同时，受新的时代精神影响，研究思路与学科视野，进一步拓宽、扩大，对于许多问题的认识重心及讨论方法，也开始出现一些新的特点。

第一节　现代文学研究的收获期

　　90年代以后的现代文学研究，从总体上进入了一个收获的时期。作为一场持续的运动，"重写"事实上也并没有因为当时那个栏目的停顿或其他的某些事件而终结，而是在经过一些新的反思与调整之后，持

---

① 王瑶：《关于中国现代文学研究工作的随想》，《中国现代文学研究丛刊》1980年第4辑。

② 樊骏：《我们的学科：已经不再年轻，正在走向成熟》，《中国现代文学研究丛刊》1995年第2期。

续散发其能量并深刻融入 90 年代以后的现代文学研究实际里。经过 80 年代的讨论和积累,进入 90 年代以后,现代文学研究领域的许多问题,在业已展开的层面获得了重要的进展,不同方面的研究成果,均称硕果累累。

首先,以"二十世纪中国文学"为标志的文学史"重写",取得了明显的成绩。1997 年,王晓明汇集"五十多位研究者的八十余篇文章"编成三卷《二十世纪中国文学史论》,集中展示了 80 年代以来文学史"重写"成果,出版不久即获广泛好评,成为其后现代文学研究的必备书籍。随后,又推出第四卷《批评空间的开创》,集中展示该学科进入 90 年代之后一些新的进展[1]。在经过了一段时期的准备之后,多部致力于贯通和整合的 20 世纪中国文学史相继出版,如孔范今主编的《二十世纪中国文学史》[2]、谢冕主编的《百年中国文学总系》[3]、黄修己主编的《二十世纪中国文学史》[4]、朱栋霖主编的《中国现代文学史 1917—1997》[5]、皮述民等著的《二十世纪中国新文学史》[6]、唐金海、周斌主编的《二十世纪中国文学通史》[7]、严家炎主编的《二十世纪中国文学史》[8] 等。与此同时,文学史的写作,在风格上也开始呈现出一种多样化的图景。除传统的以文艺运动和作家作品为主要叙事线索的各种著作外,还出现了一些以编年方式梳理现代文学现象的著作,如刘长鼎、陈秀花的《中国现代文学运动史料编年》[9]、陈鸣树的《二十世纪中国文学大典》[10]、於可训、叶立文编

---

[1] 该著于 2003 年由东方出版中心出版了修订本,对初版做了较大的整合和改动,删去了初版中的一些文章,又增加了一部分反映学术界最新成果的文章,全书也由原来的四卷压缩成了两卷。
[2] 孔范今主编:《二十世纪中国文学史》,山东文艺出版社 1997 年版。
[3] 谢冕主编:《百年中国文学总系》,山东教育出版社 1998 年版。
[4] 黄修己主编:《二十世纪中国文学史》,中山大学出版社 1998 年版。
[5] 朱栋霖主编:《中国现代文学史 1917—1997》,高等教育出版社 1999 年版。
[6] 皮述民等:《二十世纪中国新文学史》,台北骆驼出版社 1997 年版。
[7] 唐金海、周斌主编:《二十世纪中国文学通史》,东方出版中心 2003 年版。
[8] 严家炎主编:《二十世纪中国文学史》,高等教育出版社 2010 年版。
[9] 刘长鼎、陈秀花:《中国现代文学运动史料编年》,山西高校联合出版社 1994 年版。
[10] 陈鸣树:《二十世纪中国文学大典》,上海教育出版社 1994 年版。

的《中国文学编年史·现代卷》①等。② 1996 年，由杨义主笔，中井政喜、张中良合著的《中国新文学图志》③，首开以图志的形式叙述文学史的先例。其后，又有一系列以"图志""图典"的形式讲述文学史的著作，如唐文一、沐定胜、计雷编著的《20 世纪中国文学图典》④ 等问世，以图文结合的形式讲述文学史成为一时风气。此外，一些专题文学史，如女性文学史、文学翻译史、文学接受史等的编写，也取得了不小成绩，出现了一批如盛英主编的《二十世纪中国女性文学史》⑤、马以鑫的《中国现代文学接受史》⑥ 等有特色的论著。对文学批评史的研究，也取得明显进展，除出现了不止一种的批评通史，如温儒敏的《中国现代文学批评史》⑦、许道明的《中国现代文学批评史新编》⑧ 等外，还有不少这一方面的专论，如支克坚的《冯雪峰论》⑨《胡风论》⑩《周扬论》⑪，黄键的《京派文学批评研究》⑫，刘锋杰的《中国现代六大批评家》⑬，庄锡华的《中国现代文论家论》⑭ 等，使得有关问题的研究不断走向深入。

其次，有关现代作家作品的研究，也进入一个全面收获的时期，经过了 80 年代的"辩护与发现"，现代作家的阵容较前大为扩展，对他们的不同向度的研究不断走向深入。许多现代文学大家名家研究，如鲁迅、郭沫若、老舍、曹禺、茅盾、巴金、沈从文、冰心、丁玲、赵树理、张爱

---

① 於可训、叶立文编：《中国文学编年史·现代卷》，湖南人民出版社 2006 年版。
② 此外，如黄万华《史述和史论：战时中国文学研究》（山东大学出版社 2005 年版）中的"史述"部分，也是这样的编年体文学史尝试。
③ 杨义主笔，中井政喜、张中良合著：《中国新文学图志》，人民文学出版社 1996 年版。
④ 唐文一、沐定胜、计雷编著：《20 世纪中国文学图典》，四川人民出版社 2001 年版。
⑤ 盛英主编：《二十世纪中国女性文学史》，天津人民出版社 1995 年版。
⑥ 马以鑫：《中国现代文学接受史》，华东师范大学出版社 1998 年版。
⑦ 温儒敏：《中国现代文学批评史》，北京大学出版社 1993 年版。
⑧ 许道明：《中国现代文学批评史新编》，复旦大学出版社 2002 年版。
⑨ 支克坚：《冯雪峰论》，陕西人民出版社 1992 年版。
⑩ 支克坚：《胡风论》，广西教育出版社 2000 年版。
⑪ 支克坚：《周扬论》，河南大学出版社 2004 年版。
⑫ 黄键：《京派文学批评研究》，上海三联书店 2002 年版。
⑬ 刘锋杰：《中国现代六大批评家》，北京大学出版社 2005 年版。
⑭ 庄锡华：《中国现代文论家论》，光明日报出版社 2006 年版。

玲、艾青、何其芳、周作人、萧红、钱锺书等，不但都已拥有一支人数不少且相对稳定的专业队伍，而且也不同情况地拥有一些专门的研究组织或机构；就是其他一些分量较轻甚或略有影响的作家，也都已有一些重要的研究者和分量不轻的有关论著。现代作家作品研究论著的数量之巨，真可谓汗牛充栋，不胜枚举。与此同时，作为研究基础的现代文学作品编集出版工作，也不断取得进展。从鲁迅、郭沫若、茅盾、巴金、老舍、曹禺、郁达夫、徐志摩、叶圣陶、冰心、郑振铎，到俞平伯、田汉、沈从文、废名、戴望舒、卞之琳、艾青、何其芳、萧红、萧军、师陀、于赓虞、赵树理、穆时英、张爱玲……差不多只要是在一般文学史上能读到名字的作家，都已有不止一个版次的作品全集或选集问世。

在此背景下，有关现代文学经典性的问题，也一步步被推到了社会认识的前台，"现代文学必将被逐步经典化"也"逐渐扩展成整个研究界的共识"①。从1994年海南出版社推出王一川、张同道主编的《二十世纪文学大师文库》，到1996年北京大学出版社推出谢冕、钱理群主编的八卷本《百年中国文学经典》，及海天出版社同年推出谢冕主编的《中国百年文学经典文库》，再到1999年人民文学出版社和北京图书大厦发起评选"百年百种优秀中国文学图书"活动，有关现代文学经典的评定和议论，一再掀起高潮。对文学经典的认定，不同的人自然有不同的观点，经典的认定，始终是一个伴随着形形色色争议的过程，而同时，也是一个认识深化的过程。一系列文库、书系的编纂，既出于出版商争抢市场的需要，也出于研究界急于以80年代以来的现代文学新认识重新定位这一学科领域的欲求。而这也不止是一两个学者的愿望。1999年"百年百种优秀中国文学图书"的评定，暗中呼应着"20世纪中国文学"的观念。评定由众多中国现当代文学研究领域的知名专家组成复评、终评委员会，又联合多家有实力的出版机构（中国青年出版社、解放军文艺出版社、作家出版社、生活·读书·新知三联书店、南海出版公司）协同行动，最后出版的51种小说、23种诗歌、17种散文、2种报告文学、7种戏剧，虽未必最终都能得到历史的承认，但其希望能"于中国文学圣殿中占有永恒的

---

① 王晓明主编：《二十世纪中国文学史论序》，东方出版中心1997年版，第2页。

一席"（丛书前言）的诉求，的确从一个侧面反映了现代文学研究在一个特定阶段所最焦虑的问题。与此同时，对现代文学经典的解读，在不同力量的推动下，也几乎可以说是得到了全面的展开。除一些出版机构邀请专家编写了为数不少的名作解读、名作欣赏一类的著作外，以复旦大学、北京大学为代表的一些国内名校，在课程设置上，也相继尝试打破一向以文学史为中心的教育格局，推出不少以经典解读为主要内容的课程，有力地推动了现代文学经典细读的不断走向深入。

再次，90年代以来的现代文学研究，空间视域进一步拓展。除之前比较受重视的解放区、国统区、"孤岛"等地区外，对一些新的区域文学现象，如东北沦陷区、华北沦陷区，以及同一时期台湾、香港及海外华文文学的研究也比较全面地进入了人们的视野。就国统区文学而言，一些从前未得充分重视和展开的流派及现象，如对"七月派""九叶派"（"中国新诗派"）、西南联大校园文学乃至"战国策派"等问题的研究，在这一时期也得到了全面的展开。譬如对七月派的研究，就先后有李怡的《七月派作家评传》[1]、周燕芬的《执守·反拨·超越——七月派史论》[2]等多本论著出版；对西南联大校园文学的研究，也有姚丹《西南联大历史情境中的文学活动》[3]、李光荣的《季节燃起的花朵——西南联大文学社团研究》[4] 等不止一本专著；就是"战国策派"，也有温儒敏、丁晓萍编的《时代之波——战国策派文化论著辑要》[5] 等资料和一些相关研究论述问世。对上海"孤岛"文学现象的研究，也有了杨幼生、陈青生的《上海"孤岛"文学》[6]、陈青生的《抗战时期的上海文学》[7] 等较为系统的论述。解放区文学研究原本一直是新中国成立以来现代文学研究的重

---

[1] 李怡：《七月派作家评传》，重庆出版社2000年版。
[2] 周燕芬：《执守·反拨·超越——七月派史论》，中华书局2003年版。
[3] 姚丹：《西南联大历史情境中的文学活动》，广西师范大学出版社2000年版。
[4] 李光荣：《季节燃起的花朵——西南联大文学社团研究》，中华书局2012年版。
[5] 温儒敏、丁晓萍编：《时代之波——战国策派文化论著辑要》，中国广播电视出版社1995年版。
[6] 杨幼生、陈青生：《上海"孤岛"文学》，上海书店1994年版。
[7] 陈青生：《抗战时期的上海文学》，上海人民出版社1995年版。

点，90年代以来，这一领域的研究，也出现了一些新的特点，像朱鸿召、王培元有关延安文人生活的论述，袁盛勇对延安文学"党的文学"性质的指认等，都产生了重要的影响。90年代的沦陷区文学研究同样取得了较为突出的成绩。黄万华、张泉等人均在这一领域有所收获。徐迺翔、黄万华的《中国抗战时期沦陷区文学史》①，张泉的《沦陷时期北京文学八年》②和《抗战时期的华北文学》③，王向远的《"笔部队"和侵华文学——对日本侵华文学的研究与批判》④等相关研究著述大量出版。钱理群主编的《中国沦陷区文学大系》⑤更将沦陷区文学研究推进到一个新的基点，为研究者客观、全面地研究沦陷区文学提供了便利，也在某种程度上颠覆了许多"想当然"的并且似乎是不容置疑的先验结论。除此之外，进入90年代之后，一些现代文学研究比较活跃的省市还出版了一些区域性的现代文学史，如李建平的《桂林抗战文艺概观》⑥，陈辽主编的《江苏新文学史》⑦，高翔的《东北新文学论稿》⑧，逄增玉的《黑土地文化与东北作家群》⑨，高翔、黄万华等的《东北现代文学大系》⑩等。

90年代以后，中国大陆与台湾、香港、澳门的关系也发生了不同于前的变化。关系进一步加强，文化交流日益频繁。现代文学研究界也开始更为关注港澳台文学的发展状况及其创作实绩。与此同时，文学研究和各类现代文学史叙述，都尽量将港澳台地区的文学纳入现代文学研究的整体视野。一些由两岸共同合作编写的文学史，或集中讨论两岸文学交流关系的论著大量出版。除了在整体性的文学史论著中增设台湾文学章节之外，

---

① 徐迺翔、黄万华：《中国抗战时期沦陷区文学史》，福建教育出版社1995年版。
② 张泉：《沦陷时期北京文学八年》，中国和平出版社1994年版。
③ 张泉：《抗战时期的华北文学》，贵州教育出版社2005年版。
④ 王向远：《"笔部队"和侵华文学——对日本侵华文学的研究与批判》，北京师范大学出版社1999年版。
⑤ 钱理群主编：《中国沦陷区文学大系》，广西教育出版社1998年版。
⑥ 李建平：《桂林抗战文艺概观》，漓江文艺出版社1990年版。
⑦ 陈辽主编：《江苏新文学史》，南京出版社1990年版。
⑧ 高翔：《东北新文学论稿》，社会科学文献出版社2001年版。
⑨ 逄增玉：《黑土地文化与东北作家群》，湖南教育出版社1995年版。
⑩ 高翔、黄万华等：《东北现代文学大系》，沈阳出版社1996年版。

一批有关台湾文学研究的专著也相继出版。其中由大陆学者编写的主要有刘登翰主编的《台湾文学史》①、汪毅夫的《台湾近代文学丛稿》②、黎湘萍的《台湾的忧郁》③《文学台湾》④、丁帆的《中国大陆与台湾乡土小说比较史论》⑤、古继堂主编的《简明台湾文学史》⑥、方忠编的《台港散文四十家》⑦、朱双一、张羽的《海峡两岸新文学思潮的渊源和比较》⑧ 等。与之同时，台湾地区对台湾现代文学的研究也于同期全面展开，先后出现了包括李瑞腾的《台湾文学风貌》⑨、吕正惠的《战后台湾文学经验》⑩、陈少廷的《台湾新文学运动简史》⑪、叶石涛的《台湾文学史纲》⑫、许俊雅的《日据时期台湾小说研究》⑬、彭瑞金的《台湾新文学运动四十年》⑭、陈昭瑛的《台湾文学与本土化运动》⑮ 等大量论著。进入 90 年代之后，现代文学界对香港文学的关注度同样明显提升。在 1994 年人民出版社出版刘登翰主编的《香港文学史》之后，1999 年又有袁良骏著的《香港小说史》出版⑯。同时，黄继持等香港学者编辑的《早期香港新文学作品选》《早期香港新文学资料选（1927—1941）》《国共内战时期香港文学资料选（1945—1949）》《国共内战时期香港本地与南亚文人作品选》等书的出版，也使这一领域的研究获得了前所未有的基础。在此基础上，

---

① 刘登翰主编：《台湾文学史》，海峡文艺出版社 1991 年版。
② 汪毅夫：《台湾近代文学丛稿》，海峡文艺出版社 1991 年版。
③ 黎湘萍：《台湾的忧郁》，生活·读书·新知三联书店 1994 年版。
④ 黎湘萍：《文学台湾》，人民文学出版社 2003 年版。
⑤ 丁帆：《中国大陆与台湾乡土小说比较史论》，南京大学出版社 2001 年版。
⑥ 古继堂主编：《简明台湾文学史》，时事出版社 2002 年版。
⑦ 方忠编：《台港散文四十家》，中原农民出版社 1995 年版。
⑧ 朱双一、张羽：《海峡两岸新文学思潮的渊源和比较》，厦门大学出版社 2006 年版。
⑨ 李瑞腾：《台湾文学风貌》，三民书局 1991 年版。
⑩ 吕正惠：《战后台湾文学经验》，新地出版社 1995 年版。
⑪ 陈少廷：《台湾新文学运动简史》，台湾联经出版事业公司 1997 年版。
⑫ 叶石涛：《台湾文学史纲》，文学界出版社 1998 年版。
⑬ 许俊雅：《日据时期台湾小说研究》，文史哲出版社 1995 年版。
⑭ 彭瑞金：《台湾新文学运动四十年》，春晖出版社 1997 年版。
⑮ 陈昭瑛：《台湾文学与本土化运动》，正中书局 1998 年版。
⑯ 袁良骏：《香港小说史》，海天出版社 1999 年版。

进入新世纪之后,赵稀方著的《小说香港》等作的出版①,更使有关研究进入了一个富有新的理论和思想容量的层面。就是相对比较薄弱的澳门文学,至今也有刘登翰主编的《澳门文学概观》②、曹惠民主编的《台港澳文学教程》③、王剑丛主编的《香港澳门文学论集》④ 等多部论著问世。而对海外华文文学的研究,也有不少人倾注心力,并先后有黄万华的《新马百年华文小说史》⑤,饶芃子主编《中国文学在东南亚》⑥,黄万华主编《美国华文文学论》⑦,郭惠芬的《新马华文文学的现代与当代》⑧,彭志恒的《海外中国:华文文学和新儒学》⑨,黄万华的《中国和海外:20世纪汉语文学史论》⑩,刘俊的《世界华文文学整体观》⑪,庄钟庆、陈育伦、周宁、郑楚编的《东南亚华文新文学史》⑫,王宗法的《山外青山天外天——海外华文文学综论》⑬ 等多种论著推出。

又次,80年代兴起的思潮流派及文学社团研究,也于这一时期取得了不少总结性的成果。虽然人们对现代浪漫主义、现实主义文学思潮的研究,不再像从前那样倾注大量的精力,但对这些领域问题的研究,同样出现了一些兼具总结性与开创性的论著,如朱寿桐的《情绪:创造社的诗学宇宙》⑭,罗成琰的《现代中国的浪漫文学思潮》⑮,陈国恩的《浪漫主

---

① 赵稀方:《小说香港》,生活·读书·新知三联书店2003年版。
② 刘登翰主编:《澳门文学概观》,鹭江出版社1998年版。
③ 曹惠民主编:《台港澳文学教程》,汉语大辞典出版社2000年版。
④ 王剑丛主编:《香港澳门文学论集》,中国科学文化出版社2004年版。
⑤ 黄万华:《新马百年华文小说史》,山东文艺出版社1999年版。
⑥ 饶芃子主编:《中国文学在东南亚》,暨南大学出版社1999年版。
⑦ 黄万华主编:《美国华文文学论》,山东文艺出版社2000年版。
⑧ 郭惠芬:《新马华文文学的现代与当代》,厦门大学出版社2001年版。
⑨ 彭志恒:《海外中国:华文文学和新儒学》,花城出版社2005年版。
⑩ 黄万华:《中国和海外:20世纪汉语文学史论》,百花文艺出版社2006年版。
⑪ 刘俊:《世界华文文学整体观》,人民文学出版社2007年版。
⑫ 庄钟庆、陈育伦、周宁、郑楚编:《东南亚华文新文学史》,人民文学出版社2007年版。
⑬ 王宗法:《山外青山天外天——海外华文文学综论》,安徽大学出版社2008年版。
⑭ 朱寿桐:《情绪:创造社的诗学宇宙》,上海文艺出版社1991年版。
⑮ 罗成琰:《现代中国的浪漫文学思潮》,湖南教育出版社1992年版。

义与 20 世纪中国文学》①，耿传明的《清逸与沉重之间——"现代性"问题视野中的"新浪漫派"文学》②，俞兆平的《写实与浪漫》③《浪漫主义在中国的四种范式》④，陈顺馨的《社会主义现实主义在中国的接受与转化》⑤ 等。对现代主义文学的研究，在这一时期更成为现代文学思潮研究中备受关注的问题。不但像李金发、戴望舒、刘呐鸥等先前被认为属现代主义的作家得到反复讨论，就是对从前一批被简单认定为现实主义的作家，也陆续有人从中挖掘出了现代主义的因素。像严家炎对鲁迅小说与表现主义关系及其复调性的论说，王乾坤对鲁迅的生命哲学的梳理⑥，均已从先前那种单一的视野，跳入一个更具生命深度，也更具世界视野的境界。而一大批研究中国现代文学中的现代主义问题的专著的相继问世，更为这一领域的探索增加出一种喧嚣的活力。这些研究专著，包括吴中杰、吴立昌主编的《1900—1949：中国现代主义寻踪》⑦，谭楚良的《中国现代派文学史论》⑧，朱寿桐主编的《中国现代主义文学史》⑨，王泽龙的《中国现代主义诗潮论》⑩，张同道的《探险的风旗：20 世纪中国现代主义诗潮论》⑪，孙玉石的《中国现代主义诗潮史论》⑫，陈旭光的《中西诗学的会通——20 世纪中国现代主义诗学研究》⑬，罗振亚

---

① 陈国恩：《浪漫主义与 20 世纪中国文学》，安徽教育出版社 2000 年版。
② 耿传明：《清逸与沉重之间——"现代性"问题视野中的"新浪漫派"文学》，南开大学出版社 2004 年版。
③ 俞兆平：《写实与浪漫》，生活·读书·新知三联书店 2001 年版。
④ 俞兆平：《浪漫主义在中国的四种范式》，广西师范大学出版社 2011 年版。
⑤ 陈顺馨：《社会主义现实主义在中国的接受与转化》，安徽教育出版社 2000 年版。
⑥ 严家炎：《论鲁迅的复调小说》，上海教育出版社 2002 年版；王乾坤：《鲁迅的生命哲学》，人民文学出版社 1999 年版；闵抗生：《鲁迅的创作与尼采的箴言》，陕西人民教育出版社 1996 年版。
⑦ 吴中杰、吴立昌主编：《1900—1949：中国现代主义寻踪》，学林出版社 1995 年版。
⑧ 谭楚良：《中国现代派文学史论》，学林出版社 1997 年版。
⑨ 朱寿桐主编：《中国现代主义文学史》，江苏教育出版社 1998 年版。
⑩ 王泽龙：《中国现代主义诗潮论》，华中师范大学出版社 1995 年版。
⑪ 张同道：《探险的风旗：20 世纪中国现代主义诗潮论》，安徽教育出版社 1998 年版。
⑫ 孙玉石：《中国现代主义诗潮史论》，北京大学出版社 1999 年版。
⑬ 陈旭光：《中西诗学的会通——20 世纪中国现代主义诗学研究》，北京大学出版社 2002 年版。

的《中国现代主义诗歌史论》①，吴晓东的《象征主义与中国现代文学》②，徐行言、程金城的《表现主义与中国现代文学》③，吕周聚的《中国现代主义诗学》④，张新颖的《20世纪上半期中国文学的现代意识》⑤，赵凌河的《新文学现代主义思想史论》⑥，解志熙的《生的执着——存在主义与中国现代文学》⑦《风中芦苇在思索——中国现代文学的现代性片论》⑧《美的偏至——中国现代唯美—颓废主义思潮研究》⑨，殷克琪的《尼采与中国现代文学》⑩，杨经建的《存在与虚无——20世纪中国存在主义文学论辩》⑪，肖同庆的《世纪末思潮与中国现代文学》⑫，蓝棣之的《现代文学经典：症候式分析》⑬等，数量庞大，内容广泛，或深或浅，或通或专，均从不同的角度凸显出90年代以后现代文学研究的一个鲜明特征。

虽然80年代的"文化热"已过，但进入90年代之后的现代文学研究的文化路向走势依然强劲。对乡土文学与乡村小说的研究，一向都是现代文学研究最热衷的领域，在1992年赵园富有开创性和精神探索意义的《地之子》和丁帆整体研究现当代乡土小说的《中国乡土小说史

---

① 罗振亚：《中国现代主义诗歌史论》，社会科学文献出版社2001年版。
② 吴晓东：《象征主义与中国现代文学》，安徽教育出版社2000年版。
③ 徐行言、程金城：《表现主义与中国现代文学》，安徽教育出版社2000年版。
④ 吕周聚：《中国现代主义诗学》，人民文学出版社2001年版。
⑤ 张新颖：《20世纪上半期中国文学的现代意识》，生活·读书·新知三联书店2001年版。
⑥ 赵凌河：《新文学现代主义思想史论》，辽宁人民出版社2006年版。
⑦ 解志熙：《生的执着——存在主义与中国现代文学》，人民文学出版社1999年版。
⑧ 解志熙：《风中芦苇在思索——中国现代文学的现代性片论》，河南人民出版社1994年版。
⑨ 解志熙：《美的偏至——中国现代唯美—颓废主义思潮研究》，上海文艺出版社1997年版。
⑩ 殷克琪：《尼采与中国现代文学》，南京大学出版社2000年版。
⑪ 杨经建：《存在与虚无——20世纪中国存在主义文学论辩》，人民出版社2011年版。
⑫ 肖同庆：《世纪末思潮与中国现代文学》，安徽教育出版社2000年版。
⑬ 蓝棣之：《现代文学经典：症候式分析》，清华大学出版社1998年版。

论》的相继问世①，将这一领域的研究推进到一个新的历史高度的同时，一批批的有关论文，也不断发表出版。其中不少作家专论，如范家进著的《现代乡土小说三家论》等②，都给人一种耳目一新的感觉。从家族文化与家族文学的角度来透视 20 世纪中国文学的发展历程，到 90 年代以后，依然是许多学者不断努力的方向。除了为数不少的论文，这一时期也出现了不少以此为题的专著，如肖明翰的《大家族的没落——福克纳和巴金家庭小说比较研究》③，聚焦于福克纳与巴金的家庭小说，以"文化与文学"的内在逻辑关系为思维基点，在中、西比较格局中对"家族文化与 20 世纪中国家族文学"的互动性发展轨迹进行全程的、动态的考察与评判。曹书文《家族文化与中国现代文学》④ 主要以鲁迅、巴金、曹禺、老舍、张爱玲、路翎为个案，探讨家族文化与中国现代文学的关系，剖析中国现代作家的家庭文化情怀及现代文学创作中的家庭母题。杨经建的《家族文化与 20 世纪中国家族文学的母题形态》⑤ 着眼于母题形态，致力于勾勒 20 世纪中国家族文学的精神特征，归纳出了"家园皈依意识与追寻母题""男权制文明与审父母题""重返母体与失乐园母题""宗法血缘秩序与乱伦母题"和"家族至上观念与复仇母题"五种文化母题模式。

对现代文学的地域文化研究，虽然早在 80 年代就有黄修己的《赵树理创作与晋东南地理》等文字⑥，"沈从文热"兴起以后，对于他的创作与湘西文化关系的论述，也一再成为话题，但在当时，比较完整地论述某个地域文化与现代文学关系的著述并不太多。90 年代之后，现代文学研究界对地域文化的研究也取得了比较大的成绩。《中国现代文学研究丛刊》1991 年第 2 期，刊载了顾琅川的《越文学与周作人》，曾华鹏、范伯

---

① 丁帆：《中国乡土小说史论》，江苏文艺出版社 1992 年版。
② 范家进：《现代乡土小说三家论》，生活·读书·新知三联书店 2002 年版。
③ 肖明翰：《大家族的没落——福克纳和巴金家庭小说比较研究》，广西师范大学出版社 1994 年版。
④ 曹书文：《家族文化与中国现代文学》，中国社会科学出版社 2002 年版。
⑤ 杨经建：《家族文化与 20 世纪中国家族文学的母题形态》，岳麓书社 2005 年版。
⑥ 黄修己：《赵树理创作与晋东南地理》，《赵树理研究》，山西人民出版社 1985 年版。

群的《郁达夫与吴越文化》，姚玳玫的《挣扎与回归——洪灵菲小说地域文化特征初探》三篇论文，集中讨论了三位作家的创作分别与不同地域文化的关系。1992年，严家炎先生在"20世纪中国文学与区域文化研讨会"上，提出将区域文化研究列为中国现代文学研究的一个重要命题。1995年至1998年，由他主编的"20世纪中国文学与区域文化研究丛书"由湖南教育出版社出版，其中包括吴福辉的《都市漩流中的海派小说》，朱晓进的《"山药蛋派"与三晋文化》，彭晓丰、舒建华的《S会馆与五四新文学的崛起》，李怡的《现代四川文学的巴蜀文化阐释》，逢增玉的《黑土地文化与东北作家群》，李继凯的《秦地小说与"三秦文化"》，费振钟的《江南士风与江苏文学》，魏建、贾振勇的《齐鲁文化与山东新文学》，刘洪涛的《湖南文学与湘楚文化》，马丽华的《雪域文化与西藏文学》等专著。这批著作的出版集中展示了现代文学与地域文化关系研究方面的进展和突破。与此同时，在对不同作家、不同流派的研究中，也都有人将之与地域文化联系起来加以讨论，像陈方竞的《鲁迅与浙东文化》[1]、李今的《海派小说与现代都市文化》[2]、刘一友的《沈从文与湘西》[3] 等，均将讨论问题的视野与某个特定的地区的文化联系在一起。

90年代以来对现代文学与宗教文化的研究，同样引人注目。尤其是对中国现代文学与基督教的关系研究，更是形成了一个相当热门的领域。从1992年傅光明、梁刚翻译的美国学者路易斯·罗宾逊的专著《两刃之剑——基督教与二十世纪中国小说》的出版，到其后包括马佳的《十字架下的徘徊：基督宗教文化与中国现代文学》[4]、杨剑龙的《旷野的呼声——中国现代作家与基督教文化》[5]、刘勇的《中国现代作家的宗教文化情结》[6]、胡绍华的《中国现代文学与宗教文化》[7]、王列耀的《基督

---

[1] 陈方竞：《鲁迅与浙东文化》，吉林大学出版社1999年版。
[2] 李今：《海派小说与现代都市文化》，安徽教育出版社2001年版。
[3] 刘一友：《沈从文与湘西》，青海人民出版社2003年版。
[4] 马佳：《十字架下的徘徊：基督宗教文化与中国现代文学》，学林出版社1995年版。
[5] 杨剑龙：《旷野的呼声——中国现代作家与基督教文化》，上海教育出版社1998年版。
[6] 刘勇：《中国现代作家的宗教文化情结》，北京师范大学出版社1998年版。
[7] 胡绍华：《中国现代文学与宗教文化》，华中师范大学出版社1999年版。

教与中国现代文学》①、王本朝的《20世纪中国文学与基督教文化》②、许正林的《中国现代文学与基督教》③、喻天舒的《五四文学思想主流与基督教文化》④、唐小林的《看不见的签名：现代汉语诗学与基督教》⑤、刘丽霞的《中国基督教文学的历史存在》⑥等一系列专著的问世，有关研究几呈过热之象。而对中国现代文学与佛、道等本土宗教关系的研究，相继也有罗成琰的《论丰子恺散文的佛教意蕴》⑦、谭桂林的《佛学与中国现代作家》⑧、郭济访的《论道家思想对许地山的影响》⑨、杨义的《道家文化与中国现代文学》⑩等论文，以及谭桂林的《20世纪中国文学与佛学》⑪、哈迎飞的《"五四"作家与佛教文化》⑫等专著出版。

90年代之后，从比较文学的角度来看现代文学，同样仍然是学者们乐于从事的事业。除在各种有关作家作品、文学流派的论述中涉及外，集中讨论这一问题的论著也有不少，比较突出者如尹鸿的《徘徊的幽灵——弗洛伊德主义与中国二十世纪文学》⑬，唐正序、陈厚诚主编的《20世纪中国文学与西方现代主义思潮》⑭，范伯群、朱栋霖的《1898—1949中外文学比较史》⑮，周晓明的《多源与多元：从中国留学族到新月派》⑯，葛

---

① 王列耀：《基督教与中国现代文学》，安徽教育出版社2000年版。
② 王本朝：《20世纪中国文学与基督教文化》，安徽教育出版社2000年版。
③ 许正林：《中国现代文学与基督教》，上海大学出版社2003年版。
④ 喻天舒：《五四文学思想主流与基督教文化》，昆仑出版社2003年版。
⑤ 唐小林：《看不见的签名：现代汉语诗学与基督教》，华龄出版社2004年版。
⑥ 刘丽霞：《中国基督教文学的历史存在》，社会科学文献出版社2006年版。
⑦ 罗成琰：《论丰子恺散文的佛教意蕴》，《中国现代文学研究丛刊》1990年第2期。
⑧ 谭桂林：《佛学与中国现代作家》，《文学评论》1993年第4期。
⑨ 郭济访：《论道家思想对许地山的影响》，《中国现代文学研究丛刊》1992年第1期。
⑩ 杨义：《道家文化与中国现代文学》，《中国社会科学》1997年第2期。
⑪ 谭桂林：《20世纪中国文学与佛学》，安徽教育出版社1999年版。
⑫ 哈迎飞：《"五四"作家与佛教文化》，上海三联书店2002年版。
⑬ 尹鸿：《徘徊的幽灵——弗洛伊德主义与中国二十世纪文学》，云南人民出版社1994年版。
⑭ 唐正序、陈厚诚主编：《20世纪中国文学与西方现代主义思潮》，四川大学出版社1992年版。
⑮ 范伯群、朱栋霖：《1898—1949中外文学比较史》，江苏教育出版社1993年版。
⑯ 周晓明：《多源与多元：从中国留学族到新月派》，华中师范大学出版社2001年版。

桂录的《中英文学关系编年史》①，李怡的《日本体验与中国现代文学的发生》②，靳明全的《攻玉论：关于20世纪初期中国政界留日生的研究》③，刘立本的《日本白桦派与中国作家》④ 等，均从不同的方面使人们对这一问题的认识层层深入。

第二节 现代文学研究的后现代、后革命、后殖民视角

90年代以来的现代文学研究，仍然受到时代因素的深刻影响。经过80年代的改革和发展，90年代以后的中国进入一个更求稳定、更重积累的渐进式发展时期。同时，随着中国经济总量的攀升，以及社会生活城市化、市场化、全球化程度的加强，人们的思想意识发生了一连串意义复杂的变化，种种意义上的后革命、后现代、后殖民思潮，开始对生活的许多方面，包括现代文学研究的思想指向产生了决定性的影响。回顾发生在这一时期现代文学研究中的一些有影响的事件——无论是围绕"五四"新文化运动评价问题的争论，还是对晚清文学、民国通俗文学、旧体诗等文学现象历史意义的重新安排、发掘，围绕"胡适还是鲁迅"、自由主义与左翼的论辩，抑或以"纯文学"想象为中心的新文学价值困扰，其最深的思想根源都与此相关。

就是在这样的背景下，曾经成为80年代知识文化建设重要动力的"启蒙"思潮开始退潮，知识分子的启蒙意识普遍淡化，或变得更为曲折，从一段时期的"思想淡化，学问凸显"，到其后的新的左、右分歧，许多思想界的微妙变化，都或隐或显地影响到了现代文学研究。同时，改革开放后教育、科研领域的一系列制度，如学位制度、职称制度、科研制

---

① 葛桂录：《中英文学关系编年史》，上海三联书店2004年版。
② 李怡：《日本体验与中国现代文学的发生》，北京大学出版社2009年版。
③ 靳明全：《攻玉论：关于20世纪初期中国政界留日生的研究》，重庆出版社2006年版。
④ 刘立本：《日本白桦派与中国作家》，辽宁大学出版社1995年版。

度等，也从外部对知识生态和研究风格产生了深刻的影响。这一切，都给90年代以来的现代文学研究，提供了宏观的背景。

90年代以来的现代文学研究出现了一系列新的特点。随着拨乱反正过程的完成，80年代以来作家"发现"的意义到90年代开始降低。毕竟，现代文学的内容是有限的，有价值、有意义的作家、现象也是有限度的。"发现"的浪潮在进行一段时间后，必然会遇到难以为继的问题，作家越来越小，问题越来越琐屑，意义越来越模糊。这就激起了研究者对这种以"发现"为主要目标的研究方式的质疑："总会因为有新的'发现'而丰富的内容，但是，这是不是就意味着中国现代文学传统是一个可以永远扩大容量、不断'提升'无名作家地位的无限的空间呢？是不是一切存在过的现象都最终会成为我们津津乐道的'传统'呢？""显然并不是所有存在过的文学现象都为我们文学的发展提供了足够的动力，也不是所有的被忽略的作家都包含了巨大的文学价值。"① 但现代文学研究领域扩展的步伐，却并没有因此放慢，但与80年代那种以作家的发现、流派的承认为主要途径的领域扩展研究方式不同的是，90年代以来的现代文学研究，更注意于对一些过去被整体排除在"现代文学"之外的领域的重新发掘、整理和研讨。承续"二十世纪文学"的整体观，对晚清文学的研究持续成为热点；对通俗文学的研究上升到一个新的认识水平，并逐步取得了很大的成绩，旧体诗评价与入史问题的争论也时闻于耳。在较传统的研究领域内，对国统区、沦陷区文学的研究，更能正视其复杂性和突出成就，对左翼文学的研究，也在一种新的时代背景与知识视野中达到了新的水平，女性主义对文学研究的影响持续扩大；与此同时，新一轮的文学社会学研究，也不断取得新的成绩：期刊研究、出版研究、传播研究、文学教育问题研究、作家的经济生活问题研究，以及较为传统的比较文学研究、宗教文化研究、城乡文化研究等，也取得了前所未有的成绩。在作家作品研究的领域，经典的认定和重评，不时激起大众的广泛注意和学界的深入思考；对一些重要作家的重新评价，也在不断地建构—解构中走向深

---

① 李怡：《论中国现代文学传统的再认识中的"现代性"问题》，《中国现代文学传统》，人民文学出版社2002年版，第57—58页。

化；随着这一切进展，建立一门系统的现代文学史料学的呼声渐渐浮出水面，学科史总结、反思也达到一种更加自觉、系统的水平。正是在这一意义上，现代文学学科"成熟"了。应该说，90年代以后的现代文学研究的确取得了很大的成就，但同样不可否认的是，这里仍然还留有许多可供开掘的空间，需要研究者孜孜不倦地探寻。

到90年代之后，以"纯文学"标榜的"重写"开始暴露出它新的偏激。1994年，海南出版社推出王一川、张同道主编的《二十世纪中国文学大师文库》四卷，分小说、诗歌、散文、话剧四种文体，为其心目中的"文学大师"重新排定了座次。他们声称："重重迷雾遮挡了文学的真实面目，在世纪的尽头，我们以纯文学的标准重新审视百年风云，洞穿历史真相，力排众议重论大师，再定座次，为21世纪中国文学提供一个纯洁的榜样。"[①] 这个重新排定的"座次"是，小说卷：鲁迅、沈从文、巴金、金庸、老舍、郁达夫、王蒙、张爱玲、贾平凹；诗歌卷：穆旦、北岛、冯至、徐志摩、戴望舒、艾青、闻一多、郭沫若、纪弦、舒婷、海子、何其芳；戏剧卷：曹禺、田汉、夏衍、郭沫若、老舍；散文卷：鲁迅、梁实秋、周作人、朱自清、郁达夫、贾平凹、毛泽东、林语堂、三毛、丰子恺、冰心、许地山、李敖、余秋雨、王蒙。紧接着，钱理群在1995年也提出了自己对中国现代文学大师的看法。他说："20世纪中国出现了一位足以与中国文学史与世界文学史上的伟大作家相并列的伟大作家，这就是鲁迅，这应该说是'20世纪中国文学'的一个带有标志性的重大收获。在鲁迅之下，我们给下列六位作家以更高的评价与更为重要的文学史地位，即老舍、沈从文、曹禺、张爱玲、冯至、穆旦。老舍、曹禺的文学史地位是早有定论的，近15年来，学术界对沈从文的独特价值的认识，也在逐渐深化中，而在我们看来，对这三位作家创作的深层、潜在意义、超越价值，至今仍然认识不足，开掘不够。"[②] 就这样，新时期以后中国现代文学研究中建构起来的"鲁郭茅巴老曹"的格局被打破了，

---

① 王一川、张同道主编：《二十世纪中国文学大师文库·小说卷》，海南出版社1994年版。丛书封面。

② 钱理群：《"分离"与"回归"》，《返观与重构》，上海教育出版社2000年版，第193页。

而以沈从文、张爱玲为代表的具有"潜在意义、超越价值"的作家成了许多研究者关注的热点，甚至出现了"神化"他们的潮流。

现代文学研究领域出现的另一现象，是对中国现代文学文学价值的怀疑。而这也是将80年代流行的"纯文学"观念落实到现代文学研究领域的结果之一。80年代倡导"重写文学史"的王晓明，90年代将其"重写"的主要成果编成四卷《中国现代文学史论》，其序言论及编选缘起，首先谈到的就是一种由来已久的对于现代文学文学价值的怀疑："从八十年代中期开始，至少在现代文学研究界，另一种更为严厉的判断逐渐生长起来：在一九四九年以前的三十年间，虽然出现了若干优秀的作家，也有一些作品流传到了今天，但从整体来看，这三十年间的文学成就其实是不能令人满意的。"① 这还是一种比较温和的表述。将这种怀疑推到极端，并导致对整个中国现代文学的价值做出否定性批判的，是临近世纪末，葛红兵发表的两份"悼词"。1999年6月，《芙蓉》杂志发表《为20世纪中国文学写一份悼词》，质疑"20世纪中国文学给我们留下了一份什么样的遗产？在这个叫20世纪的时间段里，我们能找到一个无懈可击的作家吗？能找到一种伟岸的人格吗？谁能让我们从内心感到钦佩？谁能成为我们精神上的导师？"他还声称："宁可认为这个世纪最伟大的文学家是王实味、遇罗克、张志新、顾准……"，并对包括鲁迅、丁玲、沈从文、萧乾、巴金、周扬、唐弢、端木蕻良、郭沫若、废名等在内的现代作家做出了从人格、语言到思想的全盘批判。否定性思维的另一侧面，则是对鲁迅的批判性评价。与葛红兵的发难相先后，80年代以来渐渐走下"神坛"的鲁迅，也遭遇了一系列否定性思维的挑战。2000年，《收获》杂志第2期推出"走近鲁迅"专栏，刊发了王朔的《我看鲁迅》、冯骥才的《鲁迅的功与"过"》、林语堂的《悼鲁迅》三篇文章，其中的批判性观点引起了广泛反响。无论这些批判的学术含量如何，其意义都不容轻视。正如思想史学者所言，"鲁迅已经成为中国知识分子的现代道统，他的背后蕴含着极为丰富的象征资本。几乎每一次思想论争都会从他那里寻求合法性，不管是肯定还是否定他。即使一部分知识分子试图重建中国知识分子的现

---

① 王晓明主编：《二十世纪中国文学史论》，东方出版中心1997年版，第1—2页。

代道统,也需要从对鲁迅的批判反思开始。"① 同样的否定,也体现在对其他现代作家的评价中,比如,1998年作家出版社出版的丁东编选的《反思郭沫若》一书,所收录的文章基本上也都是对郭沫若的缺点和失误的批评。而在王一川、张同道主编的《二十世纪中国文学大师文库》中,久负盛名的茅盾干脆落选,相反,一些从前并不太被看重的作家,却出乎意料地获得了很高的评价。这种对现代文学价值的怀疑或否定性思维,尽管有着明显的偏颇,但其在新的时代背景下的出现,却不能不令人细加回味。

90年代以后的现代文学研究,虽然一再体现出寻找"经典"的冲动,但对于中国现代文学有无真正的"经典",仍然有人不无疑虑。陈思和著《中国现当代文学名篇十五讲》第一讲论及文本细读,即云:"现代文学谈不上什么经典","'经'是指经书,'典'是指典籍,指那种经得起历史上反复被人引用被人阐发的文化资源"②。但该书在做出这样的判断之后,仍然结合现代文学发展的两种思潮(启蒙的文学与文学的启蒙)、两种价值取向(知识分子的广场意识与民间岗位意识),对包括鲁迅《狂人日记》、周作人《知堂文集》、巴金《电》、沈从文《边城》、曹禺《雷雨》、冯至《十四行集》、萧红《生死场》、老舍《骆驼祥子》、茅盾《子夜》、张爱玲《倾城之恋》在内的十二部现当代文学名作,给出了深入的剖析,为以作品细读为着眼点的现代文学研究做出了较成功的示范。

"反思五四""超越五四"也是90年代以来现代文学研究的一个热点话题。对五四运动及其与之相关的启蒙主义、激进主义的反思,成为很多研究的学术兴趣。对五四运动的批判性反思,发端于80年代。1986年林毓生著《中国意识的危机》由贵州人民出版社翻译出版。作者认为:"20世纪中国思想史的最显著特征之一,是对中国传统文化遗产坚决的全盘否定的态度的出现与持续",而从"五四"到"文革"都体现出了"对传

---

① 王晓渔:《"鲁迅风波"——关于鲁迅的论争》,吉林出版集团有限责任公司2007年版,第111页。

② 陈思和:《中国现当代文学名篇十五讲》,北京大学出版社2003年版。

统文化观念和传统价值采取疾恶如仇、全盘否定的立场"。1988年，余英时在香港中文大学做《中国思想史中的激进与保守》①的讲演，尖锐批评"五四"激进主义。海外学者林毓生、余英时等的观点也在国内思想文化界引起了很大反响。90年代以来，随着中国国内政治、经济形势的一系列新变，学术界对"五四"新文化运动的认识也发生了很大的变化。王元化相继发表了《我对"五四"新文化运动的再认识》②《对于五四的再认识答客问》③等文章，集中批评以陈独秀为代表的"五四"激进主义心态与思维模式，引发了人们对许多问题的新的思考。1995年李泽厚与刘再复的对话《告别革命——回望二十世纪中国》在香港出版，其"告别革命"的主张，也引起了很大的争议。正是在这样的背景下，有人明确提出要"超越五四文化模式"④，"建立多元化的文学史观"⑤，有人对与"五四"有关的一系列具体问题的看法也发生了明显的变化，像乐黛云、孙尚扬、魏建、贾振勇、沈卫威对"学衡派"的重估，王晓明对《新青年》与"文学研究会"历史的论述⑥，郑敏对新诗历史的百年回顾与反思⑦，杨联芬对林纾与中国文学现代性的发生论述⑧等，其理论背景均与此有关。不过，即使在这样的情况下，仍然有人坚持"五四"式的立场，坚持对"五四"启蒙主义历史意义的维护。例如严家炎便坚持认为，"五四"新文化运动并未全盘反传统，反而推动了对传统文化的理性整理。作为对海外新儒家否定"五四"新文化运动的批评性回应，王富仁则指出："任何一种文化都是有侵犯性的，新儒家学派文化思想的浸润性发展，实际上对中国现代文学研究学科产生颠覆性的威胁。一个否定'五

---

① 林毓生：《中国意识的危机》，贵州人民出版社1986年版；余英时：《中国思想史中的激进与保守》，《钱穆与中国文化》，上海远东出版社1994年版。
② 王元化：《我对"五四"新文化运动的再认识》，《炎黄春秋》1998年第5期。
③ 王元化：《对于五四的再认识答客问》，《文艺理论研究》2000年第1期。
④ 孔范今：《"二十世纪中国文学"研究中的两个问题》，《文学世界》1995年第2期。
⑤ 吴晓东：《建立多元化的文学史观》，《中国现代文学研究丛刊》1996年第1期。
⑥ 王晓明：《一份杂志与一个社团》，《刺丛里的求索》，上海远东出版社1995年版。
⑦ 郑敏：《世纪末的回顾：汉语语言变革与新诗创作》，《文学评论》1993年第3期。
⑧ 杨联芬：《林纾与中国文学现代性的发生》，《中国现代文学研究丛刊》1995年第3期。

四'新文化运动的文化思潮已经蔓延到政治、经济、文化各个领域，并且还在继续发展中。""必须像一个人保守自己的生命一样保守住'五四'文化革命和文学革命的合理性。"① 袁良骏则引用旅美华人学者张灏的话说："今天我们对于'五四'的态度，不应该是否定'五四'，而应该是超越'五四'。因为，'五四'也看到一些传统的问题，是新儒家没看到的；而新儒家看到的一些东西，是'五四'没看到的。因此，我觉得今天，应该沟通新儒家和'五四'的思想，才是我们未来文化发展的应有基础。"（《新儒家与中国文化危机》）并补充说："对于新儒家也要持同样的态度，不要否定而要超越。"②

进入 90 年代后，曾经在 80 年代文学研究领域一领风骚的那些西方思想并未消除其影响，新批评、精神分析、原型批评、形式主义、结构主义、叙事学、存在主义、现象学、接受美学、新马克思主义，继续在文学史研究的领域发挥作用，并且在不少领域结出了更加成熟的果实。与之同时，一系列新的哲学、社会思潮理论，对现代文学研究的思想、方法又构成了新的推动和冲击，后现代、后殖民、后革命、女性主义、解构主义、新历史主义、市民社会理论、民族国家理论、文化研究、传播研究等，均对现代文学研究产生了深刻的影响。

随着冷战的结束，全球化进程的加速，从 60 年代开始出现在西方的后现代主义文化思潮开始更深入地影响到了中国。"现代性"从 80 年代中期开始成为中国现代文学的主导话语，同时成为评判文学思潮、作家作品的基本价值尺度。但对于究竟什么才是中国文学的"现代性"问题，却一直缺乏充分的反思。直到 80 年代中期，当汪晖向唐弢请教何谓现代文学的"现代"时，他的回答也只能是这是一个"很复杂"的问题③。对此，曾有学者评述说："当我们将自己完全置于启蒙主义思想大潮的八

---

① 王富仁：《当前中国现代文学研究中的若干问题》，《中国现代文学研究丛刊》1996 年第 2 期。
② 袁良骏：《超越五四，超越新儒学》，《八方风雨》，福建教育出版社 2000 年版，第 177—178 页。
③ 汪晖：《我们如何成为"现代"的?》，《中国现代文学研究丛刊》1996 年第 1 期。

十年代，在'现代意识'漫天飞舞的时候，其实我们很少对'现代'这一思想或概念进行全面而冷静的考察，对现代性问题的注意首先并不来自我们中国现代文学界，它启动于现代之后的西方思想界，又经'新锐'的中国文艺学界及当代文学界的'舶来'才对我们的九十年代思想产生了重大的冲击。"①

进入 90 年代以后，对"现代性"问题的讨论一度成为现代文学研究的一个热潮，尽管到目前为止，有关认识仍然存在不少分歧，但至少已经不是学术界想当然地拿来借用的话语模式，而开始了审慎的思辨和界定。

在讨论和反思"现代性"问题的大背景下，1994 年年初，陈思和发表了《民间的浮沉——从抗战到"文革"文学史的一个尝试性的解释》一文，其中提出的"民间"概念："民间是与国家相对的一个概念，民间文化形态是指在国家权力中心控制范围的边缘区域形成的文化空间。"不啻是现代文学研究在摆脱革命史话语之后，试图再次超越 80 年代"现代性"话语模式的一次有力尝试。通过和这种与"国家权力"相对立的"民间"的结盟，知识分子的岗位意识可能得到更大范围的扩展，启蒙也可以在克服其原有的局限之后，更切实地达到它推进中国社会进步的目的。自此，以"民间"意识为切入点的现代文学研究论著，也开始大量涌现。

总体来说，90 年代以来现代文学评价尺度发生了一些变化，80 年代极为盛行的"现代性""人性论"等研究问题或视角得到了重新审视，有些研究者开始转向关注民族国家意识、性别等问题。与此同时，随着"自由主义""新左派"以及"保守主义"思想的回潮，现代文学研究方法和内容变得更为复杂化，80 年代曾遭到否定或忽视的左翼革命文学，包括学衡派等在内的保守主义文学思潮、旧体诗、通俗文学等重新得到了研究界重视。另外，一些新材料的发现，也让研究者发现了一些作家的另一面或者说复杂性。

在这样的解构与还原进程中，研究界对胡风、沈从文、张爱玲、周作

---

① 李怡：《论中国现代文学传统的再认识中的"现代性"问题》，《中国现代文学传统》，人民文学出版社 2002 年版，第 47 页。

人等人做出了一些新的评价。90年代学术界开始更多地关注左翼文学，同时，也开始更认真地对待左翼文学内部矛盾的复杂性。比如，吴永平的《胡风"清算"姚雪垠始末——从姚雪垠为何无缘第一次文代会谈起》①一文，详细考察了现代文学史上胡风"清算"姚雪垠这一公案，在揭明问题的来龙去脉的同时，进一步展示了现代左翼文学内部思想斗争的复杂性，让人们在看到胡风性格为人的另一面的同时，超出了80年代以来有关研究的一味为当事人鸣冤、辩解，加深了对问题复杂性的认识。

同时，解志熙、裴春芳等对沈从文、张爱玲佚文的发现，也以一种令人意想不到的方式，拆解了一些现代文学研究在80年代以来形成的新"神话"。在发表《文化批评的历史性原则——从近期的周作人研究谈起》一文②，批评舒芜、陈思和、董炳月等人有关周作人研究的一些辩解性的说法之后，强调文学研究"必须接受历史主义基本原则的指导和约束"的解志熙，先后通过对一些历史资料的发掘，又将解构的手术刀指向了80年代以来持续走红的沈从文、张爱玲研究。通过辑校沈从文40年代的一些佚文和废邮，他所指出的沈从文40年代思想和创作中的"'思变'而又'复旧'"的现象，所传达的信息的意义，远不限于对一个具体的作家的认识问题；其论文《"反传奇的传奇"及其他——论张爱玲叙事艺术的成就与限度》和《走向妥协的人与文——张爱玲在抗战末期的文学行为分析》，所反思的张爱玲沦陷时期文学行为的意义③，同样也有不限于具体的问题本身的意义。④ 与之相似的，还有刘永泰对沈从文"人性的贫困和简陋"的发现。与先前研究者交相称赞的"优美健康的人性"不同，

---

① 吴永平：《胡风"清算"姚雪垠始末——从姚雪垠为何无缘第一次文代会谈起》，《炎黄春秋》2003年第1期。

② 解志熙：《文化批评的历史性原则——从近期的周作人研究谈起》，《中州学刊》1996年第4期。

③ 解志熙：《"乡下人"的经验与"自由派"的立场之窘困——沈从文佚文废邮校读札记》，《中国现代文学研究丛刊》2008年第1期。

④ 解志熙的《"反传奇的传奇"及其他——论张爱玲叙事艺术的成就与限度》（载《中国现代文学研究丛刊》2009年第1期）和《走向妥协的人与文——张爱玲在抗战末期的文学行为分析》（载《文学评论》2009年第2期）是一篇论文的两个部分，也可参见其专著《考文叙事录——中国现代文学文献校读论丛》，中华书局2009年版。

刘永泰的研究，更将对沈从文的评价，放在了中国乡村文化在现代化进程中必然面对的困窘中："我不能相信他的自我标榜，不能同意他对人性的理解和表现，不能认为湘西辰河边的人性真的就是诗意盎然优美健康的，我无法在他生前死后收到的太多太多的赞语颂词前无动于衷沉默无言。我要说，不，沈从文的作品不是表现了人性的优美健全，恰恰相反，他的作品表现的是人性的贫困和简陋！"①诸如此类的研究，不但夯实了现代文学认识的基础，而且也在很大程度上瓦解了80年代以来，现代文学研究构造的某种新神话。

八九十年代之交中国社会的一大变化，就是城市在国民生活中的重要性大幅度提升。伴随着传统意义上的乡村的逐渐解体，城市生活形态和城市文化的吸引力大为增强。由于城市文化视角的介入，90年代以后乡土文学的研究也发生了重要的变化。不同于先前讨论鲁迅、沈从文、赵树理等乡土文学作品时集注意于乡村经济的凋敝、乡人灵魂的麻木，或湘西农村的田园牧歌情调、解放区农民的翻身自立，这一时期有关乡土文学的研究，不仅增加了其与城市对照的因素，更突出了乡村社会向城市演化的主题。这一方面表现于一种对乡村神话的解构，另一方面也体现在一些研究者，也开始从更深的心理基底透视伴随着乡土文化解体所发生的复杂伦理、美学问题。进入90年代，乡土不再诗意、家园已然破碎，已是中国现代化进程中无法回避的现实，面对这种现实，邵宁宁的研究一方面通过对巴金《憩园》、李广田《引力》等作中的人生意识和家园意识的讨论，力图将对问题的讨论引向现代化进程中不同作家有关家、国、园等问题的体验与思考，引向蕴含其中的更具美学与伦理困局的文化心理领域②；另一方面，也开始尝试探索，随着乡村生活根基的动摇，城市生活对于在那些源源不断涌入的农民实际生活和文化心

---

① 刘永泰：《人性的贫困和简陋——重读沈从文》，《中国现代文学研究丛刊》2000年第2期。

② 邵宁宁：《〈憩园〉的启蒙精神与人生矛盾——巴金、鲁迅比较论之一》，《西北师范大学学报》2002年第5期；《家园彷徨：〈憩园〉的启蒙精神与文化矛盾》，《中国现代文学研究丛刊》2004年第2期；《〈憩园〉的启蒙精神与伦理矛盾》，《中国社会科学院研究生院学报》2003年第6期；《最后的古典家园梦想及其破灭——论〈引力〉》，《文艺争鸣》2009年第1期。

理的冰冷意义。历史进入新世纪之后，伴随着大批农村人口或主动或被动的"进城"，普遍意义上的"乡下人进城"，开始成为当代中国文化必须正视的一个突出问题。2005年前后，徐德明发表了一系列论文①，开始从理论及当代生活中对问题进行必要的界定与说明，2007年又于扬州大学发起召开"'乡下人进城'：现代化背景下的城乡迁移文学"研讨会，尝试将对一问题的讨论，引向更加全面的，也更受社会重视的领域。与以往一些学者，习惯于从城市文化的角度讨论有关问题不同，有学者开始尝试将对老舍30年代名作《骆驼祥子》的讨论，放在近代以来城乡文明形态转换的背景之下，着意阐发蕴含其中的，伴随着自给自足的农村经济的崩解，勤劳致富的人生观念的亦将动摇，这一兼有历史认识和现实忧思的经济生活伦理问题②，并在此基础上，力图提醒人们注意"进城"作为一个贯穿性的主题，对于现代文学研究及伴随着生活的城市化而来的文明秩序重建问题③。

90年代以来的现代文学研究，还受到学科队伍职业化的深刻影响。学科队伍的日益职业化是90年代现代文学研究的一个鲜明特点。正如汪晖所说，90年代以后"出于环境的压力和自愿的选择，大部分人文和社会科学领域的知识分子放弃了80年代启蒙知识分子的方式，通过讨论知识规范问题和从事更为专业化的学术研究，明显地转向了职业化的知识运作方式"④。

但这只是问题的一个方面。与一般研究者的专业化、职业化选择相反，在一些成熟的研究者那里，呼吁开放学科边界和尝试打破专业界限去探讨一些问题，同样成为这一时期现代文学研究的一个不可忽视的特点。不少研究者都在有关论述中要求现代文学研究者"不要画地为牢，把自

---

① 如徐德明《"乡下人进城"的文学叙述》，《文学评论》2005年第1期；《"乡下人进城"叙事与"城乡意识形态"》，《文艺争鸣》2007年第6期。
② 邵宁宁：《骆驼祥子：一个农民进城的故事》，《兰州大学学报》2006年第4期。
③ 邵宁宁：《城市化与社会文明秩序的重建——中国现当代文学中的"进城"问题》，《兰州大学学报》2008年第1期。
④ 汪晖：《当代中国的思想状况与现代性问题》，载公羊主编《思潮：中国"新左派"及其影响》，中国社会科学出版社2003年版，第5页。

己永远拘囿在现代文学史一个学科里"①。事实上，进入90年代之后，也的确有一些卓有成就的学者，越出原有的疆界，开始更具探索性的尝试。比如，杨义转向古代文学研究，提出重绘中国文学地图的主张；赵园转向明清之际士大夫研究；汪晖着力于近代思想史的探求；王晓明转向城市文化研究等。陈平原是代表80年代现代文学研究旨趣、范式、方法变迁的重要学者。他的硕士论文是对许地山的研究，对他的宗教意识、文化意识的阐发，明显带有80年代思想解放运动的痕迹，同时也显示了他侧重从文化理解文学的特点，预示了90年代后期的转变。其博士论文《中国现代小说叙事模式的转变》②及其由之引出的《中国现代小说史》③第一卷的叙事学角度，则明显体现出80年代后期形式—结构主义思潮对现代文学研究的影响。他在90年代后对晚清文学意义的发掘、对武侠小说的评价、对学术史的兴趣、对文学研究方法的反思，以及对明清小品文的研究，都显示出一种变迁中的特点。他能够不断地站在思潮的前列，拓宽视野，开辟新路。

90年代以后现代文学研究的转折，也是和该学科"第四代""第五代"学者的出现联系在一起的。《中国现代文学研究丛刊》1991年第1期发表了孔范今的《面对历史的沉思——现代文学研究三议》一文。该文开篇就提出了"第四代"所带来的问题：不少"第四代"的现代文学研究者责难"第三代"研究者，但"置身中外汇流的新文化格局中，面对世界学术发展新趋势和中国'第四代'自以为获得了世界性特征的当代学术观念的双重参照，'第三代'的内虚感便不期然而生。""这种情绪固然有可能动摇'第三代'人的自信心，但又未必不是一种实现新超越的内驱力，因为危机恰恰是超越的前提。"这段话显然是站在"第三代"的立场上说的，虽然危机感在"第三代"中未必像他所说的那样普遍，但八九十年代之交，现代文学学科面临的调整与研究者队伍构成的这种变化之间存在的关系，却是客观存在的。

---

① 黄修己：《文学史的史学品格》，《中国现代文学研究丛刊》1991年第3期。
② 陈平原：《中国现代小说叙事模式的转变》，北京大学出版社1988年版。
③ 陈平原：《中国现代小说史》第一卷，北京大学出版社1989年版。

这样的形势也促成了现代文学史观的一系列新的调整。90年代后，有关文学史观的讨论一再形成热点。如果说80年代之初王瑶、唐弢、严家炎们的反思，主要针对的是50—70年代的文学史观念的话，这一次的反思所针对的，更是80年代以来的现代文学研究实际。《中国现代文学研究丛刊》1991年第2期发表了曾庆瑞的《我们应该确立什么样的文学史观》一文，在将50年代以来的文学史观区分为三种类型的同时，又批评了几种"新潮派"的文学史观，"其一，是'形式主义文学史'"，"其二，是类似于'结构主义'的'审美的语言结构文学史'"，此外还有"阐释学的或者接受理论的文学史观"，认为这些"形形色色的文学史观"都陷入了"现代文学本体研究论的迷宫"，"显然不能重写出新的、令人满意的中国现代文学史来"。较早从文学史观的角度对80年代以来的现代文学研究提出批评意见。同年第3期该刊又发表黄修己的《文学史的史学品格》一文。重申80年代初期王瑶关于"文学史既是文艺科学，也是一门历史科学"的议论，认为作为一门交叉学科的文学史，理应更加突出它的史学特征，同时更加强调史料工作的重要性，其中说："我甚至感到，有朝一日现在兴师动众编的许多现代文学史著作，都被淘汰了；但现在做的那许多史料性工作，却是不朽的，会令后人感激不已的。"第4期又发表田本相的《文学史哲学的思考》，认为"文学史的撰写，是科学的，但又是心灵的。把文学史家的工作仅仅看成是一种搜集整理、编纂剪辑自然是片面的，只要进入价值判断，不论是社会的美学的文化的价值判断，都不可能是纯粹的科学的。一个杰出的文学史家，必然以他的全部生命，即用他的哲学的、美学的，甚至他的道德情感和美的心灵去拥抱他要构筑的历史世界。"这一切，都标志着，80年代以来的文学史重写，已然再次进入一个重要的观念调整时期。

进入新世纪后，有关文学史观的讨论，仍然不绝于耳。话题则主要集中在思想史与文学史的关系、文学研究的文化选择、现代文学研究与民族国家建设、现代文学研究的"古典化"与"当代性"问题等方面。针对80年代以来现代文学研究的启蒙主义倾向，及其导致文学研究越来越趋向思想史的现实，温儒敏发出了"思想史能否取替文学史"的质疑①。与此同时，将研究的领域从现代延伸到古代，又从对少数民族文学的关怀里汲取了新营养的杨义，又提出了以其"文学三世说"为基础的"大文学观"与"重绘中国文学地图"的主张。而从新历史主义认识角度，探索现代文学研究的建构性问题的观点，也时有所闻。

90 年代以来的现代文学研究，更深地受到海外的影响。随着国际学术交流日益常规化和现代文学研究领域一批研究者 80 年代后流寓海外，中国现代文学研究也日益成为一门在某种程度上具有国际性的学科。除原居国外及港台等地区的学者之外，一批改革开放后因留学等原因从大陆移民到海外的新一代研究者，如刘再复、黄子平、许子东、刘禾、张旭东、李陀、唐小兵等，又组成新的中国现代文学研究"海外兵团"。这一切，都使中国现代文学研究的目光、立场和观点发生了非常重要的变化。

继对 80 年代大陆现代文学研究产生广泛影响的夏志清、曹聚仁、司马长风、普实克等之后，更多后起的欧美现代文学研究者的学术成果也相继被相对完整地介绍进中国。美籍学者李欧梵的著作《铁屋中的呐喊》中的一些观点，80 年代就曾在国内引起反响，90 年代初该书被全文翻译出版。随后，同一作者的《上海摩登》②《中国现代作家的浪漫一代》③《现代性的追求》④《李欧梵自选集》⑤ 也相继出版。与之同时或稍后一些，其他一些欧美中国现代文学研究者的重要论著也相继被译介到国内，其中如王德威的《想象中国的方法——历史·小说·叙事》⑥、刘禾的《语际书写——现代思想史写作批判纲要》⑦ 和《跨语际实践》⑧、耿

---

① 温儒敏：《思想史能否取替文学史》，《中华读书报》2001 年 10 月 31 日。
② 李欧梵：《上海摩登》，北京大学出版社 2001 年版。
③ 李欧梵：《中国现代作家的浪漫一代》，新星出版社 2005 年版。
④ 李欧梵：《现代性的追求》，生活·读书·新知三联书店 2000 年版。
⑤ 李欧梵：《李欧梵自选集》，上海教育出版社 2002 年版。
⑥ 王德威：《想象中国的方法——历史·小说·叙事》，生活·读书·新知三联书店 1998 年版。
⑦ 刘禾：《语际书写——现代思想史写作批判纲要》，生活·读书·新知三联书店 1999 年版。
⑧ 刘禾：《跨语际实践》，生活·读书·新知三联书店 2008 年版。

德华的《被冷落的缪斯：中国沦陷区文学史（1937—1945）》①、张英进的《中国现代文学与电影中的城市》②、安敏成的《现实主义的限制——革命时代的中国小说》③、高利克的《中西文学关系的里程碑》④、米列娜的《从传统到现代：19 至 20 世纪转折时期的中国小说》⑤、胡志德的《钱钟书》⑥、史景迁的《天安门：知识分子与中国革命》⑦、顾彬的《二十世纪中国文学史》⑧ 等，或为作家研究领域不同凡响的专著，或为文学史某一线索的整体梳理，或引入新观点，或引进新方法，都对国内现代文学研究产生了不可忽视的影响。此外，日本学者中几代中国现代文学研究者的著作，也在这一时期被大量译介出版。包括竹内好的《近代的超克》⑨、伊藤虎丸的《鲁迅、创造社与日本文学——中日近现代比较文学初探》⑩ 和《鲁迅与日本人——亚洲的近代与"个"的思想》⑪、木山英雄的《文学复古与文学革命——木山英雄中国现代文学思想论集》⑫、丸山升的《鲁迅·革命·历史——丸山升现代中国文学论集》⑬、丸尾常喜的《"人"与"鬼"的纠葛——鲁迅小说论析》⑭、藤井省三的《鲁迅

---

① 耿德华：《被冷落的缪斯：中国沦陷区文学史（1937—1945）》，新星出版社 2006 年版。
② 张英进：《中国现代文学与电影中的城市》，江苏人民出版社 2007 年版。
③ 安敏成：《现实主义的限制——革命时代的中国小说》，江苏人民出版社 2001 年版。
④ 高利克：《中西文学关系的里程碑》，北京大学出版社 1990 年版。
⑤ 米列娜：《从传统到现代：19 至 20 世纪转折时期的中国小说》，北京大学出版社 1991 年版。
⑥ 胡志德：《钱钟书》，中国广播电视出版社 1990 年版。
⑦ 史景迁：《天安门：知识分子与中国革命》，中央编译出版社 1998 年版。
⑧ 顾彬：《二十世纪中国文学史》，华东师范大学出版社 2008 年版。
⑨ 竹内好：《近代的超克》，生活·读书·新知三联书店 2005 年版。
⑩ 伊藤虎丸：《鲁迅、创造社与日本文学——中日近现代比较文学初探》，北京大学出版社 1995 年版。
⑪ 伊藤虎丸：《鲁迅与日本人——亚洲的近代与"个"的思想》，河北教育出版社 2000 年版。
⑫ 木山英雄：《文学复古与文学革命——木山英雄中国现代文学思想论集》，北京大学出版社 2004 年版。
⑬ 丸山升：《鲁迅·革命·历史——丸山升现代中国文学论集》，北京大学出版社 2004 年版。
⑭ 丸尾常喜：《"人"与"鬼"的纠葛——鲁迅小说论析》，人民文学出版社 1995 年版。

〈故乡〉阅读史——近代中国的文学空间》①、坂井洋史的《忏悔与越界——中国现代文学史研究》②等厚重之作。体现其中的异邦眼界，从不同方面、不同层次也对同期中国大陆的现代文学研究产生了意义深远的影响。

与之同时，一些围绕中国文学的国际性学术会议的频繁召开，在为中外学者展开交流创造平台的同时，也为中国现代文学研究的国际化作出了很大贡献。这些会议，比如1990年在美国杜克大学召开的"中国现代文学中的政治和意识形态"学术研讨会，1994年高利克在斯洛伐克主办的"中国文学与欧洲语境"研讨会，以及其后不时召开于欧洲、美国、香港及中国大陆的其他会议，如2001年中国社会科学院文学研究所和清华大学人文社会科学学院在北京联合召开的以"文化视野与中国文学研究"为题的国际学术会议，2005年，中国社会科学院文学研究所主办的"东亚现代文学中的战争与历史记忆国际学术研讨会"，均能吸引大批的海内外学者，活跃的国际学术交流，以及由之带来的不同立场、不同视角之间的交流和对话，在不断对现代文学研究造成观念、方法冲击的同时，也为它的不断创新、突破提供了可贵的动力。

第三节　一些新的视域与问题

受上述种种思潮及现代文学学科成熟本身的影响，90年代以来的现代文学研究，在视域与问题上也发生了一些新拓展，并开始关注一些新的热点问题。

有关晚清文学在中国现代文学发展中的地位问题，前人研究多有触及。作为文学史重写标志的"二十世纪中国文学"概念，同样包含着对晚清文学在中国现代文学发展进程中地位的肯定。1993年，王德威的现代文学评论集《小说中国》在海外出版，其中提出的"被压抑的现代性"

---

① 藤井省三：《鲁迅〈故乡〉阅读史——近代中国的文学空间》，新世界出版社2002年版。
② 坂井洋史：《忏悔与越界——中国现代文学史研究》，复旦大学出版社2011年版。

的概念,得到有关研究界高度注意。该书提出的"传统解释新文学的'起源',多以五四为依归;胡适、鲁迅、钱玄同等诸君子的努力,被赋予开山宗师的地位。相对的,晚清以迄民初的数十年的文艺动荡,则被视为传统逝去的尾声,或西学东渐的先兆。过渡意义,大于一切。但在世纪末重审现代中国文学的来龙去脉,我们应该重识晚清时期的重要,及其先于甚或超于五四的开创性"的观点,受到众多研究者的追捧。1998年该作以"想象中国的方法"为名由生活·读书·新知三联书店出版,更推动了晚清文学研究的开展。对晚清问题的讨论,逐渐形成热点。而其论点可以王德威一句著名的质问来表达:"没有晚清,何来五四?"在类似的追问态度下,出现了一大批研究晚清及中国现代文学的发生学问题的论著,如刘纳的《嬗变——辛亥革命时期至五四时期的中国文学》①、郭延礼的《中国前现代文学的转型》② 等,并继而引发了人们对现代文学发生学问题及"五四"的标志性意义的见解不同的讨论。此后,有为数不少的研究者从不同的角度探讨有关问题,对中国现代文学的发生提出了颇不相同意见。郑家建的《中国文学现代性的起源语境》③ 将现代文学现代性的发生置于复杂的历史背景当中,分析中国文学的现代性诉求及其审美特征等问题。杨联芬的《晚清至五四:中国文学现代性的发生》④ 的研究重心并不在论证现代性理论本身,而是着力于论述晚清至"五四"文学史的核心脉络是现代性的发生史。陈方竞的《多重对话:中国新文学的发生》⑤ 针对中国新文学的发生,尽可能地贴近历史,展开"多重对话",分析了《新青年》的诞生、北大的学术氛围等。岳凯华的《五四激进主义的缘起与中国新文学的发生》⑥ 致力于揭示"五四"激进主义的价值及其与"五四"新文学乃至新文化发生学意义上的联系。栾梅健的《二十世纪中国文学发

---

① 刘纳:《嬗变——辛亥革命时期至五四时期的中国文学》,中国社会科学出版社1998年版。
② 郭延礼:《中国前现代文学的转型》,山东大学出版社2005年版。
③ 郑家建:《中国文学现代性的起源语境》,生活·读书·新知三联书店2002年版。
④ 杨联芬:《晚清至五四:中国文学现代性的发生》,北京大学出版社2003年版。
⑤ 陈方竞:《多重对话:中国新文学的发生》,人民出版社2003年版。
⑥ 岳凯华:《五四激进主义的缘起与中国新文学的发生》,岳麓出版社2006年版。

生论》① 从经济、文化、人才三个方面分析了探讨古典文学向新文学转化的根源与契机。李怡的《日本体验与中国现代文学的发生》② 挖掘了现代作家如鲁迅、郭沫若等人在日本的生活体验对中国现代文学发生所产生的影响，致力于揭示现代作家的心理情感动因和他们走向创造新文学的生命动力。中国现代文学的发生和发展变化是多重因素共同造就的结果，不能忽视外来文化的冲击，但也不能置中国传统文化的影响于不顾，只有将现代文化的发生置于繁复的历史语境当中，多侧面地、立体地展开分析，并加以综合考虑，才能得出较为客观、稳妥的结论。

对晚清文学的定位和现代文学的发生学讨论也涉及近现代文学的"转折"研究。就现代文学的"起点"应该定位到哪个时期、哪个年代，学术界展开了很多的争论，形成了几种代表性的观点。谢冕主编的《百年中国文学总系》从1898年开始，他亲自执笔写作的这套丛书的第一本，便名为《1898：百年忧患》③。范伯群等人主张将时间提前到1892年，因为这一年《海上奇书》杂志创办，《海上花列传》开始连载。严家炎主编的《二十世纪中国文学史》④ 将现代文学的发端推到19世纪80年代末、90年代初。但仍然有更多的学者认为，1917年在中国文学发展史上的决定性的意义不应被低估，现代文学的开端仍当从这里算起。针对学术界对现代文学转折点的不同提法，吴福辉提出了三个判断文学转换点的标准：第一，它是文学求新求变的巨大契机，是文学重大的转折时刻；第二，要以一种有震撼力的文学现象和文学事件为标志；第三，在这个文学时代逝去后，仍然保有它持久的影响力。⑤

现当代文学的"转折"研究也是一个引起学术界普遍关注的问题，

---

① 栾梅健：《二十世纪中国文学发生论》，台湾业强出版社1992年版，广西师范大学出版社2006年版。

② 李怡：《日本体验与中国现代文学的发生》，北京大学出版社2009年版。

③ 谢冕：《1898：百年忧患》，山东教育出版社1998年版。

④ 严家炎主编：《二十世纪中国文学史》，高等教育出版社2010年版。

⑤ 吴福辉：《关于文学转捩点涵义的辨析》，载刘增杰、孙先科主编《中国近现代文学转捩点研究》，上海文艺出版社2008年版。

但同样并未形成较为一致的看法。洪子诚在《中国当代文学史》①一书中，主要从左翼文学入手，从不同侧面论述了中国现当代文学转折的必然性。而在稍后出版的《问题与方法：中国当代文学史研究讲稿》②一书中，则开始注意"当代文学生成"的多种可能性。对现当代文学转折的研究不但对现代文学研究而且对当代文学研究都意义重大，除洪子诚之外，钱理群、贺桂梅等也对中国现当代文学的转折问题做出了一些重要的研究与论说③。

从女性主义的角度对现代文学的研究，是90年代以后现代文学研究的又一个突出特点，也是它的后现代特征的又一体现。中国新文学的发展从一开始就与女性解放问题密切相关。但妇女解放问题一向主要在实践的领域，而很少有充分的观念自觉，尤其是那种受现代女性主义思潮熏陶的自觉。改革开放后，随着社会生活的新变，外国现代生活观念的浸润，尤其是以西蒙·波伏娃《第二性》等为代表的女性主义论著及观念的传入，人们对女性问题的思考，开始逐渐超越原有的视野，女性主义视角也渐渐成为现代文学研究的一种重要维度。有研究者认为"严格地说，中国的妇女研究是从80年代开始的"④，而最早对女性主义理论的引进，也主要在文学领域展开，到90年代以后才扩展到人文、社会科学的其他领域，而1995年在北京召开的世界妇女大会显然也为这一趋势注入了重要的动力。从女性主义视角对现代文学的研究一时蔚然成风，继80年代戴锦华、孟悦开创性的《浮出历史地表》之后，又出现了包括殷国明、陈志红的《中国现代小说中的知识女性》⑤、刘思谦的《娜拉言说——现代女作家的

---

① 洪子诚：《中国当代文学史》，北京大学出版社1999年版。
② 洪子诚：《问题与方法：中国当代文学史研究讲稿》，生活·读书·新知三联书店2002年版。
③ 参见钱理群《1948：天地玄黄》，山东教育出版社1998年版；贺桂梅《转折的年代——40—50年代作家研究》，山东教育出版社2003年版；邵宁宁《关于四十年代后期文学的定位问题》，《文艺争鸣》2007年第3期。
④ 戴锦华：《中国女性学和女性主义，昨天与今天》，《犹在镜中——戴锦华访谈录》，知识出版社1999年版。
⑤ 殷国明、陈志红：《中国现代小说中的知识女性》，广东高等教育出版社1990年版。

心路历程》①、刘纳的《颠踬窄路行——世纪初：女性的处境与写作》②、陈顺馨的《中国当代文学的叙事与性别》③、盛英的《二十世纪中国女性文学史》④、刘慧英的《走出男权传统的藩篱》⑤ 等数量庞大的女性主义研究著述⑥。在张爱玲成为90年代现代文学研究的新宠的同时，包括丁玲、萧红、冰心、林徽因、凌叔华、苏雪林、秋瑾、石评梅、庐隐、梅娘、关露、苏青等在内的一大批大大小小的女性作家，都从新的角度得到了新的发现与阐释。近年来有关这些作家的研究兴趣，有相当大一部分都集中在与性别意识有关的领域。在揭示以男性为中心的国家、民族话语与女性话语之间的疏离上，刘禾分析萧红小说《生死场》⑦ 的文章有突出的示范作用，揭示出了存在于民族国家及阶级话语与性别话语之间的裂隙。尽管其分析也存在着某些不尽准确的地方，但总体而言，它对作品复杂意蕴的揭示，显然超出了已往的研究水平，而给人印象深刻的启示。

90年代现代文学研究领域的另一个值得关注的新进展，表现在人们

---

① 刘思谦：《娜拉言说——现代女作家的心路历程》，上海文艺出版社1993年版。

② 刘纳：《颠踬窄路行——世纪初：女性的处境与写作》，作家出版社1995年版。

③ 陈顺馨：《中国当代文学的叙事与性别》，北京大学出版社1995年版。

④ 盛英：《二十世纪中国女性文学史》，天津人民出版社1995年版。

⑤ 刘慧英：《走出男权传统的藩篱》，生活·读书·新知三联书店1996年版。

⑥ 此外，同类著作还有：周芳芸：《中国现代文学悲剧女性形象研究》（天地出版社1999年版）；盛英：《中国女性文学新探》（中国文联出版社1999年版）；阎崇德：《二十世纪中国女作家研究》（北京语言大学出版社2000年版）；张衍芸：《春花秋叶——中国五四女作家》（人民文学出版社2000年版）；李玲：《中国现代文学的性别意识》（人民文学出版社2002年版）；乔以钢：《多彩的旋律——中国女性文学主题研究》（南开大学出版社2003年版）；王绯：《空前之迹——1851—1930：中国妇女思想与文学发展史论》（商务印书馆2004年版）；张浩：《书写与重塑：20世纪中国女性文学的精神分析阐释》（北京语言学院出版社2006年版）；常彬：《中国女性文学话语流变1898—1949》（人民出版社2007年版）；寿静心：《女性文学的革命：中国当代女性主义文学研究》（中国社会科学出版社2007年版）；刘传霞：《被建构的女性：中国现代文学社会性别研究》（齐鲁书社2007年版）；张岚：《本土视阈下的百年中国女性文学》（中国社会科学出版社2007年版）；李有亮：《给男人命名：20世纪女性文学中男权批判意识的流变》（社会科学文献出版社2005年版）。

⑦ 刘禾：《女性身体与民族主义话语：重读〈生死场〉》，《跨语际实践》，生活·读书·新知三联书店2008年版。

对民国通俗文学的意义更为积极的研究和更高评价上。通俗文学从 80 年代再次引起人们的注意，但在 80 年代，人们对通俗文学的这种积极评价仍然是有限度的，是与一种相沿已久的批判意识联系在一起的。如果说，80 年代一些研究者对鸳鸯蝴蝶派等通俗小说的研究，主要还停留在为它们的存在合理性进行辩护的水平上的话，到 90 年代以后，情况又发生了很大的变化。随着现实领域市民文化地位的抬升，通俗文学的研究已进一步发展到要求与新文学分庭抗礼的地步。经过 80 年代的尝试、酝酿，到 90 年代，通俗文学研究进入了一个收获期。

张赣生的《明国通俗小说论稿》① 是新时期以来第一部通俗小说史的著作，其所提供的资料和观点，为以后的通俗文学史研究铺设了基础，其后，这类通史性质的现代通俗文学论著，还有汤哲声的《中国现代通俗小说流变史》② 和《中国现代通俗小说思辨录》③、张华的《中国现代通俗小说流变》④ 等多部著作。作为现代通俗文学研究的重点之一，有关鸳鸯蝴蝶的研究，继 1989 年范伯群出版《礼拜六的蝴蝶梦》⑤ 之后，先后又有刘扬体的《流变中的流派——鸳鸯蝴蝶派新论》⑥、赵孝萱的《鸳鸯蝴蝶派新论》⑦ 等著作出版。进入 90 年代，鸳鸯蝴蝶派不但不再被视为一个反动派别或逆流，而且意义不断得到新的抬升。除了少数明确表述反对的声音，致力研究这一领域的学者，差不多都倾向于从一种完全正面的评价，重新肯定这一流派文学的价值以及整个通俗文学在现代文学史上的地位。对通俗文学作家的研究，也进入一个新的以肯定性评价为主的阶段。不但出现了如燕世超的《张恨水论》这类研究这一领域重要作家的专书⑧，

---

① 张赣生：《明国通俗小说论稿》，重庆出版社 1991 年版。
② 汤哲声：《中国现代通俗小说流变史》，重庆出版社 1999 年版。
③ 汤哲声：《中国现代通俗小说思辨录》，北京大学出版社 2008 年版。
④ 张华：《中国现代通俗小说流变》，山东文艺出版社 2000 年版。
⑤ 范伯群：《礼拜六的蝴蝶梦》，人民文学出版社 1989 年版。
⑥ 刘扬体：《流变中的流派——鸳鸯蝴蝶派新论》，中国文联出版公司 1997 年版。
⑦ 赵孝萱：《鸳鸯蝴蝶派新论》，兰州大学出版社 2004 年版。
⑧ 燕世超：《张恨水论》，安徽大学出版社 1998 年版。

出现了像孔庆东的《超越雅俗——抗战时期的通俗小说》①、徐德明的《中国现代小说雅俗流变与整合》② 等专门探讨通俗小说与新文学小说的雅俗互动关系的论著，而且也现出了像范伯群主编的《中国近现代通俗文学史》③ 和由他个人撰述的《中国现代通俗文学史（插图本）》④ 这样的现代通俗文学研究的总结性著作。而这其中特别值得注意的，还有范伯群提出的"两个翅膀论"。相比 80 年代为通俗文学所做的辩护，这种观点，更进一步提出，要将现代文学中的雅、俗两大系统，平等地视作其实现现代追求的两个"翅膀"，认为以往的中国现代文学史是"单翅"的，是对历史的误解和误导。而这事实上也就是要求，不但要改变长期以来那种以新文学为中心的现代文学叙事，而且要从根本上改变"五四"以来那种以启蒙—工具论为基础的现代文学价值观。这一切的提出，当然与 80 年代以来的"金庸热""武侠小说热"等文学现象，以及 90 年代以来逐渐成形的市民意识形态存在着很大的关系。因而，虽然针对这一切，也有袁良骏等人提出不同意见，甚至发表了一些比较尖锐的质疑、批评文字⑤，但事实上却至今无法从根本上动摇它产生出巨大影响的实际，有关观点至今拥有广泛的接受背景和接受人群。

对旧体诗的研究一直没有停止。现代文学界比较认真地讨论旧体诗的文学史地位问题，是在"重写文学史"思潮所带来的文学观念发生变化之后。90 年代后渐成气候的文化保守主义及当代"中华诗词"界的写作与活动，都给手握修史之权的现代文学研究以很大的压力，同时 80 年代以来通俗文学重新评价的成功也给各方面以很大的启示。就是在这样的情况下，旧体诗是否应入文学史成为一个讨论的问题。而问题所涉也不仅在旧体诗本身，也在"现代文学"观念的调整。

---

① 孔庆东：《超越雅俗——抗战时期的通俗小说》，北京大学出版社 1998 年版。
② 徐德明：《中国现代小说雅俗流变与整合》，社会科学文献出版社 2000 年版。
③ 范伯群主编：《中国近现代通俗文学史》，江苏教育出版社 2000 年版。
④ 范伯群撰述：《中国现代通俗文学史（插图本）》，北京大学出版社 2007 年版。
⑤ 参见袁良骏《"两个翅膀论"献疑——致范伯群先生的公开信》，《文艺争鸣》2002 年第 6 期；《"两个翅膀论"：一个似是而非的错误理论——再致范伯群先生》，《汕头大学学报》2005 年第 3 期。

钱理群的《论现代新诗与现代旧体诗的关系》①从新文学运动的发生说起,具体考察了一些新文学作家写作新诗与旧诗的情况,认为新文学革命之后,"新诗由不被承认的边缘性文体变成中国诗歌的主流与正宗,旧体诗词则由中心走向边缘,并面临不被承认的危机。一个明显的事实是,在以后出版的现代文学史中,旧体诗词创作几乎是理所当然地被排除在外,这就意味着,在文学史叙述中,再也没有它们的地位了。"2001年,黄修己在《粤海风》发表《现代旧体诗词应入文学史说》,明确认为应将旧体诗纳入现代文学史写作的范畴。其后发表于《中国现代文学研究丛刊》2002年第2期的《旧体诗词与现代文学的啼笑因缘》一文,是他作为2001年5月25日中华诗词学会在安徽合肥召开第14届年会上唯一参会的现代文学研究者所作的发言,其观点与前文大体相似。唐弢、王富仁等现代文学研究者对现代旧体诗的复杂态度等都做出过自己的解释,同时也指出,已有"越来越多的人已经感到'五四'后旧体诗词入史的必要。这不是因为有人抱怨,有人呼吁;而是因为认识更接近历史的真实了,对文化革命特殊规律的了解比以前深刻了,看清了文化变革不是即刻的'一刀两断',而是有一个新旧并存、逐渐交替的长过程,20世纪正经历着这样的过程。"对旧体诗是否应入现代文学史,或新诗与旧诗的关系问题。

随着人们对"纯文学"观念的怀疑,90年代中期以后的现代文学研究,出现了新的文化研究热。与80年代主要关注家族文化、地域文化、城乡文化、宗教文化有所不同的是,新的文化研究主要借鉴和吸收西方后现代文化领域法兰克福学派、伯明翰学派、美国文化研究的观点,包括哈贝马斯"公共空间"、布迪厄"文学场"、伯明翰大众文化研究理论,以及艾斯卡皮"文学社会学"在内的文化研究理论在现代文学研究领域都找到了新的用武之地,也产生了一批让人耳目一新的成果。就具体研究成果而言,涉及较多的是都市文化、政治文化、文学制度、文学传播、文学教育等问题。

90年代以来,都市文化研究较为兴盛。涉及最多的是新文学内部一

---

① 钱理群:《论现代新诗与现代旧体诗的关系》,《诗探索》1999年第2期。

些描写都市生活的流派、作家、作品，一为 30 年代以刘呐鸥、穆时英、施蛰存等为代表的新感觉派及包含更广的"海派"，二为反映城市市民文学的通俗小说。吴福辉的《都市漩流中的海派小说》①、宋炳辉的《茅盾：都市子夜的呼号》② 以及大量的通俗文学研究成果大都属于这个范畴。更严格地说，这些成果基本遵循的是较为传统的文化研究模式。但与之不同的是，李欧梵的《上海摩登——一种都市文化在中国 1930—1945》③、赵园的《北京：城与人》④、黄献文的《论新感觉派》⑤、包亚明等的《上海酒吧——空间、消费与想象》⑥、李今的《海派小说与现代都市文化》⑦、王宏图的《都市叙事与欲望书写》⑧、张英进的《中国现代文学与电影中的城市》⑨ 等一系列著作的出现，在研究现代文学所展示的都市文化方面展现出不同的关注。比如，李欧梵选择 1930 年到 1945 年间的上海，研究都市文化背景，通过印刷文本、电影等考察上海的现代性。赵园以"京味"小说提供的文学材料为基础，从文化学、美学、民俗学、心理学、伦理学等诸种角度入手，系统地考察了北京文化的基本风貌，并多方面地展示了北京城与北京人之间相互影响、相互塑造的复杂文化关联。总体来说，这类研究更多地着眼于都市文化研究，而文学文本在很大程度上是为文化研究提供了素材而已。

文学与政治的关系也得到了新的审视。有研究者把政治作为一种文化展开研究。朱晓进的《非文学的世纪：20 世纪中国文学与政治文化关系史论》一书⑩，分"五四新文学的诞生与'革命'话语""30 年代文学论

---

① 吴福辉：《都市漩流中的海派小说》，湖南教育出版社 1995 年版。
② 宋炳辉：《茅盾：都市子夜的呼号》，上海教育出版社 2000 年版。
③ 李欧梵：《上海摩登——一种都市文化在中国 1930—1945》，北京大学出版社 2001 年版。
④ 赵园：《北京：城与人》，北京大学出版社 2002 年版。
⑤ 黄献文：《论新感觉派》，武汉出版社 2000 年版。
⑥ 包亚明等：《上海酒吧——空间、消费与想象》，江苏人民出版社 2001 年版。
⑦ 李今：《海派小说与现代都市文化》，安徽教育出版社 2001 年版。
⑧ 王宏图：《都市叙事与欲望书写》，广西师范大学出版社 2005 年版。
⑨ 张英进：《中国现代文学与电影中的城市》，江苏人民出版社 2007 年版。
⑩ 朱晓进：《非文学的世纪：20 世纪中国文学与政治文化关系史论》，南京师范大学出版社 2004 年版。

争的政治文化色彩""政治规范与制约下的 40 年代文学论争"等章节,力图从"政治文化"的角度入手,全面梳理 20 世纪中国文学的发生发展与政治的复杂纠结和互动关系,分析文学现象之后的作家政治心理与社会审美风尚、主流话语规范之间的深层关系。

对现代文学从报纸杂志、出版等传播角度展开分析,一直备受学术界重视。阿英、唐弢等人都很重视报纸杂志对文学研究的意义。不过在一开始,他们主要是在传统文史之学的意义上进行研究,但不久也就不同程度地注意到了报刊出版业的兴起与"新文学",以及报刊与不同的文学流派的关系。

90 年代以来,现代文学的报纸杂志研究取得了一系列成绩,包括王晓明对《新青年》的研究①,李欧梵对《申报·自由谈》的研究②,陈平原对《新青年》的研究③,罗岗对《学衡》的研究④,以及收入陈平原、山口守所编《大众传媒与现代文学》一书中的一些文章,和为数众多的博、硕士论文⑤,从不同角度对现代文学的切入,不但得出了许多具有创新意义的结论,而且大大拓宽了人们的研究视野。近期出版的此类著作还有冯并的《中国文艺副刊史》⑥、刘淑玲的《〈大公报〉与中国现代文学》⑦、李楠的《晚清民国时期上海小报》⑧、张涛甫的《报纸副刊与中国知识分子的现代转型:以〈晨报副刊〉为例》⑨ 等。

与此同时,现代文学的出版机构也受到诸多研究者的重视。比如,刘

---

① 王晓明:《一份杂志与一个"社团"》,《批评空间的开创》,东方出版中心 1998 年版。
② 李欧梵:《批评空间的开创》,东方出版中心 1998 年版。
③ 陈平原:《思想史视野中的文学》,《中国现代文学丛刊》2002 年第 3 期,2003 年第 1 期。
④ 罗岗:《历史中的〈学衡〉》,《二十一世纪》1995 年第 4 期。
⑤ 邵宁宁:《关于现代文学杂志研究的方法论思考》,《甘肃社会科学》2006 年第 3 期。
⑥ 冯并:《中国文艺副刊史》,华文出版社 2001 年版。
⑦ 刘淑玲:《〈大公报〉与中国现代文学》,河北教育出版社 2004 年版。
⑧ 李楠:《晚清民国时期上海小报》,人民文学出版社 2006 年版。
⑨ 张涛甫:《报纸副刊与中国知识分子的现代转型:以〈晨报副刊〉为例》,广西师范大学出版社 2007 年版。

纳的《创造社与泰东图书局》① 主要以创造社和泰东图书局为载体，分析文学社团与出版机构之间的关系，涉及了郭沫若、成仿吾等与编辑、书局经理之间的关系，较为全面地分析了创造社与泰东图书局由结盟走向决裂的过程、原因及其影响。孙晶的《文化生活出版社与现代文学》② 上编主要介绍了巴金、鲁迅、曹禺、李健吾等现代作家与文化生活出版社的交往过程，阐述了文化生活出版社对现代文学发展所作出的贡献。下编就文化生活出版社出版的《文学丛刊》、文学翻译类丛书、抗战时期的出版物等的出版过程及其社会影响进行了专门的研究。刘禾《跨语际实践》③ 的第八章，通过讨论30年代《中国新文学大系》的"制作"，探讨了包括当时的出版业和激进文学，编辑者与出版者的关系，以及"经典、理论与合法化"等一系列问题。

文学制度在文学生产、流通、消费过程中发挥着重要的作用。对文学制度的研究也是现代文学文化研究的一个重要组成部分。在中国现代文学发展史上，三四十年代已有相当规模的文学出版奖励机制、文学批评约束引导机制、职业作家创作机制、社会读者的接受机制。王本朝的著作《中国现代文学制度研究》④ 主要从"文学制度的现代化""制度化的文学写作"的角度去研究文学制度与中国现代文学之间的复杂关系。李秀萍的著作《文学研究会与中国现代文学制度》⑤ 主要以"文学研究会"为载体，分别从"文学研究会的文学社团组织制度""文学研究会的职业作家创作制度""文学研究会的编辑体制与传播制度""文学研究会的文学论争与批评制度"等几方面展开制度体系分析。

从稿酬及作家生活的角度研究现代文学的起源与发展，是90年代以后现代文学研究的又一新的角度。栾梅健的《稿费制度的确立与职业

---

① 刘纳：《创造社与泰东图书局》，广西教育出版社1999年版。
② 孙晶：《文化生活出版社与现代文学》，广西教育出版社1999年版。
③ 刘禾：《跨语际实践》，生活·读书·新知三联书店2008年版。
④ 王本朝：《中国现代文学制度研究》，西南师范大学出版社2002年版。
⑤ 李秀萍：《文学研究会与中国现代文学制度》，中国传媒大学出版社2010年版。

作家的出现》①是国内较早从文学生产角度研究现代文学的论文之一。同类论文还有吴福辉的《作为文学（商品）生产的海派期刊》②等。鲁湘元的《稿酬怎样搅动文坛——商场经济与中国近现代文学》③、马嘶的《百年冷暖——20世纪中国知识分子生活状况》④、陈明远的《文化人的经济生活》⑤等都从稿酬等经济角度展开，分析现代作家的现实生存状况及其对创作的影响。

栾梅健的《二十世纪中国文学发生论》⑥是一部综合考察现代文学发生语境的著作，从传媒、稿费制度及科举制等角度展开研究，发人之未发，拓展了现代文学研究的视野，促进了现代文学研究在新的社会学层面上的开展。该书分上、中、下三编：上编"经济篇"分别讨论"传播媒介的变革与文学兴盛的契机""稿费制度的确立与职业作家的出现""社会形态的嬗变与文学主题的流向""文体革命的要求与艺术形式的创新"；中编"文化篇"计论"'五四'时期现代文化心理的觉醒""对现代文明的反拨与民粹主义思潮""大后方文学：五四精神的全面萎缩""延安文学：农民文化的时代选择"等命题；下编"人才篇"分论"科举制的废除与读者群体的转变""现代与古代不同的作家队伍状况""'五四'和新时期两代作家的知识构成"。

进入新世纪以后，文学教育问题受到很多学者的重视。《文学报》2003年9月25日发表了王晓明与杨扬的对话《今日中国的文学教育》。随后吴晓东的《我们需要怎样的文学教育》⑦、温儒敏的《现代文学课

---

① 栾梅健：《稿费制度的确立与职业作家的出现》，《中国现代文学研究丛刊》1993年第2期。
② 吴福辉：《作为文学（商品）生产的海派期刊》，《中国现代文学研究丛刊》1994年第1期。
③ 鲁湘元：《稿酬怎样搅动文坛——商场经济与中国近现代文学》，红旗出版社1998年版。
④ 马嘶：《百年冷暖——20世纪中国知识分子生活状况》，北京图书馆出版社2003年版。
⑤ 陈明远：《文化人的经济生活》，文汇出版社2005年版。
⑥ 栾梅健：《二十世纪中国文学发生论》，台湾业强出版社1992年版，广西师范大学出版社2006年版。
⑦ 吴晓东：《我们需要怎样的文学教育》，《北京大学学报》2003年第5期。

程教学如何适应时代变革》①和《关于现当代文学基础课教学改革的思考》②等论文也开始关注当下的文学教育问题。同时，从文学教育的角度来研究现代文学也成为一个新的热点。钱理群的《五四新文化运动与中小学国文教育改革》③、李光荣的《西南联大文学教育与新文学传统》④、陈思和的《知识、技能与情怀——新文化运动时期北大国文系的文学教育》⑤、李蕾的《1928—1937年北平大学文学教育观念考察——以清华大学为中心》⑥等论文都涉及现代文学教育问题。《教育：知识生产与文学传播》⑦一书收录了陈平原、钱理群等人的论文，绝大多数涉及现代教育和文学教育问题。

与之相联系对现代文学与校园文化关系的研究也取得了进展。90年代中期，孙庆东、薛毅主持《九十年代校园文化调查》，邀请上海学者陈思和、王晓明、张新颖、罗岗等作关于大学教育与人文建设的对话，在学界引起强烈反响。随后有关大学教育与校园文化、现代文学关系的研究逐渐展开，对北京大学、清华大学、东南大学、鲁迅艺术学院等与现代文学发展密切的一些学校的校园文化与现代文学流派、作家关系的研究，取得引人注目的成果，集中出现了王培元的《抗战时期的延安鲁艺》⑧、黄延复的《二三十年代清华校园文化》⑨、高恒文的《东南大学与学衡派》⑩、姚丹的《西南联大历史情境中的文学活动》⑪、张玲霞的《清华校园文学

---

① 温儒敏：《现代文学课程教学如何适应时代变革》，《北京大学学报》2003年第5期。
② 温儒敏：《关于现当代文学基础课教学改革的思考》，《中国大学教育》2004年第2期。
③ 钱理群：《五四新文化运动与中小学国文教育改革》，《中国现代文学研究丛刊》2003年第3期。
④ 李光荣：《西南联大文学教育与新文学传统》，《中国现代文学研究丛刊》2005年第4期。
⑤ 陈思和：《知识、技能与情怀——新文化运动时期北大国文系的文学教育》，《北京大学学报》2009年第6期，2010年第1期。
⑥ 李蕾：《1928—1937年北平大学文学教育观念考察——以清华大学为中心》，《清华大学学报》2011年第4期。
⑦ 陈平原等：《教育：知识生产与文学传播》，安徽教育出版社2007年版。
⑧ 王培元：《抗战时期的延安鲁艺》，广西师范大学出版社1999年版。
⑨ 黄延复：《二三十年代清华校园文化》，广西师范大学出版社2000年版。
⑩ 高恒文：《东南大学与学衡派》，广西师范大学出版社2002年版。
⑪ 姚丹：《西南联大历史情境中的文学活动》，广西师范大学出版社2000年版。

论稿（1911—1949）》①等一批专题论著。

90年代以来，随着学科的成熟，现代文学史料学的建设也进入了一个新的更加自觉的阶段。2003年12月20—21日，"中国现代文学的文献问题"座谈会在清华大学召开，来自北京大学、清华大学、河南大学、中国现代文学馆、鲁迅博物馆的多位专家参加会议，会议论文后来在《中国现代文学研究丛刊》（2004年第3期）发表。2004年10月13—16日，河南大学文学院、《文学评论》编辑部、洛阳师范学院中文系联合举办的"史料的新发现与文学史的再审视——中国现代文学文献问题学术研讨会"在河南大学召开，与会专家七十余人，部分会议论文在《河南大学学报》（2005年第1、2期）、《中国现代文学研究丛刊》（2005年第2期）结辑发表。

2006年9月24日，中华文学史料学学会近现代史料学分会在河南大学正式宣布成立。中华文学史料学学会、《文学评论》杂志社和河南大学联合举办了"史料问题与百年中国文学转捩点"学术会议，来自全国各地的数十名学者参加会议。会后由上海文艺出版社于2007年出版了论文集《中国近现代文学转捩点研究》。2009年陈思和、张业松主编的《史料与阐释》集刊创刊。与此同时，中国现代文学的博士、硕士研究生也都选择史料或发掘具有史料整理意义的问题作为论文选题。这些都标志着现代文学史料学的发展进入了学科全面自觉和整合的新的历史时期。

90年代以来的现代文学史料学研究部分地借鉴了古典文献学的研究方法，既重视目录、版本、校勘，也开展史料整理与史实考订，出现了一批专事现代文学史料学搜辑、整理的学者，如姜德明、陈子善、朱金顺、解志熙、谢泳、傅光明、刘福春等。中国现代文学馆对专业资料的搜集和作家文库的建立，也为现代文学史料学的发展铺设了良好的基础。为现代文学资料编目仍然是这类工作中很重要的一项。90年代以后，现代文学的资料编目工作也进入总结性的阶段。代表性成果主要有

---

① 张玲霞：《清华校园文学论稿（1911—1949）》，清华大学出版社2002年版。

贾植芳、俞元桂的《中国现代文学总书目》①、郭志刚的《中国现代文学书目汇要》②、刘福春的《中国新诗书刊总目》③ 等。同类著述还有很多。④ 2009 年，中国社会科学院文学研究所和知识产权出版社合作，决定出版《中国文学史资料全编·现代卷》，计划推出 100 余种。这些扎实的文献工作给研究者提供了很多的便利。

而更值得注意的是，对作家文本的修改问题的研究，开始成为新的热点之一。1991 年，胥智芬校《〈围城〉汇校本》由四川文艺出版社出版，由于正逢由这部小说改编的电视剧引出的"钱锺书热"，该书的出版蒙上了一层商业意图的色彩，旋即作者就版权问题提出抗议，继而引发了现代文学作品是否需要校勘的讨论。同年 9 月 18 日、12 月 4 日，陈思和先后在《文汇报》《文汇读书报》发表《为新文学校勘工作说几句话》《再为新文学校勘说几句话》，支持对现代文学作品进行校勘工作。与之相对，对明清版本深有研究的黄裳则主张："在作者过世，作品已经成为古典时，研究者才能进行这项工作"，"当作者现仍健在，不得同意就进行汇校，不能不说是一种恶劣的粗暴的行为"⑤。然而，尽管有不同意见，现代文学版本的校勘工作，还是得到了开展。此外，还出现了一些从版本角度探讨有关作品问题的研究论文，例如对巴金名作

---

① 贾植芳、俞元桂：《中国现代文学总书目》，福建教育出版社 1993 年版。

② 郭志刚：《中国现代文学书目汇要》，书目文献出版社 1994 年版。

③ 刘福春：《中国新诗书刊总目》，作家出版社 2006 年版。

④ 比如冯光廉、谭桂林：《中国现代文学史著作目录辑要（1923—1991）》(《中国现代文学史研究概论》，南京大学出版社 1995 年版)；朱金顺：《新文学考据举隅》（中国文史出版社 1990 年版）和《新文学资料丛话》（河北教育出版社 2006 年版）；姜德明：《新文学版本（插图珍藏本）》（江苏古籍出版社 2003 年版）；金宏宇：《中国现代长篇小说名著版本校评》（人民文学出版社 2004 年版）和《新文学的版本批评》（武汉大学出版社 2007 年版）；唐文一、沐定胜：《消逝的风景——新文学版本录》（山东画报出版社 2005 年版）；刘福春：《新诗纪事》（学苑出版社 2004 年版）；彭放：《中国沦陷区文学研究资料总汇》（黑龙江人民出版社 2007 年版）；李春雨、杨志：《中国现代文学资料与研究》（上、下册，北京师范大学出版社 2008 年版）。

⑤ 转引自周立民《〈寒夜〉的修改与中国现代文学文献学问题》，《巴金研究集刊卷二·一粒麦子落地》，上海三联书店 2007 年版，第 103 页。针对上述不同意见，周氏认为："作者的主张、版权问题、法律问题和学术研究不可混为一团，学术研究在对前者充分尊重的情况下，也应有相应的独立性。"

《寒夜》的版本，就先后有乔世华、周立民撰文进行专题研究①。除了这些专题性研究，随着版本意识的提高，一般的现代文学研究也越来越注意版本问题，一些研究者也开始将校勘工作嵌入文本细读中，力图通过对一些文本"修改与净化"现象的揭示，有效彰显文本变化中所蕴含的微妙思想问题②。

除比较传统的编目、校勘等工作之外，辑佚也成为这一时期文献整理工作的一项重要内容。影响较大者像陈子善编《周作人集外文》（上、下）③，张桂兴编《〈老舍全集〉补正》④，以及日本学者山口守对巴金早期与国外无政府主义者的通信的披露⑤，解志熙、裴春芳对张爱玲、沈从文、汪曾祺等作家佚文的辑录、重刊等，均对现代文学认识产生了不小的影响。现代文学研究在这一方面所取得的成绩，可称道的还有解志熙的《于赓虞诗文辑存》⑥ 和《考文叙事录——中国现代文学文献校读论丛》⑦、王风的《废名集》⑧、中国社会科学院文学研究所现代文学研究室的《中国现代短篇小说钩沉》⑨、孔范今的《中国现代文学补遗书系》⑩ 等。

随着现代文学研究的学科反省与学术自觉，建立一门系统的中国现代文学研究学科史的工作也逐步提上了议事日程。80年代初，王瑶的《关于中国现代文学研究工作的随想》⑪、唐弢的《关于中国现代文学研

---

① 乔世华：《论解放后巴金对〈寒夜〉的阐释和修改》，载陈思和、辜也平主编《巴金：新世纪的阐释》，福建教育出版社2002年版；周立民：《〈寒夜〉的修改与中国现代文学文献学问题》，载陈思和、李存光主编《巴金研究集刊二》，上海三联书店2007年版。
② 邵宁宁：《古典忠贞观的变奏——以〈我在霞村的时候〉》，《文学评论》2004年第6期。
③ 陈子善编：《周作人集外文》（上、下），海南国际新闻出版中心1995年版。
④ 张桂兴：《〈老舍全集〉补正》下编，中国国际广播出版社2001年版。
⑤ 山口守、坂井洋史：《巴金的世界》，东方出版社1996年版。
⑥ 解志熙：《于赓虞诗文辑存》，河南大学出版社2004年版。
⑦ 解志熙：《考文叙事录——中国现代文学文献校读论丛》，中华书局2009年版。
⑧ 王风：《废名集》，北京大学出版社2009年版。
⑨ 中国社会科学院文学研究所现代文学研究室：《中国现代短篇小说钩沉》，北岳文艺出版社1999年版。
⑩ 孔范今：《中国现代文学补遗书系》，明天出版社1990年版。
⑪ 王瑶：《关于中国现代文学研究工作的随想》，《中国现代文学研究丛刊》1980年第4期。

究问题》①等文的发表，为这一学科反思奠定了基础。此后，从樊骏、严家炎、黄修己，到钱理群、杨义、王富仁、赵园、温儒敏、陈思和……对现代文学研究的历史的回顾和反思，几乎贯穿了整个90年代以来现代文学研究史。作为现代文学研究第二代的代表性的学者之一，樊骏自50年代初先后进入北京大学、中国社会科学院文学研究所学习、工作，亲历了当代中国现代文学研究的许多重大事件。进入新时期后，他写于不同时期的一些论文，如《论中国现代文学研究的当代性》②《关于开创中国现代文学研究新局面的几点想法》③《论文学史家王瑶》④《唐弢与中国现代文学研究》⑤《关于近一百多年中国文学历史的编写工作》⑥《我们的学科：已经不再年轻，正在走向成熟》⑦《编撰〈中国现代文学史〉的若干背景材料》⑧等，无论是对现代文学研究领域一些开拓性人物的研究，还是对关系学科发展一些重要的专题问题的系统梳理，无不给人视野开阔、立意高远、资料翔实、分析透辟的观感，也是我们今天从不同角度认识现代文学学科发展的重要文献。和他一样，严家炎也是从新时期一开始就着力于学科的反思和学科史构建工作。从收录在1983年北京大学出版社出版的《求实集》中的几篇论文《从历史实际出发，还事物本来面目——中国现代文学史研究笔记之一》《现代文学研究的评价标准问题——中国现代文学史研究笔记之二》《现代文学研究方法答问——中国现代文学史研究笔记之三》《中国现代文学发展中的几个基本问题》《文学·政治·人民——新文学历史的一些回顾和思索》，到90年代以后的《二十世纪中

---

① 唐弢：《关于中国现代文学研究问题》，《文史哲》1982年第5期。
② 樊骏：《论中国现代文学研究的当代性》，《中国社会科学》1986年第6期。
③ 樊骏：《关于开创中国现代文学研究新局面的几点想法》，《中国现代文学研究丛刊》1985年第1期。
④ 樊骏：《论文学史家王瑶》，《文学评论》1994年第5期。
⑤ 樊骏：《唐弢与中国现代文学研究》，《文学评论》1992年第4期。
⑥ 樊骏：《关于近一百多年中国文学历史的编写工作》，《河南大学学报》1993年第5期。
⑦ 樊骏：《我们的学科：已经不再年轻，正在走向成熟》，《中国现代文学研究丛刊》1995年第2期。
⑧ 樊骏：《编撰〈中国现代文学史〉的若干背景材料》，《新文学史料》2003年第2期。

国小说研究之回顾与展望》①《新时期十五年的中国现代文学研究》②《文学史分期之我见》③《全球化时代的中国文学研究随想》④ 等论文，其目光始终不离现代文学学科的整体发展，所论及的也常是不同时期现代文学研究所面对最紧迫、最重要的问题。进入新世纪以后，温儒敏也将自己的注意力更多地转向学科史、学科现状研究及文学教育问题，先后发表《论〈中国新文学大系〉的学科史价值》⑤《"苏联模式"与1950年代的现代文学史写作》⑥《王瑶的〈中国新文学史稿〉与现代文学学科的建立》⑦《40年代文学史家如何塑造"新文学传统"》⑧《从学科史回顾八十年代的现代文学研究》⑨《现当代文学研究中的"空洞化"现象》⑩《作为文学史写作资源的"作家论"》⑪《第一次"文代会"与新文学传统的规范化阐释》⑫ 等论文。他对现代文学研究学科史及研究现状中一些问题的论述也同样具有学科建设的意义。

当然一门深具学术史意义的现代文学研究学科史的建立，与一些系统总结这一领域发展历程的专著的出现关系密不可分。进入90年代以后，从曾庆瑞的《中国现代文学史学科论》⑬，到冯光廉、谭桂林的《中国现

---

① 严家炎：《二十世纪中国小说研究之回顾与展望》，《文学评论》1993年第6期。
② 严家炎：《新时期十五年的中国现代文学研究》，《中国现代文学研究丛刊》1995年第1期。
③ 严家炎：《文学史分期之我见》，《复旦学报》2001年第3期。
④ 严家炎：《全球化时代的中国文学研究随想》，《东方论坛》2003年第3期。
⑤ 温儒敏：《论〈中国新文学大系〉的学科史价值》，《文学评论》2001年第3期。
⑥ 温儒敏：《"苏联模式"与1950年代的现代文学史写作》，《北京大学学报》2003年第1期。
⑦ 温儒敏：《王瑶的〈中国新文学史稿〉与现代文学学科的建立》，《文学评论》2003年第1期。
⑧ 温儒敏：《40年代文学史家如何塑造"新文学传统"》，《中国现代文学研究丛刊》2003年第5期。
⑨ 温儒敏：《从学科史回顾八十年代的现代文学研究》，《北京大学学报》2004年第5期。
⑩ 温儒敏：《现当代文学研究中的"空洞化"现象》，《文艺研究》2004年第3期。
⑪ 温儒敏：《作为文学史写作资源的"作家论"》，《北京大学学报》2005年第2期。
⑫ 温儒敏：《第一次"文代会"与新文学传统的规范化阐释》，《河北学刊》2008年第3期。
⑬ 曾庆瑞：《中国现代文学史学科论》，台北智燕出版社1990年版。

代文学史研究概论》①，以及徐瑞岳的《中国现代文学研究史纲》②、刘勇的《现代文学研究》③、温儒敏等的《中国现当代文学学科概要》④，类似的著作不断出现。而作为现代文学领域的资深学者之一，黄修己对此作出的贡献尤为突出，其先后独撰或与人合作的《中国新文学史编纂史》⑤、《中国现代文学研究史》⑥ 等著作，材料丰富，脉络清晰，观点鲜明，对全面总结学科发展历史，作出十分重要的贡献，同时也将这一工作的进一步开展推到了一个新的起点。

---

① 冯光廉、谭桂林：《中国现代文学史研究概论》，南京大学出版社1995年版。
② 徐瑞岳：《中国现代文学研究史纲》，江苏教育出版社2001年版。
③ 刘勇：《现代文学研究》，北京出版社2001年版。
④ 温儒敏等：《中国现当代文学学科概要》，北京大学出版社2005年版。
⑤ 黄修己：《中国新文学史编纂史》，北京大学出版社1995年版。
⑥ 黄修己：《中国现代文学研究史》，广东人民出版社2008年版。

第四章

中国现代文学研究学科体系的拓展
(2010—2019)

近十年，影响着中国现代文学研究的，不仅有学科自身的反思、推展，还有中国国家实力与国内生活本身发生的一系列微妙变化。其中之一，即是随着国家实力不断增强而被不断提醒和要求着的中华民族"崛起"的事实与想象。中国现代文学发展中，一直存在着中西关系的紧张，有关中国现代文学的研究，也必然体现出这种紧张。不论是防御性的"反帝反修"，还是进取性的"改革开放"，都存在着一个如何看待中西文化关系，如何在一种世界文化视野的比照中确立自身的问题。近十年中国国际关系认识的变化，带给中国现代文学的潜在而重大的影响之一，就是文学研究中对某种带有民族性或民族主义倾向的问题的关注度的提升。而从更大范围看，这种倾向的出现，也和冷战后世界所发生的一系列变化，以及西方学界后现代、后殖民文化的发展密切相关。

第一节 现代文学研究的全球化时代与中国性追求

回看80年代以来的中国现代文学研究，有关"现代性"的一切，一直是最重要的关注点和讨论尺度。近十年来，尽管仍然有人坚持不懈地做这方面的探讨，但现代文学研究论著中"现代性""后现代性"这类概念的出现频率明显降低。相反，"中国性""中国想象"一类的词汇，则有应用逐渐增多趋势。追寻中国性，成为近十年中国文学研究的一个重要趋向。

这种表现之一，就是对围绕"中国现代文学"这一概念的相关主题词语义的重新厘定，包括各种各样的以"大"为主题词的文学概念的发明、应用。其中最为关键的，是各类"大中国""大现代""大文学"的探讨和引入，以及全球化意义上的中国文学史书写的相继出现。

所谓"大中国"，滥觞于20世纪80年代的"文化中国"说，在现实的视野中，不断整合台港澳及海外华文文学，而于近年形成的"华文语系文学"的概念中再次得到明确。所谓"大文学"，是对传统中国杂文学观和现代纯文学观的一种超越，自新世纪初杨义提出文学"三世说"，倡导以现代的视野重新建构"大文学观"，既融合纯文学观的精审，又融合"杂文学观"的渊博，有关的回应或明或暗一直不绝，并越来越形成一种观念共识。而新近于美国出版的王德威主编的哈佛版《新编中国现代文学史》，也既是国外对利维斯式大传统文学史书写的反思的结果，也是对新世纪以来国内文学研究中对"文学"概念的再思考的一种回应。所谓"大现代"，开始于20世纪80年代中期"二十世纪中国文学"及"新文学整体观"的提出，而在其后"没有晚清，何来五四"所引发的晚清文学研究、民国文学研究热中得到充实，进而通过一批视野开阔的学者的努力，不断延伸视野到一些从前所未涉及的领域，直到哈佛版《中国现代文学史》，甚至将对中国现代性问题的视域一直推展到晚明。这种对"大"的强调，既体现出一种更大的包容愿望，也体现出一种具有新时代特点的民族主义意识形态内容。

这一切，首先体现在这一时期中国现代文学史编写所出现的新特点中。中国现代文学史的书写，在20世纪八九十年代及新世纪最初十年形成潮流之后，在近十年不像从前那样成为一时热点。但不断寻求新的角度、新的认识方式，撰写个性化的文学史，仍然是许多学者的不变情结。2010年，吴福辉的《中国现代文学发展史（插图本）》出版。陈思和说："本书大概是迄今已经出版的诸多文学史中最有特色的一部。……在多元共生的时代突出了个人化的写作特征"，钱理群说："选择望平街这条中国最早的报刊街开始现代文学史的叙述，这是新的文学史眼光：作品的发表、出版、传播、接受、演变，得到特别关注；这背后更有将现代文学与出版，以至教育、现代学术、思想的发展融为一体的'大文学史'观。同时受到特别关注的，还有人（作家）的心态，生存条件，他们的迁徙、流动，物质生活方式和写作方式。所要绘制的是多元的，立体的，开放的，网状的文学史图景。经过翻译而与世界文学搭桥，经过电影而与同时期的艺术沟通，现代文学的外延像一个个章鱼的触角伸展出去……"① 到2013—2014年，又有钱理群主编的《中国现代文学编年史——以文学广告为中心》（四卷）的出版②，该书如其副题所示，在文学史的叙述中特别突出了文学广告的意义，在立体呈现现代文学活动真实氛围的同时，也在一定程度上增加了文学研究的趣味性和文人味。2015—2017年，又有刘勇、李怡任总主编的11卷本《中国现代文学编年史（1895—1949）》相继问世③，对文学史进程的描述愈趋细密。从某种程度上说，上述诸书的出版，可谓将20世纪80年代以来的国内现代文学史书写，推进到了一个规模宏大的新阶段。

而更惹人注意的或许是，就在国内学者如此热衷文学书写的同时，也有不少国外的中国现代文学研究者加入了这样一次文学史书写竞赛，从而使这一时期的中国现代文学史书写明显呈现出某种全球化特点。特别是，继上一时期德国学者顾彬的《二十世纪中国文学史》2008年在国内出版引起热议之后，2016年又有邓腾克主编的《哥伦比亚中国现代文学指南》、张英进主编的《中国现代文学指南》、罗鹏和白安卓主编的《牛津中国现代文学手册》出版，2017年又有王德威主编的哈佛版《新编中国现代文学史》出版，虽然都并未直接影响于国内的现代文学研究，但其所显示的趋势、呈现的问题以及所采取的海内外学者共同参与编写的方式等，均已预示着中国现代文学史的研究正在不可遏止地进入一个全球化的时代。其中尤其引人注目的，如王德威主编的《新编中国现代文学史》，

---

① 吴福辉：《中国现代文学发展史（插图本）》，北京大学出版社2010年版，封底。
② 钱理群主编：《中国现代文学编年史——以文学广告为中心》，北京大学出版社2013年版。
③ 刘勇、李怡主编：《中国现代文学编年史（1895—1949）》（第一——第十一卷），文化艺术出版社2015—2017年版。

集合美欧、亚洲及大陆、台湾一百四十三位学者作家，以一百六十一篇文章构成。以"华语语系文学"的概念，整合包括大陆、台港澳、南洋华侨、海外华人的创作为一体，以新的理论构架，新的诠释方式，为中国现代文学研究开拓出新的局面。其书虽然尚未有中文译本出版，但它在文学史书写上所做出的一系列创新，已在国内专业学界引起了高度的关注。2017 年《南方文坛》第 5 期发表王德威为该文学史写的导言《"世界中"的中国文学》以及陈思和的《读王德威〈"世界中"的中国文学〉》、丁帆的《"世界中"的中国现当代文学史编写观念——王德威〈"世界中"的中国文学〉读札》、陈晓明的《在"世界中"的现代文学史》等文章，对其做出了先声夺人的论说。其后，又有施龙、余来明、陈立峰等多位学者①，对之做出论析介绍，无论是对其所选择的"现代"起点、"文学"范围、"中国"边界，还是文学史写作方式本身，均表示出高度的探究兴趣。与此同时，学界对台、港、澳地区及海外华文文学的研究，也不断加深。出现了如陈芳明著《台湾新文学史》②、朱寿桐的《汉语新文学与澳门文学》③ 等值得注意的新论著。前者从 20 世纪 20 年代台湾新文学运动写起，分 24 章，完整介绍了从日本占领时期到战后以迄当代各个阶段台湾文学的发展状况，分析介绍了台湾地区各种文学思潮的发展及重要作家创作情况，无论从规模，还是深度看，都可谓这一时期地域文学史中十分值得注意的一部。

伴随着海外学者现代文学研究影响的不断增大，近十年代中国现代文学研究的又一变化，也体现在这一时期学科内部对所谓"汉学心态"的不断反省和批判上。温儒敏 2006 年在大连中国现代文学研究会年会上的发言《谈谈困扰现代文学研究的几个问题》，包括边缘心态、汉学心态、

---

① 施龙:《在"华语语系文学"中穿行的堂吉诃德——评王德威主编〈新编现代中国文学史〉》，《扬子江评论》2017 年第 6 期；余来明:《我们应该怎样写文学史——王德威主编〈新编现代中国文学史〉的文学史之思》，《写作》2018 年第 7 期；陈立峰:《西方新文化史视阈下的文学史书写——王德威主编的哈佛版〈新编中国现代文学史〉介评》，《中国比较文学》2019 年第 1 期。

② 陈芳明:《台湾新文学史》，台北联经出版有限公司 2011 年版。

③ 朱寿桐:《汉语新文学与澳门文学》，社会科学文献出版社 2018 年版。

思想史热、泛文化研究、现代性的过度阐释等,其中汉学心态就是指把海外汉学当成学术标准,一段时期内,在一部分学者那里,海外汉学成为现代文学研究话语生产的主导话语等现象。2007 年,他又在《谈谈困扰现代文学研究的几个问题》的文章中①,对"汉学心态"做出了进一步的批判与反思。此后,陆续出现了不少论文,如李怡等的笔谈《西方汉学与中国现代文学研究:何处的汉学?怎样的慌张?——讨论西方汉学的基本角度与立场》②;赵学勇、田文兵的《"汉学热"与中国现当代文学研究》③;季进的《海外汉学:从知识到立场——以海外中国现代文学研究为例》④《论海外汉学与学术共同体的建构——以海外中国现代文学研究为例》⑤;张清芳、王丽玮的《海外汉学与中国现代文学研究互动关系的再反思——以夏志清〈中国现代小说史〉在中国大陆学界的传播为个案》⑥;夏伟的《对美国版"中国现代文学研究"的整体观刍议——将夏志清、李欧梵、王德威视为汉学共同体》⑦ 等,对问题的认识不断有所推进。

这种对"汉学心态"的思考与批判,不仅成为近十余年现代文学研究中一个很值得注意的倾向,而且也影响到包括当代文学、历史学等一般的人文社会科学领域。有关的动力,可能来自有民族主义色彩的意识形态,也可能来自西方的后殖民主义理论的启示,也可能来自对多年来中国文学传统自身缺陷的反思,还可能来自中国学者在经历了 80 年代以来西方学术资源压力后的寻求自我的努力。

---

① 温儒敏:《谈谈困扰现代文学研究的几个问题》,《文学评论》2007 年第 2 期。
② 李怡等:《西方汉学与中国现代文学研究:何处的汉学?怎样的慌张?——讨论西方汉学的基本角度与立场》,《江西社会科学》2008 年第 5 期。
③ 赵学勇、田文兵:《"汉学热"与中国现当代文学研究》,《学术月刊》2008 年第 5 期。
④ 季进:《海外汉学:从知识到立场——以海外中国现代文学研究为例》,《国际汉学(辑刊)》2014 年第 1 期。
⑤ 季进:《论海外汉学与学术共同体的建构——以海外中国现代文学研究为例》,《文艺研究》2015 年第 1 期。
⑥ 张清芳、王丽玮:《海外汉学与中国现代文学研究互动关系的再反思——以夏志清〈中国现代小说史〉在中国大陆学界的传播为个案》,《南方文坛》2014 年第 6 期。
⑦ 夏伟:《对美国版"中国现代文学研究"的整体观刍议——将夏志清、李欧梵、王德威视为汉学共同体》,《社会科学辑刊》2016 年第 5 期。

客观地说，由温儒敏所点明的这一现象，也的确存在于一段时期以来的中国现代文学研究实际，并可从许多不同的方面得到证实。譬如在 2006 年 10 月北大中文系为王德威举办的，有陈平原、刘东、吴晓东等多位著名学者参加的一次以"海外汉学的视野——以普实克、夏志清为中心"的报告会上，包括刘东、陈平原在内的学者，都谈到了海外汉学对中国学术的巨大影响，而吴晓东甚至公开承认"最近十多年阅读过的书中，对我影响最大的就是海外汉学"，"就我了解的我的学生还有其他一些现代文学研究生，他们几乎不读大陆学者写的著作，一读就是李欧梵、王德威、刘禾，再加上个竹内好"①。也是在这样的背景下，在这一时期的现代文学研究界，便可以看到不断出现的对夏志清、李欧梵、刘禾等所代表的海外中国现代文学研究的批判②。而这一切，不论是确有所见，还是反应过激③，都体现出了现代文学研究在当下中国所面临的一种新形势、新可能。

不过，同样值得注意的是，中国学术研究领域对一向存在的对西方话语的这种趋附的批判，其实首先也发源于那些身在西方的中国学者的观察与反思。譬如早在 20 世纪 90 年代，以研究中国思想史著称的余英时就曾引邓实在 1904 年说的话批评今天许多的中国读书人，常犯的通病就是往往"尊西人若帝天，视西籍如神圣"，"中国知识界似乎还没有完全摆脱殖民地的心态，一切以西方的观念为最后依据。……只要西方思想界稍有风吹草动（主要还是从美国转贩的），便有一批中国知识分子兴风作浪一番，而且立即用之于中国书的解读上面，这不是中西会通，而是随着外国调子起舞，像被人牵着线的傀儡一样"④。以余英时在汉语思想界的影响

---

① 王德威：《抒情传统与中国现代性》，生活·读书·新知三联书店 2010 年版，第 320 页。

② 有关刘禾理论的批评，可参见张中良《民族国家概念与民国文学·导论：中国现代文学的民族国家问题》，花城出版社 2014 年版；陶东风《鲁迅颠覆了国民性话语么?》，《文艺理论研究》2019 年第 2 期。

③ 比较突出的，如栾梅健对王德威的批判，其意识形态色彩触目可见。见栾梅健《充斥着意识形态的偏见——评王德威的〈被压抑的现代性〉》，《文艺报》2017 年 4 月 14 日；《不谈艺术，何论文学?》，《文学报》2017 年 4 月 27 日。

④ 余英时：《怎样读中国书》，载何俊编《余英时学术思想文选》，上海古籍出版社 2010 年版。

力，说出这样的话，其可能产生的影响意义可想而知，不过，就中国知识界的实际情况看，它被广泛征引，却也是在近年的事。而早在国内学者开始警惕"汉学心态"的差不多同时，海外学者王德威也在提醒人们："在审理海外中国现代文学研究的成果时，我们可以有如下的论题：西方理论的洞见如何可以成为我们的不见——反之亦然？""在目前快速交汇的学术领域里，我们不必斤斤计较各种理论的国籍身份，但既然奉中国之名，身在海外的学者就不能妄自菲薄，仅仅甘于'西学东渐'的代理人。正因为现代的观念来自于对历史的激烈对话，'现代性的历史性'反而成为任何从事现代研究者最严肃的功课。"①

2017年2月17日《人民日报》刊出时任中国社会科学院副院长张江与著名学者温儒敏、程光炜、赵稀方、赵学勇等的对话。提出"汉学的理论方法及研究动机，离不开西方学术背景，如果完全不考虑这些，拿来就用甚至以此为标准，'身份'问题就出现了。文学研究走向'泛文化研究'，'现代性'走向过度阐释，就是这种盲目跟风的最新体现"；"一些国外学者的学术训练是不错的，但一是理论预设，二是在与中国文学背后历史传统、文化气候和地理的结合上比较生硬。如何既不刻意排斥也不盲目追逐汉学，从而形成新的学术研究的张力和增长点，已是紧迫的任务"；"具有局限性的汉学能够在中国文学研究领域影响甚广，说明当下的文学研究还缺乏足够的文化自信。我们可以在坚持马克思主义文学研究思想的前提下，汲取中国文学研究的话语体系，借鉴西方文学研究的成功经验，进行自主创新的尝试和探索"。作为最后的总结话语，张江指出："盲目推崇海外汉学的'汉学心态'的确需要反思，但是我们的目的不是为了反思而反思，更不是要假反思之名加以排斥，而是要通过这种反思，明晰海外汉学研究的局限和不足，建立应有的文化自信，并通过这种文化自信的浸润，强化本土意识和本土立场，进而打造富有中国特色、中国风格、中国气派的学术体系。唯此，这种反思才有意义。"②

---

① 王德威：《"海外中国现代文学研究译丛"总序》，《现代汉诗——1917年以来的理论与实践》，上海三联书店2008年版，第7—8页。

② 张江：《切实反思"汉学心态"》，《人民日报》2017年2月17日。

值得注意的还有，中国文学研究领域对这种自我主体性的追求，也和西方后现代学术文化思潮有关。余英时在说"中国知识界似乎还没有完全摆脱殖民地的心态"的同时，还说"甚至'反西方'的思想也还是来自西方，如'依赖理论'、如'批判学说'、如'解构'之类"①。这一点，对认识中国现代文学研究领域这一时期出现的许多现象同样有意义。自20世纪90年代以来，随着萨义德的《东方学》、柯文的《在中国发现历史》、弗兰克的《白银资本》一类著作的译出与流行，这些论著中所体现出的另一种东方文化观，也在增强民族自信方面在中国现代文学研究领域产生了重要的回响。即便是王德威主编的哈佛版《中国现代文学史新编》所采用的"大文学"或"杂文学观"，也并非来自国内的学术反思，而直接来自哈佛大学文学史编写（包括前已编成的《法国文学新史》《德国文学新史》）所遵循的整体体例。即"全书由多人共同写成，以一种类似百科全书的包容性涵盖各类议题，以编年的方式进行编排，聚焦于文学的历史发展过程中的重要年份、日期，甚至特别的时间点，以此尝试一种重新书写的可能"②。

早在十年前，有学者就指出："经过二十年的发展与积累，中国的现代文学研究和西方的中国现代文学研究，已经处于一个常态的互动状态。曾经有过的食洋不化甚至崇洋迷外的心态与行为，其弊端早已为学界识别，如同我们早已不再固步自封、妄自尊大一样。今天我们已经能够更从容、理性地对待'他山之石'。""'中国现代文学'研究作为'中国问题'研究之一，处于'母体'中的我们无疑对中国的历史、现实政治、经济、社会、文化与语言有着得天独厚的天时地利。这样一种自信，自然也包含了接纳和扬弃海外'中国现代文学研究'的作为。"在他们看来，"'对话'在今天已经不再是陌生和忌讳的词"，"'对话'的实现，思想、理论与方法的融通，是'中国'与'海外'打通的一个表征。……中国现代文学研究已经是'中国'和'海外'的一个'学

---

① 余英时：《怎样读中国书》，载何俊编《余英时学术思想文选》，上海古籍出版社2010年版。
② 王德威：《现当代文学新论：义理、伦理、地理》，生活·读书·新知三联书店2014年版，第19页。

术共同体'。中国现代文学基本完成了经典化的过程，因此，其理所当然成为一个具有'世界性"的研究领域。……海外的中国现代文学研究不仅是为我们提供了一个参照，同时和中国的研究构成了一个完整的系统"①。

追求中国性的又一突出表现，就是对现代文学发展中与传统关系密切的一些领域问题认识的加强。有关中国现代文学对中国文化的"血脉"传承关系问题，得到前所未有的重视；有关中国现代民族文艺复兴思潮及其相关问题研究开始得到关注；对以旧体诗为代表的与传统关系紧密的现代文学形式的关注得到前所未有的提升和重视；对中国现代文学在审美方式上的民族性特点也开始得到认真的对待和梳理。

在80年代以来的中国现代文学研究者中，杨义是最早具有较为明确的中国文化自觉的学者之一。早在新世纪之初，就曾提出在全球化的世界中为中国文化及文学发一张"身份证"和"重绘中国文学地图"的问题。为实现这一目标，其后来的学术研究的领域虽然扩展到以"先秦诸子还原"为代表的一系列其他领域，但与之同时，其于近十年所进行的"重回鲁迅"实践，同样具有某种学术思想上的代表性。有关鲁迅思想与创作与传统文化的关系问题，前人已有很多论说。从新文学初期的零星评论（如吴虞、孔嘉），到五六十年代王瑶（《论鲁迅作品与中国古典文学的历史联系》）、八九十年代林非（《鲁迅与中国文化》），以及新世纪以后王富仁（《中国文化的守夜人》）、王乾坤（《鲁迅的生命哲学》）、高远东（《儒道释吃人的神话》）、郜元宝（《为天地立心——鲁迅著作所见"心"字通诠》）等研究，都已得到学界普遍的关注。海外学者中如林毓生在《中国意识的危机》中提出的鲁迅在对待传统问题上所呈现出的矛盾的观点，也自80年代该书译入国内后引起了不少共鸣。作为80年代走向成熟的那一代鲁迅研究者的代表人物之一，杨义的鲁迅研究，从20世纪80年代初即以《鲁迅作品综论》等作引起学界注意，其后学术视野拓宽，虽从中国现代小说史开始，次第转向中国现代文学流派、中国古代小说史、

---

① 季进、王尧：《海外中国现代文学研究译丛·编辑缘起》，《现代汉诗——1917年以来的理论与实践》，上海三联书店2008年版，第2—3页。

中国叙事学、中国古典诗学、中国文学图志学、中国文学地理学，以及近十余年致力的先秦诸子还原研究，但却仍时时不忘从新的认识角度对现代文学做出新的阐说。比如早在1991年，他就在一次会议上提出了"鲁迅与孔子沟通说"，2013年又出版了《鲁迅文化血脉还原》一书①，试图通过"重读鲁迅小说与本国文学之关系"，以及对"鲁迅诸子观的复合形态还原"等方式，在更为深入的层次上找寻鲁迅与传统文化的血脉关系。到2014年，在澳门大学"鲁迅与百年新文学"研讨会上，又明确提出"重回鲁迅"的命题。同年发表《遥祭汉唐魅力——鲁迅与汉石画像》②的长篇论文以及三卷本的《鲁迅作品精华（选评本）》③，2017年出版《重回鲁迅》④。在明确表达对自己早期研究的不满的同时，对鲁迅研究提出了新的期望。可以说，这既是他自己在经历一段异常广阔的学术视野拓展之后对自己文学研究起点问题的回归，也是他对整个鲁迅研究甚而当代文化的某种期望。在回答"鲁迅研究给我们留下了什么"的问题时，他提出了从鲁迅眼光、鲁迅智慧、鲁迅骨头、鲁迅情怀四个维度推进鲁迅研究的可能性的问题，而其核心在更进一步地疏通文化血脉，还原鲁迅生命体验与辩证思维的文化复杂性，以及他重造文化的理想及拓展思想方式的丰富启示意义。指出以往鲁迅研究的显著特点，是侧重思潮，尤其是外来思潮对鲁迅的影响，而忽视了鲁迅所承续的文化血脉问题。"思潮离血脉而浮，血脉离思潮而沉。重思潮而轻血脉的研究，只能是'半鲁迅'的研究，只有思潮、血脉并举，才能理解鲁迅应有的'深刻的完全'。"正是基于此，他将对鲁迅研究的目光，投向了其与中国传统文化、传统生活关系最为密切的领域，并特别从鲁迅与汉石画像的关系中，对之做出了系统深入的探究梳理。

与他所做的这样的工作相呼应，近年的现代文学研究对其与传统文化关系的研究明显加深。现代文学研究无论从文学观念，还是书写方

---

① 杨义：《鲁迅文化血脉还原》，安徽教育出版社2013年版。
② 杨义：《遥祭汉唐魅力——鲁迅与汉石画像》，《学术月刊》2014年第2期。
③ 杨义：《鲁迅作品精华（选评本）》，生活·读书·新知三联书店2014年版。
④ 杨义：《重回鲁迅》，上海三联书店2017年版。

式,都开始出现某种向传统的靠拢。比如在近十年的文学史书写中,孙郁的《民国文学十五讲》就堪称一部很有特色的著述。这部书由其在现代文学课讲稿整理而成,内容包括清末民初文学生态、新文学的起点、旧派小说、旧诗词、鲁迅的暗功夫、新诗、老舍、曹禺、沈从文、学人笔记、梨园笔意、左派小说、萧红、张爱玲、草根及政治十五个专题。其鲜明的学术个性,不仅体现在其对清末民初以来文学的融通新旧、兼及雅俗的视野和气度上,也体现在其叙述语言所特有的文人趣味上。诚如第十二届华语传媒大奖年度文学评论家颁奖词所说:"孙郁的研究,从鲁迅、胡适等人出发,观察旧时代的文人气象,审度当下的写作风向。儒雅温润的文辞,体察灵魂的苦痛,传递生命的悲喜,经他讲述的思想和人生,沉重、真实、倍感亲切。"具体到这本书,虽然是整理课堂讲授之作,但其中对许多人与事的发掘与见识,都颇具独到之处,如鲁迅的暗功夫一篇对鲁迅知识思想结构的梳理,学人笔记中对谢无量的介绍,梨园笔意中对齐如山、翁偶虹贡献的论述,以及旧诗词的余晖一篇中对民初旧诗的持平议论,都不无别出机杼、启人思考的意义。梨园笔意一节言及民国文学生态的复杂性,说:"民国的艺术形态,远比人们想象的要复杂多样。我们看阿英、田汉、洪深、欧阳予倩、曹聚仁、黄裳诸人往来于新旧文学的文字,看新文学作家的梨园痴情,则可知道,古老的艺术不仅未死,且有无限的生机暗含其间。……跳出五四新文化的思维重审我们的文学与艺术的历史,我们对以往的艺术书写,则有另一种眼光。"① 这样一种思想,这样一种文笔,均堪称近期现代文学研究在观念和文体上取得一个可喜的进展。即如该书扉页对汪曾祺的评论所说"他只是在荒芜岁月里恢复了某个文化的传统与趣味"②,这样一种对"文化的传统与趣味"的恢复,同样不仅是该书,也是当下许多注重现代文学研究传统关系的研究,所共同注意的一种新

---

① 孙郁:《民国文学十五讲》,山西人民出版社 2015 年版,香港中和出版社公司 2017 年版。引文见香港版封底及该书第 231 页。
② 孙郁:《革命年代的士大夫:汪曾祺闲录》,生活·读书·新知三联书店 2014 年版扉页。

倾向。像这样的以疏通中国现代文学与传统文化之间的"血脉"研究，正在成为一种新的学术追求方向。这同样体现在对一些具体文学现象、作家作品的解读里。出现在这一些时期的一些论文，相较以往更关注作家所受外来文化影响，也开始更多地把注意力放在对其与中国文化传统某些方面的联系上。仅以鲁迅研究为例，如祝宇红对《起死》等文本与传统思想关系的研究；邵宁宁围绕《无题·洞庭木落楚天高》一诗的诗意阐释，对鲁迅诗作的屈骚情致与现实寄寓问题的疏解；王芳的《留学归国后的周氏兄弟与乡邦文献——辛亥革命和地方自治中的文人传统》等①，都在不同的方向，体现出对中国传统文化的更为贴近的了解。类似的研究，也不限于鲁迅研究。而也就是在同样的背景下，这一时期现代文学研究，对旧体诗与民国旧体文学研究空前加强。

对现代旧体文学的研究，在近十年得到了前所未有的重视。除了所谓"寻找学科增长的点"这个颇显吊诡的因素之外，这里所体现的，更多还有民族文化认同感的提升等问题。仔细分辨，可以发现，近年的旧体诗研究热，其动力大概来自两个方面，一是先前一直以新文学为主体的现代文学研究界内部的学科反思，二是自新文化运动以来一直存在的持文化保守主义立场的旧诗文爱好者的再次声辩，这两者都在新的历史阶段后现代文化认识和民族主义思潮之下，得到了支持。

旧体诗研究，继上一阶段所获得的成果之后，这一时期又出现了许多有特点的研究著作，其中如夏中义著《百年旧诗人文血脉》②、胡迎建著《同光体诗派研究》③、尹奇岭的《民国南京旧体诗人雅集与结社研究》④、彭继媛的《西学东渐与中国新旧体诗话的分野》⑤、常丽洁的《早

---

① 祝宇红：《"化俗"之超克——鲁迅〈起死〉的叙事渊源与主旨辨析》，《中国现代文学研究丛刊》2018年第12期；邵宁宁：《鲁迅诗作的屈骚情致与现实寄寓——兼论现代文学研究的索隐、考据及审美阐释问题》，《中国现代文学研究丛刊》2014年第11期；王芳：《留学归国后的周氏兄弟与乡邦文献——辛亥革命和地方自治中的文人传统》，《文艺争鸣》2017年第4期。
② 夏中义：《百年旧诗人文血脉》，上海文艺出版社2017年版。
③ 胡迎建：《同光体诗派研究》，学苑出版社2013年版。
④ 尹奇岭：《民国南京旧体诗人雅集与结社研究》，中国社会科学出版社2011年版。
⑤ 彭继媛：《西学东渐与中国新旧体诗话的分野》，羊城晚报出版社2015年版。

期新文学作家旧体诗写作》①、王巨川的《中国现代时期新旧诗学互训》②、孙志军的《现代旧体诗的文化认同与写作空间》③、时国炎的《现代意识与20世纪上半期新文学家旧体诗》④、陈友康的《现代诗词的价值与命运》⑤、马大勇的《二十世纪诗词史论》⑥等，都从不同侧面、不同程度，对现代旧体诗这一从前为文学史书写所忽视的领域作出了新的认识贡献。其中如夏中义的著作，选取吴昌硕、王国维、陈独秀、陈寅恪、聂绀弩、王辛笛、叶元章、张大千八人进行细读阐释，而贯穿以论者对中国现当代知识分子精神史的独到认识和分析，其"外篇"包括《当代旧诗与文学史正义——以洪子诚〈中国当代文学史〉上编为探讨平台》《自由观念的中国面孔——论陈寅恪、吴昌硕对陶渊明诗的认祖》《释〈谈艺录（王静安）〉的内在理路及补订——回应张虹倩博士》三文，内容各有所重而又有与论者一贯注重的当代精神史探索存在着内在的关联，在当代有关旧体诗的研究中，无疑属视野较为开阔，思考较为深入之作。不过，不可否认的是，学界目前就这一问题的研究，仍然存在许多需要进一步思考的问题。早在2004年，木山英雄在北京大学中文系的讲演中就曾提出："为了将旧体诗词写入文学史，需要的是有一个能够容纳旧体诗词的现代文学史。为此，首先作为现代文学，必须确立起评价旧体诗词的基本标准，这好像并不那么容易。""首先需要的是把旧体诗词放入现代文学这一公共空间的行动，或者相反需要可以容纳旧体诗词的公共空间，而批评或文学史应该是推动这种空间形成的东西。如果新诗在文学公共空间里始终处于孤立的地位，那么也会有同样的问题。……重要的是能有一个愿意公平且直率地欣赏诗本身的读者存在，两方面的诗人也应该超越诗人同行的范围而进入一种为这样的读

---

① 常丽洁：《早期新文学作家旧体诗写作》，社会科学文献出版社2014年版。
② 王巨川：《中国现代时期新旧诗学互训》，华中师范大学出版社2015年版。
③ 孙志军：《现代旧体诗的文化认同与写作空间》，华中师范大学出版社2015年版。
④ 时国炎：《现代意识与20世纪上半期新文学家旧体诗》，华中师范大学出版社2015年版。
⑤ 陈友康：《现代诗词的价值与命运》，华中师范大学出版社2016年版。
⑥ 马大勇：《二十世纪诗词史论》，时代文艺出版社2014年版。

者写诗的开放状态。"① 2016 年，木山英雄著《人歌人哭大旗前：毛泽东时代的旧体诗》由赵京华翻译出版，在现代文学研究界再次引起不小反响，钱理群、洪子诚分别撰文对之做出回应，对有关问题的认识高度，逐渐提升。

除旧体诗外，对现代人所作文言文的研究，在这一时期也开始取得一些突破。2015 年由浙江古籍出版社出版的陈永正、徐晋如编《百年文言》，选取近百年以来 200 余人的近 300 篇文言文章，并附作者小传和集评形式的赏析文字，是对新文化运动之后被驱逐出现代文学正统的文言写作的一次集中展示，书前由陈永正撰写的"序言"不仅对新文学运动以来有关文言、白话之争，做出了站在新的历史高度的理论反思，也对百年以来文言文写作、出版的历史做出了一次扼要的回眸、介绍。其中也包含了不少对现代白话文偏激的、尖刻的批判，如说："直到今天，以现代汉语为载体的白话文渐趋成熟。白话文学，包括新诗，至今尚未能形成一个新的传统，它所取得的整体成就远不足以与文言相比"，"白话文，本身就承载着不少民间暴力的语言，白话文运动，也滋长了语言暴力"等，其失其得，均可刺激人们对现代文学历史这一方面的内容再做细研、深思。但其对文言文在当代生活中的意义的估量，也没有其他一些人那样过于高估："在当代社会文化生活中，没有文言，没有诗词，没有一切旧物，也无妨大局，芸芸众生依然可以鼓腹讴歌，颂平鸣盛。在物欲横流的时代，滚滚浊浪之中，偶然飘来几瓣落花，唤起人们一些凄美的回忆，也许就够了。"可谓在当前的国学热中保持了一种较为清醒的态度。

一直以来，对于如何激活现代文学发展来自传统文学话语资源的活力，有不少学者都有很多认真的思考和研究，到近十余年，学界对之的思考，更与某种对后殖民文化的反思结合在一起，显出了新的活力。王德威在反思海外现代文学研究在汲取西方理论资源和继承中国传统的得失时说："海外现代文学研究学者借镜福柯的谱系学考古学、巴赫金的众声喧哗论，或是本雅明的寓言观末世论等西学，不落人后，但对 20 世纪章太

---

① ［日］木山英雄：《当代中国旧诗词问题》，《人歌人哭大旗前：毛泽东时代的旧体诗》，赵京华译，生活·读书·新知三联书店 2016 年版。

炎既国故又革命，既虚无又超越的史论，或是陈寅恪庞大的历史隐喻符号体系，王国维忧郁的文化遗民诗学，并没有投注相等心力。而当学者自命后殖民研究、帝国批判的先锋时，又有多少时候不自觉地重复了半个世纪以前反帝、反殖民的老牌姿态呢？就理论发展而言，这仍然是不平等的现象。"[1] 也就是在这样的背景下，出现了他所持续进行的对中国现代发展与中国文学抒情传统之间关系的再发现与再阐释。

这也是近年现代文学研究取得突出进展的一个领域。历史地看，虽然早在1988年，陈平原在其博士论文《中国小说叙事模式的转变》第七章，即以"史传"传统与"诗骚"传统为题，然而有关中国现代文学表现中的抒情传统问题，仍然一直未能得到有力的关注。这一问题，在近十年得到较明显的改变。先是在2006年，王德威到北京大学讲学，题目即是"抒情传统与中国现代文学"，六次讲演，"各从'抒情'与中国现代性话语的主题，如启蒙、革命、国族、时间/历史，以及创作主体等做出观察"，另有两次座谈，也都围绕这一主旨对中国现代文学及其研究现状做出了富有启示性的讨论。2010年讲座内容以"抒情传统与中国现代性——在北大的八堂课"为名由生活·读书·新知三联书店正式出版，其影响，正式启动了中国现代文学研究对"抒情性"问题的认真探讨。该书内容，除讲座外又加入一篇以"'有情'的历史：抒情传统与中国文学现代性"为题的绪论，将对问题的探讨，伸展向更悠久的中国文学传统与现代选择领域。明确提出"在革命、启蒙之外，'抒情'代表中国文学现代性——尤其是现代主体建构——的又一面向"的主张，并将对这一传统的追寻与沈从文、陈世骧、普实克在这一路向上的探索和言说联系起来，事实上建构起了一种有异于夏志清以叙事为中心的现代文学认识之路。在这之后，2011年，又有台湾学者吕正惠的论著《抒情传统与政治现实》在大陆出版[2]，所收虽都是他写于80年代讨论古典文学的论文，但其在这一时期在大陆的推出，也似乎与这一潮流有着某种微妙的呼

---

[1] 王德威：《"海外中国现代文学研究译丛"总序》，《现代汉诗——1917年以来的理论与实践》，上海三联书店2008年版，第7页。

[2] 吕正惠：《抒情传统与政治现实》，华中师范大学出版社2011年版。

应关系。尤其是其中作为代序的那一篇《曲折的道路》对其学术经历的反思，更从台湾学术发展和自己思考的角度，对这一方法论省思提供了可贵的借鉴。此后，王德威又在 2014 年出版的《现当代文学新论：义理·伦理·地理》的附录所收入的《启蒙、革命与抒情：现代中国文学的历史命题》一文，对此做出了新的论说，而差不多同一时期，又有张松建的《"抒情主义"与中国现代诗学》[①]、《抒情之外：论中国现代诗论中的"反抒情主义"》[②]、赵学勇的《非抒情时代的抒情文学——30 年代抒情小说论》[③]、王本朝的《抒情作为"主义"与新文学的自我认同》[④]、张春田的《革命与抒情——南社的文化政治与中国现代性（1903—1923）》[⑤]，以及席建彬的《诗意的探寻：中国现当代抒情小说研究》[⑥] 等作问世，对有关问题的讨论，逐渐形成一种新的趋势。

第二节　发生学兴趣的高涨与影响研究的深化

就研究内容看，近十年中国现代文学研究的又一个特点，是研究者对所研究对象的发生学兴趣的持续高涨。对现代文学史的"发生"学研究，涉及多种角度，多个时空关注点。一是晚清及其以前；二是民国初创时期；三是"五四"时期；四是革命文学的发生发展；五是抗战的爆发；六是延安时期；七是抗战胜利；八是 1949 年中华人民共和国的成立。通观这一时期的现代文学研究论文标题，可以发现"发生""诞生""起

---

① 张松建：《"抒情主义"与中国现代诗学》，北京大学出版社 2012 年版。
② 张松建：《抒情之外：论中国现代诗论中的"反抒情主义"》，《文学评论》2010 年第 1 期。
③ 赵学勇：《非抒情时代的抒情文学——30 年代抒情小说论》，《文学评论》2010 年第 1 期。
④ 王本朝：《抒情作为"主义"与新文学的自我认同》，《江海学刊》2011 年第 2 期。
⑤ 张春田：《革命与抒情——南社的文化政治与中国现代性（1903—1923）》，上海人民出版社 2015 年版。
⑥ 席建彬：《诗意的探寻：中国现当代抒情小说研究》，中国社会科学出版社 2012 年版。

源""起点""出发""转折"等词有着相当高的出现频率。而所谓"发生"的观察点和观察角度也因人而异。

近十年，对晚清文学以及与中国文学现代性关系的研究，仍然是持续走热的话题。这些研究涉及面较广，产生的成果也相当众多。其中许多将注意放在了晚清传教士带来的西方文化影响及其对新文学发生的影响上。袁进的《新文学的先驱：欧化白话文在近代的发生、演变和影响》①，通过对大量历史资料的发掘、比对，通过对语言场域等语言学理论的运用，揭示了早在19世纪的西方传教士手中就已出现的具有现代汉语和新文学特点的文本，以及在其创作和翻译的中文著作，尤其是汉译《圣经》中，欧化白话文规范、面貌的确立、呈现，及对后来的文字改革和白话文运动、新文学革命所产生的影响。在廓清一段被遮蔽的历史的同时，开辟了新的文学史研究领域。时世平的《救亡启蒙复兴——现代性焦虑与清末民初文学语言转型论》②，则围绕现代性焦虑下的汉语变革诉求，从不同层面分析了清末语言变革背后的各种复杂因素，并对传统文学语言的困境和试图改变这种困境的知识分子的复杂心态做出了不同层面的揭示。李春阳的《白话文运动的危机》③，通过对当下的文学创作和精神状况的审视，对百年来中国的文脉走向的评析，论证打破白话文的体制，建立古今一体、白话和文言一致、亘古而常新的汉语生态，已是母语教学刻不容缓的共识，也是高质量口语和书面语的必要条件。郜元宝的《汉语别史：现代中国的语言体验》[《汉语别史：中国新文学的语言问题（增订本）》]④，分为上下两篇，对涉及诸如信念的纠葛、母语的陷落、同一与差异、"工具"与"本体"、音本位与字本位、百年未完的命运之争等内容，及包括"胡适之体"与"鲁迅风""二周"文章、周作人的语言论述等文体试验

---

① 袁进：《新文学的先驱：欧化白话文在近代的发生、演变和影响》，复旦大学出版社2014年版。
② 时世平：《救亡启蒙复兴——现代性焦虑与清末民初文学语言转型论》，天津社会科学院出版社2015年版。
③ 李春阳：《白话文运动的危机》，生活·读书·新知三联书店2017年版。
④ 郜元宝：《汉语别史：现代中国的语言体验》，山东教育出版社2010年版、复旦大学出版社2018年增订版。

内容做出了独到的论说。张宝明的《文言与白话：一个世纪的纠结》①，则试图从语言到话语，从话语到思想，逐层深入，揭示文言白话论争背后隐含的复杂的社会历史内容与话语权力博弈痕迹。

"五四"以及以之为标志的新文化运动与新文学革命，本是现代文学发生学讨论的重点领域，有关这一问题的研究，这一时期仍然备受人们重视。特别是随着新文化运动及五四运动百年纪念的到来，出现了许多内容丰富的论著。就连以提出"没有晚清，何来五四？"著称的王德威，也提出了"没有五四，何来晚清"的反拨性命题②。而对一些传统的与"五四"相关的命题，如"五四"时期"人"的发现与"人的文学"问题③，"国民性"问题、个人主义问题，反传统思潮问题，西方思潮的影响问题等，都不断有人从新的历史高度，做出新的清理。

有关国民性问题的讨论，自80年代以来一直是现代文学研究的热点话题。特别是新世纪之初，《收获》杂志于2000年第2期推出"走进鲁迅"专栏，刊发包括冯骥才的《鲁迅的功与"过"》在内的文章之后，有关话语不断出现新的探讨热潮。直到最近仍然不断对这一问题做出新的论说，如贺玉高的《"国民性论争与当代知识界的二元对立思维"》④，陶东风的《鲁迅颠覆了国民性话语么？》⑤ 等文所进行的讨论。孙强的《晚清至五四的国民性话语》⑥，则借话语分析的方法，努力突破20世纪80年代启蒙主义的国民性研究，同时力避简单挪用后殖民理论，考察国民性理论产生的历史过程及其与启蒙运动间的复杂关系，历史地勾勒分析从文明论、民族主义与民族国家问题、奴性批判、道德批评、种族问题、国粹问题，到个人观念、乡土问题等不同阶段、不同层面，国民性论述形成的话

---

① 张宝明：《文言与白话：一个世纪的纠结》，华东师范大学出版社2014年版。
② 王德威：《没有五四，何来晚清？》，《南方文坛》2019年第1期。
③ 参张先飞《"人"的发现："五四"文学现代人道主义思潮源流》，人民出版社2009年版；《"人的文学"："五四"现代人道主义与新文学的发生》，人民出版社2016年版。
④ 贺玉高：《"国民性论争与当代知识界的二元对立思维"》，《文艺理论研究》2016年第6期。
⑤ 陶东风：《鲁迅颠覆了国民性话语么？》，《文艺理论研究》2019年第2期。
⑥ 孙强：《晚清至五四的国民性话语》，中国社会科学出版社2014年版。

语规则和文化机制，对这一问题做出了较为系统的梳理。

对于"五四"之后，中国现代文学的发展，也有人做出了较前更为深刻细密的论述。如姜涛的专著《公寓里的塔：1920年代中国的文学与青年》①，以"五四"之后社会思潮的分化为线索，描写了在新文化理念感召下，众多青年从乡村、小城，来到北京，栖身胡同公寓，游走书局学院，依托新兴的现代传媒，在文化与政治运动的紧张中，通过新文学介入历史，完成自己的人生选择的过程。程凯的《革命的张力："大革命"前后新文学知识分子的历史处境与思想探求（1924—1930）》②，则力图结合对这一时期文化实践与政治实践的考察，揭示"大革命"前后，一代文学青年所经历的从文学到政治的历史转变。贺麦晓的《文体问题：现代中国的文学社团和文学杂志（1911—1937）》③，则旨在揭示那一时期的文学环境和一些具体事件、人际关系对文学和文化走向的影响，力图将民国时期的文学生产、传播，及其文本内外环境作为一个整体考察，得出这一时期，没有一种文类或写作类型接近于成为"主流"的认识。

对于抗战爆发在中国现代文学史上的意义，早在20世纪80年代，陈思和已有所论说，但对于这一事件在其后文学发展中的长时段意义，有关研究仍然不足。2016年，陈思和发表《有关20世纪中国文学史研究的几个问题》④，在分别论述了在晚清到民国的文学大潮中：（一）如何看待"五四"新文学运动的意义，以及如何看待新文学传统与整个20世纪文学的关系？（二）如何看待中国反帝反封建的文学运动与日据台湾的殖民地文学之间的关系问题之后，再次重申了把1937年抗战爆发作为现代文学史重要分期的观点，重申了理解战争对20世纪中国文化及文学发展的影响的重要性，并在此基础上提出了其有关"先锋与常态""殖民地文学"的一系列重要观点。将延安文学作为中国现代文学发展过程中一个

---

① 姜涛：《公寓里的塔：1920年代中国的文学与青年》，北京大学出版社2015年版。
② 程凯：《革命的张力："大革命"前后新文学知识分子的历史处境与思想探求（1924—1930）》，北京大学出版社2014年版。
③ 贺麦晓：《文体问题：现代中国的文学社团和文学杂志（1911—1937）》，陈太胜译，北京大学出版社2016年版。
④ 陈思和：《有关20世纪中国文学史研究的几个问题》，《文学评论》2016年第6期。

新的"发生"点的内在逻辑，其实早已包含在 30 年代革命文学与 40 年代延安文学的自我论述之中，50 年代王瑶著《中国新文学史稿》事实上也是重申了这一看法。近十年，随着学术研究的自然进展和国家意识形态的引导，有关延安文学研究的论作也是持续不断。有关情况，本书已有专节说明，此不具论。对抗战胜利及 1949 年中华人民共和国成立在中国现代文化及文化发展中的意义，前一时期已有不少论说，但有关这一次"发生"的研究，又多被限定在"转折"的意义上进行。虽然研究者对于问题的复杂性已然有所认识，但有关的研究，仍然有待深入展开。

对现代文学发生学兴趣的高涨，同样体现在对它与外国文学关系的讨论与研究上。一般来说，对影响问题的研究，可以包括两个方面：一方面是对中国现代文学发生、发展过程中所受到的各种外来因素的影响的研究；另一方面是对现代文学思潮、作家、作品等对它之外的一些事物的影响。这里所说的，主要是前一方面。众所周知的是，中国现代文学的发生、发展，自始至终受到外国思潮和文学的深刻影响，对于这一影响的讨论，也始终是现代文学研究的热点问题之一。这一时期的影响研究，不同于以往的地方在于，其格局与先前的相对零散变得更加系统、完整。有关中国现代文学发生、发展所受欧美思想、文学思潮的影响的研究，这一时期最重要的成果之一，首先有陈思和主编的《世纪的回响·外来思潮卷》丛书，其中包括李存光编的《无政府主义批判：克鲁泡特金在中国》[1]，段怀清编的《新人文主义思潮：白璧德在中国》[2]，吴立昌编的《精神分析狂潮：弗洛伊德在中国》[3]，李钧、孙洁编的《超人哲学浅说：尼采在中国》[4]，沈永宝、蔡兴水编的《进化论的影响力：达尔文在中国》[5]，曹元勇编的《通往自由之路：罗素在中国》[6]，陈建华编的《文学的影响力：托尔斯泰在中国》[7]，孙

---

[1] 李存光编：《无政府主义批判：克鲁泡特金在中国》，江西高校出版社 2009 年版。
[2] 段怀清编：《新人文主义思潮：白璧德在中国》，江西高校出版社 2009 年版。
[3] 吴立昌编：《精神分析狂潮：弗洛伊德在中国》，江西高校出版社 2009 年版。
[4] 李钧、孙洁编：《超人哲学浅说：尼采在中国》，江西高校出版社 2009 年版。
[5] 沈永宝、蔡兴水编：《进化论的影响力：达尔文在中国》，江西高校出版社 2009 年版。
[6] 曹元勇编：《通往自由之路：罗素在中国》，江西高校出版社 2009 年版。
[7] 陈建华编：《文学的影响力：托尔斯泰在中国》，江西高校出版社 2009 年版。

宜学编的《诗人的精神：泰戈尔在中国》①，张宝贵编的《实用主义之我见：杜威在中国》②等，涉及的都是对中国现代文学发展具有极大影响的人物和思想，其深入性、系统性，无疑为更进一步认识现代文学的外来影响提供了重要的凭借。

同样值得注意的，还有这一时期对现代文学发生中日本影响问题的研究其所取得的成绩。得益于中日文化交流的便利，在一批有日本留学背景的学者，如张中良、赵京华、孙歌、董炳月、李冬木、靳丛林、潘世圣等的翻译、引介下，无论是有关日本对中国现代文学本身的影响，还是有关日本学者对中国现代文学的研究，都得到了相当充分的研究开展。竹内好、丸山升、伊藤虎丸、木山英雄、丸尾常喜、藤井省三、坂井洋史等日本学者有关中国现代文学研究的学术思想，也一再引起国内学者的反思和讨论。而与此同时，继2004年靳明全著《中国现代文学兴起发展中的日本影响因素》③等作后，2009年李怡又出版了《日本体验与中国现代文学的发生》④一书，再一次系统地论述了从晚清到"五四"，这一被认为是中国现代文学发生期，日本作为"激活中国作家生存感受、传播异域文化的'中介'"，在促成留学作家创作主体形成中所发挥的作用。其后，孙郁在一篇题为"现代文学研究的日本资源"论文中也指出，"中国学界与日本学界的对话，暗自影响了发展中的学术格局。无论近代文学史还是现代文学史，日本的影子一直深嵌在文本的背后。日本汉学家的中国现代文学研究，与左派文化的介入关系甚深，但同时也夹杂着日本近代化的批判与反省"⑤。刘伟的《"日本视角"与中国现代文学研究——以竹内好、伊藤虎丸、木山英雄为中心》⑥，则以三个在国内

---

① 孙宜学编：《诗人的精神：泰戈尔在中国》，江西高校出版社2009年版。
② 张宝贵编：《实用主义之我见：杜威在中国》，江西高校出版社2009年版。
③ 靳明全：《中国现代文学兴起发展中的日本影响因素》，中国社会科学出版社2004年版。
④ 李怡：《日本体验与中国现代文学的发生》，北京大学出版社2009年版。引文见李书"内容简介"。
⑤ 孙郁：《现代文学研究的日本资源》，《社会科学辑刊》2016年第4期。
⑥ 刘伟：《"日本视角"与中国现代文学研究——以竹内好、伊藤虎丸、木山英雄为中心》，人民出版社2011年版。

外现代文学研究界具有广泛影响的日本学者为对象,具体讨论了"日本视角"的独到意义。

还要注意的是,这一时期,在一些海内外学者的共同努力下,对海外中国现代文学的研究,还延伸到欧美、日本以外,包括韩国、东南亚等从前不大为人注意的地区[①],在此中,一些国外学者,如朴宰雨等,以其对中国学界的娴熟了解发挥了重要的桥梁作用。

与影响研究有着较多的关联,而又具有很大的不同意义的,是翻译文学的研究。翻译文学是中国现代文学的重要组成部分。虽然在早期的新文学研究中,翻译文学已被当作重要的部分列入,但后来很长一个阶段,却被简单归入外国文学或比较文学研究领域,对这部分文学的中国现代文学属性,一直未得到充分的认识和重视,有关的研究也因而未得充分展开。新时期以来,乐黛云、贾植芳、陈思和、陈福康、邹振环、王锦厚、郭延礼、周发祥、许钧、王宁、王宏志、谢天振、张大明、赵稀方、王向远等学者,均于此有所贡献,出现了像乐黛云的《比较文学与中国现代文学》,陈玉刚的《中国翻译文学史稿》,陈福康的《中国译学理论史》,邹振环的《影响中国近代社会的一百种译作》,王锦厚的《五四新文学与外国文学》,郭延礼的《中国近代翻译文学概论》,周发祥、李岫主编的《中外文学交流史》,王宏志的《重释"信达雅"——二十世纪中国翻译研究》《翻译与创作——中国近代翻译小说论》,张大明等编著的《西方文学思潮在现代中国的传播史》,王建开的《五四以来我国英美文学作品译介史(1919—1949)》,谢天振、查明建主编的《中国现代翻译文学史》,贾植芳、陈思和主编的《中外文学关系史资料汇编(1898—1937)》,王向远的《二十世纪中国的日本翻译文学史》,汪剑钊的《中俄文字之交——俄苏文学与二十世纪中国文学》等专著,但总体看来,这项研究仍然更多的是在比较文学的名

[①] 参见魏韶华、韩相德《中国现代作家研究在韩国》,中国社会科学出版社2016年版;张松建《文心的异同:新马华文文学与中国现代文学论集》,中国社会科学出版社2013年版;张松建《后殖民时代的文化政治:新马文学六论》,新加坡八方文化2017年版;古大勇《"东南亚鲁迅":一个新概念提出的可行性》,《中国现代文学研究丛刊》2018年第9期。

义下进行，中国现代文学研究学科内部，对这部分内容的研究，仍然有所不足。

近十年，翻译文学的研究，在理论上和实践上均取得了很大的进展。2009年杨义主编的《二十世纪中国翻译文学史》（六卷），包括近代卷（连燕堂著）、五四时期卷（秦弓著）、三四十年代·俄苏卷（李今著）、三四十年代·英法美卷（李宪瑜著）、十七年及"文革"卷（周发祥著）、新时期卷（赵稀方著），经多位作者历时十年的努力后，由百花文艺出版社出版。刊于底封的该书介绍指出："二十世纪中国翻译文学，是二十世纪中国文学的一个独特的组成部分。二十世纪中国文学的开放性和现代性，以翻译为其重要标志，又以翻译为其由外而内的启发动力。翻译借助异域文化的外因，又使内渗而转化为自身文化的内因。同时，翻译文学又提供了一种新的观世眼光和审美方式，催化着中国文学从传统的情态中脱胎而出，走向世界化和现代化，并充实、丰富了中国现代精神文化谱系。""百余年来的翻译文学乃重要的文化资源，借此可以研究20世纪中国现代文学的发生学和发展形态，研究翻译文学与创作文学共同建构的多层性和互动性的文化时空。文学史因翻译文学的介入而变得博大纷繁，从而具有文化论衡的精神史性质。"该书不仅卷帙宏大，内容丰富，在认识观念上也有了明确的突破，可谓对20世纪以来的中国翻译文学发展实际做出了一个全面的总结，同时也相当具体地体现出了人们在对翻译文学认识上的新进展。

同样具有总结意味的，还有李今主编的《汉译文学序跋集（1894—1949）》（13卷）①，仅仅从规模，就不难看出其所具有的重要的资料总结与文学史推进意义。而其绪论《战争、革命、人之观念的交织与流变》，也在一定程度上体现出其对翻译文学意义认识的某种深度："当中国传统的价值体系丧失了整合社会的力量，翻译异域就成为想象新的理想社会、建构社会新认同的来源。无论是晚清民国初期对西方先进国家的译介与想象，还是三四十年代对苏联的译介与想象，都为中国社会的现代转型提供了新的理想社会的蓝图，发挥了引领思想潮流，动员社会力量

---

① 李今主编：《汉译文学序跋集（1894—1949）》，上海人民出版社2017年版。

的主导作用。"这一时期,同样重要的翻译研究论著,还有赵稀方的《翻译现代性——晚清到五四的翻译研究》①《翻译与现代中国》②,邹振环的《20世纪中国翻译史学史》③,谢天振的《比较文学与翻译研究》④,王宁的《比较文学、世界文学与翻译研究》⑤,咸立强的《创造社翻译研究》⑥,苏畅的《俄苏翻译文学与中国现代文学的生成》⑦,王宏志的《翻译史研究》⑧,宋炳辉的《弱势民族文学在现代中国——以东欧文学为中心》⑨,熊辉的《抗战大后方翻译文学史论》⑩,张宝林的《还原与阐释:20世纪30年代中国的美国文学形象构建》⑪,李声凤、孟华的《中国戏曲在法国的翻译与接受(1789—1870)》⑫等。

除了上述总结性、历史性、理论性的研究之外,尤为值得一说的是,这一时期翻译研究的重要进展之一,还在于除一般性的介绍之外,不少论著也都开始了对译文文学性本身的讨论。这首先涉及如何看待翻译文学的"雅"的问题。虽然从严复开始就将"雅"列为翻译所要追求的目标之一,但多年来对翻译文学的文学性问题的研究一直未能真正展开。这一方面是由于对翻译文学国别定位的游移不定,另一方面也与对所谓"译事三难"中"雅"之性质认识不足有关。因而,已有的言说,便多停留在一些印象式的比较上。如对莎译朱生豪译文的称赞,对傅雷、李健吾的称

---

① 赵稀方:《翻译现代性——晚清到五四的翻译研究》,南开大学出版社2012年版。
② 赵稀方:《翻译与现代中国》,复旦大学出版社2018年版。
③ 邹振环:《20世纪中国翻译史学史》,中西书局2017年版。
④ 谢天振:《比较文学与翻译研究》,复旦大学出版社2011年版。
⑤ 王宁:《比较文学、世界文学与翻译研究》,复旦大学出版社2014年版。
⑥ 咸立强:《创造社翻译研究》,人民出版社2010年版。
⑦ 苏畅:《俄苏翻译文学与中国现代文学的生成》,社会科学文献出版社2013年版。
⑧ 王宏志:《翻译史研究》,复旦大学出版社2018年版。
⑨ 宋炳辉:《弱势民族文学在现代中国——以东欧文学为中心》,北京大学出版社2017年版。
⑩ 熊辉:《抗战大后方翻译文学史论》,上海交通大学出版社2018年版。
⑪ 张宝林:《还原与阐释:20世纪30年代中国的美国文学形象构建》,中国社会科学出版社2018年版。
⑫ 李声凤、孟华:《中国戏曲在法国的翻译与接受(1789—1870)》,北京大学出版社2015年版。

赞等。对于翻译的研究，始终未能达到对译文文学性的研究。当然，制约着这一点的，还与研究者双语能力不足，或对自身双语能力缺乏自信有关。其实，若认识到"雅"与本土语言的关系，对翻译文学的研究，完全可以搁置与原作的比照问题，而从汉语文学的文学性方向独立展开。这一时期翻译研究，开始出现一些对译文质量本身的比较和讨论。如北岛《时间的玫瑰》中对包括洛尔迦、特拉克尔、里尔克等多位世界著名诗人名作在中国的翻译情况的立足诗艺本身的比对、辨析[1]，对戴望舒、冯至、陈敬容等现代诗歌翻译名家译作文本的细致分析及致敬，对当代诗歌翻译现状的担忧与批评等，虽然一些具体的观点遭到了一些批评对象如王家新的反批评[2]，但这种切实的较真的态度，的确也将翻译诗歌研究推进到一个新的阶段。2017年东方出版中心出版的王家新的《翻译的辨认》一书，以"诗人译诗"为对象，也结合历史考察与个案研究，对梁宗岱、戴望舒、卞之琳、赵萝蕤、冯至、穆旦、陈敬容、袁可嘉、王佐良等的诗歌翻译及其对中国新诗现代化的贡献，做出深入的论析。此外，在杨义主编《二十世纪中国翻译文学史》各卷中，也散落着许多这样的精彩批评。

这一时期现代文学研究，一度形成热点的，还有有关民国文学的研究与讨论。这也是近十年中国现代文学中的一个重要问题。这既是对前一时期文学研究中的民族国家文学视角的一种延伸或反拨，同时也是对中国现代文学史上，所有具有民族国家主义色彩文学现象的一种重新审视。针对以前研究中的某些缺失，一批学者强调，"现代文学在中华民国的历史时空中发生发展，带有鲜明的民国色彩。若要准确地把握现代文学的历史脉络，须从民国史视角出发，探究制约文学发展和折射于文学之中的民国机制"[3]。关于这一研究思路的来龙去脉，张中良在《民国文学史论》的总序之一《还原民国文学史》中已有所追溯。而丁帆、张福贵、张中良、

---

[1] 北岛：《时间的玫瑰》，江苏文艺出版社2009年版。
[2] 王家新：《隐藏或保密了什么——与北岛商榷》，《为凤凰找寻栖所》，北京大学出版社2008年版。
[3] 张中良：《民族国家概念与民国文学》，花城出版社2014年版，第22页。

李怡对之也进行过很多重要的论说①。

需要注意的是，同是"民国"或"民国文学"，在不同人那里，所涉及的社会理念和文化想象，也并不相同。主张从"民国文学"角度研究中国现代文学的人的所谓"民国"想象，与一段时期自由主义话语引导下的"民国"想象，仍然颇有差别。即便是同样主张从"民国文学"的角度去认识问题的人，其实际所主张的东西，也存在某些微妙的差异。譬如丁帆说："我所指的'民国文学风范'就是五四新文学传统，特指五四前后包括俗文学在内的'人的文学'内涵"；而张中良的主张则更具有为中国现代文学中的民族主义文学正名的意图。因为在他看来，中国现代研究中的民族国家理论"背离了中国的历史实际，以欧洲近代民族国家的历史进程来硬性框定中国数千年的多民族国家历史，以源自异域的西方民族国家理论任意裁剪个性鲜明的中国现代文学复杂现象"；同时"模糊了政体与国家形态的界限"，"混淆了国民与国民性的区别"，"以往的中国现代文学研究关注启蒙话语（人性解放、个性解放）与社会话语（社会批判、暴力反抗）较多，而对国家话语和民族话语的关注度不够"。"20世纪30年代兴起的'民族主义文艺运动'与其说阻挡左翼文艺，莫如说是文艺对民族危机的必然回应。以前的文学史几乎众口一词地称'民族主义文艺运动'在左翼的抨击下很快就销声匿迹了，其实由于时代的需求，'民族主义文艺运动'日渐高涨。最初激烈批判'民族主义文艺运动'的左翼文学阵营，到1936年前后，不仅提出了'国防文学'与'民族革命战争的大众文学'等口号，也涌现出《义勇军进行曲》等大批表现救亡图存主题的作品……卢沟桥事变之后，国家民族话语更是在抗战文学中得到充分的表现。"② 其《抗战文学与正面战场》③，在查阅了大量一手文献和实地的考察的基础上，从宏观与微观两个方面论证了正面战场文

---

① 丁帆：《"民国文学风范"的再思考》，《文艺争鸣》2011年第2期；张福贵：《从意义概念返回到时间概念——关于中国现代文学史的命名问题》，香港《世纪文学》2003年第4期；李怡：《民国机制：中国现代文学的一种阐释框架》，《广东社会科学》2010年第6期；张中良：《三论现代文学与民国史视角》，《文艺争鸣》2012年第1期。

② 张中良：《民族国家概念与民国文学》，花城出版社2014年版，第21—22页。

③ 张中良：《抗战文学与正面战场》，社会科学文献出版社2014年版。

学的客观性、丰富性与重要性。而李怡的研究,则特别强调了"作为方法的民国"的意义。就"民国"如何成为"方法",他指出它对中国现代文学研究的具体着力点与可能开拓之处的启示至少体现于这样几个方面:首先是为"'中国'的学术研究设立具体的'时间轴'",研究"中国问题""必须置放在具体的时间维度中加以追问,是'民国'时期的中国问题还是'人民共和国'时期的问题?"其次是"中国的学术研究也必须落实到具体'空间场景'",针对"民国不同于'一体化'的人民共和国,各个不同的政治派别、各个不同的区域差异比较明显,更不要说抗战时期的巨大的政权分割(国统区、解放区及沦陷区)了,这样一个'破碎的国家'能否方便于我们的研究呢"的疑问,他指出"破碎正是民国的特点,是这一历史时期生存其间的中国人(包括中国知识分子)的体验空间。只要我们不预设一些先验的结论,那么针对不现地域、不同生存环境的文学叙述加以考察,恰恰可以丰富我们的历史认识。一个生存共同体,它的魅力并不是它对外来冲击的传播速度,而是内部范式的多样性和丰富性。"而"破碎"的民国的进一步的启发还在于"区域的破碎同时也表现为个人体验的分离与精神趣味多样化"①。

有关这些问题的研究,比较集中地收集在李怡、张中良主编的《民国文学史论》(六卷)和《民国历史文化与中国现代文学研究丛书》之中。前者包括李怡等的《民国政治经济形态与文学》②,张中良的《民族国家概念与民国文学》③,李怡、张中良、张福贵等的《民国文学概念解读与个案分析》④,陈福康的《民国文学史料考论》⑤,李怡、张中良、姜飞的《国民党文学思想研究》⑥,周维东的《中国共产党的文化战略与延安时期的文学生产》⑦

---

① 李怡:《作为方法的"民国"》,山东文艺出版社2015年版,第15—16页。
② 李怡等:《民国政治经济形态与文学》,花城出版社2014年版。
③ 张中良:《民族国家概念与民国文学》,花城出版社2014年版。
④ 李怡、张中良、张福贵等:《民国文学概念解读与个案分析》,花城出版社2014年版。
⑤ 陈福康:《民国文学史料考论》,花城出版社2014年版。
⑥ 李怡、张中良、姜飞:《国民党文学思想研究》,花城出版社2014年版。
⑦ 周维东:《中国共产党的文化战略与延安时期的文学生产》,花城出版社2014年版。

等；后者包括李怡的《作为方法的"民国"》①、黄健的《民国文化与民国文论》②、马睿的《文学理论的兴起：晚清民初的一份知识档案》③、周维东的《民国文学：文学史的"空间"》④、李哲的《"骂"与〈新青年〉批评话语的建构》⑤、罗执廷的《民国社会场域中的新文学选本》⑥、张柠的《民国作家的观念与艺术：废名、张爱玲、施蛰存研究》⑦等。通过这两套书，即大体可以看到这一时期民国文学研究的全貌。

中国现代文学研究发生学兴趣的又一个重要方面，是对支撑着现代文学的观念框架的存在自觉及其历史清理。中国现代文学较早期对观念问题的研究，常包含在文学思潮和文体研究等领域，如支克坚先生对"五四"与革命文学问题中有关观念问题的探讨，陈平原对小说文体演变中诸观念领域的开拓。也常见于对具体作家作品的研究中，如学者对鲁迅、胡风、冯雪峰、周扬文学理论批评中"现实主义"问题的辨析，陈思和等先生对巴金"无政府主义"思想的阐发。以及众多学者对茅盾"自然主义"，对林语堂"生活的艺术"，对周作人"人的文学""自己的园地"等问题的研究。近期中国现代文学研究中的观念史方法，直接受西方学者雷蒙·威廉斯的《关键词》一类著作的影响，又从福柯话语理论、尼采系谱学等得到更深层的思想史支持。同时，也受到国内外一些思想史研究者所从事工作的启示（如冯天瑜、金观涛、刘青峰等）。较早着力于这方面的研究，而取得有意义的成果的，有陈建华著《"革命"的现代性——中国革命话语考论》⑧，近期出现的比较专注于此的著作，有王本朝的《中国现代文学观念与知识谱系》⑨

---

① 李怡：《作为方法的"民国"》，山东文艺出版社2015年版。
② 黄健：《民国文化与民国文论》，山东文艺出版社2015年版。
③ 马睿：《文学理论的兴起：晚清民初的一份知识档案》，山东文艺出版社2015年版。
④ 周维东：《民国文学：文学史的"空间"》，山东文艺出版社2015年版。
⑤ 李哲：《"骂"与〈新青年〉批评话语的建构》，山东文艺出版社2015年版。
⑥ 罗执廷：《民国社会场域中的新文学选本》，山东文艺出版社2015年版。
⑦ 张柠：《民国作家的观念与艺术：废名、张爱玲、施蛰存研究》，山东文艺出版社2015年版。
⑧ 陈建华：《"革命"的现代性——中国革命话语考论》，上海古籍出版社2000年版。
⑨ 王本朝：《中国现代文学观念与知识谱系》，人民出版社2013年版。

《文学现代：制度形态与文化语境》①、李怡主编的《词语的历史与思想的嬗变——追问中国现代文学的批评概念》② 等。

从更大背景上看，中国当代学术中思想史研究向观念史研究的转变，也是中国当代后期革命文化的一种必然。按金观涛、刘青峰的解释，"所谓观念史就是去研究一个个观念的出现以及其意义演变过程"。"简单说来，观念是指人用某一个（或几个）关键词所表达的思想。细一点讲，观念可以用关键词或含关键词的句子来表达。人们通过它们来表达某种意义，进行思考、会话和写作文本，并与他人沟通，使其社会化、形成公认的普遍意义，并建立复杂的言说和思想体系。"③ 谈及这一转变的内在逻辑，他们说："意识形态作为社会制度正当性基础以及指导社会行动的纲领，是建立在一组普遍观念之上的。意识形态的解构，意味着其整体的意义的消失（当然有时也包括某些观念的变化），但其组成要素大多仍然存在。严格地讲，所谓观念系统的解体，只是组成意识形态的基本观念的重要性排序和它们之间的关系的变化，以及用这种关系来论证的意义系统之消失。作为组成要素的观念则被游离出来，继续在生活中起重要作用。为了认识意识形态的形成，以及其解构后的中国当代思想状况，就有必要研究这些观念碎片。这样，我们就必须实现研究视野的转换——从思想史转向观念史。"④

除了上述因素，对于文学来说，这一转变，则更为文学研究从宏观的思想史视野，转向具体的美学/艺术观念提供了一种路径与机缘。文学的观念史研究，和一般的思想史研究重心和注意点的不同，于此更可得到一种清晰的呈现。遗憾的只是，相对金观涛们所采用的"数据库方法"，大陆地区现代文学研究界所做的"关键词"研究，还多少有点科学性不足、印象式的特点。

---

① 王本朝：《文学现代：制度形态与文化语境》，人民出版社2015年版。
② 李怡主编：《词语的历史与思想的嬗变——追问中国现代文学的批评概念》，巴蜀书社2013年版。
③ 金观涛、刘青峰：《观念史研究——中国现代重要政治术语的形成》，法律出版社2010年版，第3页。
④ 同上。

现代文学研究对"文化"领域问题的关注，既关涉于它的发生，也关涉于它的影响。有关这一方面的研究，自 20 世纪 80 年代以来即备受重视，而随着各种认识角度的引进，其关注的领域和关心的问题，也不断丰富变化。近十年的现代文学研究，仍然对这一方面的探究投注了很大的热情，所取得的成果，也异常丰富。

陈平原无疑是最有"文化"和最擅长从"文化"切入进行研究的著名学者。早在 2004 年，他就曾以《文学的周边》为名出版过一本演讲集，他近年的研究，仍然采取从"周边"入手，深入腹地的论述策略，借助其丰厚的学识和对近代以来文学文化的熟稔，游刃有余于与现代文学有关的方方面面。其《触摸历史与进入五四》①，分别从学生运动、《新青年》、作为校长的蔡元培这个人，以及《章太炎的白话文》和《尝试集》入手，通过若干细节、断片、个案，重建"五四"新文化运动历史，突出晚清与"五四"两代人的共谋与合力在形成中国文化现代转型中的意义。《作为学科的文学史》②《文学史的书写与教学》③，则持续从文学教育的角度研究文学史写作与现代文学知识体系构建的关系。前书涉及新教育与新文学、新文化运动时期北大国文系的文学教育、学术讲演、文学课堂、辞书与教科书编纂，以及包括鲁迅、孙楷第、郑振铎、俞平伯、阿英等的小说史研究、古典散文的现代阐释，王国维、吴梅、齐如山等所代表的戏剧研究的三种路向等具体问题的讨论，以及对所谓"文学史神话"的整体反思。后书收有关文学史写作与教学的对谈十篇，话题领域涉及人文学者的命运及选择、文学复古与文学革命、海外中国学的视野、文学史书写与教学、中国现代文学研究的方向等，参与者均为国内外文学研究名家，对相关问题的讨论，体现出相当的现实针对性和思想深度。这类有关文学教育研究，除如陈平原这样主要关注大学制度及学科体制者之外，尚有不少深入更为具体的语文教育及教材等领域。如张哲英的《清末民国时期语文教育观念考察——以黎锦

---

① 陈平原：《触摸历史与进入五四》，北京大学出版社 2010 年版。
② 陈平原：《作为学科的文学史》，北京大学出版社 2011 年版。
③ 陈平原：《文学史的书写与教学》，北京大学出版社 2018 年版。

熙、胡适、叶圣陶为中心》①、李斌的《民国时期中学国文教科书研究》②、金鑫的《民国大学中文学科讲义研究》③、何二元的《现代大学国文教育》④等作,从不同角度切入问题,对之展开的研究,也取得了值得重视的成就。

对现代文学与图像关系的研究,在持续进行中,也取得不少值得注意的成果。陈平原2008年出版的《左图右史与西学东渐:晚清画报研究》,通过对晚清画报的研究,突出作为中国文化传统的"左图右史"在近代中国社会转型中的意义。杨剑龙对现代文学与画图关系的研究,获得国家社科基金重大项目立项,黄乔生对鲁迅照片的研究也取得了一系列有意义的成果。黄开发、李今编著《中国现代文学初版本图鉴》⑤,收录1920年至1950年三十年间较为重要的近七百种书籍的封面、版权页及图片两千余幅。每书包括封面、版权页、版本简介、目录等必备内容,还适当选录插图、扉页、环衬、题词、作家签名等。按文学史发展脉络,编年按文体编排,其中包括理论与批评、合集、小说、散文、诗歌、戏剧、翻译等。

城市文化研究,仍然吸引了不少研究者的目光。陈平原主编的"都市想象与文化记忆丛书",相继推出葛飞的《戏剧、革命与都市漩涡:1930年代左翼剧运、剧人在上海》⑥、杨早的《清末民初北京舆论环境与新文化的登场》⑦、季剑青的《北平的大学教育与文学生产1928—1937》⑧、凌云岚的《五四前后湖南的文化氛围和新文学》⑨、颜浩的《北京的舆论

---

① 张哲英:《清末民国时期语文教育观念考察——以黎锦熙、胡适、叶圣陶为中心》,福建教育出版社2011年版。
② 李斌:《民国时期中学国文教科书研究》,北京大学出版社2016年版。
③ 金鑫:《民国大学中文学科讲义研究》,北京大学出版社2016年版。
④ 何二元:《现代大学国文教育》,华东师范大学出版社2017年版。
⑤ 黄开发、李今编著:《中国现代文学初版本图鉴》,河南文艺出版社2018年版。
⑥ 葛飞:《戏剧、革命与都市漩涡:1930年代左翼剧运、剧人在上海》,北京大学出版社2008年版。
⑦ 杨早:《清末民初北京舆论环境与新文化的登场》,北京大学出版社2008年版。
⑧ 季剑青:《北平的大学教育与文学生产1928—1937》,北京大学出版社2011年版。
⑨ 凌云岚:《五四前后湖南的文化氛围和新文学》,北京大学出版社2008年版。

环境与文人团体：1920—1928》①，以及陈平原等选编的有关西安、香港、开封等城市都市想象与文化记忆的论文选集，比较集中地展示了有关研究在这一方面的进展。而吴晓东的《1930 年代的沪上文学风景》②，试图以文学广告为中心，借之重新观照文学史成长空间，从文学原生形态的意义上展示 20 世纪 30 年代的海派文学风景，呈现作为"东方的巴黎""冒险家的乐园"的上海的半殖民地文化的驳杂性、丰富性，以及其所体现的"文学生产与流通一体化"的文学图景，和其所表征的现代中国的现代性及未来性。季剑青的《重写旧京：民国北京书写中的历史与记忆》③，则着眼北京作为"旧京"，在告别帝制、民国建元的时刻，在如何处理"历史与记忆"，使它们不断融入"现代"中国的现代生活问题上所发生的讨论，及古都北京逐渐消逝的气息。李永东的《租界文化语境下的中国近现代文学》④，则分别对租界文化语境下的晚清小说，租界文化空间与"五四"文学，30 年代的女性电影中的洋场趣味、左翼诉求与党国愿望的纠缠，以及"孤岛"语境与"孤岛"文学中的许多问题，做出了不少深入的论说。类似的著作，还有孙绍谊的《想象的城市——文学、电影和视觉上海（1927—1937）》⑤、胡悦晗著的《生活的逻辑：城市日常世界中的民国知识人（1927—1937）》⑥ 等。后者依据该时期文人生活，从城市环境、社会交往、物质文化、生活方式和精神生活等方面对这一阶层和群体做出了充满细节的研究，也为了解这一时期的文学生产和文学活动背景提供了新的角度与材料。

对通俗文学的研究，业已形成稳定的研究队伍，并不断推出有分量的

---

① 颜浩：《北京的舆论环境与文人团体：1920—1928》，北京大学出版社 2008 年版。
② 吴晓东：《1930 年代的沪上文学风景》，北京大学出版社 2018 年版。
③ 季剑青：《重写旧京：民国北京书写中的历史与记忆》，生活·读书·新知三联书店 2017 年版。
④ 李永东：《租界文化语境下的中国近现代文学》，人民出版社 2013 年版。
⑤ 孙绍谊：《想象的城市——文学、电影和视觉上海（1927—1937）》，复旦大学出版社 2009 年版。
⑥ 胡悦晗：《生活的逻辑：城市日常世界中的民国知识人（1927—1937）》，社会科学文献出版社 2018 年版。

论著。范伯群主编《中国现代通俗文学与通俗文化互文性研究》①，全书包括通俗文学与苏州评弹、通俗文学与戏曲话剧、通俗文学与电影艺术等十四个专题，继续发挥其"通俗文学与新文学为中国现代文学中的一体两翼"的理论主张，通过对"谴责小说""国难小说""商战小说""倡门小说""幻想小说"等通俗小说各支流的系统化考察和文本细读，论述了现代通俗小说作家群体在启蒙民众，传播新知识、新观念方面所作出的努力与贡献，论证了中国现代通俗小说与精英文学的共时特征与同质因素。体现了通俗文学研究向通俗文化研究延伸的新进展。汤哲声的《中国现代通俗文学与大众文化 30 讲》②《中国现当代通俗小说欣赏》③《边缘耀眼——中国现当代文学讲论》④ 等著，也相继以一种普及的方式，将现代通俗文学研究的成果推展到更广泛的认识领域。对现代文学与宗教文化关系问题的研究，虽然不像前一时期一样成为热点，但仍然出现了一些值得注意的著作，如谭桂林的《现代中国佛教文学史》等。⑤

第三节　文献学进展与学术史反思

如不少学者所指出，近十年中国现代文学研究的发展，存在明显的"史学化"趋势。相较当代文学研究领域"史学化"取向的侧重"文学体制与文学生产"，现代文学研究的"史学化"，更表现于史事考释与史料挖掘。近十年现代文学研究的另外一大特点，是对现代文献学研究的兴趣持续高涨。

中国现代文学的文献研究，自阿英、唐弢以来不断取得新的自觉，取得的新的成就，但真正形成一种影响广泛的认识和普遍的风气，却大

---

① 范伯群主编：《中国现代通俗文学与通俗文化互文性研究》，江苏凤凰教育出版社 2017 年版。
② 汤哲声：《中国现代通俗文学与大众文化 30 讲》，高等教育出版社 2011 年版。
③ 汤哲声：《中国现当代通俗小说欣赏》，苏州大学出版社 2011 年版。
④ 汤哲声：《边缘耀眼——中国现当代文学讲论》，北京大学出版社 2013 年版。
⑤ 谭桂林：《现代中国佛教文学史》，安徽教育出版社 2015 年版。

体还是近一二十年的事。近十年现代文学文献学发展的新态势之一，是史料挖掘及文献整理工作得到了普遍的重视，出现了相当一批专事现代文学文献发掘、保存、研究的学者和不少着意刊载现代文学文献研究成果的刊物。这些坚持从事史料发掘与文献整理的学者中较为资深者，如陈子善、李存光、刘增杰、商金林、王锡荣、陈福康、解志熙、魏建、刘福春、谢泳、金宏宇等在这一时期的活动，不仅取得了很大的成果，而且深刻影响了一批更为年轻的学者。激励他们在文献研究中，形成了自己独特的领域和独到的特色。中国现代文学研究的专业期刊中，首先致力文献搜集和保存的是创刊于 1978 年的《新文学史料》，近十年随着研究界兴趣的提升，这样一种对文献学研究的重视更扩大到如《中国现代文学研究丛刊》《现代中文学刊》《现代中国文学与文化》等专业期刊，以及一些大学的学报等学术载体。另外，还出现了一些如陈思和、王德威主编的《史料与阐释》（1—6 期）等的以刊载文献研究成果为主要目标的连续出版物①。

就具体研究而言，如解志熙对现代文学文献工作中的佚辑、校读方法的实践和推广；陈子善对现代文学佚文搜辑与版本校勘的长期关注、推动；张梦阳、王锡荣、陈福康等对鲁迅研究资料和研究史的整理；商金林对朱自清、朱光潜等作家有关文献问题的研究；李存光、周立民对巴金史料和巴金研究状况的持续关注②；傅光明等对老舍史料的发掘；刘福春对新诗版本及相关资料的长期搜集、保存；金宏宇对现代文学文献校勘及周边文本的重视；陈思广对现代长篇小说文献的研究；刘增杰等对现代文学期刊资料及文献学理论的关注等，都在相关领域产生了不小的影响。

鉴于中国现代文学学科建设中长期存在的某些偏失，搜集整理在从前的研究中长期未被纳入研究视野的资料，始终是这一领域备受看重的工作。辑佚以及对作家佚文的研究，成为这一时期文献工作的一个取得较多成绩的方向。解志熙是在这一方向上思考较深入，也做得较为扎实有力的学者之一。其出版于 2009 年的《考文叙事录——中国现代文学文献校读

---

① 陈思和、王德威主编：《史料与阐释》（1—6 期），复旦大学出版社 2013—2019 年版。
② 李存光编：《巴金研究文献题录（1922—2009）》，复旦大学出版社 2011 年版。

论丛》（中华书局），分别辑校了宗白华、刘延陵、刘梦苇、梁宗岱、叶公超、沈从文、林庚、吴兴华和汪曾祺等现代作家的一些佚文，并联系相关文献对这些作家的生平、思想和创作做出了论说，同时还从文献比勘入手对张爱玲在沦陷时期的文学行为等做出了新的论说。而贯穿其中的，是他对两个基本问题的探索："一是怎样把文学史研究建立在坚实的文献学基础之上并使文献学的'校注'转化为批评性的'校读'，二是如何使文学史研究突破画地为牢的'纯文学'文本分析而走向更具历史感的文学行为分析。"其后出版的《文学史的"诗与真"：中国现代文学文献校读论集》①《文本的隐与显：中国现代文学文献校读论稿》②，是他在这一方向上继续努力成果的汇集。其所做所思，在这一时期现代文学文献学的发展中，具有相当的代表意义。在中国现代文学研究界，陈子善先生一向以发掘、考证史料而知名。他这一时期出版的主要著述，有《钩沉新月——发现梁实秋及其他》③《从鲁迅到张爱玲：文学史内外》④ 等，其中收录的文章，多是近年来他在梁实秋、鲁迅、胡适、郁达夫、张爱玲等作家研究领域的史料新发现。他所发表的《〈呐喊〉版本新考》⑤，也对相关问题的研究作出了新的贡献。作为在这一方向上着力较多的学者，金宏宇继2007年出版的《新文学的版本批评》之后⑥，在这一时期也出版了《边城（汇校本）》⑦《文本周边——中国现代文学副文本研究》⑧《现代文学的史学化研究》⑨ 等专著，除具体的文本汇校外，还对中国现代文学中的"副文本"，从序跋、题词、图像、注释、广告到笔名，做出了颇有意义的研究，并力图从理论上，对现代文学研究中的"朴学"方法、辑佚实

---

① 解志熙：《文学史的"诗与真"：中国现代文学文献校读论集》，北京大学出版社2013年版。
② 解志熙：《文本的隐与显：中国现代文学文献校读论稿》，北京大学出版社2016年版。
③ 陈子善：《钩沉新月——发现梁实秋及其他》，中华书局2013年版。
④ 陈子善：《从鲁迅到张爱玲：文学史内外》，北京大学出版社2017年版。
⑤ 陈子善：《〈呐喊〉版本新考》，《中国现代文学研究丛刊》2017年第8期。
⑥ 金宏宇：《新文学的版本批评》，武汉大学出版社2007年版。
⑦ 金宏宇：《边城（汇校本）》，长江文艺出版社2009年版。
⑧ 金宏宇：《文本周边——中国现代文学副文本研究》，武汉大学出版社2014年版。
⑨ 金宏宇：《现代文学的史学化研究》，长江文艺出版社2018年版。

践、辨伪问题、版本汇校、修改本现象，以及"杂文学"、作家自传、作家书信等，做出自己的论说。

由于各方面条件的改善（机构、人员、项目、经费、网络资源等），大型资料集的编目、汇纂等工作在这一时期也得到了相当的重视和发展。吴俊、李今、刘晓丽、王彬彬主编的《中国现代文学期刊目录新编》①，全书逾700万字，收入中国现代文学及相关期刊657种，是迄今规模最大的、收录数量最多的一部中国现代文学期刊索引工具书。尤可注意的是，国家社科基金重大项目近年有关现代文学研究的立项也越来越将注意力最大限度地投向了文献研究整理。这些项目包括："中国现代文学馆馆藏珍品的发掘、整理、研究与出版"（2010）、"《期刊史料与20世纪中国文学史》"（2011）、"《鲁迅手稿全集》文献整理与研究"（2012）、"百年中国通俗文学价值评估、阅读调查及资料库建设"（2013）、"'九一八'国难文学文献集成与研究"、"汉译文学编年考录及数据库建设（1896—1949）"（2014）、"晚清报刊文献与中国文学转型研究""民国话体文学批评文献整理与研究"（2015）、"文学视野中中国近现代时期汉语发展的资料整理与研究""中国新诗传播接受文献集成、研究及数据库建设""陕甘宁文艺文献的整理与研究""中国现代文学图像文献整理与研究""抗战大后方文学史料数据库建设研究"（2016）、"中国现代文学文体理论整理汇编与研究""中国近现代文学期刊全文数据库建设与研究""《鲁迅译文全集》注释暨原作、转译本的搜集整理与数据库建设""中国现代文学名著异文汇校、集成及文本演变史研究"（2017）、"百年中国影视的文学改编文献整理与研究""中国现代电影文学资料发掘、整理与资源库建设""多卷本《中国现当代旧体诗词编年史》编纂与研究及数据库建设""两岸现代中国散文学史料整理研究暨数据库建设（2018）"等。可以预料，随着这些研究的展开和成果的发表，中国现代文学文献学的研究，必将取得更大的成就。

20世纪90年代中期，针对中国现代文学学科"不再年轻，正在走向

---

① 吴俊、李今、刘晓丽、王彬彬主编：《中国现代文学期刊目录新编》，上海人民出版社2010年版。

成熟"中面临的问题,解志熙提出了如何使现代文学研究一定程度上具有"古典化"与"平常心"的问题。现次呼吁在有关工作中:"有意加强一点史学的品格、理性的节制、客观的精神和传统的学术规范,而不是一味地追求批评的激情、当代性的兴趣和主体性的发挥";要求"现代文学研究应注意在当代性和历史感、主体性和客观性、批评性的激情和学术性的规范之间,达成某种合理的均衡"。同时声明,他所拟议的"古典化","并不意味着完全取消当代性、主体性和批评性的激情"①。然而,就目前的情况看,"文献学热"的兴起,仍然对这种"当代性、主体性和批评的激情"不可避免地产生了负面的影响。正如郜元宝所说,进入20世纪90年代以后,"中国现当代文学研究的理论兴趣锐减,'文学理论'差不多成了架空的怪物。与之相关的'文学批评'处境更糟。……文学理论,文学批评、文学史三足鼎立的'中国现当代文学研究'变成了文学史研究一统江山。有意无意都要显示其'历史癖与考据癖',成为'中国现代文学研究'的大势所趋"②。

如何认识现代文学的"历史性",始终是一个值得进一步思考的问题。一个比较明显的特征是,近期的现代文学研究,虽然也受到新历史主义及种种解构思潮的影响,但仍然将史料的发掘当作首要的问题。考虑到现代文学研究在这一方面长期存在的欠缺,这固然有其合理性,但也应该看到,这样的趋向如果发展成为一种风气,甚至形成一种新的话语权力,则也隐含着窄化历史认识、降低现代文学研究积极意义的可能。情况发展至今,对此也不能引起一定的注意。当然,对于这一点,亦有学者,提出了可贵的质疑。王德威说:"历史性不只是指过往经验、意识的累积,也指的是时间和场域,记忆和遗忘,官能和知识,权力和叙述种种资源的排比可能。"③ 汤拥华说:"假如将文学带入历史的努力,日渐显示为一种对

---

① 解志熙:《"古典化"与"平常心"——关于中国现代文学研究的若干断想》,《和而不同——中国现代文学片论》,清华大学出版社2002年版,第240页。
② 《中国现当代文学研究的最大问题是"作家缺席"》,《中国文艺评论》2017年第6期。
③ 王德威:《"海外中国现代文学研究译丛"总序》,《现代汉诗——1917年以来的理论与实践》,上海三联书店2008年版,第7页。

历史本身的执着'Obsession with History'。……假如文学史书写所试图建立的众声喧哗的景观,最终证明只能停留于文学史写作领域,而缺乏制衡新的意识形态权威话语的力量,那么我们该如何保持重写文学史的动力?""是否存在这样一种可能性,对所谓现代文学史的探究,只是一个庞大的话语游戏?"① 这些话语所包含的一切,同样值得注意。

还需看到的是,在现代文学研究群起趋向文献学的同时,作为典范或榜样的古典文学研究界却已开始了对自身困境的反思。2013 年刘跃进在《文学史研究的途径与意义》一文中就曾尖锐地指出:"在我们现有的生产机制、生产体制下炮制出来的论文和论著,基本上是千人一面,结论也多是人所共知。……现在的文学研究、文学史研究还没有进入真正意义上的研究层面,更多的是描述历史、描述各种历史现象,而文学史是必须建立在具体的研究基础上……"② 廖可斌则将目前古代文学研究存在危机概括为三种现象:"重复、琐细和疏离"。指出:"目前流行的平面的研究模式,基本上是一种划分地块的做法:个人——家族——群体——流派——地域——时段——范畴——文献等等,但地块总有划尽之时。""按照老的思路,路就越走越窄,选题越来越小……研究的时段越分越小……如果这类选题太多,而又只是把研究内容细化,不能上下贯通,就没有太大意义。"如果使"古代文学中所反映的社会生活和人们的精神世界越来越被搁置和遗忘,古代文学研究越来越变成了一系列文学史知识的堆积,失去温度,失去生活的气息、人的气息。古代文学研究也就日渐与社会公众疏离,日趋专业化、职业化,成为少数古代文学研究者孤芳自赏、自娱自乐的东西,在整个社会中的影响力日趋萎缩,地位也日趋边缘。"③ 他们所指出的这些问题,无疑也存在于现代文学研究的领域。

现代文学文献学领域新问题的出现,在一些方面,也与我们所处的这个网络时代、信息社会相关。不过,令人欣慰的是,网络化、数字化时代的文献学问题业已引起了一些年轻研究者的注意。《现代中文学刊》2019

---

① 汤拥华:《通向"后历史时期"的文学史写作》,《汉语言文学研究》2018 年第 2 期。
② 《全球化视野下的中国文学史观国际学术研讨会》论文集,2013 年。
③ 廖可斌:《回归生活史和心灵史的古代文学研究》,《文学遗产》2014 年第 2 期。

年第 1 期刊出赵薇、严程、王贺的《"数字人文"与中国现代文学研究三人谈》,对之进行了初步讨论。其中谈道:"数字人文的文学研究,究其根底,是要尽最大努力去填平横亘在经验研究和阐释学传统之间由来已久的沟壑,而任何卓见的得出,也无不需建立在'远读'之发现和'细读'之积累深刻互补的基础上。""愈发精巧繁复的数据训练和建模,绝不会仅仅满足于给文学史上的现成结论再添注脚",趋向"一种'全景'式的人文研究"才是有关努力的初衷。(赵薇)"当下的研究者似乎因此陷入了一种亟待转型的尴尬境地:一方面关心'数字人文'为学术研究带来了哪些新的方法与手段,另一方面也担心,在'可视化'、'大数据'眼花缭乱的输出背后,是否隐含着学术投机和盲目逐新的隐患,甚或使得年轻的学者、准学者迷失在技术的陷阱中,忘记学术研究的根本。""当下'数字人文'最热门也是最受争议之处,正在于对'量化'特别是'可视化'手段的应用。问题在于,许多研究止步于'可视化',以展示信息'图表''网络'和'图示'为'成果'。这样的展示,对于大众普及类的知识传播而言无疑是十分高效、简明的方式,但对于学术研究,却削弱甚至消解了研究者的主体性"(严程)。"与传统的文本、文献的载体及存在状态不同,……数字文献(digital document,也被称作'电子文献',其中一部分还被称作'网络文献'),已逐渐成为当代文本、文献的主流形式,……势必也给学术界带来新的机遇与挑战,甚至也被称作新的'学术革命'发动的契机。"(王贺)

针对中国当代文学研究中的"史学化"趋势,郜元宝指出,20 世纪 80 年代以来,"因为'文学失却了轰动效应',又因为其他人文学科学科优势的压力,'现当代文学研究'发生强烈危机感,为克服危机感,提出了'史学化'要求。""但过分倚重'外部研究',鲁迅特别关注的一时代文学所反映的整体时代精神及其嬗变线索的方法反而被轻视。"文章最后提出:"'文学史'所治之'史'可以悉数还原为普遍的权力运作的历史过程,还是具有高于这种冷冰冰的历史的文学的特殊性,如亚里士多德所言,诗比历史更具有普遍性?文学史是对真实存在的过去的忠实记录,还是被一定的立场方法和价值标准的持有者主观叙述出来的图景?换言之,文学史是对外部决定性因素的重建,还是对内部被决定因素的重新阐释?'文学史'所提供的历史'知识'究竟如何才能和其他历史类的人文学科所提供的'知识'进行对话和共享?"① 作为对他的回应,钱文亮在《"史学化"还是"历史化":也谈中国现当代文学研究的新趋势》中认为:"不宜单纯从学科分类的角度将其归纳为'史学化',因为'史学化'只是'历史化'思潮的诸面向之一。""20世纪90年代后中国现当代文学研究领域的'历史化'思潮既借鉴了福柯思想中对于传统哲学、美学诸问题、概念的本体论怀疑与解构,表现出反本质主义、反形式主义和非历史化研究的认识论倾向,在具体的文学史研究中引发对20世纪80年代纯文学观以及启蒙主义所主导的文学史观的普遍反思与重构。""在方法论上更是对于詹姆逊的马克思主义阐释学的具体运用与实践。"② 这样一种辩解,对理解有关问题的复杂性,也可谓提供了另一面的视角。不过,值得注意的是,具体到相关论述,他的关注焦点和所举例证,主要还是偏重在"当代"而非"现代"文学研究领域。而所谓"史学化"问题,在现、当代文学的两个不同阶段,仍然有着不同的表现和意义。

现代文学研究仍然有着当代文化思潮发展的背景。这一时期,研究者普遍自觉,现代文学不仅是一段已然发生的历史,而且是当代中国对它的一种叙述,日益自觉到"现代文学"的这种历史构造性,并将对这一学科领域各个方面的发掘、梳理和当代文化史结合起来进行深入细致的考察,是近十年这一学术领域的重要突破之一。随着80年代中期后新的社会思潮和文学研究范式的出现,"辩护与发现"不再是现代文学研究的主要目标,然而即便到近十年,辩护仍然是现代文学研究的重要主题之一,只不过辩护的对象和内容已发生了微妙的变化而已。仔细分辨发生在这一时期的一些现象,不难发现,即便是对一些历史事件、人物的重新评说,

---

① 《"中国现当代文学研究"的"史学化"趋势》,《中国现代文学研究丛刊》2017年第2期。另外郜元宝对这一问题的思考,还有《中国现当代文学史研究的最大问题是"作家缺席"》等文,《中国文艺评论》2017年第6期。

② 钱文亮:《"史学化"还是"历史化":也谈中国现当代文学研究的新趋势》,《中国现代文学研究丛刊》2018年第2期。

也都往往具有更为现实的意义。

汪晖在为王富仁遗著《端木蕻良》所作的序"竦听荒鸡偏阒寂"中,说到王富仁"为什么要重新讨论东北作家群尤其是端木蕻良"时说:"事实上,他的宗旨首先是去蔽,其次是正视听,在历史变动之中重新发明文学史的'真相'"。他认为王富仁作为20世纪80年代"现代文学领域内思想解放或启蒙的代表人物","当他将'五四'和启蒙解放在20世纪30年代的脉络中考察的时候,他又以重新发现'五四'的热情探索这一时代'左翼'的意义,以更为强烈和真切的笔触发掘作为'左翼中的左翼'的东北作家群的能量。"在他看来,与王富仁对20世纪80年代"对'五四'的思考、对思想革命的再度发明因应着时代的主潮,而在20世纪90年代和新世纪论述'左翼'和'左翼中的左翼'却像逆流而上",但却可以称为一种新的历史认识上的"去蔽",因为在"始于重新发现鲁迅的另一面,即非政治家、非革命家的另一面的漫长过程"中,"徐志摩、李金发、卞之琳、戴望舒、何其芳、冯至、《九叶集》派的诗、《七月》《希望》派的诗一一被凸显了,郭沫若、闻一多、艾青、闻捷、臧克家的成就相继被贬低了;胡适、梁实秋、周作人、林语堂的思想和散文被重新发现了,但与他们同时代的左翼作家的思想和散文被边缘化了;废名、施蛰存、张爱玲、苏青、徐訏、无名氏、沈从文、新感觉派、新武侠、新鸳鸯蝴蝶派的小说成为了热点,而20世纪30年代的左翼文学和革命文学被漠视了……""遮蔽的进程是在解放的口号下展开的,反主流的潮流其实正是当代主流本身。置身当代主流的'我们'以一种非历史的倒置,将20世纪30年代反主流文化改写为主流文化,其结果不过是自我合法化。"无论这一论述,是否如他自己所担心,有可能"落入谬托知己窠臼",无论人们如何看待他对王富仁"如果不是他在20世纪80年代建立起来的启蒙者形象,恐怕也会因此被冠以'新左派'的头衔"这样一种评价①,这一种论述,的确勾勒出了近一二十年来一部分现代文学研究所遵循的新的思想逻辑,同时也为学界认识、反思这一时期许多现代文学研究现象提供了一个较为清晰的思想背景。

---

① 汪晖:《竦听荒鸡偏阒寂》,载王富仁《端木蕻良》,商务印书馆2018年版。

汪晖对这一历史过程"始于重新发现鲁迅的另一面，即非政治家、非革命家的另一面"的话，很容易让人想到这一时期鲁迅研究中的一些特点。正如郜元宝在评论阎晶明的《鲁迅还在》时所说，这本书"描绘了作者心目中一副独特的'鲁迅相'。书中大部分文章都关注鲁迅生活与创作的细节，比如鲁迅爱夜和月亮，鲁迅先后生活或到过的城市，鲁迅笔下的鸟兽昆虫，鲁迅的'病''喝酒''抽烟''交友之道'，鲁迅怎样写序等。阎晶明关注这些细节，并非像现在许多媒体刻意炒作所谓"人间味"，"那是立志要将鲁迅'拉下神坛'还原成'普通人'，却无视具有'人间味'的鲁迅毕竟又并非'普通人'"①。可以说，既要将鲁迅还原成"普通人"，又要正视他"非普通人"的一面。也始终是现代文学研究在这一时期所存在的一种内在张力。也就是在这一背景下，我们才能更深刻地理解鲁迅研究许多新进展的意义，如陆建德对鲁迅20年代与现代评论派论争的重新评价，乔丽华为朱安所写的传记，宋声泉对《科学史教篇》日文"蓝本"的考掘等②，所具有的深层文化意义。有着类似意义的，还有袁盛勇的《当代鲁迅现象研究》③，这本书从延安时期"鲁迅传统"的形成谈起，系统梳理了包括思想改造运动中的"鲁迅"、胡风批判运动中的"鲁迅"，以及鲁迅思想及鲁迅现象研究史中的诸多问题。揭示了作为傀儡之鲁迅现象的形成和终结，和"作为问题和幽灵存在的鲁迅"之存在及如何回到复杂而完整的鲁迅那里去的既具历史性，又具当代性的命题。通过现代文学研究，以一种曲笔，呈现当代中国文化生活中的问题，一向是中国现代文学本身所具有的传统，而如何不使后一企图，影响到历史认识上的客观公正，完美地结合文学研究的历史性和现实，也始终是这一研究领域所面临的重要难题之一。邵宁宁的《钱钟书与中国现代批评的困境》一文④，通过对钱锺书针对中国现当代文学的或显或隐的批评实

---

① 郜元宝：《"鲁迅接受"的再次翻转——读阎晶明的〈鲁迅还在〉》，《书城》2018年第8期。
② 宋声泉：《〈科学史教篇〉蓝本考略》，《中国现代文学研究丛刊》2019年第1期。
③ 袁盛勇：《当代鲁迅现象研究》，人民出版社2018年版。
④ 邵宁宁：《钱钟书与中国现代批评的困境》，《河南大学学报》2019年第1期。

践及其感触的抉发,力图揭示潜在地影响着这一时期文学研究的美学原则与伦理原则的内在矛盾和冲突问题,阐发钱氏所坚持之美学原则的绝对性和它实际所面临的困难,谈论的虽是过去,所指同样与当下批评实践所面对的困境密切相关。

史事钩陈与史实考订一向是历史化研究的最为重要的方面。这些考订常常围绕一些争议人物和热点事件展开。如王富仁的《鲁迅与顾颉刚》中围绕两人关系所做的发掘、辩护,陆建德围绕"三一八"惨案及女师大学潮对章士钊等人物的辩护[1],以及陈漱渝对之做出的针锋相对的批评[2];赵稀方对叶灵凤"汉奸"问题的辨析[3],乔丽华对作为"鲁迅的遗物"的朱安生平问题的发掘[4],李斌等郭沫若研究者持续进行的对一些有关郭氏人品学问的不断声辩等,都是如此。其中王富仁遗著《鲁迅与顾颉刚》[5],围绕鲁迅与顾颉刚之争,充分展开历史论证,话题不仅涉及鲁顾关系,而且涉及包括鲁迅与胡适、与整理国故运动、与章黄学派、与现代评论派、与章士钊、杨荫榆等复杂的人物和事件,其对之所做出的颇具历史意义而又立场鲜明的梳理论断,诚如汪晖所说,具有不容忽视的当代文化意义。而陆建德对20年代鲁迅与现代评论派之间的分歧与矛盾的研究,同样涉及许多方面,除了还原历史真相的意图,从中亦可隐隐看到中国现代文学传统中一种由来久远的精神向当代文化生活的延续。而陈漱渝

---

[1] 这些文章包括:《母亲、女校长、问罪学——关于杨荫榆事件的再思考》,《中国现代文学研究丛刊》2014年第8期;《从俄专到中俄大学——一场"专升本"运动与"三一八"惨案追责》,《中国现代文学研究丛刊》2015年第9期;《故宫盗宝案中的易培基之死——兼及〈鲁迅全集〉中一条注释》,《鲁迅研究月刊》2017年第1期;《故事的结局——女师大学潮新解》,《中华读书报》2015年3月4日;《"文字须与时弊同时灭亡"——并非神圣的同盟与鲁迅的觉悟》,《中华读书报·文化周刊》2015年4月22日等。

[2] 陈漱渝:《重提治学之道——从陆建德先生的两篇文章谈起》,《中国现代文学研究丛刊》2015年第1期;《一篇沙上建塔的文章——评陆建德〈女师大学潮新解〉》,《中华读书报》2015年4月15日;《女师大师生缘何反对杨荫榆?——对陆建德先生"回应"的回应》,《鲁迅研究月刊》2015年第6期等。

[3] 赵稀方:《视线之外的叶灵凤——叶灵凤"汉奸"问题辨疑》,《文学评论》2019年第3期。

[4] 乔丽华:《我也是鲁迅的遗物——朱安传》,上海社会科学院出版社2009年版。

[5] 王富仁:《鲁迅与顾颉刚》,商务印书馆2018年版。

等对他的反驳与批评,与王富仁等对左翼文学传统的重新认定一样,同样隐隐与另一种传统有切不断的联系。李斌的《有关郭沫若的五个流言及真伪》等文①,针对有关郭沫若的婚恋、郭氏对沈从文的批评、其在十七年期间的表现以及《李白与杜甫》创作的动机问题等方面,对所谓"流言"产生、传播的背景与"实际"的逐一分析,虽说其直接意图在:"通过可靠的文献史料揭示真相",分析这些说法的产生与20世纪80年代以来学术研究范式及文学观念转变的关系,但更大的目标,仍然在于在对"反思郭沫若"进行反思的同时,反思当前一些有关学术和文学的观念结构上的问题。就如其所自述:"之所以要对'反思郭沫若'进行反思,是因为笔者觉得现在需要严肃地去思考20世纪中国革命和社会主义建设的经验教训,而不是把那段历史妖魔化并从记忆中抹去",而之所以如此郑重其事,也是因为在他看来,"随着国际学术界对以美国为代表的自由民主的反思和重新兴起的马克思主义研究热潮,以及中国在全球化过程中所产生的种种问题所导致的现实需要,中国知识界需要从80年代所形成的那种对全球化的理想主义式的拥抱热情中摆脱出来,重新定位自己的社会角色,调整自己与国家、民众、媒体之间的关系。在此过程中,必须认真面对和严肃思考整个20世纪革命中国和社会主义中国的经验教训。"而在所有这一切过程中,都存在着一个如何向历史取证的问题,李斌的论断,常常以"孤证不立"来否定当事人对某些历史事件过程的回忆,如他对谢冰莹回忆郭沫若、于立忱情事的驳证;对汪曾祺回忆沈从文因《斥反动文艺》退出文坛的驳证;对陈明远伪造郭沫若信件问题的驳证;对罗稷南有关毛泽东1957年有关鲁迅言论的驳证,的确都指出了进一步研究的必要性,然而仅从"孤证不立"去完全推翻以往对许多问题的看法,则很难说就一定可以论定具结。对于这一切,是否还会有后续的讨论,只有等待历史的发展做出进一步的结论。

近十年,随着中国现代文学学科建设意识的不断加强,以及学术发展本身不断遇到的新的问题、新的困惑,有关学术史的总结和反思工作仍在持续进行,并有逐步加深之势。关注这一领域工作的,既有黄修己、温儒

---

① 李斌:《有关郭沫若的五个流言及真伪》,《中国文学批评》2019年第2期。

敏、杨义、陈平原、陈思和、王德威、丁帆、张福贵、张中良、刘勇、程光炜、郜元宝等资深学者,也有不少中青年学人。

这一时期的现代文学学科史反思,最值得注意的,往往是一些学者针对一些现代文学研究现象所进行的集中清理与反思。如上面所说到的有关史学化问题的讨论,程光炜、王彬彬等对20世纪90年代到新世纪影响较大的"再解读"做出的学术史反思与评说等①。

另外,一些专门领域的研究者,也不断从各自的角度对这一学科发展提出有益的批评。如张梦阳的《新世纪中国鲁迅学的进展与特点》一文,以其持续多年的关注和视野所及,对近四十年鲁迅研究做出了有总结意味的评述,提出"20世纪中国鲁迅学的最大成绩,就是80年代后随着思想解放运动的开展,政治化、概念化、工具化的鲁迅研究方法受到抵制,从根本上扭转了只是弘扬经义、代圣贤立言、为'经义'提供材料和例证的'经学'之道。进入21世纪,中国鲁迅学逐步走上了全面、系统地搜集和占有资料,回到鲁迅当年所处的历史语境中去,对鲁迅作理性分析,从中汲取正反两方面的经验以指导现实的科学道路,取得了与20世纪截然不同的新认识与新成果。""20世纪80年代后逐步从理论上实现了鲁迅的'人间化',新世纪则从生活细节和史实考证上充实了这一目标,使一位立体的、活生生的人间鲁迅一步步向我们走来。这既是新世纪中国鲁迅学取得的最大成绩,也是新世纪即'后鲁迅时代'中国鲁迅学最突出的进展与特点。"② 张福贵的《鲁迅研究的三种范式与当下的价值选择》③,通过对当下在学术逻辑回归与学术民间性凸显的态势下鲁迅研究立场和价值评价出现的新分野的分疏,在将鲁迅研究划分为"以史料挖掘为主的历史性研究、以知识阐释和审美评价为主的学问化研究、以追求思想的当下意义与价值为主的当代性研究"三种基本范式的同时,指出了其作为

---

① 程光炜:《再解读思潮与历史转型——以唐小兵编〈再解读:大众文艺与意识形态〉等一批著作为话题》,《上海文学》2009年第5期;王彬彬:《〈再解读:大众文艺与意识形态〉初解读——以唐小兵文章为例》,《文艺研究》2014年第6期;王彬彬:《〈再解读:大众文艺与意识形态〉再解读——以黄子平、贺桂梅、戴锦华、孟悦为例》,《扬子江评论》2014年第2期。
② 张梦阳:《新世纪中国鲁迅学的进展与特点》,《山东师范大学学报》2019年第2期。
③ 张福贵:《鲁迅研究的三种范式与当下的价值选择》,《中国社会科学》2013年第11期。

一种被过度阐释的显学所存在的研究的重复性和细小化倾向问题。其认识意义，显然不止于鲁迅研究，而对整个现代文学研究的反思都具有积极启示。此外，像丁帆的《中国现当代文学史断代谈片》①、王彬彬的《中国现代文学研究与中国现代历史研究的互动》② 等文对现代文学研究提出的批评与反思，也对涉及学科发展的许多问题做出了有意义的论说，并产生了相应的影响。这一时期，同样出现了一些对学术史做系统探讨的论著，如王一川的《中国现代学引论——现代文学的文化维度》③、刘卫国的《中国新文学研究史》④、邵宁宁的《现代文学：学科历史与未来走向》⑤ 等。此外，还有许多研究者还将探寻的目光投向中国文学学科史的许多具体人物、具体问题，出现了一批像李朝平的《王哲甫的中国现代文学研究》⑥、付祥喜的《日据时期台湾人编写的两种"中国新文学史"——蔡孝乾和叶荣钟的〈中国新文学概观〉》⑦、王中忱的《区域位置、学科建设与一代学人的奋斗——孙中田先生和他的中国现代文学研究》⑧、史婷婷的《学者"历史化"及其相关路径探讨——以王瑶和唐弢为例》⑨ 一类的论文。这一切，无疑都将对今后的现代文学研究产生积极的影响。

遴选有代表意义的学术文本，也是致力学术史反思和学术方向导引的有效方式。就此而言，2016—2018 年由广西师范大学出版社推出的"中国现当代文学研究前沿问题读本丛书"，也有着应予重视的意义。该读本

---

① 丁帆：《中国现当代文学史断代谈片》，《当代作家评论》2010 年第 3 期。

② 王彬彬：《中国现代文学研究与中国现代历史研究的互动》，《文艺争鸣》2008 年第 1 期。

③ 王一川：《中国现代学引论——现代文学的文化维度》，北京大学出版社 2009 年版。

④ 刘卫国：《中国新文学研究史》，社会科学文献出版社 2015 年版。

⑤ 邵宁宁：《现代文学：学科历史与未来走向》，甘肃教育出版社 2013 年版。

⑥ 李朝平：《王哲甫的中国现代文学研究》，《现代中文学刊》2016 年第 1 期。

⑦ 付祥喜：《日据时期台湾人编写的两种"中国新文学史"——蔡孝乾和叶荣钟的〈中国新文学概观〉》，《现代中文学刊》2014 年第 3 期。

⑧ 王中忱：《区域位置、学科建设与一代学人的奋斗——孙中田先生和他的中国现代文学研究》，《中国现代文学研究丛刊》2017 年第 8 期。

⑨ 史婷婷：《学者"历史化"及其相关路径探讨——以王瑶和唐弢为例》，《中国现代文学研究丛刊》2017 年第 10 期。

首批六册中的前三本：《"晚清文学"研究读本》（张春田编）、《"左翼文学"研究读本》（徐志伟、张永峰编）、《"延安文艺"研究读本》（刘卓编），都是编者选择的有关中国现代文学研究的重要论作，其学术总结、导向意义明显。正如其出版说明所言，丛书的编选，明确针对80年代中期以来形成的"二十世纪中国文学"研究范式，认为随着20世纪90年代中期以后意识形态的瓦解，它的革命性大大减弱，局限性日益明显。而新世纪以来新的研究思路表现为：一，研究者开始正视"现代化"的后果，将"反思现代性"的维度加入研究之中，开始重新检讨现代文学的生成机制及其现代性质；二，有意识地征用"文化研究"的方法，突破文学内部与文学外部区分，不断引入民族国家、政党政治、出版、教育、学术史、社会史等视角来呈现现代文学和现代中国的复杂关联。试图超越"启蒙/革命""人/人民""文学/政治"等二元解释架构，开辟中国现当代文学研究的新的空间。"丛书"所使用的"晚清""左翼""延安""50—70年代""八十年代""底层"等并不是简单的时间或流派的概念，而是特定的"知识构造"的指称。"丛书"主要编选的是新世纪以来基于新的时代条件所产生的具有方法论自觉、洞察力及生产性的研究成果，但也酌情收入了个别虽发表于九十年代，却具有重要学术影响的成果。而通过这一选择，编选者寄望："一种新的研究范式的诞生为期不远。"① 然而，不得不指出的是，其选文（包括存目），明显地集中于海外汉学及京沪两地学者之手。这一现象的存在，同样令人寻味。

还要注意到，决定着近十年现代文学研究变化的另一重要因素，是不断加强着的学术体制化力度。这既包括国家的政策文化导向，也包括教育部、各级地方政府、大学所制定的一系列涉及业绩评定的标准、要求，以及职称、头衔、项目、奖励等的导引作用。同时，这也不仅仅涉及研究者个人，而且也涉及某些学术机构、团体、队伍的整体利益。譬如近年或由某些行政管理部门，或由大学自身，或由民间社会主导的学科平台建设、学位点建设和学科评估、大学排名等，看上去与学科内涵无关，实际却有

---

① 《中国现当代文学研究前沿问题读本丛书·出版说明》，《"左翼文学"研究读本》，广西师范大学出版社2017年版。

力地改变着学术生态和学者心态的一系列现实。不同大学制定的职称评定及硕、博士学位授予发表论文要求，也潜在而有力地影响到学术论文的质量和选题。以国家社会科学基金和教育部人文社会科学基金为代表的各级政府设立的基金，在课题设计、选定，论著发表等各个环节上，更产生了包括意识形态引导在内的诸多规范引导作用。一些比较突出的现象，如近年来重大项目的竞争越来越趋加强，科研工作的攻关意识、团队意识不断加强等，也产生了一系列新的弊端和问题，譬如短期功利、宏大空疏、虎头蛇尾、实质性的突破减弱、思想性减弱、研究者的个性特点减弱，等等。就是乍看来与具体的研究没有直接关系的刊物分级，也成为决定着学科生态的重要因素。当然，积极的方面是，由于国家社会科学基金设立的学术期刊资助制度的建立和国家反腐力度的加强，滥收版面费的情况虽然得到了有力的扼制，但不可忽视的是，来自核心刊物评定压力而引发的一系列不合理要求，仍然对青年研究者的论文选题、内容和话语方式产生着潜在的影响。譬如为适应评估要求，有些刊物对文章长度、引文数量、话题社会关注度、敏感性、挑战性等所提出的潜在要求，有许多并不符合学术发展规律，尤其是不符合像文学研究这样的人文基础学科的发展规律。虽然都是潜在台面之下的东西，但最终也都通过各种途径，实际影响到了研究者的写作心态和论说选择。

决定着近十年现代文学研究变化进展的，还有学科队伍构成的变化。随着年龄的变化，近十年，一些出生于20世纪30年代前期的"第二代"中坚学者，如支克坚、陆耀东、樊骏、曾华鹏、范伯群、朱德发、董健等相继去世，一些健在者也因已年事渐高，渐少学术活动。就是"第三代"学者中也有不少开始有意无意地进入"退隐"状态，或把注意力更多地放在培养后进或促进其他社会事业发展上。现代文学研究队伍开始出现较为明显的"换代"现象。而多少有些令人不安的是，其后的第四、第五代学者中的不少人，虽然都已各自术有所成，但仍常挣扎于体制化学术的种种牵缠中，耗时费力于完成种种"学科建设"指标和使命。学术界的"精致的利己主义"者，也时现身影。现代文学研究似乎渐渐进入一个老成凋零，后劲乏力的时期。然而，这只是问题的一面。另一面是，即便如此，无论哪代学者，都是还有不少仍然坚持本心，奋力实现自己的学术理想的人。而越到后来，新的学科体制中成长起来的有着很强的专业意识和特色化科研目标的学院研究者群体越占主流位置。

近十年来中国现代文学研究另一个重要的变化，是在学术方法上，从重理论、方法，到重问题、现象的转变。新时期以来的现代文学研究，起始于革命文学中的拨乱反正，继而又从随之而来的国家"现代化"追求和思想文化界的"回到五四"中，汲取了一种启蒙的热忱和现代化探索的动力，从"改革开放"中获得了一种新的世界视野。这一时期的现代文学研究，本来是"问题"意识十分突出的，研究者所面对的也多是具有现实紧迫性的现象，譬如在一些看似历史，实则不无现实意义的人与事上所做的认识突破，"两个口号""革命文学""胡风事件"，从沈从文开始，一直到张爱玲的一系列大小作家的重新发现……然而，到80年代中期之后，随着思想解放的进一步推展，世界视野的进一步放大，无数新思潮、新理论竞相涌入，文学研究中对理论、方法的热情，日益高涨，不是材料、问题，而是理论方法，成为潜在地推动着近三十年现代文学的重要动力之一。

不过，到近十年，问题又发生了新的悄然的改变，这一改变的重点，就在随着研究队伍的日益专业化，学者们开始越来越回到自己的专业领域，寻找自己的"专业"问题，发掘自己的"专业"材料，对一些"外在"事物的关怀渐渐变得冷淡，也不再那么执迷于理论、方法的试用、尝新。第一方面，或许是"启蒙"热情耗尽或反思"启蒙"的结果；第二方面，也是许多现实制约、引导（诱惑）的结果；第三方面，或许也是原来看似广大深厚、不可穷尽的西方的理论矿藏，不再像先前那样能够源源不断地提供新的资源的一种表现。近十年，虽然也有学者不断输入新的西方思想，但总体看来，继20世纪90年代后相继涌入的后结构、后殖民、女性主义、新历史主义、文化研究等强势西方理论之后，似乎再无真正能够在现代文学研究领域掀起一种新的热潮，提供一种新的范式的理论话语。我们的西方学术明星，仍然是福柯、萨义德、布鲁姆、伊格尔顿、海登·怀特、詹姆逊、柄谷行人、齐泽克等。可做我们典范的西方（日本）现代文学研究人物，也仍然是竹内好、木山英雄、王德威……

影响着近十年现代文学研究发展的，还有互联网的普及与各种网络资源获取的日益便捷。以中国知网、读秀为代表的各类网站和数据库的运用,在很大程度上更变了以往的学术生态和学术方法,在带来意想不到的突破的同时,也给学术健康发展带来种种新的挑战。在这样的背景下,一般意义上的"博学"不再是值得特别炫耀的事,更重要的是对资料的选择与处理中显示的学术发现与思考能力。"便捷"也带来一系列问题,粘贴、抄袭、伪发掘等,学术诚信、学术道德屡屡成为热点事件;比起剽窃、抄袭,重复、平庸更成学位、职称驱动下的"专业化"操作的普遍弊害。比如早在1995年,研究鲁迅学术史的张梦阳在谈到编撰《1913—1983鲁迅研究学术论著资料汇编》的感受时,就曾说:"八十余年的鲁迅研究论著,百分之九十五是套话、假话、废话、重复的空言,顶多有百分之五谈出些真见。"在遭遇众多质疑和批评后,他更进一步指出,"后来经再三统计、衡量才发现,我所说的真见之文占百分之五,并非少说了,而是扩大了,其实占百分之一就不错,即一百篇文章有一篇道出真见就谢天谢地了"。呼应着他这样的批判,张福贵也指出:"这样的概括和判断也许有些严苛,但也反映了一种趋势和状况。从1913年至2012年中国大陆公开发表有关鲁迅研究的文章共31030篇,如果按照张梦阳的公式推断,有真见的文章只有300多篇!在这31030篇文章中,有关鲁迅思想研究的有7614篇,占全部文章的24.5%。即是说,包括如此大比例的鲁迅思想研究文章在内,绝大多数研究成果并未体现出思想的创新,这就恰恰背离了鲁迅思想的本质,也就远离了鲁迅本身。如果这是一种事实的话,其研究结果的学术价值是十分值得怀疑的。当然,这不仅仅是鲁迅研究独有的现象。"①

从21世纪初以来,一直就有人感叹现代文学研究空间的"穷尽",所谓寻找学科发展空间一度形成流行话语。然而,据说早在2007年左右,李欧梵在苏州大学讲学时就"提出了一个令人震撼的看法":"中国现代文学研究尚未开始"②,时间又过去了十余年,如何理解这句话,仍然是对每个研究者都富于启示性的思想话题。虽然仍然面临着学术发展的种种

---

① 张福贵:《鲁迅研究的三种范式与当下的价值选择》,《中国社会科学》2013年第11期。
② 季进、王尧:《海外中国现代文学研究译丛·编辑缘起》,《现代汉诗——1917年以来的理论与实践》,上海三联书店2008年版,第5页。

问题，但这一时期现代文学研究进境，明显更加趋向专、精、深、广、细，同时出自学术史本身的反思意识也更为增强，说现代文学研究进入了一个更加学术化，更加视野开阔的时期，应该不是什么问题，但从更长远的历史来说，说到底，它却仍然只能是这一学科走向真正成熟的一个环节而已。

第五章

文学思潮与社团流派研究(上)

第一节 "五四"新文化运动及新文学运动初期社团流派研究

作为中国现代思想革命与文学革命的起点,在新中国成立以来的现代文学研究中,有关"五四"新文化运动的研究一直是热点,不仅在重要的年份有声势浩大的纪念活动,与此同时,中国当代思想文化、文学的历次转折变化总是和"五四"新文化运动紧密联系在一起,"五四"成了一个重要的思想源头。从新中国成立到今天七十年的历程中对"五四"的诠释不仅经历了历史的变化,也形成了不同的认识方法、学术观点,甚至有的观点之间有激烈的争论。从总体上看,对"五四"新文化运动的认识与研究基本上形成了新民主主义、启蒙主义和保守主义三种不同的研究思路和论述方式,这也影响到了对"五四"文学思潮与运动、新文学运动社团与流派的认识和研究。

一

1939 年 5 月纪念五四运动 20 周年,毛泽东发表了题为"五四运动"的文章,并做了《青年运动的方向》的讲演。毛泽东指出,五四运动表现了中国反帝反封建的资产阶级民主革命已经发展到了一个新阶段,作为文化革命的五四运动是中国反帝反封建的资产阶级民主革命的一种表现形式。① 关于"五四"新文化运动，毛泽东在 1940 年发表的《新民主主义论》进行了明确而充分的阐发。毛泽东从新民主主义的角度指出，以"五四"作为界限，中国的文化革命形成了两个不同的历史时期。"五四"以前，中国文化战线上的斗争，是资产阶级的新文化和封建的旧文化的斗争。"五四"以后，中国产生了完全崭新的文化生力军，就是中国共产党人所领导的共产主义的文化思想，即共产主义的宇宙观和社会革命论。就其性质而言，"五四"以前，中国的新文化是旧民主主义性质的文化，属于世界资产阶级的资本主义的文化革命的一部分，而"五四"以后，中国的新文化，是新民主主义性质的文化，属于世界无产阶级和社会主义文化革命的一部分。从领导权上看，"五四"以前，中国的新文化运动，是资产阶级领导的。五四运动时期，虽然还没有中国共产党，但是已经有了大批赞成俄国革命的具有初步共产主义思想的知识分子。五四运动，在其开始，是共产主义的知识分子、革命的小资产阶级知识分子和资产阶级知识分子三部分人的统一战线的革命运动。毛泽东对"五四"新文化运动的意义给予了很高的评价。他认为，五四运动的历史意义，在于它带着辛亥革命还不曾有的姿态，是彻底地不妥协地反帝国主义和彻底地不妥协地反封建主义。五四运动所进行的文化革命则是彻底反对封建文化的运动，自有中国历史以来，还没有过这样伟大而彻底的文化革命。当时以反对旧道德提倡新道德、反对旧文学提倡新文学，为文化革命的两大旗帜，立下了伟大的功劳。五四运动是在思想上和干部上准备了 1921 年中国共产党的成立，又准备了五卅运动和北伐战争。②

毛泽东对"五四"新文化运动历史分期、性质、领导权、历史意义等的评价形成了新民主主义"五四"论述的基本观念。这些评价从新中国成立前后一直到 80 年代极大地影响了人们对"五四"新文化运动的认识和诠释。1949 年是五四运动 30 周年，当时正值新中国成立前夕，吴玉

---

① 毛泽东：《五四运动》，《毛泽东选集》第 2 卷，人民出版社 1970 年版，第 522 页。
② 毛泽东：《新民主主义论》，《毛泽东选集》第 3 卷，人民出版社 1966 年版，第 657—660 页。

章在纪念文章中，首先指明了这次"五四"纪念活动的特点，"今年纪念五四的特点，是人民解放军获得伟大胜利，南京已经解放，南京国民党政府已宣告灭亡，革命很快就要得到全国范围的胜利"①。1949 年出版了《五四三十周年纪念文集》，收录了吴玉章、茅盾、胡风、周建人、何干之、杨振声等人的纪念文章。文集也辑录了毛泽东关于五四运动的一些言论，并在"编者按"中说如何认识这场运动的性质，估价其历史意义和影响，今后如何继承和发扬五四运动的光荣传统，争取中国人民解放事业的彻底胜利，所有这些问题，在中国人民伟大领袖毛泽东关于五四运动的言论中都有英明的指示。汇集这些言论的目的是以供学习、研究之用。实际上，文集中其他人物对"五四"的认识和论述都受到了毛泽东言论的影响。吴玉章、茅盾、胡风等人认为，五四运动既是反帝反封建的思想运动，又是群众运动和政治运动，在思想方面看，主要是反封建礼教，主张个性解放。② 但是他们指出，在思想分野上主要有两派或存在两条路线的斗争。这两条路线，一个是革命的，一个是改良主义的；一个是代表无产阶级的，一个是代表资产阶级的；一个是马列主义的，一个是实验主义的。③ 关于"五四"新文化运动的领导者，他们认为资产阶级自由主义的代表是胡适，无产阶级马列主义的代表是李大钊。吴玉章甚至认为，胡适等不仅不是新文化的领导者，也不是五四运动的领导者，相反，真正的领导者和组织者是李大钊。关于"五四"精神的内涵，何干之认为"五四"时代的两个基本口号，科学和民主代表了"五四"的革命精神。④ 周建人持相同的看法。但他们同样认为，由于在联合战线内有各阶级的代表，尤其是工人阶级和资产阶级的代表，由于阶级的要求不同，即使在同一战线

---

① 吴玉章：《纪念五四三十周年应有的认识》，《五四三十周年纪念文集》，新华书店 1949 年版，第 23 页。

② 茅盾：《还须准备长期而坚决的斗争——为纪念五四三十周年纪念作》，《五四三十周年纪念文集》，新华书店 1949 年版，第 36 页。

③ 吴玉章：《纪念五四三十周年应有的认识》，《五四三十周年纪念文集》，新华书店 1949 年版，第 24 页。

④ 何干之：《五四的两个基本口号》，《五四三十周年纪念文集》，新华书店 1949 年版，第 97 页。

内，对这两个基本口号也有不同的要求。民主，既有胡适等人倡导的由资产阶级所要求的欧美式的民主，也有李大钊所提倡的由无产阶级所要求的人民民主。科学思想，也由于五四运动是各阶级的联合，在中国同时出现了各种各样的哲学，既有胡适提倡的杜威的实验主义，也有罗素、柏格森的唯心主义等，但这些唯心主义是反科学的。"五四"时代首先宣传辩证法与唯物论的是李大钊，这是战斗的、革命的哲学。

毛泽东在高度评价"五四"新文化运动历史意义的同时，也提出了一定的批评。他指出，"五四运动本身也是有缺点的，那时的许多领导人物，还没有马克思主义的批判精神，他们使用的方法，一般还是资产阶级的方法，即形式主义的方法。他们反对旧八股、旧教条，是很对的，但是他们对于现状，对于历史，对于外国事物，没有历史唯物主义的批判精神，所谓坏的，绝对的坏，所谓好的，绝对的好，一切皆好。这是形式主义的看问题的方法，影响了后来这个运动的发展"①。毛泽东对"五四"新文化运动的批评主要是针对"五四"之前，这一批评后来却演变成了对"五四"新文化运动的整体批评。

1974年是五四运动55周年，《人民日报》发表了题为"纪念五四运动五十五周年"的社论，《红旗》杂志也发表了史众《五四时期批孔斗争的历史经验》的纪念文章，因为当时正在进行批林批孔运动，所以对"五四"的论述重点放在"五四"时期对传统的批评，尤其是对孔孟之道的批评。对"五四"的纪念一方面盛赞"五四"时期的批孔斗争，但主要批评了资产阶级的知识分子在这场文化运动中的局限性。史众认为，"五四"时期对传统文化的批评，"是适应了无产阶级领导的彻底地不妥协地反帝反封建的新民主主义革命的需要。'打倒孔家店的斗争'，本质上就是无产阶级和人民大众反帝反封建的政治斗争和思想斗争"。但是在"打倒孔家店"的斗争中，除了共产主义的知识分子外，还有革命的小资产阶级和资产阶级知识分子，是站在不同的立场上，带着不同的政治目的参加到这个行列里来的。史众肯定"五四"时期"打倒孔家店"的主将是鲁迅，与鲁迅相反，资产阶级知识分子的代表人物陈独秀、吴虞、胡适

---

① 毛泽东：《反对党八股》，《毛泽东选集》第3卷，人民出版社1966年版，第791页。

虽然也都参加了"打倒孔家店"的活动，他们最终都走向了尊孔，暴露了他们的资产阶级本性。

总之，新民主主义的"五四"论述主要以毛泽东的相关论述为蓝本，以五四运动为界，从阶级论的立场出发看待"五四"新文化运动的性质、内容和历史意义：一方面，肯定了从"五四"之前开始的文化革命具有反帝反封建的历史意义，同时又认为由于阶级的局限性，存在明显缺陷；而另一方面，认为"五四"之后，在无产阶级知识分子的领导下，文化革命走上了新民主主义的道路。

从70年代末开始，随着思想解放潮流的兴起，对"五四"新文化运动的研究也进入了空前繁荣的历史时期，重要的年份都会举行相关的学术研讨活动。1979年是五四运动60周年，中国社会科学院组织了纪念五四运动60周年的学术讨论会，会后编选了《纪念五四运动六十周年学术讨论会论文选》共分三册，由中国社会科学出版社出版。80年代以来，由于思想解放的缘故，中国知识界形成了前所未有的"文化热"，出现了以"新启蒙"为旗帜的思想运动。所谓"新启蒙"是相对于"五四"启蒙而言的。在"新启蒙"运动中，对"五四"新文化运动的研究也逐渐摆脱了新民主主义论的解释模式，形成了一种启蒙主义的解释模式。

启蒙主义的研究思路把"五四"新文化运动视为一场思想启蒙运动。余英时曾经指出，"启蒙运动"一词直到1936年才应用于"五四"。新启蒙运动是其始作俑者。[①] 但据张艳分析，最晚在20年代末30年代初，"五四"启蒙运动说在左翼文化人中就已经较为流行了；并且，左翼文化人在使用启蒙运动为"五四"定性的时候，并非如余英时所言是用比附的方式对"五四"尽可能做出最高程度的礼赞，相反，他们则给予了严厉的批判。[②] 从30年代开始，共产党人就使用启蒙运动来阐释"五四"新文化运动，并且在新中国成立后的一些论述中，我们也会看到偶尔使用启蒙运动或思想启蒙这样的字眼，但他们对启蒙运动说的认同是有限度的

---

① 余英时等：《"五四"新论——既非文艺复兴，亦非启蒙运动》，台北联经出版事业公司1999年版，第13页。

② 张艳：《五四"启蒙运动"说的历史考辨》，《史学月刊》2007年第6期。

和有选择的,这一认识模式并没有在马克思主义或新民主主义中占有重要的地位。1979年纪念五四运动60周年的讨论会上,周扬作了《三次伟大的思想解放运动》的报告。周扬认为,五四运动之所以是中国的第一次思想解放运动,"因为中国有史以来,还不曾有过这样一个敢于向旧势力挑战的思想解放运动,来打击已经存在了几千年的旧传统,推动社会的进步"①。周扬对"五四"的分析尽管有阶级论的色彩,但他肯定了从五四运动之前开始的新文化运动思想解放的意义。这次纪念活动中直接使用"启蒙运动"称谓的是彭明,他说"五四运动是一个政治上的爱国运动,又是文化上的启蒙运动"②。80年代以来,逐渐摆脱了新民主主义论的认识方法,大家基本上都倾向于认为"五四"新文化运动是一场思想启蒙运动。比如李泽厚认为,新文化运动以启蒙为目标以批判传统为特色。汪晖也认为,新文化运动是中国现代历史中的启蒙运动。

把"五四"新文化运动视为思想启蒙运动,关于"五四"精神或"五四"传统的认识和讨论是"五四"研究中突出的问题。一般认为,"五四"精神就是民主和科学。但是由于五四运动不仅指"五四"学生爱国运动,而且包括整个新文化运动,所以关于"五四"精神的认识和概括也不尽相同。许全兴认为,广义的"五四"精神可概括为爱国精神、民主精神、科学精神、创造精神和奋斗精神。这五个精神是互相渗透的,其中最基本的是民主精神和科学精神。③ 郭德宏认为,"五四"精神的内涵非常丰富,可以从不同的方面进行概括,如爱国主义、民主与科学、解放思想、不断创新、勇于探索、敢于变革追求真理、理性精神、反帝反封建等。而所有这些,最终目的都是振兴中华民族。④ 对"五四"颇有研究

---

① 周扬:《三次伟大的思想解放运动》,《纪念五四运动六十周年学术讨论会论文选》,中国社会科学出版社1980年版,第7页。

② 彭明:《民主、科学和社会主义》,《纪念五四运动六十周年学术讨论会论文选》,中国社会科学出版社1980年版,第194页。

③ 许全兴:《简论五四精神》,《北京大学纪念五四运动七十周年论文集》,北京大学出版社1990年版,第189页。

④ 郭德宏:《五四精神和民族振兴》,《五四运动与二十世纪的中国》上册,社会科学文献出版社2001年版,第131页。

的周策纵提出,"五四"精神可概括为三个方面:爱国运动、以批判的态度重估一切、思想界的自由发展,同时他也强调"五四"的基本精神是提倡民主和科学。① 也有学者认为,"五四"精神概括地讲,指"五四"时期的民主与科学,以及五四运动的反帝反封建的爱国精神,但"五四"精神的精髓是不妥协地彻底地反对封建主义。② 张灏则认为,对"五四"核心思想的认识,不能仅仅停留在民主科学这些抽象的观念上面,而应该关注究竟"五四"时代的知识分子如何了解它们;更重要的是,"五四"是一个多层面的运动,有其复杂性。因此,要认识"五四",不能停止在代表"五四"形象的几个观念,必须正视其复杂性,从多层面去探讨其实质。他认为,"五四"思想实质的复杂性在于"五四"思想中的两歧性,主要表现在理性主义与浪漫主义、怀疑精神和新宗教、个人主义与群体意识、民主主义与世界主义,这些两歧性的发展正反映了"五四"思想的开阔性和丰富性。③

新文化运动的内容之一是对传统文化的批判。长期以来,研究者主要是从反封建的角度和立场看待"五四"对传统文化的批判。毛泽东曾经盛赞"五四"是一场彻底地反封建的文化革命。80 年代,对"五四"新文化运动和传统文化关系的认识主要强调反封建的历史功绩是向封建的旧文化、旧思想、旧道德进行了勇敢的冲击,不仅在当时是正确的,并具有现实的意义。在肯定反封建的历史意义的同时,一些学者也在反思反封建的局限。胡绳认为,"五四"时期以民主和科学的精神反封建传统,他们的确反了应该反的东西,但也反了不应该反的东西,他们没有对传统作细致的分析,并且忽视了文化的民族性。④ 胡绳尽管对"五四"时期的反封建有一定的批评,但以肯定它的历史功绩为前提,对"五四"的批评并没

---

① 周策纵:《论五四运动》,《五四运动六十周年纪念论文集》,香港大学中文学会编 1979 年版。
② 蔡尚思:《反封建是五四精神的精髓》,《五四运动和中国文化建设》上册,社会科学文献出版社 1989 年版,第 56 页。
③ 张灏:《重访五四——论五四思想的两歧性》,《开放时代》1999 年第 2 期。
④ 胡绳:《五四与反封建》,《五四运动与二十世纪的中国》上册,社会科学文献出版社 2001 年版,第 54 页。

有影响他对"五四"启蒙意义的认同。

对"五四"时期的反传统问题做历史的分析，肯定其历史意义，体现启蒙主义阐释立场的代表性论文有欧阳军喜的《五四新文化运动与儒学：误解及其他》①、孙玉石的《五四新文化运动反孔思潮平议——以新青年杂志为中心》②、欧阳哲生的《在传统和现代性之间：以五四新文化与儒学的关系为中心》③、张艳国的《评孔思潮与五四新文化运动》④。欧阳军喜指出，把"五四"新文化运动当作一次反儒学运动，是对历史的误解，"五四"新文化派所批评的儒学、孔子之道、孔道、孔教，实际上指的是礼教，他们要打倒的也不是儒学，而是对儒学的教条主义和狂热迷信，并且新文化派的非儒言论大都针对当时尊孔复辟的逆流而发，具有鲜明的现实色彩。孙玉石以《新青年》为个案，对"五四"新文化运动中的反孔教和孔子之道进行了重新解读。一方面，他指出《新青年》反对孔子之道与孔教和反对复辟帝制的文化与政治批判相联系，是基于社会现实的需要。另一方面，他认为《新青年》发表的对孔子和儒学的评价文字，呈现了三种主要的孔子相；这三种形态，形成了一种不可或缺的结构张力，如果缺了第三种激进偏激的形态，启蒙思潮本身的生命可能被扼杀在摇篮之中，因此对"五四"反孔的激进性要作同情的理解。欧阳哲生从分析儒家的渊源流变入手，区别了儒家、儒学、儒教三个概念，从政治文化、伦理、学术三个层面探讨了"五四"新文化运动及其健将与儒家、儒学、儒教的关系。他认为，新文化运动反对孔教，反对强化儒学意识形态，这是对历史的一大贡献，新文化运动对儒家伦理的排拒，对礼教的批判，有其合理性的一面，也有其缺失的一面，其缺失主要是在对儒家伦理蕴含的超时代、超阶级的合理内核缺乏足够的认识和分析。新文化运动的健将在学术层面能将孔子和后来的儒学儒教区别开来，对孔子的历史地位

---

① 欧阳军喜：《五四新文化运动与儒学：误解及其他》，《历史研究》1999年第3期。

② 孙玉石：《五四新文化运动反孔思潮平议——以新青年杂志为中心》，《中国文化研究》1999年秋之卷。

③ 欧阳哲生：《在传统和现代性之间：以五四新文化与儒学的关系为中心》，《中国文化研究》1999年夏之卷。

④ 张艳国：《评孔思潮与五四新文化运动》，《江汉论坛》2002年第1期。

及其文化成就作了平实的评估。张艳国认为,"五四"新文化运动中的评孔思潮,以评孔批孔为焦点,以新旧对立相区别,在三个不同的领域,以三条相互联系的线索展开:一是紧扣民国初年新旧嬗变的社会主题,在社会政治领域展开新旧斗争,力图阻止社会政治状态的逆转趋势;二是着眼于中国文化自身的改造,探讨中国文化的演进形态和发展道路,深入民族文化心理结构的底层进行新旧斗争;三是在世界文化发展的背景下,通过中西文化比较的方法和途径探寻中国文化的改造之途,确立符合先进文化前进方向的中国文化形态与路向。三条线索在空间上平行发展,在思想逻辑上层层递进,由此掀起了新文化的激流。

"五四"启蒙运动中断或失败的原因也是新文化运动研究中的重要问题。尽管李泽厚后来提出"告别革命",但 80 年代他则是启蒙思想的鼓动者,他的《启蒙与救亡的双重变奏》一文就"五四"以来近半个世纪的启蒙思想的命运做了深入的探讨。李泽厚认为,专注于文化批判的启蒙运动由于五四运动的发生,仍然复归于政治斗争,启蒙的主题、科学民主的主题又一次与救亡、爱国的主题相碰撞、纠缠、同步。"五四"时期启蒙和救亡并行不悖、相得益彰的局面并没有延续多久,时代的危亡局势和剧烈的现实斗争,迫使政治救亡的主题又一次全面压倒了思想启蒙的主题。[①] 救亡压倒启蒙的论断是从启蒙运动的外部寻找中断的原因,那么,"五四"启蒙运动的悲剧性命运在多大程度上源于自身的危机呢?汪晖认为,"五四"思想启蒙在批判中国传统的过程中,提出了民主、科学以及有关自由的现代命题,完成了它的历史使命,但由于缺乏那种分析和重建的方法论基础,从而未能建立一种由社会传播的、有意识加以发展和利用的理论和实践体系。各种思想学说仅仅是在态度的同一性支配下构成了一种怀疑主义的意识形态,逻辑前提的丧失表现为一种实用主义倾向。另外,汪晖还指出,在态度同一性基础上形成的启蒙思想运动,同时包含了对启蒙的思想原则的否定,这些主义在更为基本的前提和精神上与启蒙原则的对立和冲突,必然导致中国启蒙思想的内在混乱和启蒙运动的迅速分化与解

---

① 李泽厚:《中国现代思想史论》,安徽文艺出版社 1994 年版,第 36—37 页。

体。① 在汪晖看来,"五四"思想启蒙的危机不是外在的,不是由外部历史事变决定的,而是内在于启蒙思想运动。民族矛盾的尖锐化和中国社会政治的分化只是促成了危机的爆发。

90 年代以来,随着文化保守主义思潮的兴起和对激进主义的反思,学术界对"五四"的诠释也出现了一些新的变化,形成了一种重估"五四"的文化保守主义的潮流。许多研究者强调继承传统,注重挖掘文化保守主义的历史价值,批评"五四"新文化运动对传统的激烈批判态度。这种看法,最早见于海外的学者。70 年代,美籍华裔学者林毓生出版了英文著作《中国意识的危机——五四时期激烈的反传统主义》,认为"五四"的思想特征在于全盘性的反传统主义。虽然林毓生是个自由主义者,但他对"五四"的批评,却表达了一个文化保守主义者对"五四"的认识。1986 年,林毓生的著作在国内翻译出版,更是引起了很大的反响。1988 年 9 月,余英时在香港中文大学作了题为"中国近代思想史上的激进与保守"的演讲,认为"五四"新文化运动的激进化表现为彻底与传统决裂。1993 年,陈来发表了《20 世纪文化运动中的激进主义》② 一文,对"五四"以来的文化激进主义进行了全面反思。近年来方兴未艾的"国学热",更是对重估"五四"起到了推波助澜的作用,一些研究者从文化复兴的民族性要求出发,认为"五四"的反传统、反儒学是偏激的、错误的。

文化保守主义对"五四"新文化运动的批评首先是所谓"全盘性反传统"。林毓生指出,"五四"时期的反传统,要求彻底地摧毁过去一切的思想,在很多方面都是一种空前的历史现象;从世界史的社会和文化运动看,这种反传统主义是非常激烈的,所以我们有理由把它说成是全盘性的反传统主义。林毓生认为,"五四"时期全盘反传统主义的根源,一是普遍王权的瓦解,导致了文化—道德秩序的破坏,为"五四"反传统提供了结构上的可能性,使他们把传统思想的模式当成全盘性攻击中国的武器而加以利用;二是"借思想文化以解决问题的途径"的思想模式变成

---

① 汪晖:《无地彷徨——五四及其回声》,浙江文艺出版社 1994 年版,第 20—49 页。
② 陈来:《20 世纪文化运动中的激进主义》,《东方》1993 年创刊号。

了一个全盘性反传统的工具，将中国传统看作是一个其性质是受中国传统思想痼疾感染的有机整体而加以抨击。① 除了从思想的角度上探讨全盘性反传统主义的根源之外，林毓生也对"五四"时期全盘攻击中国传统的直接背景——袁世凯的统治和张勋复辟——作了历史分析。总之，他认为，对"五四"时期的反传统主义必须从深入人心的历史力量和当时政治事件的相互作用中寻求，这种相互作用对反传统主义者本身曾产生过决定性的影响。

文化保守主义对新文化运动的批评还在于把"五四"时期激烈的反传统和"文化大革命"，以及历史上的反传统行为联系起来。林毓生指出，文化上的反传统主义贯穿20世纪的中国历史，其各种表现都是以"五四"时期的反传统主义为出发点的，甚至后来出现的许多保守思想和意识形态，在不同程度上，也残留着"五四"时期激烈反传统主义的影响。"文化大革命"中又重新出现"五四"时代盛极一时的"文化革命"的口号，绝非偶然。同时，这两次文化革命，都对传统观念和传统价值采取了全盘否定的立场。② 余英时在他的演讲中也强调，中国经过"五四"，否定了自己的传统，思想激进化历程持续发展，到"文革"时期，这种激进化达到了高潮，不但中国传统文化和西方近代文化的主流都受到了最彻底地否定，甚至社会主义的文化主流也遭到了猛烈抨击，总之，古今中外一切存在过的社会秩序都成为被诅咒的对象。③ 王元化在80年代曾经反对过林毓生对"五四"的批评，但进入90年代以后，他也开始反思激进主义。王元化说："五四和文革是否可以进行比较呢？我认为两者的运动性质截然不同，而不容混淆，但作为一种思维模式或思维方式来看，却是可以比较的，甚至是有相同之处的。"王元化还尖锐地指出："我认为激进主义纵使不是极左思潮的根源，也和它有密切的关系。"④ 80

---

① 林毓生：《中国意识的危机——五四时期激烈的反传统主义》，贵州人民出版社1986年版，第23—48页。

② 同上书，第5页。

③ 余英时：《中国近代思想史上的激进与保守》，《知识分子立场——激进与保守之间的动荡》，时代文艺出版社2000年版，第19页。

④ 王元化：《90年代反思录》，上海古籍出版社2000年版，第145—146页。

年代曾经很有影响的李泽厚，到了 90 年代思想也起了变化，他在政治上批判激进主义，提出"告别革命"的命题①，也批评"五四"新文化运动。

显而易见，文化保守主义对"五四"的批评是一种非历史主义的态度和方法，"五四"新文化运动无论是历史还是现实的意义都是不可磨灭的。因此，唐弢、严家炎等人对关于"五四"新文化运动的全盘性反传统的论调给予批评。唐弢否认"五四"是一个否定传统的全盘西化运动，他认为，"五四的确否定了一些传统的文化和道德，但经过扬弃，他否定的只是应当否定的东西，并不如有些人所说，中国文化到这里就断裂了，恰恰相反，经过外来思想的冲击，吸收新的血液，中国文化倒是有了更为健康的发展"②。严家炎认为，把"五四"新文化运动说成是全盘的反传统、造成文化断裂的说法，在三个层面上存在着问题：第一，这种说法把儒家这百家中的一家当作了中国传统文化的全盘；第二，这种说法把"三纲"为核心的伦理道德当作了儒家学说的全盘；第三，这种说法忽视了即使在儒家文化中，原本就有的非主流的异端成分的存在。③ 他指出，"五四"新文化运动不但没有全面反传统，反而用现代意识重新整理传统文化，充分肯定了传统文化中有价值的部分，"五四"新文化运动是一场理性主义而非感情用事的运动。④ 在严家炎看来，把"五四"与"文革"相提并论完全是背道而驰，南辕北辙。其他一些研究者也批评了林毓生等人的全盘反传统的说法，肯定"五四"新文化运动的历史价值和现实意义，认为不能把"五四"和"文革"混为一谈。⑤

---

① 李泽厚、刘再复：《告别革命——回望二十世纪中国》，香港天地图书有限公司 1995 年版。
② 唐弢：《西方影响和民族风格》，人民文学出版社 1989 年版。
③ 严家炎：《"五四""全盘反传统"问题之考辨》，《文艺研究》2007 年第 3 期。
④ 严家炎：《关于五四新文化运动的反思》，《北京大学纪念五四运动七十周年论文集》，北京大学出版社 1990 年版，第 31—33 页。
⑤ 相关论文有毕丽春的《也论五四时期的"全盘化反传统"与"过激主义"》（《东岳论坛》1999 年第 2 期），李良玉的《五四新文化与全盘反传统问题——兼与林毓生先生商榷》（《南京大学学报》1999 年第 2 期），陈刚的《五四意义再评价》（《学海》2000 年第 3 期），刘炎生的《评新保守主义思潮有关五四新文化运动的论调》（《学术研究》2003 年第 7 期）等。

随着学术理念的更新、学术范式的演进和学术视野的拓展,对五四运动的研究日趋深化,出现了一些引人注目的进展。① 2009 年是五四运动 90 周年,各地都举行了一系列的纪念活动,"五四"作为一个话题更是引起了大家的热情关注,一方面是反思意识的持续高涨,批评五四运动反传统是偏激和错误,提出了儒学和中国的命运这样的时代课题②;另一些声音则要求重温"五四"精神,捍卫启蒙。总体来说,学术界对"五四"的诠释和认识已趋于多元化、理性化。

在否定性的反思意识和重申启蒙意识的呼声中,对"五四"的阐释不免陷入了二元对立的思维模式,因此,也有研究者开始自觉地对"五四"的阐释理论与方法进行反思。陈平原指出,面对"五四"这样一个巨大的存在,必须保持一种理性、审视、通达的学术立场——既非坚决捍卫,也不是刻意挑剔;既考虑新文化人的初衷,也辨析其实际的效果;既引入新的理论视角,也尊重对象自身的逻辑。杨念群的《"五四"九十周年祭:一个"问题史"的回溯与反思》③ 探讨了中国话语界长久以来对五四运动存在着的三种单一化的解读:意识形态化的政治史叙事、不加批判地套用西方自由主义的思想史分析,以及以捍卫国学的名义否定"五四"批判精神的遗老遗少式的悲剧式论调。在对以往研究方法理论反思的基础上,作者把"五四"扩展至清末变革和民初社会革命的前后的关联中重新定位,提出了一种"社会史化"的"五四"研究路径,揭示了"五四"前后中国知识精英从政治到文化,再到社会问题的话题转换,并在从晚清民初到中国共产党成立之前的这段历史过程中,论述了以毛泽东为代表的湖南边缘知识分子崛起并进入主流话语圈的过程。郭若平的《塑造与被塑造:"五四"阐释与革命意识形态建构》④ 也从新的视角,通过

---

① 参见吴效马《近五年来国内五四运动史研究的进展和趋向》,《教学与研究》2009 年第 5 期。
② 黄玉顺:《儒学与中国之命运——纪念五四运动 90 周年》,《学术界》2009 年第 3 期。
③ 杨念群:《"五四"九十周年祭:一个"问题史"的回溯与反思》,世界图书出版公司 2009 年版。
④ 郭若平:《塑造与被塑造:"五四"阐释与革命意识形态建构》,社会科学文献出版社 2014 年版。

不同层面的历史符号、历史文本、历史仪式、历史话语等叙事环节，探讨"五四"阐释的意义再生产，分析了"五四"阐释塑造革命意识形态的方式与过程，解释了革命意识形态对"五四"阐释的意义制约与导引，论证"五四"阐释与革命意识形态之间互为塑造与被塑造的多重关联。正是在这样一种理性的学术立场的倡导下，对"五四"的研究出现了历史化的趋势。陈漱渝的《五四新文化运动新议》一文从大量史料出发，以史实为依据，对"五四"新文化研究中的诸多热点话题比如学生火烧赵家楼是否合法、谁是"五四"新文化的继承者、"五四"精神是民主和科学吗、如何看待"五四"时期的反传统、如何看待文化保守主义等问题一一进行了辨析，反驳了长期以来在"五四"文化运动研究中存在的片面化的研究倾向，论述客观中肯。① 欧阳哲生的《五四运动的历史诠释》②、陈平原、夏晓虹编的《触摸历史：五四人物与现代中国》③、吴静的《学灯与五四新文化运动》④、杨华丽的《"打倒孔家店"研究》⑤ 等著作都以原始的资料为依据，试图回到历史现场，从一些重要的人物、刊物或现象入手，对"五四"新文化运动作了符合历史面貌的客观解释。张宝明的《现代性的流变：〈新青年〉个人、社会与国家关系聚焦》⑥、姬蕾的《"五四"新文化运动中的个人主义话语流变》⑦、陈明彬的《文化意识的更新与再构——"五四"新文化运动深层解读》⑧、梁景和的《五四时期社会文化嬗变研究》⑨、刘黎红的《五四文化保守主义思潮研究》⑩、

---

① 陈漱渝：《五四新文化运动新议》，《鲁迅研究月刊》2009 年第 7—8 期。
② 欧阳哲生：《五四运动的历史诠释》，北京大学出版社 2012 年版。
③ 陈平原、夏晓虹编：《触摸历史：五四人物与现代中国》，北京大学出版社 2009 年版。
④ 吴静：《学灯与五四新文化运动》，中国书籍出版社 2013 年版。
⑤ 杨华丽：《"打倒孔家店"研究》，人民出版社 2014 年版。
⑥ 张宝明：《现代性的流变：〈新青年〉个人、社会与国家关系聚焦》，社会科学文献出版社 2005 年版。
⑦ 姬蕾：《"五四"新文化运动中的个人主义话语流变》，人民出版社 2015 年版。
⑧ 陈明彬：《文化意识的更新与再构——"五四"新文化运动深层解读》，四川大学出版社 2013 年版。
⑨ 梁景和：《五四时期社会文化嬗变研究》，人民出版社 2010 年版。
⑩ 刘黎红：《五四文化保守主义思潮研究》，中国社会科学出版社 2006 年版。

杨剑龙的《"五四"新文化运动与基督教文化思潮》① 等著作则对"五四"时期的文化意识及其内涵作了比较深入的阐释。

在"五四"新文化运动的研究方面，汪晖的研究非常具有代表性，他对"五四"有浓厚的兴趣，研究成果也非常具有创见。"五四"70 周年，在《文学评论》第 3 期和第 4 期上发表的《预言与危机——现代中国思想中的"五四"启蒙运动》一文，他用"态度的同一性"来概括"五四"启蒙运动的特点，认为在"态度同一性"基础上形成的启蒙思想运动与欧洲启蒙主义的理性主义和经验主义基础不大一样，本身包含了对启蒙思想原则的否定因素，也必然导致了启蒙运动的分化、解体和转向。2005 年，生活·读书·新知三联书店出版了四卷本《中国现代思想的兴起》，在下卷第二部，从"科学话语共同体"的范畴探讨了"五四"新文化运动，以及这一运动与科学家共同体的话语实践和社会实践的互动关系。他认为"五四"新文化运动也是一个科学话语共同体的运动，即一个将科学信念、方法和知识建构为"公理世界观"的努力。"五四"新文化运动的主流派可以被视为一些以科学家自命的人文学者，他们的使命与那些用即物穷理的方法探知天理并力图在日常生活实践中践行此天理的理学家们有着某种家族相似性。在这个意义上，"五四"新文化运动在反理学的旗帜下展开的建构科学宇宙观的努力也可以被理解为创建"新理学"的尝试。"五四"90 周年之际，他又撰写了长篇论文《文化与政治的变奏——战争、革命与 1910 年代的"思想战"》②，如果说二十年前他的问题是"五四"新文化运动为什么会解体，多年之后他要回答的是新文化运动的形成和转化，论文分为上、中、下三个部分，上篇以《东方杂志》为中心，分析中国知识人对于欧洲战争和共和危机的政治—经济分析为什么转向文明问题的讨论；中篇以《新青年》《新潮》杂志为中心，分析"新文化运动"的文化政治与"五四"政治运动的关系；下篇以 20 年代初期的政治运动，尤其是新型政党政治的形成为中心，分析文化运动政党政治的关系，说明"新文化运动"的退潮和转向。这篇论文在文化与政

---

① 杨剑龙：《"五四"新文化运动与基督教文化思潮》，上海人民出版社 2012 年版。
② 最初的论文发表在《中国社会科学》2009 年第 4 期，2014 年由上海人民出版社出版。

治的多重关系以及复杂的历史脉络里阐释了"五四"新文化运动的形成和转化。

近年来的"五四"纪念活动和学术研讨活动也是引人注目的。新文化运动100周年之际，2015年6月19—21日，由《探索与争鸣》编辑部、上海交通大学人文艺术研究院、北京大学高等人文研究院、北京大学儒学研究院、上海东方青年学社联合主办的"现代化与化现代——新文化运动百年价值重估"国际学术研讨会在上海召开。来自中国大陆、台湾、澳门以及美国、瑞典、澳大利亚的专家学者出席会议。本次研讨会不仅旨在回到历史现场，重识新文化运动的复杂面相，而且希冀在科学与民主两大现代主潮之中抑或之外，重估新文化运动的遗产。2019年在北京举行五四运动100周年纪念大会。此外，北京大学、中国社会科学院近代史研究所、北京鲁迅博物馆为了纪念五四运动都举行了国际学术研讨活动。

二

1949年以后，对"五四"文学思潮运动的认识，也受到毛泽东关于新民主主义革命论断的影响，研究者基本都是从新民主主义革命的角度看待这场文学运动，着意于对"五四"文学革命过程中无产阶级思想的表现与作用的阐发。50年代出版的一系列的文学史中，"新民主主义革命"成为立论的核心理念。几部文学史在论及"五四"文学革命时，极力突出陈独秀、李大钊、鲁迅、钱玄同和刘半农的作用，主要强调陈独秀和李大钊的马克思主义倾向，认为"五四"文学革命是以李大钊、陈独秀等为代表的具有初步共产主义思想的知识分子所领导的。对"五四"文学革命过程中两位重要的人物胡适和周作人，要么以批判为主，要么避而不谈。关于胡适，几部文学史都有所涉及，但都以批判为前提，"改良主义"和"形式主义"者是文学史家对胡适的基本评价。周作人的《人的文学》和《平民文学》是"五四"文学革命理论建设上的核心观念，但是由于政治的原因，只有王瑶的《中国新文学史稿》提到了他，其他的文学史都没有论及，"五四"文学革命内涵也随之被掏空，变成了一场只有政治性的社会运动。

从50年代中期开始到1959年纪念五四运动40周年，随着"左"倾思潮的泛滥，对"五四"文学思潮运动的研究也越来越片面化和机械化。这一时期，讨论最多的问题是关于"五四"文学革命的领导思想问题。以群的《"五四"文学革命的思想领导》① 一文，从毛泽东关于新文化运动的论断出发，系统论述了"五四"文学的领导思想。他认为，"五四前后的文学革命是当时所进行的文化革命运动的一翼"，而文学革命运动的盟长就是以李大钊为代表的具有初步共产主义思想的知识分子。这样的论断在夸大具有无产阶级知识分子对"五四"文学革命中的领导作用的同时，也把整个"五四"文学简单地纳入了社会主义现实主义的发展过程。王庆生和陈安湖的《"五四"时期的文化革命和文学革命》② 一文指出，"五四"文学革命运动，是无产阶级所领导的，向着社会主义现实主义方向发展的文学运动。尽管"五四"时期，在文学运动方面，社会主义虽然只是初步的因素，但给文学运动指明了正确的方向。为此，该文贬斥胡适、陈独秀、周作人等人，否定了一些具有人道主义、民主主义、浪漫主义倾向的作家，也把"五四"文学运动视为无产阶级和资产阶级两条路线的斗争。其中，对胡适的批判最为激烈。以群的《从文学改良到阵前叛变——剖视"五四"文学革命中的资产阶级知识分子胡适》③ 一文，基本完全否定了胡适在"五四"文学革命中的成就。

新时期以来，现代文学研究进入了新的阶段，在清除"左"倾思潮影响，进行拨乱反正的过程中，重新探讨和评价"五四"文学革命的性质和指导思想成为研究的热点。最早的有严家炎的《五四文学革命的性质问题》④ 一文，通过对"五四"文学革命历史过程的仔细考察，认为"无论把文学革命从始至终简单笼统地看作旧民主主义性质或者新民主主义性质，都是不科学的，只有把文学革命看成一个发展过程，并将五四时期作为新旧民主主义文学的分水岭，才比较符合客观历史实际"。之后，

---

① 以群：《"五四"文学革命的思想领导》，《文学评论》1959 年第 2 期。
② 王庆生、陈安湖：《"五四"时期的文化革命和文学革命》，《理论战线》1959 年第 5 期。
③ 以群：《从文学改良到阵前叛变——剖视"五四"文学革命中的资产阶级知识分子胡适》，《学术月刊》1959 年第 5 期。
④ 严家炎：《五四文学革命的性质问题》，《纪念五四运动六十周年学术讨论会论文选》（三），中国社会科学出版社 1980 年版。

如税海模的《文学革命性质质疑》①、朱德发的《试探五四文学革命的指导思想》②、许志英的《五四文学革命指导思想再探讨》③ 等论文都质疑传统的看法,对"五四"文学革命的性质进行重新探讨。税海模指出,"五四"文学革命是由无产阶级领导的观点,论据虽然不少,可惜都不那么充分,似乎还有重新讨论的必要。朱德发认为,"五四文学革命的指导思想呈现出一种比较复杂的形态"。许志英对"五四"文学革命的指导思想问题进行了历史的考察,认为与其说"五四"文学革命的指导思想是无产阶级文化思想,不如说是小资产阶级革命民主主义思想和资产阶级民主主义思想更符合实际。1983年在"清除资产阶级精神污染"的运动中,许志英等人的文章受到批判,但随着"清污"运动的结束,关于"五四"文学革命的领导思想和性质问题也成为过去的事情,"拨乱反正"的历史任务也基本完成。

80年代以来,启蒙主义成为新文化运动重要的阐释方式,"五四"文学的启蒙精神受到极大的瞩目。比如,刘再复的《五四文学启蒙精神的失落和回归》④ 一文认为,"五四"作家和同一时代的知识分子作为西方人文精神最先的接受者,发挥了先锋的作用,但这种先锋地位和启蒙作用,不久就逐步地被淡化、削弱乃至否定。刘再复不仅肯定了"五四"的启蒙精神,还对启蒙精神的失落进行了思考。钱理群的《试论五四时期"人的觉醒"》⑤ 系统梳理了"五四"时期"人"的观念,认为"五四"时期的"人的觉醒"不仅有个人主义的特点,也因为对妇女、儿童,以及农民为主体的下层人民独立意义与价值的发现和肯定,更显示出民主主义、人道主义的性质。叶子铭的《人本主义思潮与"五四"新文学》⑥

---

① 税海模:《文学革命性质质疑》,《中国现代文学研究丛刊》1981年第2辑。
② 朱德发:《试探五四文学革命的指导思想》,《五四文学初探》,山东人民出版社1982年版。
③ 许志英:《五四文学革命指导思想再探讨》,《中国现代文学研究丛刊》1983年第1辑。
④ 刘再复:《五四文学启蒙精神的失落和回归》,《文艺报》1989年4月22日。
⑤ 钱理群:《试论五四时期"人的觉醒"》,《文学评论》1987年第3期。
⑥ 叶子铭:《人本主义思潮与"五四"新文学》,《五四运动与中国文化建设——五四运动七十周年学术讨论会论文选》下册,社会科学文献出版社1989年版。

探讨了"五四"时期人本主义的兴起、特征与弱化的原因,进而论析了人本主义思潮对"五四"文学观念变革和创作的影响。关于"五四"文学运动的个人主义、人道主义思潮的研究,最突出的成果是李今的《个人主义和五四文学》① 和张先飞的《人的发现——五四文学人道主义思潮源流》② 两部专著。李著围绕个人主义与"五四"新文学的关系,论述了西方个人主义的概念及其发展演变、个人主义的传入及其对"五四"新文化运动的影响;进而主要分析了自我意识与"五四"新文学的关系,鲁迅、周作人、郭沫若、郁达夫的个人主义意识及表现形态,"五四"新文学自我意识的表现特征等问题。张著通过周作人"人的发现"这个现代人道主义思潮的核心思想,在较为阔大的视野和更加潜入的理论深度上,层层递进地考察论述了现代西方文学,以"白桦""新村"为核心的日本文学,与以《新青年》《小说月报》等为核心的"五四"新文学之间密切关联而又发展影响的脉络,对周作人现代人道主义这一富有东方色彩的文学思想作了"再出发"性质的历史回眸与理论阐释。

进入 90 年代,随着现代文学研究的不断深入,对"五四"文学思潮的研究也走向综合和深入。首先是出现了对"五四"文学运动及其思想作综合研究的著作,如刘中树的《五四文学革命运动史论》③ 和许祖华的《五四文学思想论》④ 都注重对"五四"文学思潮运动作整体的观照。刘著分为上、下两编,上编整体论述了"五四"文学革命运动的性质和指导思想,兴起的政治、经济和文化思想根源,主张及其历史评价,倡导者对外国文艺思潮的介绍等重大问题;下编着重介绍"五四"新文学时期的各种文学体裁取得的成就,以及文学社团的发展状况。许著从整体上描述和分析了"五四"文学思想的基本状况,从文学的主体精神和艺术本体两个方面论述了"五四"文学思想的特质和历史地位,对"何种五四,如何现代"的大命题做出了自己的回答。其他如许志英、朱

---

① 李今:《个人主义和五四文学》,北方文艺出版社 1992 年版。
② 张先飞:《人的发现——五四文学人道主义思潮源流》,人民出版社 2009 年版。
③ 刘中树:《五四文学革命运动史论》,吉林大学出版社 1989 年版。
④ 许祖华:《五四文学思想论》,华中师范大学出版社 2002 年版。

德发等人的"五四"文学史论著作也对"五四"文学思潮和运动作了较为详尽的论述。

除对个人主义、人道主义的探讨之外，对"五四"文学思潮内涵的认识趋向深入，研究者注意探讨其复杂性。重要的著作有刘为民的《赛先生与五四新文学》[①]、俞兆平的《现代性与五四文学思潮》[②]、陈方竞的《多重对话：中国新文学的发生》[③]、高玉的《现代汉语与中国现代文学》[④]、陈平原的《触摸历史进入五四》[⑤]。刘著从文学观念、创作方法、作家运思方式、"五四"新文学实绩及文学批评等方面阐释了"科学"对"五四"新文学巨大而细微的影响。俞著从现代性的理论视野出发，重新分析"五四"时期写实主义、浪漫主义与文化保守主义三大文学思潮的形成、发展和变异。陈方竞对众多"五四"人物进行层层深入的辨析与剥离，在最大限度地贴近历史的基础上，展示了道德主义、世界主义、科学主义的多重对话，提出了一系列核心话题，推进了对"五四"文学运动的认识。高玉从语言学和语言哲学的角度探讨了"五四"白话文运动，在更为开阔的视野中阐释了语言变革与现代文学的转型之间的关系。陈平原本着"与文本中见历史，于细节处显精神"的策略，通过一场运动、一份杂志、一位校长、一册文章，以及一本诗集等若干个案的辨析，引领读者进入"五四"，触摸历史，显示了独特的研究思路和方法。

研究者在肯定"五四"文学运动历史意义的同时，也出现了一些反思的声音。1993年郑敏在《文学评论》第3期上发表了《世纪末的回顾：汉语语言变革与中国新诗创作》一文，对"五四"白话文运动提出了尖锐的批评，认为文言文因为不能适应现代化的需要，固然需要改造，但是新文化运动的先驱者胡适、陈独秀他们却是从推倒传统出发来革新汉语言文字，更有甚者，他们要彻底否定汉字，改用拼音文字，是犯了"语言

---

① 刘为民：《赛先生与五四新文学》，山东大学出版社1997年版。
② 俞兆平：《现代性与五四文学思潮》，厦门大学出版社2002年版。
③ 陈方竞：《多重对话：中国新文学的发生》，人民文学出版社2003年版。
④ 高玉：《现代汉语与中国现代文学》，中国社会科学出版社2003年版。
⑤ 陈平原：《触摸历史进入五四》，北京大学出版社2005年版。

学本质上的错误"。之后，有范钦林的商榷文章，反驳了郑敏对"五四"白话文运动的评价，重新肯定了白话文运动的历史意义。① 此外，杨春时的《五四文学革命的历史教训》② 一文全面总结了"五四"文学革命的历史教训，给予"五四"文学革命很高的历史评价，但也指出了"五四"文学革命理论上的片面和思想上的偏颇。90 年代以来对"五四"文学革命的反思和批评，和文化保守主义"国学热"的文化氛围密不可分，在文学领域，也和对现代文学的性质以及历史发展的重估紧密联系在一起。比如王德威等人对晚清文学现代性的挖掘，范伯群推崇通俗文学，提出的"两个翅翼"的看法，都从不同的侧面动摇了"五四"文学革命的经典地位。袁良骏的《五四文学革命的历史功过》③ 一文，梳理了半个世纪以来"新儒学派""国学派""新鸳鸯蝴蝶派"对"五四"文学革命的非难和挑战。

"五四"时期影响较大的文学社团有《新青年》社、文学研究会和创造社。《新青年》作为新文化运动的重要阵地，是思想运动的急先锋，也是"五四"文学革命的发祥地。1949 年以来，关于《新青年》的研究取得了大量的成果④，但主要着眼于其在新文化运动中的具体表现和历史功绩的阐发。从现有的成果看，把《新青年》作为文学社团的研究比较欠缺。朱寿桐的《中国现代社团文学史》⑤ 是国内较新的专论中国现代社团文学史的专著，但没有专论《新青年》社团。朱寿桐认为，"《新青年》尽管也称'社'，不过他的运作方式甚至他的表述语气都明显呈现出杂志编辑部而不是社团的做派"。朱寿桐的看法有一定的道理，但是并不完全符合《新青年》的历史实际。陈万雄的《五四新文化的源流》⑥ 把《新

---

① 范钦林：《如何评价"五四"白话文运动——与郑敏商榷》，载李世涛主编《知识分子立场——激进与保守之间的动荡》，时代文艺出版社 2000 年版。
② 杨春时：《五四文学革命的历史教训》，《北方论丛》1999 年第 4 期。
③ 袁良骏：《五四文学革命的历史功过》，《求是学刊》2004 年第 4 期。
④ 参见董秋英、郭汉民《1949 年以来的〈新青年〉研究述评》，《近代史研究》2001 年第 6 期。
⑤ 朱寿桐：《中国现代社团文学史》，人民文学出版社 2004 年版。
⑥ 陈万雄：《五四新文化的源流》，生活·读书·新知三联书店 1997 年版。

青年》的作者群作为主要研究对象，认为《新青年》是"同人杂志"，所以，今天学界一般认为《新青年》为"同人"刊物。因为是"同人"，作者队伍也就是另一种形式的文学社团。贾植芳主编的《中国现当代文学社团流派》[①] 把"新青年—新潮社"并列在一起阐述，认为《新青年》聚集了一批思想倾向和艺术观念大体相近的新文学作者，形成了现代文学史上最早的社团和流派，但在具体论述中并没有阐述"新青年"文学社团的形成和发展演变。《新青年》研究代表性的成果还有王晓明的《一份杂志和一个"社团"》[②]、陈平原的《思想史视野中的文学——〈新青年〉研究》[③] 和庄森的专著《飞扬跋扈为谁雄——作为文学社团的新青年社研究》[④] 等。王晓明从"同人杂志"的角度论述了《新青年》编辑方针的变化与分歧、刊物的文化个性，以及它对新文学的提倡。陈平原采用思想史和文学史相结合的方法，系统地解读了《新青年》同仁的自我定位等问题，发掘了"思想史视野中的文学"可能潜藏的历史价值及现实意义。庄森的著作是目前唯一的一部把新青年作为文学社团进行系统研究的专著。该著从思想史、文学史、政治史相结合视野入手，立足《新青年》的文本，以胡适和陈独秀为中心，描述了《新青年》发动文学革命的历史事实，全面准确地解读了《新青年》，并结合当时具体的社会文化背景，揭示了新青年社团的孕育、形成、文学主张及最后解体的过程。

《新青年》杂志创刊90周年之际，2005年6月10—13日在暨南大学举行了以"《新青年》与中国新文学"为主题的"中国现代文学研究高层论坛"。来自全国各地的近七十名专家、学者就《新青年》对中国新文学传统的影响、中国文学现代转型的意义、《新青年》研究态势的反思与建议等层面进行了深入探讨。这次论坛呈现的一些新的研究动态、研究成果，以及对《新青年》研究的反思和叩问，体现了对《新青年》研究的

---

① 贾植芳主编：《中国现当代文学社团流派》，江苏教育出版社1989年版。
② 王晓明：《一份杂志和一个"社团"》，载王晓明主编《批评空间的开创》，东方出版中心1998年版。
③ 陈平原：《思想史视野中的文学——〈新青年〉研究》，《触摸历史进入五四》，北京大学出版社2005年版。
④ 庄森：《飞扬跋扈为谁雄——作为文学社团的新青年社研究》，东方出版中心2006年版。

重视和深化。

　　文学研究会是中国现代文学史上最有影响、贡献最大的社团之一。50年代王瑶、刘绶松等人的文学史都较为详尽地论述了文学研究会的成立过程。刘绶松对文学研究会文学主张的阐述更为深入。这一时期，值得注意的是叶圣陶的《略叙文学研究会》① 一文。作为文学研究会当年的发起人，他记述了文学研究的成立过程中的一些事实以及主要刊物创办的情况。

　　真正的文学研究会研究直到新时期才开始。80年代初研究主要集中在资料整理方面，重要的有贾植芳主编的《文学研究会资料》②，这是目前关于文学研究会研究最齐全的一套资料。另外，还有王晓明主编的《文学研究会评论资料选》③，编选了对整个文学研究会的评论、对一些文学研究会作家的评论，以及文学研究会的宣言等方面的文章。研究著述方面，苏兴良的《文学研究会》④ 对文学研究会的产生、发展、消亡过程，以及文学研究会的文学主张、文学创作和翻译活动作了综合阐述。陈敬之的专著《文学研究会和创造社》⑤，分析了这个社团的性质、机关刊物、对新文学的重要作用，并论述了沈雁冰、郑振铎、叶圣陶、王统照、许地山五位重要的人物的生平、作品、对文学研究会的影响。这本书的特点是从人事的角度研究文学研究会，但论述有些简略，也缺乏整体性的分析。王晓明的《一份杂志和一个"社团"》一文，其中对文学研究会的论述虽然稍显简略，但提出了新的研究思路，揭示了文学研究会的特殊性质。王晓明强调要注意文本之外的现象，"不仅看那些会员写了哪些作品，更要看那个社团本身，看他的发起人名单，他的组织机构，他的宣言和章程"。受王晓明的启发，朱寿桐的《中国现代文学社团史》第五篇"中心话语与文学研究会社团特性的弱化"，主要从文学研究会的"中心话语"

---

① 叶圣陶：《略叙文学研究会》，《文学评论》1959年第2期。
② 贾植芳主编：《文学研究会资料》，河南人民出版社1985年版。
③ 王晓明主编：《文学研究会评论资料选》，华东师范大学出版社1986年版。
④ 苏兴良：《文学研究会》，载贾植芳主编《中国现代文学社团流派》上册，江苏教育出版社1989年版。
⑤ 陈敬之：《文学研究会和创造社》，台湾成文出版社1980年版。

"为人生"的文学主张对文学职业化意识的消解、"新民"传统组构的文坛中心三个方面来重新审视文学研究会。目前为止,最具开拓意义的著作是石曙萍的《知识分子的岗位与追求——文学研究会研究》①。该著作是陈思和、丁帆主编的中国现代文学社团史研究书系之一,以论述文学研究会的刊物为重点,从刊物的发展过程、人事关系、编辑风格、与社团之间的关系等方面对《小说月报》《文学周报》《文学旬刊》《诗》进行了全面论述。该书着重从中国现代文学社团的内部发展史、人事发展史的角度来展开论述,对社团的创作和美学方面的论述比较简略。

还有一些学者对文学研究会的文学主张、文化意蕴、主要刊物,以及和创造社、鸳鸯蝴蝶派的关系等作了更为深入的探讨②。但从文学研究会研究的现状看,还有待进一步的深入。正如朱寿桐所批评的,"文学研究会是中国现代文学史上最有影响、贡献最大的社团,它的影响几乎决定了中国现代文学的基本格局",但对"这样一个重要对象不仅没有给予足够的重视,而且还没有形成一个基本的认识","说明中国现代文学研究存在着巨大的学术漏洞"③。

创造社是"五四"时期另外一个影响较大的文学社团。1949年之后,由于政治化社会批评的影响,对创造社研究主要着眼于挖掘其在无产阶级领导下的革命性质,浪漫主义倾向则被视为是消极的、颓废的,属于资产阶级性质,很少提及。比如王瑶的《中国新文学史稿》主要强调创造社表现了中国的现实人生,并反抗着现实的人生。整个50年代,除了文学史的论述和郑伯奇陆续发表的回忆性文字之外,几乎没有关于创造社的研究著述。60年代,重要的有蔡师圣的《对于早期创造社文学主张的几点理解》④一文,该论文尽管没有摆脱当时的研究模式,但对创造社早期的文学主张作了相对比较肯定的论述。作者认为,早期创造社文艺思想和文

---

① 石曙萍:《知识分子的岗位与追求——文学研究会研究》,东方出版中心2006年版。
② 参见喻冰清《关于1999—2009年"文学研究会"的研究综述》,《镇江高专学报》2010年第1期。
③ 朱寿桐:《论中国现代文学研究中的社团研究》,《湖南社会科学》2004年第11期。
④ 蔡师圣:《对于早期创造社文学主张的几点理解》,《厦门大学学报》1964年第2期。

学主张主要是强调表现"自我",显示对封建因袭传统和旧礼教的蔑视和反抗,在"五四"时期起了进步的积极的历史作用;另一方面,他们也受到西欧某些唯心主义美学,反现实主义文学流派的思想影响。

新时期以后,创造社研究进入了一个空前繁荣的时期。综观新时期以来的创造社研究,主要集中在文学主张、与西方文艺思潮的关系、后期转向、和文学研究会的论争等论题。① 1991 年 5 月 26 日至 30 日,为了纪念创造社成立 70 周年,在北京举行创造社国际学术研讨会,与会学者围绕"创造社在'五四'新文化大潮中的建树"和"创造社作家的创作风格与艺术个性"的中心议题展开了热烈的讨论,更是掀起了创造社研究的高潮,与此同时编辑出版了七卷本的"创造社丛书",其中包括这次会议的论文集。新时期以来,就专著而言,主要的有朱寿桐的《情绪:创造社的诗学宇宙》②、魏建的《创造与选择——论前期创造社的文化艺术精神》③、黄淳浩的《创造社:别求新声于异邦》④ 和《创造社通观》⑤、咸立强的《寻找归宿的流浪者——创造社研究》⑥。朱著是创造社研究的第一部专著,作者以大量的材料表明,创造社文学创作的共同归趋是自我情绪表现的文学。该著别出心裁地提出了独特的切入视角——情绪说,令人膺服地阐释和评说了创造社的文学创作现象。魏著从激进主义文化视野,运用综合透视的立体多维研究范式,探讨了前期创造社的文化精神、人格形象和创作特质,对创造社研究中的诸多学术难点作了条分缕析。王富仁认为,这部研究专著标志着创造社研究新阶段的开始。黄著的第一部前半部分论述了创造社的兴起和分期及各个时期的主要活动,详尽分明地勾勒

---

① 参见魏建《十年思索的再思索——评 80 年代的创造社研究》,黄侯兴主编《创造社丛书·理论研究卷》,学苑出版社 1992 年版;李瑞香《20 世纪 90 年代创造社研究述评》,《郭沫若学刊》2004 年第 3 期;李跃力《历史思维与超越视角——评新世纪的创造社研究》,《郭沫若学刊》2006 年第 1 期。

② 朱寿桐:《情绪:创造社的诗学宇宙》,上海文艺出版社 1991 年版。

③ 魏建:《创造与选择——论前期创造社的文化艺术精神》,百花文艺出版社 1995 年版。

④ 黄淳浩:《创造社:别求新声于异邦》,社会科学文献出版社 1995 年版。

⑤ 黄淳浩:《创造社通观》,崇文书局 2004 年版。

⑥ 咸立强:《寻找归宿的流浪者——创造社研究》,东方出版中心 2006 年版。

了创造社的历史轨迹和整体风貌；后半部分剖析论证了创造社浪漫主义的文艺倾向与思想，以及后期提倡无产阶级革命文学等理论问题。该书资料翔实，在具体的论述方面也有系统性，达到了一定的深度。黄著第二部在过去研究的基础上，补充了新材料，拓展了创造社研究领域。咸著是近年来从人事角度与社团活动切入创造社研究的重要论著，通过对社团内各种发展取向之间相互激荡的细微梳理和辩证，较为全面地描述了创造社发生、发展及其流变的历史过程。作者在突出人事研究的同时，力图打破传统的研究模式，将泰东图书局和出版部作为创造社活动的两大基地，把文学活动的场所作为研究的关键。

第二节 "左联"及30年代革命文艺研究

以"左联"为核心的30年代左翼文学思潮发端于20年代后期的革命文学运动，到30年代时掀起了一股被称为"红色十年"的文学潮流。对于这一阶段与中国共产党密切相关的文学思潮，研究者或者称为革命文学，或者称为无产阶级文学。然而，如果将其放在国际左翼文学思潮的大背景中，把以"左联"为核心的30年代革命文学思潮称为左翼文学思潮也许更为恰当。

一

新中国成立一直持续到"文化大革命"结束的近30年是左翼文学思潮研究的第一个时期。由于与中国共产党之间的密切联系，左翼文学思潮不仅在1949年以后迅速成为中国现代文学研究的主要对象之一，而且一直在主流意识形态的规范下进行。受制于1949年后浓厚的政治化的学术氛围的影响，左翼文学思潮研究主要集中在对以"左联"为核心的左翼文学思潮的革命性的探索上，形成了一种"革命式"的研究范式，社会历史批评是最基本的研究方法。从时间上来说，对左翼文学思潮的研究主要集中在50年代和60年代的前半期。"文化大革命"开始后，以"左联"为核心的左翼文学思潮被认为是"文艺黑线"而遭到了彻底否定，左翼文学思潮研究基本上处于停顿状态。

　　对左翼文学思潮的研究首先集中在对其形成历史的叙述上，文学史写作成为左翼文学思潮研究最主要的方式。由于毛泽东的《新民主主义论》的规范，这个阶段的文学史写作把"文学史"与"革命史"直接对应起来，中国现代文学史变成了中国现代革命史的一部分，或者是一个"分支"，最具"革命性"的左翼文学思潮自然成为中国现代文学史写作中的主流文学现象。从1951年9月到1953年8月，王瑶的《中国新文学史稿》陆续出版，开启了中国现代文学史写作的潮流。王瑶认为，中国新文学史既然"是中国新民主主义革命史的一部分"，其性质"就不能不由它所担负的社会任务来规定"，其领导思想"当然是无产阶级的马克思列宁主义思想"①。正是在对中国现代文学史的革命性质的认定基础上，王瑶将中国现代文学史的发展划分为四个基本阶段，其中1928年到1937年的第二个阶段被命名为"左联十年"。王瑶一方面分析了以"左联"为核心的左翼文学思潮形成的激烈的政治冲突环境，提出了左翼文学思潮发展的革命意义。另一方面揭示了"左联"成立后展开的尖锐复杂的思想斗争，指出了鲁迅在左翼文学思潮发展中的领导作用。

　　在王瑶的《中国新文学史稿》的影响下，此后出版的文学史著述大多数承接了王瑶关于左翼文学思潮的基本观点，并且进一步强化了左翼文学思潮的革命性特征。1955年出版的丁易的《中国现代文学史略》认为，左翼文学运动是在"以鲁迅为旗手的中国左翼作家联盟的领导下"② 展开的，左翼文学运动不仅表现出了鲜明的无产阶级方向，而且与"新月派""民族主义文学""文艺自由论""论语派"等"反动文学倾向"展开了尖锐复杂的思想斗争。1956年出版的刘绶松的《中国新文学史初稿》虽然没有像王瑶的《中国新文学史稿》和丁易的《中国现代文学史略》那样过于突出鲁迅与左翼文学思潮之间的密切联系，但对中国现代文学史与革命史之间关系的强调则是一贯的。在论及左翼文学思潮时，这些有代表性的中国现代文学史著述一方面强调了文学与政治之间的密切关系，突出

---

① 王瑶：《中国新文学史稿》（上），新文艺出版社1954年版，第10页。
② 丁易：《中国现代文学史略》，作家出版社1955年版，第4页。

了左翼文学思潮在尖锐复杂的政治矛盾斗争中的革命性追求，另一方面形成了对中国现代文学的主流、支流和逆流的观点，肯定了左翼文学思潮的主流地位。如同蔡仪所说："新文学运动是新民主主义革命运动的一翼，它是决定于革命运动，服务于革命运动的；它和革命运动密切相关，也随革命运动的发展而发展。"① 在中国现代文学史的写作过程中，左翼文学思潮的政治化特征明晰地显示了出来，其在中国现代文学发展过程中的主流地位逐渐得到了加强。

在对以"左联"为核心的左翼文学思潮的形成历史进行文学史叙述的同时，针对左翼文学思潮的学术研究也相继开展了起来。由于新旧时代的转换所导致的研究队伍的匮乏，从事左翼文学思潮研究的学者大多数仍然是文学史的撰述者。由于他们在1949年以前就曾直接或间接地接受过左翼文学运动的影响，具有很深的左翼的文化背景，因而他们更容易接受毛泽东的《新民主主义论》和《在延安文艺座谈会上的讲话》等关于中国现代社会、文化和文学性质的论断，这也就决定了1949年以后将近30年的左翼文学思潮研究的政治化特征。对于他们来说，强化左翼文学思潮的主流地位，寻求左翼文学思潮的革命意义，论证左翼文学思潮与政治革命的合理性是他们的左翼文学思潮研究的意义和价值所在。因此，他们的左翼文学思潮研究其实是对文学史著述中关于左翼文学思潮内容的政治简化，并没有表现出学术研究的学理性。

50年代的左翼文学思潮研究者主要有丁易、李何林、刘绶松等人。从1951年开始，丁易陆续在《新中华》杂志上发表了专门研究30年代左翼文学运动的系列论文，包括《1928—1930年的革命文学运动试论》《文艺第一次和兵农结合》《中国左翼作家联盟的成立及其和反动政治的斗争》《1930—1932年关于大众文艺的讨论》《左联和反动文艺的斗争》《文艺界抗日民族统一战线的形成》等，对当时的左翼文学思潮研究产生了一定的影响。这些文章以左翼文学运动为中心，依照不同的问题展开论述，梳理了以"左联"为核心的左翼文学运动中的"革命文学"论争、文艺大众化讨论、"两个口号"的论争、"左联"的文学思想斗争等重要

---

① 蔡仪：《〈中国新文学史稿〉（上册）座谈会记录》，《文艺报》1952年第20号。

问题。然而，由于丁易过于认同中国现代文学与革命运动之间的密切联系，最后导致了研究者政治意识形态绑架了自己的学术研究理性，提出了像苏区的文艺运动是实践了"毛泽东的文艺方向"、是"当时中国文艺运动的主流之一"这样一些完全违背文学史实的观点。① 李何林的《"左联"成立前后十年的新文学》本来是在中央文学研究所讲授"新文学史"的讲课稿，因而对30年代以"左联"为核心的左翼文学运动的描述相当完备。除了对左翼文学运动进行文学史式的一般性介绍外，该文以"无产阶级文学"作为论述30年代文学的核心概念，详细分析了无产阶级文学思想在左翼文学运动中的主导性，总结了30年代无产阶级文学思想的内容，并认为"中国从'五四'以来的新文学便是新民主主义文学，是由无产阶级领导的，为广大人民服务的文学"②。

在对以"左联"为核心的左翼文学思潮研究中，一个时代的政治运动往往起到了决定性作用，常常扭曲了左翼文学思潮发展的真实状况。1957年的"反右"运动就极大地改变了此前研究者已经形成的关于左翼文学思潮的共识。在1957年以前，研究者虽然依据毛泽东的《新民主主义论》极力强化左翼文学思潮的革命性，但对左翼文学思潮的一些基本史实的评析大体符合历史真实。然而，1957年以后，研究者就只能根据左翼文学思潮参与者的政治地位来评价其文学活动。比如，对于冯雪峰在"左联"成立前后的文学行为，1957年以前的研究者都是积极肯定的。丁易认为，冯雪峰在文艺自由论辩中"写了一篇《关于'第三种文学'的倾向与理论》站在巩固统一战线的立场，诚恳坦白地批评了自己，也批评了苏汶等，平心静气，不躁不矜，可以说是一个总结"③。刘绶松认为，"洛扬在致《文艺新闻》的信中严正地指出了胡秋原的反动面貌和狡诈手段，指出了'胡秋原的主义，是文学的自由，是反对文学的阶级性的强调，是文学的阶级的任务之取消'"④。而1957年以后，对冯雪峰的评价就完全变了。1958年

---

① 丁易：《文艺第一次和兵农结合》，《新中华》1951年第4期。
② 李何林：《中国新文学史研究》，新建设杂志社1951年版，第61页。
③ 丁易：《中国现代文学史略》，作家出版社1955年版，第98页。
④ 刘绶松：《中国新文学史初稿》上册，作家出版社1956年版，第234页。

年初，刘绶松发表了《关于左联时期的两次文艺论争》，对1932年的"第三种人"论争和1936年的"两个口号"论争重新进行了评价。刘绶松从冯雪峰对苏汶、胡秋原的个人关系和苏汶、胡秋原对冯雪峰文章观点的"认同态度"，冯雪峰对瞿秋白、周扬文章观点的"否定态度"和苏汶、胡秋原对其他"左联"作家的批判倾向，冯雪峰对文学与政治、文学与宣传文艺思想的错误等现象出发，论证了冯雪峰在"左联"时期"一贯的反党立场"和"反马克思主义资产阶级文艺思想"①。至此，文学研究完全沦为对个人进行政治批判的工具，学术合理性完全被政治合理性取代了。

随着"左联"成立30周年纪念活动的到来，对以"左联"为核心的左翼文学思潮研究逐渐进入高潮。首先，发现和出版了一批"左联"的新史料。其中产生一定影响的是上海文艺出版社于1958年开始影印出版的"中国现代文学史资料丛书"和1961年开始编辑出版的《中国现代文艺资料丛刊》。"中国现代文学史资料丛书"出版了近50种，《中国现代文艺资料丛刊》到1963年共出版3辑。《中国现代文艺资料丛刊》上发表的新史料包括丁景唐整理的《关于参加中国左翼作家联盟成立大会的盟员名单》《中国左翼作家联盟为国民党屠杀同志致各国革命文学和文化团体及一切为人类进步而工作的著作家思想家书》，瞿光熙整理的《蒋光慈著译系年目录》《洪灵菲研究资料编目》等重要内容，丰富了研究者对"左联"的进一步认识。其次，发表了一批专门研究"左联"文学活动的文章。唐弢的《文化战线上的战斗红旗——纪念"左联"成立三十周年》是影响最大的一篇文章。唐弢并没有按照毛泽东的《新民主主义论》关于中国现代革命文化的论述，而是依据《在延安文艺座谈会上的讲话》做出的"革命的文艺运动，在十年内战时期有了大的发展"论断，肯定了"左联"在理论建设和创作实践上取得的成绩。唐弢也对左翼文学思潮之外的"一切黄色的或灰色的"文学，像张竞生、章克标、邵洵美、曾今可、穆时英等人的创作提出了批评。②值得注意的是，唐弢并没有完

---

① 刘绶松：《京郊集》，长江文艺出版社1959年版，第1、16页。
② 唐弢：《文化战线上的战斗红旗——纪念"左联"成立三十周年》，《文学评论》1960年第2期。

全从"革命史"和"文学史"相互印证的角度去论述"左联"十年的左翼文学潮流，尽管有些看法与文学史实有一定出入，但是却代表了当时左翼文学思潮研究的最高水平。

刘绶松的《继承和发扬中国左翼作家联盟的战斗传统》也是为纪念"左联"成立30周年而专门写的一篇文章，延续了其在《中国新文学史初稿》中的基本观点。该文除了一般性地概述"左联"成立的经过和解散的原因、肯定"左联"的意义等之外，提出了"左联"开拓社会主义文学在新时代"沿着毛泽东同志指示的方向和道路昂首阔步地前进"的观点。① 也就是说，刘绶松在以往关于中国现代文学的新民主主义性质的基础上前进了一步，将左翼文学看作是社会主义文学的一部分。但是，这种前进却是以违背文学史实为前提的，时代的政治意识极大地限制了作者对左翼文学思潮真正的认识。

由南京大学中文系编辑的《左联时期无产阶级革命文学》是一部专门研究以"左联"为核心的左翼文学思潮的论文集，收入了陈瘦竹、魏绍馨、包忠文、邹恬、叶子铭等人的12篇文章。他们力图通过对"左联"时期文学理论和文学创作活动的介绍，发现和总结出无产阶级革命文学发展的一些规律，诸如"毛泽东文艺思想和中国革命文艺运动经验"之间的关系、"文艺为无产阶级政治服务与和工农兵相结合的道路"、"文艺大众化与政治革命的统一"、"作家的世界观和生活斗争经验与创作水平的关系"等。同时，他们在文章中也适时地批判了"反革命分子胡风和个人主义野心家冯雪峰"的"反动理论"。②

二

新时期开始以后，以"左联"为核心的左翼文学思潮研究进入了第二个时期，70年代末80年代初为第一个阶段。这一阶段的研究针对"文化大革命"时期对以"左联"为核心的左翼文学思潮的全盘否定，洗刷对左翼文学思潮罗织的"文艺黑线专政论"的罪名，力图使左翼文学思潮研究恢

---

① 刘绶松：《继承和发扬中国左翼作家联盟的战斗传统》，《文艺报》1960年第2号。
② 南京大学中文系编：《左联时期无产阶级革命文学》，江苏人民出版社1960年版。

复到50年代到60年代上半期的研究状态之中。因此,这个阶段的左翼文学思潮研究其实仍然是具有强烈的政治意识的社会历史批评,论证以"左联"为核心的左翼文学思潮的革命性依然是左翼文学思潮研究者的主要任务。

为了使人们对左翼文学思潮的认识回归到"文化大革命"以前的研究者所认同的那种革命性理解当中,左翼文学思潮研究必须首先为研究者提供必要的文学资料。因此,因"文化大革命"而中断了的《中国现代文艺资料丛刊》于1979年由上海文艺出版社重新编辑出版,到1984年时共出版了5辑。其中第5辑刊发了"中国左翼作家联盟史料选刊",第6辑刊发了"左联"成员的回忆录,第7辑刊发了"左联"成员的创作,引起了左翼文学思潮研究者的极大关注。陈瘦竹主编的《左翼文艺运动史料》作为"现代文学研究丛书"之一于1980年出版,书中收入了1929年年底到1936年年初"左联"和其他左翼社团的文学活动资料,涉及左翼文学社团的活动纲领、章程、决议等,以及国民党当局禁止左翼文学社团活动的相关密令、条例等,为还原30年代以"左联"为核心的左翼文学思潮提供了极大便利。为了纪念"左联"成立50周年,当年参与过"左联"活动的成员分别撰写了回忆录,由中国社会科学出版社编辑为《左联回忆录》一书,于1982年出版。

在对左翼文学思潮的资料编辑出版的同时,对以"左联"为核心的左翼文学思潮的拨乱反正的"革命式"研究也在同时进行。1978年,《文学评论》集中发表了一批针对30年代左翼文学思潮的研究论文。吴黎平的《关于三十年代左翼文艺运动的若干问题》、陈荒煤的《关于两个口号的论争问题》、唐沅的《关于1936年"两个口号"论争的性质问题》、杨占升的《评"两个口号"的论争》等文章,力图通过还原30年代左翼文学活动和文学论争的真实状况,达到肯定左翼文学思潮革命性的目的。1980年,由陈瘦竹主编的《左联时期文学论文集》出版,收入了包忠文的《左联文艺斗争中的几个问题》、方明的《革命文学论争中的现实主义问题》、骆寒超的《左联时期的诗歌》、王文英的《左联时期的戏剧运动》等论文。这些论文重新评价了30年代左翼文学运动的一些重大问题,比如"统一战线和文艺上的反'围剿'""文艺思想中的教条主义、机械论""文学创作中的标语口号化和公式化概念化""歌颂与暴露"等。此后，对左翼文学思潮的研究思路逐渐开阔起来，刘柏青的论文《三十年代左翼文艺所受日本无产阶级文艺思潮的影响》比较有代表性。该文并没有从革命文学的倡导者大多数是日本留学生这个基本因素出发论述问题，而是以中日之间有"大体相同的资产阶级文学传统"和"大致相同的革命任务"等共同性为中心，从文学思潮角度分析了30年代中国的左翼文学运动在思想上和理论上受到的日本无产阶级文学思潮中的福本和夫、青野吉季、藏原惟人等人的影响。①

从"革命式"的研究可以看出，第一个阶段的左翼文学思潮研究仍然是在毛泽东的《新民主主义论》规范的框架内进行的。这种研究范式虽然发现了左翼文学思潮所独具的"革命性"，但"革命性"也缚住了研究者的手脚，无法对左翼文学思潮进行更深入的探索。与此同时，以推进中国的现代化为中心的"启蒙式"研究开始在中国现代文学研究中逐渐兴起，并随着一系列新命题的提出而获得了极大突破，中国现代文学研究整体上进入了极其活跃的阶段。然而，以"左联"为核心的左翼文学思潮研究不但显得有些沉闷停滞，而且没有多少实质性的突破。面对以"左联"为核心的左翼文学思潮研究的窘境，中国现代文学研究会于1985年"左联"成立55周年时邀请一部分左翼文学思潮研究者开展"笔谈"，寻求左翼文学思潮研究的新路径。丁景唐认为，左翼文学思潮研究要有所突破不仅要加强新史料的挖掘，更要注重新史料的辨识，不仅要强调研究的历史性，更要注重研究的科学性，让左翼文学思潮研究回到"左联"形成与发展的历史中去。②陈瘦竹对"从形式和技巧出发，重艺术轻思想，因而对于非左联作家和左联作家作过分的褒贬"的不科学的研究现象和研究态度提出了批评，要求对30年代的左翼文学思潮进行"历史的和美学的分析"③。王富仁认为，左翼文学思潮研究最需要建立"一个比较统一的认识，一个相对客观的标准"，只有如此才能对各种复杂理论现

---

① 刘柏青：《三十年代左翼文艺所受日本无产阶级文艺思潮的影响》，《文学评论》1981年第6期。
② 丁景唐：《关于左联研究的意见》，《中国现代文学研究丛刊》1985年第1期。
③ 陈瘦竹：《纪念左联，研究左联》，《中国现代文学研究丛刊》1985年第1期。

象做出一个恰如其分的评价，也才能对"左联"的历史功过做出具有说服力的叙述和判断。① 张大明认为，以"左联"为中心的左翼文学思潮研究尚待开拓的课题还很多，比如"左联"的组织关系、左翼文艺运动与外国文学的关系、历史局限与消极影响研究等。② 应该说，这些学者对以"左联"为核心的左翼文学思潮研究存在的弊端的认识是准确的，他们提出的一些研究突破点也是有针对性的。

以1985年"左联"成立55周年的纪念活动和学术反思为起点，左翼文学思潮研究进入了第二个阶段。这一阶段以"左联"为核心的左翼文学思潮研究呈现出两种类型。其一是仍然延续第一阶段固有的研究视角和研究方法，但是开始注重对史料的挖掘和运用，在评述左翼文学的理论主张、创作潮流时逐渐趋向客观。更重要的是，这种类型的左翼文学思潮研究开始表现出明确的流派意识，善于从文学思潮的角度去思考左翼文学思潮的发展历史。在左翼文学思潮的统一概念下，研究者注意左翼文学思潮内部的复杂性，"革命文学""普罗文学""新现实主义""文学大众化""中国诗歌会"等不同概念相对应的流派内涵受到了研究者的广泛重视。研究者不再把以"左联"为核心的左翼文学思潮单纯看作是"革命史"的图解，而是努力挖掘其作为一个时代的文学潮流所包含的文学史意义和历史价值。林非的论文《中国现代文学之新素质》③ 从时代性角度分析了"革命文学"其实也是一种"文学的启蒙"，而从"文学革命"到"革命文学"的过渡是历史的必然。沈永宝的论文《革命文学运动中的宗派》④ 则详细分析了"革命文学"运动中的宗派主义产生的复杂原因及其对中国当代文学发展的影响。徐瑞岳、李程骅的论文《试论中国无产阶级文学的发展道路》⑤ 把"革命文学"纳入无产阶级文学的总体框架中，阐明了革命文学、左翼文学、大众文学三者之间的关系。张大明的专

---

① 王富仁：《"左联"研究点滴谈》，《中国现代文学研究丛刊》1985年第1期。
② 张大明：《尚待研究的课题》，《中国现代文学研究丛刊》1985年第1期。
③ 林非：《中国现代文学之新素质》，《河北师院学报》1988年第4期。
④ 沈永宝：《革命文学运动中的宗派》，《上海文论》1989年第1期。
⑤ 徐瑞岳、李程骅：《试论中国无产阶级文学的发展道路》，《徐州师范学院学报》1990年第4期。

著《不灭的火种——左翼文学论》①是这个阶段比较有代表性的成果。该书既有对左翼文学思潮的史料搜集和整理,也有对左翼文学思潮发展过程的历史描述;既有对左翼文学思潮宗派主义历史根源的探索,也有对左翼作家创作的评述。作者从"左联"作为一个政党式社团的组织关系、人员组成等方面,揭示了其在 30 年代对左翼文学思潮发展的影响。

随着中国社会开始走向现代化,现代性也成为中国现代文学研究的一个重要参照系。中国现代文学研究者抱着启蒙主义的态度,用个性解放、自我表现、主体精神、审美意识等作为衡量中国现代文学的重要标准,对强调阶级斗争、政治革命、集体精神、宣传功能的左翼文学思潮进行了严厉批评。中国现代文学研究界随之出现了一股对左翼文学思潮的否定性研究潮流,以充满偏颇的激情批判取代了实事求是的客观论证,形成了以否定性为倾向的以"左联"为核心的左翼文学思潮研究的第二种类型。这种类型的左翼文学思潮研究开始于 80 年代中期的"文化热",并在 1988 年开始的"重写文学史"运动中达到了高潮。一方面,"文化热"的兴起使左翼文学思潮研究者主观地认为,以"左联"为代表的左翼文学思潮是完全政治化的,缺少文学所必备的文化内涵,理应受到批评。吴俊的论文《论"革命文学"与三十年代后中国新文学的发展》②不仅对 30 年代开始兴起的"革命文学"进行了全面否定,而且也对"革命文学"对中国新文学的消极影响提出了批评。刘再复、林岗的论文《20 世纪中国广义革命文学的终结》③就"站在人道的立场上"看待革命文学。在作者看来,"革命文学其实是僵冷的文学,缺乏人性、人情、人道光辉的文学"。"人性、人道原则"固然是文学的重要特征,但文学也同样是不可能远离政治的。当以"左联"为核心的左翼文学思潮在充满阶级斗争和民族冲突的时代里兴起时,它与政治的关系也就越加紧密了。为了突出文学的

---

① 张大明:《不灭的火种——左翼文学论》,四川文艺出版社 1992 年版。
② 吴俊:《论"革命文学"与三十年代后中国新文学的发展》,《齐鲁学刊》1988 年第 6 期。
③ 刘再复、林岗:《20 世纪中国广义革命文学的终结》,《罪与文学》,香港牛津大学出版社 2002 年版,第 338 页。

"人性、人道原则"而全面否定左翼文学思潮,也是偏颇的。

对左翼文学思潮的否定性研究在 90 年代后仍然持续着。林伟民的论文《左翼文学:五四现实主义传统的背离与超越》① 认为,中国现代文学在 20 年代后期开始"趋于明显的'政治化'倾向,成为无产阶级革命的一个组成部分",是对"五四"文学传统的背离与超越。周葱秀的论文《前进中的困惑——30 年代左翼文艺运动错误消长的扫描》② 不仅列举了左翼文艺运动的具体错误,而且分析了造成这些错误的根源。宋剑华的论文《论左翼文学现象》③ 认为,左翼文学善于引导和宣泄下层社会对于现实生活的不满情绪,并且能够从下层民众的现实需求出发,运用粗糙的艺术表现方式为他们描绘一个未来理想社会的美好蓝图,因而左翼文学从 30 年代以后取得了极大成功。但是,当左翼文学一旦丧失了它原有的社会批判功能,直接转化为为现实政治体制粉饰太平的"歌德"工具时,不但背离了起初渴望追求人类现代文明的生活目标,反倒更多地表现出了对中国古典主义传统文化诸多本质特征的承袭。从总体上来看,90 年代出现的这类对左翼文学的否定性研究潮流既没有发现有用的新史料,也没有提出多少新观点,大多数是重复 80 年代后期的一些看法。

90 年代以后,随着市场经济体制的确立,中国的社会结构发生了深刻变化。面对日益复杂的社会状况,知识分子的思想状况日趋复杂,中国现代文学研究也出现了新的变化,左翼文学又一次受到研究者的关注,以"左联"为核心的左翼文学思潮研究进入了第三个阶段。与前两个阶段的左翼文学思潮研究相比,"左翼"成为第三个阶段的左翼文学思潮研究的核心概念,"革命""大众""阶级""集团""宣传"等名词都是在"左翼"的范畴下加以论证的。研究者更加注重左翼文学思潮的整体性、左翼文艺运动的复杂性和左翼文学遗产的现实性。研究者既不是一味地全盘

---

① 林伟民:《左翼文学:五四现实主义传统的背离与超越》,《华东师范大学学报》1992 年第 1 期。

② 周葱秀:《前进中的困惑——30 年代左翼文艺运动错误消长的扫描》,《江西师范大学学报》1992 年第 1 期。

③ 宋剑华:《论左翼文学现象》,《文艺理论研究》2000 年第 6 期。

肯定左翼文学思潮，也不是盲目地全盘否定左翼文学思潮，而是力图深入左翼文学运动发生的历史现场，显现出独特的历史意识。单一的社会历史的批评方法被更加多元的文化社会和历史文献方法取代，研究者不再只是充满激情地主观判断，而是进行冷静客观的事实分析。

90 年代以前的左翼文学思潮的研究视角是单一的，社会历史批评是最基本的研究方法。研究视角和研究方法的单一极大地限制了对左翼文学思潮的复杂性的认识，使左翼文学思潮研究长期徘徊在单纯地否定或肯定的状态中。90 年代以后，随着中国现代文学研究格局的调整，左翼文学思潮的研究视角和研究方法逐渐走向了多样化。对左翼文学思潮研究产生重大影响的研究视角和研究方法主要有五种。一是政治文化的研究视角。左翼文学思潮的倡导者把文学与政治的关系作为文学运动的中心问题，由此导致了左翼文学思潮的强烈的政治化追求，这成为左翼文学思潮研究最具争议性的问题，长期以来为研究者所诟病。朱晓进从政治文化的角度，认为政治化是 30 年代文学思潮的一种普遍现象，而并非左翼文学思潮所独有。从政治文化入手，作者发现了左翼文学社团的"亚政治文化性"、左翼文学论争的"政治文化立场"、左翼文学阅读的"政治文化心理"、左翼文学创作的"集团化倾向"、左翼文学批评的"政治化思维"和左翼创作主体的"政治激情"等。[①] 贾振勇的专著《理性与革命——中国左翼文学的文化阐释》[②] 除了涉及政治文化视角外，主要以左翼文学思潮表现出来的"理性"为中心，分析了左翼文学思潮的"意识形态价值坐标"和左翼文学创作的"审美追求的政治移情"特征。

二是文学社会学的研究方法。左翼文学作为 30 年代最具影响力的文学思潮，绝不是一种单纯的文学审美行为，而是各种文学的和非文学的因素共同作用的结果。在左翼文学思潮的发展过程中，虽然阶级斗争和政治革命是不容忽视的因素，但是 30 年代的社会生活极大地影响了左翼文学思潮，使左翼文学变成了一种生产和消费行为。因此，研究者从文学杂

[①] 朱晓进：《从政治文化的角度研究 30 年代文学》，《中国现代文学研究丛刊》1999 年第 1 期；《政治文化与中国 20 世纪 30 年代文学》，人民出版社 2006 年版。

[②] 贾振勇：《理性与革命——中国左翼文学的文化阐释》，人民出版社 2009 年版，第 2 页。

志、书籍出版、都市消费等不同角度进入左翼文学思潮，让人们看到了左翼文学思潮发生和发展的社会属性。旷新年的专著《1928：革命文学》集中探索了革命文学发生的社会机制。作者认为，"杂志和报纸副刊决定了现代文学的生产方式，它们在现代文学生产的调度中处于枢纽的地位"，"1928年杂志和报纸与大众的结合带来了政治化和商业化这种文学生产的新的变化"。"革命文学"就是利用杂志和报纸把有一致倾向和共同追求的作家组织在一起，发起了"一场'杂志之战'"，并"把《文化批判》的声音不断放大和复制，从而形成了不可抗拒的'时代潮流'。"①

三是现代性理论的研究视角。在90年代以前的中国现代文学研究中，左翼文学思潮由于被认为是张扬政治性和抑制启蒙性而受到部分研究者的否定。90年代以后，中国现代文学研究者在反思现代性的过程中发现了左翼文学思潮所具有的现代性内涵，现代性随即成为左翼文学思潮研究的一个重要视角。程光炜的论文《左翼文学思潮与现代性》运用现代性文化理论，认为以马克思主义的激进意识为起点的"批判理论"是左翼文化和左翼文学思潮的"核心理论"，而这种来自西方的现代性批判理论与中国社会的现代化追求之间存在着"物质的'现代化'与精神的'革命化'"的矛盾，这种现象反映了左翼文学思潮与现代民族国家建构之间无法克服的矛盾与困惑。②杨春时认为，"现代性的核心是现代理性精神"，30年代的"革命文学"是一种革命的古典主义，继承了古典文学的理性传统，表现出"强烈的意识形态性尤其是强烈的政治理性主义"③。

四是文献梳理的研究方法。90年代以前的左翼文学思潮研究之所以呈现出否定性的倾向，一个重要原因就是研究者对文学史料的轻视。一方面是一些重要的文学史料没有被发现，另一方面是已有的文学史料没有得到运用。90年代以后，在重建中国现代文学史料学的提议下，左翼文学思潮研究也开始注重文学史料的搜集，研究者通过相关史料的分析来论证

---

① 旷新年：《1928：革命文学》，山东教育出版社1998年版，第18、33页。
② 程光炜：《左翼文学思潮与现代性》，《海南师范学院学报》2002年第5期。
③ 杨春时：《现代性与中国文学思潮》，生活·读书·新知三联书店2009年版，第176、186页。

左翼文学思潮的独特性。程凯的论文《"革命文学"历史谱系的构造与争夺》依据创造社成员、鲁迅、"革命者"等不同身份和立场的批评者的发言方式、言论意图及其对"革命文学"言论的编纂，分析了他们关于"革命文学"的不同叙述模式蕴含的政治和文化意识。① 吴敏的论文以鲁迅的《辱骂和恐吓决不是战斗》为例，简论30年代左联的矛盾处境，分析了30年代初"自由人"和"第三种人"与左翼文坛的论争、中国共产党关于"右倾"政治的变更、"左联"内部较为激烈的思想情绪冲突等情形，显示出"左联"存在发展的尴尬处境以及中国"文学"与"政治"关系的复杂性。②

五是左翼文学思潮的地域性研究。除了对以上海为中心的左翼文学思潮进行研究外，东北哈尔滨的以"生的斗争""血的飞溅"和"粗犷自然'力'"③为特征的左翼文学，以及北京、天津和青岛的左翼文学和文化运动都受到了研究者的关注。

出于对1949年以后形成的"革命史"和"文学史"相互印证观点的不满，90年代以前的左翼文学思潮研究大多数把左翼文学思潮看作政治的演绎，有意或无意地忽视了其复杂性，导致了左翼文学思潮研究长期停滞不前。90年代以后，由于研究视角的调整和研究方法的更新，左翼文学思潮形成的复杂性和内涵的丰富性受到了研究者的重视，主要集中在三个方面。

一是对以"左联"为核心的左翼文学思潮的内外关系的研究。作为20世纪30年代最受关注的文学思潮，左翼文学思潮绝不是独立发展起来的，而是在自身的内部纷争和外部冲突中向前发展的。一方面是对左翼文学思潮与日本、苏俄文学复杂关系的多角度探析。艾晓明的专著《中国左翼文学思潮探源》④详细考证了苏俄文艺论战与中国"革命文学"论

---

① 程凯：《"革命文学"历史谱系的构造与争夺》，《中国现代文学研究丛刊》2005年第1期。
② 吴敏：《以鲁迅的〈辱骂和恐吓决不是战斗〉为例简论1930年代左联的矛盾处境》，《中国现代文学研究丛刊》2009年第6期。
③ 郭淑梅：《"红色之路"与哈尔滨左翼文学潮》，《文学评论》2008年第5期。
④ 艾晓明：《中国左翼文学思潮探源》，湖南文艺出版社1991年版。

争、创造社的转变与日本福本主义、太阳社与日本"新写实主义"、苏俄的"拉普"与中国的"左联"等之间的统一而又矛盾的关系。另一方面是对左翼文学思潮与自由主义、民族主义文艺等同时期国内文学潮流互动关系的梳理。葛飞的论文《文人与革命：从"第三种人"问题生发的左翼诸面相》①以"第三种人"问题为中心，分析了鲁迅、茅盾、冯雪峰与胡秋原、杜衡之间不同的身份、地位、功能及其对"左联"的态度。同时，鲁迅、周扬等人与"左联"之间的关系也受到了研究者的重视。姜振昌的论文《"大众"文化视野中的异体同质和异质同构——鲁迅与左翼文学运动》②提出了鲁迅在"大众"立场和文化基点上与"左联"建立关系后出现的"孤独和焦虑"心态。张景兰的论文《隐含话语、政治策略与伦理立场的夹缠——再论左联、鲁迅与"第三种人"的论争》③认为，鲁迅、"左联"与"第三种人"之间是一种"伦理之敌"。曹振华的论文《现实行进与终极目的的对立统一——关于鲁迅与左联关系的思考》④认为，鲁迅与"左联"之间的关系"反映着鲁迅的现实行进与终极目的的对立统一"。

二是对左翼文学思潮的文学理论和文学观念的研究。支克坚的论文《中国现代马克思文艺理论的一个基本问题》⑤认为，20世纪30年代是中国现代的马克思主义文艺理论获得发展的一个最为重要也最为特殊的时期，尖锐复杂的阶级斗争决定了中国现代的马克思主义文艺理论的基本问题"不仅是要求文艺有一定的政治倾向性，而且要求文艺必须与实际的政治运动相配合或相结合"。该文不仅肯定了这个"基本问题"的历史必

---

① 葛飞：《文人与革命：从"第三种人"问题生发的左翼诸面相》，《中国现代文学研究丛刊》2009年第1期。

② 姜振昌：《"大众"文化视野中的异体同质和异质同构——鲁迅与左翼文学运动》，《文学评论》2003年第3期。

③ 张景兰：《隐含话语、政治策略与伦理立场的夹缠——再论左联、鲁迅与"第三种人"的论争》，《文史哲》2009年第2期。

④ 曹振华：《现实行进与终极目的的对立统一——关于鲁迅与左联关系的思考》，《鲁迅研究月刊》2000年第1期。

⑤ 支克坚：《中国现代马克思文艺理论的一个基本问题》，《中国现代文学研究丛刊》1993年第3期。

然性和合理性,而且也指出它的历史局限性,可以说抓住了左翼文学思潮研究的关键之所在。陈方竞的论文《中国现代文学批评发展中的左翼理论资源》①认为,中国现代文学批评是在20世纪30年代发展起来的,当时正在兴盛的左翼文学理论极大地影响了它的形成,并导致了其"杂芜性"的特点。

三是对以"左联"为主体的左翼文学社团组织结构复杂性的研究。曹清华的专著《中国左翼文学史稿》梳理了"左联"成立后的"身份建构"和组织框架中的"身份动作"。作者认为,"左联"除了通过机关刊物、政治纲领对左翼作家身份进行"规训"外,还引导其成员在实际的政治活动中借助身体、声音、文字进行身份的张扬,通过严格的吸收新成员的程序和频繁的组织生活维护左翼身份的纯洁性。②姚辛的《左联史》则详细描述了"左联"从成立到解散的过程,涉及了上海以外的分支机构的组织关系,史料相当丰富。③

90年代以后,面对市场经济体制确立后因中国社会结构的变化所形成的新的社会不公、贫富分化等问题,以"左联"为核心的左翼文学思潮关注社会下层的传统引起了左翼文学研究者的共鸣,研究者开始重新思考左翼文学思潮留下来的理论遗产,并进而挖掘左翼文学思潮的现实意义。当然,一部分左翼文学研究者关注左翼文学思潮的理论遗产和现实意义也根源于90年代以后出现的一部分自由主义学者对马克思主义文艺理论的冷漠和对社会现实问题的漠视,由此形成了一部分因反对自由主义学者的学术观点和现实态度而被称为"新左派"的知识分子群体。对以"左联"为核心的左翼文学思潮的理论遗产反思最有深度的是支克坚。他的论文《论革命文学的理论遗产》④以马克思主义文艺理论为中心,详细分析马克思主义文艺理论作为革命文学的理论核心在现代中国的历史命

---

① 陈方竞:《中国现代文学批评发展中的左翼理论资源》,《鲁迅研究月刊》2006年第3、4期,2007年第8、9期。
② 曹清华:《中国左翼文学史稿》,中国社会科学出版社2008年版,第81、107页。
③ 姚辛:《左联史》,光明日报出版社2006年版,第3页。
④ 支克坚:《论革命文学的理论遗产》,《鲁迅研究月刊》2008年第1期。

运。作者认为,"革命文学"兴起后接受的并不是最原初的马克思主义文艺理论,而是经俄苏文艺理论家阐释过的"俄苏版",其理论核心问题是不允许文艺脱离政治、脱离党的事业的轨道。左翼文学思潮就是以此为理论中心向前发展的,并且在毛泽东的《在延安文艺座谈会上的讲话》发表后实现了中国化。这种文艺理论作为一种社会的、历史的现象,既有正义性,也有局限性。

2000年,孟繁华发表了《资本神话时代的无产者写作》[①] 一文,认为中国在进入资本神话时代以后的无产者写作必须继承30年代以来的无产阶级文学,无产阶级文学所具有的批判精神、战斗性和理想主义是值得我们继承的文学遗产。2002年,《中国现代文学研究丛刊》第1期推出了重点栏目"左翼文学与现代"笔谈,其中旷新年的《断岩深处的历史》、孟繁华的《左翼文学与当下中国文学》和王富仁的《关于左翼文学的几个问题》比较集中地论述了左翼文学的理论遗产与现实意义问题。尽管80年代以来的中国现代文学研究界一直存在着对以"左联"为核心的左翼文学思潮的否定性研究潮流,但旷新年认为,在未来广阔的历史视野中,左翼文学思潮终究会得到人们的正确评价。在重提"人民文学"口号的前提下,旷新年指出,"追求社会平等、反抗阶级压迫以及现实批判和对人民性的强调,是其主要叙述特征",也是其最具现实针对性的理论遗产。孟繁华认为,左翼文学思潮的最大价值是"以文学的形式表达了中国社会发展的潜在要求";"我们在当下文学中已经很难再读到浪漫和感动。而左翼文学最大特点可能就是它的浪漫精神和理想主义,是它的批判精神和战斗性。"这些左翼文学思潮的研究者从当下文学现状和社会状况出发,思考以"左联"为核心的左翼文学思潮的理论遗产和现实意义,具有强烈的现实针对性,可以说将学术研究的现实功能发挥到了极致。

随着中国社会问题的日益复杂化,左翼文学研究者对以"左联"为核心的左翼文学思潮的理论遗产和现实意义的研究也进一步走向深入。2006年1月,汕头大学文学院举办了"中国左翼文学国际学术研讨会",

---

① 孟繁华:《资本神话时代的无产者写作》,《南方文坛》2000年第4期。

《中国现代文学研究丛刊》于同年第 2 期推出了"左翼文学研究特辑"。这次会议的一个中心议题就是"中国左翼文学研究的当代意义"。黄修己认为,在当前的市场经济中,贫富差距突破了国际警戒线,左翼文学思潮的价值又引起了学术界的重视。韩国的林春城从全球化的视角解读了左翼文学思潮研究兴盛的原因。他认为,左翼文学思潮所体现的平民意识、对现实生活的关注和战斗精神等左翼文学的基本精神特别值得重新重视和关注。① 王富仁在大会的闭幕词《今天研究左翼文学的意义》中,结合自己作为一个知识分子个人的生命体验、价值追求和人生道路的抉择,提出了自己对左翼文学思潮研究的现实意义的看法。他指出,研究左翼文学思潮就是要总结左翼作家追求中的经验与教训,是为了找寻我们自己的一条文化道路,一条继续成长的路,从而使我们自己变得更加崇高一些。② 王富仁是从当前中国的文化发展的高度来看待左翼文学思潮研究的现实意义的,具有明显的前瞻性。如果中国社会发展中的复杂而尖锐的社会问题难以解决,那么以"左联"为核心的左翼文学思潮研究的现实意义就一直会存在下去,并且会变得越来越突出。

在"中国左翼文学国际学术研讨会"的影响下,新世纪以来的左翼文学思潮研究除了继续探索左翼文学的理论遗产之外,又形成了以下两个新的研究方向。一是以"左联"为主体的文学文献的整理与研究。代表性成果有张大明的《中国左翼文学编年史》、上海鲁迅纪念馆策划的上海左翼文化研究丛书,包括孔海珠的《"文总"与左翼文化运动》、王锡荣的《"左联"与左翼文学运动》、乔丽华的《"美联"与左翼美术运动》、曹树钧的《"剧联"与左翼戏剧运动》、吴海勇的《"电影小组"与左翼电影运动》五部著作,于 2016 年由上海人民出版社陆续推出,披露了大量鲜为人知的史料,将文献整理和研究对象扩大到中国共产党领导下的"文总""美联""剧联""电影小组"等不同文艺领域的社团组织和机构,是对 20 世纪 80 年代"左联"文献整理和研究的进一步拓展

---

① 易崇辉:《"中国左翼文学国际研讨会"综述》,《中国现代文学研究丛刊》2006 年第 2 期。
② 王富仁:《今天研究左翼文学的意义》,《中国现代文学研究丛刊》2006 年第 2 期。

和丰富。张大明的《中国左翼文学编年史》将左翼文学的起点放在"五四"新文学革命后的1920年,终点放在1932年年底,包括了革命文学的酝酿、普罗文学的倡导和左翼文学的兴盛三个阶段,是广义上的左翼文学。材料来源于当时出版的大量文学报刊,"具象地呈现出左翼文学是如何发生又是如何发展起来的",是"一部具有高度史料价值和学术价值,值得长久保存和流传的真真正正的中国左翼文学发生发展的历史撰著"①。

二是以"左联"为中心的左翼文学话语研究。以"左联"为中心的左翼文学思潮的发生并不是单纯的文学运动,而是整合了20世纪上半期一切领域的社会变革运动,并得以生成了以"革命"为中心的左翼文学话语。李跃力的专著《革命与文学的深层互动——中国现代文学中的"革命话语"研究》以"现代文学中'革命话语'的生产和再生产为主轴,通过一些典型个案的分析,深入探讨'革命话语'缘何进入文学,'革命话语'唤起了中国革命,中国革命又丰富了'革命话语',二者互为体用,循环往复,不断膨胀,最终导致整个民族、国家、社会、个人的彻底革命化"②。该书展现了作为文学生产者的作家与政治权力之间错综复杂的内在关系,剖析"革命话语"如何再生产"革命信仰""革命伦理"和"革命美学",并深入挖掘了其深层作用机制。程凯的专著《革命的张力——"大革命"前后新文学知识分子的历史处境与思想探求(1924—1930)》则在1924—1930年的"大革命"政治文化语境中,展现了"五四"一代文学青年经历的从文学到政治的冲击与转变,并由此探求了左翼文学运动发生的历史复杂性。作者认为正是新文化自身的危机导致了新文化群体从弃绝现实政治转向萌发新的政治意识,"与其说外来政治力量的介入改变了新文化运动的方向,使文化运动变为政治运动,不如说新文化运动中已孕育了由思想革命进入社会革命的基因"。对于左翼文学运动的理解不能只"局限于'左翼十年',而是要在从'五四时代'到'左

---

① 张大明:《中国左翼文学编年史》,社会科学文献出版社2013年版,第5页。
② 李跃力:《革命与文学的深层互动——中国现代文学中的"革命话语"研究》,中国社会科学出版社2013年版,第4页。

翼十年'的历史连续性中去把握",左翼文学正是在"大革命"促生的文化与政治的交互实践中展开的,"其实就是结合于共产革命的'非决定性'历史因素"①。

第三节 "讲话"及延安文艺思潮研究

1942年,中国共产党开展了整风运动,文艺整风是其中重要的组成部分。5月,毛泽东和凯丰联名邀请在延安的作家、艺术家举行座谈会。在5月2日召开的第一次大会上,毛泽东发表了《引言》,提出了文艺工作者的立场问题、态度问题、工作对象问题、学习问题,等等。在5月23日召开的第三次大会上,毛泽东做了《结论》,指出革命文学的正确发展,中心问题"是一个为群众的问题和一个如何为群众的问题",并明确提出了文艺为工农兵服务的方针。毛泽东在会上发表的《引言》和《结论》,合称《在延安文艺座谈会上的讲话》。该"讲话"不仅对延安文艺产生了巨大影响,也基本规定了新中国成立后很长一段时间文艺发展的政策和方向。

一

1949年7月,周扬在第一次中华全国文学艺术工作者代表大会上作了《新的人民文艺》的报告,既总结了一个时代的延安文学的发展状况,也开启了另一个时代的延安文学的研究范式。此后,延安文学逐渐成为中国现代文学研究的核心对象之一,随着政治潮流和学术趋向的变化而升沉起伏,显示了学术与政治之间密切而又紧张的复杂关系。

新中国成立后一直持续到"文化大革命"结束的近30年是延安文学思潮研究的第一个时期。由于在新政权建构政治意识形态话语中的特殊性,这个时期的延安文学思潮研究被强烈地政治化了。社会历史批评

---

① 程凯:《革命的张力——"大革命"前后新文学知识分子的历史处境与思想探求(1924—1930)》,北京大学出版社2014年版,第14页。

虽然是这个时代最基本的学术研究方法,但是在延安文学思潮研究中却常常被充满激情的赞美式的政治批评所代替。这个时期的延安文学思潮研究基本以毛泽东的"讲话"为核心,每一次文艺运动都是以强化毛泽东的"讲话"对延安文学思潮的规范为目的,从而使延安文学思潮研究最终沦为政治意识形态解读的符号。"文化大革命"开始后,对以毛泽东的"讲话"为中心的延安文学思潮研究就完全变成了政治阴谋的注脚。

对延安文学思潮的研究首先出现在文学史的撰述中。由于延安文学思潮的发展与中国共产党政权的建立密切相关,因而新中国成立后开始编撰的中国现代文学史都将毛泽东的"讲话"放在了一个特殊位置。所有的文学史著述者都非常重视对中国新文学发展的历史阶段的划分,全部将毛泽东的"讲话"作为中国新文学发展的新旧历史的分界线。作为新中国成立后的第一部新文学史,1951年出版的王瑶的《中国新文学史稿》就是如此。在"绪论"部分,作者主要依据毛泽东的《新民主主义》的论述,将中国新文学史的发展划分为四个阶段,其中1942—1949年的延安文学思潮属于第四个阶段。作者说:"我们不以抗战八年为一期,而以《在延安文艺座谈会上的讲话》为分期的界线,就因为这讲话实在太重要了。"[1] 作者还以"文学的工农兵方向"作为第四编的标题,全面分析了"新的人民文艺的成长",也概述了毛泽东的"讲话"发表以后文艺工作者深入群众中带来的新变化。[2]

此后出版的其他一些文学史都对毛泽东的"讲话"影响下的延安文学思潮予以特别的关注。蔡仪的《中国新文学史讲话》将毛泽东的"讲话"放在文艺大众化的发展历史中,突出了"讲话"的政治意义和现实价值,分析了"讲话"在中国新文学的发展和分期中的标志性意义。蔡仪在第五讲"新现实主义的精神"和第六讲"大众化的倾向"里,通过对1942年"讲话"发表前后中国新文学发展历史的对比,提出"讲话"的发表"不仅使文艺理论达到了一个新境界,也使文艺创作明确了

---

[1] 王瑶:《中国新文学史稿》(上),新文艺出版社1954年版,第19页。
[2] 王瑶:《中国新文学史稿》(下),新文艺出版社1954年版,第208、215页。

一个新方向，把文学运动引上了一个新方向"①。丁易的《中国现代文学史略》②以社会主义现实主义作为分析毛泽东的"讲话"发表后延安文学思潮的一条主线。作者认为，1942年毛泽东的"讲话"指导着延安文学"取得了进一步的发展和新的巨大成就"。作者以"中国文学的工农兵方向"为标题，全面论述了毛泽东的"讲话"发表前后国内外的政治和军事状况、延安的文化和思想现状，分析了"讲话"的具体内容及其指导下的延安文学创作运动。

随着"讲话"的特殊地位在文学史著述中的确立，针对延安文学的学术研究也相继展开。然而，由于受毛泽东的"讲话"的巨大影响，延安文学研究者将研究的重点放在分析一些代表性作品的"大众化"特征的分析上，专门探讨延安文学思潮的学术成果相对较少。在这些有限的研究成果中，研究者把分析毛泽东的"讲话"作为重点。1952年5月，在毛泽东的"讲话"发表10周年之际，除了《人民日报》的社论《继续为毛泽东同志所提出的文艺方向而斗争》和周扬的文章《毛泽东同志〈在延安文艺座谈会上的讲话〉发表10周年》继续阐释"讲话"的历史价值和现实意义外，其他许多著名作家也纷纷对《在延安文艺座谈会上的讲话》进行表态，比如有郭沫若的《在毛泽东旗帜下永远做一名文化尖兵》、曹禺的《永远向前——一个在改造中的文艺工作者的话》、老舍的《毛主席给了我新的文艺生命》、茅盾的《认真改造思想，坚决面向工农兵》、赵树理的《决心到群众中去》、丁玲的《为贯彻执行毛泽东文艺路线而斗争，要为人民服务得更好》等文章。这些表态性文章表达的中心意思是紧跟"讲话"提出的"文艺的工农兵方向"，坚持文艺工作者与工农兵、文艺与群众的结合。李何林的论文《〈在延安文艺座谈会上的讲话〉以后社会主义现实主义的发展》是在1953年的第二次中华全国文学艺术工作者代表大会之后写的，因而将1942年以后的文学称为"社会主义现实主义的发展"。论文分析了延安文艺座谈会召开前延安作家生活上的个人主义和自由主义倾向，文学创作的"形式上的欧化及内容上的小

---

① 蔡仪：《中国新文学史讲话》，新文艺出版社1953年版，第39、141页。
② 丁易：《中国现代文学史略》，作家出版社1955年版。

资产阶级的思想感情",提出了召开文艺座谈会的历史必然性。① 江超中的《解放区文艺概述》是最早出现的一部专门研究延安文艺思潮的著作,作者将论述的时间界定在1941年延安文艺整风到1947年中共中央撤离延安之间。除了像一般文学史一样对毛泽东的"讲话"发表之前延安"文艺界基本情况及一般的理论与创作倾向"进行介绍外,作者将重点放在了对"讲话"发表之后延安的工农兵文艺运动和创作潮流的详细概述上。在"讲话"的总体格局下,这些研究成果强调"人民本位,群众本位",大众化问题成为研究者关注的核心问题。他们对于大众化概念的理解也完全一致,即不是要让欧化的带有小资产阶级情调的文学趣味、艺术形式去"化大众",而是要创造出符合民族审美习惯,具有中国作风中国气派的艺术作品,并使之为广大人民群众喜闻乐见。

1962年,在毛泽东的"讲话"发表20周年之际,延安文学思潮的研究达到了高潮。但是,此时的延安文学研究已经完全变成对毛泽东的"讲话"的解读。唐弢的《论作家与群众的结合——纪念〈在延安文艺座谈会上的讲话〉发表二十周年》是众多纪念文章中最为突出的一篇。作者以丰富而渊博的文学史实,全面分析了"讲话"中提出的"文学艺术为什么人的问题"和"如何去为的问题"的关键所在:"作家深入工农兵并与群众结合"。作者指出,"文艺工作者深入工农兵与群众结合是贯串在《讲话》里的主要精神"②。尽管当时的学术研究已经完全政治化了,但唐弢并没有为迎合政治形势而从文学与政治的关系角度去分析"讲话",而是从文学与群众的关系角度去谈论问题,显示了其分析问题的独特性。林志浩的论文《工农兵方向在现代文学史上的伟大意义——纪念〈在延安文艺座谈会上的讲话〉发表二十周年》③ 主要分析的毛泽东提出的"工农兵方向"在中国现代文学史上的意义。作者提出,"《讲话》标志着我国无产阶级文艺理论和党的文艺路线的成熟"。吴宏聪的论文《继

---

① 李何林:《李何林选集》,安徽文艺出版社1985年版,第141页。
② 唐弢:《西方影响与民族风格》,人民文学出版社1989年版,第65、77页。
③ 林志浩:《工农兵方向在现代文学史上的伟大意义——纪念〈在延安文艺座谈会上的讲话〉发表二十周年》,《教学与研究》1962年第3期。

"五四"之后的文学大革命——纪念〈在延安文艺座谈会上的讲话〉发表20周年》①根据当时的政治形势,特别强调了"讲话"中提出的无产阶级与资产阶级两种文艺思想的斗争的意义及其对当时文学创作上的指导意义。许怀中的论文《最辩证、最彻底地解决了文艺与政治的关系——学习毛主席〈在延安文艺座谈会上的讲话〉的体会》②从文艺与政治的关系入手,认为毛泽东的"讲话""从当时的政治任务和实际情况出发,充分研究了新文学运动的历史经验,最全面、最系统、最彻底、最辩证地解决了文艺与政治关系的问题,为革命的文艺的发展,开辟了无限广阔的道路"。严家炎的《改造文学队伍、改造文学艺术的历史性纲领——纪念〈在延安文艺座谈会上的讲话〉发表20周年,兼论无产阶级文学队伍的形成问题》③主要分析了"讲话"在改造中国现代小资产阶级知识分子,创造无产阶级作家队伍过程中发挥的功能。由于毛泽东"讲话"的权威性,这些文章基本上都是根据当时的文艺现状对毛泽东文艺观点的简单阐释,没有多少独创性可言。

"文化大革命"开始后,虽然延安文学思潮研究处于停顿状态,但是对毛泽东"讲话"的研究却一直在继续。然而。此时对"讲话"的研究已经完全变成了政治斗争的工具,很少学术价值可言。1966年4月,《林彪同志委托江青同志召开的部队文艺座谈会纪要》作为中共中央文件正式下发,公开批判"资产阶级文艺思想、现代修正主义的文艺思想和所谓三十年代文艺的结合"的文艺黑线。与此相配合,《红旗》杂志于1966年6月重新发表了毛泽东的《在延安文艺座谈会上的讲话》,作为批判"文艺黑线"的理论基础。在此后一系列的政治运动中,研究者根据斗争需要肆意曲解毛泽东的"讲话"。例如马家骏的论文《文艺必须为巩固无产阶级专政而斗争——学习〈在延安文艺座谈会上的讲话〉》提出必须

---

① 吴宏聪:《继"五四"之后的文学大革命——纪念〈在延安文艺座谈会上的讲话〉发表20周年》,《中山大学学报》1962年第2期。

② 许怀中:《最辩证、最彻底地解决了文艺与政治的关系——学习毛主席〈在延安文艺座谈会上的讲话〉的体会》,《厦门大学学报》1962年第2期。

③ 严家炎:《改造文学队伍、改造文学艺术的历史性纲领——纪念〈在延安文艺座谈会上的讲话〉发表20周年,兼论无产阶级文学队伍的形成问题》,《北京大学学报》1962年第3期。

"努力使文艺成为巩固无产阶级专政的工具"。作者认为,"文艺要更好地为加强无产阶级专政而斗争,就必须反映工农兵群众为巩固无产阶级专政而进行斗争的火热生活,反映在三大革命运动中产生的共产主义萌芽,塑造无产阶级革命英雄人物的典型形象"①。该文章完全根据政治形势的需要分析毛泽东的"讲话"。

二

新时期开始以后,延安文学思潮研究进入了第二个时期。根据学术观念的变化与研究视角的更迭,第二个时期的延安文学思潮研究可以分为三个阶段。伴随着思想解放的时代潮流,新时期之初的延安文学思潮研究进入了拨乱反正的阶段。针对"文化大革命"期间对延安文学思潮的偏激否定,研究者力图使延安文学思潮研究回归到"文化大革命"开始以前的状态中。由于毛泽东"讲话"的特殊性,研究者常常以饱满的政治激情对延安文学进行全面的肯定,社会历史批评是这个阶段最基本的研究方法。在每个研究者的眼中,毛泽东的"讲话"是作为党的文艺政策和路线而存在的,因而这个阶段的延安文学思潮研究不可能摆脱毛泽东"讲话"的规范,研究视角比较单一,研究者大多只是重复50年代到60年代上半期的学术观点。

延安文学思潮研究同样是以拨乱反正的方式开始的。1977年5月,《光明日报》发表了北京大学中文系中国现代文学教研室集体撰写的《在〈讲话〉照耀下的解放区文艺运动——兼评"四人帮"的"空白论"的反动实质》一文,开启了新时期以来延安文学思潮研究的先河。该文在否定"四人帮"提出的"空白论"的基础上,主要重申了毛泽东"讲话"的"工农兵方向"。文章认为,"《讲话》提出的文艺为工农兵服务的方向,在革命文艺工作者的头脑中引起了一场深刻的革命,极大地推动

---

① 马家骏:《文艺必须为巩固无产阶级专政而斗争——学习〈在延安文艺座谈会上的讲话〉》,《陕西师范大学学报》1975年第2期。

了当时延安革命文艺的蓬勃发展"①。该文的重要性在于从总体上对1942年以后的延安文学思潮进行了肯定,对毛泽东的"讲话"发表后延安出现的小说、叙事诗、新歌剧等创作潮流做了全面评述,基本上恢复了延安文学思潮发展的概貌。紧接着,严家炎发表了《从历史实际出发,还事物本来面貌》②一文,作者以对包括丁玲、萧军、艾青等延安作家在内的中国现代作家的评价为例,提出了解决中国现代文学史写作的核心问题,就是"中国现代文学史的研究,首先要尊重事实,从历史实际出发"。严家炎只是以延安作家为例证提出了中国现代文学史写作的历史性问题,但是却引发了对延安文学研究的热潮。随着对延安作家政治上的平反,他们艺术上的贡献也开始得到确认,针对丁玲、赵树理、艾青、孙犁、周立波、萧军等几乎所有延安作家创作的学术论文大量涌现,而从文学思潮的角度对延安文学创作现象进行总体评述的研究成果却相对较少。

随着1982年毛泽东的《在延安文艺座谈会上的讲话》发表40周年纪念活动的到来,延安文学思潮研究转向了对"讲话"的解读。由于"文化大革命"期间对毛泽东"讲话"的基本精神的歪曲,此时的研究文章大多用社会历史批评的方法,从政治高度全面肯定了"讲话"的内容。朱寨的论文《恢复〈在延安文艺座谈会上的讲话〉的本来面目》认为,过去研究中的"《讲话》先验论""《讲话》敌对论"和"《讲话》片面论"都"偏离了《讲话》的原意",对"讲话"的研究必须回归到它本来的面目。③ 但作者并没有进行深入探索恢复了面目的"讲话"是否符合艺术创作和批评规律。王瑶的论文《从现代文学的发展看〈在延安文艺座谈会上的讲话〉的历史意义》将毛泽东的"讲话"放在中国现代文学发展的历史中,从文艺与人民的关系、新文学的革命现实主义传统、文艺问题上的两条战线斗争、继承和发扬民族传统、文艺作家队伍五个方面,

---

① 北京大学中文系:《在〈讲话〉照耀下的解放区文艺运动——兼评"四人帮"的"空白论"的反动实质》,《光明日报》1977年5月28日。

② 严家炎:《从历史实际出发,还事物本来面貌》,《中国现代文学研究丛刊》1980年第4期。

③ 朱寨:《恢复〈在延安文艺座谈会上的讲话〉的本来面目》,《毛泽东文艺思想讨论会文集》,人民文学出版社1985年版,第122页。

分析了《在延安文艺座谈会上的讲话》的历史意义。① 周绪源的论文《论〈讲话〉的历史意义和现实意义——纪念毛泽东同志〈在延安文艺座谈会上的讲话〉发表40周年》认为,"《讲话》的发表是我国现代革命文艺运动的科学总结","是对马克思列宁主义文艺理论的伟大贡献"②。可贵的是,在这篇文章里,作者已经不在一般意义上重复毛泽东"讲话"中的观点,而开始了理性的反思。也就是说,对"讲话"的研究已经开始孕育着突破。此后,对"讲话"的研究的反思主要集中在这样一些基本理论问题上,是在当时党的文艺政策许可的范围内进行的。研究者常常在总体上肯定"讲话"的历史地位和现实意义的前提下,对抑制中国当代文学发展的一些局部论点提出了批评。因而,这种反思是在理性规范下进行的,是一种有限度的学术反思。

1985年,中国解放区文学研究会的成立和《延安文艺研究》的创刊促使延安文学思潮研究强化了二元对立思维模式,延安文学研究进入了第二个阶段。其实,延安文学思潮研究中的二元对立的思维模式早已产生,只是在以前的研究中表现得不太明显而已。一方面,来自延安的那些接受了"讲话"教育的老作家,出面组织成立中国解放区文学研究会和创办《延安文艺研究》,极力维护"讲话"的权威地位,反对对"讲话"的文艺思想进行学术反思,在新时期以来的延安文学研究中呈现出保守的姿态。另一方面,随着新时期以来思想解放潮流的推进、人性论与人道主义的讨论、文学本体论与审美论等观念的引入,"讲话"本身存在的历史性缺陷也逐渐显露出来,引起了一些注重思想性学者的批评性反思。由于文学观念的差异,这两种观点不同的研究者常常处于相互冲突当中,表现出鲜明的主观性和激烈的情绪性。他们大多仍然采用社会历史的批评方法,有时甚至可以说是一种政治化的批评。由于是在一定的政治态度下从事延安文学思潮研究,因而这种研究的学术性也就大打折扣。就前者来说,中

---

① 王瑶:《从现代文学的发展看〈在延安文艺座谈会上的讲话〉的历史意义》,《社会科学战线》1982年第4期。
② 周绪源:《论〈讲话〉的历史意义和现实意义——纪念毛泽东同志〈在延安文艺座谈会上的讲话〉发表40周年》,《山西大学学报》1982年第3期。

国解放区文学研究会成立后，以这批老作家为中心相继举办过多次学术讨论会，其活动一直持续到 90 年代后期。在每一次学术讨论会上，像魏巍、贺敬之、胡采、林焕平、张学新等人都会写一些表态性的文章，明确维护"讲话"开创的"工农兵文艺的方向"。

从 80 年代中期开启的对延安文学思潮的批评性反思在 1988 年开始的"重写文学史"潮流中达到了高潮。李泽厚是延安文学思潮的最早反思者之一，尽管他没有专门写过延安文学思潮方面的文章，但是他的《记中国现代三次学术论战》《20 世纪中国（大陆）文艺一瞥》等论文都直接涉及了毛泽东的"讲话"和延安文学思潮问题。李泽厚从"启蒙"与"救亡"相互变奏的角度出发，认为毛泽东的"讲话"提出的观点"都不是从文艺特别不是从审美出发，而完全是从政治需要出发，从当前的军事、政治斗争要求出发"，所以毛泽东必须"强调文艺的功利性、政治标准第一，批评'人性论'、'人类之爱'、'暴露'人民大众的黑暗"等观点①。由于"讲话"的影响，"中国文艺中终于出现了起初的农民群众、真实的农村生活及其苦难和斗争。知识者的个性、知识给他们带来的高贵气派、多愁善感、纤细复杂、优雅恬静……在这里都没有地位以致消失了。"②应该说，李泽厚的反思有一定的合理性，也确实指出了"讲话"对 1942 年以后的中国文学发展造成的弊端。但是，这种激情式的"政治批判"的方式也为站在其对立面的维护者以后的"反批判"留下了依据。

在"重写文学史"的浪潮中，1989 年的刊物上出现了大量反思"讲话"的文章，像《百家》第 4 期的《对毛泽东一个文艺观点的反思》，《文艺争鸣》第 4 期的《五四精神的迷失与回归》，《书林》第 5 期的《当代文学的困境与"讲话"》《达摩克利斯之剑是如何锻就的》《文学的理性与文学的奴性》，《天津文学》第 7 期的《当代文学：摆脱民粹主义的框范与奴性自缚》等都是以批评方式评价《在延安文艺座谈会上的讲

---

① 李泽厚：《记中国现代三次学术论战》，《中国现代思想史论》，天津社会科学院出版社 2003 年版，第 79 页。

② 李泽厚：《20 世纪中国（大陆）文艺一瞥》，《中国现代思想史论》，天津社会科学院出版社 2003 年版，第 241 页。

话》的。在这类文章中,夏中义的《历史无可避讳》一文最具影响力。与此前一些反思性文章不同,夏中义将反思的重心放在毛泽东"讲话"对1949年以后的中国当代文学的影响上。作者认为,"讲话"所导致的"文艺在政治迷宫中失落其审美本性"经历了两个时期,前期是"胡风意见书对毛泽东文艺思想的挑战"和"周扬写真实论对毛泽东文艺思想的修正",后期是"样板戏原则对毛泽东文艺思想的发展"①。对"讲话"的反思因被视为"资产阶级自由化"而被迫中断,以《历史无可避讳》为代表的一大批文章受到了广泛批评。批评者认为,"《历史无可避讳》一文武断地判定'坚持文艺的政治实用功能是毛泽东文艺思想的内核',而这个内核即'工具论'又是非科学、非美学的,它把'样板戏原则'和'阴谋文艺'说成是毛泽东文艺思想的'发展'和'终结'。这表明作者的基本倾向是对毛泽东文艺思想的完全否定"②。对延安文学思潮进行批评性反思的,还有戴光中的《关于赵树理方向的再认识》、郑波光的《接受美学与赵树理方向》等文章。他们认为,"赵树理方向"是"背离整个世界文学的发展潮流的"的"逆流"。③ 作为一种"政治方向",它代表的是"单一化的、狭隘的农民文学方向"④,这一切都是与毛泽东的《在延安文艺座谈会上的讲话》的影响相关的。由于受到《历史无可避讳》等文章的影响,"重写文学史"潮流在反对"资产阶级自由化"思潮中完成了自己的使命。

  90年代以来,伴随着二元对立的思维模式的逐渐消解,延安文学思潮研究进入了第三个阶段,呈现出多元化的特点。一为学术观念的自主性。研究者不再受相关文艺政策或政治权威左右,而是依据文学史料的分析做出判断。二为主体心态的理性化。研究者不再因为主体情感的好恶而对研究对象进行随意的褒贬,而是通过具体的文学史料进行理性的分析。三为研究方法的多样性。社会历史批评作为一种研究方法仍然被研究者使

---

① 夏中义:《历史无可避讳》,《文学评论》1989年第4期。
② 闻岩:《文学研究所召开座谈会,检查整顿〈文学评论〉》,《文学评论》1989年第6期。
③ 戴光中:《关于赵树理方向的再认识》,《上海文论》1988年第4期。
④ 郑波光:《接受美学与赵树理方向》,《批评家》1989年第3期。

用，但是文化批评、接受美学、原型批评、心理分析、比较文学等更能揭示研究对象内涵和特征的研究方法被研究者广泛运用。四为研究视野的开阔性。研究者不再将研究视野单纯局限在"讲话"及其影响研究上，而是将研究目光投向延安文学思潮整体，从而形成了延安文学思潮研究的整体感，延安文学思潮研究由此获得了有效的突破。

90年代以前，由于"讲话"的巨大影响力，研究者普遍关注延安文学思潮的"工农兵的方向"，其他文学流派和文学现象被完全忽略了。90年代以后的延安文学思潮研究打破了以"讲话"为中心的单一现状，努力寻求文学流派和文学现象研究的多样化。其中，研究者关注较多的是"山药蛋"派。席扬、段登捷的论文《文化整合中的传统创化——试论"山药蛋审美"在解放区及中国当代文学中的意义》[①] 主要从艺术审美的角度来分析"山药蛋派"的独特性。作者认为，"山药蛋派"作为一个相当单纯的审美现象，在文明与愚昧、传统与西方、都市与乡村、"五四"艺术理性与延安艺术理性、浪漫精神与务实精神交错复杂的矛盾运动中显示了农民文化的传统性。杨矗的论文《"山药蛋派"：中国现当代文坛的实践形态的接受美学》[②] 认为，"山药蛋派"体现了接受美学的"实践形态"，其审美追求表现为："文学创作应为读者服务、为工农兵大众服务，尤其是为广大农民读者所喜闻乐见、所接受。其对象是广大农村读者，内容是现、当代的现实生活，形式是我国传统的民族化、大众化即通俗化的艺术形式，价值观是以农民读者的审美接受为中介的政治功利价值观。"

叙事话语也是研究延安文学思潮经常采取的研究角度，研究者由此发现了延安文学思潮的独特内涵。知识分子话语受到了研究者的较多关注。吴敏的论文《试论40年代延安文坛的"小资产阶级"话语》[③] 梳理了延安文坛"小资产阶级话语"形成过程、独特内涵及其现实功能。作者认

---

① 席扬、段登捷：《文化整合中的传统创化——试论"山药蛋审美"在解放区及中国当代文学中的意义》，《延安文艺研究》1992年第2期。
② 杨矗：《"山药蛋派"：中国现当代文坛的实践形态的接受美学》，《山西文学》1993年第5期。
③ 吴敏：《试论40年代延安文坛的"小资产阶级"话语》，《中国现代文学研究丛刊》2004年第2期。

为,"小资产阶级"主要"意指着知识分子,与工农兵既形成一种等级的序列,也构成明显的对立局势,两者之间变成了'不干净者'—'最干净者'、'忏悔者'—教导者、受教育者—教育者、学生—老师等多重褒贬扬抑关系"。袁盛勇的论文《难得自由:文艺整风之前的延安文人》① 展现了初到延安的文人的自由心态,揭示了这种自由气氛的产生与当时整个延安的政治文化环境之间的关联。黄科安的论文《延安文人:建构现代民族国家的本土话语体系》② 分析了延安文人在建构现代民族国家中的独特功能。作者认为,延安文人在帮助中共政权普及新的政治、文化纲领,同时也依靠这一逐渐体制化的权力机构,建立起新的话语领域和范式,规定制约新的文化生产。从大众话语角度进行的研究相对较少。杜霞的论文《关于解放区文学大众话语形态的历史考察》③ 考察了作为延安文学的主流叙事方式的大众话语,指出延安文学中大众话语的浮现并不代表着"大众"已经在文化上占据了主体位置。在革命意识形态的绝对权威笼罩下,延安文学中的"大众"仍然只是被言说的对象,延安文学的大众话语仍然是"一种话语想象的产物"。在对知识分子话语、大众话语等叙事方式的考察中,延安文学思潮的复杂性彻底显现了出来。

从传播媒介的角度研究延安文学思潮既开拓了延安文学思潮的研究视野,也揭示了延安文学思潮发展的复杂性。对文学报刊的研究主要集中在《解放日报》上,对其他报刊进行研究的成果比较少见。李军的专著《解放区文艺转折的历史见证——延安〈解放日报·文艺〉研究》专门以《解放日报》的文艺副刊作为研究对象。作者认为,《解放日报·文艺》立足于延安现实的文化土壤,是在初创期延安文艺有了很大发展的文化环境中诞生的,而主编丁玲"创建文艺发展的平台"的独特编辑观念为《解放日报·文艺》的繁荣提供了条件。《解放日报·文艺》上发表的大

---

① 袁盛勇:《难得自由:文艺整风之前的延安文人》,《浙江师范大学学报》2005 年第 3 期。

② 黄科安:《延安文人:建构现代民族国家的本土话语体系》,《海南师范学院学报》2006 年第 4 期。

③ 杜霞:《关于解放区文学大众话语形态的历史考察》,《齐鲁学刊》2007 年第 2 期。

量"另类"作品既是知识分子作家的一种"善意批评与革命建构",也是他们的革命情怀的一种表达。《解放日报·文艺》的停刊显示了延安文学与政治之间的复杂关系,标志着延安文艺界创作路向的调整。① 韩晓芹的论文《读者的分化与延安文学的转型——延安〈解放日报〉副刊的文学生产与传播》② 主要运用传播学的理论研究《解放日报》的副刊。作者认为,中国现代文学自产生一直在走向大众化,但是直到延安时期才真正完成从"精英化"到"大众化"的文学转型,并出现了像赵树理那样终身致力于文艺大众化创作的作家。这种转型与"文化中心的西移和读者的分化"密切相关,"以最广大的民众和士兵为代表的现实读者是延安文学转型的现实基础,以延安文人为代表的专业读者是延安文学转型的催化剂,以老干部为代表的'标准读者'则是规训延安文学前进方向的风向标,延安《解放日报》副刊不仅是各种读者聚合的文化窗口,也是不同文化冲突集中释放的阵地"。延安文学在发展的过程中,曾经创办过很多文艺报刊,研究者将目光集中在《解放日报》显然是比较狭窄的,研究视野有待进一步扩展。

也有一些学者从文学制度的层面对延安文学思潮展开研究。毛泽东的《在延安文艺座谈会上的讲话》发表后,延安文学很快走向了体制化,文学制度的建构是其中最基本的原因之一。郭国昌的论文《文艺奖金与解放区的文学大众化思潮》③ 通过延安文艺座谈会召开前后解放区文艺奖金设立数量变化的对比,揭示了解放区文艺奖金设立的现实功利目的,分析了文艺奖金在解放区文学大众化思潮发展中的引导作用。黄科安的论文《文艺方针与建构现代民族国家的意识形态》④ 分析了文艺方针与延安文

---

① 李军:《解放区文艺转折的历史见证——延安〈解放日报·文艺〉研究》,齐鲁书社2008年版,第2页。

② 韩晓芹:《读者的分化与延安文学的转型——延安〈解放日报〉副刊的文学生产与传播》,《东北师范大学学报》2008年第4期。

③ 郭国昌:《文艺奖金与解放区的文学大众化思潮》,《中国现代文学研究丛刊》2002年第4期。

④ 黄科安:《文艺方针与建构现代民族国家的意识形态》,《泉州师范学院学报》2005年第1期。

学的意识形态特征之间的关系。作者认为,"毛泽东将文艺工作看作是推行中共新的意识形态和建构现代民族国家的'想象共同体'的重要手段",因而,《在延安文艺座谈会上的讲话》必然会作为文艺方针得到执行。袁盛勇的《延安时期的集体写作——作为一种意识形态化写作方式的诞生》① 和郭国昌的《集体写作与解放区的文学大众化思潮》② 等论文从不同角度考察了延安时期的"集体写作"在延安文学制度建构中的意义和作用。郭国昌的论文《"真人真事"写作与解放区文学生产体制的建立》③ 分析了延安的"知识分子型"和"工农兵型"两种"真人真事"写作方式,揭示了这两种写作方式在延安文学大众化思潮发展中的建构意义。从文学制度层面研究延安文学思潮是一个比较好的视角,只是有些属于文学制度层面的内容还没有被研究者挖掘出来。

80 年代中期开始的"文化热"也催生了一些从文化角度研究延安文学的学术成果,但是很少有人从延安文学思潮的总体发展高度来思考问题。90 年代以来,从文化角度研究延安文学思潮的论文大量涌现。朱晓进的论文《从地域文化的角度研究"山药蛋派"》④ 把"山药蛋派"的审美特性与三晋文化传统联系起来进行研究。作者认为,"从价值取向看,三晋文化中的崇实精神和延安的文化倾向相一致;从审美取向看,山西作家源于三晋文化崇实精神的重实用、重实利、重本土的审美追求与抗战时期人们普遍存在的民族精神也相合拍"。当然,对解放区文学的地域性研究已经非常普遍了,像东北、山西、河南、河北、山东等不同解放区所属的研究者发表和出版了大量的研究成果,但他们未必都以文化视角为切入点。倪婷婷的《战争与新英雄传奇——对延安战争文学的再

---

① 袁盛勇:《延安时期的集体写作——作为一种意识形态化写作方式的诞生》,《中山大学学报》2005 年第 3 期。
② 郭国昌:《集体写作与解放区的文学大众化思潮》,《中国现代文学研究丛刊》2005 年第 5 期。
③ 郭国昌:《"真人真事"写作与解放区文学生产体制的建立》,《甘肃社会科学》2008 年第 3 期。
④ 朱晓进:《从地域文化的角度研究"山药蛋派"》,《中国现代文学研究丛刊》1994 年第 1 期。

探讨》①虽然没有冠之以"文化"名义,但也从民间文化的角度思考解放区文学与战争之间的关系。作者认为,新英雄传奇是根据地民众英雄的传奇经历的缩写,作为一种文学样式,它能广泛而普遍地为40年代关心抗战现实的根据地作家所选择,说明它对这个时代具备多重的适应性。周维东的论文《"突击文化"与延安文学引论》②从抗日革命根据地的社会"突击"现象中提炼出了"突击文化"的概念,用来概括抗日革命根据地社会日常生活军事化特征、建立现代民族国家的"焦虑"心态以及普遍的"突围"心理。"突击文化"使延安文学显示出整体"突击"的特征,反映了延安文学的内在丰富性。苏春生的专著《中国解放区文学思潮流派论》③从文化角度将解放区的文学思潮分为主流政治型、知识分子型和农民本土型三种类型,描述了延安文艺座谈会召开后解放区文学思潮以主流政治型为轴心的整合过程,最后形成了新民主主义的战时文化形态及其与之相适应的工农兵文学审美形态。

当围绕在毛泽东的"讲话"上的神圣光环被祛除以后,对延安文学思潮发展中的文艺观念的研究也走向了深入。支克坚的论文《从鲁迅到毛泽东》④探讨了由鲁迅开创的革命文艺思潮在毛泽东的"讲话"发表后,由一种知识分子的思潮转变为一种政治家的思潮的过程,揭示了政治在文艺观念变革中的巨大作用。袁盛勇在《延安文学及延安文学研究刍议》一文中,反思了90年代以来的延安文学研究,认为延安文学在20世纪中国左翼文学发展史上起着承上启下的作用,在新的历史文化语境下延安文学研究的重大价值日益显现。他的《民族主义:前期延安文学观念形成的最初动力和逻辑起点》《民族—现代性:"民族形式"论争中延安文学观念的现代性呈现》和《党的文学:后期延安文学观念的核心》⑤等

---

① 倪婷婷:《战争与新英雄传奇——对延安战争文学的再探讨》,《江苏社会科学》1997年第5期。
② 周维东:《"突击文化"与延安文学引论》,《中国现代文学研究丛刊》2008年第2期。
③ 苏春生:《中国解放区文学思潮流派论》,中国社会科学出版社2000年版。
④ 支克坚:《从鲁迅到毛泽东》,《鲁迅研究月刊》2004年第8期。
⑤ 袁盛勇的论文是其博士论文中的部分章节,可参看其专著《历史的召唤——延安文学的复杂化形成》,中国戏剧出版社2007年版。

论文着力于探求延安文学的意识形态化形成。作者认为，延安文学的文艺观念前后期是不同的：前期延安文学的文艺观念的产生根源于"民族主义"，呈现出"民族—现代性"的双重内涵；后期延安文学的文艺观念逐渐走向单一化，在"阶级—民族—现代性"的演进中逐渐确立了"党的文学"的核心观念。宋剑华的论文《〈讲话〉与解放区文学的思想规范运动》①分析了毛泽东的《在延安文艺座谈会上的讲话》对知识分子作家的文艺思想观念的规范。作者认为，《在延安文艺座谈会上的讲话》发表以后，延安展开了一场大规模的作家思想规范运动，"知识分子作家在《在延安文艺座谈会上的讲话》精神的指引下，彻底告别了'五四'人文主义的文学信仰，进而开创了中国现代文学全面转向无产阶级政治理想主义的历史发展阶段"。这些研究从不同的角度揭示了延安文学前后不同时期文艺观念的差异，暴露了延安文学思潮发展中文艺观念由复杂向单一的转变过程，显示了延安文学思潮发展中文艺观念的复杂性。

新世纪以来的延安文学思潮研究伴随着一系列与延安文艺相关的国家社会科学基金重大项目的立项而日趋活跃，并形成了以下几个学术方向。一是对延安文艺研究的学术史反思。赵学勇的论文《延安文艺研究：历史重评与当代性建构》肯定了延安文艺在中国现代文学发展进程中的特殊地位，认为延安文艺"既是中国现代文学历史逻辑发展的必然结果，又全面规范了当代文学的建构与走向。延安文艺不仅对20世纪中国文化、文学和政治产生了极为深刻的影响，而且也产生了深远的世界性影响，它是中国作家和文艺理论家对世界文学做出的特殊贡献"，延安文艺的再研究"需要研究者以建构的而非解构的、理性的而非漠然的姿态进入，同时还需要形成新的研究思路，既不忽视延安文艺的本体性研究，又能将研究的重点置于考察延安文艺与20世纪中国文学的复杂关系上面去"②。李洁非、杨劼的专著《解读延安——文学、知识分子和文化》将延安文学放在20世纪中国的文化和历史的整体框架中进行认证，提出了延安时期

---

① 宋剑华：《〈讲话〉与解放区文学的思想规范运动》，《广东职业技术师范学院学报》2002年第3期。

② 赵学勇：《延安文艺研究：历史重评与当代性建构》，《陕西师范大学学报》2012年第5期。

的知识分子政策、党的文化领导权建构等问题对后来新中国文学的影响。① 袁盛勇的论文《延安文学研究的还原性特征》分析了新世纪以来延安研究的"还原性特征",作者认为,"还原"既是"一种对于历史原初风貌的揭示",也是"一种历史态度和写作立场"。② 袁盛勇主编的《延安文艺研究年鉴2015—2016》更是对新世纪以来延安文艺研究的总体梳理和检阅,既强调学术观点的表达,又注重文献史料的呈现。③

二是对延安文艺的理论意义与当代价值的反思。赵学勇、田文兵的论文《延安文艺与20世纪中国文学论纲》提出延安文艺的产生是"百年中国文化史、文学史上最重大的文化事件之一,它是马克思主义文艺理论中国化的重大成果,也是中国新文学历史逻辑发展的合理结果"。作者认为,延安文艺自形成以来"不仅在当时产生了广泛的政治文化影响,对新中国成立后的文艺进程也产生了毋庸置疑的决定性影响,其模式及指导思想,在新中国成立后近30年间,规范和制约着中国当代文学的基本走向和实践品格,也不乏对新时期以来中国文学诸种思潮产生了广泛影响。20世纪90年代以来,中国文坛所涌动的'现实主义复归'、'底层写作'、'红色经典'热以及各类革命历史题材的写作等思潮或现象,也有着延安文艺内在精神的深层律动或延伸。"④ 赵学勇的论文《延安文艺与现代中国文学》指出,在中国新文学发展中,延安文艺"既是对'五四'精神的承续和转换,也是在'左翼'文艺运动的理论建设的基础上,将大众化、民族化讨论和实践进一步引向深入,真正意义上解决了文学为大众的问题"。作者认为,延安文艺"作为'中国经验'的集大成和马克思主义文艺理论中国化的重大成果,既是中国新文学历史逻辑发展的合理结果,又全面规范了当代文学的建构与走向"⑤。

三是毛泽东的《在延安文艺座谈会上的讲话》研究。张炯的论文

---

① 李洁非、杨劼:《解读延安——文学、知识分子和文化》,当代中国出版社2010年版。
② 袁盛勇:《延安文学研究的还原性特征》,《文艺争鸣》2015年第9期。
③ 袁盛勇主编:《延安文艺研究年鉴2015—2016》,中国社会科学出版社2019年版。
④ 赵学勇、田文兵:《延安文艺与20世纪中国文学论纲》,《陕西师范大学学报》2013年第1期。
⑤ 赵学勇:《延安文艺与现代中国文学》,《解放军艺术学院学报》2012年第4期。

《论〈在延安文艺座谈会上的讲话〉的历史背景和理论生成》和《论〈在延安文艺座谈会上的讲话〉的传播与影响》两文既从争夺民族民主革命的文艺领导权、总结"五四"新文学以来的文艺论争等方面论述了《在延安文艺座谈会上的讲话》产生的历史文化背景和毛泽东文艺思想的理论生成，也梳理了《在延安文艺座谈会上的讲话》发表以来的传播情况和在国内外产生的深远影响。作者认为，正是由于"马克思主义文艺理论在中国的传播、毛泽东的天赋以及他对当时延安文艺问题的调查研究"① 等因素的共同作用下，以《在延安文艺座谈会上的讲话》为标志的毛泽东文艺思想得以生成。张旭东的论文《"革命机器"与"普遍的启蒙"——〈在延安文艺座谈会上的讲话〉的历史语境及政治哲学内涵再思考》从《在延安文艺座谈会上的讲话》的历史语境和内在论述逻辑出发，分析了《在延安文艺座谈会上的讲话》作为"活着的历史文献"的理论可能性。作者认为，《在延安文艺座谈会上的讲话》的"文艺观内在于'革命机器'的政治逻辑和战争逻辑，提供了政治自律性内部对文艺的规定，同时也为日后国家—社会关系中重建文艺的一般关系提供了契机"，"作为革命机器一部分的文艺文化工作者，承担教育者和服务者的双重功能，其先锋性和终极意义取决于他们同历史总体性的关系"②。郭国昌的论文《〈在延安文艺座谈会上的讲话〉的发表与延安文艺政策的确立》论析了在延安文学走向体制化的进程中《在延安文艺座谈会上的讲话》作为中国共产党的文艺政策发挥的决定性作用。作者认为，"以延安文艺座谈会的召开为分界线，延安文艺政策的建构经历了前期以'民族—国家—个人'为中心向后期以'阶级—政党—大众'为中心的转换。正是在这种转换中，作为一种文艺思想的'毛泽东的文艺理论'逐渐被固定化，成为延安文艺政策的理论核心。延安的作家从具有独特个性的'文化人'转变为自觉执行延安文艺政策的'党的文艺工作者'，通过特殊的文学生产方式

---

① 张炯：《论〈在延安文艺座谈会上的讲话〉的历史背景和理论生成》，《文艺争鸣》2017年第6期。
② 张旭东：《"革命机器"与"普遍的启蒙"——〈在延安文艺座谈会上的讲话〉的历史语境及政治哲学内涵再思考》，《中国现代文学研究丛刊》2018年第4期。

参与到解放区的群众文艺运动中。延安文学走向体制化的过程也就是中国共产党的文艺政策逐渐确立的过程，其实质就是文学的意识形态化"①。

四是延安文艺与外国文学关系研究。赵学勇、王鑫的论文《域外作家的延安书写（1934—1949）》梳理了国际视野中的延安形象。作者认为，在历史与社会所交织的文化语境中，以"革命的个人意识与较高的艺术创造力"发现了"中国民间所孕育的革命力量"，并在"'人民性'的追索中呼唤与塑造'大众英雄'"，他们的创作实践与本土作家的创作经验相辉映，推进了"延安文学的现代性与世界性。域外作家和本土作家一道参与中国革命历史文化的创造，将个人话语汇入中国新时代的话语，完成了其文化身份的'重述'"②。郭国昌的论文《从上海到延安："文学旗手"建构的空间政治诗学——延安文艺体制中的高尔基形象塑造》分析了延安文艺体制中的高尔基形象建构。作者认为，"高尔基和鲁迅一样，在解放区通过一系列纪念大会被赋予了'文学旗手'的功能，并在延安文艺座谈会召开后被纳入了延安文艺体制当中，成为解放区独具特色的文艺生产方式。高尔基的人生历程、创作道路、道德追求、政治倾向等都被赋予了中国共产党的政治意识形态内涵，高尔基不再作为一个有个人情感和思想矛盾的独立作家而存在，而是变成了中国共产党领导下的无产阶级文学运动的集体符号"③。

五是延安文艺体制研究。周维东的专著《中国共产党的文化战略与延安时期的文学生产》从"文化战略"的角度，将延安文学置于民国文学的宏大背景中，展现了"统一战线""突击文化"与延安的文学生产活动。④ 杨琳的专著《回归历史的现场：延安文学传播研究（1935—1948）》运用传播学的理论和方法，分析了延安文学传播的政治文化生态与媒介生态，并揭示了延安文学的生产机制、意义建构、媒体形态的融合

---

① 郭国昌：《〈在延安文艺座谈会上的讲话〉的发表与延安文艺政策的确立》，《中共党史研究》2014 年第 12 期。

② 赵学勇、王鑫：《域外作家的延安书写（1934—1949）》，《中国社会科学》2018 年第 4 期。

③ 郭国昌：《从上海到延安："文学旗手"建构的空间政治诗学——延安文艺体制中的高尔基形象塑造》，《兰州学刊》2015 年第 8 期。

④ 周维东：《中国共产党的文化战略与延安时期的文学生产》，花城出版社 2014 年版。

及拓展。① 郭国昌的论文《文艺社团的转型与延安文学制度的建立》梳理了文艺社团的转型与延安文学制度建立的内在关系。作者认为，"作为延安文学制度的基本构成要素之一，延安文艺社团的转型直接推动了延安文学制度的建立。延安文艺座谈会召开以前，延安文艺社团呈现出多样化的发展形态，但主要是以知识分子作家为主体的'知识分子型'文艺社团为中心，以'自由'、'民主'为核心的启蒙意识和批判精神是'知识分子型'文艺社团的基本理念。延安文艺座谈会召开以后，毛泽东的《在延安文艺座谈会上的讲话》成为中国共产党的文艺政策，以'乡村剧团'和'文工团'为代表的'工农兵型'文艺社团取代了'知识分子型'文艺社团，成为延安文艺社团的主体。'工农兵型'文艺社团以《在延安文艺座谈会上的讲话》确立的'工农兵方向'为唯一的社团建构理念，成为延安后期文学发展中政治意识形态的传播者"②。张武军的论文《民国机制与延安文学》借用"民国文学"范式，将延安文学放到民国历史文化语境中，运用民国的政治、经济文化等机制要素，有效地阐释延安文学的发生、发展和观念的变迁。作者认为，"延安民族主义话语的形成和变迁，与民国这个大语境及国共关系密切相关"③。

六是延安文艺文献整理研究。朱鸿召的《延安文艺繁华录》以编年方式详细梳理了从1935年10月到1948年3月延安的文艺活动。④ 艾克恩主编的《延安文艺史》以历史发展为经，以艺术形式为纬，全面论析了延安的文艺活动和创作成就。⑤ 孙国林编著的《延安文艺大事编年》同样用编年方式，以文艺事件为中心详细概述了延安时期的一系列重大文艺事件的来龙去脉。⑥ 延安文艺文献的整理出版为延安文艺研究的再出发奠定了坚实的史料基础，为认知延安文艺的"中国经验"确立了文献基石。

---

① 杨琳：《回归历史的现场：延安文学传播研究（1935—1948）》，中国社会科学出版社2016年版。
② 郭国昌：《文艺社团的转型与延安文学制度的建立》，《文史哲》2013年第1期。
③ 张武军：《民国机制与延安文学》，《社会科学辑刊》2014年第3期。
④ 朱鸿召：《延安文艺繁华录》，陕西人民出版社2017年版。
⑤ 艾克恩主编：《延安文艺史》，河北教育出版社2009年版。
⑥ 孙国林：《延安文艺大事编年》，陕西师范大学出版社2016年版。

第六章

文学思潮与社团流派研究(下)

第一节 中国现代自由主义文学思潮研究

自由主义文学是中国现代文学史上一股重要的文学思潮。新中国成立以后的三十年时间里,自由主义文艺一直被视为是资产阶级的思想而受到激烈的批判,所以,谈不上什么真正意义上的学理研究。新时期开始不久,自由主义文学思潮受到研究者的注意,一些作家和社团流派被重新肯定。90年代以来,中国社会急剧转型,市场经济代替计划经济,经济领域的变化也涉及了政治、文化等诸多层面,自由主义普遍受到青睐。自由主义热潮的出现,也极大地推动了对自由主义作家和文学思潮的研究。

一

1948年在香港出版的《大众文艺丛刊》中曾发表由邵荃麟执笔的《对当前文艺运动的意见》一文,对朱光潜、梁实秋、沈从文的"为艺术而艺术论"进行了尖锐的批评,认为他们是反动统治的代言人。40年代末文艺界的批判运动成了新中国成立后对自由主义文学思潮认识和评价的先声。50年代相继出版的一系列文学史对现代文学史上的自由主义文学思潮与运动都有论及,但在新民主主义的革命文学研究框架下,认为胡适、梁实秋、沈从文、胡秋原、苏汶、林语堂等人的文学思想及活动是和革命文学完全对立的资产阶级的文艺思想，主要以批判为主。比如刘绥松的《中国新文学史初稿》，在论及胡适"五四"文学革命的活动时，批评胡适的"文学改良"和"国语的文学"只不过是文字工具的改革和文学方法的改进罢了，完全是一种讳言文学思想的形式主义的论调，暴露了资产阶级固有的妥协性和软弱性。关于30年代左翼文学和新月派、第三种人、自由人、林语堂等的文学论争，则被视为是文艺思想战线上的"对敌斗争"，认为抗战爆发之后梁实秋的"与抗战无关"和沈从文的"反对作家从政"等说法是资产阶级腐朽的"艺术至上"论的一种"翻新"的表现。相比较而言，王瑶的《中国新文学史稿》对自由主义文学思潮的论述显得较为客观，批判的味道要淡一些，更注重对文学史实的叙述。

　　50年代自由主义文学思潮的研究中，最突出的是对胡适的批判。1954年10月10日《光明日报》发表李希凡、蓝翎的文章《评红楼梦研究》，后来因为毛泽东的批示，在全国范围内掀起了一场清除胡适资产阶级唯心主义思想影响的批判运动，对胡适的文学、哲学、历史学、教育学、语言学等方面的思想进行了系统的批判。在这场批判运动中，胡适在现代文学中的活动，尤其是他在"五四"文学革命中的表现和作用成为批判的主要内容之一，以群、钟敬文、刘绥松、王瑶、魏建功等人都撰文就胡适在"五四"文学运动中的活动进行批判。[①] 其中有代表性的是以群的《从文学改良到阵前叛变——剖视五四文学革命中的资产阶级知识分子胡适》，文章通过对"五四"文学革命中胡适主要言论和活动的系统梳理，基本上否定了胡适在"五四"文学革命中的作用。尽管作者并不否认胡适以资产阶级知识分子的地位参加过"五四"文化革命的统一战线，也不否认他在提倡白话文方面所起的某些积极作用，但是更强调他在参加文学革命时站在最右翼，始终没有参与当时轰轰烈烈的反帝反封建的政治

---

　　① 主要的论文有以群：《从文学改良到阵前叛变——剖视五四文学革命中的资产阶级知识分子胡适》，《学术月刊》1955年第5期；钟敬文：《胡适在文学运动上作用的重新估价》，《新建设》1955年第78期；刘绥松：《批判胡适在五四文艺革命运动中的改良主义思想》，《文艺报》1955年第126期；王瑶：《辟胡适的所谓"历史进化的文学观念"》，《北京大学学报》1955年第1期；魏建功：《胡适文学观语言观批判》，《北京大学学报》1955年第2期。

斗争和思想斗争。以群认为胡适在"五四"文学革命中的"业绩"是：宣扬文学工具论，仅仅把文学革命的任务局限在"用白话作文作诗"上，使它脱离反帝反封建的思想斗争和文化革命运动；宣传所谓"历史进化的文学观"掩盖反映在文学历史上的阶级斗争的真面貌；在中外文化的关系上，又片面地否定民族文学遗产的价值，盲目地颂扬西方帝国主义国家的文化，鼓吹文化艺术上的"全盘西化"。无论是文学史的写作或者是对胡适的批判，对现代文学中革命因素的强调成为主导性的叙述模式，这样就导致对自由主义文学思潮的认识和评价往往可能会背离历史事实。1956 年，毛泽东提出"双百"方针，给现代文学研究也带来一些变化，比如汪曾祺认为对沈从文先生的估价是不足的，许杰也提出对胡适"五四"文学革命中改良主义活动的评价并不完全符合历史事实，认为有关胡适的评价，应在坚持总体否定的前提下，适度肯定胡适的历史进步意义。但是，随着形势的变化，尤其是"文革"以后，这样的提法马上被更加革命化的洪流所湮灭。

新时期以来，尽管思想文化界开始拨乱反正，但 80 年代前期的自由主义文学思潮研究，并没有完全摆脱阶级论的影响。在 1978 年到 1980 年陆续出版的由唐弢主编的《中国现代文学史》中，有三节的内容论及了 30 年代的新月派、第三种人、自由人和 40 年代的自由主义文艺思潮。但该文学史把这些文艺现象主要看作是资产阶级的文艺思想，从而加以批评。1982 年，苏光文发表《论中国自由主义文艺思想派别及其消长》①一文。该文把现代评论派、自由人、第三种人、"民主个人主义"等自由主义的文艺派别放在一起，分析了它们"随着中国的基本矛盾与中国自由资产阶级的升沉而消长"的轨迹，并评价了它们的共同特征及其文学史地位。整个 80 年代，从整体上论述自由主义文学思潮的文章可谓寥寥无几。90 年代以来，知识界引介、研究西方的自由主义思想，重新评价胡适，开始推崇顾准，形成了正面评价自由主义的思想氛围，自由主义文学思潮的研究也逐渐引起学术界的普遍关注。90 年代末，以一批研究自

---

① 苏光文：《论中国自由主义文艺思想派别及其消长》，《西南师范学院学报》1982 年第 4 期。

由主义文学论著的出现为标志，自由主义文学思潮研究已然成为现代文学研究中的"热点话题"。沈从文热、张爱玲热的持续高涨，对左翼文学贬抑性的评价，都是具体的表现。

自由主义文学思潮研究中首要的问题是对"自由主义文学"概念的探讨。从现代文学发展的历史状况看，自由主义文学概念及相近提法在自由主义文学发生的同时就已经存在了。自由主义文学的产生和形成是基于它和自由主义政治和文化思潮之间的密切联系，甚至可以把它当作后者在文学领域的体现。由于自由主义的政治和文化、文学运动经历了一个曲折复杂的历史过程，还有文学与政治、文化之间的关系也不能简单地视为一种对应关系，即使同一作家、流派的思想也有变化和复杂之处，所有种种都表明界定自由主义文学并不是一件容易的事情。第一个对"自由主义文学"给予明确定义的是刘川鄂。他把"中国自由主义文学"界定为"在现代中国文学史上出现的那些深受西方自由主义思想和文学观念影响的独立作家和松散组合的文学派别，他们创作的那些具有较浓厚的超政治超功利色彩，专注于人性探索和审美创造的文学作品及相关的文学现象"。他还开列了一个属于自由主义阵营的作家和流派的名录，属于此列的作家有胡适、周作人、林语堂、梁实秋、闻一多、徐志摩、李金发、戴望舒、胡秋源、苏汶、施蛰存、穆时英、刘呐鸥、朱光潜、萧乾、师陀、宗白华、梁宗岱、李健吾、沈从文、钱锺书、张爱玲、穆旦等。具有较明显的自由主义意味的群落包括"现代评论派""语丝派""新月派""第三种人""自由人""京派""新感觉派""九叶诗派"等。① 刘川鄂的界定，主要是以创作态度、创作方式和思潮上的相似性为依据，所以他的概括和描述有些过于宽泛。有人认为，他所概括的与其说是"自由主义作家"，还不如说是"自由作家"，因为自由主义本身就是一种政治诉求，原来公认的自由主义文艺，像"现代评论派""新月派"，40年代的自由主义文艺都有强烈的政治追求和政治背景。以是否倡导文学独立来界定自由主义文学，恐怕没有顾忌到自由主义自身

---

① 刘川鄂：《中国自由主义思潮与自由主义文学》，《中国现代文学研究丛刊》1998年第3期。

的脉络,而将它等同于一般人对"自由"的理解,即"不受拘束"。①

自由主义文学思潮的基本特征是自由主义文学思潮研究中讨论最多的问题之一。刘川鄂的《中国自由主义文学的现代性》②一文从现代性的角度揭示了自由主义文学思潮的基本特征。他认为,中国自由主义文学的现代性主要表现在三个方面:对文学本体观的固执的坚持,把人作为创作的中心,始终关注文学与自由的关系。另外,支克坚在长篇论文《论中国现代自由主义文艺思潮》③中,通过与革命文学思潮和鲁迅文艺思想的比较,探讨了自由主义文学思潮的主要特征。该文认为,首先,在文艺与政治的关系上,自由主义致力于探求文学的独立本质;其次,人性论便成为自由主义文艺思想的基础;再次,中国自由主义文学思潮的代表人物强调道德,往往包含着淡化政治甚至反对政治的目的;最后,自由主义文艺思想坚持人的精神活动具有绝对个人的性质,文艺创作也具有绝对个人的性质。以上两人对自由主义文学思潮特点的认识大体一致。

对自由主义文学思潮的发展变化以至终结进行历史的勾勒,也是自由主义文学思潮研究中的重要课题。王毅的《中国自由主义文学思潮的阶段性特征》④一文,对自由主义文学思潮的演进作了系统的梳理和描述。该文认为,中国自由主义文学思潮的演进,大致经历了三个阶段:第一个阶段以新文学运动初期的胡适等为代表;第二个阶段是20年代初至30年代初;第三个阶段是30年代初至40年代末,以京派为代表的自由主义文学思潮的阶段性尾声。由于自由主义文学思潮的发展在20年代以后才变得更加明朗化,所以作者在谈到新文学运动初期的自由主义文学思潮时,也不得不承认,"从整体的五四文学革命思潮中单独指认一种鲜明的、与其他反传统文学思潮有明显差异的自由主义文学思潮,这相当困难"。马俊山的《"反差不多运动":三十年代自由主义文学思潮的尾声》⑤一文,

---

① 温儒敏:《中国现当代文学学科概要》,北京大学出版社2005年版,第232页。
② 刘川鄂:《中国自由主义文学的现代性》,《人文杂志》1998年第3期。
③ 支克坚:《论中国现代自由主义文艺思潮》,《鲁迅研究月刊》1997年第9、10期。
④ 王毅:《中国自由主义文学思潮的阶段性特征》,《中国现代文学研究丛刊》1997年第2期。
⑤ 马俊山:《"反差不多运动":三十年代自由主义文学思潮的尾声》,《辽宁师范大学学报》1996年第6期。

钩稽了 1936 年年末以京津两地报刊为主要阵地爆发的 "反差不多运动" 的有关史实，评述了争论过程、双方的对立互补关系及其思想史意义。

自由主义文学思潮的历史研究，40 年代往往成为关注的热点，这也因为 40 年代自由主义文学思潮从观念形态上讲，更为自觉，以及它和革命文学思潮之间的斗争也更为激烈和政治化。胡传吉的《自由主义文学理想的终结（1945.8—1949.10）》① 一文是他博士论文的节选。该文以塞亚·柏林消极自由的观念为出发点，探讨了 1945—1949 年间中国自由主义文学的生存状态。作者认为，与二三十年代相比，这一时期的自由主义文学有着不同的特点与表现：前两个时期的自由主义文学更积极，后者更偏向消极自由。从消极自由的观念入手，阐发艺术趣味和良心体系对研究 40 年代自由主义文学思潮无疑是一个深化。另外，刘淑玲借助 1946—1949 年间《大公报》上的京派文人沈从文、萧乾等人的言论，比较细致地梳理了自由主义作家的政治立场和文学选择以及革命作家的批判，历史地呈现了 40 年代自由主义文学思潮的风貌。②

二

对代表性作家和流派的研究是自由主义文学思潮研究的重点之一。胡适被公认是自由主义的代表性人物。刘川鄂的《胡适与中国自由主义文学》③ 从泛功利的文学价值观、改良文学的态度与方法、对易卜生主义的鼓吹等方面论证了胡适是中国现代自由主义文学的始作俑者，并简要评价了胡适自由主义文学思想的贡献与局限。作者的结论是：胡适"五四"时期的着眼点是相对于旧文学的新文学而不是自由主义文学，但他却为中国自由主义文学的发展起了重要的奠基作用。徐改平的《试论胡适与中国现代自由主义文学思潮》④ 一文对胡适和自由主义文学思潮之间的关系作了历

---

① 胡传吉：《自由主义文学理想的终结（1945.8—1949.10）》，《渤海大学学报》2008 年第 3 期。

② 刘淑玲：《自由主义往哪里走？——1946—1949：〈大公报〉的文人立场和文学选择》，《社会科学论坛》2004 年第 5 期。

③ 刘川鄂：《胡适与中国自由主义文学》，《武汉大学学报》1998 年第 3 期。

④ 徐改平：《试论胡适与中国现代自由主义文学思潮》，《开放时代》1999 年第 4 期。

史的描述,认为"胡适是与自由主义文学思潮有着不可分离的关系的。这种不可分离主要是其精神上有大致相同的追求"。文章还进一步阐述了自由主义文学观念与胡适的文学观念之间的差异:"胡适对文学的要求始终是既坚持文学内容的通俗易懂,又要求具有一定的美的感染力的。因而是既区别于某些左派文学家所一味强调文学的宣传功能,也有异于自由主义文学家的强调文学的纯然独立性的。"美国学者格里德的《胡适与中国的文艺复兴——中国革命中的自由主义(1917—1937)》作为研究胡适自由主义心态和命运的一部力作,在第三章系统地分析了胡适在"文学革命"中的种种言论及其表现。作者认为,"当别人是武断的时候,胡适总是保持着暂时的、尝试性的观点,当别人号召的革命是对过去的否定时,胡适总是尽力把它视为通向未来的一个过渡阶段。当别人把革命说成是一次突发的毁灭性的剧变时,胡适总是在更缓慢、更少破坏性的进化过程的前后联系上来思考它,而且,他一直保持着这样的信心:只要引导得当,这种'有意识的进化'将会实现它希望的目标"①。

自由主义文学思潮的另一个代表人物就是梁实秋。刘川鄂的《梁实秋与自由主义文学》②是梁实秋文学思想研究方面代表性的文章。作者首先对梁实秋的人性论观念进行了阐释,指出"梁实秋对人性有多次解释,他注意到人既有生物属性又有人文属性,但显然更看重后者。……他认为人性就是人的自然欲求之外的普遍特性,超地域、阶级、种族和国界,固定不变"。梁实秋的另一重要观点是强调文学的独立价值,强调创作自由,反对工具论的文学观。文章就此也做了一番辨析工作。作者还对梁实秋与左翼文学、三民主义文学以及"与抗战无关"等一系列的争论也作了辩证分析,认为无论是30年代的各种争论,还是近几十年来的文学史研究,都扭曲了梁实秋的真实形象和真正贡献。

沈从文、林语堂、戴望舒、郁达夫等人的自由主义文学观念和创作倾向也受到了研究者的重视。邓年、张爱武的《沈从文自由主义文学思想

---

① [美]格里德:《胡适与中国的文艺复兴——中国革命中的自由主义(1917—1937)》,鲁奇译,江苏人民出版社1996年版,第97页。

② 刘川鄂:《梁实秋与自由主义文学》,《文学评论》2006年第1期。

初探》① 一文，通过考察沈从文文学创作与批评中的审美追求、艺术实践及其与胡适新月派诸作家理论主张的密切联系，探讨了沈从文对中国现代自由主义文学观念的接受、发展与嬗变。郑万鹏的《戴望舒："忧郁"的艺术——中国现代自由主义文学研究》② 指出，戴望舒与各种社会集团力量拉开一定距离，形成自己社会改造以及文学上的自由主义立场；他不断地抒写"忧郁"，就是在将其寻找理想而不得的苦闷升华为审美情感，就是在不断地向理想发出怀恋，就是对于自由主义的清醒的选择与痛苦的坚守。何小海的《幽默·性灵·闲适——林语堂的自由主义文学观及其探源》③ 从林语堂的作品出发，简要地阐述他的自由主义文学观，认为造成林氏自由主义文学观的因素是多方面的，但中西文化的合围、社会的压迫、乡土情结和地域习俗文化的影响是不容忽视的。郑万鹏的《郁达夫：民族意识的化身——中国现代自由主义文学研究》④ 指出，贯穿郁达夫创作的是民族意识，他的一生实现了从自由主义的左翼立场到自由主义的国家立场的转变。

90 年代以来，自由主义的文学社团、流派成为主要研究对象，涌现出了一批成果。沈卫威的《自由守望——胡适派文人引论》⑤，主要从政治文化入手，概括了从《新青年》到《自由中国》的自由主义文人群体的散落过程，描述了胡适派文人作为政治自由主义者被国共两党反对、作为文化自由主义者被激进主义保守主义所不容，因此处于"无地自由"的尴尬境地。倪邦文的《自由者梦寻——"现代评论派"综论》⑥，从中国社会的现代化走向的角度考察"现代评论派"，并对其独树一帜的文艺

---

① 邓年、张爱武：《沈从文自由主义文学思想初探》，《湖北社会科学》2006 年第 11 期。
② 郑万鹏：《戴望舒："忧郁"的艺术——中国现代自由主义文学研究》，《海南广播电视大学学报》2004 年第 3 期。
③ 何小海：《幽默·性灵·闲适——林语堂的自由主义文学观及其探源》，《漳州职业大学学报》2003 年第 3 期。
④ 郑万鹏：《郁达夫：民族意识的化身——中国现代自由主义文学研究》，《海南师范学院学报》2004 年第 5 期。
⑤ 沈卫威：《自由守望——胡适派文人引论》，上海文艺出版社 1997 年版。
⑥ 倪邦文：《自由者梦寻——"现代评论派"综论》，上海文艺出版社 1997 年版。

思想、创作特色进行了细致分析，认为"现代评论派"作家以个人本位、人性自由为创作出发点，有意与现实保持审美距离，注重精神启蒙，提倡宽容态度，呈现出了共同的自由主义文学风貌。解志熙的《美的偏至——中国现代唯美—颓废主义文学思潮研究》① 一书，主要采用了美学视角，探讨了文学思潮与中国现代自由主义社会文化思潮的关系，认为不少现代作家先前大都信仰自由主义和个人主义，但在艰难时世中易生幻灭恐惧之感，随之对唯美—颓废主义的人生观艺术观产生共鸣。

京派、海派一直是自由主义文学研究中的重要课题。长期以来，普遍的看法是，京派文学在政治上具有超越意识。《京派文学的世界》② 一书著者许道明就持这种看法："如果文坛主导观念表现为文学对现实政治的依赖，作家对现实政治的依赖，那么京派作家的文学观念更着重表现为文学对现实政治的脱离，作家对现实政治的脱离。这是京派作家文学思想中最杰出的部分，同时也是最落后最不为时代所容的部分。"也有论者提出京派的文学观念中有"超然意识与介入意识杂糅"的状况，并逐渐注意到其不同于左翼文学的介入与干预社会现实的方式与思路。李俊国在《三十年代"京派"文学思想辨析》③ 一文中指出，"三十年代'京派'文学功利观，是一种超然于现实政治利益和阶级观点的文学功利观。它不与先进的无产阶级及其政党利益相联系，而是与一种宽泛意义的民族前途、'人生观再造'的社会理想相联系"。京派杂糅的文学观念实际上体现了不同于左翼文学的注重政治现实的文化意识和文化选择，京派文学的文化学阐释无疑使得京派研究得到了进一步深化。白春超指出，京派作家置身于新旧冲突趋于缓和、新文化内部开始调整的语境中，他们的文化选择表现出"向传统倾斜"的特征，也是对"五四"时期激烈反传统倾向的反思与矫正，标志着新文化运动和新文学运动的深化。④ 周仁政的《京

---

① 解志熙：《美的偏至——中国现代唯美—颓废主义文学思潮研究》，上海文艺出版社1997年版。

② 许道明：《京派文学的世界》，复旦大学出版社1994年版，第65页。

③ 李俊国：《三十年代"京派"文学思想辨析》，《中国现代文学研究丛刊》1987年第2期。

④ 白春超：《京派的文化选择：向传统的倾斜》，《河南大学学报》2006年第3期。

派文学与现代文化》①一书从独特的文化视角出发，深刻地把握了京派文学所具有的现代文化意蕴这一特质，对京派文学现象作了一番独到而细致的文化梳理，是对京派文学研究的新突破。"京派"是一个活跃在三四十年代文坛的松散文学流派，这个流派不仅在创作上成就斐然，而且表现出对于文学理论与批评的不同寻常的重视，并在这方面做出了卓著的成绩。黄键的《京派文学批评研究》②是京派文学批评研究方面重要的著作。该书回顾了京派及京派批评的产生与发展的历史概况与历史境遇，并对沈从文、朱光潜、李健吾、梁宗岱、李长之等具有代表性的京派批评家进行个案研究，在此基础上重点考察京派批评在走向自觉的审美批评的道路上所进行的理论建设及其实践成就。

吴福辉是新时期较早研究海派的人之一，在80年代发表了一系列文章，《都市漩流中的海派小说》③是他海派研究的专著。书中给海派文学正名，为海派文学的内涵和外延作了界定，并从海派文化的历史变迁、海派文化心理和行为模式、海派小说的文化风貌等方面对海派文学的特征作了深入的研究。该著作还对30年代的京派、海派之争以及这两个流派与20世纪中国文化的关系作了富有新意的探讨。吴福辉对海派的研究从区域文化的角度为20世纪中国文学的研究提供了新的重要的研究视角和研究途径。许道明的《海派文学论》④从海派文学与"五四"新文化、现代主义、都市文学、中间路线等方面去寻找海派文学的形成渊源、特质以及历史地位，认为海派文学有着"现代性"的品格，是中国文学发展史上从来没有过的"都市文学"，是作家自觉倡导并实践的现代主义文学，是一种执着于人本位的个人主义的文学。李欧梵的《上海摩登——一种新都市文化在中国1930—1945》⑤也是一部富有新意和开创精神的著作。该书第一部分以一些新的公共构造和空间如百货大楼、咖啡馆、舞厅为基础，描绘了上海的印

---

① 周仁政：《京派文学与现代文化》，湖南师范大学出版社2002年版。
② 黄键：《京派文学批评研究》，生活·读书·新知三联书店2002年版。
③ 吴福辉：《都市漩流中的海派小说》，湖南教育出版社1995年版。
④ 许道明：《海派文学论》，复旦大学出版社1999年版。
⑤ 李欧梵：《上海摩登——一种新都市文化在中国1930—1945》，北京大学出版社2001年版。

刷文化、电影等都市文化的各个方面，重新绘制了一张上海的文化地图。第二部分讨论的是新感觉派的刘呐鸥、穆时英和施蛰存，还有邵洵美、叶灵凤、张爱玲共六位作家的文学世界，作者着力挖掘的是上海都市文化的现代性和与之相应的现代文学中的现代主义。该著作从都市文化和现代文学的关系角度为海派文学研究提供了新的研究视角，极大地深化了对海派文学都市化特征的认识。此外，如黄建生的《重看海派文学的商业性》① 一文，重新审视了海派文学的商业性对中国都市文学发展的独特贡献。作者认为，海派作家积极利用现代物质文明进行文体创新，把新文学语言和通俗故事相结合，创造出了丰厚的商业利益，而且也迎合了现代都市读者，从整个中国文学发展史来看，海派文学是"20世纪新文学与市场结合的先声"。

30年代的"京派""海派"之争是文学史上一次重要的争论，产生了深远的影响，但是新中国成立后的文学史并未重视这场文坛争论。90年代以来，由于海派研究热的兴起，"京海之争"才开始受到研究者重视。长期以来，鲁迅对京派、海派的论述被奉为"圭臬"，很多人认同鲁迅的论断："京派是官的帮闲，海派是商的帮忙。"但是，高恒文的《鲁迅论"京派"、"海派"》② 一文提出，人们误读了鲁迅的《论京派与海派》。他认为，鲁迅文中京派、海派的概念内涵与外延和当时讨论中所沿用的概念大有出入，而鲁迅的这篇文章是篇策略性很强的评论，批评的倾向性含而不露，并非是客观的评论。周葱秀的《关于"京派"、"海派"的论争与鲁迅的批评》③ 是一篇与高恒文争论的文章。他认为，鲁迅当时所作的评价是经过长期考察"京派""海派"两种文化现象，并联系当时的争论所做出的言简意赅、精辟的总结。鲁迅批评的是文坛上两种不良倾向，即隐士化和商业化，而并非如高恒文所说的是针对文坛的某几个人。徐美恒的《关于鲁迅论"京派"、"海派"》④ 也认为，鲁迅关于京派海派

---

① 黄建生：《重看海派文学的商业性》，《江海学刊》2000年第2期。
② 高恒文：《鲁迅论"京派"、"海派"》，《鲁迅研究月刊》1997年第8期。
③ 周葱秀：《关于"京派"、"海派"的论争与鲁迅的批评》，《鲁迅研究月刊》1997年第12期。
④ 徐美恒：《关于鲁迅论"京派"、"海派"》，《鲁迅研究月刊》1998年第12期。

的批评是一种文化意义上的批评。吴投文的《沈从文与"京派""海派"论争》①和王继志的《沈从文严肃文学观观照下的京派和海派》②都探讨了"京海之争"中的关键人物沈从文,对沈从文在当年京海之争中的地位与意义作了较为客观公正的评价。

也有研究者采用比较的方法来研究京派和海派。李俊国的《"京派""海派"文学比较研究论纲》③是新时期较早的全面论述京派海派文学的论文之一,他用比较研究的方法,从文化形态与文学分野、文学立场和文学意识、文学创作的审美意识等方面,来比较京派与海派的异同点以及各自成型的原因。2003 年,杨义出版了《京派海派综论》④一书,采用个案研究和现象还原的方法,把京派海派当作精神文化现象和审美文化现象来对待,对京派海派的文化因缘及审美形态、两派独特的个性等问题作了细致探讨,发现"京派和海派的文化智慧和审美探索,既存在着竞争创新的一面,又没有完全排除其互动互补、渗透并进的一面"。

三

90 年代以来,自由主义文学研究的视角也越来越多元化,诸如自由主义与"五四"文学、传统文学的关系等问题都得到了探讨,说明自由主义文学思潮的研究在不断深化。一般认为,"五四"时期以胡适为代表的文学运动是自由主义文学的发端,但是由于"五四"文学思潮本身的复杂性和流变性,所以,从整体的"五四"文学革命思潮中单独指认一种鲜明的、与其他反传统文学思潮有明显差异的自由主义文学思潮,却是相当困难的事情。关于自由主义与"五四"文学思潮的关系探讨,刘川鄂的《五四启蒙思潮与自由主义文学》⑤一文是具有突破意义的成果。文章辨析了"五四"新文化运动与中国自由主义思潮和自由主义文学的关

---

① 吴投文:《沈从文与"京派""海派"论争》,《中州学刊》2002 年第 1 期。
② 王继志:《沈从文严肃文学观观照下的京派和海派》,《吉首大学学报》2002 年第 4 期。
③ 李俊国:《"京派""海派"文学比较研究论纲》,《学术月刊》1988 年第 9 期。
④ 杨义:《京派海派综论》,中国社会科学出版社 2003 年版。
⑤ 刘川鄂:《五四启蒙思潮与自由主义文学》,《文学评论》2002 年第 3 期。

系，认为启蒙运动包含了以自由主义启蒙的内容，但并未形成相对独立的自由主义文学思潮；自由主义只是"五四"启蒙大合唱的一个声部，其精髓是人道主义。肖向明的《自由主义与"五四"文学的流变》[①] 一文，从"五四"知识分子对自由主义的不同侧重与选择，分析了自由主义在"五四"文学中所扮演的角色，揭示了"五四"文学由反传统文学、建立人的文学急促向阶级文学、革命文学流变的内在原因。

马俊山的《中国现代自由主义文学与传统人文精神》[②] 一文，从中国现代化进程中人文价值重建的角度，深入探讨了自由主义文学和中国传统文化之间的关系。作者认为，自由主义文学在30年代开始向传统人文回归，既使"五四"精神更加贴近个人，世俗化，具体化了，也消除了现代人文精神和本土话语的张力，使其化入中国人文传统，成为新的国民意识。王兵在《左翼及自由主义文学思潮与儒道传统思想》[③] 一文中指出，左翼与自由主义文学这两大思潮虽是在"五四"外来文化的诱发下产生的，但源远流长的中国传统文化为这两种思潮的兴起提供了更为内在的土壤和动力。和马俊山相比，王兵过分强调这两个文学思潮与传统思想的联系，而没有论及西方思想和本土思想之间的复杂关系，整个论述显得有些偏颇和牵强。

自由主义文学在新文学以及新文化建设中的地位和作用，也是一个值得重视的话题。马俊山的《现代自由主义作家与新文学人文合法性》[④] 一文指出，自由主义文学是一个客观的存在。从《现代评论》《新月》《论语》到《文学杂志》《观察》等一系列卓尔不群的杂志期刊，从胡适、丁西林到徐志摩、梁实秋、林语堂、周作人、萧乾、沈从文、朱光潜等一大批各具情彩的作家和理论家，形成了与中国现代文学史共始终的自由主义文学传统。作者认为，自由主义文学在整体上充实和提高了新文学的人文

---

① 肖向明：《自由主义与"五四"文学的流变》，《思想战线》2004年第5期。
② 马俊山：《中国现代自由主义文学与传统人文精神》，《中国现代文学研究丛刊》1998年第4期。
③ 王兵：《左翼及自由主义文学思潮与儒道传统思想》，《唐都学刊》2004年第3期。
④ 马俊山：《现代自由主义作家与新文学人文合法性》，《文艺理论研究》1999年第1期。

品位。王兆胜的论文《一个相当有价值的文本——20世纪中国自由主义文学反思》①则认为，20世纪中国自由主义文学的价值和意义表现在：它对塑造人的独立人格具有重要意义；它注重文学性，使文学具有了长久的艺术生命力；它强调对人生和人性的探讨。同时，他也指出了自由主义文学存在的两个方面的问题：第一，与20世纪的中国现实不相吻合，致使与中国其他形式的文学发生强烈的矛盾和冲突。第二，文学气质和审美方式的平淡与和谐，致使自由主义文学往往缺乏崇高感和伟力之美。

90年代以来，由于自由主义话语甚嚣尘上，中国现代自由主义的代表人物，在一些人特别是在许多青年知识分子的心目中，又重新成为民族文化的精英，他们所代表的文化，成为民族的精英文化。针对现代文学研究中过分推崇自由主义作家拔高自由主义文学价值的现象，一些学者以历史的态度和方法，指出在革命文学和自由主义两股文学思潮中，说到生命力，那恐怕还得承认，更强大的是前者，强调在高度评价自由主义文学思潮的地位和价值的同时，也要注意到它的局限和不足。②这都说明对自由主义文学思潮的研究，在摆脱了各种文化思想的影响之后，逐渐趋于理性和客观。

新世纪以来，随着张爱玲、沈从文等热潮逐渐退却，自由主义文学研究相对比较沉寂。陆续出版的专著有刘川鄂的《中国自由主义文学论稿》③、胡梅仙的《中国现代自由主义文学话语之建构（1898—1937）》④、李火秀的《诗意回归与审美超越——中国现代自由主义文学研究》⑤、陈国恩等的《中国"自由派"文学的流变》⑥、胡明贵的《自由主义思潮与

---

① 王兆胜：《一个相当有价值的文本——20世纪中国自由主义文学反思》，《社会科学辑刊》1999年第6期。
② 支克坚：《论中国现代自由主义文艺思潮》，《鲁迅研究月刊》1997年第9、10期。
③ 刘川鄂：《中国自由主义文学论稿》，武汉出版社2000年版。
④ 胡梅仙：《中国现代自由主义文学话语之建构（1898—1937）》，中国社会科学出版社2009年版。
⑤ 李火秀：《诗意回归与审美超越——中国现代自由主义文学研究》，浙江大学出版社2012年版。
⑥ 陈国恩等：《中国"自由派"文学的流变》，中国社会科学出版社2014年版。

新文学现代性品格》①、王俊的《四十年代自由主义文学研究》②。刘著对中国自由主义文学思潮的发展历程和中国自由主义作家创作特征作了系统深入的研究,是第一本从整体上对这一文学现象作宏观研究的专著。胡著探讨了中国现代自由主义文学的缘起、转型、发展及其表现形态和话语特征。作者提出了"中国文化自由主义"的概念,并对其作了界定和辨析,在回顾了中国文化自由主义的发展轨迹、辨析了现代自由主义文学的发生之后,从白话、文学独立意义和批评空间的开创三个角度阐释了中国现代自由主义文学话语的形态建构,并择取代表性作家的具体作品与创作,探讨了自由主义文学话语的建构及其历程。李著从审美现代性的视角阐释了中国现代自由主义文学的价值和意义,认为自由主义文学作为中国新文学中的一脉,某种程度上是中国现代自由主义知识分子现代化焦虑的产物,他们从自身的文化传统来展开现代性的想象与建构,并对现代化进程中的种种弊端,开出了审美救赎的药方,特别是面对传统向现代的"断裂"式过渡所遭受到的思想冲击、情感震荡、价值失范,努力做出自己的文化和美学选择,表现出一种审美现代性的自觉追求。陈著对自由主义的基本内涵也作了分析,把中国现代文学中的"自由主义"放到世界自由主义的整体浪潮中,追溯了其哲学上的渊源,就自由派文学的整体属性和特点提出了新的判断,认为中国自由派文学,是处在两大政治势力之间、受到挤压的中间派文学。从整体上按照中国自由主义文学发展时间顺序,从"新月派"的文学自由论到论语派的自由困境,从"第三种人"的现实境遇到后来 40 年代自由主义面临的压力和挑战,直至抗战结束时,一批怀抱"自由"派文学理想的作家寻求"第三条道路"的尝试与实践,对中国"自由"派文学的流变作了纵横清晰的阐释。胡明贵对于中国现代文学内部的自由主义观念,进行了一番爬梳。在描述和阐释相结合的层面上,借助于理论思辨和文学诗学分析,发掘潜藏在中国现代文学批评理论与创作实践中的自由主义文化意象,勾勒出自由主义思潮传播和流变的脉络。王俊主要考察在中国现代学史的第三个十年(1937—1949 年)自由

---

① 胡明贵:《自由主义思潮与新文学现代性品格》,人民出版社 2013 年版。
② 王俊:《四十年代自由主义文学研究》,中国社会科学出版社 2018 年版。

主义文学的发展流变。力图将自由主义文学历史化，考察自由主义文学在这一特定的历史阶段所面临的压力与挑战，其在不同的政治生态环境中表现出的不同或相同的审美追求，以及与其他文学类型之间的复杂关系，展现出自由主义文学与自由主义作家的"中间位置"的特点。

　　自由主义文学研究的热潮趋于平静之后，在理论建构、文学史叙述以及研究方法等方面存在的诸多局限和缺失也越来越引起人们的注意。蒋进国的《酒神魔咒与现代自由主义文学史建构》一文对现代自由文学研究进行了历史的反思。作者揭示了自由主义文学研究存在的问题。首先，自由主义文学研究的风险来自"自由主义"概念本身。由于"自由主义"外延复杂而含混，其"非文学性"所指，使"自由主义文学"概念无法有效包容研究目标，无力阐释诸如鲁迅这样具有丰富"自由"因子的对象，削弱了研究合法性。这种过分倚重"自由主义"的理论惰性，使研究者无法找到穿透此种文学样态的有效解读范式，而身陷"主义"泥沼，从而将研究对象本质化，遮蔽自由主义文学的丰富性。其次，自由主义文学的文学史建构孱弱。由于"自由主义"概念的政治敏锐性，自由主义、自由主义作家及知识分子等，"文革"前长期处于被批判和遮蔽状态；90年代以来，诸多因素推动自由主义文学研究升温，出现该领域作家、作品、流派和思潮的发掘热潮，继而步入扩大化阶段，导致自由主义文学范畴因"泛化"而丧失其固有归约性。最后，他指出，在梳理自由主义文学研究脉络和路径时，要对该领域本质化和泛化现象保持清醒认知，探寻自由主义文学史研究的新范式。[①] 张慧佳的《中国现代主义诗学研究述评》一文也评析了自由主义文学研究方面存在的问题，作者认为现代自由文学研究大多关注其流变和发展，注重对文学史料的挖掘，使得一度被边缘化的自由主义作家作品重新回到了现代文学研究的领域。但是，综观以往的研究，普遍存在"主体间性""对话性"和"共生性"等学理上的缺失。强调应该引入权力关系、结构主义、文化社会学等文化理论观照中国现代自由主义诗学，这将更科学、客观地呈现中国现代自由主义诗学乃至中国现代诗学的系统结构、形式

[①] 蒋进国：《酒神魔咒与现代自由主义文学史建构》，《暨南学报》2012年第8期。

与功能以及演化的复杂性。①

第二节　抗战及战后文艺思潮研究

抗战及战后文学思潮主要包括 1937 年抗战全面爆发后发生在国统区、沦陷区和"孤岛"的文学运动和创作潮流，它一直持续到 1949 年新中国成立。作为中国现代文学思潮的重要组成部分。1949 年以后的研究一直是在与延安文学思潮的对比中进行的。不仅研究方法单一，而且研究视角相似，形成了相对固定的模式。这种研究状况直到新时期开始以后才有所真正突破。

一

1949 年 7 月，茅盾在第一次中华全国文学艺术工作者代表大会上做了《在反动派压迫下斗争和发展的革命文艺》的报告，既总结了抗战开始以后国统区和沦陷区文学的发展状况，也开启了 1949 年以后以国统区和沦陷区为中心的抗战文学思潮研究的基本范式。

新中国成立一直到"文化大革命"结束的近三十年是抗战文学思潮研究的第一个时期。由于毛泽东的《新民主主义论》和《在延安文艺座谈会上的讲话》在中国现代文学史建构中的理论权威的逐渐确立，中国现代文学研究也逐渐变成了不断寻求"革命性"的过程。对于"反动派压迫下"的抗战文学思潮来说，在政治意识形态的规范下挖掘抗战文学思潮的革命意义更是研究者义不容辞的责任。这是一种强烈政治化了的学术研究，社会历史批评是研究者采用的最基本的研究方法。研究者从"反动"与"革命"的二元对立的思维方式出发，一方面否定着反动派统治下抗战文学思潮发展环境的黑暗，另一方面肯定着革命文学作家从事文学运动的热情。思维方式的单一化决定了研究对象的明晰化，研究者在凸显所要肯定的研究对象的同时，也就遮蔽了所要否定的研究对象。

---

① 张慧佳：《中国现代主义诗学研究述评》，《中南大学学报》2016 年第 3 期。

这一时期的抗战文学思潮研究主要集中在文学史的撰述中。1949年以后的中国现代文学史撰述常常是在官方的规范下进行的。体制化的文学史撰述方式主要是为不同作家及其不同文学派进行政治上的甄别，并进而确定其在文学史上的位置。在1950年5月召开的第一次全国高等教育会议上，"中国现代文学史"被列为高等学校中文系的必修课程，要求"讲述自五四时代到现在的中国新文学的发展史，着重在各阶段的文艺思想斗争和其发展状况"。随后公布的《〈中国新文学史〉教学大纲（初稿）》以毛泽东的《新民主主义论》和《在延安文艺座谈会上的讲话》为依据，将中国现代文学的历史分为四个阶段，其中抗战开始后的文学以1942年为界线被分为"由'七·七'到延安文艺座谈会讲话"和"由'座谈会讲话'到'全国文代大会'"两部分。① 对于延安文学思潮来说，这种划分有其合理性，但是对于国统区和沦陷区的文学思潮来说，这种划分却切断了其前后发展的统一性。1942年以前包括国统区和沦陷区在内的抗战文学思潮是独立撰述的，而1942年以后的包括国统区和沦陷区在内的抗战文学思潮被纳入了毛泽东"讲话"的理论框架之中。研究者在撰述过程中，一再强调毛泽东"讲话"对包括国统区和沦陷区在内的抗战文学思潮的影响，完全脱离了抗战文学思潮发展的现状，变成了抽象的抗战文学思潮的"革命史"。

王瑶的《中国新文学史稿》（下）② 就是按照这种分期方法来叙述抗战文学思潮的。作者以"在民族解放的旗帜下"将1937年到1942年的文学列为第三编，其中第11章为"抗战文艺的动向"。作者全面评述了抗战爆发后文学界面临的新的形势及其中华全国文艺界抗敌协会成立的重大贡献，包括"文章下乡，文章入伍"潮流、"通俗文艺与大众化"运动和"民族形式问题"论争等。王瑶还集中分析了"与抗战无关论""文学艺术的本身尺度""文学的艺术性第一"和"讽刺与暴露"等思想斗争存在的错误倾向。对于这个阶段的抗战文学思潮，王瑶在总体上是肯定的。对

---

① 老舍、蔡仪、王瑶、李何林：《〈中国新文学史〉教学大纲（初稿）》，《新建设》1951年第4期。

② 王瑶：《中国新文学史稿》（下），新文艺出版社1954年版。

于 1942 年以后的抗战文学思潮，王瑶将其纳入第四编"文学的工农兵方向"，在"国统区文艺运动"一小节里进行了简单的概述。作者认为，毛泽东的"讲话"和延安的文学作品传到国统区后"给文艺工作者带来了新的方向和新的文学风貌，并发生了极大的教育作用"，但由于国统区作家未能向现实社会努力挖掘"主要矛盾和主要斗争"，他们的创作出现了"公式主义的偏向"，解决的唯一办法"只有去和人民大众的现实斗争相结合，在实践中改造自己"。

此后出版的文学史著述不但大多承袭了王瑶的《中国新文学史稿》的撰述方式，而且进一步强化了毛泽东"讲话"对抗战文学思潮的指导意义，政治色彩越来越明显了。1955 年出版的丁易的《中国现代文学史略》对中国现代文学发展阶段的划分尽管与王瑶的《中国新文学史稿》略有不同，但同样以 1942 年毛泽东的"讲话"为分界线，将抗战文学思潮分为前后两个阶段。对于前一个阶段的抗战文学思潮，作者认为，国统区和沦陷区作家虽然在"国民党反动政府消极抗战反共反人民"形势下坚持"用各种方式作斗争"，但是总体上"这一时期文艺运动处在一种右倾状态之中"。对于后一个阶段的抗战文学思潮，作者认为，依然存在"右倾偏向"，但随着毛泽东的"讲话"传到国统区，进步作家能够按照毛泽东的指示，"执行了进步文艺在国民党统治区中的任务"[①]。丁易在论述抗战文学思潮的过程中，更加注重的是国统区和沦陷区的"革命文艺运动的发展"，以及"和错误的及反动的文学倾向的斗争"，强调的"反动"与"革命"之间的思想冲突，文学运动潮流完全被文学思想斗争所取代。在对中国现代文学发展阶段的历史分期上，刘绶松的《中国现代文学史初稿》与王瑶和丁易完全不同。刘绶松以 1945 年抗战胜利作为分界线，将 1937 年到 1949 年的抗战文学思潮分为前后两个阶段，把"文学史"完全变成了"革命史"。作者对抗战文学思潮的论述突出了两条主线，一是"文艺与工农兵的结合"，二是"革命文艺对资产阶级文艺思想的斗争"[②]。

[①] 丁易：《中国现代文学史略》，作家出版社 1955 年版，第 120、168 页。
[②] 刘绶松：《中国新文学史初稿》（下册），作家出版社 1956 年版，第 415、456 页。

除了文学史撰述中对抗战文学思潮的论述以外，这个时期也有一些专门研究抗战文学思潮的学术论文，但主要从戏剧、诗歌等文体角度入手分析问题。值得一提的是李何林的《由"七·七"到延安文艺座谈会讲话的新文学》①一文。该文全面概述了抗战的爆发给文学带来的新变化：一方面，广大作家真正走向了人民大众，一定程度上实现了文学大众化和通俗化；另一方面，作家队伍并未完全融合，在"国民党反动政府的压迫下文学抗战"面临着巨大困难，导致了一些作家情绪的低落，但经过对"与抗战无关论""讽刺与暴露""纯客观的写实主义"和"主观的理想主义"等种种错误文学思想的斗争，抗战文学思潮最后在整体上走向了革命现实主义的方向。此后，基本上再没出现过专门研究抗战文学思潮的论文。从总体上来说，抗战文学思潮的发展阶段也正是以"讲话"为中心的毛泽东文艺思想的形成时期，因而对 1937 年以后的中国现代文学史的写作与学术研究中，毛泽东文艺思想影响下的延安文学思潮就成为研究者追逐的热点。而对于较少受到毛泽东"讲话"影响的以国统区和沦陷区为中心的抗战文学思潮自然就少人问津了。

二

新时期开始以后，抗战文学思潮研究进入了第二个时期。伴随着思想解放潮流的推动，新时期以来的抗战文学思潮研究摆脱了第一个时期的冷寂状态，迎来了全面的繁荣时期。以 1995 年世界反法西斯战争和中国抗日战争胜利 50 周年纪念为界，第二个时期的抗战文学思潮研究分为前后两个阶段。

由于第一个时期的抗战文学思潮研究一直不为研究者所重视，也没有经过"文化大革命"时期的彻底否定和破坏，因而新时期开始后的抗战文学思潮研究基本上处于一种全新的状态。尽管新时期之初的中国现代文学研究是以拨乱反正的方式开始的，力图回归到 50 年代和 60 年代上半期的研究状态之中，但抗战文学思潮研究从一开始就没有受到拨乱反正式的

---

① 李何林：《由"七·七"到延安文艺座谈会讲话的新文学》，载李何林等《中国新文学史研究》，新建设杂志社 1951 年版，第 115 页。

"回归"研究的限制。然而,这并不是意味着新时期之初的抗战文学思潮研究有多高的水平。在整体的学术氛围的规范之下,当时的抗战文学思潮研究仍然是一种社会历史批评。尤其需要指出的是,经过第一个时期的沉寂状态,新时期开始后的抗战文学思潮研究的相关文学史料相当匮乏。因而,文学史料的搜集、整理和出版就成为新时期到来之后抗战文学思潮研究的基础。经过新时期之初的文学史料的充分挖掘之后,抗战文学思潮研究很快走向了全面繁荣。

研究者开始关注抗战文学思潮中的地域性潮流。由于战争带来的地域分割,要从总体上对整个抗战文学思潮进行宏观把握有相当的难度,因而第一个阶段的抗战文学思潮研究注重地域性,强调不同地域带来的文学潮流的差异性。一方面,是从传统的国统区、沦陷区和上海"孤岛"的划分角度进行的研究。像马良春的《试谈国统区抗战文艺及其分期问题》①、胡凌芝的《中国现代文学发展的一个特殊侧面——沦陷区文学面貌管窥》②、黄万华的《沦陷区文学鸟瞰》③、陈梦熊的《上海"孤岛文学"运动概述》④等论文都是从传统的国统区、沦陷区以及上海"孤岛"等不同政治和军事区域进行的整体性概述。另一方面,随着整体性的区域研究的逐渐展开,具有地方性特征的地域文学思潮研究开始出现,像国统区的重庆、昆明、桂林、永安等地,沦陷区的东北、华北、上海等地区先后成为独立的研究对象。像冯为群的《东北沦陷时期文学概观》⑤、王照清的《华北沦陷区文学概观》⑥、张振金的《抗战时期的岭南文学》⑦、郑勉己的《福建永安抗日文化活动的特点与起落》⑧等论文和陈青生的《抗战时

---

① 马良春:《试谈国统区抗战文艺及其分期问题》,《抗战文艺研究》1984年第4期。
② 胡凌芝:《中国现代文学发展的一个特殊侧面——沦陷区文学面貌管窥》,《中国现代、当代文学研究》1986年第10期。
③ 黄万华:《沦陷区文学鸟瞰》,《中国现代文学研究丛刊》1993年第1期。
④ 陈梦熊:《上海"孤岛文学"运动概述》,《抗战文艺研究》1987年第3期。
⑤ 冯为群:《东北沦陷时期文学概观》,《社会科学战线》1987年第2期。
⑥ 王照清:《华北沦陷区文学概观》,《抗战文艺研究》1985年第3期。
⑦ 张振金:《抗战时期的岭南文学》,《海南大学学报》1985年第4期。
⑧ 郑勉己:《福建永安抗日文化活动的特点与起落》,《福建师范大学学报》1986年第1期。

期的上海文学》①、张泉的《沦陷时期北京文学八年》②、靳明全的《重庆抗战文学论稿》③ 等专著都以不同地域的文学作为研究重点，努力梳理出该地域文学思潮的基本流向及其与抗战文学思潮整体上的统一性。整体上来看，这些研究成果多是对不同地域的抗战文学潮流的概述，涉及的问题较为广泛，但是缺乏理论的深度和深入的探索。

除了地域性的文学思潮研究以外，抗战文学思潮中的社团流派也受到研究者的广泛重视，这是抗战文学思潮研究成果较为突出的一个方面。"七月派"受到了很多研究者的关注。以胡风为代表的"七月派"在1955 年以后遭到了毁灭性的打击，"七月派"研究也完全停止。新时期开始以后，随着"胡风反革命集团案"的平反，"七月派"广泛受到研究者的注意。龙泉明的《七月诗派与九叶诗人：在历史与未来的交汇点上》④、郭小聪的《论七月诗派》⑤ 等论文比较有代表性。除了一般性地概述"七月派"的来龙去脉以外，研究者能够深入"七月派"形成的时代、社会和历史文化语境，对"七月派"的理论主张、审美追求和艺术风格等进行整体的观照。

"抗战文艺右倾论""与抗战无关论""战国策"派等文学现象也得到了重新评价的机会。在 50 年代至 60 年代上半期的中国现代文学史撰述中，这些文学社团和文学现象都是作为"革命文艺"的对立面而受到批判的。新时期开始后，研究者对这些文学社团和文学现象进行了重新反思。阳翰笙、陈白尘、罗荪、葛一虹等抗战文学运动的参与者和苏光文、徐廼翔等抗战文学思潮研究者对茅盾以及后来夏志清、司马长风等人的"抗战文艺右倾论"的观点提出了批评。苏光文的论文《"凋零"、"开倒车"，还是大发展》⑥ 从文学与生活的关系、文学运动、文学论争、创作

---

① 陈青生：《抗战时期的上海文学》，上海人民出版社 1995 年版。
② 张泉：《沦陷时期北京文学八年》，中国和平出版社 1994 年版。
③ 靳明全：《重庆抗战文学论稿》，重庆出版集团 2006 年版。
④ 龙泉明：《七月诗派与九叶诗人：在历史与未来的交汇点上》，《国际关系学院学报》1994 年第 4 期。
⑤ 郭小聪：《论七月诗派》，《文学评论》1988 年第 4 期。
⑥ 苏光文：《"凋零"、"开倒车"，还是大发展》，《抗战文艺研究》1985 年第 4 期。

成果、社会效能和典型形象的塑造等方面,全面地考察并论述了抗战文学的成就。作者认为,抗战时期的文学创作"成就显著,果实累累,而不是犹如含苞待放的花朵经大风暴的袭击遂纷纷凋零"。刘铭的《对批判梁实秋"与抗战无关"论的新评估》①、张波的《"与抗战无关"论争的再认识》②、孙续恩的《抗战时期梁实秋的"与抗战无关"论》③ 等论文对1938 年梁实秋提出的"与抗战无关论"进行了重新评价,认为当时对梁实秋的批判"不符合梁实秋的原意,因而也是错误的"。刘铭认为,梁实秋提出意见"事实上是比较全面、正确的,而在'与抗战无关'论上对他批判是有欠公正的"。以陈铨为代表的"战国策派"及其文学创作也受到研究者的重新评价。刘安章的《评陈铨剧作的"浪漫精神"》④、文天行的《重评陈铨抗战时期的文学创作》⑤ 等论文通过具体的文学作品分析了"战国策派"的意义,肯定了其历史地位。

对抗战文学思潮的整体评价也逐渐趋向合理。由于 50 年代到 60 年代上半期的中国现代文学史撰述中对抗战文学思潮整体评价不够客观,新时期开始后的中国现代文学研究受其影响,不仅对抗战文学思潮研究的总体评价偏低,而且对于抗战文学思潮中的一些文学现象持否定态度,极大地限制了抗战文学思潮研究的进程。但随着抗战文学思潮研究的加快,如何公正地评价抗战文学思潮的发展也成为抗战文学思潮研究的重要问题。华忱之的论文《我对抗战文艺的基本估计》⑥ 认为,抗战文学可以和"五四"文学、左联文学并称,"是中国现代文学史上三座高峰之一","抗战文艺不仅继承和发扬了'五四'以来新文学的革命传统,而且为建国以来的社会主义文艺创作的繁荣发展,提供了宝贵的经验和有益的营养,称得起是承前启后,继往开来"。徐廼翔的论文《关于抗战时期文学研究的

---

① 刘铭:《对批判梁实秋"与抗战无关"论的新评估》,《高等学校文科学报文摘》1987 年第 6 期。
② 张波:《"与抗战无关"论争的再认识》,《重庆师范学院学报》1987 年第 3 期。
③ 孙续恩:《抗战时期梁实秋的"与抗战无关"论》,《抗战文艺研究》1984 年第 4 期。
④ 刘安章:《评陈铨剧作的"浪漫精神"》,《重庆师范学院学报》1981 年第 3 期。
⑤ 文天行:《重评陈铨抗战时期的文学创作》,《中国现代文学研究丛刊》1987 年第 4 期。
⑥ 华忱之:《我对抗战文艺的基本估计》,《抗战文艺研究》1983 年第 3 期。

几点思考》① 从中国现代文学的历史发展进程入手，论述抗战文学的意义。作者认为，"抗战时期文学是中国历史上大动荡、大分化时代的产物，它是中国现代文学从百花齐放的'五四'到左翼文学的兴旺发展的30年代，又进入全民抗日的文学统一战线时期的重大转折"。李春燕的《文学的沦陷与沦陷的文学》、冯为群的《是汉奸文学还是抗日文学》等论文针对一些人否定东北沦陷区文学的倾向，指出"东北沦陷时期文学，是祖国五四新文学运动的继续和发展。从30年代开始，在党的领导和影响下，无产阶级革命文学和小资产阶级的抗日爱国文学，始终存在着、斗争着、发展着"②。对抗战文学思潮的评价总体上要抱着实事求是的态度，在对文学史料的分析中进行新的定位，这样才有助于抗战文学思潮研究走向深入。

经过80年代的全面繁荣之后，抗战文学思潮研究进入90年代后曾一度走向沉寂。然而，随着1995年世界反法西斯战争和中国抗日战争胜利50周年纪念活动的到来，抗战文学思潮研究再度开始活跃，进入了第二个阶段。与前一个阶段相比，第二个阶段的抗战文学思潮研究不再以平面化的综述为主，而走向了立体化的深入探索。

研究者不再局限于中国的抗战文学思潮本身，而开始在世界反法西斯战争的广阔背景下，探索抗战文学思潮的世界性特征及其与国际战争文学思潮之间的相关性。徐文欣的论文《世界反法西斯叙事文学的几种创作模式和中国抗战文学的特点》③ 在概述世界反法西斯叙事文学的苏联模式、欧美模式、德日模式前提下，分析了中国抗战文学中的解放区、国统区、沦陷区三种不同地域文学的特点。苏光文的《抗战文学与世界文学的交往》④ 比较全面地概述了抗战时期中国文学与世界文学之间的相互交流。作者认为，中国抗战文学"抓住了世界反法西斯战争提供的机遇，

---

① 徐廼翔：《关于抗战时期文学研究的几点思考》，《抗战文艺研究》1985年第3期。
② 李素秀：《东北沦陷时期文学讨论会预备会在哈举行》，《抗战文艺研究》1986年第2期。
③ 徐文欣：《世界反法西斯叙事文学的几种创作模式和中国抗战文学的特点》，《中国现代文学研究丛刊》1995年第3期。
④ 苏光文：《抗战文学与世界文学的交往》，《中国现代文学研究丛刊》1995年第3期。

以民族解放意识为文学的灵魂,与世界文学进行对话,开展多层次交往",表明中国现代文学对外交往"开始趋向成熟"。陈春生的论文《抗战时期中国接受苏俄文学的特点初探》① 分别从国统区、解放区和沦陷区三个不同地域入手,分析了中国接受苏俄文学的特点。作者认为,中国文学在抗战这一特殊时期主要接受了苏俄文学的功利性标准,从而完成了"直接为抗战服务"的目的。房福贤的专著《中国抗日战争小说史论》②,在全面反思近60多年描写抗日战争的小说及其有关研究的基础上,归纳与划分抗战小说的类型,并将之放在世界战争文学的坐标系上进行新的审美认知和评价。2005年,《河北学刊》第5期发表了一组"东亚现代文学中的战争与历史记忆"国际学术研讨会论文。杨义的《历史记忆与21世纪的东亚学》、严家炎的《救亡与启蒙的二重奏》、王富仁的《战争记忆与战争文学》、吴福辉的《文学和个人记忆》、黄修己的《对"战争文学"的反思》、刘增杰的《抗战反思文学思潮的独特品格》、秦弓的《抗战文学与正面战场》等论文反思了抗战文学思潮中文学与战争的关系、战争文学中的人类与人性意识、文学的救亡与启蒙的关系等问题,强化了抗战文学思潮研究的深度。

研究视角的选择不仅影响着研究的广度,更是决定着研究的深度。第二个阶段的抗战文学思潮研究的一个重大变化就是研究视角的多样化,研究者善于从不同的层面切入研究对象,达到对抗战文学思潮研究的立体化效果。谢纳的论文《现代传媒与国统区文学的民族化、大众化转型》③ 以传媒为切入点,分析了以《抗战文艺》《文艺阵地》《戏剧春秋》《烽火》等为代表的文学媒介在青年作家引导、大众文学观念传播、文学读者的培养等方面发挥的功能,探讨了文学大众化的变革。杨洪承的论文《"文协"的社群形态与抗战文学文化研究的视阈》④ 从文学社团的"社群形

---

① 陈春生:《抗战时期中国接受苏俄文学的特点初探》,《抗日战争研究》2001年第1期。
② 房福贤:《中国抗日战争小说史论》,黄河出版社1999年版。
③ 谢纳:《现代传媒与国统区文学的民族化、大众化转型》,《辽宁大学学报》2005年第3期。
④ 杨洪承:《"文协"的社群形态与抗战文学文化研究的视阈》,《当代作家评论》2008年第3期。

态"角度分析了"文协"在"组织上的国共合作统一战线,与政治上的民族抗战的主张,文学上的抗战文艺、文学之宣传"与作为"现代文人聚散独有的教育途径、政治意识、文学主张、组织结构等精神风貌和生命形态"的双重性内涵,从而揭示了"文协"在抗战文学思潮发展中发挥的多重功能。王维国的论文《抗战时期中国文学地理的重新划分》① 从文学地理学的视角分析了抗战时期"中国三大区域社会制度及其所属政治意识形态在文学艺术中占有主导地位,并决定了抗战时期中国文学地理的基本格局与表现特征"。郝明工的论文《抗战时期中国文学的区域分化与主导特征》② 从文学地域文化视角分析了以重庆为中心的大后方文学和以延安为中心的边区文学的"宣传化"特征,以北平为中心的华北沦陷区文学和以上海为中心的华东沦陷区文学的"艺术化"倾向。

在第一个阶段的抗战文学思潮研究中,抗战文学思潮的主题与审美内涵研究的重点是爱国主义、启蒙主义和"力"之美的探索。第二个阶段的主题与审美内涵研究不再局限于此,而在对文学、民族与国家的多重关系的探索中趋向深入。苏光文的论文《爱国主义:1937—1945 年中国少数民族文学的中心话语》③ 分析了中国少数民族文学中的爱国主义主题。作者认为,抗战时期少数民族文学"与汉族文学在文学观念、价值取向原则与审美意识诸方面,获得了整体性的认同,一齐为中华民族的解放而歌唱,共同言说着爱国主义中心话语"。陈言的论文《抗战时期沦陷区"色情文学"新探》④ 分析了沦陷区"色情文学"形态、性质和成因,认为沦陷区的"色情文学"表现出了沦陷区生态和心态的双重贫瘠,是日伪政权麻痹中国人民抗日斗志的一种政治工具,实际上并不是真正意义上的色情文学。张泉的论文《反抗军事入侵与抵制文化殖民——抗战时期

---

① 王维国:《抗战时期中国文学地理的重新划分》,《江海学刊》2008 年第 6 期。
② 郝明工:《抗战时期中国文学的区域分化与主导特征》,《中国现代文学研究丛刊》2009 年第 3 期。
③ 苏光文:《爱国主义:1937—1945 年中国少数民族文学的中心话语》,《民族文学研究》2000 年第 1 期。
④ 陈言:《抗战时期沦陷区"色情文学"新探》,《抗日战争研究》2002 年第 1 期。

北京沦陷区文学中的民族意识与国家认同》① 分析了日本占领北京后实施的文化殖民政策，以及知识分子在抵制文化殖民过程中表现出来的民族认同意识。周燕芬的专著《执守·反拨·超越——七月派史论》② 在全面细致地考察七月派的发生、演变和消隐的过程中，从现代性角度入手重点归纳了七月派的审美特征。黄万华的专著《史述与史论：战时中国文学研究》③ 注意打通抗战时期不同地域文学的差异，既分析了不同地域文学主题的共同模式，也分析了不同地域文学主题形态的特殊性。

以"左联"为核心的左翼文学思潮在抗战时期虽然融入了整个抗战文学的发展潮流中，但仍然保持其独特性，形成了新的理论体系。这一现象也引起了研究者的关注。支克坚一直关注着左翼文学思潮中的马克思主义文艺理论的发展变迁，对抗战及战后马克思主义文艺理论进行了系统的研究。他的《中国现代特定历史条件下的现实主义主张——冯雪峰文艺理论研究》④《胡风与中国现代文艺主潮》⑤《冯雪峰、胡风与中国现代马克思主义文艺理论的流派问题》⑥ 等论文认为，中国马克思主义文艺理论发展到抗战时期基本上形成了以周扬为代表的政治中心论和以冯雪峰、胡风为代表的现实中心论两个理论流派，由于他们各自的理论缺陷，这两种文艺理论在现实生活中最后都失去了存在的生机。随着研究的深入，大多数研究者将研究的重心放在了胡风和冯雪峰的文艺理论和文艺思想的探索上。王丽丽的论文《胡风的理论问题解析》⑦ 在分析胡风文艺理论问题的基础上，清理了胡风的文艺理论之所以与当时的主流文艺理论发生碰撞的主要症结所在，展示了胡风的文艺理论从一般的文学问题上升为政治问题

---

① 张泉：《反抗军事入侵与抵制文化殖民——抗战时期北京沦陷区文学中的民族意识与国家认同》，《北京社会科学》2005 年第 4 期。
② 周燕芬：《执守·反拨·超越——七月派史论》，中华书局 2003 年版。
③ 黄万华：《史述与史论：战时中国文学研究》，山东大学出版社 2005 年版。
④ 支克坚：《中国现代特定历史条件下的现实主义主张——冯雪峰文艺理论研究》，《文学评论》1986 年第 1 期。
⑤ 支克坚：《胡风与中国现代文艺主潮》，《中国现代文学研究丛刊》1989 年第 2 期。
⑥ 支克坚：《冯雪峰、胡风与中国现代马克思主义文艺理论的流派问题》，《中国现代文学研究丛刊》2008 年第 4 期。
⑦ 王丽丽：《胡风的理论问题解析》，《中国现代文学研究丛刊》2003 年第 1、2 期。

的复杂过程。

作者认为，双方理论分歧的焦点集中在"对于现实主义的理解"和"对于'政治'的不同解释"，而理论分歧的形成又与双方的人格具有不可分割的关系。张业松的论文《胡风理论的错位与遭际》[①]围绕胡风理论的核心观念、基本特质和思想背景，梳理了其与强势话语之间的错位。作者认为，胡风理论是"以文艺理论的表现形式，对'五四'以来困扰中国社会和知识阶层的广泛问题做出回应，构成一种在20世纪40年代日趋尖锐激烈的观念环境中极具竞争力和挑战性的意识形态"，从而与强势话语产生了冲突和碰撞。支克坚的专著《冯雪峰论》[②]主要研究了冯雪峰的文艺思想，揭示了其文艺观念中"政治性"和"艺术性""主观主义"和"客观主义"的复杂性和矛盾性。

随着抗战文学思潮研究中文学史料的进一步搜集和挖掘，一些长期被人们忽略的文学现象受到了研究者的关注。王向远的论文《"大东亚文学者大会"与日本对中国沦陷区文坛的干预渗透》[③]在阐述日本三次所谓"大东亚文学者大会"概况的基础上，指出"这三次大会的召开是日本军国主义对中国沦陷区文学实施干预和渗透、企图把中国文学拖入'大东亚战争'的主要措施，也是日本的侵华文学发展到'大东亚文学'阶段的重要标志"。张泉的论文《殖民语境中文学的民族国家立场问题——关于抗战时期日本占领区中国文学中的亲日文学》[④]分析了抗战时期日本占领区的亲日文学现象，从殖民语境和沦陷区文学研究史的角度提出了区分"汉奸文学"的五个原则。倪伟的论文《"抗建文艺"与国民党的民族主义》[⑤]在阐述国民党抗战时期的文学活动的基础上，分析了"民族主义在内在理念方面的致命缺陷"是国民党在"文艺抗战"上无所作为的根本

[①] 张业松：《胡风理论的错位与遭际》，《中国现代文学研究丛刊》2008年第3期。
[②] 支克坚：《冯雪峰论》，陕西人民出版社1993年版。
[③] 王向远：《"大东亚文学者大会"与日本对中国沦陷区文坛的干预渗透》，《新文学史料》2000年第3期。
[④] 张泉：《殖民语境中文学的民族国家立场问题——关于抗战时期日本占领区中国文学中的亲日文学》，《汕头大学学报》2008年第2期。
[⑤] 倪伟：《"抗建文艺"与国民党的民族主义》，《社会科学》2005年第8期。

原因。对于这些"被忽视和被遮蔽"的文学现象的研究必须注意文学史实的辩证取舍，处理好"抗日文学"与"汉奸文学"、"左翼文学"与"右翼文学"的关系。

三

抗战胜利以后，随着国共两党政治和军事力量的变化，中国逐渐进入了"一个历史的转折点"。① 在中国社会即将发生重大变化的转折时期，中国现代文学思潮也进入了战后的转折阶段。90年代中期之后，中国文学从现代向当代的转变问题逐渐引起了一些研究者的注意。研究者从不同的角度揭示了中国现当代文学转折时期的历史复杂性，发现了中国文学从现代向当代转变的必然逻辑。

所谓文学上的"转折"，当然是在新旧中国两种社会制度转变过程中中国文学发生的一系列变化。由于中国文学从现代向当代的转化是与中国社会制度的变革联系在一起的，因而中国文学在此时发生的一系列变化就不是一般意义上的文学变革。洪子诚说："文学的'转折'在这里，指的主要是40年代文学格局中各种倾向、流派、力量的关系的重组。以延安文学作为主要构成的左翼文学，进入50年代，成为唯一的文学事实；20年代后期开始，左翼文学为选择最理想的文学形态、推进文学'一体化'的目标所做的努力，进入一个新的阶段；毛泽东的文艺思想，成为'纲领性'的指导思想；文学写作的题材、主题、风格等，形成了应予遵循的体系性'规范'；而作家的存在方式、写作方式、作品的出版、阅读和批评等文学活动方式也都出现了重大变化。"② 正是由于研究者对于文学上"转折"的不同理解，形成了关于中国现当代文学转折的不同视角。

一是注重中国现当代文学转折中的延安文学潮流因素。1942年召开的延安文艺座谈会不但规范了延安文学思潮的发展路径，而且也极大

---

① 毛泽东：《目前形势和我们的任务》，《毛泽东选集》第4卷，人民出版社1993年版，第1140页。

② 洪子诚：《中国当代文学史》，北京大学出版社1999年版，第5页。

地影响了1949年以后中国当代文学的发展方向。因此，毛泽东的《在延安文艺座谈会上的讲话》及其影响下的延安文学就成为中国现当代文学转折中的基本力量，也成为1949年以后中国当代文学的核心思想观念。洪子诚在《中国当代文学史》中专门以"文学的转折"为标题，从左翼文学界对"文艺新方向"的选择、毛泽东"关于作家思想改造、转移立足点、长期深入工农兵生活"等关键问题的提出、中华全国文学艺术工作者代表大会的召开等方面论述了中国现当代文学转折的必然性。① 不过，在稍后出版的《问题与方法：中国当代文学史研究讲稿》中，洪子诚对"转折"理解就变得复杂了。他认为，"转折"不仅"表现为一种'新'的文学观念和文学形态的出现"，而且还表现为"40年代不同的文学成分、文学力量之间的关系的重组，位置、关系的变动和重构的过程"。由此，作者进一步分析了"当代文学生成"的多种可能性。② 萨支山的论文《"延安文艺"与"当代文学"》③ 分析了"延安文艺"与"当代文学"关系的复杂性。作者认为，总体上可以将"延安文艺"看成是"当代文学"的"直接源头"，但是这并不是说后者只是对前者简单的时间上的延续，它们的关系是一个不断展开的过程，其中充满了复杂性、差异性和矛盾性。吴秀明、郭剑敏的论文《论延安文学和体制化文学在打通现当代文学史中的特殊意义》④ 提出，在中国现当代文学史写作"合而不通的状态"下，打通中国现当代文学史的意义十分重大。作者认为，打通中国现当代文学史首先要充分认识现代性在百年中国文学语境中所呈现出的复杂性与阶段性的特点，正确理解延安文学和体制化文学的现代性内涵及其特殊的文学史意义，是整合中国现当代文学史的关键所在。

二是注重中国现当代文学转折中的国统区文学潮流因素。也就是说，

---

① 洪子诚：《中国当代文学史》，北京大学出版社1999年版，第7页。
② 洪子诚：《问题与方法：中国当代文学史研究讲稿》，生活·读书·新知三联书店2002年版，第133页。
③ 萨支山：《"延安文艺"与"当代文学"》，《中国现代文学研究丛刊》2003年第2期。
④ 吴秀明、郭剑敏：《论延安文学和体制化文学在打通现当代文学史中的特殊意义》，《学术研究》2006年第12期。

抗战胜利以后的国统区文学也开始发生变化，从而使中国文学从现代向当代的整体转折才有可能。钱理群在《1948：天地玄黄》中抓住发生在1948年一些重要事件，从政治、文化、思想、心理等不同层面描述了国统区以及解放区作家面临社会巨变时的复杂心态，展现了中国现当代文学转折过程中来自不同文学阵营之间的较量，揭示了正是由于"'民族国家利益至上'的理想，使许多知识分子在这历史的关头选择（接受）了革命"，并带来了1949年以后中国文学的巨大变革。① 贺桂梅的《转折的时代——40—50年代作家研究》以萧乾、冯至、沈从文等作家为个案，在呈现"40—50年代社会转型过程中文学格局和作家精神状况的复杂性"的基础上，揭示了"40年代现代作家的转向或者停顿，不能仅仅用毛泽东话语的控制作为唯一解释，而必须意识到作家在40年代的创作状况，他们作为现代文学的主要创造者自身遭遇的困境，以及在转向或停顿过程中的内在逻辑"②。应该说，作者的目的基本达到了。但是，作者对个别作家"转向或者停顿"的精神困境的揭示可能脱离了当时的社会实际。侯桂新的论文《〈大众文艺丛刊〉与中国现代文学的转折》③ 以一批中国共产党领导下的知识分子在香港创办的《大众文艺丛刊》为中心，揭示了《大众文艺丛刊》在中国现当代文学转折过程中的重要意义。作者认为，《大众文艺丛刊》以《在延安文艺座谈会上的讲话》为主要论述依据，在解放区以外第一次对其进行大规模集中阐释，促进了毛泽东文艺思想在全国的传播和权威地位的建立。在此过程中，"《大众文艺丛刊》学习和模仿《讲话》，形成了新的批评模式和批评文体，批评与权力的结合使得这种文体在中国现代文学转折的过程中发挥了重要作用"。

针对钱理群、洪子诚、贺桂梅等人的中国现当代文学转折研究，邵宁宁的论文《四十年代后期文学的历史定位问题》④ 主要从中国现当代文学

---

① 钱理群：《1948：天地玄黄》，山东教育出版社1998年版，第5页。
② 贺桂梅：《转折的时代——40—50年代作家研究》，山东教育出版社2003年版，第12页。
③ 侯桂新：《〈大众文艺丛刊〉与中国现代文学的转折》，《中国现代文学研究丛刊》2009年第3期。
④ 邵宁宁：《四十年代后期文学的历史定位问题》，《文艺争鸣》2007年第3期。

转折的年代问题入手分析了 40 年代后期文学转折的意义。作者认为，钱理群等学者将中国现当代文学的转折时间放在 1948—1949 年虽然有历史事实作为依据，但是并不能全面揭示中国现当代文学转折的历史意义。40 年代后期的文学转折应该有两次，另一次发生在 1945—1946 年间。因为，如果"从'中华民族由衰败到重新振起'这一更长时段的历史角度去看问题的话，便不难发现，从抗战胜利到内战爆发这一历史瞬间虽然短暂，却包含有无比丰富的历史意义"，40 年代后期文学"既非'当代文学'的'起点'，也非二三十年代文学甚或抗战文学的简单延续"，而自有其独立价值。曾令存的论文《"40 年代文学转折"研究》① 也在反思钱理群、洪子诚等人的中国现当代文学转折研究的前提下，将重点放在了中国现当代文学转折过程中作家队伍的更迭上。作者认为，20 世纪 40—50 年代"转折"时期作家队伍的更迭，实际上"是左翼文学力量对 40 年代作家作品和文学'派别'进行'类型'划分的必然结果，预示着中国文坛的分化和重组"。从发生学的角度来说，中国现当代文学的转折研究对于中国当代文学的生成问题具有重大意义，然而，这种转折研究的成果还相当少，需要研究者进一步拓展研究视角，进行更深入的探索。

四

新世纪以来的抗战文学思潮研究在承接 20 世纪 90 年代的学术视野和研究范式的基础上，又形成了一些新的生长点。一是伴随着"抗战文学"② 概念内涵的拓展引发的对抗战文学的新思考。其中最具代表性的观点是张中良提出的"正面战场文学"与"敌后战场文学"③ 等概念，张中良认为，无论是"1949 年前后大陆作家关于抗日战争之文学书写"，还是 1949 年以来的大陆学者的文学史叙述都存在着"政治对历史的压抑与遮蔽"的现象，"把文学史叙述还给历史，才能见到文学史生机勃勃的原

---

① 曾令存：《"40 年代文学转折"研究》，《学术研究》2009 年第 2 期。
② 吴福辉：《抗战文学概念正在文学史中悄悄延展》，《理论学刊》2011 年第 2 期。
③ 张中良：《抗战时期敌后战场文学初论》，《中国现代文学研究丛刊》2015 年第 7 期。

生态"①，力图用"正面战场文学"与"敌后战场文学"的概念来指称原有的"国统区文学"与"解放区文学"等文学概念，并提出重新"确认与阐释抗战文学经典"的主张，因为"当历史主义缺位时，抗战文学历史建构的主观色彩过重，遮蔽了一些真正的经典，对一些经典的阐释也出现了错位甚至扭曲。重写抗战文学史，就要在经典的认定与阐释上坚持实事求是的历史主义精神，……要以多元化的审美标准衡量抗战文学经典，对于带有战争烙印的抗战文学经典予以同情的理解，从各种文体本身的特点来进行审美分析，肯定各种文体经典的独特魅力。从历史还原与审美多元化的角度去认定与阐释抗战文学，才能构建出真实而全面的抗战文学史"②。固然，"十七年时期"大陆学者的文学史对抗战文学思潮的叙述是存在偏颇的，然而，"国统区""解放区""沦陷区"的地域划分也是客观存在的历史事实。解志熙的论文《暴风雨中的行吟——抗战及40年代新诗潮叙论》以丰富的史料梳理了抗战及战后十多年间的新诗发展脉络，并逐一论述了抗战诗歌与讽刺诗歌的兴盛、以"七月"诗派和"反抒情"诗派为代表的左翼诗潮新面目、南北呼应的新古典主义诗潮和现代主义诗潮的新生代，同时也介绍了抗战爆发前后的诗学观念转变以及40年代末的新诗方向之争。③

二是建立在文献考辨基础上的抗战时期文艺社团研究。段从学的专著《"文协"与抗战时期文艺运动》在梳理"文协"的来龙去脉的基础上，重点论析了"文协"组织的文艺运动，探讨了"文协"对抗战时期文学运动发挥的重要作用，"透视中共南方局如何通过书写新文学传统的方式，最终把延安的文艺政策变成了国统区文艺方向的历史过程"。李光荣的专著《西南联大文学社团研究》在整体论析西南联大文学社团的社团特点和管理方式的前提下，主要分析了南湖诗社、高原文艺社、南荒文艺社、冬青文艺社、文聚社、文艺社、新诗社等文学社团的组织结构和文学

---

① 张中良：《1949年前后大陆作家关于抗日战争之文学书写》，《文艺争鸣》2017年第5期。
② 张中良：《抗战文学经典的确认与阐释》，《山东社会科学》2018年第6期。
③ 解志熙：《暴风雨中的行吟——抗战及40年代新诗潮叙论》，《解放军艺术学院学报》2017年第1、2期。

活动，并展现了各个文学社团代表作家的文学创作成就，揭示了作家的"成才与文学社团的关系"，以丰富的史料论证了西南联大文学社团在抗战文学潮流中的历史地位。①杨洪承的论文《抗战文学中活跃的"笔部队"作家群体考察》聚焦于"抗战文学中一支支'笔部队''笔游击'作家群体"，梳理了抗战期间活动于国统区和解放区的一些战地文学服务群体，分析了"笔部队"的结构与抗战文学的取向和美学追求，作者认为，"笔部队"不仅"奠定了抗战文学基本的创作路向，而且最大限度地改写和丰富了五四以来新文学的内容和文学取向"②。

三是运用新理论或方法探讨抗战文学发生发展的专题性研究。张武军的论文《〈中央日报〉、〈新华日报〉副刊与抗战文学的发生》从文学机制角度考察了《中央日报》与《新华日报》的副刊在抗战文学运动中的关联性。作者认为，"从民国的历史文化语境出发，我们可以发现《中央日报》副刊对抗战文学生成的主导性作用，从民国的文学机制出发，我们可以发现《新华日报》副刊作为抗战文学开放性价值的标志性意义"，"《中央日报》、《新华日报》两大报纸副刊之间并非只是对台戏，还有更多复杂的关联"③。佘爱春的论文《桂林文化城与抗战时期文学生态》从文学空间角度考察了抗战的发生如何促成了"桂林文化城"的形成，而"桂林文化城"又如何保证了抗战文学的发展，作者认为，桂林"既是抗战时期国统区的一个政治、文化'特区'，一个多元政治文化力量的交汇地带和对立性的政治、文学话语的缓冲空间；又是一个抗战文学多元共生、互动共存的文学生态空间。它不仅是一个最为典型的文化界、文学界抗战民族统一战线场域，也是一个'不分长幼尊卑、不分信仰、不分民族、不分社会制度和意识形态的人士结成的广泛的国际反法西斯统一战线'的文化空间"，"它以较为自由、宽松、开放的政治文化语境，兴旺繁荣的出版印刷业，蓬勃发展的抗战文艺活动，为抗战文学营造了一个多

---

① 李光荣：《西南联大文学社团研究》，中华书局2018年版。
② 杨洪承：《抗战文学中活跃的"笔部队"作家群体考察》，《文艺争鸣》2015年第7期。
③ 张武军：《〈中央日报〉、〈新华日报〉副刊与抗战文学的发生》，《首都师范大学学报》2015年第3期。

元共生、互动共存的生态场域，促进了抗战文学多元共生的生态局面的形成和发展，为抗战时期中国文学多样化的文学生态作出了重大的贡献"①。周维东的论文《抗战文学的分野与联动——新民主主义文化理论的形成与战时区域政治》运用新民主主义文化理论考察抗战文学的地域分野与联运问题。作者认为，"'新民主主义'概念的提出，与'统一战线'下'三民主义'与'共产主义'之间的分歧有紧密关联，为了获得'统一战线'中的文化领导权，中共需要打破共产主义理论的传统结构，开拓一个新的理论格局。新民主主义理论的开拓性，是将三民主义和共产主义由空间上的并列关系，变为时间上的先后关系，从而搁置了两种'主义'的争议，获得理论主动。新民主主义文化的提出，既是针对中共之前文化政策在民族主义问题上的理论局限，也注意到国民党'民族主义'理论话语的偏颇和不足，为延安时期中共文艺思想的成熟奠定基础"②。

第三节　晚清文学的"现代性"问题研究

　　对晚清文学现代性的认识和研究是近30年来现代文学研究的重要变化和收获，也是从现代文学学科建立以来，最富于变革性的研究成果。在很长一段时间内，学术界认为现代文学的起点大致在1917年开始的文学革命，而晚清文学即"五四"文学革命之前的20多年的文学活动与历史常常被纳入近代文学的范畴。晚清文学现代性的发现与诠释改变了以往对现代文学历史起点的认识，也对晚清文学的性质形成了新的认识。晚清文学现代性的发现与研究从80年代出现由"二十世纪中国文学"观念引发的文学史研究肇始，之后相关的文学史著作都明确地把晚清文学纳入了现代文学研究的范畴，尽管阐述的方式和结论上不尽相同，但许多论者基本上都承认晚清文学包含现代的因素。在关于近代现代文学史分期的争论

---

　①　佘爱春：《桂林文化城与抗战时期文学生态》，《南方文坛》2013年第5期。
　②　周维东：《抗战文学的分野与联动——新民主主义文化理论的形成与战时区域政治》，《北京师范大学学报》2015年第3期。

中，晚清文学的现代性问题也得到了凸显。90年代以来，由于"现代性"理论的明确提出，对晚清文学现代性的讨论也达到了高潮。

一

现代文学学科建立以来很长一段时间内，普遍认为现代文学是从"五四"文学革命开始的，具体的时间为1917年或1919年。王瑶在《中国新文学史稿》绪论部分谈到，"中国新文学的历史，是从'五四'的文学革命开始的"①。80年代，一些学者注意到了海外现代文学史研究者对现代文学开端的不同看法。1982年，唐弢在《关于中国现代文学史的编写问题》的讲演中提到国外有人把现代文学起点放在1901年，还有一些要更早一些。"从清末开始，把清末一些作家都放在里面，《官场现形记》《二十年目睹之怪现状》《孽海花》，都放在现代文学里边讲，日本人就说清末已开始酝酿中国的现代文学了。"②所以，他说关于现代文学发展的历史，大家都从"五四"讲起，将来可能会改变。唐弢并没有明言为什么把现代文学的起点放在20世纪初或更早的清末，但他提出了现代文学的起点问题，说明80年代以来随着现代文学学科研究的恢复和重建，一些学者已经敏锐地意识到，要重新叙述现代文学的历史，首先要处理晚清文学和现代文学的关系，甚至把晚清文学纳入现代文学的范畴。

1985年，黄子平、陈平原、钱理群提出了"二十世纪中国文学"的概念，后来又在《读书》杂志上就这一问题作了详细的阐发，对现代文学研究产生了很大的影响。"二十世纪中国文学"并不单是为了打通"近代文学""现代文学"和"当代文学"这样的研究格局，而是要把20世纪中国文学看作是一个不可分割的有机整体。命题的提出者认为，"二十世纪中国文学"就是由20世纪初开始的至今仍在继续的一个文学进程，一个由古代中国文学向现代中国文学转变、过渡并最终完成的过程。他们把上限放在戊戌变法的1898年，同时认为，20世纪中国文学的主要内容和特征表现在

---

① 王瑶：《中国新文学史稿》，上海文艺出版社1982年版，第1页。
② 唐弢：《关于中国现代文学史的编写问题》，《现代文学讲演集》，北京师范大学出版社1984年版，第7页。

世界文学、改造民族灵魂的主题、以悲凉为核心的美感特征、文体形式和艺术思维等层面上。这一概念的提出体现了文学史观念和方法上的革新意识，体现了把文学史从社会政治史的简单比附中独立出来的努力，强调把文学自身发展的阶段完整性作为研究的主要对象。对晚清文学的性质和意义的探讨并不是他们的主要问题，但是，这一文学史观念把"五四"文学之前近20年的文学看作中国文学现代化进程中一个有机的组成部分。

这一概念的提出，对现代文学研究的一个重要影响就是，以"二十世纪中国文学"为视角的文学史研究与写作，对晚清文学的现代因素的揭示和认识在这股文学史研究和写作的潮流中得以深化。在新的文学史观和"重写文学史"的双重作用下，国内第一部《二十世纪中国文学史》由孔范今主编、山东文艺出版社于1997年出版。孔范今在导论部分首先阐述了新文学史概念提出的依据和意义。他认为，从文学发展的实际进程来看，作为一个相对完整的历史阶段，"二十世纪中国文学"其上限应在20世纪末和21世纪初，至于下限，因为这一过程迄未完结，也不能预设在1999年。之所以把"新文学"的开始放在1898年，孔范今指出，"虽然五四文学革命表现出了更为彻底、更为强劲的叛逆精神和摧枯拉朽的力量，但从新文学所必备的基质和由其所决定的基本倾向而言，早在上一世纪末和本世纪初，这一文学的历史变革早已开始，而这种文学也已萌生且自成规模了"①。他从白话文的提倡、新文学文体格局的开辟和初创、新文学文化与审美基质的初步呈现、翻译文学热潮的出现和中国文学世界化趋势的启动四个方面，论证了"新文学"的文学革新运动早在1898—1917年间已开始。孔主编的文学史著作把20世纪中国文学分为三个时期：1898—1917、1917—1976、1976—至今。

与此同时，受"二十世纪中国文学"的启发，谢冕在80年代末提出了"百年中国文学"的概念，这一观念将视野前移至1895年前后。后来，谢冕主持编写了《百年中国文学总系》，丛书主要受《万历十五年》《十九世纪文学主潮》等启发，通过一个人物、一个事件、一个时段的透视，来把握一个时代的整体精神，从而区别于传统的历史著作。丛书

---

① 孔范今：《二十世纪中国文学史》，山东文艺出版社1997年版，第2页。

的前两卷由谢冕和程文超撰写，两部著作题目分别为"1898：百年忧患""1903：前夜的涌动"，都以晚清文学作为论述的对象。《1898：百年忧患》以一个年代作为界标，采用散点透视的方法叙述了晚清文学的现代性因素及其与百年中国文学发展的关系。谢冕认为，百年中国的基本母题是忧患，而近代中国社会的危机和动荡，是近代中国文学忧患主题的源头。该书主要从百年文学历史发展的角度叙述了诗界革命、刘鹗的《老残游记》和新小说的兴起、翻译文学等重要的文学活动，同时，还从"大文学"的观念出发，通过《清议报》的介绍，论述了报纸的盛行和文学发展之间的关系，对近代报刊的出现对文体革新的意义作了详尽的论述，认为晚清时务文体的出现，是中国近代文学改良运动中文体革命取得成就的重要标志。关于京师大学堂对近现代文学的影响叙述也是该著较有新意的地方。和《1898：百年忧患》相比，《1903：前夜的涌动》更加明确地强调了晚清文学的现代性特征。程文超认为，"中国的现代性追求并不是从五四才开始的，它于世纪之交就开始孕育，而在孕育期的文学与文化状态里，特别值得一提的有两点：第一，在现代性的内部，在其被孕育的同时，已经生长出与其对话的力量，第二，在现代性的外部，已出现了反抗现代性的声音"[①]。程文超对苏曼殊、王国维、谴责小说、鸳鸯蝴蝶派等人物和现象的历史叙述，并不局限于作家作品，试图在一个大的文学文化的氛围中展示这些人物和文学现象包含的现代性因素。本书的视野也没有局限在文学，把梁启超和章太炎的思想活动也作为描述的对象。

　　新的文学史观念的提出给文学历史的叙述提供了更多的想象空间，现代文学的上限被提前了20多年，对清末民初文学的现代性认识在一系列重写文学史的活动中确实显得引人注意，但是，对这一时期文学的性质的认识并非没有争议，这主要反映在80年代关于近代、现代、当代文学史分期的问题中。1986年，中国社会科学院文学研究所发起的"中国近代、现代、当代文学史分期问题讨论会"在北京现代文学馆举行，会后整理发表了《认真求实，共同探索——中国近、现、当代文学史分期问题讨论会纪实》。2001年《复旦学报》开设专栏，重新就这一问题进行了深入的讨

---

① 程文超：《1903：前夜的涌动》，山东教育出版社1998年版，第2页。

论。在关于文学史分期的问题中,一个重要的问题是现代文学起点以及对 20 世纪初文学性质的认识。综观这些讨论,研究者基本形成了四种意见。第一种以王瑶为代表,主张现代、当代合一,"五四"文学革命是中国现代文学开始的标志。王瑶指出,"五四"文学革命运动与晚清文学改革运动之间不仅有彻底性和妥协性的差别,而且,从历史发展的观点看,"五四"文学革命并不是与晚清文学改革运动一脉相承的,它们之间并不是一个由数量的积累到逐渐深化的演进过程。曾庆瑞也认为,晚清文学是古典文学的尾声,它在文学思想和文学形态上并没有发生根本的变化。第二种以任访秋为代表,主张近代、现代合一,称为"近代文学"。任访秋主张把近代(1840—1916)与现代(1917—1949)合在一起称为"近代文学"理由是:首先,两段时期的社会性质都属于半封建半殖民地;其次,就革命性质而言,都属于资产阶级民主主义革命,革命任务都是反帝反封建。马良春也持相同的意见。他认为,自鸦片战争以来,中国文学与古代文学划开了界限,进入了新的历史时期,文学作品中反帝反封建思想的表现,反对八股文、提倡语体文—新文体—白话文—诗界革命与小说界革命,直到"五四"文学革命,是一脉相承的,中间虽有辛亥革命以后三四年短暂的荒凉时期,但是这个变革的潮流并没有停止,所以,80 年的近代文学与 30 年的现代文学,结成了一个从内容到形式的不可分割的、逐渐深化而终未变质的整体。第三种,一些学者认同"二十世纪中国文学"观念,认为应该把百年的中国文学视为一个整体。关爱和、解志熙、袁凯声等人认为,以 1896 年前后梁启超等维新志士所发动的文学改良为标志,中国文学的现代化进程已经持续了 90 年。① 第四种主张把从 20 世纪初至文学革命前这一阶段的文学纳入现代文学的范畴。章培恒认为,20 世纪初至文学革命这一阶段的文学,已经各自存在着与其相同的因素,所以,应该把它视为新文学的酝酿期而列入现代文学的范畴。② 郜元宝也持

---

① 参见《认真求实,共同探索——中国近、现、当代文学史分期问题讨论会纪实》,《中国现代文学研究丛刊》1987 年第 1 期。

② 章培恒:《关于中国文学的开端——兼及"近代文学"问题》,《复旦学报》2001 年第 2 期。

相同的意见,只是在具体的年份事件上,他更加强调鲁迅文言论文的文学史意义,因此,他把起点放在1907年。① 历史分期方面存在分歧主要是由于分期方法与标准的不同所导致的:是以文学自身发展的规律作为分期的依据呢?还是从社会政治发展的角度出发呢?抑或是两者的结合。反映在对清末到"五四"的文学的认识上,即使对文学自身的发展状况认识不尽相同,但许多学者基本认为清末到"五四"前的文学是中国现代文学的一部分。

"二十世纪中国文学"与"百年中国文学"的文学史观念,以及文学史分期的讨论,都主张把现代文学的上限前移,强调从历史的连续性看待从晚清开始的文学活动与"五四"文学之间的历史关系。以上提及的文学史研究的一个明显特征是从现代文学的立场出发,认为从晚清开始的文学活动已经具有了现代文学的一些基质。许多论者大致认为,中国文学的现代性在19世纪末20世纪初已经开始酝酿,但他们在重新诠释文学历史发展过程的时候,也不得不面对"五四"文学和它之前的文学之间的差异性,也不得不承认"无论就其规模、气势,还是就其与传统文化彻底决裂的紧张对抗来说,新文化运动与文学革命都无疑是本世纪中国最具典范意义和深刻影响的一次启蒙运动"②。

如何很好地理解"五四"文学和清末民初文学之间的关系成了文学史研究的重要课题。对这一问题取得突破的是刘纳的专著《嬗变——辛亥革命时期至五四时期的中国文学》③。刘纳把从1902年左右开始到"五四"的文学变革活动作为论述的对象。她认为,我国文学从古代到近代的变革,开始于1902年至1903年间,完成于"五四"之后。它跨越辛亥革命时期和"五四"时期以及在这之间的一个没有名目的时期:1912—1919年,经历近二十年,由两代文学作者完成。刘纳在考察中国文学潮

---

① 郜元宝:《尚未完成的"现代"——也谈中国现当代文学的分期》,《复旦学报》2001年第3期。
② 孔范今:《二十世纪中国文学史》,山东文艺出版社1997年版,第146页。
③ 刘纳:《嬗变——辛亥革命时期至五四时期的中国文学》,中国社会科学出版社1998年版,第440页。

流"近代"嬗变阶段性的时候，主要划分出了三个阶段，尤其指出 1912—1919 年的文学，作为辛亥革命时期文学与"五四"时期之间的环锁，是一个重要的文学时期。解志熙在评价这部著作时指出，刘纳对辛亥革命时期新派文学和"五四"新文学的关系进行了创造性的整合。① 在该书的"后记"中，刘纳曾坦诚地交代了"文学的延续性与阶段性的关系"是令她困惑的难题，而正是在对困惑的深入思考中找到了辩证地理解和处理这个两难问题的思路。刘纳在第四章梳理了从辛亥革命时期至"五四"文学革命时期中国文学"近代性"变革的轨迹，探究了两个不同时期文学的连续性和差异性。刘纳主要强调了"近代"变革的问题，在她看来，20 世纪初的近 20 年是中国的"近代"文学，"近代"不但是一个标明时代范畴的概念，而且是一个能够说明文学性质的概念。

二

80 年代以来，对晚清文学现代性的认识一直处于暧昧状态，其实这种暧昧体现了对何谓"现代"这样的问题的认识上游移不定。整个 80 年代，王瑶曾经在不同的场合强调所谓现代文学的内涵，"就是用现代的语言现代文学形式表达现代中国人的思想情感"。他从语言的现代化、思想的现代化、人的现代化三个层次总结了"五四"以来所追求的现代性，强调自"五四"迄今我们一直处于现代化的进程之中，所以 80 年代的"现代"基本上等同于现代化。相比较而言，进入 90 年代以后，李欧梵和王德威对晚清文学的现代性的认识无论是现代性观念还是历史性分析都更具突破性，当然也遭遇了一些批评，在学术界也引发了明确地从"现代性"的角度对晚清文学的讨论。

李欧梵并不单纯地讨论中国文学的现代性，他大致勾勒了中国文化现代性的轮廓。首先，他认为从中国文化的范畴来看，现代性的基本来源是"现代"这两个字，它们都是表示时间，代表了一种新的时间观念，这种观念认为现在是对于将来的一种开创，历史因为可以展示将来而具有新的

---

① 解志熙：《走出困惑的历史理解力——〈嬗变〉对文学史研究的贡献与启示》，《文学评论》2001 年第 1 期。

意义。这种现代性的观念实际上是从晚清到"五四"逐渐酝酿出来的,一旦出现就产生了极大的影响,出现了进化的观念和进步的观念。其产生的文化土壤有赖于晚清时期,具体来讲,可以追溯到梁启超。其次,现代性对中国意味着新的国家风貌的想象。他主要借鉴了本尼迪克特·安德森"想象的共同体"和哈贝马斯的公共领域理论,探讨了晚清时期由报纸、小说等印刷媒体催生的民族国家和公共领域的兴起,并将其纳入中国文化传统本身所固有的复杂性中进行综合考察,指出这些新的观念在中国晚清与中国本身的文化产生了一系列非常复杂的冲击,这种冲击最后就成为中国现代性的基础。从文学的意义来说,李欧梵认为现代性最重要的问题是叙述的问题,即用什么样的语言和模式把故事叙述出来。另外,李欧梵认为,中国的现代性不可能只从一个精英的观点来看待,除了梁启超这样的一流人物之外,因为随着科举制度的结束,无法在科举入仕之途中获得满足的半吊子文人,在中国的现代性形成过程中也起了重要的作用,恰恰是他们完成了晚清现代性的初步想象。他们创作的五花八门、相互杂陈的文体,展现的正是中国刚刚开始的摩登世界。这个世界是都市人生活的世界,在这个世界中他们营造出一种想象,最后在30年代的上海集其大成,形成了中国通俗文化中的现代性。李欧梵最后得出结论:中国的现代性从20世纪初期开始,是一种知识性的理论附加于在其影响之下产生的对于民族国家的想象,然后变成都市文化和对于现代生活的想象。①

在分析中国文化、文学的现代性的同时,李欧梵还把中国文学的现代性和西方的现代性作了比较。他主要借用卡林内斯库的理论,辨析了西方现代性的两种不同意蕴:一种作为西方文明史的一个阶段的现代性,这是科学、技术发展的产物,是资本主义带来的那场所向披靡的经济和社会变化的产物;另一种是作为美学观念的现代性,它主要指以象征主义和前卫主义的新思潮为代表的现代主义,表现出一种强烈的反前一种现代性观念的倾向,它的起源可以追溯到浪漫主义运动。他认为,中国人对现代性的理解,表现出某些明显的不同,出现了"中国"特色的重新解释。从美

---

① 李欧梵:《晚清文化、文学与现代性》,《中国现代文学与现代性十讲》,复旦大学出版社2002年版,第3—15页。

学的角度看,"五四"作家某种程度上与西方的现代主义的那种艺术上的反抗有意气相投的时候,可是他们并没有抛弃对科学理性和进步的信仰。因此,在中国现代文学里,我们很难找到证据说明现代主义在嘲笑和反对自己,中国现代作家不是转向自身和转向艺术领域,而是淋漓尽致地展现出他的个性,并且把这种个性色彩打在外部显示上面。① 尽管李欧梵也强调世界上存在多种现代性,但是,实际上他并没有摆脱西方中心主义的束缚,最后他得出结论:中国现代作家和同时代西方作家的不同主要表现在,他们不能够否弃"现实",为了自己那种爱国主义的地方观念所付出的代价,乃是一种深刻的精神上的痛苦感,这种痛苦负载着那种危机临头的"现实"压力。他不无遗憾地说,甚至连最深刻的鲁迅似乎也不能超越这种感时忧国精神;鲁迅本人转向左翼,是从20年代开始的文学政治化倾向的一个标志,最终导致主观主义和个人主义的终结。李欧梵更加偏好的是倾向于浪漫与颓废的现代主义传统。他认为,晚清以来的苏曼殊、林纾,"五四"时期的鲁迅、郁达夫、徐志摩,30年代的沈从文和新感觉派以及后来的张爱玲、五六十年代台湾的现代主义诗歌和小说都可以纳入这个传统当中。

王德威在《被压抑的现代性——没有晚清,何来"五四"》和《被压抑的现代性——晚清小说的重新评价》两篇同题互文性的著名文章中,充分阐述了对晚清文学的现代性的评价和认识。王德威指出,中国作家对文学现代化的努力,未尝较西方为迟,这股跃跃欲试的冲动不始自"五四",而是开端于晚清。他通过对狭邪、公案侠义、谴责、科幻四类小说的分析,认为"这四个文类其实已经预告了20世纪中国'正宗'现代文学的四个方向:对欲望、正义、价值、知识范畴的批判性思考,以及对如何叙述欲望、正义、价值、知识的形式性琢磨"。可是,"五四以来的作者或许暗受这些作品的启发,却终要挟洋自重,他们视狭邪小说为欲望的污染、侠义公案小说为正义的堕落、谴责小说为价值的浪费、科幻小说为知识的扭曲。从为人生而文学到为革命而文学,五四的作家别有怀抱,但

---

① 李欧梵:《追求现代性(1895—1927)》,《现代性的追求》,生活·读书·新知三联书店2000年版,第234—237页。

却将前此五花八门的题材及风格，逐渐化约为写实/现实主义的金科玉律"①。在王德威看来，"五四"精英的口味其实远较晚清的前辈为窄，他们延续了新小说的感时忧国叙述，却摒弃或压抑其他已然形成的实验，因此，晚清不只是一个过渡到现代的时期，而是一个被压抑了的现代时期，"五四"其实是晚清以来对中国现代性追求的收刹，而非开端。

　　李欧梵和王德威都把中国文学现代性的着眼点放在晚清，但实际上，他们两人的言说方式存在一定的差异。李欧梵对晚清文学现代性图景的描绘只是要突破传统的"五四"起源说，把文学现代性的源头推向晚清，但王德威并无意去讨论晚清的现代性如何发生诸如此类的问题。他一方面强调"重新评价晚清小说并非一场为中国现代小说找寻新源头的战役，或将曾被拒斥的加以复原"②，另一方面也批评了以西方为马首是瞻的现代性论述和一味按照时间直线进行表探勘中国文学的进展的方法。他认为，对中国文学现代性的认识，由于我们沉浸于"五四"典范，而昧于典范之外的花花世界。因此，他的目的是要重理世纪初的文学谱系，发掘多年来隐而不彰的现代性的线索。

　　李欧梵和王德威对晚清文学现代性的论述，引起了国内学界的一些批评，主要的论文有张志云的《一个错位的"晚清"想象——评王德威"被压抑的现代性说"》③、李建周的《"被压抑的现代性"：叙述策略与意识形态》④、周新顺的《现代性的迷思——李欧梵、王德威中国文学现代性研究述评》⑤、李扬的《"没有晚清，何来五四"的两种读法》⑥ 等。张

---

　　① 王德威：《被压抑的现代性——没有晚清，何来"五四"》，《想象中国的方法》，生活·读书·新知三联书店2003年版，第16页。
　　② 王德威：《被压抑的现代性——晚清小说的重新评价》，王晓明主编《批评空间的开创》，东方出版中心1998年版，第126页。
　　③ 张志云：《一个错位的"晚清"想象——评王德威"被压抑的现代性说"》，《文艺理论与批评》2006年第4期。
　　④ 李建周：《"被压抑的现代性"：叙述策略与意识形态》，《文艺争鸣》2008年第11期。
　　⑤ 周新顺：《现代性的迷思——李欧梵、王德威中国文学现代性研究述评》，《文艺评论》2007年第4期。
　　⑥ 李扬：《"没有晚清，何来五四"的两种读法》，《中国现代文学研究丛刊》2006年第1期。

志云认为，王德威被压抑的现代性论述实际是以西方文化和文学的现代性为标准衡量中国文学，是抽离中国文化语境的误读，在推重晚清时却将"五四"误读和窄化了。李建周主要探讨了王德威的现代性论述与西方汉学界的传承关系，并挖掘了他的理论预设和文本修辞存在的内在矛盾，最终凸显了王德威的论述实际上暗含了对20世纪革命话语的反转和颠覆。周新顺主要就两个人的现代性论述所包含的方法论因素进行了探讨，认为李欧梵是一种基于资料和考据的历史分析方法，王德威则是一种后现代的思维方式，其要义是在颠覆线性发展的历史观和具有前因后果的历史本质主义。和前面几位的诘难式批评不同，李扬的文章不仅揭示了王德威的论述所包含的内在矛盾，更试图凸显其中的问题意识。他认为，王德威的观点具有双重的意义：其一，可以将其理解为一个"重写文学史"命题，因为他通过批评"五四"文学的霸权，确立了"被压抑的现代性"——"晚清的现代性"的文学史价值，在启蒙文学史和左翼文学史之外，为现代文学史的写作，提供了另一种书写方式；其二，将其理解为一个"知识考古学"意义上的解构命题，该命题的意义不在于挑战有关中国现代性的"五四"起源论，而在于挑战"起源论"本身。

大概在1993年以后，中国学者越来越关注现代性概念与理论，"现代性"理念成为认识中国现代文学文化的重要理论资源，作为立论的重要依据逐渐进入学术文本。受李欧梵和王德威对晚清文学现代性诠释的影响，许多论者明确地从"现代性"的角度探讨晚清文学的现代特征。陈平原对晚清文学的关注其实最早已经体现在他参与提出的"二十世纪中国文学"的概念里。后来，他又完成了《中国小说叙事模式的转变》和《二十世纪中国小说史》（第一卷），是国内率先探讨晚清小说现代性的论著。在对晚清文学多年来研究和思考的基础上，陈平原对现代文学的理论基础作了进一步的反思。在他看来，有两种著述决定了现代文学学科的建立：一种是《新民主主义论》，特别强调从"五四"开始的反帝反封建，这一曾经占绝对主导地位的论述，在八九十年代受到很大的挑战；另一种是《中国新文学大系》，它对现代文学学科是一个根本性的建构，代表了"五四"新文化对历史的看法。80年代讨论现代文学的拨乱反正，实际上基本回到了30年代的《中国新文学大系》，但以

"五四"的立场看待晚清,对晚清是不公平的。所以,他始终认为晚清和"五四"这两代人是同构的,或者说,正是两代人的合力,完成了中国文化和文学的转型。陈平原又强调,他对晚清魅力的挖掘并非是要像王德威那样贬低"五四"。他的基本思路是用"五四"来看晚清,用晚清来看"五四",它们都有各自独立的品格,只有在不断的对话状态中,才能理解各自的价值与局限。① 余虹认为,20世纪的文学革命发端于晚清,标志是梁启超的新文学工具论和王国维的新文学自主论,他们的文学革命论与前次旧式文人所持的文学革新论迥然不同。值得注意的是,二人所持的现代性立场并不一致,如果说梁启超开创的是一条政治化的文化革新之路,王国维则从西方式的艺术现代性出发追求新文学的自主论。由于两种思路的并存,20世纪中国文学革命的现代性冲突也就不可避免,而文学革命的基本动力就来自这种不可调和的冲突。② 张颐武认为,对晚清现代性的认识,有两种不同的视点和两种不同的表述:一种是50年代以来的普遍看法,即晚清的现代性乃是"五四"现代性的先驱,它的爱国主义和民族主义的话语建构乃是"五四"新文学的先导,是现代民族国家话语的前提;另一种被王德威称为"被压抑的现代性",即欲望的现代性,而对晚清的欲望的现代性的凸显和肯定与当下中国的全球化和市场化的历史语境有直接的关系。③ 栾梅健通过解读出版于1892年韩庆邦的长篇小说《海上花列传》,指出这部小说不仅给读者最早形象地展示了中国古老宗法社会向现代工商社会转变的历史画面,而且表现了掩盖在社会表象之下的新的社会伦理和思想内涵,同时其在艺术结构与文字语言上刻意为之的现代性探索,都是这部作品为中国文学古今演变竖起的界尺。④ 王本朝从晚清文学与中国现代文学传统的形成的关系入手,探讨了从晚清到现代,中国文学逐渐实现了文学知识的社会化、文学组织的制度化和审

---

① 李杨:《"以晚清为方法"——与陈平原先生谈现代文学研究中的晚清文学问题》,《渤海大学学报》2007年第2期。
② 余虹:《晚清文学革命的两大现代性立场》,《文学前沿》2000年第2期。
③ 张颐武:《晚清"现代性":欲望的发现》,《江苏社会科学》2003年第2期。
④ 栾梅健:《1892:中国现代文学的起源——论〈海上花列传〉的断代价值》,《文艺争鸣》2009年第3期。

美主义信念的建立,它们相互调适、运作,构成了中国现代文学由外到内的意义结构,并演化为中国现代文学的三大传统。①

杨联芬的《晚清至五四:中国文学现代性的发生》② 是一部从现代性的角度深入探讨晚清文学的著作。作者将"现代性"作为考察20世纪中国文学的一个有效视点,既不想重复前人的路数,也无意于做"翻案文章",完全是因为她自身强烈的历史感受正与"现代性"这个概念及其所蕴含的意义相通。"现代性"其实是她为重写文学史终于找到的一种可以将其历史感受的全部复杂性"诉诸形式的话语方式"。既然现代性只是作者借以通过自己的体验、知识、感情来"触摸历史","进而理解历史的入口",因此,研究重心就不在现代性理论本身的论证,也不在单纯地对文学转型进程加以客观描述,而在于思考如何将重写现代性与重写文学史相结合,有效地将视角的调整与对象的重构融合起来。杨联芬认为,晚清至"五四"其实首先是一个关于文学和审美的时间概念,她强调无论晚清还是"五四",都是中国文学发展里程中的一个时刻,中国现代文学的最高成就并不在这个变动的瞬间产生。通过对晚清新小说、林纾的翻译、鲁迅和周作人兄弟的《域外小说集》、苏曼殊的浪漫主义、晚清到"五四"的国民性问题、曾朴的《孽海花》等文学现象和作家作品历史还原式的解读,作者钩沉析疑,就人们熟知的若干老话题阐释出了极富启发性的新见解,厘清了一系列有关晚清与"五四"关系的误读性叙述。一方面,与王德威志在打破历史叙述的不可逆性不同,著者并没有忽视历史发展的潮流之所向。另一方面,由于著者尽力避免叙述主体的价值"僭越"与干扰,因此也没有因为对晚清现代性之"过渡性"的认知而压抑贬低它。张光芒指出,至少在以下几个方面杨联芬做了极有特色的努力:其一是深入发掘易被忽略的历史细节与偶然性;其二是试图以一种相对超越的客观立场来对待晚清与"五四"这两个长期以来被"隐喻化"并额外增添了许多价值立场标签的对象;其三则是展现现代性流动的多层次性及其

---

① 王本朝:《文学知识、文学组织和审美信念——晚清文学与中国现代文学传统》,《福建论坛》2001年第4期。
② 杨联芬:《晚清至五四:中国文学现代性的发生》,北京大学出版社2003年版。

与整个社会文化背景之间的结构关系。①

从"二十世纪中国文学观念"的提出到对中国现代文学起点的讨论，对晚清文学的现代性的关注意味着文学史观念的变革如何深刻地影响了现代文学的历史叙述。而"现代性"理论的兴起，由于现代性概念所蕴含的意义的丰富性，以及在价值上的矛盾性，因此对晚清文学甚至整个现代文学的研究而言，现代性则将为现代文学的历史叙述提供新的视角和更为广大的阐释空间。

三

新世纪以来，在以"现代性"为主导的问题意识的学术范式影响下，晚清文学的研究热潮方兴未艾。2016年张春田选编的《"晚清文学"研究读本》作为中国现当代文学前沿问题读本丛书之一由广西师范大学出版社出版，这个读本收录了2000年以后晚清文学研究的论文，也包含了一些从跨学科的视野对晚清文学及其历史文化语境进行多角度考察的论文。综观近年来的诸多研究成果，晚清文学研究在资料的发掘、视野的开拓、理论的阐释等方面都越来越深入历史的细部。

晚清文学和晚清思想变革之间的关系是晚清文学研究的重要论题。晚清思想丰富而又重要，很多的思潮、主义都在晚清萌发形成，奠定了整个现代中国思想的基础。张灏认为，1895—1925年前后大约30年的时间，是中国近代思想的转型时代，是中国思想文化由传统过渡到现代、承前启后的关键时代。在这个时代，无论是思想知识的传播媒介或者是思想的内容，均有突破性的巨变，就前者而言，主要变化有二：一为报纸杂志、新式学校及学会等制度性传播媒介的大量涌现；二为新的社群媒体——知识阶层的出现，思想内容的变化也有两面：文化取向危机和新的思想论域。这些巨变至少是中国思想文化自中古佛教流入以来未曾见的。同时它也为20世纪的文化思想发展开了一个新的起端。② 张灏大体上勾勒了晚清思想

---

① 张光芒：《评杨联芬〈晚清至五四：中国文学现代性的发生〉》，《中国现代文学研究丛刊》2005年第4期。

② 张灏：《中国近代思想史的转型时代》，《幽暗意识与民主传统》，新星出版社2010年版。

的基本命题。王晓明把晚清视作"中国现代早期"的开始，他梳理了现代早期的问题关怀和思想取向，这些思想和关怀在当时的文学和写作中都有表现，在他看来，广义的中国革命为回应中国如何现代提供了多种宝贵的想象和实践资源。① 鲁迅在晚清时期的活动常常为人们所忽视，汪晖重读鲁迅早期论文《破恶声论》，展示了鲁迅启蒙思想的独特性，他认为对晚清流行的主导思潮的反思和批判构成了鲁迅文学的起点。② 民族主义和进化论都是晚清重要的思想潮流，和文学之间的关系也是值得注意的。王学振的《民族主义与中国文学的现代转型及话语嬗变》③ 以晚清至"五四"时期为考察对象，较为系统、全面、深入地揭示中国近现代文学与民族主义的紧密、复杂联系，从一个比较新颖的角度深化对中国近现代文学的认识。黄勇生的《当进化成为"公理"：进化论思想对晚清文学改良的影响》一文认为，渐进的进化史观可视为进化论思想与晚清文学改良运动之间的桥梁。进化论思想介入晚清文学改良运动之时，它一方面动摇了传统文学复古的价值根基，另一方面，又通过教育救国思潮，对文学的观念、语言、格局，乃至文学的学科体制等产生了多米诺骨牌似的连锁影响，所有这些，都为中国新文学的发生奠定了不可或缺的前提。④

制度性媒介和知识群体的出现是近代思想转型的标志，因此，报纸杂志、科举制度、留学生群体、稿酬制度等与晚清文学现代化的关系也成为晚清文学研究的热点。张天星的《报刊与晚清文学现代化的发生》、李楠的《晚清、民国时期上海小报研究》、何宏玲的《晚清上海文艺报纸与近代文学变革》⑤

---

① 王晓明：《现代早期思想与中国革命》，载王晓明、周展安《中国现代思想文选》，上海书店 2013 年版。
② 汪晖：《声之善恶：什么是启蒙？——重读鲁迅的〈破恶声论〉》，《开放时代》2010 年第 10 期。
③ 王学振：《民族主义与中国文学的现代转型及话语嬗变》，中国社会科学出版社 2011 年版。
④ 黄勇生：《当进化成为"公理"：进化论思想对晚清文学改良的影响》，《南京师范大学文学院学报》2014 年第 4 期。
⑤ 张天星：《报刊与晚清文学现代化的发生》，凤凰出版社 2011 年版；李楠：《晚清、民国时期上海小报研究》，人民文学出版社 2006 年版；何宏玲：《晚清上海文艺报纸与近代文学变革》，人民出版社 2016 年版。

等著作都探讨了报纸杂志与晚清文学变革的关系。张天星以晚清报刊为切入点，考察了晚清文学新旧交替的生存状态，从文学制度、文学创作、文学批评三方面考察报刊在晚清文学现代化中的具体体现，从整体上梳理了报刊在促进晚清文学变革中的具体作用。该著作资料发掘与理论阐释相结合，持论中肯。李著依据70多种主要的上海小报，系统地对市民文化的载体小报进行文化和文学的综合考察，深化了已有的鸳蝴和海派研究。在研究方法方面，与普遍的对作品文本的阅读分析不尽相同，更加重视对小报内部"版面"的互动性及小报之间互文性的动态研究。何著以早期《申报》《沪报》上海的两种日报、1897年晚清小说家李伯元首创《游戏报》和在此之后上海兴起的四五十种消闲文艺报纸为依据，对诗词、散文、小说等文体追源溯流，梳理了这些报纸的文学创造。作者认为，晚清上海文艺报纸，与梁启超等代表政论报刊等相比，它们更接近文学，又因为商业发行和消闲娱乐的办报宗旨，使得这些报纸孕育出现代性的文学意味，形成文学变革的一种重要潮流。中国文学现代化进程，留学生曾经发挥了重要的作用，因此，此一群体一直是学界关注的焦点，但主要集中在现代。姜荣刚的《留学生与晚清文学转型》①通过大量史料论述了晚清留学生群体及其文学活动，内容涉及晚清留学生域外的文学接受情况及其影响、留学生与晚清文论转型、留学生与晚清翻译文学的兴起、留学生与晚清诗文革新、留学生与晚清小说戏曲变革、留学生与本土作家的互动及晚清文学重心的转移等诸多方面。对他们在晚清文学转型过程中的作用予以全面的研究与评价。顾瑞雪的《科举废止前后的晚清社会与文学》②则将清末社会转型与废除科举这一重大事件结合起来，探讨了"士"阶层社会地位以及心理的变化，以及对科举改革的态度与反应，对文学创作的影响等问题。稿酬的出现是文学生产方式步入社会现代化进程的重要步骤，在中国，现代稿酬制度促进了文学生产体制的最终形成并为晚清文学的现代转型奠定了物质基础。黄继刚的《稿酬制度与晚清文学现代性的发生》一文认为，晚清时期，现代稿酬制度的

---

① 姜荣刚：《留学生与晚清文学转型》，中国社会科学出版社2015年版。
② 顾瑞雪：《科举废止前后的晚清社会与文学》，武汉大学出版社2015年版。

建立催生了职业作家、自由知识分子群体和市民消费阅读阶层的产生，促成了以文艺副刊、文学期刊和书局为表征的文化公共空间的形成，并直接刺激了晚清翻译文学的繁荣。①

此外，如文学理论的兴起、女性文学、翻译文学、基督教文学等文学现象也引起了研究者的注意。马睿的《文学理论的兴起：晚清民初的一份知识档案》②在梳理史实的基础上，结合历史考察和话语分析、实证研究和理论思辨，系统地探讨了清末民初文学理论的学科建制过程，论述了这种建制是如何在精英教育、知识群体、学术话语的变革和转型中实现的。刘堃的《晚清文学中的女性形象及其传统再构》③以文学作品女性形象为媒介的传统再构过程为研究对象，围绕中国本土文化、晚清时期传入中国的西方女性形象以及民族国家思想与话语三重资源，详细分析晚清至"五四"文学中女性形象的再构历程，注重把女性放在儒家思想框架内特定的性别文化脉络及两性关系中去探索研究。胡翠娥的《文学翻译与文化参与：晚清小说翻译的文化研究》④描述了翻译小说的文本特征、译者的翻译策略和译评的主要观点，展示了晚清文人翻译群体如何通过文学翻译进行文学参与、使翻译活动成为一种中西方文化协调活动，探讨了文学准则和文化成规如何制约译者的决策和读者的评论，揭示了晚清小说翻译活动与晚清文化之间的互动关系。袁先来的《晚清文学译介中的"启蒙"义理》一文认为，"启蒙"在西方是历时数百年的思想演进现象，而在晚清乃至民国，则变成一场由弃绝传统仕途的知识分子根据自身对欧美模糊的经验和理解发起的"运动"。政治小说、言情小说、科学小说和侦探小说等通俗文学的译介都被纳入开启民智的维新命题，更是以改造社会为先声。因此，晚清文学译介并无哲学义理层面的思辨和反思，必然导致晚清文学思想资源引入，难以留下宝贵的历史遗产。姚达兑的《现代的先声：

---

① 黄继刚：《稿酬制度与晚清文学现代性的发生》，《理论学刊》2013年第11期。
② 马睿：《文学理论的兴起：晚清民初的一份知识档案》，山东文艺出版社2015年版。
③ 刘堃：《晚清文学中的女性形象及其传统再构》，南开大学出版社2015年版。
④ 胡翠娥：《文学翻译与文化参与：晚清小说翻译的文化研究》，上海外语教育出版社2007年版。

晚清汉语基督教文学》① 依据新教传教士文献，围绕着典律的碰撞、文学的推动者和宗教的本色化三方面论述了汉语基督教文学的产生、特征及其演变，厘清了早期汉语基督教文学的产生原因及其影响。

---

① 姚达兑：《现代的先声：晚清汉语基督教文学》，中山大学出版社2018年版。

第七章

重要作家研究（上）

第一节 鲁迅研究

鲁迅作为中国现代文学史上意义非凡的人物，对中国现代文学和文化都产生了重大的影响。从他走上文坛，开始文学创作，就立即受到了瞩目和注意。鲁迅的第一篇小说《怀旧》在《小说月报》第4卷第1号发表之时，就得到该刊主编恽铁樵随文评点，当然，真正的新文学性质的评论应该是在1918年《狂人日记》的发表之后。迄今为止，鲁迅研究已经成为"现代文学研究体系中最为完备、最有深度、最富成就的部分，'鲁迅学'的形成就是这种研究高度成熟的标志"[①]。由于时代的原因，鲁迅研究的历史进程呈现出阶段性的特点。新中国成立以后，鲁迅研究尽管比之前有了长足的发展，但是，民主主义的历史划分以及对其性质的诠释成为整个现代文化和文学史的主导型历史叙述，造成了鲁迅研究中的意识形态化倾向。直到20世纪80年代，随着思想解放潮流的兴起，文学观念和研究方法的不断革新，对鲁迅的研究也逐渐回归鲁迅自身，并越来越趋于多元化，鲁迅及其作品所包含的丰富复杂的文化意蕴也得以进一步开掘和阐释。

---

① 刘勇：《现代文学研究》，北京出版社2001年版，第166页。

一

从新中国成立到新时期开始的三十年间是鲁迅研究的第一个阶段。早在新中国成立之前，鲁迅在现代文学和文化史上的崇高地位就已经完全确立。新中国成立之后，鲁迅更是受到推崇，1958年全部出齐了第一次附有注释的10卷本《鲁迅全集》，这对鲁迅研究起到了很重要的推动作用。但是，和整个现代文学研究一样，政治化的社会批评的巨大牵制，给鲁迅研究也造成了许多负面的影响，鲁迅的思想及其创作也大多被解释为某些既定观念的演绎。随着政治形势的变化，"文革"开始之后，真正学术意义上的鲁迅研究基本上中断了。

20世纪五六十年代的鲁迅研究，首先是鲁迅小说的综合性研究得到长足发展，最为突出的成果是学术界公认的陈涌《论鲁迅小说的现实主义》[1]一文。陈涌这篇论文的学术价值和重要意义一般认为集中在以下几点[2]：首先，从整体上揭示了鲁迅与他以前以及他同时代的作家的区别，突现了鲁迅小说内容上的革新性和独创性，对鲁迅及其小说的性质和特点作了非常确定的理论概括和历史定位。其次，完整地揭示了鲁迅小说和他那个时代之间深刻的内在联系，对鲁迅小说所反映的他那个历史时代的社会状况作了系统的理论分析。再次，通过与批判现实主义作家和19世纪俄国革命民主主义作家的比较，确定鲁迅小说的现实主义在其根本倾向上有着更深刻、更彻底和更明确的性质，反映了一些为俄国的革命民主主义作家所不可能有的历史特点，在要求彻底的不妥协的反对帝国主义和封建主义方面，鲁迅和无产阶级思想，是最一致的。1962年，陈涌又发表了一篇关于鲁迅小说的论文《鲁迅小说的思想和艺术力量》[3]，进一步揭示了鲁迅小说的艺术魅力，概括了鲁迅小说的思想价值和艺术价值，体现了很高的理论思维水平和更深的历史洞见，代表了这一时期鲁迅小说研究的最高水平，在很长一段时间内，对鲁迅的小说研究乃至鲁迅思想研究都产

---

[1] 陈涌：《论鲁迅小说的现实主义》，《人民文学》1954年第11期。
[2] 参见张梦阳《鲁迅学通史》，广东教育出版社2001年版，第457—459页。
[3] 陈涌：《鲁迅小说的思想和艺术力量》，《甘肃文艺》1962年第1期。

生了重大的影响。与此同时，对鲁迅小说艺术特征的整体性把握也取得了很大进展。巴人在对鲁迅小说构思过程和表现手法具体分析的基础上，把鲁迅小说的艺术风格概括为："行文简练，思想精辟和表现含蓄者三者的完美结合。"① 陈鸣树的长篇论文《论鲁迅小说的艺术方法及其演变》②，从总体上强调了鲁迅小说具有革命现实主义与浪漫主义相结合的特征，突破了以往鲁迅小说研究中只注重鲁迅小说具有现实主义思想精神与创作方法的倾向。上述两篇文章对鲁迅小说艺术特征的探讨，有一个共同的特点，就是强调鲁迅的创作目的对表现方法与艺术风格的决定作用。

这一时期，对《狂人日记》和《阿Q正传》等具体作品的研究也取得了不少的成果。《狂人日记》作为鲁迅的第一篇小说，也是现代文学史上的第一篇白话文小说。关于《狂人日记》的主题思想，鲁迅曾经讲过，它"意在暴露家族制度和礼教的弊害，却比果戈理的忧愤深广，也不如尼采的超人的渺茫"。对于这一点，当时的研究者并没有异议，受到当时流行批评意识的影响，关于这篇作品有没有反映出阶级的对立，有没有社会主义现实主义的因素等问题却颇有争议，这些争议反映了对《狂人日记》认识的非历史主义倾向。五六十年代，《狂人日记》研究主要围绕着两个问题展开③：一是怎样理解狂人的形象，二是作品的艺术手法问题。怎样认识狂人的形象，大致有三种不同的意见：徐钦文、朱彤和李何林等人认为，狂人并不是真狂，他是清醒的反封建的战士；陆耀东和林非等人认为，狂人的确是狂人，不过又不是一般的狂人，而是一个发了狂还没有停止战斗的战士；张恩和等人认为，狂人不但是真狂人，而且是"普普通通的狂人"，不能说狂人是一个被折磨得发了狂还不停战斗的战士。关于艺术手法的研究，研究者论及的主要是生活体验与艺术创造的关系、抒情性与讽刺性的结合，以及心理刻画的准确深刻等，并没有太大的突破和进展。

《阿Q正传》的研究也出现了崭新的局面，问题主要集中在阿Q形象

---

① 巴人：《论鲁迅小说的艺术特点》，《文艺报》1956年10月第19号。
② 陈鸣树：《论鲁迅小说的艺术方法及其演变》，《上海文学》1961年第9、10、11期。
③ 严家炎：《〈狂人日记〉的思想与艺术》，《昆明师范学院学报》1978年第3期。

的典型性质及意义。1951年，冯雪峰在《人民文学》第四卷第六期发表《论〈阿Q正传〉》一文，提出"阿Q主要是一个思想性的典型，是阿Q主义或阿Q精神的寄植者，这是一个集合体，在阿Q这个人物身上集合着各阶级的各色各样的阿Q主义，也就是鲁迅自己在前期所说的'国民劣根性'的体现者"。耿庸则不同意冯雪峰的观点，认为阿Q是被侮辱与被损害的农村无产者的人物典型，而鲁迅大力和严正地鞭打着阿Q主义。① 1956年，李希凡发表《关于〈阿Q正传〉》② 一文。他认为，阿Q是个活生生的性格，是一个落后农民的典型；他不是历史形成的精神病态的传声筒，他的性格里交织着现实历史关系的全部复杂面貌。接着，何其芳发表《论阿Q》③ 一文，把这一争论引向深入。何其芳提出阿Q性格上的突出特点是精神胜利法，他还批评了文学研究中把阶级和阶级性的概念机械地简单应用的现象。何其芳的文章引起了很大的反响，有同意的，也有反对的。上述关于阿Q典型性质和意义的争论反映了如何认识典型性以及如何处理典型性和阶级性的关系等理论问题上的分歧。

这一时期鲁迅杂文研究的代表性论文有刘泮溪的《鲁迅杂文的政治意义和艺术价值》④。该文在分析鲁迅杂文产生的社会背景以及性质范畴的基础上，着重论述了鲁迅杂文的政治意义和艺术价值。刘泮溪的文章虽提出了一些新的观点，但直接和当时的政治意识结合，妨碍了对鲁迅杂文思想内涵的深刻理解。这一时期最具学术价值的论文是唐弢的《鲁迅杂文的艺术特征》⑤。这篇论文最大的贡献是论述了鲁迅的杂文在逻辑思维和形象思维方面的根本特征。唐弢提出的逻辑思维和形象思维在鲁迅杂文创作过程中相结合的论点，为鲁迅的杂文研究开辟了新的研究思路。60年代，钱谷融、朱彤、刘绶松等人也撰文就鲁迅杂文的样式、语言、表现手法等问题进行了探讨。

---

① 耿庸：《〈阿Q正传〉研究》，上海泥土社1953年版。
② 李希凡：《关于〈阿Q正传〉》，《新建设》1956年第4期。
③ 何其芳：《论阿Q》，《人民日报》1956年10月16日。
④ 刘泮溪：《鲁迅杂文的政治意义和艺术价值》，《文史哲》1953年第5期。
⑤ 唐弢：《鲁迅杂文的艺术特征》，《解放日报》1956年10月19日。

鲁迅思想研究中首要的课题是鲁迅思想发展的研究，涉及鲁迅的世界观转变及其过程、性质、时间等问题。瞿秋白关于鲁迅从进化论到阶级论的理论概括，长期以来成了鲁迅思想发展研究中的经典观点，也成了学术争论的焦点。50年代，学术界普遍感到用"从进化论到阶级论"的公式概括鲁迅的思想发展不够全面、准确。冯雪峰在《鲁迅生平及其思想发展的梗概》①一文中，将鲁迅的思想发展概括为从革命的民主主义到马克思主义。1956年，茅盾在鲁迅逝世20周年纪念大会作了题为"鲁迅——从革命民主主义到共产主义"②的报告，认同冯雪峰的提法，认为以1927年为界，鲁迅的思想经历了从革命民主主义到马克思主义的转变。60年代代表性的论文有王士菁的《略谈鲁迅思想的发展》③。该文对鲁迅思想发展阶段进行了更为清晰细致的描述。林志浩的论文《论鲁迅前期的个性主义和进化论思想》④，深入剖析了鲁迅早期主张的个性主义思想。林志浩能在60年代大胆肯定鲁迅的个性主义，实属不易。

改造国民性思想作为社会思想的重要表现，在鲁迅的思想体系中占有重要的位置。五六十年代，鲁迅的改造国民性思想，由于受阶级论的影响，并没有得到应有的重视。有些论文和著作虽涉及了改造国民性的思想，基本的观点是既肯定改造国民性的积极意义，又认为有其历史局限。这一时期，唯一的一篇专门谈鲁迅改造国民性思想的文章是王士菁的《关于"国民性"问题——读鲁迅杂文札记》⑤。王士菁专门撰文谈"国民性"问题，并认为国民性思想一直贯穿在鲁迅的杂文里，这实属难能可贵。关于鲁迅的文艺思想，李长之、陈鸣树等人都专门撰文进行了探讨，但真正探讨了鲁迅一生的美学思想发展过程并勾勒出基本轮廓的是唐弢的《论鲁迅的美学思想》⑥一文。该文的意义在于："不是简单地从几条美学公式出发去硬套鲁迅的美学思想，去各加标签，对号入座，而是深

---

① 冯雪峰：《鲁迅生平及其思想发展的梗概》，《文艺报》1951年10月1日。
② 茅盾：《鲁迅——从革命民主主义到共产主义》，《人民日报》1956年10月20日。
③ 王士菁：《略谈鲁迅思想的发展》，《新建设》1961年第10期。
④ 林志浩：《论鲁迅前期的个性主义和进化论思想》，《上海文学》1962年8月。
⑤ 王士菁：《关于"国民性"问题——读鲁迅杂文札记》，《光明日报》1961年10月16日。
⑥ 唐弢：《论鲁迅的美学思想》，《文学评论》1961年第5期。

入到鲁迅的创作实践和艺术实践中去，透过具体细致的分析阐发鲁迅本来的美学思想，勾勒原有的而非外加的基本轮廓。"①

这一时期，鲁迅与中外文化的比较研究也有了深入的进展。20世纪50年代，鲁迅与中国古代文化的比较研究最突出的首推王瑶为纪念鲁迅逝世20周年而写的著名论文《论鲁迅作品与中国古典文学的历史联系》②。这篇论文首次从挖掘鲁迅创作所浸润的中国古典文学滋养和构成他创作特色、艺术风格的中国古典文学因素出发，揭示了鲁迅作品与中国古典文学的历史联系。任继愈的论文《鲁迅同中国古代伟大思想家们的联系》③，具体分析了鲁迅同孔子、老子、庄子、屈原、阮籍、嵇康等中国古代伟大思想家的关系。鲁迅与外国文化的比较研究方面，较为突出的成果有冯雪峰的论文《鲁迅和俄罗斯文学的关系及鲁迅创作的地位》④。该文主要从爱国主义的特色及抒情诗的特征、深厚的人民爱和对人民力量的探索诸方面，分析了鲁迅与俄罗斯文学在现实主义上的相同之处。鲁迅和果戈理是鲁迅比较研究中的重要课题，冯雪峰的《鲁迅和果戈理》⑤不仅探讨了果戈理在文学精神上对鲁迅的影响，并把两篇《狂人日记》的主题、内容、体裁作了对照和比较。陈鸣树主要就鲁迅早期文艺思想中所受到拜伦的影响以及这种影响在他一生的战斗道路中所起的作用进行了比较分析。⑥

二

新时期以来，鲁迅研究在思想解放的潮流中也进入了新的历史阶段。70年代末80年代初，鲁迅研究也经历了一个拨乱反正的过程。1981年9月17日至9月25日在北京举行了纪念鲁迅诞辰100周年学术讨论会，以

---

① 张梦阳：《鲁迅思想研究史概述》，《鲁迅研究学术论著资料汇编》第5册，中国文联出版公司1989年版，第466页。
② 王瑶：《论鲁迅作品与中国古典文学的历史联系》，《文艺报》1956年第19、20号。
③ 任继愈：《鲁迅同中国古代伟大思想家们的联系》，《科学通报》1956年第10期。
④ 冯雪峰：《鲁迅和俄罗斯文学的关系及鲁迅创作的地位》，《人民文学》1949年第1期。
⑤ 冯雪峰：《鲁迅和果戈理》，《人民日报》1952年3月4日。
⑥ 陈鸣树：《鲁迅与拜伦》，李宗英、张梦阳编《六十年来鲁迅研究论文选》，中国社会科学出版社1982年版。

纪念鲁迅诞辰的活动为契机，人民文学出版社推出了《鲁迅全集》16卷本，为以后的鲁迅研究奠定了坚实的文献基础。正是在这样的形势下，一些学者提出了建立"鲁迅学"的倡议。以这次纪念活动和"鲁迅学"的倡议为标志，鲁迅研究开始向学理化道路迈进。

拨乱反正时期（1976—1984年），涌现了一大批研究鲁迅小说的著作。吴中杰、高云的《论鲁迅的小说创作》①认为，"鲁迅的小说，是中国革命的一面镜子，它照出了从辛亥革命到五四以后的中国历史面貌，反映了我国从旧民主主义革命失败到新民主主义革命开始这一历史时期的社会动态"。后四章对鲁迅小说的民族风格、艺术特色、结构艺术、创作过程作了综合的论述。林非的《鲁迅小说论稿》②收集了作者自60年代初期以来写作的六篇鲁迅小说研究的论文。李希凡在《〈呐喊〉〈彷徨〉的思想与艺术》③一书中，提出了一些独到见解："人们称鲁迅小说为'叙事的诗'，这是因为在他的小说里，渗透着浓郁的诗的韵味，渲染着强烈的情感色彩，而这一切，又都融合在典型形象的创造里，适应着雕塑性格的需要，形成了一种特定的氛围、色调和意境。"陈鸣树的《鲁迅小说论稿》④汇集了七篇论文，作者从不同的角度对鲁迅的小说作了综合研究，概括了鲁迅小说在思想方面的巨大价值，系统地论述了鲁迅小说在中国文学史上的地位，对鲁迅小说的典型化、艺术辩证法、风格和语言诸课题提出了不少独到的见解。邵伯周的《〈呐喊〉〈彷徨〉艺术特色探索》⑤一书全面系统地论述了《呐喊》《彷徨》的时代背景、现实主义成就、典型化手法、个性刻画、体裁和结构特色、风俗画以及语言艺术和艺术风格。另一部颇有分量和特色的专著是杨义的《鲁迅小说综论》⑥。该书论述了鲁迅小说的革命现实主义、艺术生命力以及与外国文学、本国文学的关系。除了上述这些著作之外，还有一些论文也是小说研究的重要收获。唐

---

① 吴中杰、高云：《论鲁迅的小说创作》，上海文艺出版社1978年版。
② 林非：《鲁迅小说论稿》，天津人民出版社1979年版。
③ 李希凡：《〈呐喊〉〈彷徨〉的思想与艺术》，上海文艺出版社1981年版。
④ 陈鸣树：《鲁迅小说论稿》，上海文艺出版社1981年版。
⑤ 邵伯周：《〈呐喊〉〈彷徨〉艺术特色探索》，四川人民出版社1982年版。
⑥ 杨义：《鲁迅小说综论》，陕西人民出版社1984年版。

弢的《论鲁迅小说的现实主义》①一文的意义和价值在于力图通过作品,探究各种文艺思潮、流派、创作方法等在鲁迅身上的影响和体现。王瑶的《〈故事新编〉散论》②则全面深入地论述了《故事新编》研究中存在的疑难问题,并对各篇进行了具体的分析。严家炎的论文《鲁迅小说的历史地位》③从文学现代化的角度,论述了鲁迅小说的历史地位。

在这一时期,鲁迅的杂文研究也取得了重要进展。关于鲁迅杂文的思想价值。吴中杰的《鲁迅杂文中的社会批评》④一文认为,鲁迅的作品是现代中国生活的百科全书,他的杂文主要是对旧中国社会和旧文明的批评。吴小美的《一部旧中国的特别的"人史"——再论鲁迅杂文对奴性和奴才传统的批判》⑤一文,对鲁迅杂文批判奴性和奴才传统的思想内涵进行了深入的开掘。关于杂文的艺术特色和艺术风格的探讨,重要的论文有刘再复的《论鲁迅杂感文学中的"社会相"类型形象》⑥。鲁迅的杂文是否塑造了典型的人物,这是杂文研究中颇有争议的问题,刘再复提出了"社会相"的类型形象概念,对杂文的艺术典型研究无疑是一个创新。此外,杂文的艺术特色研究方面值得注意的成果有甘竞存的论文《略论鲁迅杂文的情趣理》⑦。作者从情、趣、理有机融合的角度,分析了鲁迅杂文的艺术特色,给认识鲁迅杂文的艺术价值提供了新的视角。鲁迅杂文文体性质研究,代表性论文有李瑞山的《关于鲁迅杂文名称的涵义和鲁迅文章的文体分类》⑧。在对以往关于鲁迅杂文文体辨析的基础上,作者指出,鲁迅的杂文可分为杂感、随笔、评论文、序跋文、讲演辞、通

---

① 唐弢:《论鲁迅小说的现实主义》,《文学评论》1982 年第 1 期。
② 王瑶:《〈故事新编〉散论》,《鲁迅研究》1982 年第 6 期。
③ 严家炎:《鲁迅小说的历史地位》,《文学评论》1982 年第 5 期。
④ 吴中杰:《鲁迅杂文中的社会批评》,复旦大学中国语言文学研究所鲁迅研究室编《纪念鲁迅诞生一百周年论文集》,复旦大学出版社 1981 年版。
⑤ 吴小美:《一部旧中国的特别的"人史"——再论鲁迅杂文对奴性和奴才传统的批判》,《鲁迅研究》1983 年第 5 期。
⑥ 刘再复:《论鲁迅杂感文学中的"社会相"类型形象》,《文学评论》1981 年第 5 期。
⑦ 甘竞存:《略论鲁迅杂文的情趣理》,《鲁迅研究》1983 年第 2 期。
⑧ 李瑞山:《关于鲁迅杂文名称的涵义和鲁迅文章的文体分类》,《南开学报》1984 年第 2 期。

信、抒情散文和散文诗，其中以杂感为主。阎庆生的论文《论鲁迅杂文的艺术特质》①是继40年代巴人的《论鲁迅的杂文》之后的第二部杂文研究的专著，该书从理论上比较详尽地探讨了鲁迅杂文艺术特质问题，有一定的学术价值。关于《野草》的研究，应该说到新时期以后，才真正开始。李何林等曾对新时期的《野草》研究及其争鸣作过介绍和总结。②

  新时期开始，鲁迅思想研究成为鲁迅研究的热点。鲁迅思想研究中讨论最为热烈的是鲁迅思想发展状况。早在50—70年代，许多研究者就提出，瞿秋白所作的"从进化论到阶级论"概括并不恰当，主张进行新的理论概括。但是新时期以来，许多研究却肯定和维护这个概括。陈涌的《关于鲁迅思想发展问题》是这方面的重要文章③。该文认为，瞿秋白的《〈鲁迅杂感选集〉序言》基本上是一篇马克思主义观点的论文，直到现在还没有失去对文艺批评研究的方法论意义。陈涌的文章引起了许多的争议，但对鲁迅的思想发展研究产生了重要的影响。80年代初，鲁迅思想发展研究出现了大量的论著，重要的有林非的《鲁迅前期思想发展史略》④、李泽厚的《略论鲁迅思想的发展》⑤、袁良骏的《鲁迅思想的发展道路》⑥、正一的《鲁迅思想发展论稿》⑦、杜一白的《鲁迅思想论纲》⑧、倪墨炎的《鲁迅后期思想研究》⑨、易竹贤的《鲁迅思想研究》⑩等。这些论著主要围绕三个问题展开⑪：鲁迅前期世界观的性质及哲学意义、鲁

---

① 阎庆生：《论鲁迅杂文的艺术特质》，陕西人民出版社1983年版。
② 王瑶、李何林：《中国现代文学及〈野草〉〈故事新编〉的争鸣》，知识出版社1990年版。
③ 陈涌：《关于鲁迅思想发展问题》，《文学评论》1978年第5期。
④ 林非：《鲁迅前期思想发展史略》，上海文艺出版社1978年版。
⑤ 李泽厚：《略论鲁迅思想的发展》，《鲁迅研究集刊》，上海文艺出版社1979年版。
⑥ 袁良骏：《鲁迅思想的发展道路》，北京出版社1980年版。
⑦ 正一：《鲁迅思想发展论稿》，四川人民出版社1981年版。
⑧ 杜一白：《鲁迅思想论纲》，宁夏人民出版社1983年版。
⑨ 倪墨炎：《鲁迅后期思想研究》，人民文学出版社1984年版。
⑩ 易竹贤：《鲁迅思想研究》，武汉大学出版社1984年版。
⑪ 张梦阳：《鲁迅思想研究史概述》，《1913年—1983年鲁迅研究学术论著资料汇编》第5卷，中国文联出版公司1989年版，第452页。

迅世界观转变的思想性质、鲁迅世界观转变时间和过程。鲁迅哲学思想的研究方面最有分量的应数张琢的《鲁迅哲学思想研究》①。该著的价值主要在于对鲁迅哲学思想的内涵、性质及其历史地位作了基本的概括和深入的剖析。长期以来，由于阶级论的影响，鲁迅的国民性思想研究并没有得到应有的关注。进入新时期，鲁迅的改造国民性思想才受到研究者的普遍重视。新时期最早探讨鲁迅国民性思想的是孙玉石，他认为国民性是鲁迅早期思想的重要方面，后期，鲁迅则完全抛弃了改造国民性的思想和概念，代之以阶级分析的方法。② 1981年，在天津举行了关于改造国民性思想的学术讨论会。会后，天津人民出版社于1982年出版了鲍晶编的《鲁迅"国民性思想"讨论集》，与会者尽管对鲁迅国民性思想的认识存在不同的意见，但一致认为，研究鲁迅的改造国民性思想，对研究鲁迅的思想和创作有重要的意义。80年代对鲁迅的国民性思想研究方面代表性的有陈早春、王得后、张梦阳等人的论文。值得注意的是，王得后指出，鲁迅是一位致力于改造中国人及其社会的伟大思想家，"立人"思想是鲁迅改造国民性思想的核心。③ 新时期开始不久，鲁迅文艺思想研究出现了好几部专著，刘再复的《鲁迅美学思想论稿》④尤为引人注目。

　　这一时期，鲁迅传记研究与写作方面也取得了较大突破。"十七年"期间的鲁迅传记主要有朱正的《鲁迅传略》⑤、旅居香港的曹聚仁的《鲁迅评传》⑥、王士菁的《鲁迅传》⑦。朱著过于简略；曹著是在香港写作，并且由于作者和鲁迅的特殊交往，所以他的目的"是把鲁迅当作有血有肉的活人来描写，较少歪曲事实之处"；王士菁重写的《鲁迅传》是适合青少年的通俗读物。80年代的鲁迅传记研究和"十七年"相比，收获更

---

① 张琢：《鲁迅哲学思想研究》，湖北人民出版社1981年版。
② 孙玉石：《鲁迅改造国民性思想问题的考察》，《鲁迅研究集刊》，上海文艺出版社1979年版。
③ 王得后：《致力于改造中国人及其社会的伟大思想家》，《鲁迅研究》1981年第5辑。
④ 刘再复：《鲁迅美学思想论稿》，中国社会科学出版社1986年版。
⑤ 朱正：《鲁迅传略》，作家出版社1956年版。
⑥ 曹聚仁：《鲁迅评传》，香港世界出版社1956年版。
⑦ 王士菁：《鲁迅传》，中国青年出版社1959年版。

多，重要的有曾庆瑞的《鲁迅评传》①、林志浩的《鲁迅传》②、林非和刘再复合著的《鲁迅传》③、彭定安的《鲁迅评传》④ 以及林贤治的《人间鲁迅》⑤ 等。

新时期开始的鲁迅研究尽管在研究的广度和深度上都有所拓展，但在阐释的立场和具体的结论上，很多研究者都不免受到政治意识形态的影响，政治化社会批评依然是文学评价的重要尺度。比如，对鲁迅的杂文的评价，研究者看重的是后期杂文的社会批评的政治因素；关于国民性思想，研究者在肯定他的历史意义的同时，主要把它看作思想的局限。当现有的阐释方法和研究思路已经日益显示出其局限性的时候，新的研究模式的出现则成为历史的必然。80年代中期文化热的兴起和方法论热潮的兴起，都表明思想解放的潮流已经进入了新的阶段。王富仁、钱理群等人的研究成果给鲁迅研究界带来了新的研究路向和思维方式，标志着鲁迅研究进入了新的阶段。

早在1983年，王富仁发表了《中国反封建思想革命的一面镜子——论〈呐喊〉〈彷徨〉的思想意义》一文，1986年由北京师范大学出版社出版专著。⑥ 在鲁迅研究史上，王富仁的研究一般被认为是继陈涌之后的第二个标志，这本著作也成为鲁研史上里程碑式的作品，其价值在于对以往的研究历史及其系统表现出清醒的历史批判精神和超越意识。王富仁提出了"回到鲁迅那里"的口号，就是要打破原有研究系统的封闭性，发现并阐释鲁迅小说的思想个性和艺术个性。汪晖指出，王富仁的研究尽管提出了"回到鲁迅那里"的口号，但是在他最具革命性的地方，他的思维模式并没有得到真正的革命性的改造，具体表现在他的决定论的思维模

---

① 曾庆瑞：《鲁迅评传》，四川人民出版社1981年版。
② 林志浩：《鲁迅传》，北京出版社1981年版。
③ 林非、刘再复：《鲁迅传》，中国社会科学出版社1981年版。
④ 彭定安：《鲁迅评传》，湖南人民出版社1982年版。
⑤ 林贤治：《人间鲁迅》，花城出版社1989—1990年版。
⑥ 王富仁：《中国反封建思想革命的一面镜子——〈呐喊〉〈彷徨〉综论》，北京师范大学出版社1986年版。

式和由这种决定论方法建立起来的完整的体系之中。①

钱理群的《心灵的探寻》也为80年代的鲁迅研究贡献了新的思维方式和话语系统，开辟了一个全新的鲁迅世界。在该著作中，作者提出鲁迅研究的新视角："把'个人'的鲁迅与'民族精神的代表'的鲁迅，'人类探索真理的伟大的代表'的鲁迅三者统一起来，把鲁迅作为一个伟大而复杂的探索者的形象，来研究鲁迅的各个侧面；探讨的重点，是鲁迅心灵的辩证法，并通过这一探寻，进一步探索20世纪我们民族思想、心理、情感发展的辩证法。"② 钱理群力图把握鲁迅与古今中外广大世界息息相通的独特的精神世界和艺术世界，尽可能地接近鲁迅本体，揭示鲁迅的心灵世界。张梦阳说："钱理群在中国鲁迅研究史上的功绩，则是开始了鲁迅研究从外向内的视角转移，在鲁迅心灵的探寻中，与鲁迅毕生所致力的为使中国人民（包括知识分子）结束精神奴化状态的视野相续借，将鲁迅研究与中国人特别是青年的精神自觉紧密联系在一起。"③

新时期以来，尤其是80年代方法论热潮的兴起，极大地促进了鲁迅研究，从总体上看，出现了一些新的研究动向。

徐怀中的专著《鲁迅与中国古典小说》④ 是新时期以来比较研究方面的重要成果之一。这部专著分为上、中、下三篇，上篇论述了鲁迅整理我国古典小说、写作小说史的卓越贡献与后期小说史观的丰富和发展；中篇论述了鲁迅小说史著作中的观念、史识、考证法与艺术分析；下篇论述了鲁迅对"团圆主义"和"教训小说"、讽刺小说和谴责小说、人情和公案小说的深刻见解，揭示其对中国神话传说的研究与运用，以及中国古典小说对其杂文和小说创作的影响。徐怀中的另一部专著《鲁迅与文艺思潮流派》⑤ 评析了鲁迅与同时代的中国文艺思潮之间的关系。在鲁迅与现代作家和文化名人的比较研究方面，涉及的人物有周作人、胡适、孙中山、

---

① 汪晖：《反抗绝望——鲁迅及其文学世界》，河北教育出版社2000年版，第289页。
② 钱理群：《心灵的探寻》，北京大学出版社1999年版，第7页。初版为上海文艺出版社1988年版。
③ 张梦阳：《中国鲁迅学通史》上卷，广东教育出版社2001年版，第584页。
④ 徐怀中：《鲁迅与中国古典小说》，陕西人民出版社1982年版。
⑤ 徐怀中：《鲁迅与文艺思潮流派》，湖南人民出版社1985年版。

瞿秋白、郁达夫、钱玄同、萧红、茅盾、许寿裳等，其中开掘较深的是鲁迅与周作人、胡适的比较研究。鲁迅与外国文化的比较研究方面，王富仁的论著《鲁迅前期小说与俄罗斯文学》① 与五六十年代冯雪峰、韩长经的论述相比，取得了显著的进展。该著作不仅就鲁迅前期的小说和俄国文学在思想内涵方面的共同特征进行了深入细致的解析，同时也从艺术特色、创作方法上比较分析了鲁迅前期小说与果戈理、契诃夫、安特莱夫、阿尔志跋绥夫的关系。王著还充分说明了俄罗斯文学的影响和鲁迅前期小说的民族性及独创性。鲁迅和西方文化的比较研究是鲁迅研究的重要领域，主要的论题有鲁迅与尼采、鲁迅与进化论、鲁迅与其他西方思想家、鲁迅与中国近代翻译文学、鲁迅作品与西方作品等。其中鲁迅和尼采的关系是最受瞩目的问题，代表性的论文有陆耀东、唐达成的《论鲁迅与尼采》②。论文较前更为深入、透辟地分析了鲁迅接受尼采影响的时代原因、鲁迅与尼采在若干问题上观点的异同、尼采著作的影响以及如何理解这种复杂的历史事实。此外，钱碧湘的《鲁迅与尼采哲学》③ 也对鲁迅和尼采的关系作了细致深入和辩证的分析。

80年代中后期以来，心理学、系统论、控制论等方法也被运用到了鲁迅研究中。比较突出的是吕俊华的《论阿Q精神胜利法的哲理和心理内涵》一文，最初发表在1981年的《中国社会科学》第3期，后来扩充为近10万字的专著。该文借鉴哲学和心理学的理论，从对自尊的维护、自卑的补偿、自卫的反应、变态的反抗和精神胜利法的失败五个方面探讨了阿Q精神胜利法的内涵。在新方法的使用方面，还有林兴宅的《论阿Q的性格系统》④ 一文，该论文采用系统论的方法，考察了阿Q性格的多重内涵：阿Q性格的自然质，阿Q性格的功能质，阿Q性格的系统质。但正如有些学者批评的，新方法的使用都存在食洋不化的现象，对阿Q性格的分析往往脱离了人物所处的社会环境，有些时候并没

---

① 王富仁：《鲁迅前期小说与俄罗斯文学》，陕西人民出版社1983年版。
② 陆耀东、唐达成：《论鲁迅与尼采》，《鲁迅研究》第5辑。
③ 钱碧湘：《鲁迅与尼采哲学》，《中国社会科学》1982年第2期。
④ 林兴宅：《论阿Q的性格系统》，《鲁迅研究》1984年第1期。

有抓住问题的实质。

三

进入 90 年代，随着社会氛围的变化和各种文学观念、文化思想的不断变革，鲁迅研究也在进一步走向深入和繁荣。1991 年北京召开鲁迅诞辰 110 周年学术讨论会，这次学术会议涉及的问题非常广泛，说明鲁迅研究在不断走向深入和学理化。此外，"鲁迅学"的学科建设意识在这一时期也逐步完善和趋于成熟。从总体上看，这一时期的鲁迅研究越来越回归"鲁迅本体"。思维方式的转变和新方法新视野的开拓，使得鲁迅研究掘入了思想与文学的内在层面。

从"鲁迅学"史发展的角度看，汪晖的鲁迅研究无疑具有重要的学术意义。一般认为，汪晖是继陈涌、王富仁之后第三个标志性的人物。与陈涌的"政治革命说"和王富仁的"思想革命说"不同，汪晖使用的研究视角、理论模式具有深刻的原创性，他所塑造的鲁迅形象与中国大陆学术界流行了数十年的鲁迅观截然不同，因而也开创了鲁迅研究的新"范式"。汪晖在 80 年代中后期发表了《历史的"中间物"与鲁迅小说的精神特征》[①] 和《鲁迅研究的历史批判》[②] 两篇论文，引起了鲁迅研究界的广泛注意。1988 年，他完成了《反抗绝望——鲁迅的精神结构与〈呐喊〉〈彷徨〉研究》，但这部著作直到 1991 年才由上海人民出版社正式出版。并且，鲁迅研究界对汪晖观点的吸收最主要也是 90 年代以后的事情。汪晖的研究视点是鲁迅的"精神结构"及其文学形态。他最重要的贡献在于对鲁迅的"历史中间物意识"的发现和对"反抗绝望"的人生哲学的分析。汪晖对"中间物"意识的阐发具有强烈的论辩性，所以它在中国和日本的鲁迅研究界不断引起讨论，并且成为第二届"亚洲国家现代化与民族性因素"国际学术讨论会的中心议题之一。

90 年代以来，由于思维范式的更新，研究思路与方法更加趋于多元化，鲁迅研究的各个领域都得到了进一步的深化，取得了许多令人瞩目的

---

① 汪晖：《历史的"中间物"与鲁迅小说的精神特征》，《文学评论》1986 年第 5 期。
② 汪晖：《鲁迅研究的历史批判》，《文学评论》1988 年第 6 期。

成绩。小说研究方面，出现了一个重读的热潮，一批以"重读""细读""新解"为题的文章涉及了鲁迅小说的许多篇目。代表性的论文如王富仁的《〈狂人日记〉细读》①，该文采用细读的批评方法，通过文本的细致分析，探讨了《狂人日记》的整个艺术结构，重新阐释了他的意义结构及其所包含的思想意义。薛毅、钱理群的《〈狂人日记〉细读》②也引人注目。其他的论文有秦林芳的《重读鲁迅〈离婚〉》③、汪卫东的《错综迷离的忏悔世界——〈伤逝〉重读》④、秦弓的《不能忘却的寂寞——重读〈呐喊〉》⑤、王学谦的《鲁迅〈故乡〉新论》⑥等。这些重读性质的论文有一个共同的特点，就是都以新的思维方式切入作品，在文本细读的过程中，又从新的理论层面出发，从而得出了比较新颖的看法，对以往的研究有较大的超越。

在《故事新编》的研究方面，开辟了新境界的是严家炎的论文《鲁迅与表现主义——兼论〈故事新编〉的艺术特征》⑦。这篇论文的意义在于打破了长期以来以现实主义创作方法解释《故事新编》的成见，提出鲁迅是用表现主义方法创作《故事新编》的看法，对《故事新编》研究中存在的问题有了新的解释。除了许多研究论文之外，郑家建的《被照亮的世界——〈故事新编〉诗学研究》⑧可谓一本集大成的著作。该著作在文本细读的基础上，从语言、创作思维、文体三个层面出发，对以往研究中富有争议的如戏拟、隐喻、古代传统、现代技巧等诗学问题进行了细致而富有新意的阐释。郑家建的研究视野开阔，见解独到，极大地推进了《故事新编》研究。

---

① 王富仁：《〈狂人日记〉细读》，《鲁迅研究年刊（1991—1992）》，中国和平出版社1992年版。
② 薛毅、钱理群：《〈狂人日记〉细读》，《鲁迅研究月刊》1994年第11期。
③ 秦林芳：《重读鲁迅〈离婚〉》，《中国现代文学研究丛刊》1994年第4期。
④ 汪卫东：《错综迷离的忏悔世界——〈伤逝〉重读》，《鲁迅研究月刊》1998年第10期。
⑤ 秦弓：《不能忘却的寂寞——重读〈呐喊〉》，《鲁迅研究月刊》1996年第5期。
⑥ 王学谦：《鲁迅〈故乡〉新论》，《中国现代文学研究丛刊》1999年第2期。
⑦ 严家炎：《鲁迅与表现主义——兼论〈故事新编〉的艺术特征》，《中国社会科学》1995年第2期。
⑧ 郑家建：《被照亮的世界——〈故事新编〉诗学研究》，福建教育出版社2001年版。

对《野草》研究，主要集中在对《野草》哲学内涵的阐发。代表性的成果有汪晖的《〈野草〉人生哲学》，该文是《反抗绝望——鲁迅及其文学世界》一书的第四章的第一节。汪晖认为，《野草》是一本思想性的著作，具有完整的人生哲学体系，还存在一种形而上学的意味：一种深刻的人生体验和"反抗绝望"的人生哲学——一种不同于人道主义、个性主义、进化论或民主主义等普遍性的意识趋向的东西。王乾坤的专著《鲁迅的生命哲学》第八章及其解志熙的论文《彷徨中的人生探寻——论〈野草〉的哲学意蕴》①，对《野草》的哲学意蕴也作了不同凡响的解读。90年代出版的专著有闵抗生的《鲁迅创作与尼采的箴言》②和孟瑞君的《〈野草〉的艺术世界》③。前者是《野草》和《查拉图斯特拉如是说》的比较研究，后者主要探讨了艺术特征问题，也提出一些新的见解。还有许多研究者从心理学、精神分析、佛学、符号学、文化比较等不同的视角研究《野草》，开拓了新的思路。

鲁迅杂文研究的主要著作有王嘉良的《诗情传达与审美构造——鲁迅杂文的诗学意义阐释》④、李德尧的《新文化先驱的文体选择》⑤、袁良骏的《现代散文的劲旅》⑥。王著对鲁迅杂文的诗学意义作了系统深入的阐发，李著探寻了鲁迅杂文的艺术本质。这一时期，对鲁迅杂文的艺术特质和历史地位等问题都有了更为合理的认识。

鲁迅思想的研究，90年代以来，主要集中在"人学"思想的阐发。1997年，中国萧军研究会召开"鲁迅'立人'思想学术讨论会"。1998年，辽宁丹东召开了鲁迅的人学思想学术研讨会。李新宇的长篇论文

---

① 解志熙：《彷徨中的人生探寻——论〈野草〉的哲学意蕴》，《鲁迅研究月刊》1999年第9、10期。
② 闵抗生：《鲁迅创作与尼采的箴言》，陕西人民教育出版社1996年版。
③ 孟瑞君：《〈野草〉的艺术世界》，花山文艺出版社1994年版。
④ 王嘉良：《诗情传达与审美构造——鲁迅杂文的诗学意义阐释》，天津人民出版社1997年版。
⑤ 李德尧：《新文化先驱的文体选择》，武汉大学出版社1994年版。
⑥ 袁良骏：《现代散文的劲旅》，陕西人民教育出版社1996年版。

《鲁迅人学思想论纲》① 是人学思想研究中具有代表性的成果。此外，王乾坤的《鲁迅的生命哲学》② 以"中间物"概念为基点，深入鲁迅思想的各个层面，解析了鲁迅与古今中外精神文化的渊源关系，是鲁迅思想研究方面具有里程碑意义的著作。

刘禾的《国民性理论质疑》一文，从后殖民批评的角度分析了鲁迅的国民性思想与西方的种族主义国民性理论及相关论述的关系，并对《阿Q正传》作了富于新意的解读，刘禾认为，"鲁迅小说不仅创造了阿Q，也创造了一个有能力分析批评阿Q的中国叙事人。由于他的叙述中注入这样的主体意识，作品深度地超越了斯密思的支那人气质理论，在中国现代文学中大幅改写了传教士话语"③。鲁迅传记研究也有了新的进展，重要的有曾智中的《三人行》④、朱文华的《鲁迅、胡适、郭沫若连环比较评传》⑤、唐弢的《鲁迅传》⑥、吴俊的《鲁迅评传》⑦、王晓明的《无法直面的人生——鲁迅传》⑧、黄乔生的《度尽劫波——周氏三兄弟》⑨、陈平的《鲁迅》⑩、钮岱峰的《鲁迅传》⑪ 等。这些传记的写作在表现的手法上更为多样化，汲取了新时期以来鲁迅研究的新成果、新观念。

90年代以来的鲁迅研究在不断深化的同时，也出现了一些热点问题和热点现象。

80年代末，金宏达的专著《鲁迅文化思想探索》⑫ 从文化整体性的

---

① 李新宇：《鲁迅人学思想论纲》，《鲁迅研究月刊》1999年第3—5期。
② 王乾坤：《鲁迅的生命哲学》，人民文学出版社1999年版。
③ 刘禾：《国民性理论质疑》，《跨语际实践——文学，民族文化与被译介的现代性中国，1900—1937》，生活·读书·新知三联书店2002年版，第103页。
④ 曾智中：《三人行》，中国青年出版社1990年版。
⑤ 朱文华：《鲁迅、胡适、郭沫若连环比较评传》，上海文艺出版社1991年版。
⑥ 唐弢：《鲁迅传》，《鲁迅研究月刊》1992年第5—10期。
⑦ 吴俊：《鲁迅评传》，百花文艺出版社1992年版。
⑧ 王晓明：《无法直面的人生——鲁迅传》，上海文艺出版社1993年版。
⑨ 黄乔生：《度尽劫波——周氏三兄弟》，群众出版社1998年版。
⑩ 陈平：《鲁迅》，江苏文艺出版社1998年版。
⑪ 钮岱峰：《鲁迅传》，中国文联出版社1999年版。
⑫ 金宏达：《鲁迅文化思想探索》，北京师范大学出版社1986年版。

角度系统地论述了鲁迅在文化问题上的思想观点，从而进一步阐明了鲁迅的思想特质、地位及历史意义，探讨了鲁迅思想形成的渊源、历史过程以及归趋。金宏达的著作开从文化角度研究鲁迅的风气之先河。此外，郑欣淼的专著《文化批判与国民性改造》①，从"文化批判"的立场对鲁迅的国民性思想进行全面系统的论述。90 年代以来，林非的《鲁迅与中国文化》②从鲁迅论中国文化、论启蒙主义、论"人"的命题、论国民性、论中国新文化建设五个方面，着重从精神文化的视角探讨鲁迅与中国文化的关系。陈方竞的《鲁迅与浙东文化》③探究了作为新文化主将的鲁迅与浙东文化之间的内在联系。80 年代以来，关于鲁迅"五四"时期的反传统意识，由于海外文化保守主义批评的影响，就如何认识鲁迅的文化选择出现了许多富有争议的意见。在这种背景下，张富贵的《惯性的终结——鲁迅文化选择的历史价值》④，对鲁迅文化选择这一根本性的理论问题进行了深刻的反思，对文化保守主义的倾向给予了有力的回应。鲁迅与外国文化的比较研究在这一时期也有了很大的进展，值得注意的是彭定安主编的《鲁迅：在中日文化交流的坐标上》⑤。该著在中日文化交流的视角下，系统梳理了中日两国的背景和语境、鲁迅留学日本的经历以及与日本文化的交流、日本的鲁迅研究、中日鲁迅研究的比较等问题，可谓一部中日文化交流的百科全书。除了以上宏观视角的文化阐释以外，具体作品的文化研究也比较突出。

"贬抑鲁迅"也是 90 年代的一个重要现象。1996 年，一批新生代作家搞了一次名为"断裂"的作家问卷调查。一些青年作家称"鲁迅是一块老石头"，认为鲁迅对今天的文学写作没有什么教育意义。1999 年《芙蓉》第 6 期发表了葛红兵的《为 20 世纪中国文学写的一份悼词》，对包括鲁迅在内的一大批现代文学作家进行了极为刻薄的评价。2000 年《收

---

① 郑欣淼：《文化批判与国民性改造》，陕西人民出版社 1988 年版。
② 林非：《鲁迅与中国文化》，南开大学出版社 2007 年版。
③ 陈方竞：《鲁迅与浙东文化》，吉林大学出版社 1999 年版。
④ 张富贵：《惯性的终结——鲁迅文化选择的历史价值》，吉林大学出版社 1999 年版。
⑤ 彭定安主编：《鲁迅：在中日文化交流的坐标上》，春风文艺出版社 1994 年版。

获》第 2 期在"走近鲁迅"的专栏中刊登了三篇文章：冯骥才的《鲁迅的"功"与"过"》、王朔的《我看鲁迅》、林语堂的《悼鲁迅》，更是把贬抑鲁迅的思潮推向了高潮。比如，王朔认为，"鲁迅写的小说有时是非常概念的，这在他那部备受推崇的《阿Q正传》中尤为明显"。"鲁迅光靠一堆杂文几个短篇是立不住的，没听说有世界文豪只写过这点东西的"。"鲁迅没有长篇，怎么说都是个遗憾"。"鲁迅对伪君子假道学种种愚昧麻木中国人的劣根性骂得都对，若说还有遗珠之憾，就是把自己拉下了"。林语堂的文章是在和鲁迅交恶之后写的，漫画的色彩非常浓厚。其实，对鲁迅的"贬抑"的现象在现代文学阶段就一直和正面的认识相伴随。新时期以来，经过一段时间的"压抑"之后，这些声音又重新表露出来。新时期开始茅盾率先提出了反对"神化"鲁迅的口号，1985年《青海湖》第 8 期和《杂文报》第 45 期分别发表了邢孔荣的《论鲁迅的创作生涯》和李不识的《何必言必称鲁迅》，曾掀起了一场声势较大的争论。2000 年 5 月 21 日、22 日，中国鲁迅研究会、《鲁迅研究月刊》编辑部在北京召开了"鲁迅研究热点"研讨会，就一段时间发表的对鲁迅的作品、思想、人格以及鲁迅研究的批评，展开了热烈的讨论。2000年，《鲁迅研究月刊》第 7 期以"反思·争鸣·发展——笔谈鲁迅研究现状"为题刊出了其中的主要发言，其中林非的《关于贬抑鲁迅的若干看法》，从理论高度分析了近年贬抑鲁迅的种种观点方法论和道德上的根源。值得注意的是，李新宇在"鲁迅研究热点"研讨会上作了《直面真正的挑战者》的发言，后来又发表了长篇论文《面对世纪末文化思潮对鲁迅的挑战——兼及五四新文化运动的现实合法性问题》①，详尽地分析了对鲁迅形成挑战的文化思潮。李新宇把对鲁迅的批评和中国当代的文化发展问题联系起来，可以说是抓住了问题的要害，深刻地揭示了鲁迅研究对中国当代文化发展的意义和价值。

这一时期也出现了对竹内好鲁迅论的再认识。1943 年，日本学者竹内好完成了《鲁迅》一书，于 1944 年正式出版。1961 年到 1980 年之间，

---

① 李新宇：《面对世纪末文化思潮对鲁迅的挑战——兼及五四新文化运动的现实合法性问题》，《鲁迅研究月刊》2000 年第 11、12 期和 2001 年第 1 期。

这本书就印刷了十七次,对日本现代文学研究产生了巨大的影响,素来有"竹内鲁迅"的说法。该书于1986年被译介到国内,但真正引起学界普遍关注则迟至新世纪以来。2002年,郜元宝发表《文学家的立场——竹内好的鲁迅论》①,比较系统地梳理和评析了竹内好的鲁迅论的主要观点。2005年,孙歌出版了专著《竹内好的悖论》②,该书的前两章已于1998年发表,从思想史的角度系统论述了竹内好的思想。2005年12月25日至26日,在上海大学举办了"鲁迅和竹内好国际学术研讨会",会后编选出版了论文集《鲁迅与竹内好》③。至此,国内对竹内好的鲁迅研究关注达到了一个高潮。竹内好认为,鲁迅之所以成为中国文坛的异数,在于他作为一个启蒙主义者和一个坚定的文学家的内在紧张。郜元宝提出,"文学"和"启蒙"两个概念,是理解竹内鲁迅论的关键,"把鲁迅的思想放在鲁迅的文学的根基上追问,这在竹内,不仅是研究现代中国的某种权宜的策略,也是他的方法论"。"竹内鲁迅论的另一重点,是文学和政治的关系","竹内好把文学家鲁迅的政治意识浓缩为'从文学的政治化倾向中包围文学的纯粹性这样一种现象'"。竹内鲁迅论的目的是要以鲁迅为榜样,将现代中国的思想上升为东亚的方法,并以此批评日本的现代化,其旨归在于民族主体的重建。由于竹内的鲁迅论具有强烈的主观性和目的论色彩,有人批评他不仅简化了现代中国的复杂性,也简化了现代日本的复杂性。

另外,竹内好在1941年发表《大东亚战争与吾等的决意(宣言)》,1959年又发表了《近代的超克》一文。前一篇文章明确表示支持日本发动的太平洋战争,后一文本也因为与政治的关系而备受争议,所以,如何认识竹内好以及他的鲁迅论无论在日本还是在当代的中国都有很大的争议。尽管竹内好的鲁迅论由于方法论和政治上的原因显得非常复杂而富有争议性,但是,国内的许多研究者更加看重竹内好鲁迅论对当代鲁迅研究的启示意义,大体上认为"批评竹内,现在还不是时候"。

---

① 郜元宝:《文学家的立场——竹内好的鲁迅论》,《南京师范学院学报》2002年第3期。
② 孙歌:《竹内好的悖论》,北京大学出版社2005年版。
③ 薛毅、孙晓忠:《鲁迅与竹内好》,上海书店出版社2008年版。

四

新世纪以来，鲁迅研究在经历了喧哗和热闹之后，逐渐进入了一个相对寂静的时期，呈现出"历史化"和"学术化"的趋向。在全面系统地搜集整理资料的基础上，生平事迹的研究和史实考证都在努力实现鲁迅的"人间化"。对文本和思想重释的同时，也在文化视野和多维的角度不断拓展。

鲁迅的文本整理研究在新世纪又有了新的进展。2005 年新版《鲁迅全集》由人民文学出版社出版，共 18 卷，字数达 700 万字，增收了新发现了的鲁迅佚文 24 篇，佚信 18 封，以及鲁迅致许广平《两地书》的原信 68 封，《答增田涉问信件集录》约 10 万字。对 1981 年版的《鲁迅全集》进行了 1000 余处的校勘改动，修改增补 2000 条注释，总字数增加了 20 万字。它全面体现了鲁迅研究界最新的研究成果。2009 年人民出版社出版王世家、止庵编的《鲁迅著译编年全集》，收录迄今所发现的鲁迅全部作品，含创作、翻译、书信和日记。这套编年全集旨在为读者和研究者提供一部"纵向阅读"鲁迅的文本。2011 年 7 月长江文艺出版社推出了李新宇、周海婴主编的《鲁迅大全集》。这套《鲁迅大全集》编入了鲁迅的创作、翻译、学术、古籍整理、绘画、书法、画册编纂等。在编排方式上采用了分类编年体。除此之外，还以附录的形式收入了两类内容：一是鲁迅的一些演讲记录稿；二是同代人回忆中转述的鲁迅的话。鲁迅当年赠送给许广平的手迹文物 20 多件也由《鲁迅大全集》编委会辑录出版。2001 年 9 月，刘运峰编的《鲁迅佚文全集》由群言出版社出版，分上、下册，共 58 万字。2012 年以来，王锡荣主持的国家社会科学基金重大项目"《鲁迅手稿全集》文献整理与研究"，课题组清查了鲁迅现存手稿的状况，对鲁迅创作手稿进行了全面汇校，并编制鲁迅手稿收藏索引和出版索引，为每篇手稿撰写题注，并编排研究资料索引，从手稿学的角度，为鲁迅研究开辟了新的路径。

关于鲁迅生平传记及相关史实的考证也越来越深入。新世纪以来出版的鲁迅传记有朱正的《一个人的呐喊》[①]、吴中杰的《鲁迅传》[②]《鲁

[①] 朱正：《一个人的呐喊》，北京十月文艺出版社 2007 年版。
[②] 吴中杰：《鲁迅传》，复旦大学出版社 2008 年版。

迅后传》①、陈漱渝的《搏击暗夜——鲁迅传》②、张梦阳的《鲁迅全传·苦魂三部曲》③。周海婴的《我与鲁迅七十年》④、阎晶明的《鲁迅还在》⑤也都为走近鲁迅提供了很好的资料和途径。鲁迅一生居住过的地方主要有绍兴、北京、厦门、广州、上海。过去对这些史实也有过研究，例如薛绥之主编的《鲁迅生平史料汇编》，但是缺乏对某一点的专门性的深入研究。新世纪以来，鲁迅研究开始在这方面有所拓展。鲁迅在绍兴研究的专家裘士雄的专著《鲁海拾贝》⑥，分探微、钩沉和走笔三类，对鲁迅在绍兴的行迹作了极为细致的勾勒。近年西泠印社又推出了他的系列著作《鲁迅与他的乡人》（2014年）、《鲁迅与他的乡人二集》（2015年）、《鲁迅与他的乡人三集》（2016年）。这些著作对了解鲁迅与故乡有关的人、事、地、物，以及掌握故乡研究鲁迅等情况都大有益处。南京是鲁迅离开故乡绍兴求新学的第一站。徐昭武编著的《寻求别样的人们：鲁迅在南京》⑦，对鲁迅在南京的经历、行迹、心情作了详细、生动的描述。黄乔生的《八道湾十一号》⑧围绕八道湾十一号相关史料、人物、细节，作了详细的考证。涉及周氏兄弟的亲情、家庭、子女、社会关系以及社会活动。陈洁的《鲁迅与教育部同僚交游考论》第一次对鲁迅的交游作了系统研究，对鲁迅研究有所突破。除了鲁迅在北京时期的交游，他在这一时期的身份也是很值得研究的。吴海勇的《时为公务员的鲁迅》是第一部致力于这方面研究的专著。1924年暑期，鲁迅曾与孙伏园等一起到西安讲学、游览。单演义在20世纪80年代就写过一本《鲁迅在西安》，西北大学出版社于2009年8月经过修订、扩充再版。该书对当时陕西社会面

---

① 吴中杰：《鲁迅后传》，复旦大学2011年版。
② 陈漱渝：《搏击暗夜——鲁迅传》，作家出版社2016年版。
③ 张梦阳：《鲁迅全传·苦魂三部曲》，华文出版社2016年版。
④ 周海婴：《我与鲁迅七十年》，南海出版公司2001年版。
⑤ 阎晶明：《鲁迅还在》，江苏凤凰文艺出版社2017年版。
⑥ 裘士雄：《鲁海拾贝》，大连出版社2000年版。
⑦ 徐昭武编著：《寻求别样的人们：鲁迅在南京》，江苏凤凰文艺出版社2016年版。
⑧ 黄乔生：《八道湾十一号》，生活·读书·新知三联书店、生活书店出版有限公司2015年版。

貌和鲁迅讲演的特色等作了详尽、具体的描述。1926年8月鲁迅应林语堂邀请到厦门大学任教，独处数月。这也是鲁迅生平研究不可或缺的课题，但向来研究不多。朱水涌、王烨的《鲁迅：厦门与世界》① 弥补了这一不足。广州是鲁迅生涯重要的转折点。最近出版的朱崇科的《广州鲁迅》② 则是最为系统的一部。鲁迅在上海度过了生命中最后的十年，这是鲁迅一生最重要的时间段。新世纪出版了这一时期的一些有关书籍，缪君奇编著的《旧影寻踪——鲁迅在上海》③ 为研究鲁迅的上海文化、思想诸层面提供了丰富、全面、翔实的图文史料。作者通过寻访鲁迅在上海工作、生活及活动的足迹，钩沉史料，去伪存真，展示了当时上海的历史画卷。此外，关于鲁迅婚姻爱情的研究也突破了禁区。乔丽华的《我也是鲁迅的遗物：朱安传》④ 通过走访有关朱氏后人，实地勘查采访，钩沉有关朱安的史料，搜集各方面人士的回忆等，追溯了朱安69年的人生轨迹。2007年《鲁迅研究月刊》第8期发表了著名鲁迅研究专家张恩和的文章《鲁迅的初恋》，文中指出，鲁迅少年时代曾与表妹琴姑有过初恋。其他如王锡荣的《鲁迅生平疑案》⑤、李伟江的《鲁迅粤港时期史实考述》⑥、王景山的《鲁迅书信考释》⑦、陈福康的《鲁研存沌》⑧ 等著作都是史实考证方面的代表。

新世纪在文本研究和思想阐释方面也有新的成果。邵宁宁的《〈狂人日记〉与中国传统文明》一文认为，《狂人日记》中"吃人"的"发现"，是中国现代理性精神的一次重要觉醒。这种以谵妄、夸张的语言表现出来的觉醒引发的现代人对传统文明的认知，以及中国现当代文学史上一连串的"吃人"故事，具有复杂的政治/文化内涵。只有不过度发挥它

---

① 朱水涌、王烨：《鲁迅：厦门与世界》，厦门大学出版社2008年版。
② 朱崇科：《广州鲁迅》，中国社会科学出版社2014年版。
③ 缪君奇编著：《旧影寻踪——鲁迅在上海》，上海文化出版社2010年版。
④ 乔丽华：《我也是鲁迅的遗物：朱安传》，九州出版社2017年版。
⑤ 王锡荣：《鲁迅生平疑案》，上海辞书出版社2002年版。
⑥ 李伟江：《鲁迅粤港时期史实考述》，岳麓书社2007年版。
⑦ 王景山：《鲁迅书信考释》，文化艺术出版社2013年版。
⑧ 陈福康：《鲁研存沌》，上海交通大学出版社2015年版。

的意义，才能使我们在对传统保持清醒的批判态度的同时，不因将一切诿过于传统而有意无意地遮蔽某些更具现实意义的思想/制度改进困难。①汪晖的《阿Q生命中的六个瞬间》对《阿Q正传》作了新的阅读。论文指出，在阿Q的生命中，存在着六个卑微的瞬间："失败的苦痛"与"无可适从"；性与饥饿；"无聊"；死。鲁迅对阿Q生命中的这些隐秘瞬间的描写，是对"精神胜利法"失效的可能性的发掘；他对本能、直觉的观察，也是对于超越外界注视的目光是否能够产生新的意识的探索。在《阿Q正传》中，鲁迅试图抓住阿Q生命中的六个瞬间，通过对精神胜利法的诊断和展示，激发人们"向下超越"——即向着他们的直觉和本能所展示的现实关系超越、向着非历史的领域超越。如果说《阿Q正传》是对作为开端的辛亥革命的一个探索，那么，这个开端也就存在于向下超越的可能性和必要性之中——这是生命的完成，也是一个完全不同的世界观的诞生。在这个意义上，《阿Q正传》是中国革命开端时代的寓言。② 鲁迅文学与思想研究方面的论著有郜元宝的《鲁迅六讲》③、高远东的《现代如何拿来——鲁迅的思想与文学论集》④、张梦阳的《鲁迅的科学思维——张梦阳论鲁迅》⑤、董炳月的《鲁迅形影》⑥、袁盛勇的《鲁迅：从复古走向启蒙》⑦、刘春勇的《多疑鲁迅——鲁迅世界中主体生成困境之研究》⑧、李怡的《阅读现代——论鲁迅与中国现代文学》⑨、朱寿桐的《孤绝的旗帜：论鲁迅传统及其资源意义》⑩、宋剑华的《围城中的巨人：理解鲁迅的"寂寞"

---

① 邵宁宁：《〈狂人日记〉与中国传统文明》，《中国现代文学研究丛刊》2017年第11期。
② 汪晖：《阿Q生命中的六个瞬间》，《现代中文学刊》2011年第3期。
③ 郜元宝：《鲁迅六讲》，上海三联书店2000年版。
④ 高远东：《现代如何拿来——鲁迅的思想与文学论集》，复旦大学出版社2009年版。
⑤ 张梦阳：《鲁迅的科学思维——张梦阳论鲁迅》，漓江出版社2014年版。
⑥ 董炳月：《鲁迅形影》，生活·读书·新知三联书店2015年版。
⑦ 袁盛勇：《鲁迅：从复古走向启蒙》，上海三联书店2006年版。
⑧ 刘春勇：《多疑鲁迅——鲁迅世界中主体生成困境之研究》，中国传媒大学出版社2009年版。
⑨ 李怡：《阅读现代——论鲁迅与中国现代文学》，西南师范大学出版社2002年版。
⑩ 朱寿桐：《孤绝的旗帜：论鲁迅传统及其资源意义》，文化艺术出版社2005年版。

与"悲哀"》①、吕周聚的《鲁迅文学作品中的异质世界》②、李生滨的《晚清思想文化与鲁迅——兼论其小说杂家的文化个性》③、李林荣的《经典的祛魅：鲁迅文学世界及其历史情境新探》④ 和曹禧修的《鲁迅小说诗学结构引论》⑤ 等。

文化研究一直是鲁迅学的重要领域，进入新世纪，无论是鲁迅和传统文化的关系、和现代作家的比较研究，还是鲁迅的世界性因素，都得到了很好的开掘。田刚的《鲁迅与中国士人传统》⑥ 与廖诗忠的《回归经典：鲁迅与先秦文化的深层关系》⑦ 两部著作丰富了鲁迅和传统文化的关系。钱理群是鲁迅研究的重要人物之一，多年来已出版 10 多部鲁迅研究的著作，他一直致力在当代社会传播鲁迅的思想，《鲁迅与当代中国》⑧ 体现了把鲁迅的"立人"思想与现代中国融合在一起的努力。孙郁出版了一系列鲁迅与周作人、胡适、陈独秀，托尔斯泰、陀思妥耶夫斯基、契诃夫、高尔基等俄国作家的比较研究的著作。其他如王富仁的《鲁迅与顾颉刚》⑨、王得后的《鲁迅与孔子》⑩、李继凯的《全人视境中的观照：鲁迅与茅盾比较论》⑪、张铁荣的《比较文化研究中的鲁迅》⑫ 是比较研究方面著作。王富仁不仅对顾颉刚这一人物的历史疑案作出了令人信服的科学分析，还重新审视了"整理国故"和古史研究、胡适和"胡适派"、"现代评论派"和英美派学院精英与鲁迅的分歧等众多复杂问题。王得后

---

① 宋剑华：《围城中的巨人：理解鲁迅的"寂寞"与"悲哀"》，华南理工大学出版社 2017 年版。

② 吕周聚：《鲁迅文学作品中的异质世界》，人民出版社 2017 年版。

③ 李生滨：《晚清思想文化与鲁迅——兼论其小说杂家的文化个性》，中国社会科学出版社 2013 年版。

④ 李林荣：《经典的祛魅：鲁迅文学世界及其历史情境新探》，北京燕山出版社 2007 年版。

⑤ 曹禧修：《鲁迅小说诗学结构引论》，中国社会科学出版社 2010 年版。

⑥ 田刚：《鲁迅与中国士人传统》，中国社会科学出版社 2005 年版。

⑦ 廖诗忠：《回归经典：鲁迅与先秦文化的深层关系》，上海三联书店 2005 年版。

⑧ 钱理群：《鲁迅与当代中国》，北京大学出版社 2017 年版。

⑨ 王富仁：《鲁迅与顾颉刚》，商务印书馆 2018 年版。

⑩ 王得后：《鲁迅与孔子》，人民文学出版社 2010 年版。

⑪ 李继凯：《全人视境中的观照：鲁迅与茅盾比较论》，中国社会科学出版社 2003 年版。

⑫ 张铁荣：《比较文化研究中的鲁迅》，南开大学出版社 2003 年版。

则对鲁迅和孔子作了近乎实证性的比较研究。李继凯对鲁迅与茅盾进行了全面深入的考察、比较和评估，认为鲁迅与茅盾都是20世纪中国新文化派的重要代表人物。张铁荣一直致力于鲁迅与同代人比较文化研究，包括鲁迅与周作人的日本文学翻译观，鲁迅与叶圣陶、许钦文、王鲁彦的小说比较，鲁迅与俄罗斯作家阿尔志跋绥夫小说比较，鲁迅的编辑学阐释等内容。

2014年6月13日至15日，山东师范大学文学院、山东师范大学中国现当代文学国家重点学科和中国鲁迅研究会联合举办了"世界视野中的鲁迅"国际学术研讨会。来自国内外40多所著名高等院校和科研机构的60多位专家学者出席会议。会后，吕周聚、赵京华、黄乔生主编的国际学术研讨会论文集由中国社会科学出版社于2016年出版，这表明"世界视野中的鲁迅"这一课题已然成为中国鲁迅学发展的必然趋向，也是学界注目的热点之一。跨越文化的视野，鲁迅不仅是中国现代作家中最受瞩目的作家，在日本和韩国，对鲁迅的认识和研究也形成了各自的传统，从竹内好、丸山升、木山英雄、伊藤虎丸、丸尾常喜到藤井省三等日本的鲁迅研究成果丰硕，影响颇深。随着日本的鲁迅研究论著和《韩国鲁迅研究论文选》在中国的翻译出版，中国的鲁迅论著也向日本、韩国输入。2013年，北京师范大学出版集团和安徽大学出版社推出了包括孙玉石、钱理群、王富仁等10位中国当代著名鲁迅研究学者的《中国鲁迅研究名家精选集》，2017年出版了韩文版。在中、日、韩三国鲁迅研究学者的共同努力下，形成了"东亚鲁迅"的概念。

鲁迅不仅是伟大的文学家和思想家，他在学术研究、古籍整理、编辑、美术、翻译等诸多领域都取得了很大的成就，对鲁迅的研究也在多个维度上展开。冯光廉、刘增人、谭桂林主编的《多维视野中的鲁迅》[①]从美术视野中的鲁迅艺术趣味、鲁迅主编书刊的编辑学阐释、文体史中的鲁迅评估、文学批评史中的鲁迅评估、翻译史中的鲁迅评估、汉语史中的鲁迅评估、学术史中的鲁迅评估等不同角度呈现了鲁迅的复杂性。鲍国华的

[①] 冯光廉、刘增人、谭桂林主编：《多维视野中的鲁迅》，山东教育出版社2002年版。

《鲁迅小说史学研究》①和温庆新《鲁迅中国小说史略研究——以中国小说史学为视野》②都是对鲁迅的小说史进行研究的著作。鲍著考察了鲁迅从事中国小说史研究的资料准备、研究过程、学术贡献和价值、历史影响以及相关著作的版本流变等。温著分析了鲁迅编纂与修订《中国小说史略》时的发端与体系建构，鲁迅的选择与时势背景及同仁研究之间的关系，并从中国小说史学史视域，评析了《史略》所提出的古代小说演进现象与小说类名及其小说史意义。关于鲁迅辑校古籍的研究取得了一定的成果，但是还是比较薄弱。③ 汉唐石刻是鲁迅学术研究的重要领域，杨义的《遥祭汉唐魄力——鲁迅与汉石画像》④是代表性的论文。西泠印社2014年影印出版了《鲁迅藏拓本全集·汉画像卷》，并附有《鲁迅金石杂件抄（汉画像部分）》和《鲁迅汉画像年表》。黄乔生在其前言"鲁迅收藏汉画像拓本略述"中详述了鲁迅收藏、研究汉画像的过程和价值。上述研究都在试图开掘"学者鲁迅"的意义。

第二节　郭沫若研究

郭沫若是现代作家中政治色彩最浓厚的一个，大革命以后被迫流亡日本，抗战期间积极参与抗战救国活动，新中国成立之后，更是身居高位，曾担任全国政协副主席、全国人大常委会副委员长、政务院副总理、文教委员会主任、科学院院长等要职。强烈的政治倾向性为他赢得了巨大的声誉，同时也给他造成了许多负面的影响。新中国成立以来，由于研究对象的特殊性和学术氛围的变化，郭沫若研究也经历了种种曲折的变化，以致相当长的时间里纠缠于对他政治与人格的评论。

---

① 鲍国华：《鲁迅小说史学研究》，天津社会科学院出版社2008年版。
② 温庆新：《鲁迅中国小说史略研究——以中国小说史学为视野》，九州出版社2017年版。
③ 石祥：《鲁迅辑校古籍研究述评》，《图书情报工作网刊》2012年第9期。
④ 杨义：《遥祭汉唐魄力——鲁迅与汉石画像》，《学术月刊》2014年第2期。

一

　　从新中国成立到1978年郭沫若去世是郭沫若研究的第一个阶段。这一时期郭沫若尽管在政界和社会各界都具有很高的声誉，但郭沫若研究并没有因为政治地位的提高而出现急剧升温的现象，相反，在长达三十年的时间里，研究成果并不是很多，"文革"期间基本处于停滞状态。另外，由于郭沫若的创作贯穿现代、当代两个历史时期，并且在诗歌、戏剧、小说、散文各个领域都颇有成就，这个阶段的研究基本以新中国成立前的创作与思想研究为主，也主要集中在诗歌和戏剧方面。

　　郭沫若的文学成就是多方面的，但是诗歌却是最为突出的，这一时期的研究也首先体现在诗歌领域。1953年《文艺报》第23号上的臧克家《反抗的、自由的、创造的〈女神〉》一文，是新中国成立以来郭沫若研究的第一篇学术论文。文章指出，"郭沫若先生的《女神》，虽然不是'五四'以后出版的第一本诗集，却是'五四'以后影响最大的一本诗集"。1957年，张光年发表了《论郭沫若早期的诗》[①]。张光年指出郭沫若的早期诗作具有显著的"民族性"特点。尽管张光年对郭沫若早期诗歌的"民族性"特点的论述并不是很充分，但是却提出了与20年代闻一多批评郭沫若的诗歌缺乏地方色彩相反的观点。1959年，《诗刊》第4期刊载了冯至的《我读〈女神〉的时候》。冯至从个人的切身体会出发，回忆了20年代他作为一个中学生阅读《女神》的感受以及对他的影响。此外，何其芳在《诗歌欣赏》一书里，重新阐发了《女神》的时代精神，还指出了郭沫若诗歌艺术上的缺点。[②] 这一时期影响最大的诗歌研究成果当数楼栖的《论郭沫若的诗》，其中一部分以论文形式发表于1957年的《文学研究》，1959年作为新中国郭沫若研究史上的第一本学术专著出版，以后又屡次再版。楼栖对郭沫若从《女神》到《新华颂》的整个诗歌创作，进行了系统的论述，分析了诗人思想和风格的发展过程，强调诗人的艺术风格的发展和革命现实的发展大体是合拍的。楼栖也指出了郭沫若思

[①] 张光年：《论郭沫若早期的诗》，《诗刊》1957年第1期。
[②] 何其芳：《诗歌欣赏》，作家出版社1963年版。

想和艺术之间的不平衡的问题。

关于《女神》的浪漫主义表现手法问题也有不少论述,甚至还有争论。1961年,韩瑞亭发表了《谈〈女神〉的革命浪漫主义精神》①一文,认为《女神》表现的革命浪漫主义,与积极浪漫主义有着根本不同,诗人的思想不仅是激进的革命民主主义思想,而且已具有社会主义因素。紧接着吴欢章写了《关于〈女神〉的浪漫主义》②与韩瑞亭商榷,认为《女神》所表现的诗人的思想是各种新旧因素的矛盾并存,里面有彻底的革命民主主义思想,有个性解放,有泛神论思想,也有初步的社会主义思想。从两个人的论述可以看出,虽然是在讨论创作方法的问题,但实际上却是在判定《女神》的革命思想,他们的论述都体现了那个时代的特点。

这一时期的郭沫若戏剧研究主要表现在两个方面:一是着眼于郭沫若戏剧特征的研究,代表性的成果有陈瘦竹和王淑明的同题论文《论郭沫若的历史剧》③,二是对单篇剧作以及50年代新创作的两部历史剧的评析。陈瘦竹的文章系统地论述了郭沫若历史剧的人物形象、戏剧和历史的关系、悲剧精神、抒情性、创作方法、写作与修改过程等重要问题,逻辑严密,又有一定的理论深度。王淑明文章写作的时间是1956年,当时正值"百花齐放,百家争鸣"方针的提出,所以作者从"五四"以来的人道主义的个性解放立场出发,提出在郭沫若的所有历史剧中,有一个基本概念贯穿着:"人的尊严,把人当做人,能过人的生活。"王淑明的论述在一向政治色彩浓厚的文学研究领域显得独树一帜,但这样的论述马上遭到批评,其中唐育寿、刘献彪的《评王淑明〈论郭沫若的历史剧〉》④最为突出。文章指责王淑明提出的"郭沫若所有的历史剧贯穿着人的尊严"的思想结论是片面的、错误的,还批评王淑明分析历史人物的悲剧根源时

---

① 韩瑞亭:《谈〈女神〉的革命浪漫主义精神》,《文汇报》1961年5月27日。
② 吴欢章:《关于〈女神〉的浪漫主义》,《文汇报》1961年6月28日。
③ 陈瘦竹:《论郭沫若的历史剧》,《戏剧论丛》1958年第2辑;王淑明:《论郭沫若的历史剧》,《文学研究》1958年第2期。
④ 唐育寿、刘献彪:《评王淑明〈论郭沫若的历史剧〉》,《山东师范学院学报》1959年第3期。

强调性格悲剧因素，也是资产阶级文艺思想的表现。

关于具体作品的研究，成果主要有张仲浦的《郭沫若的历史剧〈屈原〉》①。该书作为50年代《屈原》的研究专著，主要对剧作中屈原、婵娟、钓者、卫士、宋玉和郑袖等人物形象进行了深入的分析。此外，还有关于《虎符》主题的争论文章。②

这一时期许多研究者的论述中尽管涉及郭沫若的思想问题，但专门研究郭沫若思想的成果比较少。比如张光年、楼栖都谈到了泛神论对郭沫若诗歌创作的影响，但并没有把泛神论思想作为研究对象。这一阶段的研究主要是肯定郭沫若思想中的革命因素，着眼于思想转变的过程。五六十年代，一般认为郭沫若的思想经历了一个由革命民主主义者到马克思主义者、由小资产阶级的先进分子到无产阶级的先锋战士的发展和转变过程，但是就具体的转变过程持不同的意见。艾扬把郭沫若前期的思想变化大致分为三个阶段。③ 针对艾扬的论述，宋耀宗提出了不同的意见。④ 和艾扬相比较，宋耀宗更加注重政治活动在郭沫若思想转变方面的作用和影响。两个人在讨论政治认识的同时，也注意到了郭沫若前期文艺思想的发展状况。

二

时间进入1978年，这是郭沫若呼唤的"科学的春天"，现代文学研究包括郭沫若研究也呈现出复苏的景象。恰好在这个时候，郭沫若溘然长逝。1978年6月18日，邓小平代表党和国家在追悼会上的悼词对郭沫若作了高度的评价，称郭沫若是"继鲁迅之后，在中国共产党领导下，我国文化战线上又一面光辉的旗帜"。这一非常权威性的评论把郭沫若和鲁

---

① 张仲浦：《郭沫若的历史剧〈屈原〉》，上海文艺出版社1959年版。
② 相关论文有丘扬的《〈虎符〉——雄伟悲壮的民族史诗》（《新观察》1957年第4期）、李诃的《论〈虎符〉的主题思想》（《解放军文艺》1957年第4期）等。
③ 艾扬：《试论郭沫若前期思想的发展》，《跃进文学研究丛刊》（2），上海文艺出版社1958年版。
④ 宋耀宗：《对郭沫若前期思想发展的一些理解——读〈沫若文集〉札记》，《哈尔滨师范学院学报》1964年第1期。

迅相提并论，赋予郭沫若在整个现代文化和文学中仅次于鲁迅的地位，这样的历史定位便成为1978年以来很长时间里对郭沫若的基本评价。由于思想解放潮流的涌现和对郭沫若在现代文学和文化发展中的地位的认识，郭沫若研究翻开了新的一页。以1979年10月在四川乐山举行的全国郭沫若学术讨论会为标志，郭沫若研究进入了一个异常繁荣的阶段，研究的热潮一直持续到1992年纪念郭沫若诞辰100周年前后达到高潮，颇具规模的学术活动频繁举行，大量的研究著作和资料公开出版。据不完全统计，1978年以来到90年代初关于郭沫若的研究资料和著作有五十多种。[①] 更重要的是，研究领域得以全面扩展和不断深化，由五六十年代的诗歌、历史剧、前期思想研究拓展到了郭沫若创作的各个领域，研究思路和方法也越来越趋于多元化。

新时期以前的郭沫若诗歌研究，从闻一多、钱杏邨到周扬，都对郭沫若在中国新诗史上的地位给予了很高的评价，因此，一向认为郭沫若是中国新诗的奠基人。但是随着胡适的新诗拓荒者的地位被重新肯定，郭沫若在新诗发展过程中的地位以及贡献也引发了许多新的思考。朱光灿先后撰写了《应当正确评价〈女神〉》[②] 和《再谈〈女神〉评价的几个问题》[③] 两篇文章，对"《女神》是中国的第一部新诗集，奠定了我国新诗的基础，开了一代诗风"等说法提出质疑。接着，刘元树撰文同朱光灿商榷，认为胡适的《尝试集》在内容上只是一般性的反封建，形式上旧体诗的痕迹很重，连初步形成自己的风格也谈不到，所以只能说是从旧体诗到新诗的过渡性作品。[④] 吴奔星将《女神》和《尝试集》作了比较，肯定了《女神》是中国新诗的奠基之作的说法，并赞同闻一多所说的郭沫若是中国"现代第一诗人"[⑤]。后来，尽管有些论者认为，"郭沫若不是中国新诗

---

① 黄侯兴：《郭沫若研究的昨天与今天》，《新文学史料》1993年第3期。
② 朱光灿：《应当正确评价〈女神〉》，《齐鲁学刊》1982年第2期。
③ 朱光灿：《再谈〈女神〉评价的几个问题》，《郭沫若研究》1981年第1辑。
④ 刘元树：《论〈女神〉的历史地位——并同朱光灿同志商榷》，《郭沫若研究》1981年第1辑。
⑤ 吴奔星：《〈女神〉与〈尝试集〉的比较观》，《郭沫若研究论集》第2辑，四川人民出版社1984年版。

的倡导者，也不是中国新诗的第一位诗人"，对郭沫若在新诗史上的地位作了比较客观的分析。① 新时期以来的这些争论促进了对郭沫若在中国新诗史上的地位和贡献比较恰切的认识，宏观的历史考察必然要求就郭沫若到底做出了哪些贡献做出具体的回答。对这一课题有所突破的主要有两篇论文。一篇是王富仁的《他开辟了一个新的审美境界——论郭沫若的诗歌创作》②，文章提出并回答了"郭沫若的诗歌与中国古代那些最伟大的诗人的作品，特别是那些我们称之为伟大浪漫主义诗人的作品，到底有什么根本不同的特征？这些特征在他的作品里是怎样具体表现出来的呢？它们是怎样产生以及它们的产生又怎样体现了五四的时代精神呢？"等问题。王富仁的分析视角独到而新颖，整个论述纵横捭阖，发前人之未发。另一篇是吕家乡的《内在律：郭沫若对新诗的重要贡献》。③ 作者认为，就形式本身来说，郭沫若最根本的贡献是"内在律"的发现，并以此置换了中国古代诗歌的"外在律"。

除了文学史研究的视角之外，80年代初的郭沫若诗歌研究，主要集中在两个问题上。一是对《女神》的思想内容的讨论，许多研究者都承认爱国主义是贯穿《女神》全书的基本精神。比如高兰说："诗人热爱祖国的思想一直贯穿在全集之中。"④ 李昌陟也持相同的意见。⑤ 二是集中在艺术风格和艺术个性方面。对郭沫若诗歌艺术风格的探讨，刘纳的《论〈女神〉的艺术风格》⑥最具代表性。她按照诗集《女神》中的三辑来区分作品的样式和风格，第一辑取材于古代传说或历史，"独具风韵，令人神驰"；第三辑大部分是小诗，有的作品"冲淡、朴素"，有的"缥缈迷

---

① 钱光培：《论郭沫若对新诗发展的独特贡献》，《郭沫若研究论集》第2辑，四川人民出版社1984年版。
② 王富仁：《他开辟了一个新的审美境界——论郭沫若的诗歌创作》，《郭沫若研究》1989年第7辑。
③ 吕家乡：《内在律：郭沫若对新诗的重要贡献》，《山东师大学报》1985年第6期。
④ 高兰：《重读〈女神〉的几点体会》，《郭沫若研究论集》第1辑，四川人民出版社1980年版。
⑤ 李昌陟：《〈女神〉的爱国主义精神》，《郭沫若研究论集》第1辑，四川人民出版社1980年版。
⑥ 刘纳：《论〈女神〉的艺术风格》，《中国现代文学研究丛刊》1982年第4期。

离";收入第二辑的诗是《女神》的精华、灵魂。她认为,震撼"五四"时期中国的,不是《女神》里那些平和、缥缈、清幽的小诗,而是第二辑里那些激情涌溢的诗篇。另外,任愫从郭沫若的整个诗歌创作出发,认为郭沫若诗歌风格的主导方面,是"雄浑豪放",又有非主导的方面,便是"冲淡清新"。①

  因为郭沫若是一个主观型的浪漫主义诗人,研究者都注意到了对郭沫若的性格气质和创作个性的把握。骆寒超的《想象·直觉·内在律——论〈女神〉的艺术特色》②一文,从《女神》的创作论析了浪漫主义诗人郭沫若的创作个性。黄侯兴把郭沫若的艺术个性概括为两个方面:主观性和主情主义。③和新时期以前对浪漫主义的否定不同,这一时期大部分论者都强调诗人的个性气质等主观因素和浪漫主义之间的联系,个性气质和创作方法的矛盾成了论述的焦点。许多研究者认为,郭沫若后期诗歌艺术上不如前期的《女神》,是因为作者"片面否定浪漫主义,片面强调现实主义"④。对这个问题的研究最有价值的文章是蓝棣之的《论郭沫若新诗创作方法与艺术个性》⑤,作者批评了有人断言郭沫若的气质个性只适合浪漫主义的说法。后来,蓝棣之在《论郭沫若新诗创作方法的演变》⑥一文正面阐述了自己的观点。他认为,《女神》给文坛带来了一股奇异的浪漫主义的雄风,郭沫若的创作开端就是顶峰,但不能说《女神》之后郭沫若无诗。蓝棣之的论述调整了 80 年代以来只注重作家个性气质,否定后期创作的偏颇倾向,对艺术个性和创作方法进行了辩证的分析,重新

---

① 任愫:《烈火奔腾,凤凰凌空——论郭沫若诗的艺术风格》,《郭沫若研究论集》第 2 辑,四川人民出版社 1984 年版。
② 骆寒超:《想象·直觉·内在律——论〈女神〉的艺术特色》,《群众论丛》1980 年第 1 期。
③ 黄侯兴:《论郭沫若的艺术个性》,《中国社会科学》1983 年第 5 期。
④ 持这一观点的主要论文有陈永志的《郭沫若诗作简论》(《文学评论》1982 年第 4 期),河野的《试论郭沫若的创作个性》(《郭沫若研究学会会刊》1982 年第 1 辑),罗成琰的《论五四新文学浪漫主义的兴衰》(《中国现代文学研究丛刊》1985 年第 2 辑)等。
⑤ 蓝棣之:《论郭沫若新诗创作方法与艺术个性》,《北京师范大学学报》1983 年第 2 期。
⑥ 蓝棣之:《论郭沫若新诗创作方法的演变》,《郭沫若研究学会会刊》1982 年第 1 辑。

肯定了郭沫若后期诗歌的价值。

80年代中期以后，随着"文化热"的出现和文学研究方面的"方法论"潮流的兴起，郭沫若诗歌研究也摆脱了思想内容和艺术特色的研究模式，研究者对时代精神、爱国主义、主观性、浪漫主义、现实主义等研究范畴的热情也慢慢减退，研究的角度和方法越来越趋于多样化，出现了一种逐渐走向诗歌本体的趋势。贺建成的《〈凤凰涅槃〉的情绪结构》①一文具体深入地剖析了《凤凰涅槃》的情绪发展过程，呈现了全诗的情绪结构。另外值得关注的是李继凯的《献给女性的赞歌——谈〈女神之再生〉中的女神意象》②一文。该文采用原型批评的方法论析了"女神"意象的丰富意蕴，认为"郭沫若的文化与艺术观中的'女神'（理想女性），导致了他——一位男性诗人——的'女性崇拜'的情感意向及相应的作品的完成"。此外，邓牛顿对《女神》的节奏、姜力挺对《女神》语言符号等方面的研究论文，都给人耳目一新的感觉。

新时期的历史剧研究除了延续60年代的一些话题之外，在两个方面有比较突出的表现：一是郭沫若的历史剧观念和悲剧艺术开始为人们重视，并逐步得到深化和系统总结，二是围绕着《孔雀胆》等历史剧的评论展开了热烈的争论。1983年，王瑶在《郭沫若的浪漫主义历史剧创作理论》③一文中指出，郭沫若的历史剧理论主张已经形成了浪漫主义历史剧理论体系。80年代，较早探讨郭沫若的史剧观念并取得不少成绩的是傅正乾。傅正乾结合郭沫若的言论以及西方的戏剧理论，强调郭沫若历史剧的基本性质是"剧"而不是"史"，是"艺术"而不是"科学"。④ 后来，作者出版了系统研究史剧理论的专著《历史·史剧·现实——郭沫若史剧理论研究》⑤。除史剧理论的探讨外，关于悲剧艺术的认识也有所

---

① 贺建成：《〈凤凰涅槃〉的情绪结构》，《湘潭大学学报》1984年第1期。
② 李继凯：《献给女性的赞歌——谈〈女神之再生〉中的女神意象》，《郭沫若学刊》1991年第4期。
③ 王瑶：《郭沫若的浪漫主义历史剧创作理论》，《文学评论》1983年第3期。
④ 傅正乾：《郭沫若史剧理论初探》，《郭沫若研究论集》第2辑，四川人民出版社1984年版。
⑤ 傅正乾：《历史·史剧·现实——郭沫若史剧理论研究》，陕西人民出版社1988年版。

深化。王文英认为,"郭沫若是一位自觉地追求悲剧的崇高美的剧作家"①。吴功正分析了郭沫若历史剧的特征:一是"特别着眼于悲剧的时代因素";二是"把命运悲剧改造成为性格悲剧,进而探讨悲剧产生的根源";三是"悲剧和崇高又是互相参和的"②。

　　早在40年代,研究者们就注意到了《孔雀胆》故事所反映的复杂历史背景,以及郭沫若本人对剧作主题前后不一致的阐释。80年代初,研究者仍就剧本的主题和题材争议不休。1981年,王晓祥对陈瘦竹、黄侯兴、谭洛非、陆文璧等人的观点提出商榷,认为《孔雀胆》的主题是不明确的,剧作在人物题材的处理方面存在偏颇,最后指出《孔雀胆》的作用是消极的。③另外,鲁歌也不同意把《孔雀胆》的作用说成"永远是消极的"④。田本相、杨景辉对导致《孔雀胆》主题模糊和紊乱的原因作了探讨,他们指出,由于"作家一开始创作,便对这个历史题材缺乏全面而深入的考虑,缺乏由表及里的透视,他只是被阿盖这个人物吸引住了,而没有把握住造成这个历史悲剧的深刻而复杂的因素,也没有挖掘出这个历史悲剧潜在的含义,这便是造成《孔雀胆》的主题使人难以把握的原因所在"⑤。

　　80年代初中期的郭沫若历史剧研究主要集中在如何处理古与今、历史真实与艺术虚构、剧与诗等问题上,在黄侯兴、田本相、傅正乾、高国平、吴功正、韩立群等人的努力下,取得了很大的成绩。但是,从80年代末期开始,学界不再仅仅局限于思想意义、史剧观念、美学风格等的研究,更趋向于把它放在宏观的文化背景下进行多视角的综合透视,注重挖掘郭沫若史剧的文化意蕴,阐释史剧所体现的郭沫若的创造

---

①　王文英:《论郭沫若抗战时期历史剧的审美价值》,《中国现代文学研究丛刊》1986年第2期。

②　吴功正:《论郭沫若历史剧的悲剧艺术》,《新文学论丛》1982年第2期。

③　王晓祥:《〈孔雀胆〉质疑——兼与陈瘦竹、黄侯兴、谭洛非、陆文璧诸同志商榷》,《语文园地》1981年第6期。

④　鲁歌:《〈孔雀胆〉的主题探究》,山东省郭沫若研究会编《郭沫若研究论丛》1985年版。

⑤　田本相、杨景辉:《郭沫若史剧论》,上海文艺出版社1985年版,第146页。

思维特征。比如，雷家仲的文章通过深入细致的分析，揭示了郭沫若史剧意识中中西文化相胶着、相融会的丰富内涵，进而开启了郭沫若史剧研究的新的文化空间。① 郑守江从文化学的视角阐释了郭沫若史剧创作的两个重要的文化特征：一是"人的发现"，二是"开放型的思维"。② 潘晓生运用新历史主义批评分析了郭沫若的历史剧创作。③ 高扬则从"想象"与"灵感"两个艺术层面探究了郭沫若历史剧的心理特征。④ 除了这些论文之外，这方面成绩最大的是周海波的专著《历史的废墟与艺术的王国——郭沫若历史剧文化命题的文学意义》⑤。该书彻底摆脱了传统的研究模式，在宽广的文化视野中整体把握郭沫若历史剧的文化意蕴和审美价值。

泛神论是郭沫若思想很重要的组成部分。从1979年开始，楼栖、顾炯、陈永志、李保均、谷辅林等人都撰文就泛神论在郭沫若思想中的地位、作用、来源、性质和对创作的影响等问题进行了探究。这方面有代表性的是陈永志的长篇论文《郭沫若的泛神论思想》⑥ 一文。文章首先分析了郭沫若泛神论思想的三个来源：以布鲁诺、斯宾诺莎为代表的西欧泛神论哲学，我国的哲学思想，古印度的《奥义书》哲学思想。作者并从本体论、发展论、认识论三个层面综述了泛神论的基本内容，进而探讨了泛神论思想对郭沫若创作的影响。随着泛神论研究的不断深入，关于泛神论对郭沫若思想的影响的估价，也在不断升级，因此，有论者认为，不可过分夸大泛神论的影响。

郭沫若前期的文艺思想，一方面想证明文艺的功利性，另一方面又舍

---

① 雷家仲：《"宁馨儿"与历史选择——试论郭沫若的史剧意识》，《郭沫若学刊》1993年第1期。

② 郑守江：《从文化学的视角对郭沫若抗战史剧的思考》，《郭沫若学刊》1996年第1期。

③ 潘晓生：《在历史与现实的撞击中追问——对郭沫若历史剧创作的新历史主义批评》，《郭沫若学刊》1998年第4期。

④ 高扬：《历史精神与艺术构思——论郭沫若历史剧的心理特征》，《郭沫若学刊》1998年第4期。

⑤ 周海波：《历史的废墟与艺术的王国——郭沫若历史剧文化命题的文学意义》，陕西旅游出版社1991年版。

⑥ 陈永志：《郭沫若的泛神论思想》，《文学评论丛刊》1979年第2辑。

不得艺术家的自我表现，这些矛盾现象构成了郭沫若文艺思想的复杂性。许多研究者着眼于探讨造成这种冲突的根源，其中有代表性的是黄侯兴和蔡震的观点。黄侯兴认为，这一现象根源于郭沫若艺术功利观与政治功利观之间的矛盾。① 蔡震则从郭沫若"自由和责任"的两难心态予以解释，认为这是郭沫若自我本位意识与社会忧患意识的冲突所致，以致最后后者压倒前者。② 还有人认为，这是郭沫若理论思辨模式和实践行为模式不统一的缘故。另外，前期文艺思想的内涵及其本质特征也是颇有争议的问题。比如，王世德从诉诸直觉和美化感情、表现自我和反映时代、审美概括和失事求似等层面，系统阐述了郭沫若的浪漫主义美学思想的基本内涵和特征。③ 80 年代以来，研究者逐渐地不再局限于浪漫主义的范畴，而试图从不同的层面揭示郭沫若文艺思想的复杂性，提出了应该重视前期文艺思想中现实主义、现代主义、启蒙主义、表现主义的特征。

除了诗歌、历史剧以及思想研究的不断深化外，研究面上的拓展也体现在小说、散文领域。邹水旺的《郭沫若小说创作初探》④、张杰的《试论郭沫若小说的创作》⑤、黄侯兴的《论郭沫若的历史小说》⑥、刘纳的《谈郭沫若的小说创作》⑦ 等论文，打破了郭沫若小说除鉴赏性解读外没有学术研究的局面。散文研究方面，王东明的论文《试谈郭沫若散文的艺术特色》⑧ 具有开创局面的意义。新时期以来，郭沫若研究的热潮也推动了郭沫若的生平传记研究。1979 年，以郭沫若的悼念活动为契机，四川人民出版社出版了《呼唤春天的诗人》，生活·读书·新知三联书店出版了《悼念郭老》等。后来，卜庆华、黄侯兴、孙党伯等人推出了各种

---

① 黄侯兴：《郭沫若文艺思想论稿》，天津人民出版社 1985 年版。
② 蔡震：《郭沫若郁达夫比较论》，陕西师范大学出版社 1988 年版。
③ 王世德：《郭沫若美学思想探索》，《郭沫若研究论集》第 2 辑，四川人民出版社 1984 年版，第 47 页。
④ 邹水旺：《郭沫若小说创作初探》，《江西师院学报》1979 年第 4 期。
⑤ 张杰：《试论郭沫若小说的创作》，《破与立》1978 年第 6 期。
⑥ 黄侯兴：《论郭沫若的历史小说》，《学习与思考》1982 年第 6 期。
⑦ 刘纳：《谈郭沫若的小说创作》，《中国现代文学研究丛刊》1983 年第 4 期。
⑧ 王东明：《试谈郭沫若散文的艺术特色》，《扬州师院学报》1980 年第 2 期。

郭沫若的传记，显示了这方面研究的实绩。

三

大致在1992年郭沫若诞辰百年纪念活动以后，郭沫若研究在持续前一阶段研究领域的拓展和研究成果不断深化的同时，也逐渐从"热闹"走向了"平静"。无论是研究者的数量，还是发表论文和出版专著的数量都有很大程度的减少。另外，值得注意的是温儒敏所指出的"有关郭沫若的两极阅读的现象"，即一种是"文学史的读法"，注重从文学历史发展的角度考察郭沫若作品的价值，另一种是"非专业的读法"，比较注重个人的审美趣味，不太顾及郭沫若在文学史上的地位，许多青年读者对郭沫若其人其诗不感兴趣，评价不高。自90年代以来兴起的反思中国知识分子潮流的影响下，作家出版社于1998年出版了由丁东编选的《反思郭沫若》一书，收录的文章对郭沫若的缺点和失误有比较严厉的批评，该书出版后引起了强烈而持久的反响。1999年，出版了针对《反思郭沫若》的《公正评价郭沫若》[①]一书。对郭沫若的"反思"抑或贬损，对从1978年他逝世之后树立起来的仅次于鲁迅的形象与地位构成很大冲击。"反思郭沫若"固然与90年代的文化氛围紧密相关，但也显示了郭沫若作为20世纪知识分子代表的复杂性。种种因素使90年代以来的郭沫若研究，总体上处于徘徊不前的局面。

文人与高官的双重身份，也在某种程度上塑造了郭沫若精神世界的双重价值品格，所以在"反思郭沫若"声浪之中，如何学理地看待郭沫若的人格与思想世界的复杂性，便是郭沫若研究中首先面临的挑战。作为全面、准确地把握郭沫若人格的一种学术努力，一些学者强调必须树立理性的精神和科学的态度，提出应以郭沫若自己概括的"球形发展的天才"去认识他。[②] 正是抱着这种理解的态度和方法，一些研究者从不同的角度对郭沫若的人格进行了探究。罗成琰在《郭沫若与屈原人格》[③] 一文中指

[①] 曹剑编：《公正评价郭沫若》，中共中央党校出版社1999年版。
[②] 王文英、王尔龄、卢正言：《郭沫若文学传论》，新疆人民出版社1992年版。
[③] 罗成琰：《郭沫若与屈原人格》，《郭沫若学刊》1995年第2期。

出，构成郭沫若人格结构三大支柱的个性意识、入世精神和爱国情操，鲜明地留下了屈原人格的痕迹。李生滨则对郭沫若的社会理想和政治情怀给予了人性的阐释，指出郭沫若作为诗人的浪漫个性之中，有一种强烈的政治情怀，人生的张扬中表现为爱国之情和社会理想。①另外，桑逢康的《郭沫若人格辩》主要就"反思郭沫若"中出现的种种贬抑之词进行了反驳，体现了作者严肃和公正的批评态度。②除以上几篇论文外，研究郭沫若人格的重要著作是黄侯兴的《郭沫若——"青春型"的诗人》③。作者用"青春型"把握和概括了郭沫若的人格特征，指出作为一个诗人和学者，郭沫若的一生在精神、气质、性格、情绪上始终属于"青年"的范畴。

郭沫若与20世纪中国思想文化之间有着密切的关系，所以90年代以来围绕着郭沫若与传统文化、现代文化以及地域文化的关系形成了一个研究热潮。学术界先后就"郭沫若与世界文化""郭沫若与乡土文化""郭沫若与抗战文化""郭沫若与中国文化现代化""郭沫若与儒家文化""郭沫若的女性观与女性文化""郭沫若与二十世纪先进文化""郭沫若与百年中国学术文化"等问题展开学术研讨。围绕这些研讨会产生的一系列成果大多发表在《郭沫若学刊》上，代表了90年代中后期的学术水平。实际上，早在80年代末，一些学者就敏锐地意识到必须在文化审视中拓展郭沫若研究的领域。马识途曾经指出，我们要"把郭沫若放到一个中国大文化的历史背景上，加以宏观与微观相结合的研究。我们以为，郭沫若之所以是郭沫若，是他在中国新文化的形成过程中铸造出来的。我们还企图从郭沫若这个中国新文化代表人物的身上揭示出中国新文化的底蕴，从中国新文化的形成过程和其矛盾运动的得失中，展示中国现代新文化的发展方向"④。邓牛顿的《论郭沫若与儒家文化》一文论析了郭沫若和儒家文化及孔子之间的关系，并且指出，"郭沫若信仰的是马列主义，

---

① 李生滨：《诗人郭沫若社会理想和政治情怀的人性阐释》，《郭沫若学刊》2004年第2期。
② 桑逢康：《郭沫若人格辩》，《文学自由谈》2005年第2期。
③ 黄侯兴：《郭沫若——"青春型"的诗人》，山东人民出版社1994年版。
④ 马识途：《深入郭沫若研究浅议》，《郭沫若研究》第7辑，文化艺术出版社1989年版。

可他有时行的是儒家之道"①。杨炳昆从中国近代文化思潮中的中外文化交流和碰撞的宏观角度,论述了郭沫若的文化心态。② 关于郭沫若的文化学研究方面,值得一提的著作是吴定宇的《抉择与扬弃——郭沫若与中外文化》③。作者用翔实的材料和客观细致的分析,对身处传统与现代、中国与西方激烈碰撞、交融的文化旋涡中的郭沫若,进行了一次正本清源的文化"结算"。另外,税海模的《郭沫若与中国传统文化》④ 也是一部相当扎实的研究专著。作者论述了郭沫若对儒家文化、道家文化、墨家文化、法家文化、佛家文化以及乡土文化的看法,分析了这些文化对郭沫若的影响。

研究者也开始关注郭沫若与外国文学的关系,从涉及的国别看,主要有德、英、美、法、俄、挪威、印度、日本等;从作家的角度看,有歌德、雪莱、惠特曼、莎士比亚、庞德、泰戈尔等;文学思潮则有现代主义、表现主义等。从研究的思路和方法看,一种是注重外国文学对郭沫若文学思想及创作的影响;一种是把中国文化放在世界文学发展的整体格局中观照其得失,为中国文学研究确立了全球性的宏观视野。由于郭沫若文学创作的开放性特征,自然成为比较文学研究的一个重点。郭沫若与德国文学尤其是与歌德的关系研究成为这方面最为热闹也最有成就的领域。⑤ 90年代以来的研究逐渐摆脱了80年代的影响和平行研究视角,一些学者将中西文化撞击下产生的"郭沫若学"置于广阔的多视角、多学科的语境下进行考察,大大拓宽了视野,把研究引向了更广更深的领域。1991年,姜铮出版了专著《人的解放与艺术的解放——郭沫若与歌德》⑥,从哲学、文艺学、社会学、心理学、伦理学等学科领域多视角地探讨郭沫若与歌德的关系。所有这些比较研究确实很好地梳理了郭沫若文学与西方文

---

① 邓牛顿:《论郭沫若与儒家文化》,《郭沫若研究》第7辑,文化艺术出版社1989年版。
② 杨炳昆:《郭沫若与中外文化交流论纲》,《郭沫若研究》第7辑,文化艺术出版社1989年版。
③ 吴定宇:《抉择与扬弃——郭沫若与中外文化》,中山大学出版社2004年版。
④ 税海模:《郭沫若与中国传统文化》,四川大学出版社1992年版。
⑤ 石燕京:《郭沫若与歌德比较研究述评》,《郭沫若学刊》2001年第2期。
⑥ 姜铮:《人的解放与艺术的解放——郭沫若与歌德》,时代文艺出版社1991年版。

学文化交流的历史，但新世纪以来郭沫若研究界也出现了对这种研究方式进行反思的声音。有研究者指出，郭沫若早期诗学确实有着与各种外国文艺思潮不同方面的同一性，但整体风貌则不同于其中的任何一种思潮。事实上，郭沫若早期诗学的形成并非仅仅源于西方文艺思潮单方面的影响。准确地说，它应是西方文艺思潮、中国传统文化以及诗学建构主体所处文化境遇、创作实践诸因素互动的结果。对于这样一种自足于本民族的现实土壤、经受中西文化诗学综合影响、只有自身话语特征的富有生命力的诗学，却以西方的某种思潮加以命名，反映了命名者对郭沫若早期诗学建构真相的巨大盲视，对所谓西方强势话语表现出无意识地认同与臣服。

四

新世纪以来，郭沫若研究注重佚文、手稿等文献史料的整理与研究。杨胜宽、蔡震主编的《郭沫若研究文献汇要》[①] 是研究资料方面的集大成之作，从史实、交往、文学、考古、历史、书法等类别汇编了1920年至2008年间的研究文献资料。蔡震近年来在郭沫若旧体诗词的整理与辨析、郭沫若著作版本的考辨以及郭沫若流亡十年的史料的挖掘上用力较多，相继出版两部著作，《郭沫若生平文献史料考辨》[②] 在收集整理郭沫若生平资料的基础上，重新考证了郭沫若生平重要的史实，同时解读了郭沫若生平活动、思想发展、创作著述中的相关问题。《郭沫若著译作品版本研究》[③] 着眼于郭沫若作品版本的考辨梳理，从序文、后记、跋等的增删变化中揭示"尘封的史迹"。丁茂远的《〈郭沫若全集〉集外散佚诗词考释》[④] 和王锦厚的《在郭沫若研究的路途上》[⑤] 等，也都是郭沫若文献史料整理、考证方面的著作。文献史料的搜集整理，一方面可以弥补《全集》的不足，另一方面，为拓宽郭沫若研究提供了巨大空间和可能性。

[①] 杨胜宽、蔡震主编：《郭沫若研究文献汇要》，上海书店出版社2012年版。
[②] 蔡震：《郭沫若生平文献史料考辨》，社会科学文献出版社2014年版。
[③] 蔡震：《郭沫若著译作品版本研究》，东方出版社2015年版。
[④] 丁茂远：《〈郭沫若全集〉集外散佚诗词考释》，浙江大学出版社2014年版。
[⑤] 王锦厚：《在郭沫若研究的路途上》，四川文艺出版社2017年版。

作为基础性的研究成果，对完善作家履历、还原创作真实面貌起到了巨大作用。2017年，林甘泉、蔡震等编写的《郭沫若年谱长编》（五卷本）①包含了更为丰富的关于郭沫若生平事迹、创作历程、思想变化、文化活动等内容。

　　诗歌与历史剧是郭沫若研究的重头戏。陈鉴昌的《郭沫若诗歌研究》②将郭沫若的诗歌分为爱情诗集、焦虑诗集、革命诗集、散文诗等具体类型，并分别选取其中的代表性诗作加以探讨。武继平的《异文化夹缝中诞生的诗人：郭沫若留日与〈女神〉研究》③从日本文化的视角探讨郭沫若的诗歌创作，是海外郭沫若研究的最新成果。吕周聚的《论郭沫若的"情绪"诗学观》一文，认为郭沫若在现代新诗发展历程中，以"情绪"为核心建构自己"内在律"的诗学观念，并试图建构与"情绪"相适应的语言形式。④朱德发的《"十七年"：郭沫若对现代诗学的建树——读〈郭沫若书信集〉（下）有所思》深入探讨了"十七年"时期郭沫若在现代诗学方面的理论建树，从书信往来论述了"抒情说""人格论""化合论"等理论性观点，评析了诗人的本色。⑤历史剧除了对《屈原》《棠棣之花》《虎符》等经典文本的重新解读外，也侧重将作品置于文学与革命、审美与政治等多维关系中进行整体观照。贾振勇的《诗与政治的共鸣：1940年代的郭沫若及其抗战历史剧》认为郭沫若的抗战历史剧是"他政治遇挫在戏剧艺术王国的一次艺术移情"，展示了郭沫若独立自足的人文立场⑥。傅学敏则注意到了郭沫若历史剧创作的得失，认为郭沫若的历史剧呈现出跨文体、跨时代、跨艺术的强大缝合性，张扬恣肆的人

---

① 林甘泉、蔡震等：《郭沫若年谱长编》（五卷本），中国社会科学出版社2017年版。
② 陈鉴昌：《郭沫若诗歌研究》，巴蜀书社2010年版。
③ 武继平：《异文化夹缝中诞生的诗人：郭沫若留日与〈女神〉研究》（上、下），花木兰文化出版社2016年版。
④ 吕周聚：《论郭沫若的"情绪"诗学观》，《中国现代文学研究丛刊》2011年第8期。
⑤ 朱德发：《"十七年"：郭沫若对现代诗学的建树——读〈郭沫若书信集〉（下）有所思》，《理论学刊》2010年第10期。
⑥ 贾振勇：《诗与政治的共鸣：1940年代的郭沫若及其抗战历史剧》，《东岳论丛》2009年第8期。

格意识又使得史剧创作缺乏深刻与回味。① 唐文娟从商业演剧的角度分析了《孔雀胆》主题的歧义性，以及"政治冷"与"市场热"之间的深层互动。② 王小强的《面向历史的心灵救赎：郭沫若历史剧研究》③ 和陈鉴昌的《郭沫若历史剧研究》④ 是最近十年较有代表性的论著。

　　郭沫若思想研究也取得了进展，研究者多采用思想史和社会史相结合的方法，遵循历史求实和科学本真态度，试图准确而完整地理解郭沫若。周文的《以文入史：郭沫若的再选择》⑤ 重点考察了郭沫若的文艺思想和史学思想。康斌、彭冠龙、张玫的《时代精神与个人体验——"五四"时期的郭沫若》⑥ 从郭沫若"五四"时期的诗歌和小说创作入手，分析了郭沫若"五四"时期的思想转变历程。何刚与王海涛的《郭沫若文艺与史学思想辩论》⑦ 主要采用史论结合的方法研究了郭沫若的文艺与史学思想。刘奎的《诗人革命家：抗战时期的郭沫若》⑧ 尝试将作家论与文学社会学相结合，集中探讨了抗战时期集诗人、革命家、剧作家、学者、政客乃至传统士大夫角色于一身的郭沫若人格的复杂性，以及郭沫若如何以这种"复杂的身份机制应对抗战与建国的时代问题"。2018 年，王璞的《革命的可译性：郭沫若与二十世纪中国文化》由哈佛大学出版社出版，王璞通过梳理郭沫若对孔子和儒家思想的再想象，思考了郭沫若的儒学观念和中国革命的文化政治机制之间的关联，认为"郭沫若对孔子和儒家的革命想象实际上表征了一种对政治进程和历史变动的创造性介入，具有很强的理论生产的能动特征"。论文方面，李怡从"大文学视野"出发，认为郭沫若文学思想的变化起源于文学之外的社会交往与思想交流，后期郭

---

① 傅学敏：《缝合与裂缝：论郭沫若历史剧创作之得失》，《戏剧》2016 年第 4 期。
② 唐文娟：《悲剧抑或闹剧？——从商业演剧角度对郭沫若〈孔雀胆〉的考察》，《文艺理论与批评》2019 年第 1 期。
③ 王小强：《面向历史的心灵救赎：郭沫若历史剧研究》，中国社会科学出版社 2014 年版。
④ 陈鉴昌：《郭沫若历史剧研究》，四川大学出版社 2009 年版。
⑤ 周文：《以文入史：郭沫若的再选择》，花木兰文化出版社 2016 年版。
⑥ 康斌、彭冠龙、张玫：《时代精神与个人体验——"五四"时期的郭沫若》，四川大学出版社 2016 年版。
⑦ 何刚、王海涛：《郭沫若文艺与史学思想辩论》，武汉大学出版社 2014 年版。
⑧ 刘奎：《诗人革命家：抗战时期的郭沫若》（上、下），花木兰文化出版社 2016 年版。

沫若对国家立场的重新审视,最终促使郭沫若由原先的"民国批判"走向了"共和国认同"。① 关于郭沫若的民族复兴思想,李怡认为不能简单地解读为对中国文化传统的无原则肯定,而是指向一个"文化创造"的宏伟目标,"复兴"的根本是他心中的自由、自然、非功利的文化理想。② 李永东论述了"五四"时期郭沫若文化身份与民族认同的含混性,指出"身边小说"的创作预示着郭沫若精神与现实的双重流亡身份,拥有留日背景的混合文化身份和弱国子民心态决定了小说叙事中民族主义和殖民主义的复杂交锋,并最终采取了阶级认同、怀古主义以及东洋西洋联盟的话语策略来缓解民族认同的危机。王本朝认为郭沫若将自身置于文学创造、社会革命与政治斗争的风陵渡口,在矛盾与挣扎中"将话语表达和行为参与啮合起来,实现思想、行动和话语的腾挪、隐遁和交换"③。孟文博则从郭沫若文艺论著的版本校勘入手,系统地考察了郭沫若"民间文艺"观的历史演变过程,认为郭沫若的"民间文艺"观念与早期形成的现代知识分子的精英意识紧密相连,呈现出"与时俱进""因时而变"的鲜明特点。总体来说,对郭沫若思想的研究大都从历史的眼光出发,思想史、社会史与文学史三者有机结合,尽可能从贴切的时代和切身的同情之理解中进行评价。

　　文化视角一直是郭沫若研究的热点,新世纪以来,也取得了一些新的成果。李继凯的《才子的书缘:郭沫若的读书生活》④ 及其与冯超合著的《"大现代"文化视域中的郭沫若》⑤,从大文化视域考察了郭沫若的读书藏书、家学交游、行旅书写、书法才情,尤其对书法文化和诗墨情怀的发掘和阐释为认识郭沫若提供了新颖的视角,开辟了新的研究领域。从大文化视域进行郭沫若研究,进一步发掘了郭沫若所蕴含的文化价值,加深了郭沫若研究的历史深度,生发了郭沫若研究新的学术增长点。从巴蜀地域

---

① 李怡:《国家与革命——大文学视野下的郭沫若思想转变》,《学术月刊》2015 年第 2 期。
② 李怡:《复兴什么,为什么复兴?——郭沫若的民族复兴思想一瞥》,《中国现代文学研究丛刊》2016 年第 4 期。
③ 王本朝:《在时代的风陵渡口:郭沫若与现代中国的权势转移》,《福建论坛》2012 年第 2 期。
④ 李继凯:《才子的书缘:郭沫若的读书生活》,万卷出版公司 2018 年版。
⑤ 李继凯、冯超:《"大现代"文化视域中的郭沫若》,四川文艺出版社 2017 年版。

文化视角考察郭沫若的文学活动也是学界关注的方面，研究者多从郭沫若的家园想象、"回首故乡"的四川叙述、四川地域认同等角度入手，探究郭沫若地域性写作的意义及其身份认同的变迁轨迹。邓伟在《试析郭沫若的四川地域认同及其意义生发》一文中指出，地域性写作的意义体现为"个人主体的成长完善"和"社会巨变在现代四川地域留下的深刻印记"，认为走上革命道路的郭沫若对四川"革命"传统做出重新的体认与发掘。[①]

郭沫若研究的国际化程度不断推进。[②] 2008年8月31日至9月2日，日本郭沫若研究会与日本九州大学共同举办了"郭沫若与日本"国际学术研讨会。会议在福冈日本九州大学举行，来自日本、韩国、中国的近40位郭沫若专家参加了学术研讨，并出版会议论文集《郭沫若的世界》。以这次会议作为起点，拉开了郭沫若研究的国际化序幕。2009年8月底，第一次国际郭沫若学术研讨会在美国约翰·霍普金斯大学华盛顿特区学区召开。来自美国、中国、日本、韩国、中国台北、中国澳门的30位专家出席了这次会议。本次会议期间，成立了国际郭沫若学会。随后几年，在中国、俄罗斯、东京、维也纳、埃及等地陆续举办了系列国际学术研讨会。在国际郭沫若研究会的努力下，郭沫若研究获得了日渐广泛的国际关注和更为开阔的国际视野。自2010年至2015年，每年出版的《郭沫若研究年鉴》在单独开辟的"海外专栏"中也收录了重要的国外研究成果。杨玉英的《英语世界的郭沫若研究》[③]对英语世界关于郭沫若的译介传播和学术研究等作了非常详细系统的梳理和述评。

第三节　茅盾研究

茅盾是继鲁迅、郭沫若之后，中国现代文学与文化史上又一位代表性

[①] 邓伟：《试析郭沫若的四川地域认同及其意义生发》，《当代文坛》2013年第3期。
[②] 魏建：《近十年来走向世界的郭沫若研究》，《山东师范大学学报》2018年第4期。
[③] 杨玉英：《英语世界的郭沫若研究》，复旦大学出版社2011年版。

的人物。从1928年发表第一部小说开始，茅盾的作品就引起了文艺界的重视。1931年出版了伏志英编的《茅盾评传》，1933年又出版了黄人影编的《茅盾》，这两部书体现了早期茅盾研究的大致状况。《子夜》诞生以后，一时形成《子夜》评论研究的热潮，尤其受到鲁迅、瞿秋白、冯雪峰代表的左翼阵营的肯定和支持。1945年，在重庆举行了茅盾五十寿辰庆祝活动，《新华日报》为茅盾五十寿辰和创作二十五周年发行专刊。王若飞发表了《中国文化界的光荣，中国知识分子的光荣》一文，称茅盾为中国文化界的一位巨人，中国民族与中国人民最优秀的知识分子。廖沫沙的《中国文艺工作者的路程》一文作为《新华日报》社论发表，这篇文章历数茅盾二十五年的创作功绩，说他代表了中国文艺工作者所走过的光辉路程。从早期"革命文学"的批评到40年代的全面肯定，都为新中国成立以后的茅盾研究作了必要的铺垫。

一

从新中国成立到新时期以前的三十年是茅盾研究的第一个阶段。新中国成立以后，茅盾的作品在国内外得到广泛介绍，一些作品被搬上了银幕。对茅盾的创作及文艺思想的研究也取得了很大的进展。首先，在文学史著作中，茅盾被列为专章，都以较多的篇幅、显著的地位高度评价茅盾及其作品对中国现代文学的贡献，赋予茅盾在文学史上应有的地位。其次，关于作品的研究论文和系统研究的专著纷纷涌现。但是，由于单一化的政治化社会批评方法的束缚，注重作品社会政治内容和人物形象的分析，对茅盾一些作品的评析存在教条主义的倾向，从而影响了对茅盾作品成就的认识。"文革"前夕，对电影《林家铺子》的批评，也影响到了对茅盾及其作品的研究。此后一段时间，茅盾研究也处于停滞状态。值得注意的是，50年代至70年代，国外的茅盾研究也比较活跃。[①] 比如60年代初美国的夏志清出版了《中国现代小说史》，在海外影响很大，由于作者的反共立场，所以对茅盾的评价带有很大的偏见。大家公认，《子夜》是

---

① 参见孙立川《茅盾研究的发展脉络简评》，《中国现代文学研究丛刊》1984年第1期；叶子铭、丁帆《茅盾研究的历史与回顾》，《中国现代文学研究丛刊》1995年第2期。

茅盾的杰作，但夏志清却认为，它比不上茅盾早期的《蚀》《虹》和后期的《霜叶红似二月花》这三部长篇。捷克汉学家普实克在《中国现代文学史的根本问题和夏志清的〈中国现代小说史〉》中，批评了夏志清对茅盾的曲解，充分肯定了茅盾的创作成就。苏联的汉学家从50年代就不曾中断过对茅盾的研究，其他如日本、欧美的汉学家都有关于茅盾的研究。

  这一时期的研究主要集中在对《蚀》《子夜》"农村三部曲"等一系列作品的评论方面。《蚀》是茅盾的第一部小说。茅盾在后来回忆写作《蚀》的经过时强调指出，这部小说的构思过程，是与他在这段时期对革命斗争和革命队伍中的矛盾的深切感受分不开的。1952年，茅盾检讨了《蚀》的缺点，他说："表现在《幻灭》和《动摇》里面的对于革命形势的观察和分析是有错误的，对于革命前途的估计是悲观的；表现在《追求》里面的大革命失败后的小资产阶级知识分子的思想动态，也即是不全面而且有错误地过分强调了悲观、怀疑、颓废的倾向。"① 长期以来，对时代的表现和革命斗争形势的估计成为评论《蚀》的主要切入点，五六十年代的评论认识也基本沿袭了"革命文学"当年的批评。比如樊骏等人认为，《蚀》概括了当时现实中一些相当普遍的社会现象，创造了几个具有一定典型意义的人物形象，在今天依然有它的价值，但《蚀》又有显著的缺点。② 《虹》一般被看作是继《蚀》之后向《子夜》过渡的作品，许多论者往往把《蚀》和《虹》进行比较，从而突出《虹》的意义。刘绶松指出，《虹》的意义在于"成功地写出了五四时代精神的一个重要方面"。另外，他也认为小说的后半部分存在爱情情节的处理不够妥善和结尾匆促的缺陷。③

  对《子夜》的评论当然是茅盾研究的焦点。和《蚀》《虹》比较，研究者首先高度评价《子夜》在现代小说史及其在茅盾思想和艺术发展

---

① 《茅盾选集》序言，转引自孙中田、查国华《茅盾研究资料》，中国社会科学出版社1982年版，第153页。

② 樊骏等：《茅盾的〈蚀〉和〈虹〉》，北京大学文学研究所编《文学研究集刊》（第四册），人民文学出版社1956年版。

③ 刘绶松：《茅盾的〈蚀〉和〈虹〉》，《文学评论》1963年第2期。

中的地位，认为《子夜》"是一部大规模地反映当时的社会生活的长篇小说，一部在现代文学的历史上占有显著地位的作品"，同时，"从《子夜》开始，茅盾终于确定了自己在现代文学史上的地位，他是由现实主义转向社会现实主义的杰出的作家之一"①。在对《子夜》的评论方面，金申熊的《略论〈子夜〉》是一篇有代表性的论文。作者指出，《子夜》在人物塑造、语言运用、心理描写和结构方面有显著的成就，但在用小说的形式大规模反映社会生活时不无概念化之嫌。②

吴荪甫的形象是《子夜》评论中的重要问题。研究者一般强调，吴荪甫是民族资产阶级的代表，认为他的个人命运并没有脱离他们的阶级命运，他的"性格在各种矛盾关系上的复杂表现，归根结底，是民族资产阶级的两重性本质的形象化的再现"③。对吴荪甫形象的认识在注重阶级分析的时候，往往忽视了人物形象的丰富性和复杂性。因此，王西彦从性格的意义上对吴荪甫形象所作的分析显得尤为可贵。他指出，"吴荪甫是一个形象比较丰满，性格也比较鲜明的人物"，"作者刻画吴荪甫的性格特征，并不是完全限制在企业经营和公债投机的范围里，同时也接触到了他的亲属关系、家庭生活和社交活动等方面"④。叶子铭的《谈〈子夜〉的结构艺术》⑤是结构艺术研究方面代表性的论文。他指出了《子夜》在典型环境和情节安排上的特点。

关于"农村三部曲"和《林家铺子》，也有一些评论文章。丁尔纲的《试论"农村三部曲"》⑥首先探讨了小说的主题，认为"作者用了现实主义的传神的笔，给我们描绘出一幅旧中国江浙农村的全景"，还肯定了茅盾在人物塑造方面的成就。另外，何家槐的《读〈林家铺子〉》⑦

---

① 王积贤：《茅盾的〈子夜〉》，转引自孙中田、查国华《茅盾研究资料》，中国社会科学出版社1982年版，第228页。
② 金申熊：《略论〈子夜〉》，《新建设》1957年第4期。
③ 同上。
④ 王西彦：《论〈子夜〉》，上海新文艺出版社1958年版。
⑤ 叶子铭：《谈〈子夜〉的结构艺术》，《江海学刊》1962年第11期。
⑥ 丁尔纲：《试论"农村三部曲"》，《处女地》1957年6月。
⑦ 何家槐：《读〈林家铺子〉》，《长江文艺》1956年5月号。

和甘惜分的《论林老板这个性格》① 都是关于主题和人物形象的评论文章。除以上对单篇作品的评论之外，黄侯兴的论文《试论茅盾的短篇小说创作》② 系统地论述了茅盾的短篇小说创作，具有很高的学术价值。一方面作者从茅盾的思想转变分析了小说题材、描写对象的变化，揭示了茅盾短篇小说的思想性。另一方面，作者也分析了不同阶段茅盾小说艺术形式上的变化和艺术技巧的不断提高。在散文研究方面，如叶子铭的《谈谈茅盾散文的象征性问题》③ 主要讨论了茅盾抒情散文中的象征性问题。

50年代，随着现代文学学科的建立和发展，茅盾研究也开始由作品的评论分析向系统的综合研究发展，先后出版了五种专著，代表了这一时期茅盾研究的学术水平。吴奔星的《茅盾小说讲话》④ 是新中国成立后第一本探讨茅盾作品的著作。王西彦的《论〈子夜〉》⑤ 论析了《子夜》的历史背景和人物形象塑造方面所取得的成就及其存在的缺陷。1959年，邵伯周的《茅盾的文学道路》⑥ 和叶子铭的《论茅盾四十年的文学道路》⑦ 相继出版。这两本系统研究茅盾文学道路的著作的出现，使茅盾继鲁迅之后，成为中国现代文学中作家作品研究的重要对象。邵伯周力求把茅盾在不同历史时期的文学活动和创作与当时的政治形势、文艺思想斗争形势结合起来进行分析评论，并着重把文艺思想与创作成就两方面结合起来，联系他的思想发展历程，来阐明茅盾在文学上从民主主义到社会主义所经历过的道路，进而就他对我国现代文学的发展所作的贡献和提供的经验作了初步的探索。叶子铭的著作结合各个历史时期革命斗争的特点和茅盾在这些斗争中的地位，来评论茅盾的文学创作和成就，同时又结合茅盾的社会活动和思想发展，来评论他在各个时期作品的成就和缺点。两部著

---

① 甘惜分：《论林老板这个性格》，《文艺报》1959年第22期。
② 黄侯兴：《试论茅盾的短篇小说创作》，《北京大学学报》1964年第1期。
③ 叶子铭：《谈谈茅盾散文的象征性问题》，《雨花》1962年第8期。
④ 吴奔星：《茅盾小说讲话》，上海泥土社1953年版。
⑤ 王西彦：《论〈子夜〉》，上海新文艺出版社1958年版。
⑥ 邵伯周：《茅盾的文学道路》，长江文艺出版社1959年版。
⑦ 叶子铭：《论茅盾四十年的文学道路》，上海新文艺出版社1959年版。

作都致力于探讨茅盾文学道路，但各有长处与不足。之后，出版的著作有艾扬的《茅盾及其〈子夜〉等分析》①，这本书对茅盾的生平和代表作《子夜》《林家铺子》《春蚕》等作品作了深入浅出的分析，在人物形象的分析上尤下功夫。

二

新时期以来，茅盾研究进入了一个新的阶段。1981年，茅盾逝世，中共中央关于恢复茅盾党籍的决定和胡耀邦代表党中央所致的悼词，肯定了茅盾作为中国共产党的著名活动家和伟大的革命文学家，对现代历史文化所作的贡献与成就，廓清了茅盾研究中的迷雾，推动茅盾研究走上了一个新的台阶。新时期伊始，茅盾研究主要是清除极"左"思想的影响，对茅盾的创作和思想进行重新评价。比如最早出现的评《子夜》《蚀》《林家铺子》"农村三部曲"《野蔷薇》等小说的文章，大多带有重评的性质，体现了茅盾研究领域拨乱反正的努力。

恢复重评阶段，许多研究者对茅盾系列作品的社会意义和艺术价值重新加以肯定，并大多采用反驳论辩的形式。如叶子铭的《评〈林家铺子〉》②，在为《林家铺子》辩诬的同时，作者指出，对于民主革命时期的作品，更应该以历史唯物主义的观点加以评论，帮助读者从中认识过去的黑暗时代，而不能脱离历史，拿今天的要求去苛求过去时代的作品。在重评的潮流中，对《蚀》的评价最引人注意，许多研究者重新阐释小说的主题和社会意义以及写作上的特点。邵伯周的《心灵的历程，历史的缩影——〈蚀〉研究中的几个问题》③是较早对《蚀》研究中的焦点问题进行辨析的文章。他认为，《蚀》的主题与茅盾自述的三个主题（幻灭——动摇——追求）并不相符，它所反映出来的大革命时期一部分青年知识分子的心路历程实际上是"追求——动摇——幻灭"，正好和三部

---

① 艾扬：《茅盾及其〈子夜〉等分析》，人民教育出版社1960年版。
② 叶子铭：《评〈林家铺子〉》，《文学评论》1978年第3期。
③ 邵伯周：《心灵的历程，历史的缩影——〈蚀〉研究中的几个问题》，《中国现代文学研究丛刊》1984年第2期。

曲题名相反。另外，周国良就小说的主题和对小资产阶级的态度问题也进行了辨析，指出把小说的主题概括为反映小资产阶级知识分子精神面貌，不完全符合作品的实际和作者的创作意图。①

以重评为契机，和以前的茅盾研究比较，研究方法和视角也有所更新。比如曾光灿把《子夜》和《金钱》进行比较，探讨了左拉自然主义对茅盾创作影响的问题。②乐黛云的《〈蚀〉与〈子夜〉比较分析》③一文从生活与创作关系、作家思想与人物关系，以及艺术结构、心理分析、描写技巧、语言特色等方面，对两部小说的不同创造作了比较分析。此外，一些研究者开始从近代经济史角度探讨《子夜》的内容，扩大茅盾研究的视域。孔令仁结合大量近代经济史材料对《子夜》中吴荪甫的企业经营活动作了细致的分析。④郑富成则从旧中国投机市场的情况分析了吴荪甫在金融市场的活动。⑤虽然上述两人在具体的结论上并无什么新见，但他们分析的角度和方法比较新颖，有助于我们深刻、全面地理解《子夜》。

研究著作方面，除叶子铭、邵伯周等人的著作修订再版之外，孙中田的《论茅盾的生活与创作》⑥和庄钟庆的《茅盾的创作历程》⑦相继出版。孙著实际上在60年代已经完成，从总体上看，这两部著作和叶子铭、邵伯周的著作之间存在承袭关系，但是，"因为它们终究是在这几年最后完稿的，势必散发出新时期的气息，显出与邵、叶两著相区别的阶段性来。"孙、庄两著显要的特色是"运用马克思主义的立场、观点，把茅盾的全部创作看成一个完整的体系，并从中寻出其固有的规律性来"⑧。另

---

① 周国良：《有关茅盾〈蚀〉的两个问题的探索》，《中国文学研究》1985年第1期。
② 曾光灿：《〈子夜〉与〈金钱〉》，《齐鲁学刊》1980年第4期。
③ 乐黛云：《〈蚀〉与〈子夜〉比较分析》，《文学评论》1981年第1期。
④ 孔令仁：《〈子夜〉与一九三〇年前后的中国经济》，《文史哲》1979年第5期。
⑤ 郑富成：《漫谈〈子夜〉中公债市场的斗争》，《河北师范大学学报》1980年第1期。
⑥ 孙中田：《论茅盾的生活与创作》，百花文艺出版社1980年版。
⑦ 庄钟庆：《茅盾的创作历程》，人民文学出版社1982年版。
⑧ 吴福辉：《茅盾研究新起点的标识——评四本论述茅盾文学历程的专著》，《文学评论》1984年第2期。

外，侯成言编著的《茅盾》① 以浅显易懂的文字形式介绍了茅盾的生平、思想和创作道路，是一本普及性质的读物。林焕平的《茅盾在香港和桂林的文学成就》② 一书也于1982年出版，此书专讲茅盾20世纪40年代在香港和桂林的文学成就。

1983年，茅盾研究学会成立。另外，80年代中后期开始，随着"文化热"和"方法论热"的兴起，茅盾研究也从恢复重评走向全面展开和深化阶段，掀起了茅盾研究的热潮，并一直持续到90年代初。这一时期，无论是研究的广度还是深度，都有很大的提高和发展。

80年代以来，随着阶级论意识的逐渐淡化，对吴荪甫形象认识和评价也出现了一些分歧。如前所述，乐黛云已经在吴荪甫形象的评论方面，提出了不同的看法。随后冯镇魁对此作了更为深入全面的探讨。他指出，"在'左'的思潮的影响下，把吴荪甫当成一个'反动的工业资本家'，当成民族和民主革命时期的敌人"，把他看作是"资产阶级腐朽罪恶的化身"，"显然是不符合吴荪甫这一人物形象实际"。赵开泉则坚持吴是"反动资本家"的观点。从吴荪甫形象的讨论出发，一些研究者注意到，茅盾的小说刻画了民族资本家形象系列。史瑶的《历史使命感与艺术形象——关于茅盾作品中的民族资本家形象系列》③、王嘉良的《一代民族资产阶级的艺术造型——论茅盾小说的民族资本家形象系列》④ 和党秀臣的《中国民族资产阶级发展轨迹的形象描绘——茅盾作品中人物形象系列研究》⑤，都从茅盾的整个创作入手，系统分析了民族资产阶级形象系列。除民族资产阶级形象系列之外，大家讨论较多的是另外一个人物形象系列——"时代女性"人物形象系列，赵园的《大革命后小说中

---

① 侯成言：《茅盾》，黑龙江人民出版社1982年版。
② 林焕平：《茅盾在香港和桂林的文学成就》，浙江人民出版社1982年版。
③ 史瑶：《历史使命感与艺术形象——关于茅盾作品中的民族资本家形象系列》，《浙江学刊》1986年第4期。
④ 王嘉良：《一代民族资产阶级的艺术造型——论茅盾小说的民族资本家形象系列》，《浙江学刊》1986年第1—2期。
⑤ 党秀臣：《中国民族资产阶级发展轨迹的形象描绘——茅盾作品中人物形象系列研究》，《唐都学刊》1986年第2期。

的"新女性"形象群》① 是这方面最有代表性的论文。作者通过细致的分析论证,揭示了新女性形象群的基本特征:"性道德方面的反传统倾向与道德的虚无主义,理想主义与'现在主义',对于时代义务社会责任的自觉与利己主义个人本位主义,以及雄强与脆弱的统一。"文章还进一步探讨了新女性形象群产生的社会历史原因。

茅盾小说的艺术风格与创作个性研究也是研究者关注的热点。孙中田的《论茅盾小说的艺术风格》② 一文,系统地论述了茅盾小说创作的艺术风格,指出茅盾小说的艺术风格不仅体现在情境气质、人物系列、艺术方法方面,也包括艺术表现的技巧和手段以及文体和语言构造层面。此后许多关于艺术风格的讨论基本上没有超出此文的范畴,或者大多以此文为生发点。关于茅盾小说的艺术风格,研究文章大都从积极方面予以肯定,但也有少数文章,提出一些否定性意见。邱文治对以往颇有争议的如"琐杂感""沉闷感""朦胧感"等问题,从正反两方面作了进一步的探讨,深化了关于艺术风格的研究。③ 茅盾创作中情理关系的处理以及思维方式上的特点,也是大家讨论的焦点。皇甫积庆指出,茅盾创作中的理性化特征,"在特定的历史时期,不管是对中国革命还是对中国小说艺术发展,都作出了不能忽视的贡献"。同时,他也认为这种艺术思维也有局限,"使他作品思想涵盖过于明确、肯定而堵塞了审美活动中应有的联想和想

---

① 赵园:《大革命后小说中的"新女性"形象群》,《茅盾研究》第 2 辑,文化艺术出版社 1984 年版。其他的论文有钱诚一的《时代女性的"二型"——〈蚀〉三部曲女性形象试论》(《杭州师院学报》1982 年第 3 期),丁尔纲的《丁玲的莎菲和茅盾"时代女性"群》(《山西大学学报》1984 年第 4 期),王嘉良的《论茅盾小说"时代女性"形象的独创性价值》(《贵州社会科学》1986 年第 8 期),游路湘的《野蔷薇的色香与多刺——略谈茅盾〈野蔷薇〉对时代女性的塑造》(《杭州师院学报》1986 年第 2 期),田蕙兰的《论茅盾早期小说中"时代女性"形象的塑造》(《华中师院学报》1984 年第 4 期),朱德发的《时代的弄潮儿——茅盾笔下的孙舞阳形象探索》(《东岳论丛》1986 年第 4 期)和《论茅盾小说"时代女性"的性格结构特征》(《聊城师范学院学报》1989 年第 1 期)等。

② 孙中田:《论茅盾小说的艺术风格》,《茅盾研究》第 1 辑,文化艺术出版社 1984 年版。

③ 邱文治:《茅盾小说艺术风格的几个问题》,《中国现代文学研究丛刊》1988 年第 3 期。

象，人物的政治象征化使之与时代共生存"①。实际上，对茅盾创作中的理性化问题，研究者大多持否定性意见。针对这一现象，王嘉良分析了其中的原因，他认为"对茅盾创作的理性化特色的否定，其间羼杂着因政治观点的歧异而带来的评论倾斜性，或者是基于淡化文学的社会意识的所谓'纯'文学的追求使一些人特别深恶作品的思想倾向性"②。

很多学者也关注茅盾小说创作与外国文学的关系。探讨茅盾小说与19世纪现实主义文学关系的论文有费勇的《茅盾与十九世纪法国现实主义文学》③一文。文章认为，"十九世纪法国现实主义文学对于茅盾的影响，更多地表现为一种氛围、一种精神，乃至于相似的观念、情调"。日本学者是永骏则从文体的角度探讨了小说创作与20世纪的现实主义之间的关系。他认为，"茅盾小说文体中那种跟描写对象保持距离的特征，是受到了法国自然主义纯客观描写和中国传统小说的客观叙事方式的影响，继承借鉴而产生的，但就作者内在情热来说，也源于他对政治和性爱的疏离"④。自然主义对茅盾创作的影响问题，以往的研究认为主要是消极的。丁帆的《试论茅盾早期的自然主义理论主张及创作倾向》⑤一文，肯定茅盾前期作品里确确实实地存在着"自然主义倾向"，"这种倾向是表现为他汲取了自然主义的精华部分——描写的真实性"。在西方现代主义文学流派中，象征主义对茅盾小说创作的影响最为显著。王功亮、丁帆的《论茅盾小说创作的象征色彩》⑥具体、细致地分析了茅盾小说所运用的象征主义手法，并探求其所受西方象征主义文学的影响。除了探讨上述文学流派对茅盾创作的影响之外，茅盾与外国作家比如托尔斯泰、左拉的影

---

① 皇甫积庆：《理性的倾斜与控制——略论茅盾的艺术思维特征》，《辽宁教育学院学报》1989年第2期。
② 王嘉良：《论茅盾小说理性化的艺术思维本质》，《社会科学研究》1987年第5期。
③ 费勇：《茅盾与十九世纪法国现实主义文学》，《中国现代文学研究丛刊》1988年第3辑。
④ ［日］是永骏：《茅盾小说文体与二十世纪现实主义》，《文学评论》1989年第4期。
⑤ 丁帆：《试论茅盾早期的自然主义理论主张及创作倾向》，《文艺论丛》第20辑。
⑥ 王功亮、丁帆：《论茅盾小说创作的象征色彩》，《茅盾研究》第2辑，文化艺术出版社1984年版。

响和平行比较研究也有不少的论文①。比较研究的专著有李岫的《茅盾比较研究论稿》②，该书系统地运用比较研究的方法，在世界文学的大背景中准确而严密地论述了茅盾的地位和影响，开阔了茅盾研究的视野，拓宽了茅盾研究的空间。

新时期以来的茅盾研究主要集中在小说研究领域，但是随着研究的不断深入，散文、话剧的研究也受到大家的重视。散文研究方面，有孙中田的《论茅盾的散文创作》、丁尔纲的《茅盾抒情散文的艺术特色》③、查国华的《论茅盾杂文的思想与艺术》④、李标晶的《茅盾散文艺术特色探微》⑤、段百玲的《茅盾与中国报告文学》⑥ 等论文；话剧研究的论文有田本相的《试论茅盾对现代话剧发展之贡献》⑦、陈平原的《〈清明前后〉——小说化的戏剧》⑧ 等。另外，茅盾的传记研究也取得了丰硕的成果，主要有庄钟庆的《茅盾史实发微》⑨、邵伯周的《茅盾评传》⑩、李广德的《一代文豪——茅盾的一生》⑪、李标晶的《茅盾传》⑫、沈卫威的《艰辛的人生——茅盾传》⑬、丁尔纲的《茅盾评传》⑭ 等。

---

① 吕春荣：《茅盾与外国文学关系的研究成果述评》，《茅盾研究》第 5 辑，文化艺术出版社 1991 年版。
② 李岫：《茅盾比较研究论稿》，北岳文艺出版社 1988 年版。
③ 丁尔纲：《茅盾抒情散文的艺术特色》，《阴山学刊》1983 年第 S1 期。
④ 查国华：《论茅盾杂文的思想与艺术》，《茅盾研究》第 1 辑，文化艺术出版社 1984 年版。
⑤ 李标晶：《茅盾散文艺术特色探微》，《杭州师院学报》1983 年第 2 期。
⑥ 段百玲：《茅盾与中国报告文学》，《茅盾研究论文选集》，湖南人民出版社 1983 年版。
⑦ 田本相：《试论茅盾对现代话剧发展之贡献》，《茅盾研究》第 1 辑，文化艺术出版社 1984 年版。
⑧ 陈平原：《〈清明前后〉——小说化的戏剧》，《茅盾研究》第 1 辑，文化艺术出版社 1984 年版。
⑨ 庄钟庆：《茅盾史实发微》，湖南人民出版社 1985 年版。
⑩ 邵伯周：《茅盾评传》，四川文艺出版社 1987 年版。
⑪ 李广德：《一代文豪——茅盾的一生》，上海文艺出版社 1988 年版。
⑫ 李标晶：《茅盾传》，团结出版社 1990 年版。
⑬ 沈卫威：《艰辛的人生——茅盾传》，台湾业强出版社 1991 年版。
⑭ 丁尔纲：《茅盾评传》，重庆出版社 1998 年版。

三

从 80 年代中后期开始，文学研究的指导思想和批评标准发生了大的变化，突破了单一的政治视野或政治与艺术对立的二元思维模式，逐渐从政治层面转向了美学层面，掀起了"重写文学史"的热潮。在 80 年代末 90 年代初，一度出现了重读茅盾以及《子夜》的现象，如王晓明的《一个引人深思的矛盾——论茅盾的小说创作》①、汪晖的《关于〈子夜〉的几个问题》②、徐循华的《诱惑与困境——重读〈子夜〉》③、蓝棣之的《一份高级形式的社会文件——重评〈子夜〉》④等。他们对茅盾的创作个性、审美特性和心理图式进行深入开掘，着重探讨了茅盾审美价值中是否存在文学与政治、审美与功利、情感与理智的对立与失衡。在众声喧哗中，茅盾半个世纪以来的经典地位受到了极大的质疑。

王晓明通过细致入微地分析茅盾小说的创作历程，探讨了"茅盾现象"："茅盾对文学和自己的文学活动，原就有着两套不同的看法。他很知道文学是怎么回事，也愿意自己的作品能写得好；但那从功利角度去理解文学的倾向在他身上同样强烈，以至他有时候又并不看重创作的审美目的。倘若是一个出于社会责任感而图解政治的作家，一旦进入艺术创造的境界，他就会把那些功利的动机统统忘掉，茅盾却不大会陷入这样的迷狂，随着那社会活动家的内心趣味的重新抬头，艺术创造的激情反越来越受到压制。"汪晖的文章重新探讨了《子夜》在文学史和文化史上的意义，提出了"茅盾传统"和中国现代文学的历史进程的关系问题，更具创见和启迪作用。和上述两人注重理性的分析不同，徐循华和蓝棣之非常

---

① 王晓明：《一个引人深思的矛盾——论茅盾的小说创作》，《中国现代文学研究丛刊》1988 年第 1 期。
② 汪晖：《关于〈子夜〉的几个问题》，《中国现代文学研究丛刊》1989 年第 1 期。
③ 徐循华：《诱惑与困境——重读〈子夜〉》，《中国现代文学研究丛刊》1989 年第 1 期。
④ 蓝棣之：《一份高级形式的社会文件——重评〈子夜〉》，《现代文学经典：症候式分析》，人民文学出版社 2006 年版。

严厉地批评了《子夜》的不足和缺陷。蓝棣之批评《子夜》是一部抽象观念加材料堆砌而成的社会文献，认为作品中对社会生活的大规模描写，完全服从于作家的先行主题。蓝棣之的批评指出了理性对茅盾艺术个性的束缚，但是观点过于偏激。针对上述重评的文章，大多数的研究者反对轻易地否定茅盾小说创作的贡献与地位，仍高度评价以茅盾为代表的"社会剖析派"的优良传统。

在重读的热潮中对茅盾的文学价值和文学史地位作出重估之后，1994年，海南出版社出版了王一川、张同道主编的"二十世纪中国文学大师文库"，对中国现代文学上的一些重要作家重排了座次，久负盛名的茅盾完全落选，与文学大师无缘，此事引起了较大的反响，茅盾的文学史地位再次受到了冲击。王一川在谈到他的编选标准和理由时说，他想"打破以往偏见，改以审美标准"为依据，也即"基本着眼点将不再是作者的政治身份、态度或倾向在文学作品中的折光，而是他创造的艺术本身的审美价值"①。从重评到给"文学大师"排座次，随着文学观念和批评标准的转变，茅盾的文学史地位持续下跌，但90年代以来，茅盾研究领域还是取得了重要的成绩。

80年代以来，茅盾研究中比较方法使用非常普遍，但是，主要集中在茅盾与外国文学的关系的研究。90年代以来，则比较侧重茅盾与中国现代作家之间的比较研究，涉及的现代作家有鲁迅、郁达夫、巴金、老舍、柔石、胡风、周作人、施蛰存、沈从文、王统照等。如孙中田的《茅盾与沈从文的小说风格断想》②、徐越化的《茅盾与柔石小说的比较研究》③、屈正平的《鲁迅与茅盾小说的比较研究》④、万近平的《现实主义传统和作家的独创性——茅盾与老舍小说比较考察》⑤ 等都是关于创作的比较研究论文。还有针对作家思想的比较研究文章，比如李继凯的《关

---

① 王一川：《我选二十世纪中国小说大师》，《文学自由谈》1994年9月。
② 孙中田：《茅盾与沈从文的小说风格断想》，《山西师大学报》1992年第7期。
③ 徐越化：《茅盾与柔石小说的比较研究》，《湖州师专学报》1991年第1期。
④ 屈正平：《鲁迅与茅盾小说的比较研究》，《内蒙古师大学报》1992年第3期。
⑤ 万近平：《现实主义传统和作家的独创性——茅盾与老舍小说比较考察》，《茅盾研究》第5辑，文化艺术出版社1991年版。

于胡风与茅盾的交往、冲突及比较》①、袁振声的《茅盾、巴金艺术功利观比较——兼论艺术的价值取向》②、刘锋杰的《五四时期周作人与茅盾思想同异之检视》③ 等。茅盾和现代作家的比较研究方面，近年来最重要的著作是李继凯的《全人视境中的观照——鲁迅与茅盾比较论》④，"论著在 20 世纪中国文学、中国文化和中国政治的流变中，将鲁迅与茅盾作'全人视境'式的综合比较研究，既恢复了鲁迅、茅盾在文学史和文化史上的本来面目，对其重要的研究命题进行了深层挖掘，又深刻地透视出整个中国现代文学的生机和实绩，还将思考的目光频频投射到当下的文学语境，发掘他们的当代文化价值"⑤。

新时期以来，茅盾研究的重心在小说创作和文艺思想、文学批评两大领域，思想内涵、艺术风格、创作个性是主要的研究范畴。随着茅盾研究的不断深入，以及文化学方法的兴起，从 90 年代开始，研究者也逐渐从文化学的角度关注作家人格、文化心态和思想的研究。和鲁迅、郭沫若研究比较，有关茅盾的研究成果数量和影响要逊色许多。80 年代，张光年曾经称茅盾是"文学家和革命家的完美结合"，肯定了茅盾对中国现代文学和中国革命的贡献。近年来，丁尔纲的论文《茅盾的自我人格和社会人格试论》⑥，从"自我人格"和"社会人格"两个范畴入手，结合茅盾的人生道路对茅盾的人格作了细致的论述。丁尔纲、李庶长合著的《茅盾人格》⑦ 一书，采用"道德文章"与人格考量的传统与现代相结合的独特视角，分别从人格之养成、思想品格、学术品格、创作品格、编辑家评

---

① 李继凯：《关于胡风与茅盾的交往、冲突及比较》，《中国现代文学研究丛刊》2003 年第 2 期。

② 袁振声：《茅盾、巴金艺术功利观比较——兼论艺术的价值取向》，《安庆师范学院学报》1993 年第 1 期。

③ 刘锋杰：《五四时期周作人与茅盾思想同异之检视》，《天津社会科学》1991 年第 5 期。

④ 李继凯：《全人视境中的观照——鲁迅与茅盾比较论》，中国社会科学出版社 2003 年版。

⑤ 赵学勇、崔荣：《评李继凯〈全人视境中的观照——鲁迅与茅盾比较论〉》，《中国现代文学研究丛刊》2005 年第 5 期。

⑥ 丁尔纲：《茅盾的自我人格和社会人格试论》，《茅盾研究》第 9 辑，文化艺术出版社 2005 年版。

⑦ 丁尔纲、李庶长：《茅盾人格》，河南人民出版社 2004 年版。

论家品格和道德品格等各个层面剖析了茅盾的人格内涵。另外，曹万生从中西文化冲突的角度分析了茅盾人格心态的文化意义及其内在矛盾。①

90 年代以来，现代性成了现当代文学研究领域统摄性的概念，因此，现代性也为茅盾研究提供了新视野。王宏图的论文《茅盾与左翼都市叙事中的欲望表达》②从现代性立场探讨了茅盾都市叙事和历史叙事之间的矛盾与分裂。另外，舒欣也讨论了茅盾都市小说的现代性因素。作者认为，30 年代以《子夜》为代表的茅盾的都市小说在当时取得了很高的成就，其小说表现出都市的丰富性和现代性特征，但是，作为左翼作家，他又受到左翼思潮的影响，在现代性的选择上表现出偏颇，影响了其对都市文化的深入挖掘。③从上述两人的论述中可以看出，由于他们对现代性范畴理解上的偏颇，对茅盾小说中的左翼叙事的现代性阐释不足，甚至把它排除在现代性的范畴之外。近年来，现代性视角的研究，最有价值的是陈建华的专著《革命与形式——茅盾早期小说的现代性展开》④。此书对茅盾早期小说从《蚀》到《虹》展开研究，着重分析女性形象塑造与进化史观、叙事结构的关系，描述了新文学"长篇小说"的形成与展开过程。其最大的特点是"回到历史"，将作品细读与跨学科批评相结合，揭示出茅盾重构"革命"之旅，交织着世界主义与国族想象、现代主义与现实主义、妇女解放与性别政治之间冲突与交融的复杂脉络。

对茅盾文艺思想的研究应该是新时期以后才大量出现的事。就探讨的问题而言，主要集中在两个方面。一是茅盾的现实主义文学理论的形成、内涵、特征和影响。如张中良的《论茅盾五四时期文艺思想的特色》⑤、黄开发的《茅盾早期现实主义文论的结构与主流文学观念的范型》⑥等论

---

① 曹万生：《茅盾内在的文化矛盾》，《中国现代文学研究丛刊》1996 年第 3 期。
② 王宏图：《茅盾与左翼都市叙事中的欲望表达》，《江苏行政学院学报》2003 年第 4 期。
③ 舒欣：《三十年代茅盾都市小说的现代性及其影响》，《中国文学研究》2004 年第 3 期。
④ 陈建华：《革命与形式——茅盾早期小说的现代性展开》，复旦大学出版社 2007 年版。
⑤ 张中良：《论茅盾五四时期文艺思想的特色》，《茅盾研究》第 2 辑，文化艺术出版社 1984 年版。
⑥ 黄开发：《茅盾早期现实主义文论的结构与主流文学观念的范型》，《中国文学研究》2002 年第 4 期。

文都对茅盾的现实主义文学理论的特征和内涵进行了探究。黄开发认为，茅盾对"五四"新文学的一个重要贡献是，替"为人生"的文学建构了一套具有中国特色的现实主义理论。他的现实主义文论围绕文学与人生这个轴心，其基本结构有三个支撑点：真实性、时代性和理想性，这三个方面都贯穿着"为人生"的功利主义的诉求。二是关于茅盾文艺思想与西方文艺思潮的关系。黎舟的《论茅盾早期提倡新浪漫主义与自然主义》①、程金城的《论茅盾的新浪漫主义文学主张》②、王中忱的《论茅盾与新浪漫主义文学思潮》③、查国华的《论茅盾和自然主义及其他》④、朱德发的《茅盾和文学上的自然主义》⑤、徐学的《茅盾早期创作观与左拉自然主义文学理论》⑥、罗钢的《茅盾前期文学观与西方现实主义、自然主义》⑦、钱诚一的《茅盾与俄国文学、尼采思想和新浪漫主义——茅盾艺术美理论建构描述之一》⑧ 等论文就茅盾与新浪漫主义、自然主义、俄国批判现实主义、尼采思想的关系作了深入的探究。80 年代以来，随着茅盾研究的全面展开和不断深入，出现了一系列茅盾文艺思想、艺术美学研究的专著，主要有朱德发的《茅盾前期文艺思想散论》⑨，杨健民的《论茅盾前期的文学思想》⑩，杨扬的《转折时期的文艺思想》⑪，庄钟庆的《茅盾的文论历程》⑫，曹万生的《理性·社会·客

---

① 黎舟：《论茅盾早期提倡新浪漫主义与自然主义》，《茅盾研究》第 1 辑，文化艺术出版社 1984 年版。
② 程金城：《论茅盾的新浪漫主义文学主张》，《兰州大学学报》1984 年第 4 期。
③ 王中忱：《论茅盾与新浪漫主义文学思潮》，《浙江学刊》1985 年第 4 期。
④ 查国华：《论茅盾和自然主义及其他》，《齐鲁学刊》1982 年第 4 期。
⑤ 朱德发：《茅盾和文学上的自然主义》，《山东师大学报》1982 年第 5 期。
⑥ 徐学：《矛盾早期创作观与左拉自然主义文学理论》，《文学评论》1986 年第 4 期。
⑦ 罗钢：《茅盾前期文学观与西方现实主义、自然主义》，《北京师范大学学报》1988 年第 3 期。
⑧ 钱诚一：《茅盾与俄国文学、尼采思想和新浪漫主义——茅盾艺术美理论建构描述之一》，《杭州大学学报》1992 年第 2 期。
⑨ 朱德发：《茅盾前期文艺思想散论》，山东人民出版社 1983 年版。
⑩ 杨健民：《论茅盾前期的文学思想》，华东师范大学出版社 1996 年版。
⑪ 杨扬：《转折时期的文艺思想》，上海文艺出版社 1992 年版。
⑫ 庄钟庆：《茅盾的文论历程》，杭州大学出版社 1991 年版。

体——茅盾艺术美学论稿》①，史瑶、王嘉良、钱诚一、骆寒超的《茅盾文艺美学思想论稿》②。朱著是第一部较为系统地研究茅盾前期文学思想的专著，对茅盾与自然主义的关系，关于新小说的理论、白话运动、文学批评、创作个性的理论及茅盾对外国文学思潮的认识和评价等方面，进行了具体的分析和探讨。杨健民全面系统地探讨了茅盾的早期文艺思想，揭示了其内涵及形成过程。杨扬在杨建民和朱德发等人的基础上，更注意把茅盾放在"五四"转型时期的历史背景下去探究其文艺思想。曹著首次对茅盾的艺术美学思想进行了总结，系统地梳理评析了茅盾的美学思想，对茅盾美学思想的基本体系作了独到的阐释。庄著是迄今最详备系统全面地考察茅盾文论历程的专著。作为文学批评家，茅盾的批评理论和批评实践也受到大家的关注。温儒敏的《中国现代文学批评史》③、高利克的《中国现代文学批评发生史》④ 等文学批评史都列有专章，系统阐述了茅盾文学批评的观念、方法、模式及其内在矛盾，肯定了茅盾作为现代文学批评家的地位。此外，也有一些全面系统研究的专著，如罗宗义的《茅盾文学批评论》⑤、丁亚平的《一个批评家的心路历程》⑥。其他的论文有邵伯周的《论茅盾的文学批评》⑦、邓牛顿的《茅盾在中国现代文学批评史上的地位》⑧、吴国群的《试论茅盾的现代作家作品论的宏观价值》⑨ 等。

---

① 曹万生：《理性・社会・客体——茅盾艺术美学论稿》，四川社会科学院出版社1988年版。
② 史瑶、王嘉良、钱诚一、骆寒超：《茅盾文艺美学思想论稿》，厦门大学出版社1991年版。
③ 温儒敏：《中国现代文学批评史》，北京大学出版社1993年版。
④ 高利克：《中国现代文学批评发生史》，社会科学文献出版社1997年版。
⑤ 罗宗义：《茅盾文学批评论》，厦门大学出版社1991年版。
⑥ 丁亚平：《一个批评家的心路历程》，上海文艺出版社1990年版。
⑦ 邵伯周：《论茅盾的文学批评》，《茅盾研究》第5辑，文化艺术出版社1991年版。
⑧ 邓牛顿：《茅盾在中国现代文学批评史上的地位》，《茅盾研究》第4辑，文化艺术出版社1990年版。
⑨ 吴国群：《试论茅盾的现代作家作品论的宏观价值》，《文学评论》1990年第3期。

四

新世纪以来，茅盾研究在史料文献整理和生平传记研究方面有了新的进展。2006年，人民文学出版社出版的《茅盾全集·补遗》，收录了遗漏及新发现的茅盾作品共计169篇。2014年，韦韬授权，钟桂松主编的新版《茅盾全集》由黄山书社出版，新版《茅盾全集》在原版《茅盾全集》（人民文学出版社出版）的基础上加以充实、补订而成，共41卷，再加一卷附集。新增了许多珍贵的照片。这是目前规模最大、收集最全的总集，为茅盾研究提供了十分完备的材料基础。同年，钱振纲、钟桂松主编的《茅盾研究八十年书系》由花木兰文化出版社出版，该丛书精选了自20世纪30年代以来茅盾研究的重要著作49种，共60册，书系以专题性论著为主，也包括论文集、回忆录、传记、年谱和茅盾研究目录汇编等其他类型的著作，均按照时间顺序排列，呈现了茅盾研究的历史脉络。此外，赵思运、蔺春华、张邦卫编著的《茅盾研究年鉴》（2014—2015）[1]，较为全面地整理了2014年至2015年关于茅盾的重要论著、论文，为茅盾研究提供了资料索引。传记研究方面，乌镇茅盾纪念馆主编的《乌镇·茅盾》[2]是一本图文并茂的茅盾传记读本。钟桂松的《茅盾评传》[3]本着实事求是、不为尊者讳的客观精神，通过对诸多历史资料的梳理，将传主放在当时的历史语境中进行评析。商昌宝的《茅盾先生晚年》[4]通过比照历史档案材料和茅盾晚年的回忆性文章，还原了历史语境中的晚年茅盾形象。茅盾曾在20世纪30年代末40年代初有过长达两年的大西北游历生活，从兰州、乌鲁木齐到西安再到延安及宝鸡，都留下了他的足迹。张积玉的《茅盾与张仲实在新疆时期的交往史实考辨》[5]一文通过具体的史料

---

[1] 赵思运、蔺春华、张邦卫编著：《茅盾研究年鉴》（2014—2015），中国社会科学出版社2017年版。
[2] 王士杰编：《乌镇·茅盾》，中国文史出版社2017年版。
[3] 钟桂松：《茅盾评传》，南京大学出版社2013年版。
[4] 商昌宝：《茅盾先生晚年》，河北人民出版社2014年版。
[5] 张积玉：《茅盾与张仲实在新疆时期的交往史实考辨》，《中国现代文学研究丛刊》2015年第9期。

分析，系统地考证了二人赴新疆的行程、新疆学院的任职授课情况以及茅盾辗转延安的缘由。李继凯的《茅盾与中国大西北的结缘》① 从文学地理学的角度，对茅盾在西北的行旅足迹、主要的文化和社会活动以及创作情况作了系统梳理。

新世纪以来也陆续出版了一些茅盾研究的专著。钟桂松的《二十世纪茅盾研究史》② 是国内第一部茅盾研究史著作，作者认真梳理了20世纪20年代以来国内外茅盾研究的历程，系统介绍各个阶段茅盾研究的进度、深度和广度，并对这些研究成果给予客观公正的评价。周景雷的《茅盾与中国现代文学》③ 将茅盾置于中国现代文学的背景下，通过茅盾与现代小说、现实主义、左翼文学、现代文学评论、现代作家以及中外文化渊源六个角度，探讨了茅盾与中国现代文学之间的生产性关系，系统梳理了茅盾文学思想的形成过程和创作上的心路历程。王嘉良的《艺术范型与审美品格——论茅盾的创作艺术与审美理论建构》④ 从创作实践和理论形态两个方面探讨了茅盾创作的艺术范型以及独特的审美理论建构问题。李继凯的《师者茅盾先生》⑤ 既突出了茅盾的师者品格及特征，又考察了他的书写行为，强调了他与中国书法文化的关系。视角新颖，资料翔实。李广德的《茅盾及茅盾研究论》⑥ 由茅盾的人生历程、思想观念、文学创作以及茅盾研究四个部分组成，为茅盾研究者提供了重要的学术史料。白井重范的《茅盾论》⑦ 和是永骏的《茅盾小说论：幻想与现实》⑧ 则是日本学界茅盾小说研究方面取得的重要成果，其独特的视角和学术见解值得重视。

---

① 李继凯：《茅盾与中国大西北的结缘》，《社会科学辑刊》2016年第5期。
② 钟桂松：《二十世纪茅盾研究史》，浙江人民出版社2001年版。
③ 周景雷：《茅盾与中国现代文学》，中国社会科学出版社2004年版。
④ 王嘉良：《艺术范型与审美品格——论茅盾的创作艺术与审美理论建构》，上海文艺出版社2008年版。
⑤ 李继凯：《师者茅盾先生》，花木兰文化出版社2014年版。
⑥ 李广德：《茅盾及茅盾研究论》，花木兰文化出版社2014年版。
⑦ ［日］白井重范：《茅盾论》，汲古书院2013年版。
⑧ ［日］是永骏：《茅盾小说论：幻想与现实》，汲古书院2012年版。

小说是茅盾研究的重要领域。与 80 年代对茅盾作品的质疑形成鲜明对比的是，近年来，对《虹》《子夜》"农村三部曲"《林家铺子》以及未完成的长篇小说进行了多层面解读，认为小说的政治叙事并不妨碍茅盾构想现代民族国家时所进行的文学想象，基本摆脱了政治话语与文学想象简单对立的思维模式。梁竞男、康新慧的《茅盾小说历史叙事研究》① 选取了最具代表性的 7 部长篇小说，通过对茅盾小说的历史叙事与史学研究成果以及同类题材的其他作家作品进行比较，对茅盾小说历史叙事作了比较中肯的评价。主要涉及茅盾小说创作模式的研究，小说乡土性的再现研究，旧小说与其长篇小说的生成问题，"社会剖析小说"与"晚清谴责小说"之间的联系，茅盾与 20 世纪中国土地革命叙事、乡村贫困叙事、市民社会叙事的差异性等层面的解读。妥佳宁的《从汪蒋之争到"回答托派"：茅盾对〈子夜〉主题的改写》一文，在民国历史语境中，重新考察了当年关于中国社会性质的论战，细致辨析茅盾小说创作过程中的不断改写，作者认为，《子夜》的复杂写作过程，已不可避免地纳入"回答托派"的主题。但是，茅盾对中国社会的原有理解，并不局限于"民族资产阶级"是否能够战胜"买办"这样的阶级话语，实业与金融的关系以及汪、蒋之争等原有视野，仍大量残留于作品当中。② 李国华认为茅盾的长篇小说不自觉地吸收了"旧小说"的形式因素，使得长篇小说与"旧小说"难分难解，展示了中国长篇小说现代性的复杂面相③。贾振勇则将茅盾早年的创伤性体验与其小说创作联系起来，认为茅盾早期小说理性与审美、颓废与抗争的内在冲突，也是他"精神结构中理性、知性生命力和感性生命力之间对立统一式的交锋"④。对茅盾小说的经济学解读也是近几年出现的，在明确历史事实与虚构文本的本质性差异的基础上，宋剑华指出，"《林家铺子》所涉及的政治经济问题，只不过是一种艺术'真

---

① 梁竞男、康新慧：《茅盾小说历史叙事研究》，中国社会科学出版社 2013 年版。
② 妥佳宁：《从汪蒋之争到"回答托派"：茅盾对〈子夜〉主题的改写》，《中山大学学报》2017 年第 1 期。
③ 李国华：《"旧小说"与茅盾长篇小说的生成》，《中国现代文学研究丛刊》2012 年第 1 期。
④ 贾振勇：《创伤体验与茅盾早期小说》，《文学评论》2012 年第 2 期。

实'，而不是什么历史'真实'"①。陈桂良、刘宏日从"经济视角"思考了茅盾小说的当代意义，剖析了社会经济结构对现实的支配力量以及现代企业家的实干精神。② 整体来说，研究者视角多样，体现出茅盾研究在向纵深方向发展。

　　茅盾的文艺思想也是研究者关注的问题之一，涉及茅盾的现实主义理论、与革命文学派的"现实观"之争、自然主义与社会主义现实主义之间的裂隙、对现代文学理论的建设、现实主义与"两个口号"的论争以及茅盾与革命文学围绕小资产阶级问题的争论等问题。朱德发的《"民族的文学"与"世界的文学"——论茅盾现代文学观的前瞻性》一文，论述了茅盾提出的两个互动的美学范畴及其所形成的现代文学观，认为其前瞻性的文学思想至今仍然具有强烈的现实指导意义。③ 王嘉良认为茅盾是20世纪中国现实主义文学潮流的重要推动力量，其"独尊"现实主义的文学思想在20世纪中国文化语境中产生了正负效应，现实主义既是文化语境中的审慎选择，也是"封闭"之路下否定其他文学样态的过分偏执。④张广海通过考证茅盾在大革命失败后的庐山行迹，剖析了茅盾与革命文学派在"现实"观方面的论争所隐含的思想变化问题。⑤ 周薇以茅盾文论的三次起伏为观照点，从自然主义被妖魔化和茅盾的"落后焦虑"两方面探讨了茅盾文论中自然主义与社会主义现实主义之间的裂隙⑥。周兴华的

---

① 宋剑华：《"乌镇"上的政治经济学——论茅盾〈林家铺子〉里的艺术辩证法》，《东吴学术》2017年第3期。
② 陈桂良、刘宏日：《论茅盾小说的"经济视角"及其当代意义》，《文艺争鸣》2009年第1期。
③ 朱德发：《"民族的文学"与"世界的文学"——论茅盾现代文学观的前瞻性》，《吉林大学社会科学学报》2015年第2期。
④ 王嘉良：《茅盾"独尊"现实主义及其所产生的正负效应——置于中国20世纪文化语境中的考量》，《河北学刊》2015年第5期。
⑤ 张广海：《茅盾与革命文学派的"现实"观之争》，《中国现代文学研究丛刊》2012年第1期。
⑥ 周薇：《潜滋暗长：茅盾文论中自然主义与社会主义现实主义的裂隙》，《兰州学刊》2009年第10期。

专著《茅盾文学批评的矛盾变奏》① 对茅盾特殊的批评家身份作了深入的研究，作者从茅盾文学批评的意义冲突、矛盾表征两个层面论述了其文学批评的复调意义，在更为宽厚的历史情境中揭示了茅盾文学批评的矛盾成因和价值意义。

文化研究是茅盾研究常见的视角和方法。通过对作家书写行为的综合性研究，李继凯认为茅盾的书法创作是具有复合价值的"第三文本"，在书法交际、印章题记等文化生活剪影中还原出集文学大家与书法名家于一体的茅盾形象，从历史、政治、社会三维一体的维度挖掘茅盾的历史文化价值。② 比较研究方面，茅盾与鲁迅、老舍、丁玲等现代文学史上的重要作家相互比较都是常见的论题。王德威的《写实主义小说的虚构》③ 对30年代写实主义小说进入全盛时期的代表性作家茅盾、老舍和沈从文作了深入的比较研究。阎浩岗的《茅盾丁玲小说研究》④ 将两位地位特殊、经历各异的作家作为研究对象，旨在探讨两位作家如何处理革命与文学的关系。

第四节　巴金研究

新中国成立后的巴金研究，经历了复杂而曲折的历程。五六十年代，一方面，研究者肯定了巴金作品中反帝反封建的思想内容，使其在现代文学史上拥有较高的地位和肯定性的评价。周扬曾经称巴金为现代文学语言艺术的大师，并把他和郭沫若、茅盾、赵树理等杰出的作家并列在一起。另一方面，对巴金创作中与无政府主义有关的那些作品如《灭亡》《新生》以及《爱情三部曲》总是给予负面的评价。"文革"期间，因为巴金

---

① 周兴华：《茅盾文学批评的矛盾变奏》，黑龙江人民出版社2009年版。
② 李继凯：《论茅盾"文学生活"与书法文化的关联》，《华中师范大学学报》2015年第3期。
③ 王德威：《写实主义小说的虚构》，复旦大学出版社2011年版。
④ 阎浩岗：《茅盾丁玲小说研究》，人民出版社2018年版。

思想中的无政府主义倾向,他的作品被斥为"毒草""反动作品"。直到进入新时期以来,巴金研究才全面展开,并不断走向成熟。

一

新中国成立到新时期之前的三十年间是巴金研究的第一个阶段。这一时期的巴金研究,从文学史的写作来看,巴金被赋予一席之地,得到了肯定性的评价,围绕着巴金创作的评论和研究也取得了相应的成绩。但是,由于巴金创作中的无政府主义影响问题,对巴金的思想和一些作品存在许多误解,在"文革"期间,甚至变为激烈的攻击。从总体上看,这一时期的巴金研究,除了如扬风、王瑶等人的评论显得比较客观之外,其他的批评大多陷入了政治化批评的窠臼。

50 年代,较早评论巴金作品的是冯雪峰的《关于巴金作品的问题》①一文,文章就"激流三部曲"的思想内容、巴金早期的世界观以及巴金的作品在新中国成立之后的现实意义等问题进行了探讨。冯雪峰认为,"激流三部曲""描写了一个正在没落崩溃中的大地主家庭的生活,同时作者是站在反对封建主义的立场上、抱着痛恨这种家庭的态度来描写的,因此,在当时有暴露封建家庭的丑恶和黑暗以及地主阶级的进步作用"。关于巴金新中国成立前的思想和世界观及作品的现实意义,文章指出,他是"一个个人主义者,并且有无政府主义的倾向",但也是"一个民主主义者,一个反封建和反帝国主义者",而且"后者是主要的","说明他是一个进步作家"。

这一时期最具代表性的研究成果是扬风的《巴金论》②和王瑶的《论巴金的小说》③两篇论文。扬风对巴金的思想、创作历程和典型化的方法作了系统的论述。关于巴金的思想倾向,扬风首先提出,把无政府主义和曾受过这种思想某些影响的巴金之间画上等号,这完全是历史性的误解。他认为,无政府主义者或无政府主义的思想倾向深深地影响过巴金,但是

---

① 冯雪峰:《关于巴金作品的问题》,《中国青年报》1995 年 12 月 20 日。
② 扬风:《巴金论》,《人民文学》1957 年 7 月号。
③ 王瑶:《论巴金的小说》,《文学研究》1957 年第 4 期。

这些影响加强和鼓舞了巴金民主主义的战斗热情,巴金思想的总倾向应该是革命民主主义。扬风对巴金思想的认识并没有完全摆脱当时政治意识形态的束缚,他的目的是为巴金辩护。王瑶的论文系统地论述了巴金的中、长、短篇小说的思想内容和艺术特色。和扬风比较,王瑶对巴金创作中的复杂性给予了重视。在他看来,巴金对无政府主义的信仰是那样坚定,对作品不可能没有影响,"虽然这种影响在不同的作品也有不同的情况"。关于巴金小说创作艺术上的特点,王瑶也提出了比较新颖的见解。

1958年,在文艺思想领域拔白旗、插红旗的斗争中,掀起了巴金创作评论的热潮。这场关于巴金作品的大讨论主要由《中国青年》《读书》《文学知识》等杂志发起,参与讨论的有普通读者、大中学生、文学批评工作者,如北京师范大学中文系、武汉大学中文系分别成立了由学生和青年教师组成的"巴金创作研究小组"。他们的讨论后来都结集出版。① 这次大讨论涉及的问题有:巴金的世界观和作品的思想内涵;巴金作品的成就及其局限性;巴金作品的真实性问题;评价巴金作品应持的态度和标准等。在讨论中,对巴金的"激流三部曲"基本持肯定的意见,提出"巴金在文学史上应有一定的地位,所取得的成就不应抹煞"。但他们也认为,"爱情三部曲"有较大缺点,"这部作品中创造了一群自己十分热爱的、同情的、却对革命没有好处的'革命者',而他们身上又表现了错误的无政府主义的思想倾向"②。这场讨论的特点在于,"它不是作为学术研究而主要是作为一场思想领域的批判运动开展的,……讨论中虽有不同的看法,也有较为公正的意见,但是整个讨论的基调是分析批判,分析为了批判"③。随后的几年时间,巴金在新中国成立前的作品少有提起。"文革"期间,巴金被定性为"老牌的无政府主义者","从来就是人民的敌人",他的作品"贯穿了一根又粗又毒的无政府主义的黑线",是"毒草

---

① 相关著作有:北京师范大学中文系巴金创作研究小组:《巴金创作评论》,人民文学出版社1957年版;武汉大学中文系三年级巴金创作研究小组:《巴金创作试论》,湖北人民出版社1958年版;山东师范大学中文系编:《巴金研究资料汇编》,大众日报印刷厂1960年版。

② 《文学知识》编辑部:《本刊巴金作品讨论概况和我们的几点意见》,《文学知识》1959年第4期。

③ 李存光:《巴金研究回顾》,《中国现代文学研究丛刊》1980年第3辑。

小说"，是"反动作品"。①

二

新时期以来，巴金研究开始进入第二个阶段。在思想解放的潮流中，巴金研究开始逐渐摆脱"左"的思想束缚，在最初的几年时间里，许多论文和茅盾研究一样，都以重读的方式试图打破以前形成的偏见和成说，重新肯定巴金创作的意义，在批评的观念和方法上也有新的探索，这些文章带有明显的拨乱反正的时代特征。

对具体作品的重新评价方面，首先是重新肯定"激流三部曲"特别是《家》的历史意义和现实意义。谭兴国的《论巴金的〈家〉及其相关批评》②是重评中有代表性的论文，文章通过对创作过程、小说思想内容的分析，重新肯定巴金《家》反封建的意义，并对以往的各种批评一一进行了反驳。陈贤茂的《〈激流三部曲〉的历史意义和现实意义》③一文，肯定了"对封建专制主义的揭露和攻击"的历史意义，批驳了姚文元关于《家》已经失去现实意义的论断，提出"激流三部曲"并没有失去它的现实意义。在对《家》的重评中，觉新和高老太爷也成为关注较多的两个形象。长期以来，研究者大多认为觉新是封建阶级的帮凶，缺乏反抗精神。姚健对这个复杂矛盾的形象提出了新的看法，认为觉新"虽有不自觉地维护封建制度和旧礼教的一面，但就其主导方面来说，他却是一个封建制度和封建礼教的受害者"④。瘦民则对《家》的反面典型形象高老太爷的形象作了评析，评论摆脱了以往概念化的简单评判，呈现了巴金塑造这一人物的丰富性，揭示了人物的反封建意义。⑤在重读的热潮中，巴金其他作品如《灭亡》《寒夜》也受到了关注。陈丹晨对巴金的处女作《灭亡》作了别开生面的解读，他首先提出，研究者大

---

① 《文汇报》1969年8月12日。
② 谭兴国：《论巴金的〈家〉及其相关批评》，《文艺论丛》第8辑，上海文艺出版社1979年版。
③ 陈贤茂：《〈激流三部曲〉的历史意义和现实意义》，《海南师专学报》1979年第2期。
④ 姚健：《试论觉新形象研究中的几个问题》，《中国现代文学研究丛刊》1982年第2期。
⑤ 瘦民：《高老太爷形象初探》，《巴金研究专集》，江苏人民出版社1982年版。

多从作家主张的政治思想出发，或者评论者自己的主观臆断出发，因此造成了评论界一直存在着严重的分歧。作者揭示了《灭亡》丰富复杂的生活画面和巴金思想的矛盾，以及这部小说在巴金创作中的意义。① 唐金海的《"深掘人物内心"的现实主义佳作——评巴金的〈寒夜〉》② 一文肯定了这部小说丰富的思想意蕴和独具特色的心理描写。陈则光的《一曲感人肺腑的哀歌——读巴金的中篇小说〈寒夜〉》③，则通过对主要人物形象的阅读分析，揭示了其浓厚深重的悲剧意味。上述两人对《寒夜》的高度评价，成了90年代认为《寒夜》的艺术成就高于《家》的观点的先导。

　　80年代初，随着巴金研究的不断展开，一些巴金研究的专著也陆续出版，主要有陈丹晨的《巴金评传》、李存光的《论巴金民主革命时期的文学道路》、谭兴国的《巴金的生平与创作》、张慧珠的《巴金创作论》。陈著和谭著同属评传性质，系统地论述了巴金的写作和思想发展道路。陈著作为国内第一本巴金的评传，材料丰富，结构严谨，既详备地叙述了巴金的生平，又对作品作了充分阐释。李著在分期概述文学活动和写作生涯的基础上，抽取巴金思想和创作中的三个方面进行了综合探讨。张著以时间为线索，评析了巴金各个时期的小说、散文创作。这些专著尽管内容翔实，但是在解释的视点和方法上并没有多少创新之处，更多地显示了既有研究成果的积淀。因此，从总体上看，新时期以来最初的几年时间，巴金研究和整个现代文学研究一样，主要处于起步阶段。从80年代中期开始，随着现代文学研究领域的不断拓展，文学观念和研究方法的不断更新，巴金研究也在不断走向深入，在视角方法上也有了许多新的探索。

　　以往的巴金研究往往注重评析作品思想内容的革命意义，反帝反封建成了一个基本的认识框架。但在这一阶段，一些研究者开始探讨巴金独特的家庭题材及时代特征，进一步扩大和深化了对巴金小说内容的研究。吴

---

①　陈丹晨：《一本倾诉悲哀的书——评〈灭亡〉》，《文艺论丛》第8辑，上海文艺出版社1979年版。

②　唐金海：《"深掘人物内心"的现实主义佳作——评巴金的〈寒夜〉》，《钟山》1980年第3期。

③　陈则光：《一曲感人肺腑的哀歌——读巴金的中篇小说〈寒夜〉》，《文学评论》1981年第1期。

定宇通过系统评析"激流三部曲"到《寒夜》等一系列家庭题材小说，指出这些小说艺术地再现了从"五四"到抗战胜利20多年间的社会生活，揭示出时代本质规律的某些方面。[①] 张民权把"激流三部曲"与"五四"时期的小说进行了比较，认为"激流三部曲"等小说虽然同样反映"五四"前后的社会生活，但巴金创造的形象或多或少具有以往形象缺乏的新质。[②] 上述两人从题材的角度揭示了巴金小说的思想意蕴，对以往的研究无疑是一个突破。

巴金很善于塑造人物形象，挖掘他笔下人物形象的特征及其内涵也成为研究者关注的焦点之一。李今认为，在巴金小说纷纭浩繁的人物群像中，有两组突出的形象系列给读者留下了深刻印象。一组以觉慧为代表，他们是旧世界的反叛者、革命者；一组以觉新为代表，他们是生活中的软弱者、牺牲者。这两组形象以其各具的特点，在中国现代文学史上引起过强烈反响。作者指出，无论从认识价值还是从美学价值上看，正是这后一组形象反映了巴金创作的最高水平。[③] 陈丹晨系统地探讨了巴金小说的各种女性形象，肯定了巴金创造的女性形象的丰富性和独特意义。[④] 牟书芳系统论述了巴金笔下的儿童形象。[⑤] 在人物形象的探讨方面，具有突破意义的是张民权的专著《巴金小说的生命体系》[⑥]。他认为，巴金全部小说里的人物形象是稳定的、大致有序的，它们组成了一个可以称为"生命"体系的人物形象体系。

对巴金的艺术风格和创作个性的研究在这一时期也取得了较为丰硕的收获。张立慧从思想情感、人格气质、兴趣爱好、审美认识和感受的独特性等诸因素出发，揭示了巴金的创作个性，进而系统地论述了巴金

[①] 吴定宇：《巴金的家庭题材小说探胜》，《中山大学学报》1986年第2期。
[②] 张民权：《巴金旧家庭题材小说的时代特征》，《学术界》1987年第5期。
[③] 李今：《试论巴金中长篇小说中的软弱者形象》，《中国现代文学研究丛刊》1985年第1期。
[④] 陈丹晨：《巴金创作中的女性形象》，《文艺研究》1983年第6期。
[⑤] 牟书芳：《论巴金小说中的儿童艺术形象》，《贵州师大学报》1986年第4期。
[⑥] 张民权：《巴金小说的生命体系》，上海文艺出版社1989年版。

的创作风格。① 巴金的小说创作具有明显的情感特征,这也是研究者关注较多的问题。张民权认为,就创作方法的内在精神或具体表现而言,巴金小说同时交织着两种创作方法的影响:"主观现实主义"或"感情现实主义"②。陈思和、李辉结合巴金思想和艺术发展的轨迹,以成熟的具有开端意义的作品为标志,系统地考察了巴金民主革命时期创作风格的演变。③ 花建和袁振声的同名著作《巴金小说艺术论》④ 作为小说艺术研究的专著几乎是同时问世的。花建的著作以论述巴金小说的艺术观点、艺术方法为支撑,广泛涉及了巴金小说的结构、形象创造、象征、抒情、节奏、文体等艺术构成环节,探究了巴金小说的审美特征——悲剧美、崇高美。袁振声的著作以揭示巴金的文艺观点为中心线索,从阐明巴金小说表现艺术的两大特色——重视内心剖示和强调感情抒发为辅助线索,广泛涉及了巴金小说的人物塑造、语言艺术、结构艺术、环境描写、细节描写、对比艺术、创作方法等问题。这两位研究者不谋而合但又各具特色的专著,为巴金小说研究做了一项很有意义的工作。

80 年代中后期以来,比较研究的方法在现代文学研究中非常盛行,研究者往往从中外文学的关系中探讨中国作家受外国文学、传统文学的影响,或者是和中外作家进行平行比较。巴金曾经说过,在所有中国作家之中,他可能是受西方文学影响最多的一个。因此,无论是探讨巴金世界观的形成和发展,还是分析巴金创作的思想内涵、艺术特色及其风格的演变,都不能不涉及巴金与外国文学的关系。新时期以来,巴金与外国文学关系的研究比较活跃,取得了丰硕成果。⑤ 较早出现的论文有唐金海的《汇百川成江河——巴金与外国文学》⑥,简明论述了巴金与外国文学的几个重大

---

① 张立慧:《论巴金民主革命时期小说的风格特色》,《中国现代文学研究丛刊》1987 年第 2 期。
② 张民权:《巴金小说的主观性特色》,《安庆师范学院学报》1988 年第 1 期。
③ 陈思和、李辉:《论巴金创作风格的演变》,《新文学论丛》1984 年第 2 期。
④ 花建:《巴金小说艺术论》,上海社会科学院出版社 1987 年版;袁振声:《巴金小说艺术论》,南开大学出版社 1987 年版。
⑤ 参见黎舟《巴金与外国文学关系研究述评》,《福建论坛》1990 年第 1 期。
⑥ 唐金海:《汇百川成江河——巴金与外国文学》,《萌芽》1983 年第 2 期。

问题,具体分析了巴金在文艺思想、艺术构思、表现手法和情节等方面所受外国文学的影响,同时也阐明了巴金作为一个优秀作家表现出的独创精神。陈思和、李辉也撰写了宏观研究巴金与外国文学的论文。他们从巴金对待外国文学的"特殊的审美和选择标准"入手,探讨了巴金吸收、借鉴外国文学的独特性。① 之后,陈思和、李辉又撰写了多篇论文,并出版了专著,系统论述了巴金与无政府主义、法国民主主义、俄国文学、西欧文学、中国传统文化的关系,揭示了中外文学文化对巴金的影响。② 除了宏观研究之外,巴金与外国作家之间的比较研究涉及屠格涅夫、托尔斯泰、契诃夫、卢梭、尤利·巴基等作家。这些研究着眼于具体的作家、作品,从思想影响、形象塑造、创作方法、风格特色、创作个性等角度,运用影响比较或平行比较的方法,进一步深化了巴金与外国文学的比较研究。新时期以来,研究者也开始注重巴金和现代作家如鲁迅、茅盾等的比较研究。比较早的有刘家和、张民权等人关于巴金与茅盾的作品与写作特色的比较研究。③ 袁振声的专著《茅盾与巴金艺术比较》④ 比较研究茅盾与巴金,就主客观关系、艺术功利观、情与理的撞击、人物构建、环境描写、结构艺术、外来文化影响,以及文化品格等层面的问题,进行全面、系统的艺术比较,分析独到,布局严谨。在巴金、鲁迅的比较研究方面,邵宁宁的系列论文以《憩园》为切入点,通过文本细读,将其与 20 年代中期鲁迅的有关作品进行对照,为进一步认识巴金 40 年代创作的意义,全面理解 20 世纪前半叶启蒙知识分子的精神历程,提供了新的角度与证明。⑤ 另外,孙郁从人道主义价值观的一致性入手,比较鲁迅和巴金在道德

---

① 陈思和、李辉:《巴金与外国文学》,《外国文学》1985 年第 7 期。
② 参见陈思和、李辉《巴金论稿》,人民文学出版社 1986 年版。
③ 相关论文有刘家和的《〈子夜〉和〈家〉的不同艺术风格》(《聊城师范学院学报》1983 年第 2 期)、张民权的《茅盾、巴金小说里自然环境描写比较》(《安庆师范学院学报》1984 年第 4 期)等。
④ 袁振声:《茅盾与巴金艺术比较》,光明日报出版社 1999 年版。
⑤ 相关论文有邵宁宁的《〈憩园〉的启蒙精神与人生矛盾》(《西北师大学报》2002 年第 5 期)、《家园彷徨:〈憩园〉的启蒙精神与文化矛盾》(《中国现代文学研究丛刊》2004 年第 2 期)和《〈憩园〉的启蒙精神与伦理矛盾》(《中国社会科学院研究生院学报》2003 年第 6 期)等。

观、社会观以及美学观方面的差异，认为他们是中国现代知识分子的两种典型。①

三

90年代以来，一方面受商品大潮的冲击，现代文学研究没有了80年代那种热闹非凡的场面，另一方面，受文学观念的转变和重写文学史的影响，现代文学研究内部也发生了一些结构性的变化，比如文学史上一向具有很高地位的郭沫若、茅盾不断受到贬抑，研究状况也徘徊不前甚至出现了滑坡现象。然而，以往不受重视的沈从文、张爱玲却受到了大家的青睐，甚至是追捧。就巴金研究而言，巴金在反思知识分子的潮流中被视为是"世纪的良心"，他晚年的思想和《随想录》研究成了研究的热点，和80年代相比较，研究界在延续和重复以往话题的同时，也出现了一些新的学术动向。

90年代以来，文化学的研究成为现代文学研究中比较普遍的视角。巴金研究中思想文化研究的倾向也越来越突出，据有的研究者统计，"较有代表的3本学术会议论文集《巴金研究论集》《巴金与中西文化》《世纪的良心》共收论文83篇，其中具体围绕巴金文学创作展开论述的仅31篇"②。在文化学研究的潮流中，巴金和传统文化、西方文化的关系成为主要的问题。吴定宇认为，巴金最早吮吸的是传统文化的乳汁，但经过"五四"新文化的洗礼之后，巴金形成一种新的文化心理机制。③ 刘慧贞的论文《试论巴金在中西文化交汇点上的矛盾心态》④，着重从巴金深层文化心理与外来文化的碰撞入手，揭示了巴金一系列深刻的文化心理冲突。牟书芳的《巴金与民族文化》⑤ 一文，从巴金的世界观、伦理观、文学观及其性格等方面，多视角地探索他与中国传统文化的内在联系。以上

---

① 孙郁：《鲁迅与巴金》，《辽宁大学学报》1989年第4期。
② 辜也平：《近二十年来巴金研究述评》，《福建论坛》1999年第1期。
③ 吴定宇：《巴金创作的文化意义》，《社会科学》1990年第3期。
④ 刘慧贞：《试论巴金在中西文化交汇点上的矛盾心态》，《文艺研究》1992年第2期。
⑤ 牟书芳：《巴金与民族文化》，《济南大学学报》1992年第1期。

的论述都从宏观的角度阐释了巴金及其创作的文化意义。李金涛的论文《巴金的〈激流三部曲〉与中国传统家族文化》①，从中国传统家族文化的范畴出发，结合《激流三部曲》具体地探讨了巴金对传统家族文化的表现与批判。在文化学的研究中，巴金和宗教的关系也成为一个重要的问题。吴定宇的《巴金与宗教》②一文系统辨析了巴金对宗教的复杂而矛盾的文化心理。

女性主义理论的引入为解读巴金小说中的女性形象提供了新的视角。周芳芸通过对巴金笔下悲剧女性形象的细致分析，揭示了巴金的女性文化意识。作者认为，"巴金笔下的悲剧女性形象，向我们展示了一部妇女心态的畸形史"③。许多研究者开始关注曾树生这一女性形象，给予她更多的同情，并对她力图摆脱现实、实现自我价值的挣扎给予赞扬。④ 在同类文章中，刘慧英的分析和解读较为深刻。作者并没有轻易肯定曾树生选择的生活道路，而是进一步指出了这一人物的缺陷。⑤

戴翎曾经指出，在中国现代文学史上，巴金以其从《家》到《寒夜》等许多优秀作品所体现的社会良知和人格力量感染着读者，而他的独特信仰、热情和难以摆脱的内心矛盾冲突，又常常使得研究者感到困惑。围绕着上述问题，学术界展开过许多讨论，但至今也还没有取得完全一致的意见。他认为，问题的症结在于论者往往孤立地分析巴金的文学创作，或者孤立地研究巴金发表过的政论著作，有的则把两者机械地、简单化地

---

① 李金涛：《巴金的〈激流三部曲〉与中国传统家族文化》，《江汉论坛》1998年第6期。

② 吴定宇：《巴金与宗教》，《中国现代文学研究丛刊》1993年第3期。

③ 周芳芸：《妇女心态的畸形史——试论巴金笔下的悲剧女性形象》，《四川师范大学学报》1992年第6期。

④ 主要论文有张沂南的《论女性自我生命选择——也谈〈寒夜〉》(《中国现代文学研究丛刊》1998年第2期)，闫秀文的《论〈寒夜〉中曾树生的形象》(《绥化师专学报》1997年第3期)，蔡丽敏的《女性的心灵桎梏——重读巴金的〈憩园〉〈寒夜〉》(《宁德师专学报》1997年第3期)，所静的《挣扎在寒夜中的职业女性——曾树生形象的再认识》(《天津大学学报》1999年第3期)等。

⑤ 刘慧英：《重重樊篱中的女性困境——以女权批评解读巴金的〈寒夜〉》，《中国现代文学研究丛刊》1992年第3期。

"联系"起来,而对于两者之间不可逾越的中介——作家的人格以及作为人格的历史体现的人生的复杂过程,则缺少研究。其实,对于作家来说,政论著作只表现其政治信仰和理论见解,文学创作又只是其人生感受和审美活动的一种艺术体现,两者之间的复杂关系只有通过对作家全人格的深入探讨,才能够得到科学的理解。① 90年代以来,巴金研究方面具有突破意义的地方,是对巴金人格的研究。李存光从历时性的角度描述了巴金人格的发展历程。② 和富弥生探究了巴金人格力量的主要特征,并进一步探讨了巴金人格形成的原因。③ 对巴金的人格的开掘最具深意的是陈思和的《人格的发展——巴金传》④。该著作为一部颇具特色的传记,以巴金的心灵轨迹出发点,通过胚胎—形成—高扬—分裂—平稳—沉沦—复苏这一人格发展的历史,述评了巴金丰富而又复杂的人生,尽可能地描绘了一个理想者的人格历程。

新时期以来,巴金研究主要集中在小说研究方面,但随着研究领域的不断拓展,散文研究也取得不少的成果。顾炯的《散论巴金的散文创作》⑤ 是较早系统论述巴金散文创作的论文。该文不仅描述了巴金散文创作的发展历程,并就巴金散文的艺术风格、情感特征、美学取向作了细致探讨。唐金海、李晓云从风骨的角度,结合巴金的生活道路、人格气质以及散文创作中情理并茂和行文构思方面的特点,对巴金前期散文的思想和艺术特色作了进一步的探索。新时期以来,对巴金散文的研究和认识,风格的把握是重要的方面,人格力量、情感特征、表现技巧都是经常论述的话题。另外,比如巴金前期散文创作的分类考察以及戏剧化特征的研究,

---

① 戴翎:《人格和人生的契合——读陈思和〈人格的发展——巴金传〉》,《中国现代文学研究丛刊》1993年第3期。
② 李存光:《人格锻造:路漫漫其修远——巴金的人格发展历程》,《成都大学学报》2004年第4期。
③ [日]和富弥生:《巴金人格浅议》,《齐鲁学刊》1997年第6期。
④ 陈思和:《人格的发展——巴金传》,上海人民出版社1992年版。
⑤ 顾炯:《散论巴金的散文创作》,《文学评论丛刊》第11辑,中国社会科学出版社1982年版。

对巴金的散文研究无疑也是一个深化。① 刘福泉、王新玲的《巴金散文创作艺术论》② 是近年来出版的研究巴金散文的专著，主要从巴金散文创作和散文艺术两个层面展开研究。

关于巴金的思想研究主要体现在以下几个方面。一是如何认识巴金的无政府主义思想，这是巴金研究中备受争议的问题。"文革"期间，认为巴金是老牌的无政府主义者，受到激烈的批判。新时期以来，李多文率先提出巴金的世界观问题，批评"文革"给巴金扣上"老牌无政府主义者"的大帽子完全不符合事实。③ 李多文为巴金所作的辩护实际是在重复五六十年代学界对这一问题的基本观点。陈思和、李辉的《怎样认识巴金早期的无政府主义思想》④ 一文，针对以往普遍认为巴金早期的主要思想不是无政府主义的看法，提出了不同的观点。90年代以来，日本学者山口守在欧美等许多国家的图书馆发现了巴金与国际无政府主义者通信往来的材料，先后多达70份，时间最早的是在1926—1927年间，最迟的是1950年。这些材料的发现说明，巴金虽然在30年代以后已经不再直接从事无政府主义的政治运动，但在思想上和国际关系方面，仍然与无政府主义思潮保持了密切的联系。但是这批书信到目前为止，尚未被研究者充分利用。⑤

二是巴金的民主主义和爱国主义思想。长期以来，一般认为巴金的思想主要是民主主义，并且大多把无政府主义的思想也解释为民主主义，具体表现为反帝反封建。但是随着对巴金无政府主义思想的充分认识，如何看待巴金的民主主义和爱国主义思想，成了需要进一步深入思考的问题。在提出巴金思想的主要方面是无政府主义之后，陈思和、李辉又探究了巴金民主主义思想与法国民主主义的渊源关系，另外，从它

---

① 相关论文有范家进的《现代人格的坦诚展露——论巴金三四十年代的散文创作》（《浙江师大学报》1993年第5期），黄丽华的《论巴金散文的戏剧性笔调》（《华东理工大学学报》1997年第2期）等。
② 刘福泉、王新玲：《巴金散文创作艺术论》，河北教育出版社2005年版。
③ 李多文：《试谈巴金世界观与早期创作》，《文学评论》1979年第2期。
④ 陈思和、李辉：《怎样认识巴金早期的无政府主义思想》，《文学评论》1980年第3期。
⑤ 参见陈思和《巴金研究的几个问题》，《社会科学》2006年第8期。

们和无政府主义的关系分别辨析了巴金的民主主义和爱国主义的具体内涵，对巴金的思想作了客观合理的解释，纠正了长期以来存在的认识上的偏颇。①

三是巴金的文艺思想研究。陈思和、李辉在《巴金研究论稿》中也系统地论述了巴金的文艺思想。作者指出，巴金文艺思想的核心，是他一再重复的话："我写作如同生活，作品的最高境界是写作同生活的一致。"巴金还非常注重情感性在艺术审美活动中的作用，强调他的情感和生活的一致性。谭洛非、谭兴国的《巴金美学思想论稿》是研究巴金文艺思想的专著②。该书共3编，分别论述了巴金美学思想的发展历程、巴金美学思想的主要特征、巴金美学思想的源流。

关于巴金的传记研究，除了前面已经提及的陈丹晨和陈思和的传记之外，艾晓明的《青年巴金及其文学视界》③ 也可以看作是传记研究。90年代以来，这方面的重要成果有李存光和徐开垒的同名传记《巴金传》④。李著材料丰富翔实，注重巴金1993年之前人生经历的"实录"和描述。徐著描绘了巴金的百年人生，将时代风云和个人身世融为一体，追求生活的"现场感"。

近十年的巴金研究，进入一个平稳有序的发展时期，研究者除了对一些问题得出了某些新的看法外，在对巴金研究的总结上尤其取得较为突出的成绩。李存光编《巴金研究文献题录（1922—2009）》⑤，积数十年之功，对近一个世纪的巴金研究论著做出尽可能详尽的收录、介绍。陈和思、周立民主编的《巴金研究丛书》，汇集了新时期以来中外巴金研究的多年成果，包括陈思和、李辉著《巴金研究论稿》，汪应果著《巴金论》，艾晓明著《青年巴金及其文学视界》，胡景敏著《巴金〈随想录〉研究》，周立民著《巴金〈随想录〉论稿》，坂井洋史著《巴金论集》，张

---

① 陈思和、李辉：《巴金研究论稿》，复旦大学出版社2009年版。
② 谭洛非、谭兴国：《巴金美学思想论稿》，四川大学出版社1991年版。
③ 艾晓明：《青年巴金及其文学视界》，上海人民出版社1992年版。
④ 李存光：《巴金传》，北京十月文艺出版社1994年版；徐开垒：《巴金传》，上海文艺出版社1994年版。
⑤ 李存光编：《巴金研究文献题录（1922—2009）》，复旦大学出版社2012年版。

民权著《巴金小说的生命体系》，孙晶著《巴金与现代出版》，蔡兴水著《巴金与〈收获〉研究》，马小弥著《万金集——来自巴金的家书》，辜也平著《巴金创作综论新编》，陈喜儒著《巴金与日本作家》，樋口进著、近藤光雄译《巴金与安那其主义》，田悦芳著《巴金小说形式研究》，向洪全著《翻译家巴金研究》，李存光著《巴金研究回眸》，山口守著《黑暗之光：巴金的世纪守望》，周立民、李秀芳、朱银宇编《〈寒夜〉研究资料选编》等①，其中有不少是近十年新作；由陈思和、李存光主编的《巴金研究集刊》②，从2005年起，至今出版11卷，集中收录近期巴金研究重要成果，其中虽然也包括一些较早的著述，但仍有相当一部分为近期新著，较为全面地展示了巴金研究在近年的新进展。

第五节　老舍研究

1944年，文艺界发起庆祝老舍创作20周年，由郭沫若、沈雁冰等29人签名的《老舍先生创作生活纪念缘起》③ 中指出："中国新文学的基础渐见奠定了，老舍先生便是我们新文艺的一座丰碑。"50年代，他获得了"人民艺术家"的称号。尽管如此，新中国成立后30年的现代文学研究中，老舍依然处于"非主流"作家的地位。老舍在新中国成立前文学创作的价值和意义并没有得到应有的重视和充分的认识。直到新时期以来，随着平反昭雪，老舍研究才进入了全面发展阶段。特别是文学观念的变化，以及研究方法的革新，使老舍研究成为"中国现代文学学术发展中最具成绩和活力的领域之一"④。

---

① 由复旦大学出版社2009—2018年出版。
② 第1卷由文汇出版社2005年出版，其余各卷由上海三联书店2007—2019年出版。
③ 郭沫若、沈雁冰等：《老舍先生创作生活纪念缘起》，《新蜀报》1944年4月17日。
④ 吴小美：《开创"老舍世界"诠释与研究的新局面》，《中国现代文学研究丛刊》1995年第2期。

一

1949年到新时期之前这段时间，对现代文学阶段老舍文学活动的研究相当冷淡。新中国成立以后，由于老舍的文学创作主要转向话剧，因此这一时期的研究许多是对老舍话剧新作的跟踪性评论。此外，对老舍新中国成立前的文学活动，一般把他归为"民主主义"或"进步作家"的行列，这也导致老舍研究无法深入进行。"文化大革命"期间，老舍及其作品受到迫害，老舍研究基本处于空白状态。

五六十年代，一些现代文学史的写作，标志着现代文学学科的初步建立。这些文学史著作对老舍及其创作的描述不仅篇幅很少，评价也都偏低。最早出版的王瑶的《中国新文学史稿》[①]，对二三十年代老舍的小说几乎逐一介绍评价，对《老张的哲学》《赵子曰》《猫城记》评价不高，但王瑶高度评价了《骆驼祥子》，认为在老舍的作品中，"这是最好的一部，虽然和社会背景的联系还嫌模糊"，"但是也说明了作者思想倾向于集体主义的进展"，另外，"作者写得相当成功，他用朴实的叙述来代替了幽默，却剩下了明快和简劲有力"。1956年出版的刘绶松的《中国新文学史初稿》[②]认为，老舍早期的作品"大都是'兴之所至'，写作者'自己的一点点社会经验'"。该著虽然承认"《骆驼祥子》应当是老舍作品中最优秀的一篇"，但是批评说，祥子的结局是不真实的，是不应该的，故事的结尾太低沉、太阴惨。从文学史写作的状况可以看出，老舍往往被排除在文学史的"主流"之外，在肯定他的作品对旧社会进行暴露的同时，较多地指责了作家作品思想的局限。

这一时期主要的成果集中于对《骆驼祥子》的评论。尽管研究者在具体问题的讨论和认识上有不同，但比较一致地肯定了小说的文学价值和社会意义。思基指出，老舍作为一个作家，在他的前期创作中，描写北京

[①] 王瑶：《中国新文学史稿》，开明书店1951年版。
[②] 刘绶松：《中国新文学史初稿》，作家出版社1956年版。

人力车夫生活的《骆驼祥子》无疑是一部极其重要的作品。① 思齐也认为,"《骆驼祥子》是一部真实地反映了旧中国社会城市劳动人民悲惨生活的,具有不可磨灭的社会价值的文学作品"②。祥子的形象及典型意义是当时讨论的中心话题。思基认为,造成祥子悲剧的根本问题,是他生在了一个封建主和资产阶级的时代,而他又企图通过个人奋斗达到目的。③ 许多研究者则更多地强调祥子性格上的缺点和反抗意识的缺乏。比如蒋孔阳认为,作者"甚至连最低的反抗意识也没有暗示给他"④。针对上述两人的意见,思齐指出,这种论断与作品的实际情况并不相符。⑤ 思齐也不同意刘绶松的《中国新文学史初稿》对祥子最后结局的看法。他认为,祥子的结局是低沉的、阴惨的,它没有给人们带来光明和希望,应该是这部批判现实主义作品的局限性。但他否认这种结局"不真实"的看法。

这一时期,关于老舍在新中国成立前文学创作的研究,除了对《骆驼祥子》的评论之外,对老舍其他作品或从整体上评论老舍及其创作的文章非常少。蔡师圣的《略论老舍早期的小说》⑥ 是一篇有较高学术价值的论文,文章从老舍的思想变化入手,系统地论述了老舍20年代到30年代的小说创作,归纳出了两类不同的人物形象。该文还高度评价《骆驼祥子》的思想价值及其在老舍创作中的地位,但作者觉得,由于老舍当时尚没有突破民主主义和人道主义思想的局限,小说还存在以前作品具有的一些缺点。文章还从语言和幽默讽刺两个方面分析了老舍小说艺术风格的成就,也指出了他在运用讽刺上的一些缺点。

---

① 思基:《谈老舍的〈骆驼祥子〉与〈龙须沟〉》,《生活与创作论集》,长江文艺出版社1958年版,第110页。
② 思齐:《〈骆驼祥子〉简论》,《语言文学》1959年第5期。
③ 思基:《谈老舍的〈骆驼祥子〉与〈龙须沟〉》,《生活与创作论集》,长江文艺出版社1958年版,第112页。
④ 蒋孔阳:《谈〈骆驼祥子〉》,《语文教学》1957年3月号。
⑤ 思齐:《〈骆驼祥子〉简论》,《语言文学》1959年第5期。
⑥ 蔡师圣:《略论老舍早期的小说》,《厦门大学学报》1963年第3期。

二

1978年6月3日在八宝山举行了老舍骨灰安放仪式，沈雁冰致悼词，肯定他是著名爱国作家，把一生献给了祖国的文学事业，在创作上积极勤奋，著作丰富，新中国成立前他写了《骆驼祥子》等许多文学作品，对旧社会进行了揭露和批判。新中国成立后，他以高度的创作热情，夜以继日地工作，受到了广大人民群众的热烈欢迎和喜爱，在国内外享有崇高的声誉，被荣称为"人民艺术家"。这标志着重新认识、评价老舍的时机基本成熟，老舍研究将进入一个新的阶段。80年代初，在拨乱反正的背景下，老舍研究从对《骆驼祥子》等几部重要的长篇小说的重新解读开始起步。

单篇作品研究成绩显著的首推《骆驼祥子》。《骆驼祥子》是老舍的代表作，他自己也称这部小说是他的"重头戏"，认为这部小说在自己的创作中有重要的地位，然而，小说自发表以来，一直没有得到应有的公正的评价。樊骏的《论〈骆驼祥子〉的现实主义》①是新时期以来较早的也是最具学术价值的论文。文章从全新的视野出发，通过严谨的分析、精彩的论述，得出结论："《骆驼祥子》不只是作家本人，也是中国现代文学史上一部优秀的现实主义作品。"其他代表性的论文有史承钧的《试论解放后老舍对〈骆驼祥子〉的修改》②、蓝棣之的《试解〈骆驼祥子〉创作之谜》③、邢铁华的《论祥子与虎妞之婚姻》④、苏常青的《试论祥子的性爱悲剧》⑤、谢昭新的《〈骆驼祥子〉心理描写艺术分析》⑥等，分别就结尾的修改、祥子的悲剧内涵及虎妞的形象等问题展开深入探讨，

---

① 樊骏：《论〈骆驼祥子〉的现实主义》，《文学评论》1979年第1期。
② 史承钧：《试论解放后老舍对〈骆驼祥子〉的修改》，《中国现代文学研究丛刊》1980年第4期。
③ 蓝棣之：《试解〈骆驼祥子〉创作之谜》，《北京师范大学学报·增刊》1988年第1期。
④ 邢铁华：《论祥子与虎妞之婚姻》，《安徽大学学报》1983年第2期。
⑤ 苏常青：《试论祥子的性爱悲剧》，《河南大学学报》1991年第5期。
⑥ 谢昭新：《〈骆驼祥子〉心理描写艺术分析》，《中国现代著名作家研究》1991年第2期。

提出了许多新的见解。《猫城记》在新中国成立之后被禁止出版,"文革"期间更是被指斥为"反动作品",新时期开始出现了一些翻案的文章。① 论者总体上肯定了该作品的价值,均认为作品表现了作者的民族自尊心、爱国主义和反帝思想,以及对国民性的批判。但是对作品的艺术价值和关于"革命"的描写依然是有争议的问题。针对国外对《猫城记》的推崇和国内一些研究者就小说中有关"革命"描写所作的辩解,唐弢提出了颇为引人注意的见解。他说:"这是一部有缺点的作品,我不知道为什么国外忽然这样推崇它?我们都是从三十年过来的人,都知道他影射革命政党。现在有人说他指的不是革命政党,而是王明的'左'倾路线,这完全离开了历史的具体分析,为贤者讳。"② 此外,吴小美对被冷落了三十多年的皇皇巨著《四世同堂》的思想意义和美学价值作了全面而深入的阐释。③ 还有许多关于其他作品的评论文章,体现了老舍作品研究的新成绩④。

随着单篇作品评论的全面展开及其不断深化,老舍研究也逐渐从局部研究走向了综合分析。从总体上看,80年代的老舍研究在注重文本分析的基础上,开始致力于对"老舍世界"的认识和把握。

很多研究者认为,老舍之所以在现代文学史上具有重要地位和价值,是因为他形成了独特而鲜明的创作个性。赵园从老舍小说选择的题材角度入手,探讨了老舍及其艺术的独特性。她认为,老舍是"中国现代文学史

---

① 代表性的论文有陈震文的《应该怎样评价〈猫城记〉》(《辽宁大学学报》1982 年第 1 期),史承钧的《试论〈猫城记〉》(《中国现代文学研究丛刊》1982 年第 4 期),吕恢文的《如何评价〈猫城记〉》(《新文学论丛》1983 年第 4 期),徐文斗的《关于〈猫城记〉的几个问题》(《齐鲁学刊》1983 年第 6 期),杨中的《论老舍三十年代初期之国情观——也论〈猫城记〉》(《四川大学学报》1984 年第 2 期),曾广灿的《我观〈猫城记〉》(《山东医科大学学报》1988 年第 2 期)等。

② 唐弢:《关于中国现代文学研究问题》,《文史哲》1982 年第 5 期。

③ 吴小美:《一部优秀的现实主义作品——评〈四世同堂〉》,《文学评论》1981 年第 6 期。

④ 代表性的论文有樊骏的《从〈鼓书艺人〉看老舍创作的发展》(《中国现代文学研究丛刊》1982 年第 2 期),范亦毫的《论〈月牙儿〉在老舍创作史中的地位》(《文学评论》1984 年第 4 期),佟家桓的《试论〈老张的哲学〉》(《文学评论丛刊》第 11 辑),钱理群的《老舍笔下的个性解放问题——简论〈月牙儿〉的思想独创性》(《安顺师专》1983 年第 1 期)等。

上最杰出的市民社会的表现者与批评者",不仅仅局限于对繁复生活的描绘,也致力于对民族性格、民族命运作出艺术概括。① 老舍小说的"京味"或"北京风格"也越来越受到研究者的注意。孟琮认为,老舍作品的北京风格是由三种因素构成的:一是老舍生动地刻画了老北京人的性格;二是老舍作品中的故事大多发生在北京;三是老舍用的是纯熟的、加工过的、优美的北京话。② 宋永毅主要从老舍对北京风俗的表现探究老舍的"京味"。③ 关纪新则从民族身份的角度分析了老舍创作个性的满族素质。④ 此外,李辉、韩经太通过分析老舍作品的主题内容、理性倾向、生活质感等方面,指出老舍的创作个性是对民族性的历史主题的执着表现。⑤ 从上述等人的研究可以看出,对老舍创作个性发掘越来越多元化,也更加贴近老舍的创作世界。

新时期以来,老舍创作艺术风格的研究涉及结构方式、语言艺术、幽默以及审美特征等诸多层面,体现了对老舍艺术世界认识的广度和深度。宋永毅指出,在老舍的作品中有五种来自西方文化的运思型范:《圣经》—绝望式,科学实验式,心理分析式,炼狱—涅槃式,文化比较式。老舍用这些型范来确立作品构思的框架,进而设置全部情节,决定人物命运,并剖析形象的灵魂。⑥ 在老舍研究中,备受关注的是他的语言艺术。章罗生指出,老舍"在语言方面取得了突出成就,具有鲜明的艺术特色,即:俗白、清浅、形象、准确、细腻、鲜明,幽默、风趣。与此相联系,其语言风格也表现出大众化、民族化与抒情性和幽默感的统一"⑦。马焯荣认为,老舍的语言不仅有民族化的特点,又有欧化的特色,他的文学语

---

① 赵园:《老舍——市民社会的表现者和批判者》,《文学评论》1982 年第 2 期。
② 孟琮:《北京人北京事北京话——论老舍作品的北京风格》,《民族文学研究》1986 年第 4 期。
③ 宋永毅:《北平风俗与中国人的性格——老舍的风俗研究》,《兰州大学学报》1988 年第 2 期。
④ 关纪新:《老舍创作个性中的满族素质》,《社会科学战线》1984 年第 4 期。
⑤ 李辉、韩经太:《老舍创作个性新探》,《天津师大学报》1986 年第 5 期。
⑥ 宋永毅:《老舍创作的运思型范和语言结构》,《社会科学》1988 年第 1 期。
⑦ 章罗生:《论老舍语言的艺术特色》,《湘潭大学学报》1989 年第 2 期。

言是土洋化合的语言。他对于我国汉族文学语言的丰富与发展，作出了独特的贡献。① 除语言风格类型的探讨之外，研究者或从修辞学或从句法现象等方面探讨其语言艺术魅力。周关东的专著《老舍小说比喻撷英》②，从老舍的小说中选取了1057条生动活泼的比喻，按照比喻与喻体的属性分为六编，对老舍的设喻技巧进行了深入详尽的分析，概括归纳了老舍运用比喻的特点：传神、俚俗、幽默。孙钧政的专著《老舍的艺术世界》③是一部着重分析老舍作品语言美的专著，该书从句式、词语、语言表达方式等方面深入细致地分析了老舍语言运用的特点，发掘了老舍的语言魅力。

老舍的幽默风格也是研究的热点之一。许多研究者认为，幽默之于老舍首先"是一种心态，幽默的实质主要在于心灵对客观现实中可笑事物的冷静、豁达、且喜且悲、亦讥亦怜的感悟与表述，在于这种感悟与表述连续重复所形成的心理定势"④。黄循洛仔细分析了老舍幽默的思想内涵，并从人物刻画和情境描绘两方面归纳总结了老舍幽默的表现方式。⑤ 另外，有研究者论析了老舍在中国现代幽默讽刺文学的发展中所占有的重要地位。章罗生认为，在现代讽刺、幽默文学发展史上，"真正把现代讽刺、幽默文学推向高潮的，还是老舍与张天翼——尤其是老舍，在他长达40余年的创作生涯中，都贯穿着讽刺与幽默，因而被称为讽刺幽默大师"⑥。刘诚言的《老舍幽默论》⑦是全面探究老舍的幽默艺术的第一部专著。作者分别从发展线索、幽默理论、表现手法、形成原因四个方面展开论述，有独到的见解，具有开拓的意义。在讨论幽默风格的基础上，一些研究者开始深入老舍作品的审美特征层面。王宁认为，老舍善于"以喜剧的手法表现悲剧性的思想命题"，有些作品中悲喜剧因素的交织达到

---

① 马焯荣：《老舍文学语言的土与洋》，华东师范大学出版社1984年版。
② 周关东：《老舍小说比喻撷英》，华东师范大学出版社1984年版。
③ 孙钧政：《老舍的艺术世界》，北京十月文艺出版社1992年版。
④ 聂宏刚：《老舍幽默技巧观片谈》，《山东师大学报》1987年第6期。
⑤ 黄循洛：《试论老舍的幽默》，《中国现代文学研究丛刊》1983年第4期。
⑥ 章罗生：《特定时代的讽刺与特殊心态的幽默》，《湘潭大学学报》1990年第2期。
⑦ 刘诚言：《老舍幽默论》，广西民族出版社1989年版。

一种高度融洽。①

随着老舍研究的不断深入，研究者开始从老舍的创作历程出发，探讨其文学发展的道路。重要的著作有佟家桓的《老舍小说研究》②，李震潼、冉忆桥的《老舍剧作研究》③，陈震文、石兴泽的《老舍创作论》④，王延晞的《老舍论稿》⑤。佟著采取综合概括的方法，就老舍小说的选材角度、形象体系、地方特色、幽默风格以及与外国文学的关系等问题作了论述。李、冉的合著是第一部全面系统研究老舍剧作的专著，该书的上半部分从老舍先生的创作道路、吸收继承与融汇创造、史剧观点、戏剧人物、戏剧语言、第一幕的技巧等方面，总体论述了老舍的戏剧创作，下半部分从老舍的抗战戏剧和新中国成立后剧作两个方面，对老舍剧作作了分期考察。陈、石的合著除了"绪论"和"结语"综述老舍创作道路和创作探源外，全书将老舍一生几乎全部中长篇小说与戏剧作品，按时序分列在十五章中加以论述，既做到了对每部作品有静态的剖析，又把每部作品放在大时代环境和作为作家整个创作链上的一环来加以评断，从而得出了较为客观切实的结论。

新时期以来的老舍传记有王惠云与苏庆昌的《老舍评传》⑥、舒乙的《老舍》⑦、郎云与苏雷的《写家春秋——老舍》⑧、关纪新的《老舍评传》⑨等。王、苏的评传是老舍研究史上的第一部，它把老舍67年的生命历程划分为九个阶段，清楚地勾勒了"人民艺术家"的一生，并且根

---

① 王宁：《悲与喜的交织和变化——简析老舍小说中的喜剧性与悲剧性》，《学术论坛》1989年第2期。其他的论文如：张中良：《老舍长篇小说的喜剧世界——老舍小说风格研究之一》，《西北大学学报》1986年第2期；谢昭新：《论老舍小说的悲剧艺术世界》，《安徽师大学报》1989年第3期。
② 佟家桓：《老舍小说研究》，宁夏人民出版社1983年版。
③ 李震潼、冉忆桥：《老舍剧作研究》，华东师范大学出版社1988年版。
④ 陈震文、石兴泽：《老舍创作论》，辽宁大学出版社1990年版。
⑤ 王延晞：《老舍论稿》，山东大学出版社1994年版。
⑥ 王惠云、苏庆昌：《老舍评传》，花山文艺出版社1985年版。
⑦ 舒乙：《老舍》，人民出版社1986年版。
⑧ 郎云、苏雷：《写家春秋——老舍》，北岳文艺出版社1988年版。
⑨ 关纪新：《老舍评传》，重庆出版社1998年版。

据时间线索对主要作品进行了评析,不少论点有创新之处。舒乙的传记因为自身的优势,占有的材料比较充分。郎、苏的著作也偏重对作品的评价。关著全面梳理、总结和描述了老舍的整个文学生涯,并着重分析了作家在各个历史阶段的一系列代表性作品。这本传记富有新意的地方是作者对老舍创作个性中的满族素质作了详尽深入的剖析。老舍年谱的撰写方面也取得了显著的成绩。舒济的《老舍年谱简编》[①],郝长海、吴怀斌的《老舍年谱》[②],杨立德的《老舍创作生活年谱》[③],甘海岚的《老舍年谱》[④],张桂兴的《老舍年谱》(上、下卷)[⑤] 等,都以丰富翔实的史料记述了老舍一生的活动与著述。老舍之死,是新时期以来老舍研究中最受关注的问题,也是老舍生平研究的重点和难点之一。对此,也有不少人从不同的角度作出了全方位的论述。特别是傅光明自90年代以来对这一问题的研究,采用社会调查和文本研究结合的多种方式,在广泛采集资料的基础上,对所涉一切问题,均以严格的历史考察态度,深入追究,细致分析,先后出版《老舍之死口述实录》[⑥]《太平湖的记忆——老舍之死》(与郑实合作)[⑦]、《口述历史下的老舍之死》[⑧]《老舍与中国现代知识分子的命运》[⑨] 等多部专著,对问题的考察步步深入,对老舍的认识也愈来愈逼近历史和人性的深层秘奥。

三

80年代的老舍研究,尽管在文本研究和传记研究方面取得了很大进展,给大家揭示了一个"老舍世界",但是,研究方法和视角相对比较单

---

① 舒济:《老舍年谱简编》,《新文学史料》1986年第2期。
② 郝长海、吴怀斌:《老舍年谱》,黄山书社1988年版。
③ 杨立德:《老舍创作生活年谱》,云南民族出版社1989年版。
④ 甘海岚:《老舍年谱》,北京书目文献出版社1989年版。
⑤ 张桂兴:《老舍年谱》(上、下卷),上海文艺出版社1997年版。
⑥ 傅光明:《老舍之死口述实录》,中国广播电视出版社1999年版。
⑦ 傅光明:《太平湖的记忆——老舍之死》,海天出版社2001年版。
⑧ 傅光明:《口述历史下的老舍之死》,山东画报出版社2007年版。
⑨ 傅光明:《老舍与中国现代知识分子的命运》,复旦大学出版社2011年版。

调，基本上是思想内涵和艺术特色二元论的研究模式。80年代中后期，"文化热"的兴起以及方法论的更新，给老舍研究带来了新的变化。进入90年代，和郭沫若、茅盾研究比较，老舍研究没有出现沉寂或滑坡的现象，而是更加繁荣、更加深入，除了延续以前的一些研究课题之外，研究视角和方法也趋于多元化。老舍研究热潮的出现，与随着市场经济大潮兴起的市民社会的发展及都市文学的繁荣有很大关系。

早在80年代末，杨义通过茅盾、巴金、老舍的比较分析，指出老舍属于风俗文化型作家。樊骏的长篇论文《认识老舍》[①] 进一步揭示了老舍创作中的文化意识。他认为，老舍主要是从文化的角度切入社会现实以至于整个人生的，特别注意挖掘人物与生活的丰富复杂的文化内涵。90年代以来，从中外文化、地域文化、民族文化以及作家主体的文化心理层面去揭示阐释老舍的文化意蕴成了一个最为热门的研究课题。宋永毅的专著《老舍与中国文化观念》[②] 采用跨学科的多维视角和方法，对"老舍世界"丰厚的文化内涵进行系统研究，明确肯定老舍是一位文化风俗性的大作家，像鲁迅、茅盾一样，是中国文坛的一座高峰。赵园的《北京：城与人》[③] 虽说不是老舍研究的专著，但是涉及老舍的论述有10万字左右。作者从北京城与老舍、老舍与京味小说、京味小说与北京文化的关系入手，在文化意识和历史意识的交融中，对老舍创作心态、文化情感、小说艺术的地域文化意识作了独到而精彩的阐释。地域文化研究的著作还有甘海岚的《老舍与北京文化》[④]，作者力图以老舍创作文本为依据，从北京地域文化的视角，对老舍的艺术世界进行较系统的研究和探讨。吴小美、魏韶华的《老舍的小说世界与东西方文化》[⑤] 将老舍的小说世界作为一种"跨文化"的产物，系统地开掘老舍作为一代文化伦理型作家的主要代表而表现出的思想特征、艺术风貌和真正价值，评析了他在双向文明批

[①] 樊骏：《认识老舍》，《文学评论》1996年第5、6期。
[②] 宋永毅：《老舍与中国文化观念》，学林出版社1988年版。
[③] 赵园：《北京：城与人》，北京大学出版社2002年版。
[④] 甘海岚：《老舍与北京文化》，中国妇女出版社1993年版。
[⑤] 吴小美、魏韶华：《老舍的小说世界与东西方文化》，兰州大学出版社1992年版。

判中与同代文化人的共性及其独特个性。关纪新的《老舍与满族文化》①探讨了老舍文学与满族文化的关系，从满族社会变迁、语言艺术、文艺传统等多个方面，剖析了满族背景对老舍心理、性格和命运的影响。上述著作大多把老舍置于中外文化、地域文化的系统中，探讨老舍的文学世界所包含的文化意蕴。还有一些研究者着重从作家主体的角度探究老舍的文化心理②，问题集中在对老舍中西文化体系奇妙交合的心理机制的探讨。

进入90年代，由于女性主义思潮的兴起，老舍笔下的女性形象以及老舍的女性观念成为一个新的研究视角。研究者大多在分析老舍笔下女性形象的基础上，批判了老舍的男权意识。如张丽丽将老舍刻画的女性形象大致划分为两个系列：一类是圣洁的女性，美丽、贤惠、善良、温柔，默默承受着来自生活的各种屈辱与压力；另一类女性丑陋、懒惰、贪图享受、性情粗暴歹毒而又妖媚惑众，以《骆驼祥子》中的虎妞和《四世同堂》中的大赤包为代表。她认为，"老舍创作中浸透着几千年来中国文化传统男权意识对女性角色的价值规范和内在欲求"③。和上述对老舍男权意识的批评不同，德国的凯茜则提出了相反的观点，认为老舍作品中的两性关系题材正是他叙述艺术的一个重要母题。老舍作品中的一个基本思想是对父权制度的颠倒，然而这颠倒却又常常是短暂的：传统的两性之间的权力关系最终总要恢复。这一切只是为了把主要人物彻底地推向不幸，而且，恰恰是用这种原本制度的复辟对它提出了质疑，或预示着一次新的颠倒，由此暗示出这种制度正面临死亡。④ 由虎妞或大赤包等形象的塑造而

---

① 关纪新：《老舍与满族文化》，辽宁民族出版社2008年版。
② 代表性的论文有吴小美、魏韶华的《现代性与传统性的交战——论老舍对传统文明与现代文明的批判》（《中国现代文学研究丛刊》1987年第3期）、甘海岚的《老舍文化观三题》（《北京社会科学》1991年第1期）、王晓琴的《忧国与忧人——老舍文化心理透视》（《中国现代文学研究丛刊》1992年第2期）、石兴泽的《老舍文化心理运行轨迹》（《中国现代文学研究丛刊》1994年第4期）、郭锡健的《刚柔相济的生命形态——老舍文化人格论之一》（《苏州大学学报》1996年第4期）和《儒家理想人格对老舍的影响——老舍文化人格论之二》（《盐城师范学院学报》1996年第2期）、汤晨光的《老舍的文化批判与文化理想》（《中国现代文学研究丛刊》1999年第1期）等。
③ 张丽丽：《从虎妞形象塑造看老舍创作的男权意识》，《齐鲁学刊》2000年第4期。
④ 凯茜：《试论老舍作品中的女性描写》，《安徽师范大学学报》1999年第2期。

推断老舍有男权意识似乎有失简单和偏颇,所以,凯茜的看法无疑是对流行观点的一种校正。相比较而言,李玲的探讨更为深入和复杂。作者认为,在思考男性婚姻问题时,老舍在理性层面上认可无知无识的传统女性,但在深层爱情体验层面上他又深入抒写男性在传统婚姻中的无爱的痛苦。在思考男性如何对待女性世界的问题时,老舍一方面同情女性受男权伤害的生命苦难,并从善意的男性立场出发,充分抒写男性庇护美好女性的深情厚谊;但另一方面,他又从男性自我防御的立场出发,表达对女性主体性的恐惧与厌憎。老舍的性别意识,呈现出现代文化观念与传统文化观念相交织、男权立场与合理的男性立场相渗透的复杂局面。①

也有许多研究者运用比较研究的方法研究老舍。研究者首先论及的是老舍的文学创作与外国文学的关系问题。王萍主要分析英国作家狄更斯的幽默风格对老舍的影响。② 董炳月以翔实的资料深入细致地论述了卢梭的儿童观念与儿童教育思想和"回到自然"的哲学思想对老舍创作的影响深刻。③ 史承钧、伍斌的《老舍与西方现代派文学》④ 一文,不但探讨了老舍曾经从康拉德、亨利·詹姆斯、劳伦斯、福克纳、布莱希特等作家汲取了营养,还注意到了西方的反乌托邦小说对老舍的影响。此文深化了老舍与外国文学的关系研究。

除了与外国文学的比较研究之外,还有老舍与古代、现代文学的比较研究。比如,王晓琴在中国现代幽默思潮背景下,比较老舍与自由主义文人和左翼作家接受世界幽默理论的异同,指出其广收博取,扬弃整合,形成多元互补的开放性特征。⑤ 谢昭新则探讨了老舍对传统文学的接受问题,同时强调老舍在传统文学接受中形成了自己的创作个性。⑥ 成梅的《老舍小说创作比较研究》⑦ 是一部从跨文化接受的角度全方位考察老舍

---

① 李玲:《老舍小说的性别意识》,《南京大学学报》2005 年第 6 期。
② 王萍:《老舍与狄更斯的幽默浅论》,《云梦学刊》1993 年第 4 期。
③ 董炳月:《卢梭与老舍的小说创作》,《中国现代文学研究丛刊》1996 年第 1 期。
④ 史承钧、伍斌:《老舍与西方现代派文学》,《上海师范大学学报》1994 年第 4 期。
⑤ 王晓琴:《老舍与中国现代幽默思潮》,《中国现代文学研究丛刊》1998 年第 2 期。
⑥ 谢昭新:《老舍与唐代传奇小说》,《安徽师范大学学报》1999 年第 2 期。
⑦ 成梅:《老舍小说创作比较研究》,陕西人民出版社 2000 年版。

小说创作的专著。作者运用文化人类学、艺术心理学、现代阐释学以及思维科学等理论，令人信服地分析了《骆驼祥子》与《无名的裘德》、《四世同堂》与《神曲》、《黑白李》与《双城记》、《马裤先生》与《匹克威克外传》片断、《新爱弥耳》与《爱弥儿》以及《一个小小的建议》在题材、主题、构思、情节、语言运用以及艺术表达上的联系与区别，阐释了老舍基于传统和外来文化双重影响的新发现、新创造，总结了老舍对现代叙事艺术的探索及老舍在新文学现代化进程中的重要贡献。

新时期以来老舍研究主要集中在小说创作领域，但随着研究的不断深入，也出现了许多戏剧、散文以及新诗的研究成果。关于老舍的话剧研究，研究者大多把论述的重点放在新中国成立之后，专门论述新中国成立前的较少。万平近的《老舍与抗日话剧运动》①、李平章的《老舍的抗战剧作值得重视》②、周国良的《试论老舍抗战时期的话剧创作》③、之林的《老舍抗战剧作论略》④ 等论文分别论述了老舍抗战时期话剧的思想内涵和艺术特色。周国良指出，老舍抗战时期的话剧，取材于抗战生活，主题或歌颂抗战的民族英雄，或鞭挞抗战中存在的丑恶与腐败，民族立场和爱憎感情，在他的剧作中表现得非常充分。万平近认为，老舍抗战时期"剧本的戏剧性强弱不等，但从文学性角度考察，可以说无愧于抗日话剧运动，与那时著名戏剧家的许多优秀剧作相得益彰"。石兴泽主要分析了《残雾》的思想意义、文学史地位以及在老舍创作道路上的意义。⑤ 以前很多研究者对老舍抗战时期的作品持否定态度，但苏光文的《论老舍〈大地龙蛇〉的文化内涵及价值意义》⑥ 一文，主要从剧作丰厚的民族文化内涵和"人的解放"角度肯定了其文学史意义。另外，王栋对老舍抗战时期的旧剧、鼓词、长诗等很少被人论及的作品作了述评，并认为，这

---

① 万平近：《老舍与抗日话剧运动》，《福建论坛》1985 年第 4 期。
② 李平章：《老舍的抗战剧作值得重视》，《重庆师范学院学报》1982 年第 3 期。
③ 周国良：《试论老舍抗战时期的话剧创作》，《湖南师范大学学报》1992 年第 6 期。
④ 之林：《老舍抗战剧作论略》，《广西师院学报》1993 年第 2 期。
⑤ 石兴泽：《试论老舍的〈残雾〉及其意义》，《包头师专学报》1987 年第 1 期。
⑥ 苏光文：《论老舍〈大地龙蛇〉的文化内涵及价值意义》，《西南民族大学学报》2003 年第 6 期。

些作品是研究老舍创作历程不容忽视的重要领域。①

谢昭新对老舍抒情散文作了细致入微的论述,揭示了老舍散文的特征。作者指出,老舍的散文具有独特的个性,但明显"留有文艺发展中的历史的时代的烙印","他以忧郁的审美意识创造出来的色彩图案、音乐美感,对后代的散文作家将是一个很好的启示"②。对老舍的新诗创作,论者很少。曾广灿在关于老舍新诗的研究札记中指出,"他的诗歌创作成就被掩遮了",但他肯定了"老舍是中国新诗坛上一位优秀诗人"③。

在现代作家中,老舍尽管不以思想著称,但研究者依然不同程度地挖掘和阐释了老舍的社会思想、文艺思想、教育思想、宗教思想。孟广来、王家声、牛运清等人的论文分别讨论了不同历史时期老舍的思想状况及其变化。④ 孟广来认为,20年代老舍是"爱国主义者,是反帝反封建的战士",30年代他的思想是爱国主义和民主主义。王家声主要探讨了老舍40年代在美国期间的思想状况,并认为,老舍是站在革命的、民主的阵线一边的。牛运清则肯定新中国成立后老舍的思想"由革命民主主义转变为共产主义"。上述对老舍思想的认识因为政治因素有简单化的嫌疑,但也基本勾勒了老舍的思想历程。对老舍的思想作出深入阐释的是吴小美、古世仓的《老舍与中国革命论纲》⑤一文。该文从老舍与中国革命的关系入手,历史地分析了老舍参与革命建构的独特形式和基本的主体原因,以及他因此而被革命政治所建构而显示出的独特之处,非常客观地揭示了老舍的思想风貌与变化轨迹,肯定了长期以来被看作是"资产阶级"思想范畴的现代意义。另外,汤晨光就老舍与革命、政治的关系也作了深入的探讨。作者指出,"对20世纪这个中国的革命世纪来说,老舍是个局外人。

---

① 王栋:《老舍抗战时期戏、曲、新诗创作述评》,《南京师大学报》1986年第3期。
② 谢昭新:《老舍散文艺术欣赏》,《中国现代文学研究丛刊》1988年第2期。
③ 曾广灿:《葬歌·战歌·颂歌——读老舍新诗札记》,《齐鲁学刊》1982年第6期。
④ 孟广来:《二十年代老舍思想发展初探——论老舍思想发展道路之一》,《齐鲁学刊》1982年第4期;《三十年代老舍思想发展初探——论老舍思想发展道路之二》,《中国现代文学研究丛刊》1982年第3期;王家声:《老舍四十年代赴美期间思想发展》,《中山大学学报》1986年第2期;牛运清:《建国后老舍思想发展新探》,《新文学论丛》1982年第3期。
⑤ 吴小美、古世仓:《老舍与中国革命论纲》,《文学评论》2004年第2期。

不参加革命是因不同意革命思想和革命的行为，对于社会改造和救国救民老舍却另有一套，和革命派大有不同"①。应该来说，吴小美、汤晨光等人的论述更为贴切地揭示了老舍思想的实际状况。崔明芬的系列论文开掘了老舍的教育思想②，开辟了老舍研究的新领域。朝戈金的《老舍——一个叛逆的基督徒》③是较早关注老舍宗教思想的论文。作者指出，"老舍不是一个恪守教规的虔诚信徒"，"入教是为了改革社会，进而推动社会改造"。张桂兴的系列论文结合史料和小说文本，系统地阐述了老舍思想中佛教、基督教、伊斯兰教的影响。④杨剑龙则主要探讨了基督教思想对老舍创作的影响。作者认为，老舍对基督教的态度与其挚友许地山相近，他们不关注基督教的奇事神迹，而推崇基督的伟大人格和精神。⑤

老舍文艺思想的研究主要体现在两个方面。一是老舍有关小说、戏剧、语言等思想的评析。⑥研究者关注较多的是老舍的文学语言观念。孙钧政、李润新、周思源等人的论文对老舍的文学语言理论及语言艺术观念作了探讨。二是对老舍文艺思想及不同阶段表现的阐释。曾广灿、刘秉仁提出30年代是老舍文学自觉的时期，"老舍的文艺自觉表现为创作上的积极参与和理论上的自我消化。理论修养体现于创作之中，表现为幽默的

---

① 汤晨光：《老舍与革命和政治》，《中国现代文学研究丛刊》1996年第1期。
② 崔明芬：《论老舍小说中的教育思想》，《郑州大学学报》1988年第3期；《〈牛天赐传〉和老舍的风俗教育思想》，《文学评论》1988年第4期；《人格教育与儿童教育：老舍小说中的教育思想之二》，《聊城师范学院学报》1990年第1期。另外还有翟瑞青的《老舍小说中的留学生教育思想》（《山东教育学院学报》1990年第4期）等论文。
③ 朝戈金：《老舍——一个叛逆的基督徒》，《内蒙古大学学报》1988年第1期。
④ 张桂兴：《试论老舍的宗教情结》，《山东医科大学学报》1999年第3期；《谈佛教文化对老舍一生创作的影响》，《南京理工大学学报》2000年第3期；《试论老舍与基督教文化的情缘》，《北京联合大学学报》2000年第4期。
⑤ 杨剑龙：《老舍的创作与基督教》，《江西师范大学学报》1997年第4期。
⑥ 主要的论文有周斌、唐金海的《论老舍的戏剧观》（《老舍研究论文集》，山东人民出版社1983年版）、徐鹏绪的《老舍小说理论浅探》（《聊城师范学院学报》1985年第1期）、王惠云的《老舍的小说观》（《河北师范学院学报》1989年第3期）、孙钧政的《老舍的文学语言理论阐释》（《语言教学与研究》1988年第1期）、李润新的《论老舍的语言艺术观》（《老舍研究论文集》，人民文学出版社2000年版）、周思源的《白话真正的香味是怎样烧出来的——老舍小说语言艺术观念的嬗变》（《老舍研究论文集》，人民文学出版社2000年版）等。

成熟和题材的扩展深入与典型化"①。研究者大都认为，老舍40年代的文艺思想与30年代相比，有了很大的变化。如石兴泽认为，抗战初期，老舍的"文学思想的各方面都出现了大幅度的、急速的倾斜。与战前相比，几乎判若两人"，但"随看战争的持续，特殊的蔓延，或对特殊情况的习惯，老舍的生活和思想开始向着一般回归"②。关于抗战时期的文艺大众化经验，孙洁从作家的主体意识角度探究了老舍在文艺大众化中的经验和矛盾，并从庶民身份、性格因素上分析了老舍投身通俗文艺的原因。③ 对老舍的文艺思想进行全面系统论述的是石兴泽的专著《老舍文学思想的生成与发展》④。作者既讨论了老舍文学思想理论的生成发展与现当代文学思潮、外国文学观念、古代文学理论、通俗文学传统、左翼文学思潮及社会主义文学学说等的碰撞与接受、扬弃与融合、抵触与趋同的种种复杂微妙关系，又历时性地描绘了老舍文学思想发展的几个阶段。该著作的贡献主要在于，纵横结合、清楚而有力地揭示了作为文学思想理论家的老舍的个性特点及其在这个领域里的贡献与缺欠。

近十年的老舍研究，基本仍在原有格局下向前推展。但随着一些新的史料和新的研究角度的发现，也不断出现了一些新的有启示性的研究成果。有关老舍名著的重新解读，这一时期也出现了不少论作。如对《四世同堂》的研究，出现了不少从民族国家角度讨论该作的文章，对有关问题的讨论渐趋深入⑤。对《骆驼祥子》的研究，亦有颇有新见的论作发表⑥。《猫城记》是老舍创作中较为引人注意的一部。对其的理解，也逐

---

① 曾广灿、刘秉仁：《论30年代老舍的文学反思》，《天津社会科学》1992年第5期。
② 石兴泽：《倾斜·回归·转折——老舍四十年代的文学思想浅析》，《聊城师范学院学报》1993年第4期。
③ 孙洁：《论老舍抗战时期的文艺大众化经验》，《盐城师范学院学报》2007年第1期。
④ 石兴泽：《老舍文学思想的生成与发展》，山东文艺出版社1993年版。
⑤ 有关论文参见魏韶华《〈四世同堂〉英译与老舍的国家形象传播意识》，《文学评论》2011年第4期；邵宁宁《战时生活经验与现代国民意识的凝成——以〈四世同堂〉为中心》，《甘肃社会科学》2010年第6期；谢昭新《论老舍〈四世同堂〉的战争叙事与战争反思》，《民族文学研究》2018年第5期。
⑥ 孟庆澍：《"反成长"、罪的观念与个人主义——重读〈骆驼祥子〉》，《文艺研究》2017年第3期。

渐由国民性批判转向反乌托邦寓言，而随着近年好莱坞科幻电影的风行及刘慈欣小说获得世界大奖，将其作为"科幻文学"讨论的热情也愈趋高涨①。其中特别值得一提的，是马云在《中国近现代人文幻想小说研究》一书中对它的论述。该书以近现代人文幻想小说的发展史为经，以各个时期的代表作品为纬，深入论述了人文幻想小说的概念、表现特征、历史演变，以及近现代人文幻想小说的存在及其在科幻小说遮蔽之下所存在的发展困顿。虽然所论内容远远不限于这部小说，但从"人文幻想小说"这样一个新的小说类型概念的提出看，显然与对老舍创作的娴熟了解有关。而其独特的认识角度，也堪称为准确地理解老舍这部名作提供了新的角度②。此外，围绕《茶馆》《龙须沟》《我这一辈子》《正红旗下》等作品，也出现了从不同角度的新的论说。吴小美的《老舍散文三十八讲》则第一次对老舍散文名作作了逐一的细致品读③。

有关老舍与北京文化关系的研究，一向是老舍研究中颇为引人注目的话题。有关讨论大体可分作两个层面，一个层面比较偏重精神，着意讨论老舍与中国传统、西方思想文学之间的关系；另一个层面比较偏重现象，更多关注老舍创作所反映的各类文化内涵。这一时期，也有不少学者继续对此作出了认真的讨论。如吴小美对鲁迅与老舍生死观的比较④，关纪新对老舍与满族文化关系的持续发掘⑤，石兴泽对老舍与中外文学关系的探析，李玲对老舍作品女性内涵的探讨，邵宁宁对"老舍的北平"城市文明属性的辨析以及老舍"幽默其表，感伤其里"的风格特征的发现等⑥，均从不同的角度有新的发现。

这一时期，随着一些有关老舍生活与著作的新材料的发现，如美国作

---

① 参陈红旗《〈猫城记〉的创作动机、意象建构和先锋性》；王卫英、徐彦利《科幻背后的文化反思》；俱见张桂兴主编《老舍的精神世界与文化情怀》，中国文史出版社2013年版。
② 马云：《中国近现代人文幻想小说研究》，中国社会科学出版社2018年版。
③ 吴小美：《老舍散文三十八讲》，语文出版社2014年版。
④ 吴小美：《鲁迅与老舍生死观的比较》，《中国现代文学研究丛刊》2010年第11期。
⑤ 关纪新：《老舍民族观探赜》，《中国现代文学研究丛刊》2015年第4期。
⑥ 邵宁宁：《老舍的感伤及其城市文明悲歌》，《现代中文学刊》2017年第3期。

家韩秀有关老舍晚年生活的书信的披露①，《四世同堂》英文全稿的发现及《饥荒》回译②，也都引起学界对有关老舍抗战时期、"文革"时期生活和情感世界③，以及这一名著内容及文本问题的再度探讨的热情。傅光明的专著《老舍与中国现代知识分子的命运》④，则在挖掘和呈现在文学史中被授予"人民艺术家"殊荣的老舍与作为自由主义知识分子的作家老舍之间存在的难以弥合的矛盾的同时，揭示了老舍在新中国成立后被意识形态化塑造遮蔽了真实思想和精神。此外，这一时期，围绕老舍诞辰、《四世同堂》创作70周年、《骆驼祥子》出版80周年等一系列纪念活动，以及方旭改编的多种"老舍戏"，研究者还组织了多次有关的研讨，产生了不少的研究成果和广泛的影响。

---

① 傅光明：《书信世界里的赵清阁与老舍》，复旦大学出版社2012年版。
② 赵武平：《〈四世同堂〉英译全稿的发现和〈饥荒〉的回译》，《现代中文学刊》2017年第3期。
③ 有关论文，如史承钧：《读傅光明著〈书信世界里的赵清阁与老舍〉所想到的》，《现代中国文化与文学》2011年第2期；陈思和：《见证一个美丽而凄凉的灵魂——序傅光明〈书信世界里的赵清阁与老舍〉》，《现代中国文化与文学》2011年第2期。
④ 傅光明：《老舍与中国现代知识分子的命运》，复旦大学出版社2011年版。

第八章

重要作家研究(下)

第一节　周作人研究

周作人是中国现代文学史上最复杂的作家之一，也是中国现代文学研究中最矛盾的人物。这种复杂性和矛盾性的重要原因之一当然是由于他的附逆行为。周作人的附逆行为，长期以来一直影响着对他在中国现代文学史上的地位的评判，也阻碍着周作人研究的深入发展。在新中国成立后的三十年中，除了个别文学史中简单提及周作人在"五四"时期的文学活动外，基本没有出现其他专门研究周作人的论文。[①] 新时期开始后，随着思想解放运动的开展，周作人也被重新发现出来，并且随着研究的深入一度形成了"周作人热"。而且，这种热潮似乎一直在持续着。由于研究对象本身的丰富性，三十年来的周作人研究也呈现出了少有的复杂性，并且提出了一些有关中国现代作家评价的重要问题。

一

新时期以来的周作人研究是以探索周作人的人生道路为起点的。在被

---

①　在新时期以前完成的中国现代文学史中，只有王瑶的《中国新文学史稿》比较客观地肯定了周作人在"五四"时期"人的文学"的思想，其他文学史有的简单提及了周作人的主张，有的则没有出现周作人的名字。

政治意识形态的帷幕遮挡了三十年之后，重新出现在读者面前的周作人显得是如此陌生，以至于许多研究者不约而同地把周作人的人生道路作为研究的突破口。而且，由于周作人本身的特殊性，人生道路问题一直成为周作人研究中的一个焦点。

由于周作人与鲁迅完全不同的人生追求，再加上他是在思想解放运动的潮流中被人们从中国现代文学史之外发现的，因而，新时期之初的周作人还没有获得被独立研究的资格，此时研究者眼中的周作人常常是在与鲁迅的对照中获得研究的意义的，周作人与鲁迅人生道路的对比成为周作人研究最常见的视角。李景彬是新时期开始后第一位专门研究周作人的学者，他的论文《论鲁迅与周作人所走的不同道路》① 是周作人研究的最早成果，比较全面地评述了鲁迅与周作人不同的人生道路。作者从中国近现代革命进程的角度来看待周作人的人生道路，由于过分强化了周作人的人生选择与中国近现代革命进程之间的矛盾性，所以造成了对周作人人生道路理解的简单化，反映了思想解放运动之初周作人研究的典型特点。不过该文运用了大量翔实的材料，坚持了比较客观的学术态度，为此后的周作人研究开启了一条新路。钱理群也是在新时期开始后从事周作人研究的，同样采取了周作人与鲁迅的对比视角，不过他对周作人研究的视野要开阔得多。他的论文《试论鲁迅与周作人的思想发展道路》《鲁迅、周作人文学观发展道路比较论》等都在中国现代社会变革的广阔背景下分析鲁迅与周作人的人生道路和思想变化。钱理群首先强调了周作人与鲁迅的一致性，其次才提出二人的差异性。② 伴随着"文化热"的兴起，周作人研究也逐渐变得火热起来。舒芜的论文《周作人概观》③ 从文化层面揭示了周作人的人生道路的悲剧性，是这个时期比较有代表性的研究成果。舒芜一方面比较全面地分析了周作人的贡献，也反思了周作人的人生道路。舒芜的论文不再是从政治或社会的层面，而是从精神文化的层面来思考周作人

---

① 李景彬：《论鲁迅与周作人所走的不同道路》，《文学评论》1980年第5期。
② 钱理群：《试论鲁迅与周作人的思想发展道路》，《中国现代文学研究丛刊》1982年第4期。
③ 舒芜：《周作人概观》，《中国社会科学》1986年第4、5期。

的人生道路，展现了研究对象的丰富性和复杂性，"突出了研究对象自身的主体地位"①，对研究其他类似作家具有一定的方法论意义。

在谈到周作人的人生道路时，第一，"悲剧"是80年代研究者普遍用到的一个词。然而，周作人的悲剧究竟是一种什么样的悲剧？他的悲剧究竟到了一种什么样的程度？这恐怕至今仍然是需要深入研究的问题。简单的否定或肯定固然是不恰当的，但是，要对这样一个结论作出令人信服的论证恐怕也是不容易的。

人物传记研究是90年代以来研究周作人人生道路的主要形式。因为是人物传记，所以自然要涉及周作人的一生，只是不同传记的侧重点有所不同而已。倪墨炎的《中国的叛徒与隐士：周作人》以短小的章节结构全书，注重趣味性，主要以"传"为主，涉及了周作人一生中重要的生活事件。钱理群的《周作人传》以周作人一生中的思想事件为主线，通过周作人的命运来思考中国自由主义知识分子的意义，主要以"论"为主，注重思想性。止庵的《周作人传》基本以周作人自己的全部资料为依据，翔实地概述了周作人一生不同阶段的读书、写作等生活，主要以"史"为主，注重史料性。② 王友贵的《翻译家周作人》③只从周作人的翻译活动入手，全面概述了周作人一生的翻译活动，包括他的翻译思想和翻译作品。不同的传记对周作人的人生道路进行了不同层面的解读，但似乎都没有完全进入周作人精神世界的深处，没有完全揭示出周作人的人生道路的复杂性和丰富性。

在周作人的人生道路研究中，有两个问题一直困扰着但也吸引着研究者的目光。第一是兄弟失和问题。关于这个问题的研究成果很多，但大多很难有明确的结论。陈漱渝的《东有启明，西有长庚——鲁迅与周作人

---

① 黄开发：《人在旅途》，人民文学出版社1997年版，第239页。

② 倪墨炎：《中国的叛徒与隐士：周作人》，上海文艺出版社1990年版；钱理群：《周作人传》，北京十月文艺出版社1990年版；止庵：《周作人传》，山东画报出版社2009年版。除了以上三部周作人传记外，其他还有李景彬、邱梦英的《周作人评传》（重庆出版社1996年版），雷启立的《苦境故事——周作人传》（上海文艺出版社1996年版），孙郁的《周作人和他的苦雨斋》（人民文学出版社2003年版）等。

③ 王友贵：《翻译家周作人》，四川人民出版社2001年版。

失和前后》①根据新发现的材料，较为全面地还原了兄弟二人失和前后的人际关系，分析了二人失和前后不同的心理，让读者大致明白了兄弟失和的前因后果，代表了80年代对这个问题的基本看法。杜圣修的《鲁迅、周作人"失和"原委探微》②从周作人的夫人羽太信子生理和人格上的病态入手，认为兄弟失和的起因是双方的"误会"，而深层的原因"在于中国传统家庭制度"，根源于经济问题引起的"家务纠纷"。张学义的《鲁迅周作人兄弟失和的情理诠释》③从鲁迅家事入手，分析了鲁迅家庭的运转模式、存在格局、权力分配、资金供给、人际关系。作为鲁迅与周作人关系研究中一个无法回避的问题，新时期以来人们对于兄弟失和的原因相继提出了"经济说""失敬说""家庭纠纷说"等，但是对各种原因的分析却无法令人信服。由于这个问题涉及中国传统家庭的内部纷争，因而要想得出完全合乎情理的结论恐怕是非常困难的。

第二是周作人的附逆问题。本来，周作人事伪附逆的事实是清楚明白的，张铁荣、张菊香等人的论文对此有明白的解释。④然而随着周作人研究的深入，周作人的附逆却成为一个值得研究的问题。针对80年代中期出现的周作人出任伪职是"中共北平特委派周作人打进去"的谣言，舒芜的《历史本来是清楚的》⑤通过周作人当时的思想、情感、经济生活和日记记载等材料，证明他的事伪事实是毋庸置疑的。但问题的关键是周作人为什么会附逆？舒芜从文化的角度认为是他精神结构底层的"贵族式的优越""冷漠的中庸主义"所致。⑥黄裳从文化心理的角度分析了周作人不肯离开北平，终于陷于耻辱深渊的两个方

---

① 陈漱渝：《东有启明，西有长庚——鲁迅与周作人失和前后》，《鲁迅研究动态》1985年第5期。
② 杜圣修：《鲁迅、周作人"失和"原委探微》，《中国现代文学研究丛刊》1993年第3期。
③ 张学义：《鲁迅周作人兄弟失和的情理诠释》，《新文学史料》2009年第3期。
④ 张铁荣、张菊香：《周作人出任伪职的前前后后》，《南开学报》1983年第2期。
⑤ 舒芜：《历史本来是清楚的》，《鲁迅研究动态》1987年第1期。
⑥ 舒芜：《周作人概观》，《中国社会科学》1986年第4、5期。

面原因。①

90年代以来,一系列与周作人同时代人的相关回忆文章的发表使周作人附逆的事实显得更加清楚②,而对周作人附逆原因的探讨则逐渐多样化。③ 继舒芜80年代提出"中国传统文化悲剧"和"知识分子命运的悲剧"说之后,陈思和与董炳月等人相继提出了各自的观点。陈思和认为,"思想上的超越气节与性格上的实利主义"是周作人附逆的"重要原因构成"④。陈思和以"思想上的超越气节"作为周作人落水的理由,似乎有悖于现代知识分子的道德追求。董炳月从周作人与日本文化的密切关系入手,依据他所认为的"文化本身的超阶级、超政治、超国家的性质",认为周作人的附逆是一种"文化选择"。⑤ 董炳月"跳出伦理批评的误区",从文化的超越性角度来看待周作人的附逆问题。如此一来,周作人的附逆问题就变成了文化选择问题。

针对周作人研究中的"唯文化论"现象,王福湘在《评周作人研究中的非历史倾向》⑥ 一文中指出,周作人研究中存在着"多方开脱周作人的罪过""过高评价周作人的成就""全盘肯定周作人的道路"的偏向,认为"其实质是非历史的批评观和非民族的价值观"。解志熙发表了《文化批评的历史性原则——从近期的周作人研究谈起》⑦,批评了舒芜、陈思和、董炳月等人的研究,强调了文学研究"必须接受历史主义基本原则的指导和约束"的重要性。何满子、袁良骏等人也对

---

① 黄裳:《关于周作人》,《读书》1989年第9期。
② 此类比较有代表性的文章有常风的《记周作人先生》(《黄河》1994年第3期),于浩成的《周作人遇刺真相》(《鲁迅研究月刊》1991年第9期),黄开发的《周作人遇刺事件始末》(《鲁迅研究月刊》1992年第8期)等。
③ 1991年到1992年,以《文艺报》为中心,发生了一场关于周作人附逆问题的讨论,参与者有李霁野、曾镇南、黄开发等,其中引出的关于如何看待周作人附逆的原因等重要问题值得关注。
④ 陈思和:《关于周作人的传记》,《中国现代文学研究丛刊》1991年第3期。
⑤ 董炳月:《周作人的附逆与文化观》,《二十一世纪》(香港)1992年第5期。
⑥ 王福湘:《评周作人研究中的非历史倾向》,《衡阳师专学报》1995年第3期。
⑦ 解志熙:《文化批评的历史性原则——从近期的周作人研究谈起》,《中州学刊》1996年第4期。

周作人研究中有意无意淡化周作人附逆行为的现象表示不满，只是他们采用杂文的形式对周作人的"人格"和"文格"进行了彻底否定，缺乏学术研究的理性精神。① 此后，周作人附逆问题的研究也就告一段落了。

二

作为作家的周作人的成就是多方面的，新时期之初对周作人创作的研究首先是从散文研究开始的。运用社会历史批评或者政治批评的方法，对周作人的散文进行思想内容和艺术特征的分析是 80 年代周作人散文研究的基本特征。

许志英的《论周作人早期散文的思想倾向》② 和《论周作人早期散文的艺术成就》③ 代表了这个时期周作人散文研究的基本思路。作者摒弃了政治批评的标准，肯定了周作人的散文包含的对封建旧道德的批判，分析了周作人的散文对知识性、幽默味和质朴的诗意风格的追求，也指出周作人的散文反映"五四"到 30 年代之交"某些重大的政治与思想斗争"的"勇气又是有限度的"。李景彬对周作人散文的研究采用比较的视角，他的论文《鲁迅和周作人的散文创作比较观》④ 虽然比较全面地梳理了周作人散文创作的发展线索，但受"褒鲁贬周"的先入为主观念的影响，作者对周作人散文的成就认识不足，典型地反映了拨乱反正时期周作人研究的特点。

"文化热"兴起之后，周作人散文的研究摆脱了单一的社会历史甚或政治批评的束缚，逐渐深入周作人散文的核心。舒芜的《周作人的散文艺术》⑤ 集中分析了周作人散文的平淡风格及其精神内涵。他认为，周作人散文的平淡是"感情的淡化"，"爱好天然，崇尚简素"和"雍容淡雅

---

① 何满子的文章有《赶时髦并应景谈周作人》（《文汇报》1995 年 7 月 20 日）等，袁良骏的文章有《周作人为什么会当汉奸》（《光明日报》1996 年 3 月 28 日）等。
② 许志英：《论周作人早期散文的思想倾向》，《中国现代文学研究丛刊》1980 年第 4 期。
③ 许志英：《论周作人早期散文的艺术成就》，《文学评论》1981 年第 6 期。
④ 李景彬：《鲁迅和周作人的散文创作比较观》，《江汉评论》1982 年第 8、9 期。
⑤ 舒芜：《周作人的散文艺术》，《文艺研究》1988 年第 4、5 期。1993 年，人民文学出版社出版了舒芜的《周作人的是非功过》，该书收入了作者 80 年代写的周作人研究的全部论文。

的风神"使他的散文"平淡不等于枯槁，相反地倒是要腴润"。舒芜的《周作人后期散文的审美世界》①是研究周作人后期散文的一篇重要论文。舒芜一反此前学术界普遍看低周作人后期散文的观点，积极肯定了周作人后期散文的苦涩、腴润、质朴、清雅的审美内涵。此后，审美批评成为研究周作人散文研究的一个重要视角。钱理群认为，周作人散文的核心在于"生活的艺术"，他的生活方式与思想方式是统一的。他的散文注重"趣味"，追求的"是一种人生态度与审美情趣的统一，是为人的风格与作文的风格的统一"②。赵京华认为，正是由于周作人"以西方文化为背景，渗透了人文主义、理性主义以及基督教式的近代现世主义精神，执着现实、迷醉人生、向外扩张与表现自我的西方审美意识"与"以东方佛道自然主义宇宙人生观为基础，充满出世精神，超越现世、忘却自我，以虚幻无为的方式把握世界的东方审美意识"之间的矛盾，形成了周作人散文思想上的"民主宽容的科学理性精神"与"封建昏愦的中庸主义"，情感上的"忧患、苦寂、悲悯与忧患的闲适"，文体上的"自由、控制与纯净、淡雅、隽永"之间的矛盾。③作者不仅揭示了周作人散文精神内涵的矛盾性，而且发掘了这种矛盾性产生的内在根源。

90年代以来的周作人散文研究完全走向了多元化，无论是研究视角的选择，还是研究方法的运用，抑或是研究深度的开掘都超越了80年代，周作人散文的本体特征及其成因成为研究的中心。作为第一部专门研究周作人散文的著作，刘绪源的《解读周作人》④不仅将周作人与鲁迅、林语堂、梁实秋、丰子恺等人散文的艺术风格进行了对比，突出了周作人散文艺术的独特性，而且作者采用了印象批评的方法，用散文化的批评文体，最大限度地实现了批评家与批评对象的融合。

周作人散文研究方面的论文很多，有探究周作人散文蕴含的儒家心理

---

① 舒芜：《周作人后期散文的审美世界》，《中国现代文学研究丛刊》1987年第1期。
② 钱理群：《关于周作人艺术的断想》，《江海学刊》1988年第3期。1991年，上海人民出版社出版了钱理群的《周作人论》，该书基本是其80年代周作人研究论文的整合。
③ 赵京华：《周作人的审美理想与散文艺术综论》，《文学评论》1988年第4期。
④ 刘绪源：《解读周作人》，上海文艺出版社1994年版。

结构的，也有分析周作人小品文语言的符号意义的；有论证周作人散文的佛禅意识的，也有比较周作人与其他作家散文审美内涵异同的，视角灵活多样，方法变换不定。① 黄开发的论文《周作人小品散文的文体研究》② 有一定的代表性。他分析了周作人小品散文的文体特征，并指出，从语体上来看，周作人1945年以前的小品散文可以分为情志体、抄书体和笔记体三种形态。郑家健、林秀明的《知识之美——论周作人散文中知识的审美建构》③ 提出了"知识"在周作人散文审美建构中的意义。该文不是一般地讨论周作人散文的知识性，而是深入挖掘了"知识"在周作人散文中的审美功能，其创新之处是显而易见的。

然而，问题的另一面是，在大量的周作人散文研究的学术成果中，更多的是雷同与重复，这从"论周作人散文的审美追求""论周作人散文平淡风格的成因""论周作人美文的语言风格"一类的论文标题就可以看出。

周作人的文艺观念也是研究的一个重点，一直受到研究界的关注。李景彬的《评周作人在文学革命中的主张》④ 是最早出现的研究周作人文艺观念的论文。作者肯定了周作人的"人的文学"和"思想革命"主张的现实主义和"反封建的战斗精神"，认为周作人提出的"主张'宽容'，反对'忍受'"的批评原则是符合文艺发展的历史规律的。但是，作者对周作人文艺观念中的"人道主义和中庸、平和思想"与否定文艺批评标准的"主观唯心精神"持否定态度。随着80年代初期人性论和人道主义讨论的展开，周作人文艺观念的研究主要集中在对"五四"时期周作人文艺观念的探讨上，大多数研究成果对周作人文艺观念中的人道主义和宽

---

① 比如李建秋的《论周作人散文表现的儒家心理意识》(《湘潭师院学报》1993年第1期)，张光芒的《符号学阐释：周作人散文小品的语言艺术》(《山东师大学报》1993年第2期)，胡绍华的《周作人散文的佛禅意识与小品散文创作》(《华中师大学报》1996年第1期)，喻大翔的《周作人言志散文体系论》(《文学评论》1999年第2期)等。

② 黄开发：《周作人小品散文的文体研究》，《中国现代文学研究丛刊》1997年第4期。

③ 郑家健、林秀明：《知识之美——论周作人散文中知识的审美建构》，《鲁迅研究月刊》2007年第11、12期。

④ 李景彬：《评周作人在文学革命中的主张》，《新文学论丛》1980年第3期。

容精神是肯定的，说明周作人的文艺主张已经开始获得研究界的认同。①在这类研究成果中，有一定理论深度的是罗钢的论文《周作人的文艺观与西方人道主义思想》②。作者认为，"人的文学"的主张是周作人"五四"时期文艺观念的核心，它的来源是多种多样的，是对西方各种人道主义理论和日本新村主义思想的一种有机综合。钱理群的论文《历史的毁誉之间——简论周作人文艺批评理论与实践》③，主要分析了周作人文学批评理论的基本内涵。他认为，"自由—宽容"是周作人文学批评理论的核心，周作人的文学批评实践活动就是发挥自己的"个性——表现自己"。

90 年代以来，对周作人文艺观念的研究主要朝着四个方向发展。一是对周作人的文学批评理论及其实践的探讨，研究者注重从理论本体对周作人的文学批评个性进行总结。丁亚平的《自己的园地：无声潜思与独立探询——论周作人的文学批评个性》④ 认为，周作人的文学批评基本是一种"印象感悟式的，倚重趣味与表现的艺术的批评"，他的批评追求独特的个性，"印象""趣味""表现""艺术"是他的文学批评的四个关键词。作者抓住了周作人文学批评的核心要素，可惜的是没有对这些要素的理论来源作更深入的探索。温儒敏的《周作人的散文理论与批评》⑤ 主要论述了周作人在"个性的文学"观念主导下形成的文学批评的"宽容的原则"，提出了周作人文学批评的"趣味""平淡自然""苦涩"等批评范畴，强调了周作人文学批评实践的矛盾性和传统性。这些研究成果基本代表了这个阶段周作人文学批评研究的新趋向，从审

---

① 类似的论文有朱德发的《试评五四时期周作人的文学主张》（《文学评论丛刊》1981 年第 8 期），王德禄的《评五四时期周作人的文学主张》（《山西大学学报》1983 年第 1 期），邓云的《从〈人的文学〉看周作人早期文艺思想》（《学术论坛》1988 年第 2 期）等。

② 罗钢：《周作人的文艺观与西方人道主义思想》，《中国现代文学研究丛刊》1987 年第 4 期。

③ 钱理群：《历史的毁誉之间——简论周作人文艺批评理论与实践》，《中国现代文学研究丛刊》1988 年第 1 期。

④ 丁亚平：《自己的园地：无声潜思与独立探询——论周作人的文学批评个性》，《海南师范学院学报》1991 年第 1 期。

⑤ 温儒敏：《周作人的散文理论与批评》，《上海文论》1992 年第 5 期。

美批评的角度深入周作人文艺观念的核心,反思了周作人文学批评的理论价值。此后,对周作人文学批评理论的探索基本是沿着这条思路向前发展的。①

二是对周作人的儿童文学理论及其现实意义的评价,研究者比较集中地分析了周作人"五四"时期提出的儿童文学理论,总结了周作人的儿童文学主张的现实意义。80年代对这个问题关注较多的是王泉根,他的论文《论周作人与中国现代儿童文学》② 第一次对周作人"五四"时期的儿童文学活动进行了总结,分析了周作人对中国现代儿童文学理论的奠基意义。90年代以来的研究者大多从"人的文学"观念入手,探讨周作人的儿童文学理论,但没有从儿童文学创作的特殊性出发思考周作人儿童文学理论的独特性。③ 方卫平的《西方人类学派与周作人的儿童文学观》④ 对周作人儿童文学理论的思考颇有深度。作者认为,周作人比较认同西方人类学理论,周作人儿童文学主张的核心是西方人类学理论,周作人也是以此为依据从事儿童文学批评活动的。

三是对周作人的民间文学理论及其民俗文化观念的研究。80年代的周作人研究虽然已经接触到了这个问题,但大多缺乏深入的理论探索。90年代以来,随着"民间"观念的引入,对周作人的民间文学理论及其民众文化观念研究的成果虽然不是很多,但大多能进行深入的思考。罗兴萍的《试论周作人研究民俗文化的立场及态度》⑤ 认为,周作人在"五四"新文化运动后将大量精力放在民俗文化研究上,主要是由于他在心理上放弃了知识分子精英以天下为己任、渴望参与政治的热情,退出了知识分子

---

① 比如李志孝的《周作人文学批评的宽容观及其矛盾》(《辽宁师范大学学报》2004年第1期)、梁光焰的《心灵在杰作间之冒险——周作人的文学批评观及其现实意义》(《青海师范大学学报》2005年第4期)等论文基本上是对90年代学术观点的重复。

② 王泉根:《论周作人与中国现代儿童文学》,《浙江师范学院学报》1984年第2期。

③ 比如宋其蕤的《论周作人的儿童文学主张》(《学术研究》1992年第6期)、韩进的《从"儿童的发现"到"儿童的文学"——周作人儿童文学思想论纲》(《安庆师范学院学报》1993年第4期)等就是如此。

④ 方卫平:《西方人类学派与周作人的儿童文学观》,《浙江大学报》1990年第4期。

⑤ 罗兴萍:《试论周作人研究民俗文化的立场及态度》,《中国现代文学研究丛刊》1998年第3期。

的启蒙立场，从而以"游戏"的态度研究民间文化，保持了一种边缘性的自我放逐姿态。陈泳超的《周作人的民歌研究及其民众立场》① 在概述周作人"五四"时期的民歌研究活动的前提下，提出了周作人对民歌的基本立场。林分份的《周作人的民间立场及其对新文学的建构》② 从周作人的民俗活动入手，通过对"五四后周作人民众认同的转移及其对各种民众文学形态的评判，考察了他的民间立场与新文学建构的关系，并由此呈现其身份认同的独特性和思想心态的复杂性"。

四是对周作人的文学观念与中国传统文学思想关系的研究。舒芜注意到，一方面周作人中后期的文章观是倾向于中国传统文章观的，但文章里的思想却是现代的③，另一方面，舒芜也分析了周作人对八股文体、唐宋八大家、桐城派文学中蕴藏的奴性思想的批判。④ 舒芜的研究并没简单地评价周作人如何看取传统文学思想，而重在分析周作人如何用现代思想来构建他观念中的传统文学思想。舒芜的这种研究开拓了研究周作人文学思想和中国传统文学思想现代转变复杂关系的新路向。陈平原也有相近的研究路向，认为"将范围缩小到散文，把时间上溯到晚清，以白话文学的自我调整为契机，在讨论中国文章转型成败得失的同时，思考如何'竞于古文明中，各求其新生命'，此乃周作人的工作策略"。周作人"散文小品之所以获得成功，得益于其丰厚的传统资源"。陈平原也详细考察了周作人对魏晋文章"千年文脉的接续"⑤。新世纪以来，沿此路向出现了大量的相关研究文章，多有翔实的材料和深入挖掘，周作人文艺思想的研

---

① 陈泳超：《周作人的民歌研究及其民众立场》，《鲁迅研究月刊》2000年第3期。
② 林分份：《周作人的民间立场及其对新文学的建构》，《南京师范大学文学院学报》2007年第4期。
③ 舒芜：《重在思想革命——周作人论新文学新文化运动》，《中国文化》1995年第1期。
④ 见《中国新文学史的"溯源"——周作人对唐宋八大家和桐城派的批判》，《八股文与新文学》，《周作人的是非功过》，辽宁教育出版社2000年版。
⑤ 陈平原：《中国现代学术之建立——以章太炎、胡适为中心》，北京大学出版社1998年版，第342页。

究得到推进。①

三

尽管周作人的思想家身份似乎还有待讨论，但是新时期以来周作人的思想文化意识却越来越受到研究者的重视，思想研究成为周作人研究的一个重要内容。经过研究者三十年的不懈努力，周作人思想的丰富性和复杂性逐渐显现出来，一个立体化的周作人呈现在了人们面前。

80年代初期的周作人思想研究处于刚刚起步阶段，大多数与周作人的人生道路或文艺观念的研究结合在一起。研究者主要对周作人"五四"时期以"思想革命"和"人的文学"为中心的观念进行了一分为二式的评价，其中既有学术性肯定，也有情绪性的否定。这个时期的周作人研究者，比如李景彬、钱理群、倪墨炎等人，在自己的论文或专著中都论及了周作人的思想意识和文化心态，但并没有把周作人的思想作为独立的研究对象。到了80年代末，赵京华的专著《寻找精神家园：周作人的文化思想和审美追求》才专门探讨了周作人的思想文化内涵。作者认为，周作人的思想前后几经变化，但是以"理智主义精神和保守主义倾向"为内核的中西文化综合论的理论体系架构却是始终如一的。② 可以说，80年代的周作人研究基本上完成了对作为文学家的周作人的定位，至于周作人的思想问题，则成为90年代以来学术界所要面对的主要问题。

80年代以来，周作人的思想不但获得了独立研究的地位，而且成为

---

① 比如骆玉明的《古典与现代之间——胡适、周作人对中国新文学源流的回溯及其中的问题》（《中国文学研究》2000年第4期），葛飞的《周作人与清儒笔记》（《鲁迅研究月刊》2003年第11期），庄锡华的《传统文化与周作人文学思想的重识》（《福建论坛》2005年第5期），徐鹏绪、张咏梅的《论周作人的传统文学价值观》（《山东师范大学学报》2006年第5期），周荷初的《周作人与清代散文》（《鲁迅研究月刊》2007年第6期），郝庆军的《两个"晚明"在现代中国的复活——鲁迅与周作人在文学史观上的分野和冲突》（《中国现代文学研究丛刊》2007年第6期），谭佳的《"晚明叙事"的美学话语建构与中国的审美现代性问题——以周作人的晚明研究为考察点》（《文艺争鸣》2008年第11期）。

② 赵京华：《寻找精神家园：周作人的文化思想和审美追求》，中国人民大学出版社1989年版，第36、60页。

此后周作人研究成果最为丰富和最有开拓性的一个方面,许多在80年代因研究周作人而出名的学者纷纷转向了对周作人思想的研究。首先需要提及的是郑世平的论文《周作人后期思想管窥》①。该文首次将周作人的后期思想作为独立的研究对象,从思想上分析了"周作人悲剧"发生的原因。作者先入为主地认定周作人的后期人生是一个"悲剧",由此去探寻导致这种"悲剧"的思想根源,其结论当然是比较偏颇的。舒芜在80年代后期到90年代初期也转向了研究周作人的思想。他的《我思,故我在》一文探讨了周作人的自我论和宽容论思想,但并未对周作人的自我论和宽容论的过度发展而导致的极端主义提出疑义。他的《女性的发现》②梳理了周作人的女性思想产生的社会背景及其基本内涵。舒芜对周作人女性思想的分析有助于理解周作人精神世界的复杂性。

1994年,周作人的作品入选上海远东出版社出版的"中国近现代思想家论道丛书",其思想家的地位得到进一步的确认,也对研究周作人的思想起到了一定的推动作用。顾琅川、黄开发较早对周作人的"人学"思想进行专门研究,分别论析了周作人"人学"思想的来源、特征及其表现等问题。③张先飞的《从普遍的人道理想到个人的求胜意志》④主要分析了周作人20年代前期"人学"观念的一个重要转变。徐鹏绪的《论周作人的人生哲学及其对文艺观和文学创作的影响》⑤集中论述了周作人的人生哲学的具体内容,指出了周作人人生哲学的矛盾性及对其文艺观的影响。这些文章比较全面地揭示了周作人"人学"思想的复杂性,指出了周作人的个人主义与人道主义之间的矛盾。

舒芜是最早开始周作人传统思想研究的。在《周作人概观》中,他提到了周作人的中庸思想对其悲剧命运的影响。王确对此似乎有不同的见解,他认为,周作人的思想意识中有传统的中庸观念的影响,但是并

---

① 郑世平:《周作人后期思想管窥》,《广东技术师范学院学报》1990年第1期。
② 参见舒芜《周作人的是非功过》,人民文学出版社1993年版,第121、164页。
③ 黄开发:《论周作人的"人学"思想》,《北京教育学院学报》1994年第4期。
④ 张先飞:《从普遍的人道理想到个人的求胜意志》,《鲁迅研究月刊》1999年第2期。
⑤ 徐鹏绪:《论周作人的人生哲学及其对文艺观和文学创作的影响》,《鲁迅研究月刊》2004年第4、5、6期。

不具有决定性。① 他的结论是，与其说周作人受到了儒家文化的影响，不如说他与儒家文化中的一些思想产生了暗合。胡辉杰的论文《人情与物理——周作人中庸范畴论之三》②主要阐述了周作人中庸思想的两个基本范畴。这些文章虽然集中分析了周作人的以中庸为核心的儒家文化，但忽视了西方文化对周作人传统思想的改造，不免有简单化之嫌。

周作人在不同时期对宗教的态度有所不同。他与宗教文化的关系比较复杂，涉及佛教、道教、禅宗等方面。谭桂林、顾琅川、哈迎飞等人主要论及了周作人与佛教文化之间的关系。谭桂林认为，周作人的思想意识中有佛教文化，尤其是禅宗思想的影响。③ 顾琅川认为，周作人最早接触佛学是为了解脱内心的苦闷，而他作为现代知识分子接受佛学主要是用于建构自己的人格意志与思维方式。④ 哈迎飞研究周作人的宗教思想用力最多，她在2000年前后发表了一系列关于周作人宗教思想的论文，这些论文成为后来她的专著《半是儒家半释家——周作人思想研究》⑤中的一部分。该著从周作人的儒释观入手，深入探讨了周作人与儒家文化、儒教思想、佛教文化、基督教文化、民间宗教文化以及日本文化、希腊文化的多层联系。该著是90年代以来周作人思想研究方面最为全面的一部，除了探讨周作人的宗教思想外，还涉及了周作人的个人主义思想、中国传统伦理观等内容，值得引起周作人研究界重视。在周作人与基督教文化的关系方面，王本朝、杨剑龙等人写过相关的研究论文或专著，并产生了一定影响。⑥

周作人曾长期在日本留学，后来又娶了日本女人，与日本有着特殊的关系，由此也造成了他与日本文化之间的密切联系。新时期开始后，

---

① 王确：《中庸传统与周作人的文化选择——两种文化之间的灵魂困境》，《东北师范大学学报》1998年第3期。
② 胡辉杰：《人情与物理——周作人中庸范畴论之三》，《鲁迅研究月刊》2009年第2期。
③ 谭桂林：《论周作人与佛教文化的关系》，《中国文学研究》1992年第3期。
④ 顾琅川：《周作人与佛学文化》，《绍兴文理学院学报》2000年第4期。
⑤ 哈迎飞：《半是儒家半释家——周作人思想研究》，人民文学出版社2007年版。
⑥ 王本朝：《20世纪中国文学与基督教文化》，安徽教育出版社1999年版；杨剑龙：《旷野里的呼声——中国现代作家与基督教文化》，上海教育出版社1998年版。

周作人与日本文化之间的关系一直是周作人研究的重要内容,涉及文艺观念、文学翻译、宗教思想、风俗文化等诸多方面。日本作家和文学是与对周作人进行比较研究时所关注的重要对象。这方面的研究主要集中于周作人与永井荷风、谷崎润一郎等作家在俳句、随笔等文体之间的相互影响。周作人在30年代中期非常推崇日本作家永井荷风,高恒文认为,其原因一是与"他们对民间风俗与民间艺术的独特理解有关",二是与"他们对妇女的态度有关"①。倪金华通过考察周作人随笔文体的审美选择和人生趣味的多方追求,发现周作人是在对日本随笔文体的模仿与取法的过程中融入了自己的审美趣味、人生哲学、生活方式与艺术思维方式,最终形成了自己追求自由的隐逸思想,其根源在于他对日本文化的精神联系。② 在日本思想对周作人的影响方面,靳明全认为,周作人的全人类主义的自由发展和相互协作思想主要来自于以武者小路实笃为代表的"新村"精神的影响。③ 毕玲蔷从生活中的禅理、自然中的禅机和艺术中的禅趣三个方面,挖掘了周作人与日本文化之间的渊源关系,认为"禅"是周作人与日本文化之间"交汇之主根"④。张铁荣认为,周作人在"语丝"时期的主要精力之一是翻译介绍日本的文学艺术,其目的主要是想借此"寻觅日本文化的总体精神",通过具体事实以便正确认识日本。⑤ 随着周作人研究的深入,周作人与日本文化之间的关系研究也越来越趋细致。

四

新世纪以来的周作人研究者大多将周作人放在各种文化网络中探索其

---

① 高恒文:《周作人与永井荷风——周作人与日本文学》,《鲁迅研究月刊》1996年第6期。
② 倪金华:《周作人与日本随笔——周作人思想艺术探源》,《鲁迅研究月刊》2002年第7期。
③ 靳明全:《关于周作人的新村思想》,《文学评论》1993年第6期。
④ 毕玲蔷:《禅道——周作人与日本文化的交汇之地》,《绍兴文理学院学报》1996年第2期。
⑤ 张铁荣:《周作人"语丝时期"之日本观》,《鲁迅研究月刊》1994年第3、4期。

文化观念、文学思想和散文创作的复杂性。高恒文的专著《周作人与周门弟子》以周作人为中心，辐射其弟子废名、俞平伯、江绍原、沈启无等人，通过师生之间的交往近观周作人的人生选择、艺术观念和文学趣味的独特性，展现周作人作为"京派中的京派"和生活与思想。① 张先飞的论文《从托尔斯泰到周作人——"五四"俄国人道主义文艺观的受容与"人的文学"观的生成》将周作人的"人的文学"观放置在世界人道主义文艺思想谱系中进行考察，认为现代人道主义者周作人"在接受、修正、改造晚期列夫·托尔斯泰文艺观基础上，受到新世纪世界文学思想及实践启示，同时吸收西方人类学、神话学最新成果，率先创建了为现代人道主义社会改造服务的'人的文学'系统文艺观念形态"②。乔以钢、马勤勤的论文《试论周作人早期女性观的发生与迁变》把周作人的女性观的发生放在赴日之前的早年生活阶段。作者认为，要全面把握周作人的思想脉络，就应当关注其"去日之前的早年生活、思想以及读书等方面的经验，一定程度上影响到周作人女性观的发生。对妇女问题的持续关注既是周作人关心民族国家危亡与发展的切入点，也是他借以在公共空间发出自己声音的渠道之一"③。朱晓江的论文《从"文体革新"到"思想革命"——周作人的小品文观念及其思想史意义》提出周作人对晚明小品散文的关注经历了由文体借鉴到文学史梳理的转变。作者认为，周作人把"抒情言志"的文学传统和"文以载道"的主张并转在对立位置上，"其目的不完全在于文学本身，还牵涉到他对中国文化与现实的批评，以及他对中国现代知识分子的理解"④。李培艳的论文《"新村主义"与周作人的新文学观》在梳理周作人译介和传播新村思潮相关史料的基础上，重点考察新村主义与周作人新文学观之内在关联，进而反思以文学与社会改造实践为一体的新文学传统。作者认为，"日本的新村运动不只是乌托邦式的

---

① 高恒文：《周作人与周门弟子》，大象出版社2014年版。
② 张先飞：《从托尔斯泰到周作人——"五四"俄国人道主义文艺观的受容与"人的文学"观的生成》，《鲁迅研究》2017年第7期。
③ 乔以钢、马勤勤：《试论周作人早期女性观的发生与迁变》，《南开学报》2014年第2期。
④ 朱晓江：《从"文体革新"到"思想革命"——周作人的小品文观念及其思想史意义》，《学术月刊》2012年第11期。

'公社实验'运动,同时也是一种带文学性理想主义的实践运动,其对'五四'新文化运动的影响同样体现在文学与社会两个层面。周作人巧妙地把'新村主义'思想嫁接到新文学运动中,其'人的文学'观的形成就与新村主义直接有关"①。

翻译活动也是新世纪以来周作人研究的重要领域。中国现代翻译家大多以"启蒙"和"救亡"为使命,注重翻译活动的功利性,于小植的论文《"启蒙"的淡化与反拨:周作人对功利翻译观的超越》提出,"周作人则更加强调翻译的趣味性和个体性以及与此相关的包容性,他同时强调文艺的生命是自由而不是平等,是分离而不是合并","这种对于文学多样性的清醒的理性坚守与对时代主潮的分离行为,使周作人的翻译观背离和超越了其时代翻译观的急功近利性"②。周作人的文学翻译一方面"遵守'直译'的文学翻译方式,将异域文学所讲述的地方知识、情感体验、精神价值、文学观念、审美方式等内容,以不加任何文学修辞的方式直接复制过来,使文学翻译呈现出单向度的文化主体性",另一方面"又不断延伸和拓展'直译'的翻译方式,使'直译'向'意译'靠拢,在文学翻译过程中灌注时代的文化导向和个体的文学理想,将文学翻译演变为文化他性和文学自性相互冲突和交融的场域"③。翻译活动涉及人类精神世界的建构,因而翻译者的精神主体性是实现翻译活动人文价值的前提。孙黎的论文《翻译精神主体性的彰显与缺失——对周作人古希腊作品译介的再思考》指出,"周作人的古希腊作品译介都显示了比同时代主流译者更鲜明的翻译精神主体性彰显与缺失的双重特征"④。

---

① 李培艳:《"新村主义"与周作人的新文学观》,《中国现代文学研究丛刊》2014 年第 11 期。
② 于小植:《"启蒙"的淡化与反拨:周作人对功利翻译观的超越》,《求是学刊》2012 年第 5 期。
③ 于小植:《周作人文学翻译的路径选择》,《吉林大学学报》2012 年第 4 期。
④ 孙黎:《翻译精神主体性的彰显与缺失——对周作人古希腊作品译介的再思考》,《河北学刊》2019 年第 3 期。

第二节 沈从文研究

从总体上来说，新时期以前的中国现代文学研究中是没有沈从文的位置的，随着《从文自传》在1980年《新文学史料》第3辑上重新发表，被中国现代文学研究界"有意"忽略了将近三十年之久的沈从文又一次回到了研究者的视野之中，并在随后的中国现代文学研究中形成了经久不衰的"沈从文热"，并一度出现了"神化"沈从文的潮流。

一

在1980年以前的中国现代文学研究中，对沈从文的关注并不完全是绝迹的。在此期间，虽然没有出现专门以沈从文为研究对象的论文，但一些比较重要的文学史论著还是论及了沈从文。比如王瑶的《中国新文学史稿》在谈到沈从文时说："他最早是写军队生活的，但写的多是以趣味为中心的日常琐屑，并未深刻地写出兵士生活的情形。接着就写以湘西地方色彩为背景的原始味的民间生活和苗族生活的作品，他有意借湘西黔边一带等陌生地方的神秘性来鼓吹一种原始性的力量，他老说自己是乡下人，原因也在此。但作者着重在（用）故事的传奇性来完成一种文章风格，于是那故事便加入了许多悬想的野蛮性，而且也脱离了他的社会性质。他采用的多是当作一种浪漫情调的奇异故事，写法也是幻想的。"① 虽然作者的评价带有那个时代的"偏见"，但对沈从文创作的把握还是相对准确的。唐弢、严家炎主编的《中国现代文学史》在批判40年代"资产阶级自由主义文艺思想"时提到了沈从文。该著没有直接批判沈从文的文艺思想，主要是引述郭沫若、冯乃超等人的观点，分析了当时批判沈从文文艺思想的合理性和局限性。②

---

① 王瑶：《中国新文学史稿》（上），新文艺出版社1954年版，第236页。
② 唐弢、严家炎主编：《中国现代文学史》（三），人民文学出版社1980年版，第455—457页。

由于沈从文在中国现代文学研究中的长期缺失状态，因而当沈从文重现在中国现代文学研究者的视野中时，以沈从文作为研究对象的研究者有很长一段时间处于发现沈从文的兴奋状态当中，并由此反思沈从文的创作在新中国成立后长达三十年被冷落的命运。受制于思想解放潮流的规范，新时期之初的沈从文研究依然是一种社会历史批评，思想倾向和艺术特征成为沈从文研究的基本内容，大部分研究者由此发现了沈从文创作的独特性。

凌宇是新时期开始后最早从事沈从文研究的学者，他的一系列研究成果奠定了沈从文研究的基石。沈从文之所以在1949年以后的中国现代文学研究中成为一个禁区，主要是由于在新旧转折时期以郭沫若为代表的革命作家给他戴一顶"反动作家"的帽子。针对革命文学家对沈从文的政治定性，凌宇从一开始就从政治上为沈从文进行正名。他的论文《沈从文小说的倾向性和艺术特色》将沈从文置于中国现代文学发展的整体进程中，揭示了沈从文小说表现出来的逼真描写"下层人民生活"和暴露批判"上流社会"生活的积极倾向，打破了中国现代文学研究对沈从文的偏见，具有开创性的意义。① 在五年后出版的一部专著中，凌宇还在用同样的方式为沈从文进行辩护："沈从文在他的全部历史活动中，始终不曾充当国民党反动派的帮凶，始终未曾与人民为敌。他并非没有偏见、弱点和错误，但在整个民主革命时期，他一直站在人民大众的阵营里。"② 余永祥在《一幅色彩斑驳的湘西历史画卷》③ 一文中也强调沈从文看到了病态社会肤体上的各种毒瘤，强烈地要求改变那"使人不成其为人"的世界，这就使他的作品显示出不可否认的进步意义。看来，在新时期初期要清除中国现代文学研究对沈从文的偏见也不是一件容易的事。在对沈从文的发现和辩护中，研究者不可避免地走入了二元对立的思维模式中，在批评以往对沈从文的不实之词时又从社会历史批评的视角出发，论证沈从文的创作在本质上是与主流意识形态的要求一致的，从而掩盖了对沈从文

---

① 凌宇：《沈从文小说的倾向性和艺术特色》，《中国现代文学研究丛刊》1980年第3期。
② 凌宇：《从边城走向世界》，生活·读书·新知三联书店1985年版，第14页。
③ 余永祥：《一幅色彩斑驳的湘西历史画卷》，《湘潭大学学报》1981年第1期。

创作的特殊性的挖掘。比如在谈到沈从文的创作方法时，研究者常常从主流意识形态所肯定的现实主义出发，一再论证沈从文在创作中不断地走向现实生活，自觉地向现实主义靠拢，而忽视了其创作的浪漫主义精神。①当沈从文的浪漫主义特征在当时的中国现代文学研究中还未获得确认时，研究者只能从现实主义和浪漫主义的结合上，提出相互矛盾式的看法。比如有研究者认为，当沈从文侧重表现"人生形式"时，其作品写实成分较重，当他侧重于寄托自己的美学理想时，其作品抒情色彩较浓，而最能体现他创作风格的，则是"写实"与"抒梦"二者的结合。②

随着越来越多的研究者加入沈从文研究的队伍，沈从文研究进入了全方位突进的时期。在一般研究者看来，沈从文在新时期以前的"遭遇"是不公正的，出于以往对沈从文政治评判的反感，研究者从一些新的视角对沈从文作出了新的评判。

80年代初期，人性论和人道主义讨论为深入探讨沈从文创作的思想内容提供了必要的社会基础和理论依据，作为沈从文创作核心内容的人性问题成为沈从文研究的重要对象。吴立昌是较早从人性角度研究沈从文创作的学者，他主要从人性的善与恶两方面总结了沈从文创作的基本内容。③董易在《试谈沈从文部分小说思想倾向的复杂性》④一文中提出，沈从文创作中"充满着现实精神"的一部分小说在思想上主要是"寻求人性和使人性复归"，继承了"五四"新文学革命以来"要求人性解放和人道主义传统"。由于时代氛围的影响，此时的沈从文研究大多是从积极与消极相互对立的角度揭示了沈从文创作中的人性善与人性恶，并没有发现沈从文创作中人性表现的复杂性。

80年代初期的沈从文研究承接了1949年前对沈从文的乡土文学作家的定位，重新发现了沈从文创作的地方色彩。对沈从文作为乡土文学作家

---

① 董易：《自己走出来的路子》，《中国现代文学研究丛刊》1983年第2期。
② 凌宇：《沈从文研究的回顾与前瞻》，《中国现代文学研究丛刊》1995年第2期。
③ 吴立昌：《论沈从文笔下的人性美》，《文艺论丛》1983年第17辑；《论沈从文笔下的人性异化和人性恶》，《文艺论丛》1984年第19辑。
④ 董易：《试谈沈从文部分小说思想倾向的复杂性》，《文学评论》1983年第6期。

的研究，丰富了中国现代乡土文学的内涵，深化了中国现代文学研究界对于乡土文学的认识。许志英将沈从文的创作与鲁迅的小说联系起来，提出沈从文的小说创作提供了一种不同于中国传统和现代乡土文学创作的新类型。作者认为，沈从文"既区别于古代的田园牧歌，又与鲁迅为代表的那批作家取得了某种精神上的联系"，表现了"另一种环境下的乡村生活"①。作者虽然肯定了沈从文的乡土文学创作的意义，但过于强调沈从文与鲁迅的联系反而遮盖了沈从文创作的特殊性。高云的论文《沈从文论》②主要从乡土文学的角度探讨沈从文的创作成就，认为沈从文是中国现代文学史上"最细致、最充分"地描写乡土风俗的作家，他的小说为人们提供了一幅幅现代中国的"民俗生活景象"。当沈从文作为乡土文学作家的个性获得学术界的认同后，研究者开始从沈从文个人的民族属性和创作的民间内涵入手进行更广泛的研究。比如笛论富的论文《植根于民间——沈从文小说的特有风貌》③从沈从文的文学创作与民间文学关系的角度探讨了沈从文创作的独特风格，龙海清的论文《略论苗族作家沈从文及其创作》④从沈从文的苗族血缘与文学题材的角度思考了沈从文创作的特殊内涵。尽管这些研究成果并不能代表沈从文研究的最高水平，但他们的研究视野是开拓性的，通过他们的研究我们看到了沈从文创作内涵的丰富性，拓展了沈从文研究的思路。

　　由于现代中国的社会潮流和作家个人的文化心理的影响，中国现代小说创作中出现了追求抒情化的倾向。新时期开始后，抒情叙事成为研究中国现代小说创作的一个重要角度，一些研究者梳理了中国现代抒情小说的发展轨迹，沈从文被纳入了抒情小说的范围之内。凌宇的论文《中国现代抒情小说的发展轨迹及其人生内容的审美选择》⑤在比较全面地描述和

---

① 许志英、倪婷婷：《中国农村的面影》，《文学评论》1984年第5期。
② 高云：《沈从文论》，《复旦学报》1983年第2期。
③ 笛论富：《植根于民间——沈从文小说的特有风貌》，《中国现代文学研究丛刊》1984年第2期。
④ 龙海清：《略论苗族作家沈从文及其创作》，《求索》1983年第2期。
⑤ 凌宇：《中国现代抒情小说的发展轨迹及其人生内容的审美选择》，《中国现代文学研究丛刊》1983年第2期。

分析中国现代抒情小说的发展脉络和审美特征的前提下，提出了沈从文的小说在中国现代抒情小说流变中的重要性。此后，从抒情叙事的角度研究沈从文创作的论文逐渐多了起来，但其内容多有重复。相较而言，赵福生的论文《论沈从文抒情小说的思想基础》[①] 摆脱一般研究者对沈从文小说抒情特色的单纯分析，从沈从文的人性观念入手，揭示形成沈从文小说抒情风格的内在思想基础，在一定程度上深化了对沈从文创作抒情小说的内在思想动因的认识。对沈从文小说的抒情特征的探索，最后导向了从总体上对沈从文的创作进行审美批评，这也是80年代沈从文研究的主体走向。但是，在对沈从文创作的审美内涵的分析方面，研究者一直集中在"生命""人性""自然"等几个方面，似乎一直没有深入的拓展。

80年代中期开始兴起的"文化热"使沈从文研究摆脱了新时期初期单一的社会历史批评，研究者不再只是简单地分析沈从文创作的思想内容或者艺术风格，而是从不同文化的相互冲突角度进入作家的精神世界深处，寻找沈从文创作独特性的深层原因，沈从文研究由此走向了深入。凌宇是较早从文化角度研究沈从文创作的复杂性和独特性内涵的学者。1986年，他的论文《从苗汉文化与中西文化的撞击看沈从文》[②] 将沈从文置于清朝中期以来苗汉文化冲突和"五四"新文化运动以来中西文化碰撞的大背景中，分析了沈从文以"生命"学说为核心的现代意识的形成过程，以及沈从文的现代意识在湘西题材创作中的表现。赵园认为，沈从文在充斥着"病态、阉寺性"的城市文化环境中，发现了以"美在生命""自然性爱"为中心的展示着健全的生命形态的湘西文化；在对商业资本侵蚀下的"非人化"了的城市文化的批判中，肯定了以"和谐自然"为审美内涵的湘西文化；在对"现代文明"所导致的人性价值的失衡中，张扬了湘西"原始文化"中所包容的人性理想，以及基于现实感而产生的"迫切的重造民族的愿望"[③]。

然而，并不是所有的研究者都必须依靠"文化"才能深入沈从文创

---

① 赵福生：《论沈从文抒情小说的思想基础》，《河南大学学报》1984年第5期。
② 凌宇：《从苗汉文化与中西文化的撞击看沈从文》，《文艺研究》1986年第2期。
③ 赵园：《沈从文构筑的湘西世界》，《文学评论》1986年第6期。

作的核心中去。王晓明在他后来收入《潜流与漩涡》一书的论文《"乡下人"的文体和"土绅士"的理想》就并没有拿文化来说事。在这篇文章中，作者并没有从纯粹形式意义上的"文体"出发，而是从作为内容之一的讲故事的"方式"入手，详细分析了沈从文的生活历程与文体创造之间的矛盾关系。① 其实，王晓明分析的仍然是沈从文小说文体抒情风格的产生问题，但是他并没有直接从"抒情"入手做文章，而是在对比沈从文前后两个时期小说文体变异的基础上，通过沈从文的生活方式的变化，揭示了沈从文的独特文体形成及其消亡的心理根源。作者打破了单纯从小说文体的角度或者纯粹从作家心理的角度分析问题的方法，而是在二者的结合中进入了沈从文创作的核心之中。

在"文化热"中，赵学勇的《沈从文与东西方文化》② 是一本较早出版的专门从文化层面研究沈从文的专著。该书从西方现代"生命哲学"思潮、中国传统儒释道哲学和中国现代文化出发，比较全面地分析了沈从文文化意识的复杂性。书中有些观点，如认为沈从文"生命哲学"意识的产生是对尼采"意志"学说的心理感应，沈从文"以善、美为主体的审美选择"是对"人类文化发展的最终认同"等说法，却不无可商榷之处。"文化热"在八九十年代之交走向尾声，但对沈从文的文化批评却在此时走向高潮，一大批沈从文研究的学术著作相继出版。这些著作要么把沈从文看作是中国现代文化的"反思者"，揭示了沈从文在现代中国文化裂变时期表现出的焦躁与深思③，要么从沈从文创作的文体入手，分析了形成沈从文文体的文化与心理机制。④

80年代的"沈从文热"在1988年沈从文去世前后达到顶点。在沈从文去世后的几年里，相继出版了一系列沈从文的传记。这些传记的作者在掌握了沈从文相关材料的基础上，对沈从文的人生经历和文学创作进行了阶段性的总结。凌宇主要以沈从文的生活历程为线索，从苗汉文化与中西

---

① 王晓明：《"乡下人"的文体和"土绅士"的理想》，《文学评论》1988年第3期。
② 赵学勇：《沈从文与东西方文化》，兰州大学出版社1990年版，第23、88页。
③ 韩立群：《沈从文论：中国现代文化的反思者》，天津人民出版社1994年版。
④ 滕小松：《超越模式：沈从文小说的文化批评》，作家出版社1999年版。

文化撞击的立场上展示了沈从文的生命价值。① 金介甫主要以沈从文的创作历程为线索，分析了沈从文不同时期文学创作的地方色彩及其蕴含的"世界"意义。② 贺兴安和王保生除了评述沈从文的文学创作以外，也以一定的篇幅大致勾勒了沈从文的文物研究，从而使沈从文的人生道路显得更加完整。③ 一方面，研究者通过对沈从文及其创作的独特性的发现，还原出一个曾经被政治遮蔽的杰出作家；另一方面，由于种种复杂的原因，沈从文研究也开始出现了一种新的神化现象。

二

沈从文研究第二次热潮的产生与1994年发生的中国现代文学大师"重排座次"事件直接相关。事实上，在新时期开始以后的中国现代文学研究中，沈从文的文学史地位一直处于上升状态。就中国现代文学史的写作来说，从新时期之初到80年代末期，涉及沈从文的内容从简单地提及到专节的论述，从对沈从文的创作进行一分为二式的评判到对沈从文的创作进行全面肯定，研究者对沈从文及其创作的态度已经发生了根本性的变化。

90年代以后的沈从文研究基本上是在80年代建构起来的研究框架中继续向前发展的，但是也有一些研究成果超越了既有的研究框架，采用了新的研究视角，形成了新的研究趋向。

对沈从文的比较研究从80年代中期就已经开始了，但是比较的对象大多单一，比较研究的问题大多缺少可比性，并没有显示出比较研究的优势。90年代以来，随着沈从文在中国现代文学史上地位的提高，沈从文作为"世界性"作家的声望也在日渐看涨，因而针对沈从文的比较研究的视野也大大地开阔了，比较研究的视角也渐渐地丰富了。在沈从文与外国作家的比较中，福克纳、哈代、屠格涅夫、乔治·桑、梅里美、川端康

---

① 凌宇：《沈从文传》，北京十月文艺出版社1988年版。
② 金介甫：《沈从文传》，时事出版社1991年版，湖南文艺出版社1992年版。
③ 贺兴安：《楚天不死凤凰鸟——沈从文评论》，成都出版社1992年版；王保生：《沈从文评传》，重庆出版社1994年版。

成、泰戈尔、劳伦斯等人成为最主要的比较对象,相互比较的重点集中在题材选择与主题系列、悲剧意识与死亡意象、人性复归与民族重造等方面。① 在沈从文与中国作家的比较中,废名、艾芜、汪曾祺、贾平凹、张承志等人成为经常被比较的对象,相互比较的重点主要集中在视角选择与题材范围、审美体验与抒情文体等方面。与沈从文和外国作家的比较不同,沈从文与中国作家的比较所涉及的问题要单纯得多,由于研究者大多没有从作家的人生理想和精神世界深入下去进行比较,因而没有产生有一定深度和创见性的研究成果。② 在众多的比较研究成果中,研究者要么论析二者的相同之处,要么探讨二者的相异所在。尽管研究者提出的观点不乏创见,但是,许多研究者并没有理解比较文学的真义是什么,因而研究成果也就没能提出一些带有普遍性的文学经验。当所有比较对象中可能比较的议题都被涉及了时,以沈从文为中心的比较文学研究也就基本完成了使命。因而,90年代末期以后就很少出现有一定影响的研究成果了。

由于研究者对现代性内涵的理解不完全一致,因而现代性视角下的沈从文及其创作呈现出了完全不同的特点,沈从文及其创作的复杂性也由此

---

① 80年代的代表性成果有程光炜、王丽丽:《沈从文与福克纳创作视角比较》(《信阳师范学院学报》1985年第1期);董朝斌:《理智地对待历史,历史地对待文化——沈从文与福克纳比较研究》(《齐鲁学刊》1989年第5期);王玲珍:《沈从文与哈代的基调——悲观意识》(《文学评论》1989年第1期)。90年代的代表性成果有赵学勇、卢建红:《人与文化:"乡下人"的思索——沈从文与福克纳的比较研究》(《兰州大学学报》1991年第3期);张良春:《中加乡土小说的典范——比较研究沈从文的〈边城〉与兰盖的〈三十阿尔邦土地〉》(《四川外语学院学报》1992年第1期);杨玉珍:《童心与理想:沈从文与泰戈尔笔下的儿童世界之比较》(《吉首大学学报》2000年第1期);姜山秀:《共同的选择:意象抒情——论川端康成与沈从文小说的抒情方式及对传统的借鉴》(《日本研究》2000年第4期);杨瑞仁:《沈从文、福克纳、哈代比较论》(中国文联出版社2002年版);李萌羽:《多维视野中的沈从文和福克纳小说》(齐鲁书社2009年版)等。

② 沈从文与中国作家比较研究的成果集中出现在90年代,代表性的成果有殷卫星:《论废名和沈从文的小说创作——兼谈中国现代抒情小说的特征》(《徐州师范学院学报》1990年第2期);夏逸陶:《忧郁空灵与明朗洒脱——沈从文、汪曾祺小说文体比较》(《中国文学研究》1994年第4期);赵学勇:《人与文化:"乡下人"的追求——沈从文与贾平凹比较论》(《中国文学研究》1994年第3期);王喜绒:《一个独特的文化审美视角:从沈从文到张承志》(《兰州大学学报》1994年第2期);杨厚均:《道境与禅境——沈从文、废名小说意蕴比较》(《云梦学刊》1997年第2期)等。

更为全面地显现了出来。一方面，研究者肯定了沈从文创作的现代性与现代中国社会、民族建构现代性的一致性。刘洪涛的《沈从文：民族身份和国家认同》①系统梳理了沈从文整个创作历程中的苗族身份与中华民族认同的立场变化，揭示了二者之间难以避免的矛盾性。张建永、林铁的《沈从文文学理论的现代性品格》②认为，沈从文在文学的工具—功利与审美—自律的张力结构中提出重塑文学主体的呼唤，其核心概念是理性、介入性、批判意识；沈从文极力主张现代新文学参与到中国社会现代性的历史进程与知识建构中去，但这种参与必须建立在尊重文学自律与主体自由的基础之上。王巍以沈从文湘西小说所表现的生命的"神性"为切入点，通过对这类小说所展现的性爱形态、生命形态的分析，认为沈从文在对文化与人性的"寻根"过程中尝试建构"另一种启蒙"。③这些研究成果的理论框架是新颖的，但是涉及的问题还是没有走出80年代的范围。

另一方面，研究者也发现了沈从文创作的非现代性内涵，甚至在一定程度上，认为沈从文是"反现代性"的。刘永泰从新时期以来沈从文研究中关注度最高的"人性"入手，在一般研究者交相称赞的沈从文创作所展现的"优美健康的人性"中，发现了沈从文"人性"描写的缺陷。④杨联芬从自己所理解的"现代性"出发，分析了沈从文的"反现代性"特征，或者说沈从文表现了另外一种"现代性"。⑤此类研究成果的出现意味着独立地运用理论方法的重要性，当研究者一味套用西方的标准来看待中国现代作家的创作时，所看到的只能是西方理论标准规范下的内容，而一旦超越西方理论标准的规范，中国现代作家的丰富性也就自然显现了出来。

90年代以来的沈从文研究摆脱了单纯的抒情性视角的限制，从审美的角度探索了沈从文作品文本内涵的独特性。运用叙事学的方法探索沈

---

① 刘洪涛：《沈从文：民族身份和国家认同》，《楚雄师范学院学报》2003年第1期。
② 张建永、林铁：《沈从文文学理论的现代性品格》，《文艺理论与批评》2008年第6期。
③ 王巍：《性爱拯救中的"现代性"追求——沈从文湘西题材小说中的性爱意识研究》，《中国现代文学研究丛刊》2006年第6期。
④ 刘永泰：《人性的贫困和简陋——重读沈从文》，《中国现代文学研究丛刊》2000年第2期。
⑤ 杨联芬：《沈从文的"反现代性"》，《中国现代文学研究丛刊》2003年第2期。

文小说文体的个性特征仍然是研究者关注的重点。刘洪涛认为，沈从文在反思"五四"新文学的基础上形成了自己的创作原则，即"看好讲故事""坚持客观原则""解构启蒙话语"等，为中国小说的进一步现代化开拓了道路。① 沈从文善于运用具体的叙事手法达到预定的效果，比如他能够巧妙地控制叙事时间，使时间或使结构成为精美的"完型"，或成为命运的显现形态，或体现人物的"自由意志"，或成为作者历史思考和生命体验的纬度。② 裴春芳从"叙事话语"入手，分析了沈从文小说中"互观"和"反复"两个基本叙事话语特征。③

沈从文作品中的意象内涵也引起了一些研究者的注意。张永对沈从文小说中的风、云、雨、水、植物、动物、星相、节气等意象进行了归类分析，认为沈从文小说中的民间性爱意象参与了文本意境的创造，这些文本意境表现出明显的现代性追求。④ 黄静主要分析了沈从文 20 世纪 40 年代创作的小说中的意象，认为沈从文小说中反复出现的一些抽象的意象具有浓厚的哲理色彩和象征意味。⑤ 与 80 年代只是从文体角度对沈从文的创作进行的空疏分析不同，这些研究成果不仅材料翔实，而且观点新颖，作者不仅善于发现问题，而且善于分析问题，从不同的层面展示出了沈从文作品的丰富内涵。

在 80 年代的沈从文研究中，一些研究者已经看到了沈从文创作的人类学内涵，但大多从民间文学或者民俗学的层面论述问题，并没有抓住沈从文创作的人类学核心问题。90 年代以来，有很多学者从文化人类学层面展开沈从文研究。李继凯从神话原型角度比较详细地分析了《边城》中的民俗事象的神话起源、民歌民谣的置换再造、叙述方式的拟故事体等人类学特征，提出《边城》中存在三个民间原型："求仙原型、准婚原型、命运原型"，并由此揭示了沈从文"本于民间原型的再造而呈示的故

---

① 刘洪涛：《沈从文与现代小说的文体变革》，《文学评论》1995 年第 2 期。
② 刘洪涛：《沈从文作品中的时间形式》，《海南师范学院学报》2003 年第 1 期。
③ 裴春芳：《异质元素的"互观"——沈从文小说的叙事话语分析》，《中国现代文学研究丛刊》2007 年第 5 期。
④ 张永：《论沈从文情爱小说的民间意象》，《文学评论》2003 年第 1 期。
⑤ 黄静：《论沈从文 20 世纪 40 年代小说的意象特征》，《民族文学研究》2006 年第 2 期。

事模式,即拟仙模式、三角模式和循环模式"①。张永从民俗审美的角度对沈从文乡土小说中的酒神精神进行了分析。② 郑薇从神话学的视角集中分析了沈从文创作的时间特征。③ 周仁政的专著从巫楚文化与沈从文创作的关系入手,分析了沈从文思想的人类学根源。④ 与以往单纯从民间文学或民俗学角度对沈从文创作进行的分析相比,这些研究成果在观点的新颖性和分析的深刻性方面都有所突破。然而,其缺陷也是明显的,主要表现为运用西方理论时还显得有点牵强,未能将理论与材料完美地融合起来。

80年代沈从文研究的关注点是沈从文30年代及其以前的创作,湘西题材小说更是研究的重点。90年代以来,沈从文40年代创作的重要性逐渐被人们发现,因为这个阶段的创作不仅蕴藏着沈从文丰富而复杂的思想,而且也与他在新中国成立后的"自杀""转行"等事件密切相关。而且,在对沈从文40年代创作的研究中,研究者不约而同地把重点放在了对沈从文的思想研究上,通过沈从文思想的矛盾性来探索其创作的复杂性及其局限性。有些研究者通过对沈从文40年代文学活动的具体分析来探索沈从文的矛盾性。比如张新颖在分析沈从文40年代创作的一系列文本的基础上,揭示了沈从文在这个时期的思想迷惘和精神痛苦。⑤ 贺桂梅在分析沈从文40年代文学活动的前提下,探索了他在转折时期放弃文学创作的复杂原因。⑥ 作者认为,沈从文40年代思想探索上的失败导致他最终放弃了文学活动,这对80年代沈从文研究中把沈从文放弃文学创作单纯归结为政治原因的观点是一个有力的矫正。萧洪恩梳理了沈从文的保守

---

① 李继凯:《民间原型的再造——对沈从文〈边城〉的原型批评尝试》,《中国现代文学研究丛刊》1995年第4期。

② 张永:《"酒神":沈从文小说的民俗审美情绪》,《中国文学研究》2003年第3期。

③ 郑薇:《神话重构:沈从文湘西作品中的时间维度》,《中国现代文学研究丛刊》2006年第4期。

④ 周仁政:《巫觋人文——沈从文与巫楚文化》,岳麓书社2005年版。

⑤ 张新颖:《从"抽象的抒情"到"呓语狂言"——沈从文的四十年代》,《当代作家评论》2001年第5期。

⑥ 贺桂梅:《转折的时代——40—50年代作家研究》,山东教育出版社2003年版,第133页。

主义思想，认为沈从文"以湘西民间优秀文化精神及城市下层民众的优秀品德为参照观察'现代'文明，从而发展了自由主义的保守性，成就了一个独具特色的文化保守主义思想家"①。沈从文虽然与中国文化保守主义传统具有一致性，但更多的是基于救亡与启蒙的使命而"退返民间"，从民间优秀文化精神中探索中华民族的活力与重造的根基。

有些研究者依据对新发现的沈从文40年代的佚文的考证，分析了沈从文这一时期文学行为的矛盾性和人生思想的复杂性。比如裴春芳在分析新发现的沈从文小说《梦与现实》《摘星录》等的基础上，论析了沈从文在现实中产生的爱欲经验如何通过想象最后转化成了文学中的艺术形象，并考证了这些小说中的人物原型。②解志熙在辑校沈从文40年代的佚文和废邮的前提下，通过对照有关沈从文的其他相关文献，分析了沈从文40年代思想和创作上"'思变'而又'复旧'"的困局。③吴秀明等人也通过对沈从文的《长河》和同时期创作的一些杂文的互读，展现了沈从文对现实世界的正面介入与最终失败，并且由此提出了沈从文研究中忽视材料运用的缺陷。④90年代以来的沈从文研究中，这些运用新史料的研究成果最有价值。研究者通过对这些史料的认真分析，矫正了沈从文研究中那些脱离创作和思想实际而极力拔高的倾向，瓦解了一部分研究者试图"神化"沈从文的企图，在一定程度上向人们还原了一个更加真实的沈从文。

在新时期以来三十年的沈从文研究中，小说一直是研究的重心，而《边城》最受研究者青睐，研究论文有数百篇之多，并且出现了专门梳理《边城》研究史的论文。⑤然而，《边城》毕竟是沈从文众多小说创作中

---

① 萧洪恩：《沈从文的文化保守主义思想研究》，《武汉大学学报》2007年第5期。
② 裴春芳：《虹影星光或可证——沈从文四十年代小说的爱欲内涵发微》，《十月》2009年第2期。
③ 解志熙：《"乡下人"的经验与"自由派"的立场之窘困——沈从文佚文废邮校读札记》，《中国现代文学研究丛刊》2008年第1期。
④ 吴秀明、张翼：《沈从文的另一个世界》，《文学评论》2008年第3期。
⑤ 比如吴蕴东：《新时期以来〈边城〉研究述评》（《吉首大学学报》1995年第3期）；杨瑞仁：《〈边城〉研究述略》（《吉首大学学报》2004年第2期）；杨瑞仁：《七十年来域外学者〈边城〉研究述评》（《吉首大学学报》2005年第4期）；温泉：《近十年沈从文〈边城〉研究述评》（《涪陵师范学院学报》2006年第4期）等。

的一部，研究者不可能超越沈从文研究的总体框架而对《边城》有更为特殊的发现，《边城》的研究水平与沈从文研究的整体状况是一致的。研究沈从文的散文创作和文学批评的成果也时有出现，但是总体研究水平不及对沈从文小说创作的研究。在散文研究方面，80年代主要集中在对沈从文的湘西题材创作的研究上，研究者大多从散文的语言特色和思想内容入手分析，基本观点与对沈从文小说创作的评价一致，既有积极肯定者，也有持保留意见者。如陆文缙认为，沈从文的《湘行散记》和《湘西》虽然"取材新颖，内容丰富"，但是其中表现的"思想间或不免偏颇"，因而只能算是"名篇，而非杰作"。① 90年代以来，沈从文散文研究的范围扩大了，但是能够准确把握其散文创作精神的研究成果其实并不多见。哈迎飞从游记散文的角度对沈从文的《湘行散记》《湘西》进行了分析，对沈从文散文创作的研究有所推进。② 在文学批评研究方面，80年代鲜有值得关注的研究成果，但90年代以来对沈从文的文学批评研究呈现出了多元发展的趋向。温儒敏、艾光辉、郭国昌等人分别论析了沈从文文学批评的美学范畴、道德标准、批评文体等。③ 赵学勇、刘海军等人探讨了沈从文文学批评的感性思维、直觉思维特征，揭示了沈从文文学批评观念的传统渊源及其现代转化。④ 沈从文文学批评的研究成果虽然相对较少，但是学术观点大多比较客观理性，与沈从文的文学批评实践是相符的。

新世纪以来的沈从文研究不再局限在对其作品进行的单纯的审美判断上，而是将文学创作与其生活实践联系起来。解志熙的论文《爱欲抒写

---

① 陆文缙：《名篇，而非杰作——读〈湘行散记〉、〈湘西〉随想》，《中国现代文学研究丛刊》1984年第2期。

② 哈迎飞：《论沈从文游记体散文的文体特征》，《中国现代文学研究丛刊》1997年第3期。

③ 温儒敏：《中国现代文学批评史》，北京大学出版社1993年版；艾光辉：《论沈从文的文学批评》，《中国现代文学研究丛刊》1995年第4期；郭国昌：《论沈从文的文学批评观》，《甘肃社会科学》1997年第1期等。

④ 赵学勇、蔺春华：《传统批评理念的现代表现——沈从文文学批评的审美特征》，《文艺研究》2003年第6期；刘海军：《心理批评视阈下的沈从文文学批评》，《民族文学研究》2007年第3期。

的"诗与真"——沈从文现代时期的文学行为叙论》①。在对《沈从文全集》和新发现的沈从文佚文进行校读的基础上,进而联系当年的具体语境,不仅"重新梳理了沈从文现代时期文学行为的轨迹,更准确也更具历史感地揭示其近三十年间一以贯之的人文情结及其在创作中的复杂变化",而且提出了一种独特的文学研究方法——文学行为分析。姜涛的论文《从会馆到公寓:空间转移中的文学认同——沈从文早年经历的社会学再考察》运用文学社会学方法,以沈从文的早年经历当作一份特殊的社会史料,"在社会流动的更替、都市文化格局的重构、人际网络的转变、社会位置的制约等不同层面,分析了在空间转移的过程中,沈从文的自我认同形成过程"②。

  沈从文的思想与其作品的文化内涵一直是沈从文研究的重点。张新颖的专著《沈从文的前半生(1902—1948)》和《沈从文的后半生(1948—1988)》既是沈从文的文学生活传记,也是其思想和精神演变的记录,作者以感性的语言叙述了沈从文的"辗转流落,他的'传奇'与平常,他的'人格放光'与他的精神痛苦,他与时代密切相连却持续强韧地保持紧张的'对话'"③。李松睿的论文《论沈从文1940年代的文学思想》在解读沈从文创作于20世纪40年代的小说和散文作品的基础上,梳理了沈从文这一时期的思想变化,并试图解释作家陷入创作危机的原因。作者认为,一方面是沈从文的"人生选择、创作立场在这一时期遭到来自各方的质疑和指责",另一方面则是他的创作数量也开始急剧减少,"陷入了对抽象理念的苦苦追寻,使其对语言文字的表达能力与意义产生了怀疑"④。周仁政的论文《论沈从文与巫楚文化》详细梳理沈从文与巫楚文化关联的基础上,分析了沈从文的小说对巫楚文化神话体系的重建。作者

---

① 解志熙:《爱欲抒写的"诗与真"——沈从文现代时期的文学行为叙论》(上、中、下),《中国现代文学研究丛刊》2012年第10、11、12期。
② 姜涛:《从会馆到公寓:空间转移中的文学认同——沈从文早年经历的社会学再考察》,《中国现代文学研究丛刊》2008年第3期。
③ 张新颖:《沈从文的前半生(1902—1948)》,上海三联书店2018年版;《沈从文的后半生(1948—1988)》,广西师范大学出版社2014年版。
④ 李松睿:《论沈从文1940年代的文学思想》,《现代中文学刊》2016年第5期。

认为，沈从文笔下的"古老湘西社会是一个人神和悦的自然家园，人类智慧与情感本真的摇篮，美与爱和谐共存的乐园"①。

第三节 张爱玲研究

当张爱玲于1952年7月悄然离开上海时，她无论如何也不会想到，她的名字从此会在中国现代文学研究中消失将近三十年。新时期开始之后，在思想解放潮流的推动下，张爱玲开始被中国现代文学研究者"发现"，逐渐从尘封的历史中走了出来。张爱玲的作品是那样的陌生，又是那样的新鲜，与以往人们读到的主流文学作品完全不同。于是，张爱玲一下子就抓住了读者的心，吸引着一部分中国现代文学研究者的目光，形成了新时期以来持续不断的"张爱玲热"。

一

张爱玲引起中国现代文学研究者的广泛注意是与夏志清的《中国现代小说史》密切相关的。中文版的《中国现代小说史》于1979年在香港出版后不久就传到了大陆，帮助新时期开始后的中国现代文学研究者发现了张爱玲创作的独特性。

张爱玲首次出现在中国现代文学研究者的视野中是在1981年。这年11月，张葆莘在《文汇月刊》上发表了《张爱玲传奇》一文，最早将张爱玲介绍给了中国读者。尽管这并不是一篇真正学术意义上的论文，但是它却拉开了张爱玲研究的序幕，张爱玲从此不仅进入了中国读者的视线，而且也成为中国现代文学研究者的"新宠"。由于受以社会历史批评为中心的研究方法的限制，再加上张爱玲政治态度的复杂性，80年代前半期的张爱玲研究主要集中在对张爱玲创作的思想性和艺术性的考察上。颜纯钧的《论张爱玲的短篇小说》②是最早从学术角度对张爱玲进行研究的论

---

① 周仁政：《论沈从文与巫楚文化》，《文艺争鸣》2016年第7期。
② 颜纯钧：《论张爱玲的短篇小说》，《文学评论丛刊》1982年第15辑。

文，显示了思想解放初期研究者的思想矛盾。作者完全将张爱玲小说的思想内容和艺术成就分割开来进行评价，集中反映了80年代前半期张爱玲初入大陆时研究者的复杂心态，典型地代表了此时张爱玲研究的基本方法。赵园也是较早将张爱玲纳入自己的研究视野的学者，她的论文《开向沪港"洋场社会"的窗口——读张爱玲的〈传奇〉》①是80年代上半期张爱玲研究中最有分量的成果。作者认为，张爱玲小说的价值是对沪、港洋场社会"生活的发现"，更进一步探索了张爱玲小说特征形成的时代原因，以及张爱玲本人的"人心的荒凉"，同时也分析了张爱玲小说的"旧小说情调与现代趣味的统一"的特色。赵园的论述似乎没有受到40年代傅雷评价张爱玲的影响，但其论文的观点与傅雷的看法有某种相合之处。这就是说，赵园对张爱玲小说的阅读感受是相当准确的。而且，90年代张爱玲研究中提出的一些所谓"新观点"，其实在赵园的论文早已提到了，这说明赵园对张爱玲的一些见解具有某种超前性。可惜的是，赵园未将自己的张爱玲研究继续下去。

与新时期开始后中国现代文学研究界对周作人、沈从文的广泛关注不同，80年代上半期的张爱玲研究显得冷清许多。许多研究者在艺术上对张爱玲的小说是积极肯定的，但是，在政治意识形态的规范下，人们并不认同夏志清对张爱玲小说思想意义的过高评价。这种矛盾心态致使张爱玲研究裹足不前，研究成果极其有限。1985年4月，《读书》杂志发表了柯灵的《遥寄张爱玲》一文。此文虽属当事人的回忆之作，但是，作者认为，张爱玲"在文学上的功过得失，是客观存在；认识不认识，承认不承认，是时间问题"②。在柯灵看来，张爱玲不属于主流作家，当然不能以主流意识形态的规范去评价她，而要从一个"更高的立足点"去研究她。

80年代后半期，张爱玲研究终于汇入了中国现代文学研究的大潮之中，研究者逐渐摆脱了政治意识形态的规范，不再对张爱玲的创作进行思想内

---

① 赵园：《开向沪港"洋场社会"的窗口——读张爱玲的〈传奇〉》，《中国现代文学研究丛刊》1983年第3期。

② 柯灵：《遥寄张爱玲》，《柯灵文集》第1卷，文汇出版社2001年版，第361页。

容和艺术风格二元式的简单评判，而开始从整体上把握张爱玲的创作。

心理学研究视角的引入不仅让人们发现了张爱玲创作的复杂性，而且也让人们看到了张爱玲作品的丰富性。对张爱玲创作的心理学研究一方面是从创作主体入手进行的。宋家宏的论文《张爱玲的"失落者"心态与创作》① 分析了张爱玲的"失落者"心态及其对创作的影响。赵顺宏认为，战乱的年代导致了人与人的不和谐，形成了张爱玲对待人与人的反常心理，这种心理影响到创作上就决定了张爱玲表现人与人、人与社会的错位意识，写出了人在错位状态下的丑恶和刻毒。② 另一方面，也有研究者直接从文学作品入手分析张爱玲创作的深刻性。比如，张淑贤的论文《精神分析与张爱玲的〈传奇〉》③ 运用精神分析的方法，揭示了张爱玲小说描写人性深刻性的心理根源。

随着张爱玲研究的深入，80 年代后半期的张爱玲研究逐渐摆脱了对张爱玲作品进行的单纯艺术分析，开始将张爱玲的作品作为美的对象进行研究。有些研究者开始直接分析张爱玲作品的美学特征。比如，胡凌芝从象征手法的运用方式上发现了张爱玲小说的意象美，从心理活动的描写手法上揭示了张爱玲小说的语言美。④ 周筱华主要分析了张爱玲小说中经常出现的四种审美意象，即比喻意象、象征意象、通感意象和过渡意象，论证了这些审美意象在小说建构中发挥的美学功能。⑤ 也有研究者从创作主体的审美心理结构入手，分析张爱玲作品的美学倾向。比如，刘川鄂认为，张爱玲的审美心理中既包含了西方现代美学注重精神本体的独立性，也融入了中国传统美学强调人与世界的统一性。⑥ 饶芃子等主要分析了张

---

① 宋家宏：《张爱玲的"失落者"心态与创作》，《昭通高等师范专科学校学报》1987 年第 1 期。
② 赵顺宏：《论张爱玲小说的错位意识》，《华文文学》1990 年第 2 期。
③ 张淑贤：《精神分析与张爱玲的〈传奇〉》，《抚顺高等师范专科学校》1989 年第 2 期。
④ 胡凌芝：《张爱玲的小说世界》，《抗战文艺研究》1987 年第 1 期。
⑤ 周筱华：《活跃心灵的创造物——泛论张爱玲〈传奇〉的意象艺术》，《抚顺高等师范专科学校学报》1989 年第 2 期。
⑥ 刘川鄂：《多姿的结构、繁复的语象——张爱玲前期小说艺术片论》，《中国现代文学研究丛刊》1989 年第 4 期。

爱玲小说语言的感性美。① 在对张爱玲创作的审美学研究中，大多数学者从西方现代美学和中国传统美学两个方面入手。这种研究思路一方面是由张爱玲作品本身的美学内涵所决定的，研究者确实发现了张爱玲的作品不同于其他"五四"新文学作品的美学属性，另一方面，这种研究方法却不可避免地导致了张爱玲研究的模式化。

运用比较方法研究张爱玲的创作主要是从 80 年代后半期开始的，研究者最初不约而同地将张爱玲与《红楼梦》联系在一起。事实上，不仅张爱玲在成名后谈到过自己与《红楼梦》之间的关系，而且一些著名学者在张爱玲成名之初也都提到过张爱玲与《红楼梦》之间的关联②，只是在人为"隔绝"了三十年之后，这个问题才变成了张爱玲研究中的一个新向度。吕启祥是较早关注张爱玲的作品与《红楼梦》之间关系的学者，他主要选择了张爱玲的《金锁记》与《红楼梦》进行比较，揭示了张爱玲在创作中受到的《红楼梦》的影响。③ 此后，张爱玲与《红楼梦》关系的研究一直持续着，并且成为 90 年代初期张爱玲研究中的一个重要角度，但是独创性的研究成果并不多见。④

除了将张爱玲的作品与《红楼梦》进行比较外，有些研究者也将研究目光转向了更多的中外作家，但是研究成果相对有限。张爱玲与中国现代作家的比较主要集中在张爱玲与丁玲之间。钱荫愉认为，张爱玲与丁玲各自以一种共时性的存在、以独具的历史意识以迥异的时代认同，筑建了各自的人生意识、艺术观念和创作架构。⑤ 钱荫愉将分析的重点放在了张爱玲与丁玲的区别上，虽然提出了张爱玲与丁玲在"女性意识"上的一

---

① 饶芃子、黄仲年：《张爱玲小说艺术论》，《暨南大学学报》1987 年第 4 期。
② 比如傅雷的《论张爱玲的小说》（《万象》1944 年第 11 期）、谭正璧的《论苏青与张爱玲》（《风雨谈》1944 年第 16 期）、吴小如的《读张爱玲〈传奇〉》（《益世报》1947 年 5 月 17 日）等文章都谈到张爱玲的作品与《红楼梦》之间的关系。
③ 吕启祥：《〈金锁记〉与〈红楼梦〉》，《中国现代文学研究丛刊》1987 年第 1 期。
④ 有关 80 年代以来张爱玲与《红楼梦》之间关系的研究状况，陶小红的论文《张爱玲与〈红楼梦〉研究述评》（《红楼梦学刊》2008 年第 4 辑）进行了详细评述。
⑤ 钱荫愉：《丁玲与张爱玲：一个时代的升腾飞扬与苍凉坠落》，《贵州民族学院学报》1987 年第 2 期。

致性，但没有进行深入的认证。对于从比较文学研究视角进行的研究来说，这些是最为重要的。张爱玲与外国作家之间的比较研究是分散的，其中张爱玲与毛姆之间的关系是较受关注的。吴晓宁指出，张爱玲之所以喜爱毛姆，正是由于毛姆那种"人世的挑剔者"的眼光，让她从中部分地找到了与自己心态相符的视角。① 该文在分析张爱玲与毛姆相似性的前提下，也指出了二人文学思想和艺术方式的差异性。

从整体上来看，尽管受到海外张爱玲研究的积极影响，80年代国内的张爱玲研究获得了多角度的发展。但是，由于受到政治意识形态的规范，这个阶段的张爱玲研究以对张爱玲创作的本体性探索为中心，对张爱玲作品艺术性分析的研究成果较为多见，而对张爱玲在中国现代文学中的地位评价明显不足。

二

随着我国市场经济体制逐渐确立和市民意识形态逐渐形成，90年代形成了持续高涨的"张爱玲热"。张爱玲作为现代市民意识形态的体现者，显然符合一部分研究者的心理预期，张爱玲的影响自然也日渐扩大，最终出现了"神化"张爱玲的非历史倾向。

首先，张爱玲的文学史地位受到了更多研究者的关注。在20世纪80年代以前出版的各种文学史中，张爱玲被研究者完全忽略了，几乎没有人注意到她的存在。随着新时期开始以后张爱玲研究的逐渐深入，张爱玲的文学史地位问题开始进入了研究者的视野。1984年出版了黄修己的《中国现代文学简史》，最早介绍了张爱玲的创作，但相当简略。1987年出版的钱理群等人的《中国现代文学三十年》涉及了张爱玲的文学史地位问题。作者认为，张爱玲是以并非全盘西化的创作方法，来"反映上海这个大都会里封建性的生活与资本主义化的尖锐矛盾"，她的小说提供的是"处在洋化环境里却依然顽固地存留着的中国式封建心灵"②。此后，张爱玲成为国内各种文学史写作的重要对象，张爱玲的文学史地位开始稳步上

---

① 吴晓宁：《张爱玲与毛姆》，《盐城师范学院学报》1989年第4期。
② 钱理群等：《中国现代文学三十年》，上海文艺出版社1987年版，第586页。

升。严家炎将张爱玲纳入了中国现代心理分析小说的发展潮流之中,认为30年代"是心理分析小说获得较大发展的时期",而40年代张爱玲的出现则"使心理分析小说达到一个小小的高峰"①。杨义从中国现代文学发展中的传统与现代之间关系的角度来衡定张爱玲的文学史地位。他认为,张爱玲是"洋场仕女世界的丹青好手",创造了一幅幅"化古老为新鲜的笔情墨韵"。张爱玲小说的价值就在于"它启示人们如何出入于传统与现代之间,以经过点化和自我超越的东方风采,同世界文学进行富有才华的对话"②。

  作为80年代后半期有代表性的学者,无论是严家炎从小说流派的角度,还是杨义从小说创作的角度,他们对张爱玲的文学史地位的评价是较为准确的。不管是对张爱玲小说个性的分析,还是对张爱玲小说缺陷的揭示,他们的观点都基本符合张爱玲的创作实际。然而,随着90年代初期市场经济体制的确立,张爱玲的文学史地位因为其作品所固有的市民意识而迅速提升,脱离了张爱玲创作的实际。1994年,海南出版社出版了王一川、张同道主编的"20世纪中国文学大师文库",对中国现代文学上的一些重要作家重排了座次,张爱玲入选其中的"小说卷"。编选者提出的入选理由是张爱玲"对市民悲剧的无意识渊源的独特挖掘"③。这是90年代以来中国现代文学研究中最早明确提出张爱玲的文学史地位问题的。紧接着,钱理群也提出了自己对中国现代文学大师的看法:"在鲁迅之下,我们给下列六位作家以更高的评价与更为重要的文学史地位,即老舍、沈从文、曹禺、张爱玲、冯至、穆旦。"对于张爱玲的入选,钱理群说:"张爱玲早已成为近年的研究热点,并还有上升的趋势,但目前对于她的研究视野大多停留在外在层面上,而较少注意到,她对于战争的独特而真实的生存体验,以及由此而形成的她的'边缘性的话语方式'……张爱玲完全自觉地与自由地出入于'传统'与'现代'、

---

① 严家炎:《中国现代小说流派史》,人民文学出版社1989年版,第168页。
② 杨义:《中国现代小说史》第3卷,人民文学出版社1991年版,第464页。
③ 王一川、张同道主编:《20世纪中国文学大师文库·小说卷》,海南出版社1994年版。

'雅'与'俗'之间，并且达到了两者的平衡与沟通：这正是她的特殊所在。"① 张爱玲的入选自然有其理由，但是钱理群提出的论据是否概括了有关实际，仍然值得进一步深思。因为，一个作家的文学史地位，除了作品本身的美学风格、人性内涵等因素外，必然还有社会历史、时代风貌等规范。

与"20世纪中国文学大师"排座次事件紧密相随，1995年9月张爱玲在美国去世，将"神化"张爱玲的运动推向高潮。由于众多媒体的广泛参与，"张爱玲热"由过去的学术研究界迅速扩大到了"公共领域"。张爱玲作品表现出来的"强烈的贵族趣味，又正视世俗人生的一切欲望；写尽尘世男女的悲欢离合，又不动声色地消解爱情神话；对平民生活的细致书写以及对女性生命入微的感受"等都强烈地吸引着读者。她在中国现代文学史上的地位也随着众多媒体的推波助澜而愈加稳固，彻底完成了"经典化"。对于公共传媒裹挟学术界"神化"张爱玲的现象，并不是所有的研究者都赞同的。温儒敏就认为："张爱玲小说中那种直觉的表现，那些出神入化的意象经营，那些出色的心理剖析，都显示出其高超的创造力。但张爱玲有明显的缺失，她太沉湎于病态感受了，她的作品常滞留在一些悲凉琐碎的生活细节上，她未能将体验到的痛楚转化为切实的有力的形态。"而且，张爱玲总是在重复自己，甚至有点家庭妇女式的唠叨，给人很多官能刺激，却留不下完整的印象。因此，张爱玲虽"是非常有个性的作家，但不见得如某些评论者所说的是除鲁迅外最优秀的作家"②。可以说，温儒敏试图扭转"神化"张爱玲的现象，但是，无奈少数清醒者难以改变张爱玲研究的整体潮流，"神化"张爱玲的进程仍在继续。刘再复也在海外努力提升张爱玲的文学史地位。他指出，中国现代文学注重的是普遍关注社会，批判社会的不合理，而对人类存在意义的追问是相当缺乏的，张爱玲的小说在"这一维度上写出了精彩的人生悲剧"③。

---

① 钱理群：《"分离"与"回归"》，《返观与重构》，上海教育出版社2000年版，第194页。
② 温儒敏：《张爱玲的成功与缺失》，《惠州日报》1996年5月22日。
③ 刘再复：《也说张爱玲》，《西寻故乡》，香港天地图书出版有限公司1997年版，第78页。

由于张爱玲的创作表现出来的"传统"与"现代"互融的品格,研究者无法从严肃文学或通俗文学的角度简单地厘清张爱玲的文学史地位。因而,与市民意识形态相伴而生的"都市文化"成为评价张爱玲的一个重要角度。吴福辉充分肯定张爱玲对封建旧家族在现代大都会的际遇命运的精细表现,认为她小说中的都市"最接近上海的真面目"①。范伯群等从"现代都市文化"角度将张爱玲的成就提高到了前所未有的高度。②

女性主义视角在 90 年代以来迅速成为张爱玲研究中的主流。对于张爱玲这类具有强烈女性意识的作家来说,女性主义方法在研究中确有其独到之处。从女性主义视角研究张爱玲创作的研究者人数众多,他们既有女性研究者,也有男性研究者。于青的论文《女奴时代的谢幕——张爱玲〈传奇〉思想论》③ 提出,张爱玲作为女性作家的意义就在于她比其他女作家更为彻底地"直入女性意识的深层,在冷静而渗透着对女性的深深同情的描摹中,揭示了不曾在文学中被正面披露的女奴的黑幕世界"。刘思谦的论文《张爱玲:走出女性神话》④ 从中国女性文学发展历史的角度分析了张爱玲的女性意识。乔以钢的论文《张爱玲的女性观及其前期创作》⑤ 梳理了张爱玲关于男女关系的母子成分、婚姻和姘居关系中的女性本位等复杂的女性观。女性研究者常常从自身的女性立场出发,表现出比较浓烈的感性色彩,而男性研究者则对研究对象抱着相对理性的态度。李继凯的论文《论张爱玲小说中的女性异化》⑥ 从异化的角度分析了张爱玲小说呈现的女性悲剧命运,认为"性的压迫和金钱的异化作用"使女性最后"远离'人道'而趋近'兽道'"。香港学者林幸谦完全从西方的女

---

① 吴福辉:《老中国土地上的新兴神话——海派小说都市主题研究》,《文学评论》1994 年第 1 期。
② 范伯群、季进:《沪港洋场中的苍凉梦魇——论张爱玲的前期小说创作》,《中国现代文学研究丛刊》1998 年第 4 期。
③ 于青:《女奴时代的谢幕——张爱玲〈传奇〉思想论》,《安徽教育学院学报》1991 年第 2 期。
④ 刘思谦:《张爱玲:走出女性神话》,《首都师范大学学报》1993 年第 3 期。
⑤ 乔以钢:《张爱玲的女性观及其前期创作》,《中国文化研究》1998 年秋之卷。
⑥ 李继凯:《论张爱玲小说中的女性异化》,《中国现代文学研究丛刊》1994 年第 4 期。

权主义理论来解释张爱玲的创作。①

现代性问题是90年代以来中国现代文学研究的一个重要突破口，在研究过程中形成了启蒙现代性和日常现代性两种理解。当张爱玲被确认为体现了日常现代性的代表作家以后，大量从民间和日常生活层面研究张爱玲的学术成果开始出现。当然，这种研究视角的盛行也与市民意识形态的产生直接相关。李今认为，张爱玲在对人性的世俗形态的还原、对爱情神话和传奇的消解，以及对人生的实用主义追求中表达了她自己的现代性内涵。②张新颖认为，张爱玲通常在对日常生活的细节与质地的入情入理和绵密细致的叙述当中，以"'震惊体验'的方式，质疑和动摇了日常生活的逻辑、规则和秩序，乃至最终造成日常生活本身的断裂"，创造了张爱玲小说的现代传奇性。③刘锋杰认为，张爱玲在充分肯定世俗生活的前提下，借助于日常生活本身的开放性，为日常生活打开了一个错综复杂的意义空间，创造出了一种体现着本土特色的中国现代性的范式。④王宏图认为，张爱玲从她特有的日常生活哲学观念出发，通过对都市人在动荡岁月中日常生活场景细致详尽的描绘，展示出了她心目中人类具有普遍性的生存境遇。但是，张爱玲对日常生活的展示是极力拒斥理想主义和超验价值的。⑤郭春林认为，张爱玲的现代性体验是以图像化的世界、物质生活与情感生活、时间感等方面的世俗性生活为中心的。在短暂与永恒、流变与普遍的交互中，张爱玲更多体验到的只是短暂和流变。⑥

90年代以来，对张爱玲创作艺术特征分析的角度更加多样，方法更加具体。范智红从张爱玲连接了"历史"与"现实"的独特生存体验出

---

① 林幸谦：《反父权体制的祭典——张爱玲小说论》，《文学评论》1998年第4期。

② 李今：《张爱玲的文化品格》，《张爱玲评说六十年》，中国华侨出版社2001年版，第510页。

③ 张新颖：《"不对"和"乱世"文明的毁坏——张爱玲创作中的现代"恐怖"和"虚无"》，《文艺争鸣》2000年第3期。

④ 刘锋杰：《论张爱玲的现代性及其生成方式》，《文学评论》2004年第6期。

⑤ 王宏图：《浮世的悲哀：张爱玲的日常生活哲学》，《复旦学报》2005年第5期。

⑥ 郭春林：《温暖的物质生活——论张爱玲小说中的现代性体验》，《文艺争鸣》2008年第5期。

发，分析了她的小说创造艺术。① 王喜绒从绘画艺术的角度分析了张爱玲小说的"构图—具象"的表现方式。② 王巧凤运用原型批评的方法，从水原型入手分析了张爱玲的性别隐喻"意象"的独特性。③ 对张爱玲小说的本体艺术特征的审美分析虽然仍沿着80年代开创的研究视角向前发展，但研究成果的创新程度有明显的增强。

90年代的张爱玲研究除了将重点放在小说创作上之外，散文创作也受到研究者的重视，但有独创性的研究成果不是很多。余凌的论文《张爱玲的感性世界——析〈流言〉》④ 将张爱玲的散文集《流言》放在中国现代"独语"散文发展的历史中进行考察。罗华的论文《世俗闪耀出智慧——张爱玲散文品格论》⑤ 认为，张爱玲的散文在表面的世俗中隐藏着优雅智慧，以理性之光穿透人生百态，审视女性本体，参悟艺术真谛，并臻于化境。宋家宏的论文《散文悲剧意识与世俗人生——论张爱玲的散文》⑥ 分析了张爱玲的"张看"与"私语"两类散文的内在特质。袁良骏论文《论〈流言〉》⑦ 剖析了张爱玲的散文集《流言》的思想、艺术特征，高度肯定了其鲜明的上海味、女人味、封建社会末期的历史感、渊博的知识、透辟的说理以及活泼佻达的文风，也指出了作家与胡兰成的不幸婚姻对《流言》的投影及遗憾。袁良骏没有像其他研究者那样对张爱玲的散文进行全部的肯定，而是比较客观地指出了《流言》的非民族主义倾向。

对张爱玲人生道路的关注也是张爱玲研究的一大热点，有关张爱玲的传记大量出版，在1995年张爱玲去世前后达到了高潮。于青的《天才奇

---

① 范智红：《在"古老的记忆"与现代体验之间——沦陷时期的张爱玲及其小说艺术》，《文学评论》1993年第6期。
② 王喜绒：《张爱玲的〈传奇〉与绘画艺术》，《中国现代文学研究丛刊》1996年第4期。
③ 王巧凤：《原型批评与张爱玲》，《文学评论》2002年第6期。
④ 余凌：《张爱玲的感性世界——析〈流言〉》，《读书》1991年第7期。
⑤ 罗华：《世俗闪耀出智慧——张爱玲散文品格论》，《中国现代文学研究丛刊》1998年第2期。
⑥ 宋家宏：《散文悲剧意识与世俗人生——论张爱玲的散文》，《海南师范大学学报》2007年第3期。
⑦ 袁良骏：《论〈流言〉》，《中国社会科学院研究生院学报》2008年第1期。

女张爱玲》①、宋明炜的《浮世的悲哀：张爱玲传》②、余彬的《张爱玲传》③、胡辛的《最后的贵族：张爱玲》④ 等是其中比较有代表性的。在市场经济环境的影响下，受出版商追求经济利益的驱动，研究者对张爱玲人生道路的研究大多集中在对张爱玲充满神秘色彩的贵族身份的挖掘上。作为贵族后裔的张爱玲的个体生活得到了充分的张扬，而对张爱玲的社会生活，尤其是在沦陷区的政治生活的研究却显得相当薄弱。

面对张爱玲研究中脱离时代性和社会性的偏差，一些研究者力图还原张爱玲社会身份的本来面目。1996年年初，陈辽在《"张爱玲热"要降温》⑤ 中提出了张爱玲的"文化汉奸"问题。此后，陈辽在《关于沦陷区文学评价中的几个问题》⑥、钱理群在《中国沦陷区文学大系·总序》中又涉及了这个问题。从2007年开始，陈辽和古远清围绕张爱玲的"文化汉奸"问题又发生了论争。⑦ 张爱玲的"文化汉奸"问题之所以能够长期引起争论，除了一些研究者相互矛盾的偏见以外，对张爱玲在沦陷时期的文学活动和社会行为的有意忽略及其相关史料掌握的不足恐怕是最主要的原因。撇开张爱玲是否是"文化汉奸"问题争论的本身不谈，而由此争论可以发现，90年代以来的张爱玲研究确实存在着非社会和反历史的倾向，其缺陷是明显的。许多张爱玲研究者往往看到的是张爱玲对日常现代性的关注、对人性解剖的深刻性和作品本体的审美性等，而相对忽视了对复杂政治、社会、历史和文化的环境的研究。对此，解志熙的论文《"反传奇的传奇"及其他——论张爱玲叙事艺术的成就与限度》和《走

---

① 于青：《天才奇女张爱玲》，花山文艺出版社1992年版。
② 宋明炜：《浮世的悲哀：张爱玲传》，台北业强出版社1996年版。
③ 余彬：《张爱玲传》，海南出版社1993年版。
④ 胡辛：《最后的贵族：张爱玲》，百花文艺出版社1995年版。
⑤ 陈辽：《"张爱玲热"要降温》，《天津文学》1996年第2期。
⑥ 陈辽：《关于沦陷区文学评价中的几个问题》，《文艺报》2000年1月11日。
⑦ 参见古远清《海峡两岸"看张"的政治性和戏剧化现象》（《华文文学》2007年第3期）；陈辽《张爱玲的历史真实和作品实际不容遮蔽——对古远清〈"看张"〉一文的回应》（《华文文学》2007年第3期）；古远清《张爱玲不是"摘帽汉奸"——回应陈辽"遮蔽"一文》（《学术界》2008年第6期）。

向妥协的人与文——张爱玲在抗战末期的文学行为分析》①　全面分析了张爱玲沦陷时期的文学行为，很有启示意义。作者将张爱玲及其文学活动放在沦陷时期复杂的历史语境中，通过分析张爱玲的审美趣味追求、人生道路选择等，还原了张爱玲及其文学活动的真实情形。

　　张爱玲研究在充满争议中进入了新世纪，如何确立张爱玲的文学史地位是张爱玲研究首先要解决的问题。张泉的论文《文学"统战"与当代文学在新中国的重建——以〈亦报〉场域中的"沦陷区三家"梅娘、周作人、张爱玲为例》将张爱玲放在易代之际的上海《亦报》场域中，通过张爱玲在《亦报》上的文学行为分析展现"十七年"文学前半期的丰富性和复杂性。作者认为，张爱玲围绕在《亦报》周围的文学活动"为初创期中国当代文学的发生和新中国文学话语的转变过程，提供了另一类别的生产方式和文学文本"②。随着《小团圆》《雷峰塔》《易经》《少帅》等作品的出版和其他材料的发现，张爱玲研究的重点转向后期创作。李宪瑜的论文《张爱玲"自传三部曲"与所谓"晚期风格"》借用萨义德的"晚期风格"概念，指出张爱玲从"中年写作"，直到"晚年写作"，可以整体上视为一种"风格"的复杂呈现，就是"晚期风格"③，也就是张爱玲后期作品表达的那种"不妥协性"，"蓄意的、非创造性的、反对性的创造性"④。许子东的论文《张爱玲晚期小说中的男女关系》分析了以《小团圆》为代表的张爱玲的晚期风格。作者认为，《小团圆》发展了中国现代文学的自传体传统，在男女关系和母女关系的描写上有所突破。因为"《小团圆》非常注重身体、世俗层面的细节、生理和动作，又特别强调爱情的非理性与无目的，在某种意义上连接了《海上花》的传统伦理

---

① 解志熙：《考文叙事录——中国现代文学文献校读论丛》，中华书局 2009 年版。
② 张泉：《文学"统战"与当代文学在新中国的重建——以〈亦报〉场域中的"沦陷区三家"梅娘、周作人、张爱玲为例》，《学术月刊》2018 年第 4 期。
③ 李宪瑜：《张爱玲"自传三部曲"与所谓"晚期风格"》，《海南师范大学学报》2012 年第 2 期。
④ ［美］爱德华·W. 萨义德：《论晚期风格——反本质的音乐与文学》，阎嘉译，生活·读书·新知三联书店 2009 年版，第 5 页。

精神与今天中国的现实道德困境"①。赵秀敏的专著《张爱玲电影剧本研究》分析了张爱玲创作的14部电影剧本，呈现了一个"在电影剧本中讲述喜剧人生的电影剧作家"的张爱玲形象。张爱玲在电影剧本中塑造的是"中产阶级人物"，展现的是"都市人物人性的温暖"②。

第四节　赵树理研究

赵树理是毛泽东的《在延安文艺座谈会上的讲话》发表后在解放区出现的最有影响力的作家之一，曾经到解放区采访的美国记者杰克·贝尔登甚至认为，赵树理是在"共产党地区中除了毛泽东、朱德之外最出名的人"③。随着《小二黑结婚》《李有才板话》《李家庄的变迁》等一系列小说出版，赵树理逐渐引起了不同地域批评家的关注。

一

1949年以前，随着周扬的《论赵树理的创作》、冯牧的《人民文艺的杰出成果》、郭沫若的《〈板话〉及其他》、茅盾的《论赵树理的小说》等评论文章的发表，赵树理的作品很快被确认为"'文艺座谈会'以后文学创作上的一个重要收获，是毛泽东文艺思想在创作上实践的一个胜利"④，"赵树理的创作精神及其成果，实应为边区文艺工作者实践毛泽东文艺思想的具体方向"⑤。然而，用赵树理的文学创作来印证毛泽东的文艺思想的研究思路并没有延续下去。随着新中国的建立，一种新的研究范式逐渐形成了。

第一次对赵树理的文学创作进行比较集中的批评发生于1950年。赵

---

① 许子东：《张爱玲晚期小说中的男女关系》，《文学评论》2011年第2期。
② 赵秀敏：《张爱玲电影剧本研究》，中国社会科学出版社2018年版。
③ [美]杰克·贝尔登：《中国震撼世界》，邱应觉译，北京出版社1980年版，第109页。
④ 周扬：《论赵树理的创作》，《周扬文集》第1卷，人民文学出版社1984年版，第498页。
⑤ 本报特讯：《文联召开文艺工作座谈会》，《人民日报》1947年8月10日。

树理是以"毛泽东文艺思想在创作上的实践"的胜利者身份进入新中国的文坛的，然而，让他没有想到的是他过去创作的一些作品马上就受到了人们的质疑，这就是发生在1950年年初围绕小说《邪不压正》的批评。当晋冀鲁豫边区于1947年提出"赵树理方向"后，赵树理集中精力参加了当地的土地改革工作，并且发现了当时的土地改革运动中存在的主要问题。于是，他在1948年9月抱着"写出当时当地土改全部过程中的各种经验教训，使土改中的干部和群众读了知所趋避"①的意图，创作了《邪不压正》。小说发表后不久，《人民日报》于1948年年底和1949年年初刊登了两组评论文章，赞扬者和批评者都有。此时，文学创作与党的政策是否一致是评价赵树理创作的重要标准。

1950年年初，《人民日报》发表了竹可羽的《评〈邪不压正〉和〈传家宝〉》和《再谈谈关于〈邪不压正〉》两篇文章，这是在1949年后较早发表的研究赵树理创作比较有代表性的论文，显示了转折时代赵树理研究的过渡性特点。一方面，竹可羽仍然从文学与政策的一致性角度对赵树理的《邪不压正》提出了批评。另一方面，竹可羽没有像1949年以前的赵树理研究者那样把毛泽东的《在延安文艺座谈会上的讲话》作为评价赵树理创作的理论根据，而是"根据马克思主义文学原则，或社会主义现实主义的创作原则来提出意见"②。正如有研究者所指出的，竹可羽的这种批评方式"看似一种对当时文学规范的冒犯，实则是以更激进也更政治正确的新规范来对既有的规范提出批评和修正"③。

第二次对赵树理文学创作进行比较集中的讨论主要出现在50年代末到60年代初。与对赵树理创作的《三里湾》《锻炼锻炼》等当代小说非理性化的政治批判有所不同，此时对赵树理1949年以前文学创作的研究相对要理性和公允得多。像思基的《谈赵树理的短篇小说》、巴人的《略谈赵树理同志的创作》、徐琪的《民主革命时期赵树理作品的艺术特色》、

---

① 赵树理：《关于〈邪不压正〉》，《赵树理文集》第4卷，工人出版社1980年版，第1437页。
② 竹可羽：《再谈谈〈关于《邪不压正》〉》，《人民日报》1950年2月25日。
③ 贺桂梅：《转折的时代——40—50年代作家研究》，山东教育出版社2003年版，第315页。

马良春的《试论赵树理创作的民族风格》、吕亚人的《谈赵树理的小说》、刘泮溪的《赵树理的创作在文学史上的意义》、方欲晓的《赵树理的小说》等都是比较有代表性的学术成果。但是，大多数研究成果只是对周扬的《论赵树理的创作》和冯牧的《人民文艺的杰出成果》两文的进一步阐发，缺乏真正的独创性。首先，大多数研究者将赵树理的文学创作分为内容和形式两个方面，采用二元对立的思维方式，将内容和形式机械地分割开来进行研究。在分析赵树理创作的思想内容时，一般研究者都特别强调赵树理的创作与中国现代民主革命进程的一致性，有意强化了赵树理创作的阶级斗争的内容。比如，巴人将赵树理的作品深受广大工农群众喜爱的原因归结为作品"最带有普遍性的生活面貌和重要的斗争生活"，而不是艺术形式上的民间性和群众性。[①] 方欲晓认为，赵树理的作品"是中国农村革命的一面镜子，正是因为它真实而深刻地反映了农村尖锐激烈的阶级斗争"[②]。与50年代末的观点不同，方欲晓强化了赵树理创作的阶级斗争内容。尽管这样的结论可能与赵树理创作的真实情况有出入，但与毛泽东于1962年9月提出的"千万不要忘记阶级斗争"的口号一致。研究者显然是把赵树理的作品当作了解读毛泽东口号的工具，学术研究变得日益政治化了。

其次，研究赵树理创作艺术风格的成果大多缺乏真正艺术分析的视角，并没有发现赵树理创作的艺术独特性。在大多数研究者看来，探讨文学作品的思想内容才是文学研究的核心任务，而分析艺术特色则是为挖掘文学作品的思想内容服务的。因而，即使单纯从艺术形式角度探究赵树理创作的研究成果，也一般要在分析其创作的政治性前提下提出其艺术形式的存在价值。也就是说，赵树理创作的艺术特色只有附着于其特定的思想内容才会有意义。比如马良春在谈到赵树理小说的民族风格时说，文学的民族风格与民族题材有关系，"作为深刻反映革命生活的赵树理的创作，也就必然透露出中国历史的特点和民族特色"[③]。毫无疑问，民族的生活

[①] 巴人：《略谈赵树理同志的创作》，《文艺报》1958年第11期。
[②] 方欲晓：《赵树理的小说》，北京出版社1964年版，第22页。
[③] 马良春：《试论赵树理创作的民族风格》，《火花》1963年第1期。

内容是民族特色的根本，但是革命斗争绝不是民族生活的唯一内容，马良春从革命斗争的角度概括民族生活的内容当然是一种时代的政治化要求。而且，大多数研究者对赵树理创作艺术风格的概括大同小异，基本上是对1949年前周扬的《论赵树理的创作》等论文的阐发。周扬对赵树理小说艺术特征的总结是："他的作品中那么熟练地丰富地运用了群众的语言，显示了他的口语化的卓越能力；不但在人物对话上，而且在一般叙述的描写上，都是口语化的。在他的作品上，我们可以看出和中国固有小说传统的深刻联系；他在表现方法上，特别是语言形式上吸取了中国旧小说的许多长处。但是他所创造出来的决不是旧形式，而是真正的新形式，民族新形式。"① 在当时大多数分析赵树理创作的艺术特征的研究成果中，都可以看到周扬结论的影响。因而，此时的每一位研究者在谈到赵树理创作的艺术特色时，都会把"民族形式"作为切入点。比如冯健男认为，"赵树理的文体和文风，是真正民族化和群众化的新创造"②。

在这个时期的赵树理研究中，刘泮溪的《赵树理的创作在文学史上的意义》③ 是一篇具有较高学术价值的论文。刘泮溪没有将赵树理仅仅局限在解放区这一特定地域内，而是将赵树理放在"五四"新文学的整体进程中考察其创作的特殊意义。刘泮溪突出了赵树理创作在整个中国革命进程中的特殊意义，迎合了这个时代普遍的学术研究的意识形态追求。

二

新时期开始以后，赵树理研究在思想解放潮流的推动下进入了第二个阶段。在70年代末80年代初的六七年里，赵树理研究主要是清除"文化大革命"十年强加在赵树理头上的各种不实之词，恢复赵树理在中国现代文学史上的应有地位。应该说，这是赵树理研究的过渡时期。无论是研究对象的选择还是研究方法的运用，都似乎要回到50年代末60年代初的研究状态中去。从李文儒的《表现无产阶级文学新纪元的先声——试论

---

① 周扬：《论赵树理的创作》，《周扬文集》第1卷，人民文学出版社1984年版，第495页。
② 冯健男：《赵树理创作的民族风格》，《文艺报》1964年第1期。
③ 刘泮溪：《赵树理的创作在文学史上的意义》，《山东大学学报》1963年第1期。

〈小二黑结婚〉、〈李有才板话〉在现代文学史上的意义》、吴奔星的《赵树理小说的划时代的意义》、桑逢康的《谈赵树理小说的艺术特色》、张恩和的《赵树理小说创作中的民族化大众化特色》等比较有代表性文章的题目，就可以看出研究者所要论述问题的基本观点。也就是说，此时的赵树理研究依然是一种主流意识形态规范下的社会历史研究。

当赵树理应有的文学地位得到了恢复以后，赵树理创作的思想内容似乎不再成为人们关注的主要对象，研究者转而探讨赵树理创作的艺术风格。这种研究思路显示了研究主体的一种无奈心理。赵树理研究者希望恢复赵树理的原有文学地位，然而，恢复了地位的赵树理却仍然是"毛泽东文艺思想在创作上实践"的胜利者，探索其创作的意义必然会走上原来的老路。如果单纯从艺术特征的角度研究赵树理的创作，反而能更突显赵树理存在的价值。因此，赵树理小说的语言追求、结构方式、人物塑造、叙事技巧、喜剧效果、讽刺手法、自然朴素的艺术风格等成为最主要的研究对象，研究者大多是从民间性、地域性和大众性等作为研究的切入点，分析了赵树理的创作深受群众喜爱的艺术内涵。比如高捷的《从流派的角度看赵树理创作的艺术特色》[1] 这样说："最能表现地方特色的是语言。赵树理的文学语言都是活在山西农民群众嘴上的口语，'山药蛋'味十足。"

有些研究者也开始关注以赵树理为核心的"山药蛋"派问题。早在"十七年"时期，已经有学者看到了以赵树理为主体的山西作家群体的存在，但"山药蛋"派的名称主要是在新时期开始以后才在研究界广泛使用的。从1979年下半年开始，刘再复等的《论赵树理创作流派的升沉》[2]、刘国涛的《且说"山药蛋派"》[3]、楼肇明等的《赵树理创作流派的历史贡献与时代局限》[4] 等论文陆续发表，开始了对"山药蛋"派基本

---

[1] 高捷：《从流派的角度看赵树理创作的艺术特色》，《汾水》1981年第1期。
[2] 刘再复等：《论赵树理创作流派的升沉》，《新文学论丛》1979年第2期。
[3] 刘国涛：《且说"山药蛋派"》，《赵树理研究资料》，北岳文艺出版社1985年版。
[4] 楼肇明等：《赵树理创作流派的历史贡献与时代局限》，《赵树理研究资料》，北岳文艺出版社1985年版。

内涵和流派倾向等问题的探讨。客观来说，从艺术多元性的角度来看，赵树理等人在特殊时代中所运用的特定艺术表现方法也有其存在的意义。"山药蛋"派概念的提出扩大了赵树理研究的范围和视野，对此后从地域文化角度研究赵树理的创作起到了引导作用。

伴随着80年代中期学术界"方法论热"和"文化热"的到来，赵树理研究突破了单一的社会历史批评，开始走向深入时期的多样化研究。一方面，研究方法开始更新，研究思路有所拓展，研究者不再局限于思想内容和艺术形式二元对立的研究视角。另一方面，研究者的主体意识开始强化，主流意识形态的束缚有所淡化，研究者开始从文化的多样性层面来思考赵树理创作的复杂性。在研究方法的更新方面，首先需要提及的是黄修己的专著《赵树理研究》①。该书虽然完成于1983年，但出版于1985年，正好赶上学术界正在兴盛的"方法论热"，因而给研究方法颇为单一的赵树理研究带来了某种契机。《赵树理研究》一书摒弃了以往赵树理研究的政治批评和艺术批评的老路，借鉴了发生学、社会学、整体性、审美、比较、传记批评方法，对赵树理小说人物形象的产生、社会生活的内涵、人物与情节的关联、小说的本体特征、作家生活与创作的关系等问题进行了全面的分析。该书作者也运用文艺心理学的"移象作用"的原理，认为赵树理小说的艺术魅力的一个来源，"就在于文字描写质朴无华，但写实与写意结合，给读者留下了再创造的空间，便于'移象作用'的发挥"②。

在研究视角的多样化方面，首先需要提及的是席扬的论文《农民文化的时代选择——赵树理文学价值新论》。③该文不再从主流意识形态的角度对赵树理的创作进行简单的肯定或否定，而是从赵树理所接受的文化影响分析了赵树理创作的合理性和局限性。紧接着，席扬又相继发

---

① 黄修己：《赵树理研究》，山西人民出版社1985年版。
② 黄修己：《不平坦的路——赵树理研究之研究》，天津教育出版社1992年版，第159—160页。
③ 席扬：《农民文化的时代选择——赵树理文学价值新论》，《中国现代文学研究丛刊》1987年第3期。

表了《面对现代的审视——赵树理创作的一个侧面》《试论赵树理的"知识分子"意义》等论文,并于2004年出版了论文集《多维整合和雅俗同构——赵树理和"山药蛋派"新论》①,极大地推动了赵树理研究的进程。

此后,文化视角成为赵树理研究的一个重要切入点,赵树理研究也由此获得全面突破。这种研究思路在90年代以来逐渐转化为对赵树理的文化研究,一直持续到了新世纪,产生了大量的研究成果。研究者分别从地域文化、传统文化、民间文化等不同角度入手,分析了赵树理创作的丰富文化内涵。比如李仁和认为,地理生存环境、经济活动方式和社会政治文化共同作用下形成的"敦行务实"的晋东南文化,内在地规范着赵树理的文学观念,而相对封闭的文学观念一方面使赵树理通过对"社会底层的农民群众的切身体会而关注低文化的、贫穷的农民审美趣味",另一方面也"局限了他的思想和艺术视野,导致了他某些文学价值的偏颇"②。王确从儒家传统的功利主义文艺观出发,认为正是以儒家为核心的功利主义"中国文化总特征",导致赵树理"坚决反对一切具有唯美倾向的文学主张,反对为艺术而艺术的文艺观念"③。李永建认为,赵树理小说的文化内蕴不是表现在对自然风景的描写上,而是体现在对人文风情、风情习尚的关注上。④

深入时期的赵树理研究在1988年开启的"重写文学史"潮流中遇到了争议,这反映了80年代赵树理研究中传统的政治意识形态与新兴意识形态之间的冲突。这场争论主要以"赵树理方向"中心,涉及了赵树理的文学史地位问题。事实上,"赵树理方向"是新时期以来的赵树理研究中一直存在争议的一个问题,只是此前研究者在总体上持肯定意见而已。

---

① 席扬:《多维整合和雅俗同构——赵树理和"山药蛋派"新论》,中国社会科学出版社2004年版。
② 李仁和:《论晋东南地域文化与赵树理文学观念之联系——赵树理与中国传统文化研究之一》,《通俗文学评论》1996年第4期。
③ 王确:《艺术信仰的逃避——儒家文化与赵树理的文学工具理性》,《文艺争鸣》1999年第4期。
④ 李永建:《赵树理早期小说文化内蕴解读》,《文学评论》2006年第1期。

戴光中的《关于"赵树理方向"的再认识》① 一文持明确的否定态度，因为"赵树理方向"的基本内容是"问题小说论"和"民间文艺正统论"。紧接着，郑波光等人对戴光中的观点予以响应，提出赵树理在创作中用民间形式"迁就读者"，降低了作品的艺术质量。② 在1990年召开的第三届赵树理学术讨论会上，庄汉新对戴光中等人的观点提出质疑，认为赵树理"把鲁迅改造国民精神的'革命第一要著'拓展到一个新的阶段"，其创作的民族化和大众化是"世俗意义的赵树理风格的主要标志"③。庄汉新将赵树理与鲁迅联系起来，有意强调了赵树理对鲁迅传统的继承，忽视了二者的本质差异。论争的情绪化当然限制了对"赵树理方向"的学术性思考，此后虽然不时出现关于"赵树理方向"的学术成果，但如果仅仅局限于单纯的肯定和否定之间，也就失去了学术研究的意义。

90年代以来的赵树理研究在追求"学术化"风气的影响下，进入了一个真正的多元化时期。一方面，从研究主体来看，80年代所特有的研究者的情绪性风格逐渐减弱了，而对研究对象的客观性叙述开始增强了。另一方面，就研究思路来说，那种针对赵树理创作的思想内容和艺术特征的分析逐渐减少了，而针对赵树理作为解放区作家产生的复杂性和创作的矛盾性的分析开始增加了。研究者从更广泛的文化、社会、教育、出版甚至军事、经济等不同层面，对赵树理及其创作进行了广泛探索，一些代表性的研究成果在研究角度和研究方法上发生了根本性的变化，真正实现了赵树理研究的多元化。

1994年年初，陈思和发表了《民间的浮沉——从抗战到"文革"文学史的一个尝试性的解释》④ 一文，提出了包含西方"民间社会"内涵的"民间"概念，认为赵树理"站在民间的立场上，通过小说创作向上传递

---

① 戴光中：《关于"赵树理方向"的再认识》，《上海文论》1988年第4期。
② 郑波光：《赵树理艺术迁就的悲剧》，《文学评论》1988年第5期。
③ 庄汉新：《鲁迅+赵树理=当代农民文学的新方向》，《理论与创作》1990年第6期。
④ 陈思和：《民间的浮沉——从抗战到"文革"文学史的一个尝试性的解释》，《上海文学》1994年第1期。

对生活现状的看法",他的创作"不单单是拥有了形式上和枝节上的民族特色",同时也具有"整体精神上的民间意识"。事实上,自《小二黑结婚》发表以来,"民间"就一直没有离开过赵树理,"民间"成为评价赵树理创作的核心概念之一。然而,80年代以前的赵树理研究中的"民间",要么是在政治意识形态的规范之下传达主流思想的工具,要么只是在艺术风格的层面上构成民族形式的基本因素,剔除了"民间"作为意识形态的内涵。而陈思和的"民间"正是从意识形态的层面发现了政治意识形态与民间意识形态之间的对立,提出了赵树理创作中的民间精神内涵。此后,许多研究者通过"民间"大做文章,以"民间"为中心的研究成果开始大量涌现,像蓝爱国的《民间性叙事:赵树理和他的乡村革命》①、韩晓芹的《民间的防守与失落:赵树理的生命悲剧与尴尬》②、黄科安的《民间立场与知识分子属性——从"文化身份"看赵树理的小说创作》③等论文都受到陈思和的"民间"概念的影响。客观地说,"民间"概念的运用确实使研究者发现了赵树理创作中的一些新内容,但是过度地运用必然会导致研究角度的雷同。

一个完整的传播行为必须具备传播者、传播渠道、接受者等环节,最终的传播效果要看传播者、传播内容和接受者之间相互容纳的程度。④赵勇是较早从文化传播的角度研究赵树理创作的,他认为,赵树理在战争年代里形成了一套特殊的文艺传播理论:"赵树理本能地把作为第一传播者的自己看成了卡里斯马式的人物。"⑤为了保证农民能够顺利地接受自己的灌输,赵树理在创作中增强了作品"说"的功能以符合听众"听"的接受特点。也就是说,赵树理创造了一种"可说性的

---

① 蓝爱国:《民间性叙事:赵树理和他的乡村革命》,《人文杂志》2000年第6期。
② 韩晓芹:《民间的防守与失落:赵树理的生命悲剧与尴尬》,《山西大学学报》2005年第5期。
③ 黄科安:《民间立场与知识分子属性——从"文化身份"看赵树理的小说创作》,《延安文学研究——建构新的意识形态与话语体系》,文化艺术出版社2009年版。
④ [美]丹尼斯·麦奎尔等:《大众传播模式论》,上海译文出版社1987年版,第16页。
⑤ 赵勇:《完美的假定,悲凉的结局——论赵树理的文艺传播观》,《浙江学刊》2001年第3期。

文本"①。朱庆华认为，赵树理的小说之所以能够在解放区成功传播，主要在于，赵树理通过精心培育传播者与接受者的亲密友善关系、敏锐把握和及时发送传播内容、把握接受者（读者）的特点实行有效编码等方式将自己的小说传播到了解放区的每一个角落②。其实，朱庆华只是借用文化传播理论将以往研究者一再论述的赵树理小说的民族化内容转述了一番，而90年代相继出现的其他一些论文如王春林和赵新林的《赵树理小说的叙述模式》③、刘洁的《试论赵树理的文学模式》④、杨新敏的《接受美学视野中的赵树理》⑤等，虽然从叙事学、接受美学的角度分析赵树理的创作，但大多涉及了作者、作品、读者、接受方式等内容，得出的结论有相近之处，因而都可以归结到文化传播理论的大范围内。

现代性视角的运用使中国现代文学的研究思路发生了很大的变化，一些既有的结论也因现代性的引入而变得充满争议。在80年代及其以前的赵树理研究中，赵树理的创作是与现代性无缘的。90年代以来，很多研究者开始挖掘赵树理创作的现代性内涵。贺桂梅认为，赵树理打破了西方（现代）与中国（传统）的对立结构，也即传统与现代之间并不是截然对立的关系，而是"将'传统'看成是可以转化为'现代'的，并且强调无论何种形式的'现代化'，必须在本土的文化资源中生长"。另外，赵树理的小说在人物形象主体、作家个人意识等方面也都表现出了一定的现代性，但是这种现代性是一种"反现代的现代性"⑥。温奉桥从现代性的多样性内涵出发，认为赵树理代表了一种"本土性"的现代性规范，逐渐形成了"知识话语"与"民间话语"合二为一的现代文学表现特征，

---

① 赵勇：《可说性本文的成败得失——对赵树理小说叙事模式、传播方式和接受图式的再思考》，《通俗文学评论》1996年第4期。
② 朱庆华：《论传播学意义下的赵树理小说》，《文学评论》2003年第2期。
③ 王春林、赵新林：《赵树理小说的叙述模式》，《中国现代文学研究丛刊》1991年第3期。
④ 刘洁：《试论赵树理的文学模式》，《社科纵横》1994年第1期。
⑤ 杨新敏：《接受美学视野中的赵树理》，《苏州大学学报》2000年第6期。
⑥ 贺桂梅：《转折的时代——40—50年代作家研究》，山东教育出版社2003年版，第363、368页。

真正体现了中国现代文学现代性的"历史具体性"①。朱庆华认为,赵树理形成了始终不渝的现代启蒙意识;自由意识、平等意识、主人意识、民本意识、求实意识、科学意识、发展意识成为赵树理对农民兄弟进行现代意识启蒙的主要内容。② 现代性视角的引入虽然打破了人们关于赵树理创作的单一认识,但是,过于借重现代性视角也可能限制对赵树理创作的民间性、大众性等更符合赵树理作品内在特征的发现。

在赵树理研究中,比较方法只是一种发现问题的角度,通过对赵树理与其他不同研究对象的对比得出的结论基本上是符合同时期的主流观点的,这也反映了学术研究的时代性特点。比如董大中通过对比赵树理和鲁迅,指出了赵树理所受的鲁迅文学传统的影响,考察了赵树理大众化风格形成的重要来源,认为赵树理"在对自己描写对象即农民的态度上,竟和鲁迅那么相像"③。这种观点典型地反映了过渡时期的赵树理研究注重在"五四"新文学的传统中发现赵树理的继承性和独创性的总体追求。深入时期的比较研究并不注重全面描述比较对象的异同点,而是从一个方面或一个角度切入比较对象,揭示了异同点形成的深层根源。比如,金燕玉通过对比赵树理和高晓声,指出了他们作为中国新文学史上的两位"为农民而写","真正达到农民化"的作家,他们对农民命运的关注来源于精神深处的农民情结。④ 和 80 年代相比,90 年代以来的赵树理比较研究比较对象扩大了,比较角度更加多样化了。周云鹏通过对赵树理和张爱玲的对比,提出了两位作家与"五四"新文学传统的不同关系:赵树理虽然继承了启蒙(救亡)立场,但在艺术形式方面却坚持民粹立场,绕过或远离了"五四"文学创作传统的主流;张爱玲基本上排斥和放弃了"五四"知识分子作家的启蒙立场,在艺术形式上既吸取了中国传统小说全知全能的叙事方式,又广泛借鉴了西方的意识流和心理分析等艺术手

---

① 温奉桥、李萌羽:《赵树理与 20 世纪中国文学的现代性转型》,《齐鲁学刊》2007 年第 6 期。
② 朱庆华:《论赵树理小说的现代意识启蒙》,《文学评论》2007 年第 6 期。
③ 董大中:《赵树理与鲁迅》,《山西文学》1982 年第 3 期。
④ 金燕玉:《赵树理与高晓声——两个交融而又相异的世界》,《福建论坛》1988 年第 1 期。

法，形成了一种新"传奇"体小说。① 该文运用了"民间"的概念，论述的基本是一些普遍性观点，没有通过比较抓住核心问题。范家进通过对比赵树理和鲁迅、沈从文，从作家与文学结缘的不同方式、对乡村社会关注的不同起因和对关注乡村意义的不同理解等不同层面，揭示了他们三人之间的差异。② 通过这样的对比，作者就揭示了中国现代作家关注乡村社会的深层动因。

新世纪以来的赵树理研究在平稳中持续向前推进，其文学史地位逐渐得到加强。宋剑华的论文《论"赵树理现象"的现代文学史意义》指出"赵树理现象"的出现既是延安文学的一道亮丽景观，同时也体现着新文学发展史的历史必然性。因为"追求文学创作的平民化原则，是'五四'新文学以来中国现代作家最为迫切的人文理想"。20 世纪 30 年代的文学"平民化"与"大众化"只是停留在理论探讨的层面上，根本没有实际的作品成果作为支撑，但是到了 20 世纪 40 年代以后，人们才越来越意识到一部中国现代文学史的完整性，缺少平民作家的客观存在是不可想象的。③ 赵勇的专著《赵树理的幽灵——在公共性、文学性与在地性之间》是一部赵树理研究的论文集，作者运用法兰克福学派的大众文化理论既分析了赵树理的"三重身份的认同、撕裂与缝合"、小说文本的叙事模式、传播方式和接受图式、口头文化所呈现的现代文学语言建构等问题，也指出了赵树理的当代影响问题。④ 段文昌的专著《赵树理小说的改编与传播》运用传播学的理论与方法详细梳理了赵树理小说的改编与传播史实，并分析了赵树理小说在改编与传播过程中体现的晋东南地域文化精神。⑤ 郭冰茹的论文《赵树理的话本实践与"民族形式"探索》提出赵树理的话本实践有助于"了解新文学如何利用旧形式，或者'旧瓶装新酒'取

---

① 周云鹏：《赵树理・张爱玲・五四文学传统・民间立场》，《云梦学刊》2002 年第 7 期。
② 范家进：《鲁迅、沈从文、赵树理：为什么关注乡村》，《杭州师范学院学报》2001 年第 3 期。
③ 宋剑华：《论"赵树理现象"的现代文学史意义》，《文学评论》2005 年第 5 期。
④ 赵勇：《赵树理的幽灵——在公共性、文学性与在地性之间》，中国人民大学出版社 2018 年版。
⑤ 段文昌：《赵树理小说的改编与传播》，山西人民出版社 2014 年版。

得的成就和存在的问题,从而为我们提供审视 20 世纪中国文学现代性的新视角"。作者认为,赵树理的"文本实践不仅发挥文艺的传播效果,也在一定程度上改造现代小说的文体,从而凸显其创作的文学史意义。但同时,他的立场观念和旧形式自身的局限,也使其对民族形式的探索无法深入"①。贺桂梅的论文集《赵树理文学与乡土中国现代性》从反思中国现代性问题为切入点,重新解读赵树理的代表性作品,把赵树理的创作实践放在中国现当代文学发展的整体历史格局,特别是乡土中国现代化的独特道路与社会主义实践的复杂关系中,反思当代中国农村的现代化实践,并重估赵树理的意义,尤其是"赵树理方向"及"乡村乌托邦书写"的价值及困境。② 孙晓忠的论文《有声的乡村——论赵树理的乡村文化实践》指出赵树理以自己独特的写作实践,回答了文学与形式、文学与政治以及文化与乡村的实践性关系。作者认为,赵树理"将中国传统曲艺中的'声音'植入小说中,创造出一种全新的文本形式,也开创了当代文学的新的写作方式"③。

---

① 郭冰茹:《赵树理的话本实践与"民族形式"探索》,《文艺研究》2016 年第 3 期。
② 贺桂梅:《赵树理文学与乡土中国现代性》,北岳文艺出版社 2016 年版。
③ 孙晓忠:《有声的乡村——论赵树理的乡村文化实践》,《文学评论》2011 年第 6 期。

第九章

文体研究（上）

第一节　小说研究

中国现代文学史上，小说是影响最大的文体，1949年以来的小说研究成果丰硕，涉及的问题驳杂。和整个现代文学研究的历史进程一样，现代小说研究可以分为两个阶段。第一个阶段即新时期以前，现代小说研究主要集中在作家作品的研究和解读，很少有整体性论述的成果。鲁迅、茅盾、老舍等作家的主要小说作品成为重点研究对象。研究方法上基本是思想内容和艺术特色二元对立的模式，研究视角也比较单一，对小说思想内容的探讨往往成为反帝反封建的新民主主义革命观念的演绎，社会主义现实主义的创作方法则成为评价作品艺术成就的重要尺度。新时期以后，从对一些作家作品的重评和重新挖掘，到对小说"现代性"的多向度阐释，小说研究不断走向繁荣和深化。

一

小说应该是现代文学中最具有包容力和表现力的文体，社会生活的各个方面都可以成为小说描写的对象，所以无论是创作或者是研究，小说的题材和思想内涵自然成为首先关注的对象。在现代小说发展史上，也形成了一些普遍而突出的题材类型，比如乡土小说、知识分子小说、都市小说、历史小说等。但在五六十年代，小说题材的概念有了一些变化，文学创作和批评中出现了诸如农村题材、工业题材、知识分子题材、军事题材等概念。一方面，题材区分的主要依据是这些领域的社会政治生活的性质，另一方面，不同的题材被赋予不同的价值等级，在人物形象上，工农兵的生活形象优于知识分子或非劳动人民的生活形象。和题材相对应的，是思想倾向问题，反帝反封建的新民主主义革命的思想内涵成了评价现代作家和作品的一条重要准绳。在现代小说研究方面，一些作家如郁达夫、张爱玲、钱锺书等因为题材和思想倾向的"落后"而被排斥在主流文学之外，他们的创作要么在文学史上少有提及，要么被斥为反动和颓废。另外，即使一些颇受重视的作家及其作品，研究者在肯定其进步意义的时候，较多地指责了他们的局限。比如，学术界一致肯定《骆驼祥子》是一部真实地反映了旧中国社会城市劳动人民的悲惨生活的作品，具有不可磨灭的社会价值，但对祥子的反抗性和小说的结尾有许多批评的意见，认为由于老舍当时尚没有突破民主主义和人道主义思想的局限，小说还存在一些缺点。

进入新时期，小说研究逐渐摆脱了极"左"思潮的影响，掀起了一股重新评价的潮流。叶子铭的《评〈林家铺子〉——兼谈对新民主主义时期文学作品的批评标准》[1]，陈俊涛、杨世伟、王信的《关于〈二月〉的再评价》[2]，严家炎的《现代文学史上的一桩公案——重评丁玲小说〈在医院中〉》[3]等是其中的代表。重评不仅意味着一些以前被曲解和受批评的作家作品重新进入研究视野，与此同时，有关现代文学批评标准的问题也被明确提了出来，社会主义的文学批评标准受到普遍质疑，现代文学的新民主主义性质得到重新肯定。随着批评标准的变化，许多过去被冷落贬斥的作家开始被接纳，郁达夫、沈从文、张爱玲、

---

[1] 叶子铭：《评〈林家铺子〉——兼谈对新民主主义时期文学作品的批评标准》，《文学评论》1978年第3期。
[2] 陈俊涛、杨世伟、王信：《关于〈二月〉的再评价》，《文学评论》1978年第6期。
[3] 严家炎：《现代文学史上的一桩公案——重评丁玲小说〈在医院中〉》，《钟山》1981年第1期。

钱锺书、萧红、鸳鸯蝴蝶派等受到研究者的关注，甚至逐渐成为研究的热点。

新时期以来，现代小说研究在作家作品的研究方面突破了以往政治社会批评模式的束缚，许多重要的小说现象和现代小说题材类型又重新引起了研究者的兴趣，事实上，这样也更贴近现代小说的发展历史。乡土小说在现代文学中占据重要的地位，金宏达的《论早期乡土小说》①，陈平原的《论"乡土小说"》②，许志英、倪婷婷的《中国农村的面影——二十年代的"乡土文学"管窥》③，杨剑龙的《论二十年代乡土文学的悲剧风格》④，陈继会的《文化视角中的五四乡土文学》⑤ 等论文是 80 年代代表性的成果，他们分别从小说的主题、文化意识、悲剧风格等层面探讨了现代乡土小说的特点。90 年代以来，随着研究的不断深入，乡土小说研究的专著也不断涌现，如丁帆的《二十世纪中国乡土小说论》⑥、杨剑龙的《放逐与回归：中国现代乡土文学论》⑦、陈继会的《理性的消长——中国乡土小说综论》⑧、范家进的《现代乡土小说三家论》⑨、张志平的《中国二十世纪"四十年代"乡土小说研究》⑩ 等。丁著和杨著都是史论性的著作。陈著以"五四"新文学运动头一个十年——20 年代为起点，以 80 年代为终点，完全打破现代与当代两个文学发展阶段的割裂，而将七十年乡土文学作为一个整体加以研究，著作中提出不少值得重视的观点。范著着力探讨了鲁迅、沈从文、赵树理三位作家关于乡村的文化、社会与政治姿态的形态，关注他们在创造乡土小说时所遭遇的各种困境与紧张。张著从

---

① 金宏达：《论早期乡土小说》，《中国现代文学研究丛刊》1982 年第 1 期。
② 陈平原：《论"乡土小说"》，《中山大学研究生学刊》1982 年第 4 期。
③ 许志英、倪婷婷：《中国农村的面影——二十年代的"乡土文学"管窥》，《文学评论》1984 年第 5 期。
④ 杨剑龙：《论二十年代乡土文学的悲剧风格》，《社会科学辑刊》1988 年第 2 期。
⑤ 陈继会：《文化视角中的五四乡土文学》，《文艺研究》1989 年第 5 期。
⑥ 丁帆：《二十世纪中国乡土小说论》，江苏文艺出版社 1992 年版。
⑦ 杨剑龙：《放逐与回归：中国现代乡土文学论》，上海书店出版社 1995 年版。
⑧ 陈继会：《理性的消长——中国乡土小说综论》，中原农民出版社 1996 年版。
⑨ 范家进：《现代乡土小说三家论》，上海三联书店 2002 年版。
⑩ 张志平：《中国二十世纪"四十年代"乡土小说研究》，中国社会科学出版社 2006 年版。

时代背景、基本模式、表现特征、人物特征等方面对 40 年代的乡土文学进行了全方位的论述。近年来有一些论文如贾剑秋的《从地域文化看中国现代乡土小说的审美特征》①、袁红涛的《发现故乡：论现代乡土小说的"民俗"视野》②、丁琪的《中国现代乡土小说中的民间文化形态》③、杨厚均的《中国现代乡村小说的反现代性倾向》④ 等，分别从地域文化、民俗文化、民间文化、反现代性角度探讨乡土小说，表明大家开始从文化视角介入乡土小说研究，并取得了显著成绩。

和乡土小说相对的是都市小说。王爱松的论文《都市的五光十色——三十年代都市题材小说之比较》⑤ 比较了左翼、新感觉派和京派的都市题材小说在主题、内容、艺术手法、文体风格上的差异。李旭东的论文《文化中的都市和都市小说——论中国现代都市小说的文化品性》⑥ 从都市文化的地域性和独特性入手，分别探讨了以北平和上海为背景的两种都市小说表现出的不同文化风貌。李丽的论文《中国现代都市小说新人文精神的价值取向》⑦ 主要从对人的精神的现实关怀和终极关怀两个角度，分析了中国现代都市小说新人文精神的价值取向。都市小说研究的著作有李国俊的《中国现代都市小说研究》⑧ 和漆咏德的《现代都市小说纵横》⑨。李国俊通过对代表性都市文本的精细阅读、比较分析，对文本所蕴含着的文学内蕴如作家或人物的都市文化记忆、生存经验、价值取向和都

---

① 贾剑秋：《从地域文化看中国现代乡土小说的审美特征》，《西南民族学院学报》2002 年第 8 期。
② 袁红涛：《发现故乡：论现代乡土小说的"民俗"视野》，《海南大学学报》2010 年第 3 期。
③ 丁琪：《中国现代乡土小说中的民间文化形态》，《文艺理论与批评》2009 年第 2 期。
④ 杨厚均：《中国现代乡村小说的反现代性倾向》，《学术论坛》2003 年第 1 期。
⑤ 王爱松：《都市的五光十色——三十年代都市题材小说之比较》，《文学评论》1995 年第 4 期。
⑥ 李旭东：《文化中的都市和都市小说——论中国现代都市小说的文化品性》，《湖北大学学报》1993 年第 2 期。
⑦ 李丽：《中国现代都市小说新人文精神的价值取向》，《武汉理工大学学报》2004 年第 4 期。
⑧ 李国俊：《中国现代都市小说研究》，中国社会科学出版社 2004 年版。
⑨ 漆咏德：《现代都市小说纵横》，三峡出版社 2005 年版。

市意识，小说的文学模式、精神特征，小说的话语形式与言说方式等作了详尽分析与阐释。漆著对种种都市小说类型采取分析的态度，呈现了都市小说的地域特征及其多样化类型、群体、流派，揭示中国现代都市小说的总体特征。

历史小说是一种特殊的小说类型。汪毅夫、姚春树的《中国现代历史小说的初步考察》① 是新时期以来较早论及历史小说的文章。该文勾勒了中国现代历史小说创作发展的轮廓，并就现代历史小说创作的理论问题进行了分析和总结。王富仁的长篇论文《中国现代历史小说论》② 不仅描述了中国现代历史小说的发展历程和历史概貌，对历史小说的各种类型进行分类论述，而且对现代历史小说作了历史总结，是现代历史小说研究中最具学术价值的成果之一。此外，叶诚生的《构筑历史与人生的诗境——现代历史小说的一种解读》③、王姝的《现代历史小说的叙事演进》④、李程骅的《中国现代历史小说与中西文化》⑤、闫立飞的《新史学观念与中国现代历史小说》⑥ 等论文，分别从主题内涵、叙事特征、文化意蕴、文体的产生等角度对现代历史小说进行了深入的探讨。

除了以上三种突出的题材类型之外，一些研究者还从现代小说的发展中提炼出一些其他的小说题材类型。金宏达从"五四"时期郭沫若、郁达夫等人的小说创作提出了一种"身边小说"的类型⑦，逄增玉突出了"流浪汉小说"的概念，勾勒了现代流浪汉小说的发展变化⑧。

现代小说形成了多样化的文体形态。新时期以前，一方面，由于批评

---

① 汪毅夫、姚春树：《中国现代历史小说的初步考察》，《中国现代文学研究丛刊》1984 年第 3 期。
② 王富仁：《中国现代历史小说论》，《现代作家新论》，山西教育出版社 1998 年版。
③ 叶诚生：《构筑历史与人生的诗境——现代历史小说的一种解读》，《中国现代文学研究丛刊》1998 年第 1 期。
④ 王姝：《现代历史小说的叙事演进》，《山西师大学报》2005 年第 3 期。
⑤ 李程骅：《中国现代历史小说与中西文化》，《学术界》1990 年第 2 期。
⑥ 闫立飞：《新史学观念与中国现代历史小说》，《社会科学战线》2009 年第 5 期。
⑦ 金宏达：《论"身边小说"》，《中国现代文学研究丛刊》1982 年第 3 期。
⑧ 逄增玉：《试论中国现代"流浪汉"小说及其意义》，《中国现代文学研究丛刊》1989 年第 4 期。

观念和标准的缘故，造成小说文体观念上的窄化倾向，如抒情小说、讽刺小说这样的风格类型并没有受到重视。另一方面，创作方法和美学特征研究是常见的视角，现实主义、浪漫主义、典型化、悲剧、崇高等是普遍使用的批评范畴。研究方法、视角的单一和文体观念的匮乏，使得对现代小说文体形态的研究很不够。新时期以来，提出了许多新的概念范畴，对现代小说文体形态的研究取得了很大的进展。

除了写实风格以外，其他的文体风格类型也受到了重视，抒情小说尤其成为研究的热点①。凌宇的《中国现代抒情小说的发展轨迹及其人生内容的审美选择》② 一文，较早提出了"现代抒情小说"这一概念，认为其开源者是鲁迅，经过废名、沈从文、萧红、艾芜、孙犁的自觉创造，"形成一条虽不宏大，却清晰可寻的艺术之流"。解志熙的两篇论文《新的审美感知与艺术表现方式——论中国现代散文化抒情小说的艺术特征》③ 和《新的审美感知与艺术表现方式——中国现代散文化抒情小说综论》④，不仅描述了现代抒情小说的历史轨迹，还重点探讨了抒情小说在艺术传达功能、组织结构方式、艺术表现手法与技巧、小说语言等方面的艺术特征。杨联芬的专著《中国现代小说中的抒情倾向》⑤ 对抒情小说作了更为系统的研究，从叙事结构、叙事视点与作品语言等方面探讨了抒情小说的特征，并将抒情小说分为浪漫抒情、随笔抒情和写意抒情三大类，对各类逐一进行论述。"现代抒情小说"概念提出以后，由于概念本身比较宽泛和模糊，一些研究者对此提出质疑，为了进一步界定"抒情小说"的审美独特性，一些新的研究角度开始出现，"诗化小说""写意小说"就是具

---

① 参见席建彬《20世纪80年代以来"现代抒情小说"研究综述》，《德州学院学报》2006年第1期。

② 凌宇：《中国现代抒情小说的发展轨迹及其人生内容的审美选择》，《中国现代文学研究丛刊》1983年第2期。

③ 解志熙：《新的审美感知与艺术表现方式——论中国现代散文化抒情小说的艺术特征》，《文学评论》1987年第6期。

④ 解志熙：《新的审美感知与艺术表现方式——中国现代散文化抒情小说综论》，《河南大学学报》1986年第5期。

⑤ 杨联芬：《中国现代小说中的抒情倾向》，北京师范大学出版社1996年版。

体的表现。吴晓东的《现代"诗化小说"探索》① 以西方的象征主义诗歌等为参照背景,进行比较诗学的研究,探讨了"诗化小说"产生和发展的文学渊源。此后如吴晓东的《镜花水月的世界——废名〈桥〉的诗学解读》②、刘洪涛的《〈边城〉:牧歌与中国形象》③、张箭飞的《鲁迅诗化小说研究》④ 等著作立足于文本的细读,注意提升出复调的诗学、回忆的诗学、牧歌等一些诗学范畴,将抒情小说研究深入到小说的内在审美机制,揭示出文本与文化、历史的复杂性途径,是对以往研究思路的进一步深化。季桂起的《略论五四时期的写意小说》⑤ 从内容和技艺两个层面辨析了写意小说的艺术特色。还有研究者注意到了"讽刺小说"类型。吴福辉的《中国现代讽刺小说的初步成熟》⑥ 比较了30年代京派和左翼两种类型的讽刺小说在思想、风格、技巧、形象等几个方面的不同。万书元的专著《第十位缪斯:中国现代讽刺小说论》⑦ 对讽刺小说进行了系统的研究,探讨了现代讽刺小说兴起的原因,描述了现代讽刺小说的发展轮廓,并对现代讽刺小说的思想意蕴、风格、结构、技巧等进行了细致的阐释。

  小说是叙事的艺术,现代小说文体革命的意义不仅在于小说成为现代文学中的主流文体,关键在于小说从古典章回体、话本体小说模式中脱胎出来,产生了拥有自己相对独立的叙事意识和叙事风格的叙事作品。新时期以前,涉及现代小说叙事特征的研究成果很少,但进入新时期以后,随着叙事学等理论的传入,小说文体特征研究才逐渐展开。陈平原的专著《中国小说叙事模式的转变》⑧ 依据西方的叙事学理论从叙事时间、叙事角度、叙事结构三个层面深入系统地探讨了中国小说叙事模式的转变,

---

① 吴晓东:《现代"诗化小说"探索》,《文学评论》1997年第1期。
② 吴晓东:《镜花水月的世界——废名〈桥〉的诗学解读》,广西教育出版社2003年版。
③ 刘洪涛:《〈边城〉:牧歌与中国形象》,广西教育出版社2003年版。
④ 张箭飞:《鲁迅诗化小说研究》,广西教育出版社2004年版。
⑤ 季桂起:《略论五四时期的写意小说》,《齐鲁学刊》2001年第5期。
⑥ 吴福辉:《中国现代讽刺小说的初步成熟》,《北京大学学报》1982年第6期。
⑦ 万书元:《第十位缪斯:中国现代讽刺小说论》,东南大学出版社1998年版。
⑧ 陈平原:《中国小说叙事模式的转变》,北京大学出版社2003年版。

揭示了中国现代小说现代化的一个侧面。作者认为,在一系列"对话"的过程中,外来小说形式的积极移植与传统文学形式的创造性转化,共同促成了中国小说叙事模式的转变。陈平原的研究是现代小说叙事研究方面具有开创意义的著作,对现代小说文体形态的研究是一个很大的突破。李杭春的论文《中国现代小说叙事特征分析》[①] 和方忠的论文《叙事学与中国现代小说》[②],都探讨了现代小说的叙事特征。李杭春从现代叙事意识的觉醒入手,分析了现代小说主流叙事话语的叙事特征。方忠主要探讨了叙事学与中国现代小说的关系以及叙事学理论对现代小说研究的意义。尽管叙事是小说文体的基本特征和要素,但实际上现代小说家也会吸收借鉴如戏剧文体中的戏剧化或者诗艺中的象征化等因素,这些文体特征也引起了一些研究者的注意。施军的《论现代小说象征的功能形态》[③]、范智红的《现代小说的象征化尝试》[④]、张向东的《戏剧化的中国现代小说》[⑤] 等论文就是这方面的成果。施军从功能形态方面对现代小说三种象征类型的文化哲理、现实政治与心理情绪逐一进行了论述。范智红介绍评价了40年代现代小说的"象征化"趋向。张向东分析了现代小说文体的戏剧化特征。以上三人的论述都深化了现代小说文体形态的研究。

现代小说流派研究主要在新时期以后才展开。80年代初,严家炎提出流派研究的重要意义和方法论价值,出版了从流派角度撰写的小说史。小说流派研究中,对京派和海派的研究较为突出。80年代中期,杨义在《中国现代小说史》中对京派海派研究着力甚多。

京派小说研究主要集中在两个方面。其一是京派小说的题材与主题研究。京派小说历来以乡土题材著称,许多研究者大都关注其对诗意乡土的描写和表现。当然,也有一部分小说属于都市题材。张鸿声的《与

---

① 李杭春:《中国现代小说叙事特征分析》,《中国现代文学研究丛刊》1997年第2期。
② 方忠:《叙事学与中国现代小说》,《中国现代文学研究丛刊》1997年第1期。
③ 施军:《论现代小说象征的功能形态》,《文学评论》2005年第2期。
④ 范智红:《现代小说的象征化尝试》,《文学评论》1999年第5期。
⑤ 张向东:《戏剧化的中国现代小说》,《戏剧文学》1998年第6期。

乡村对照的都市》①、刘淑玲的《乡村梦影里的都市批判》②和《象征与反讽——京派作家的城市小说》③都是专门对京派小说中的城市小说进行探讨的论文。探寻京派小说两类题材所包含的思想蕴含成为研究者论述较多的方面。高锋的《精神超越与审美介入——试论京派文学的主题》④、孙振华的《生命的礼赞与悲悯》⑤、文学武的《论京派小说的人性思想》⑥分别从不同的层面探讨了京派小说的思想主题。高锋认为，京派作家在精神上远离尘嚣、回归故里，对现实城市和乡村实现了双重超越，审美地介入人生，以期革新民族精神。孙振华从文化学的视角入手，指出对生命的思考、探索是京派小说的基本主题。文学武主要分析了京派小说的人性思想。

其二是京派小说的艺术特征研究。李德的论文《论京派抒情小说的民族特征》⑦和刘保昌的论文《京派小说与中国传统文化》⑧主要探讨了京派小说在艺术追求方面的民族化特征。李德重点考察了京派小说的民族特征，认为京派小说无论是风俗画的描绘、人物形象的塑造、艺术技巧的使用都具有强烈的民族性。刘保昌认为，京派小说在审美趣味和结构技巧方面都真正体现了传统文化精神。和上述意见不同，一些研究者比较注重京派小说的现代性因素。严家炎的《京派小说与现代主义》⑨、史书美的《林徽因、凌叔华和汪曾祺——京派作家的现代性》⑩、杨义的《京派小说

---

① 张鸿声：《与乡村对照的都市》，《郑州大学学报》1993 年第 1 期。
② 刘淑玲：《乡村梦影里的都市批判》，《河北学刊》1995 年第 6 期。
③ 刘淑玲：《象征与反讽——京派作家的城市小说》，《河北师大学报》1996 年第 2 期。
④ 高锋：《精神超越与审美介入——试论京派文学的主题》，《南京师大学报》1992 年第 2 期。
⑤ 孙振华：《生命的礼赞与悲悯》，《云梦学刊》1995 年第 1 期。
⑥ 文学武：《论京派小说的人性思想》，《江海学刊》2000 年第 2 期。
⑦ 李德：《论京派抒情小说的民族特征》，《中国文学研究》1988 年第 2 期。
⑧ 刘保昌：《京派小说与中国传统文化》，《社会科学战线》2002 年第 6 期。
⑨ 严家炎：《京派小说与现代主义》，《文艺述林》第 2 辑，上海文艺出版社 1997 年版。
⑩ 史书美：《林徽因、凌叔华和汪曾祺——京派作家的现代性》，《天中学刊》1995 年 9 月增刊。

的形态和命运》①等论文都侧重于探讨京派小说现代性特征。京派小说的风格和文体也是主要的论题，如查振科的《京派小说风格论》②、阎浩岗的《京派小说：和谐蕴藉的浪漫主义》③和文学武的《京派小说的文体特征》④都是有代表性的成果。京派小说艺术研究方面最值得注意的是刘进才的专著《京派小说诗学研究》⑤。该书在深入挖掘京派小说抒情性特征的基础上，力求把这种特征提高到美学理论上来，试图把京派作家的创作实践升华为系统的理论体系。

海派小说研究的专著有吴福辉的《都市旋涡中的海派小说》⑥、李今的《海派小说与现代都市文化》⑦。吴著在探讨海派文学特征的基础上，深入论述了海派小说的文化风貌。李著以翔实的材料、全新的视角将文学与社会、文化、思潮、审美等融合起来，探讨了海派小说形成的文化渊源和独特的"现代性"精神特征，以及海派小说家（主要是新感觉派）在现代都市环境里形成的新的文艺观和创作观。海派研究的论文主要有肖佩华的《论海派小说中的市井意识》⑧、金明石的《形成期海派小说的性格再探》⑨、金秀妍的《试论海派小说的性叙事及其颠覆性》⑩等。肖佩华认为，世俗情趣构成了海派小说的底色和基调，文体上的"市井传奇"特征等都表现出浓郁的"市井意识"。金明石从"作家—作品—读者"三者之间相互渗透、相互补充的关系来论述海派小说"通俗性"的性格，角度比较新颖。金秀妍借助"狂欢式"时空这一框架来诠释海派文本的性叙事，深刻挖掘了海派文学中"性"话语的内涵与意义，并运用解构

---

① 杨义：《京派小说的形态和命运》，《江淮论坛》1991 年第 3 期。
② 查振科：《京派小说风格论》，《文学评论》1996 年第 4 期。
③ 阎浩岗：《京派小说：和谐蕴藉的浪漫主义》，《南开学报》2000 年第 2 期。
④ 文学武：《京派小说的文体特征》，《学术月刊》1998 年第 11 期。
⑤ 刘进才：《京派小说诗学研究》，河南大学出版社 2005 年版。
⑥ 吴福辉：《都市旋涡中的海派小说》，湖南教育出版社 1995 年版。
⑦ 李今：《海派小说与现代都市文化》，安徽教育出版社 2000 年版。
⑧ 肖佩华：《论海派小说中的市井意识》，《中国现代文学研究丛刊》2006 年第 3 期。
⑨ 金明石：《形成期海派小说的性格再探》，《中国文学研究》2000 年第 1 期。
⑩ 金秀妍：《试论海派小说的性叙事及其颠覆性》，《中国现代文学研究丛刊》2001 年第 2 期。

主义的观点和女性主义的视阈来解读海派文学。此外，还有京派和海派比较研究的论文，如吴福辉的《京派海派小说比较研究》①、文学武的《各具异彩的文学景观——京派小说与海派小说比较论》② 等。

通俗小说研究在新时期以后才开始。综观通俗小说研究，大致包括以下四个方面。

第一是通俗小说的流变历史研究。张赣生的《民国通俗小说论稿》③是新时期以来第一部通俗小说史的著作，有一定的资料价值，为以后的通俗文学史研究奠定了基础。汤哲声的《中国现代通俗小说流变史》④ 全面勾勒了 20 世纪中国通俗小说的发展历史，集中披露了许多鲜为人知的史料。张华的《中国现代通俗小说流变》⑤ 对中国现代通俗小说进行了系统的梳理和富有个性的阐释，具有开拓性意义。汤哲声的《中国现代通俗小说思辨录》⑥ 以独特的方式简明扼要地切入中国现代通俗小说的多个关键问题，并对之进行了生动的思辨和阐释，展示了现代通俗小说研究的新成果。孔庆东的《国统区的通俗小说》⑦、孟兆臣的《20 世纪 20—40 年代通俗小说在上海小报上的传播》⑧、汤哲声的《20 世纪中国通俗小说的海派、津派和港派》⑨、陈珺的《三十年代国难小说及旧派通俗小说的历史转型》⑩、韩云波的《改良主题·浪漫情怀·人性关切——中国现代通

---

① 吴福辉：《京派海派小说比较研究》，《学术月刊》1987 年第 7 期。
② 文学武：《各具异彩的文学景观——京派小说与海派小说比较论》，《文学评论》1998 年第 4 期。
③ 张赣生：《民国通俗小说论稿》，重庆出版社 1991 年版。
④ 汤哲声：《中国现代通俗小说流变史》，重庆出版社 1999 年版。
⑤ 张华：《中国现代通俗小说流变》，山东文艺出版社 2000 年版。
⑥ 汤哲声：《中国现代通俗小说思辨录》，北京大学出版社 2008 年版。
⑦ 孔庆东：《国统区的通俗小说》，《涪陵师专学报》2000 年第 1 期。
⑧ 孟兆臣：《20 世纪 20—40 年代通俗小说在上海小报上的传播》，《中国现代文学研究丛刊》2005 年第 6 期。
⑨ 汤哲声：《20 世纪中国通俗小说的海派、津派和港派》，《上海师范大学学报》2007 年第 2 期。
⑩ 陈珺：《三十年代国难小说及旧派通俗小说的历史转型》，《中国现代文学研究丛刊》2006 年第 3 期。

俗小说主潮演进论》①等论文，也都从不同的层面丰富了通俗小说发展历史的研究。

第二是鸳鸯蝴蝶派小说研究。鸳鸯蝴蝶派是现代文学史上一个著名的流派，一直是通俗小说研究的重点和热点，甚至有时候人们用它代称现代通俗文学。新时期以来的研究专著主要有范伯群的《礼拜六的蝴蝶梦》②、刘扬体的《流变中的流派——鸳鸯蝴蝶派新论》③、赵孝萱的《鸳鸯蝴蝶派新论》④。范著是国内第一部全面系统研究鸳鸯蝴蝶派的著作，作者对民国以来这一影响颇大的通俗小说流派的形成、发展、思想艺术特点，以及主要作家作品均作了论述和分析。刘著系统叙述了鸳鸯蝴蝶派的形成、发展、兴盛、衰落的过程，对言情小说、社会小说、武侠小说、侦探小说主要作家及其代表作分别作了细致分析。赵著试图以鸳鸯蝴蝶派复杂多元的文本现象，丰富现有的关于该派理解上的"单一和荒谬"，借以纠正学界目前普遍的"误解"，同时反思到底何谓"现代"文学史观。以上三人的著作都以重新评价为基本基调，正面肯定这一流派在现代文学史上的地位。论文如朱德发的《鸳鸯蝴蝶派小说观新探》⑤、良珍的《中国现代传统风格的都市通俗小说——鸳鸯蝴蝶派评议》⑥、汤哲声的《鸳鸯蝴蝶——礼拜六小说的价值取向及其评价》⑦、袁进的《对鸳鸯蝴蝶派的再认识》⑧，也都为该派小说的思想和艺术重新定位，探究它们对现代文学发展的贡献。随着研究的不断深入，90年代的研究界基本达成了共识，鸳鸯蝴蝶派不再被视为一个反动派别或逆流，研究者开始从各个方

---

① 韩云波：《改良主题・浪漫情怀・人性关切——中国现代通俗小说主潮演进论》，《江汉论坛》2002年第10期。
② 范伯群：《礼拜六的蝴蝶梦》，人民文学出版社1989年版。
③ 刘扬体：《流变中的流派——鸳鸯蝴蝶派新论》，中国文联出版公司1997年版。
④ 赵孝萱：《鸳鸯蝴蝶派新论》，兰州大学出版社2004年版。
⑤ 朱德发：《鸳鸯蝴蝶派小说观新探》，《山东师大学报》1987年第5期。
⑥ 良珍：《中国现代传统风格的都市通俗小说——鸳鸯蝴蝶派评议》，《齐鲁学刊》1990年第3期。
⑦ 汤哲声：《鸳鸯蝴蝶——礼拜六小说的价值取向及其评价》，《苏州大学学报》1992年第4期。
⑧ 袁进：《对鸳鸯蝴蝶派的再认识》，《通俗文学评论》1992年第1期。

面正面阐释鸳鸯蝴蝶派的价值。

第三是通俗小说家研究,张恨水是研究的重点。范伯群的《论张恨水的几部代表作——兼及张恨水是否归属鸳鸯蝴蝶派的问题》①、杨义的《张恨水:蜕变期的章回小说大家》②、袁进的《张恨水论》③ 等论文,都不同程度地肯定张恨水对鸳鸯蝴蝶派的突破及其向现实主义靠拢的倾向。他们都对张恨水的前期作品有褒有贬,但对后期作品则赞誉有加。此外,燕世超的专著《张恨水论》④ 对张恨水的一些作品和人物形象进行了细致的解读。徐传礼的《张恨水垒造的文学和文化金字塔》⑤ 一文从文学史的角度给予张恨水很高的评价,将张恨水与鲁迅相提并论,认为他兼有大仲马和小仲马的长处,并说可以将《张恨水全集》比喻为中国的《人间喜剧》。此文给予张恨水如此高的地位,有过分溢美之嫌。研究者普遍从新文学的角度认识张恨水,肯定张恨水向新文学的靠拢,但也有人持不同意见。比如,孔庆东的论文《走向新文学的张恨水》⑥ 指出,张恨水在走向新文学之后,艺术技巧、叙事语言、人物塑造都出现了退化。

第四是小说雅俗互动关系研究。现代文学史上通俗小说和高雅小说尽管有对峙和竞争,但两者之间实际上也有互动和融合之处。孔庆东的《超越雅俗——抗战时期的通俗小说》⑦ 和徐德明的《中国现代小说雅俗流变与整合》⑧ 是小说雅俗关系研究的专著。孔著描述了抗战时期中国现代小说的雅俗互动,认为抗战时期雅俗双方靠拢、融合,彼此取长补短,在雅俗结合的基础上,不仅提高了通俗小说的艺术境界和艺术水平,也诞

---

① 范伯群:《论张恨水的几部代表作——兼及张恨水是否归属鸳鸯蝴蝶派的问题》,《文学评论》1983 年第 1 期。
② 杨义:《张恨水:蜕变期的章回小说大家》,《中国现代文学研究丛刊》1988 年第 1 期。
③ 袁进:《张恨水论》,《江淮论坛》1988 年第 4 期。
④ 燕世超:《张恨水论》,安徽大学出版社 1998 年版。
⑤ 徐传礼:《张恨水垒造的文学和文化金字塔》,《通俗文学评论》1994 年第 4 期、1995 年第 1 期。
⑥ 孔庆东:《走向新文学的张恨水》,《通俗文学评论》1998 年第 1 期。
⑦ 孔庆东:《超越雅俗——抗战时期的通俗小说》,北京大学出版社 1998 年版。
⑧ 徐德明:《中国现代小说雅俗流变与整合》,社会科学文献出版社 2000 年版。

生了一些超越于雅俗之上的新的小说类型。徐著从中国现代小说的雅俗互动的关系出发，不仅将中国现代小说的历史视为高雅小说与通俗小说两翼齐飞的发展过程，而且努力在雅与俗的互动关系的研究中，梳理中国现代小说的雅俗流变与整合。该著在雅俗互动的关系的研究中提出了一些独到新颖的见解，具有重要的意义。

外国文学特别是欧洲文学，对中国现代小说创作由传统形式向现代形式的转变产生了巨大的影响。对于这一因缘关系，五六十年代已有不少人从微观上作了许多研究，他们通过一个个中国现代作家所受的具体影响，初步勾勒了外国文学对中国现代小说的影响渗透。新时期以来，出现了一些从宏观的角度研究的成果。王喜绒的《欧洲文学与二十年代的中国现代小说》[1]、王忠祥的《西方现代主义文学与中国现代小说》[2]、薛家宝的《唯美主义与中国现代小说》[3]、陈晖的《中国现代小说发展进程中的外来影响》[4] 等论文，充分肯定了西方文学对中国小说发展在不同层面产生的影响，以及中国作家吸收和借鉴的成败得失。

相对来说，关于中国传统文学和现代小说关系的研究一直比较薄弱。王瑶自50年代开始，一直比较关注这一课题，做过一些精辟的论述。新时期以后，唐弢和张恩和也都程度不同地涉猎过这一论题。目前，这方面的研究成果主要有陈平原的《中国现代小说叙事模式的转变》[5] 和方锡德的《中国现代小说与文学传统》[6] 两部著作。陈著的重心虽然在中国小说叙事模式的现代化，但也特别论述了"传统文学在中国小说叙事模式转变中的作用"，他令人信服地论证了古典文学中的"史传"和"诗骚"传统与现代小说之间的关系。方著对文学传统和现代小说关系的历史表现和深层结构作了理论概括，然后在20世纪中国文学交流的历史背景下，从发愤精神、史传意识、抒情风貌、意境美感、白话文体等方面进行了具体

---

[1] 王喜绒：《欧洲文学与二十年代的中国现代小说》，《兰州大学学报》1987年第1期。
[2] 王忠祥：《西方现代主义文学与中国现代小说》，《华中师范大学学报》1989年第1期。
[3] 薛家宝：《唯美主义与中国现代小说》，《江苏社会科学》2009年第6期。
[4] 陈晖：《中国现代小说发展进程中的外来影响》，《广州师院学报》2000年第2期。
[5] 陈平原：《中国现代小说叙事模式的转变》，北京大学出版社2003年版。
[6] 方锡德：《中国现代小说与文学传统》，北京大学出版社1992年版。

的分析论述。

也有学者关注现代小说理论批评研究,但相对来说,成果较少。这方面的专著主要有许怀中的《中国现代小说理论批评的变迁》[1]、谢昭新的《中国现代小说理论史》[2]、刘涛的《中国现代小说范畴论》[3]、程丽蓉的《对话场景中的中国现代小说理论话语》[4] 等。许著首次全面系统地阐述了中国现代小说理论批评的固有内涵及其发展变迁的过程。该书把中国现代小说理论与批评三十年的历史分三个阶段:从1917年至1926年是"从裂变到初步发展"的时期;从1927年至抗日战争全面爆发是"走向全面发展新途中"的繁荣时期;抗日战争和解放战争时期是向大众化、民族化、革命的现实主义"发展中的趋归"时期。谢著在梳理现代小说理论思潮发展脉络的过程中,既论及了小说理论思潮的文化嬗变即社会思潮、哲学思潮和背景的嬗变,又包括对文学内部的文学理论、文学批评、文学创作和文学接受的研究。刘著从历史还原的角度对中国现代理论发展的过程和脉络进行梳理,细致深入地阐释了中国现代小说理论中的人物、环境、结构、视角、文体五个重要的范畴。程著第一次把中国现代小说理论话语置于中国传统小说理论话语、西方小说理论话语互动的框架中进行系统考察,借鉴西方话语理论提升中国现代小说理论研究,集中探讨了中国现代文学及其理论研究中的薄弱环节。此外,曾华鹏的长篇论文《中国现代小说理论批评的历史回顾》[5],分三个时期历时地描述了中国现代小说理论批评的发生与发展,对几位重要的小说理论批评家如鲁迅、茅盾、周扬、李健吾等人也作了一定的论述。

小说题材和主题的研究一直是小说研究的重点,新世纪以来,小说题材和主题的研究可谓异彩纷呈。知识分子、乡土、城镇、家族、边地、教育、成长、历史、性爱、人文幻想、身体、货币、市井等各类题材与主题

---

[1] 许怀中:《中国现代小说理论批评的变迁》,上海文艺出版社1990年版。
[2] 谢昭新:《中国现代小说理论史》,安徽大学出版社2003年版。
[3] 刘涛:《中国现代小说范畴论》,河南大学出版社2005年版。
[4] 程丽蓉:《对话场景中的中国现代小说理论话语》,人民文学出版社2006年版。
[5] 曾华鹏:《中国现代小说理论批评的历史回顾》,《扬州师院学报》1996年第1、2期。

都得到挖掘与阐释。王卫平的《中国现代知识分子小说史论》① 以中外有关知识分子的理论为基础，在与中国古代、近代以及外国文学中的同类题材的小说作品及其人物形象的联系与比较中，对中国现代知识分子小说进行了系统梳理。乡土书写是中国现代小说中的重要现象。沈琳的《中国现代小说的乡土书写》② 通过对现代小说文本中的乡土书写解读，探究了现代小说中的乡土书写的特点与生成机制以及乡土文化在中国现代性历程中的书写意义。徐仲佳的《性爱问题——1920年代中国小说的现代性阐释》③ 对中国20世纪20年代关涉性爱问题的小说作了较全面的梳理，对其发展脉络进行了较完整的描述。邱诗越的《中国现代小说市镇叙事研究》④ 提出"中国现代市镇文学"概念，对中国现代小说市镇叙事进行了深入的探讨，拓宽了中国现代小说的研究视野。马云的《中国近现代人文幻想小说研究》⑤ 提出了一个新的类型小说概念即"人文幻想小说"。作者以近现代人文幻想小说的发展史为经，以各个时期的代表作品为纬，深入论述了人文幻想小说的概念、表现特征、历史演变。从中西方幻想文学史发展中分析人文幻想小说的历史地位，深入发掘近现代人文幻想小说存在的事实及意义。王晓文的《中国现代边地小说研究》⑥ 立足边地视角，以大文学史视野观照现代文学，以开放包容的学术胸怀构建了"文化边地"的学理体系，在对现代边地小说进行文化解读和审美探寻的基础上，深入边地中国发掘边缘的活力，勘察了边地文学的美学价值和文化意义。李自芬的《现代性体验与身份认同——中国现代小说的身体叙事研究》⑦ 以现代小说30年发展的历史线索，梳理并勾勒了现代小说呈现

---

① 王卫平：《中国现代知识分子小说史论》，中国社会科学出版社2009年版。
② 沈琳：《中国现代小说的乡土书写》，中国农业出版社2013年版。
③ 徐仲佳：《性爱问题——1920年代中国小说的现代性阐释》，社会科学文献出版社2005年版。
④ 邱诗越：《中国现代小说市镇叙事研究》，中国社会科学出版社2017年版。
⑤ 马云：《中国近现代人文幻想小说研究》，中国社会科学出版社2018年版。
⑥ 王晓文：《中国现代边地小说研究》，人民出版社2016年版。
⑦ 李自芬：《现代性体验与身份认同——中国现代小说的身体叙事研究》，巴蜀书社2009年版。

的不同身体叙述模式，阐释了现代中国人的身体经验以及基于此基础上的自我想象和自我塑造，从而揭示了中国特殊的现代性特征。其他题材研究的著述恕不一一列举。

在题材和主题的开掘之外，现代小说的研究也在性别、经济、服饰、民俗、音乐等各种视角和维度上展开。20世纪90年代以来，性别理论成为文学研究的重要的理论和方法。乔春雷的《中国现代小说中的革命女性》① 以中国现代小说中的革命女性形象为中心，将革命女性形象放置在革命文化语境中进行分析，探究了革命文化、革命语境的变迁及革命话语的转变对革命及女性书写的影响。刘瑜的《想象、追随和质疑——中国现代女性小说中的男性形象解读》② 以女性主义为出发点，对现代文学三十年女性文本中的男性形象作了系统的梳理和解读。李萱的《现代中国女性小说的梦幻书写》③ 以现代女性小说创作为研究对象，以中国传统文学特别是传统女性的梦幻书写为背景，挖掘梦幻文化与女性话语建构的关系，考察了现代中国女性话语建构的特殊视角。陈国栋的《经济视角下的中国现代小说》④ 从经济视角系统论述了中国现代小说的历史演进、主要形态及其多元化和丰富性特征。梳理了现代小说中描写的经济现象、经济关系，考察小说反映的同期经济社会发展历史状况，探究小说反映与历史真实的契合度。同时将经济视角与思想启蒙、社会政治、伦理道德、文化等视角结合起来，从一定意义上丰富了现代小说研究的角度，拓展了对现代小说价值和意义的阐释。任湘云的《服饰话语与中国现代小说研究》⑤ 结合中国现代思想史、现代服饰史、现代小说史等，从理论与实践、历时与共时不同层面，结合大量文本分析，研究中国现代小说中的服饰话语及其呈现形态，探析服饰作为符号在不同作家和不同时期小说文本

---

① 乔春雷：《中国现代小说中的革命女性》，九州出版社2014年版。
② 刘瑜：《想象、追随和质疑——中国现代女性小说中的男性形象解读》，重庆出版社2015年版。
③ 李萱：《现代中国女性小说的梦幻书写》，人民出版社2016年版。
④ 陈国栋：《经济视角下的中国现代小说》，经济科学出版社2011年版。
⑤ 任湘云：《服饰话语与中国现代小说研究》，四川大学出版社2010年版。

中的表意功能和意识形态特征。张永的《民俗学与中国现代乡土小说》①从民俗学角度对中国20世纪二三十年代乡土小说进行一次较为全面的分析和阐释，揭示了乡土小说的民俗叙事表现出的现代性审美取向。李雪梅的《中国现代小说的音乐性研究》②以部分具有音乐性的中国现代小说为考察对象，试图以跨艺术的视点来探讨小说与音乐之间的微妙关系，理解这两种艺术互为创造和批评的参照时彼此之间的重叠与落差，在这些重叠与落差的缝隙背后，介入人性、文化与艺术的深层解读。柯贵文的《中国现代小说物象研究》③通过对现代小说物象与传统诗词意象的辨析，对现代小说物象的性质、类型及功能作了简要的阐释，并通过对中国现代小说史上具有代表性的流派、作家物象艺术的详尽分析，描述了中国现代小说物象艺术的发展史。

叙事学是现代小说研究重要的理论和方法。刘郁琪的《1917—1949中国现代小说叙事演变论》④以经典叙事学思想为参照，探讨了1917—1949年间中国现代小说的各种叙事现象及其相互之间的发展演进关系和内在文化逻辑，并将文本分析与语境解读结合起来，注意分析各类小说叙事的社会历史文化动因。吴矛的《中国现代小说叙事类型的初始建构》⑤在历史语境中以影响较为深远的中国现代经典作家的小说代表作为解读对象，分阶段较为全面地考察了中国现代小说叙事类型的初始建构过程和叙事特点。王兴的《中国现代小说传奇叙事研究》⑥重新审视中国现代小说叙事现代转型面对的外来影响和传统文学之间的因果关系，梳理了现代小说传奇叙事在主题表现类型、情节结构模式、人物形象塑造、文本时空设置等方面的审美艺术特质。考察了现代小说家们在文学实践中对"传奇"传统所进行的承袭转化及审美表现。申洁玲的《中国现代第一人称小说

---

① 张永：《民俗学与中国现代乡土小说》，上海三联书店2010年版。
② 李雪梅：《中国现代小说的音乐性研究》，中国社会科学出版社2018年版。
③ 柯贵文：《中国现代小说物象研究》，暨南大学出版社2014年版。
④ 刘郁琪：《1917—1949中国现代小说叙事演变论》，中国社会科学出版社2017年版。
⑤ 吴矛：《中国现代小说叙事类型的初始建构》，中国社会科学出版社2017年版。
⑥ 王兴：《中国现代小说传奇叙事研究》，经济管理出版社2017年版。

叙述者研究》① 从"叙述者"的角度,探讨了中国现代第一人称小说的发生、发展,总结了中国现代第一人称小说的特色及发展规律,并对西方相关叙述学理论进行反思。

文体也是小说研究的重要视角,现代小说文体的研究涉及现代转型、小说观念、文体流变、文体类型、语言、雅俗等问题。关于传统小说的现代转变,陈平原曾经作了研究,王影君的《中国小说的现代转型》② 主要探讨了现代小说的兴起问题。作者从历史维度探寻了转型期政治、经济、文化对小说创作的影响,挖掘人的主体能动性在转型过程中的作用。认为正是由于在特定的历史变革时期,发生了现代意义上人的个体意识觉醒、国家意识觉醒和民族意识觉醒,小说这一文学体裁才格外展现出其作为人的精神产品的社会属性,从社会功能到主题意蕴,再到创作意识,均发生了现代转型。冒建华的《中国现代小说理念的引介与反思》一文认为,中国现代小说在理念上,既有与世界文学接轨的一面,使中国的小说创作渐趋世界化;同时,又能够保持原有的民族、地域本色,并使中华民族文学重新走向世界,反构着世界小说的中国化特色。中国小说在理念上的现代性与民族性的交媾,相互撞击、相互影响、相互渗透,构成了中国现代写实小说特有的独特风貌和奇异景观。③ 季桂起的《中国小说体式的现代转型与流变》和夏德勇的《中国现代小说文体与文化论》④ 从宏观的角度,梳理了现代小说文体的历史流变。季著主要梳理和描述了中国现代小说体式从晚清到20世纪90年代的流变过程及其运行规律,打破了一般小说史单纯按时间顺序的写法,注重从艺术形式的角度入手,论述了中国现代小说体式的产生、发展与流变的历史过程,史论结合。夏著从理论上研究了小说文体特性,阐释了中国现代文体的文体流变,并追索了其文化语境。王晓冬的《中国现代中篇小说研究》⑤ 以 1917—1949 年间的中篇小

---

① 申洁玲:《中国现代第一人称小说叙述者研究》,光明日报出版社 2015 年版。
② 王影君:《中国小说的现代转型》,辽海出版社 2018 年版。
③ 冒建华:《中国现代小说理念的引介与反思》,《文艺争鸣》2012 年第 1 期。
④ 季桂起:《中国小说体式的现代转型与流变》,山东大学出版社 2003 年版;夏德勇:《中国现代小说文体与文化论》,中国广播电视出版社 2005 年版。
⑤ 王晓冬:《中国现代中篇小说研究》,中华书局 2012 年版。

说为研究对象，从文学史的视野，梳理中篇小说创作与概念的演变及其复杂内涵，并从文体学的角度探讨这一文学现象。作者的目的不是要探究中篇小说的"本质"并重新给予定义，而是追踪现代文学三十年来中篇小说的创作现象及围绕其文体归属的争论，期望重新激活中篇小说所牵涉的文体问题。李丽的《中国现代短篇小说的文体自觉》[①]对现代短篇小说文体的特点作了整体性考察和综论式评价，主要从文体意识、形式革新、主题演进三个方面论述了短篇小说完整的发展轨迹。韩蕊的《个人的私语——中国现代书信体小说研究》[②]论述了文学书信和书信文学的差异，以及书信体小说的发展沿革。闫立飞的《历史的诗意言说——中国现代历史小说文体研究》[③]以现代历史小说文体作为研究的对象，意在从文体的角度对现代历史小说进行总体观照和理论总结。刘恪的《中国现代小说语言史》[④]在大量阅读现代小说文本的基础上，梳理了中国现代小说语言的百年流变。作者把百年来的小说语言分为乡土语言、社会革命语言、自主语言、文化心理语言四个类别，在语言分类的基础上，考察各类语言的历史流变。吴秀亮的《中国现代小说雅俗新论》[⑤]将雅俗小说置于小说史的背景下，阐述了雅俗小说的并存格局、关系结构及其生成发展机制，以及对小说艺术发展的影响等问题，试图更完整地揭示作为雅俗小说相互作用而构成的小说史的风貌与深层意义。并在此基础上进一步论及文化的雅俗问题。司新丽的《中国现代消遣小说研究》[⑥]辨析了"通俗小说"与"消遣小说"的分野，提出了"中国现代消遣小说"的概念，从纵向考察与文本的聚焦分析两个方面对它的产生、变迁、思想倾向、艺术特色以及价值定位进行了总体性的研究和阐释，揭示了"中国现代消遣小说"的文学特征和历史地位。

[①] 李丽：《中国现代短篇小说的文体自觉》，光明日报出版社2013年版。
[②] 韩蕊：《个人的私语——中国现代书信体小说研究》，陕西人民出版社2009年版。
[③] 闫立飞：《历史的诗意言说——中国现代历史小说文体研究》，天津社会科学院出版社2010年版。
[④] 刘恪：《中国现代小说语言史》，百花文艺出版社2013年版。
[⑤] 吴秀亮：《中国现代小说雅俗新论》，人民出版社2010年版。
[⑥] 司新丽：《中国现代消遣小说研究》，中国人民大学出版社2016年版。

长篇小说的版本、传播与接受研究。金宏宇多年来致力于版本研究，《中国现代长篇小说名著版本校评》① 选取中国现当代文学史上八部长篇小说《倪焕之》《家》《子夜》《骆驼祥子》《围城》《太阳照在桑干河上》《青春之歌》和《创业史》，对小说的初刊本或初版本，与代表性的修改本，进行了仔细对校，对校之外，作者又对其版本变迁进行了评析，是一部长篇小说版本研究的力作。传播和接受研究方面突出的是陈思广的系列著作，《中国现代长篇小说编年》② 以1922年2月至1949年10月公开出版的中国现代长篇小说为经，以创作者对该作品的创作阐述以及读者对该文本的接受阐释为纬，详尽地搜集整理了散见于民国报刊上关于长篇小说的短论、广告、序言、题跋、书信、书评等文字，以原文附录与观点摘要的方式加以提炼辑录，作了全面史料性的文献编年。以第一手资料真实全面地呈现了中国现代长篇小说从发轫到成熟的创作历程与接受轨迹。《审美之维——中国现代经典长篇小说接受史论》③ 从审美维度出发，全面剖析了张资平、巴金以及《蚀》《女兵自传》《骆驼祥子》《寒夜》《围城》等数十部中国现代经典长篇小说的接受，描述了中国现代长篇小说接受的诸多细节，探讨了读者在中国现代长篇小说经典化过程中的再创造关系，勾勒了中国现代长篇小说多元发展的丰富样态，为中国现代长篇小说的研究提供了具体的接受视野。《中国现代长篇小说的传播与接受研究》④ 对现代长篇小说的传播与接受的复杂现象进行梳理，打破了作家作品研究的二元格局，从新文学社团、现代出版业、报刊媒介、文化格局、广告、征文等多个角度，在深厚的史料基础上还原了"现代文学三十年"文学活动的时代背景，对现代长篇小说的传播接受进行全面再现。

二

现代小说史的写作意味着小说研究在微观研究的基础上走向宏观的历

---

① 金宏宇：《中国现代长篇小说名著版本校评》，人民文学出版社2004年版。
② 陈思广：《中国现代长篇小说编年》，四川大学出版社2008年版。
③ 陈思广：《审美之维——中国现代经典长篇小说接受史论》，四川大学出版社2012年版。
④ 陈思广：《中国现代长篇小说的传播与接受研究》，中国文联出版社2016年版。

史把握，标志现代小说研究的繁荣和成熟。最早的中国现代小说史著作要数夏志清的《中国现代小说史》，该书于1961年在美国出版。国内的第一部中国现代小说史迟至1984年才出现，随后不断有各种体例不一、写法不同的小说史相继问世，整个80年代掀起一个小说史写作的高潮。90年代以来，这股潮流才渐渐回落。

　　夏志清的《中国现代小说史》是迄今影响最大、争议最多的一部小说史。该著1952年开始写作，1961年由美国耶鲁大学出版社出版，1971年再出增订本。1979年，香港友联出版社和台湾传记文学出版社同时出版了中文繁体本。2005年，复旦大学出版社推出了中文简体本。夏著历来最引人注意的是他在写作中秉承的批评方法。夏志清曾经承认，这部著作受到英美"新批评"文学理论的影响，它的精神内涵则来自李维斯对西方文化"大传统"的阐释。王德威指出，"《小说史》的结构及文脉"，与作者在耶鲁攻读博士时，"曾受教于波特及布鲁克斯等著名教授"有直接的关系，但"夏的野心并不仅于'细读文本'这类新批评的基本工夫"，他"对文学形式内蕴道德意涵的强调，引领我们注意他另一理论传承，即李维斯的批评论述。李维斯认为一个作家除非先浸润于生命的实相中，否则难以成其大。对他而言，最动人的文学作品无非来自于生命完整而深切的拥抱。因此批评家的责任在于钻研'具体的批判与个案的分析'"[1]。正是从这样的立场观念出发，夏志清认为，张爱玲、张天翼、钱锺书、沈从文四人是中国现代小说史上的佼佼者，但他对鲁迅、茅盾、巴金、丁玲等人却吝于给予过高评价。夏的文学趣味和文学史眼光对80年代以来的现代文学研究产生了很大的影响，使得张爱玲、钱锺书、沈从文等人在现代文学史上的地位节节攀升。夏著因其独特的审美尺度不断给学界带来巨大影响的同时，也由于他的意识形态立场而备受争议。他对那些立场鲜明的左翼作家如郭沫若、蒋光慈、丁玲等缺乏好感，认为1949年之后的左翼作家创作水准一落千丈，成了政治的传声筒。

---

[1] 王德威：《重读夏志清教授〈中国现代小说史〉》，《中国现代小说史》，复旦大学出版社2005年版，第34—35页。

1984年1月，由田仲济、孙昌熙主编的《中国现代小说史》①出版发行，此书40余万字，堪称国内第一部现代小说史。全书共八章，以人物形象系列来建构现代小说的体例。前面七章分别论析了知识分子、妇女、工人、农民、革命党人、市民、历史小说中的人物等系列人物形象，最后一章列述了其他人物形象——军官与士兵、地主与资本家、官僚与政客等。这种以人物形象为纲的小说史写法的确有其优点，可以比较清楚地显示出小说发展同时代的关系，便于读者通过小说史理解现代中国的历史画面。然而，此类写作也有明显缺陷。一是小说史可能成为人物形象系列的汇编，不便于立体地反映现代小说丰富的层次和各个不同的方面。二是容易产生把作品割裂的毛病，因为，一部具体的作品很少只写一个人物或一类人物，总是要写许多方面的人物。如果按人物形象分类论述，势必一部作品要分散在好几章里讲。

同年4月，赵遐秋、曾庆瑞夫妇所著《中国现代小说史》②出版。此书分上、下两册，110余万字，乃是以通史的方式写作小说史的开端之作。该著综合各种因素，对现代文学史的各段时间、各个地区、各种专题的小说现象作了总体的考察和描述，涵盖了与小说有关的六个方面的文学现象：文学思潮、文学运动、文学社团、小说流派、小说作家、小说作品。这部书第一次系统描述了中国现代小说的发展过程，总结了中国现代小说发展的规律和经验。尽管这部小说史在小说历史发展的叙述和历史主义的写作原则方面有自己的特点和贡献，但在一些文学现象的评价上依然没有摆脱先进与反动、主流与逆流的二元对立评论模式。该著由于完成于80年代初，体现了拨乱反正时期的历史特征。此外，它对文学现象历史的综合分析较多，而对具体作家作品的分析论述有些浮泛。

80年代在小说史的写作方面，真正具有突破意义的是杨义的三卷本的《中国现代小说史》③，凡一百五十万言，分别于1986年、1988年、1991年由人民文学出版社陆续出版。全书把中国现代小说的发展分为从

---

① 田仲济、孙昌熙主编：《中国现代小说史》，山东文艺出版社1984年版，第3页。
② 赵遐秋、曾庆瑞：《中国现代小说史》，中国人民大学出版社1985年版。
③ 杨义：《中国现代小说史》，人民文学出版社1988年版。

清末民初小说的发展、伟大开端（1917—1927）、繁荣和成熟（1928—1937）、普及和深化（1937—1949）四个阶段，高屋建瓴而又详尽完备地叙述了自清末民初至新中国成立后近半个世纪中国小说的发展历史。作者涉猎现代小说作品甚广，据粗略统计，评述作品达2000余部，几乎囊括了中国现代小说史上所有的小说家，涉及作者多达700多人。该《小说史》分总论、流派作家群论和作家论三个层面，以流派层面为中介把总论和作家论支撑起来，相互沟通，将纷繁复杂的整个现代小说史描述成具有立体感的动态发展过程。它最显著的特色是注重从审美的角度研究现代小说，探讨作家的审美心理和审美个性，挖掘作品的审美价值，探索艺术审美观念的变化，以及文体演变的规律。另外一个特点是善于从文化角度透视现代中国小说，阐释作品的文化内涵和文化价值。杨著和其他同类著作相比，不仅在写作的范围上有所拓展，把台湾文学纳入写作的版图，并改变了以往严肃的纯文学一统天下的局面，通俗文学也被纳入论述的范畴。尽管通俗小说的比重很少，但也基本建立一种新的文学史格局。

夏志清的著作以作家为主体，田仲济、孙昌熙的著作以人物形象的塑造为主体，赵遐秋、曾庆瑞和杨义的著作都属通史类。在上述一系列著作之后，小说史的写作方面具有突破和创新的是于同年出版的严家炎的《中国现代小说流派史》[1]和陈平原的《二十世纪中国小说史》[2]两部著作。严著通过对中国现代小说流派的宏观把握和微观审视，独特而深入地揭示了中国现代文学思潮、流派发展史上的一些重要规律。在具体流派的梳理中，该书克服了小说流派研究中轻率地、缺少根据地乱划小说流派或无视小说流派存在的不良倾向，采用了客观历史的科学方法，梳理挖掘了现代小说史上的诸多流派。在对各个流派的评价上，作者一方面把中国现代小说流派的形成和发展看成是接受外来影响使之民族化与继承民族传统使之现代化的双向进程，另一方面反对简单对待和"一元批评"，努力从各个流派自身的特点出发作出评价。该著在努力描绘一个多元竞争并存的

---

[1] 严家炎：《中国现代小说流派史》，人民文学出版社1989年版。
[2] 陈平原：《二十世纪中国小说史》，北京大学出版社1989年版。

小说史画面的同时，也从现代化的立场，对现代小说的发展进行了历史的总结和概括，揭示了现代小说的"现代性"。严著的不足之处是，他把鸳鸯蝴蝶派的通俗小说视为旧小说，排除在现代小说范畴之外，体现了他在"现代小说"观念上的偏颇。

"二十世纪中国文学"观念的提出，也引发了"二十世纪中国小说史"的策划与写作。其目的不仅在打通近、现、当代，扩大研究的范围，而且力图在世界文学的广阔背景下考察中国最近90多年小说发展的总体性特征及规律。根据严家炎的设想，《二十世纪中国小说史》起自1897年，至于当前，包括90余年历史。全书分为七卷，但迄今为止，只出了陈平原的第一卷①。《二十世纪中国小说史》的预期目标中有两个方面最为突出和新颖：一是以世界近现代小说特别是20世纪小说的发展为背景，来考察中国现代小说，科学地揭示中国现代小说与世界小说的历史关系、相互影响及中国现代小说与传统小说的继承、革新关系。二是研究现代小说文体发展的历史线索与轨迹，揭示文体本身诸种因素的内在矛盾及演变规律。的确，陈著很好地体现了这种小说史写作的设想，注重文体形式的演变特征，改变了以往以作家为中心的写作方式。与此同时，该著分别从小说产生的社会文化环境、雅俗关系、结构类型、小说文体、主题模式、叙事模式和美学风格等层面论述了1897—1916年间小说的发展状况。陈平原曾经把以往的文学史写作分为专家的文学史、教科书的文学史和普及的文学史三类。陈著应该是以专家学者为拟想读者的专深的文学史，但也为教科书文学史和普及性的文学史的写作提供了新的借鉴。

进入90年代，小说史写作的热潮逐渐退却了，无论是写作的数量，还是理论创新的热情都无法与80年代相比，从作家、人物形象、通史、流派到文体，各种体例尝试的激情也几乎消耗殆尽，小说史的写作也成了文学观念变化的一个见证。当然，90年代以来，也有一些小说史著作问世。杨联芬的《中国现代小说导论》② 以"作家作品"为书写体例，以作家作品的阐释为主。该著"一方面着意对不同时期文学作品纵横交错

---

① 陈平原：《二十世纪中国小说史》第一卷，北京大学出版社1989年版。
② 杨联芬：《中国现代小说导论》，四川大学出版社2004年版。

的比较，从整体上显示现代小说这一文体发展的历史脉络；一方面尽量'回放'彼时的历史场景，由触摸历史而进入历史，在细节、偶然与误会的钩沉中生动展示了历史的现场感"，"文学史在审美与历史间舒展的张力"①。阎浩岗的《中国现代小说史论》②在绪论中详细论述了"创作方法的三维结构"，用以分析作家作品的个性和共性，并对中国现代小说史上几乎每个重要作家的经典作品都进行了或宏观或微观的重读重评，从而构筑了自己的小说史图景。该著还吸收了西方形式主义文论的一些思想，以及从文学本身角度研究问题的立场，维护文学本体地位，注重文本细读，多角度阐释文本意蕴。此外，还有研究某一个阶段的小说史论著作，如范智红的《世变缘常——四十年代小说论》③和王德威的《被压抑的现代性——晚清小说新论》④都是非常突出的成果。范著从"故事性"的强化、对普通人平凡生活的表现和"象征化"三个方面，描述和阐释了"为人生"的新文学在40年代小说创作中的神话和多样性发展，视角新颖，见解独到，体现了对小说艺术的民族化的理解。王著从他提出的"没有晚清，何来五四"被压抑的现代性的命题出发，通过对晚清小说文本的细致阅读，重新阐释了晚清小说的丰富性和"现代性"，揭示了晚清小说与20世纪小说的对话关系。

三

现代小说作家研究，除鲁迅、茅盾、巴金、老舍、沈从文、张爱玲、赵树理等之外，郁达夫、废名、丁玲、钱锺书、萧红、孙犁、师陀等人也得到了研究者较多的关注。本书在重要作家研究部分对鲁迅、茅盾、巴金、老舍、沈从文、张爱玲、赵树理等人作了专论，此处不再赘述。

郁达夫是创造社最具代表性的作家之一，因其独特的创作风格历来备

---

① 徐敏：《文学与历史的书写张力——评杨联芬的〈中国现代小说导论〉》，《南京师范大学文学院学报》2007年第3期。
② 阎浩岗：《中国现代小说史论》，人民文学出版社2006年版。
③ 范智红：《世变缘常——四十年代小说论》，人民文学出版社2002年版。
④ 王德威：《被压抑的现代性——晚清小说新论》，北京大学出版社2005年版。

受研究者关注。郁达夫研究可以分为前后两个时期。新时期以前的郁达夫研究由于"左"的影响，1949年以后，尽管郁达夫被认为是烈士，但在文学方面以否定性批评居多。1950年，丁易在《郁达夫选集》的序言中对郁达夫的思想、生活、创作道路等评价较低，认为郁达夫的作品在"积极方面虽然揭穿了旧礼教的虚伪和尊严，但精神情绪实在是不健康的"。以丁易为代表的观点，在50年代出版的几本现代文学史著作中都有不同程度的表现。比较而言，王瑶的史著《中国新文学史稿》①、曾华鹏和范伯群的论文《郁达夫论》②以及田仲济的论文《郁达夫的创作道路》③，对郁达夫的创作思想作了比较公允的评价。王瑶认为，郁达夫的所谓"感伤颓废"，"实际上是对现实不满的悲愤激越情绪的一种摧抑，浪漫的情调中是有反抗和破坏心情的"。王瑶基本上肯定了郁达夫的思想和创作。曾华鹏和范伯群全面、系统地研究了郁达夫的思想和创作，对郁达夫的一生进行了高度的概括和评价，认为郁达夫创作中的"颓废情绪"和"色情描写"也有一定的积极价值。田仲济也对郁达夫作了比较客观的评论，认为郁达夫作品所谓的"伤感""颓废"不完全是消极的，也是对当时丑恶现实的反抗。进入60年代尤其"文革"期间，郁达夫研究就完全荒芜了。

进入新时期，郁达夫研究才真正展开，甚至掀起了一个热潮。1989年出版的张恩和编的《郁达夫研究综论》④对70年代末到80年代中期的郁达夫研究作了综合论述。2006年，由浙江大学中国现当代文学与文化研究所编辑出版了《郁达夫研究资料索引（1915—2005年）》⑤和两卷本的《中外郁达夫研究文选》⑥，后者共收录49篇研究论文。纵观新时期的

---

① 王瑶：《中国新文学史稿》，开明书店1951年版。
② 曾华鹏、范伯群：《郁达夫论》，《人民文学》1957年第5、6期合刊。
③ 田仲济：《郁达夫的创作道路》，《山东师范学院学报》1959年第3期。
④ 张恩和编：《郁达夫研究综论》，天津教育出版社1989年版。
⑤ 浙江大学中国现当代文学与文化研究所：《郁达夫研究资料索引（1915—2005年）》，浙江大学出版社2006年版。
⑥ 浙江大学中国现当代文学与文化研究所：《中外郁达夫研究文选》，浙江大学出版社2006年版。

郁达夫小说研究，主要集中在"颓废情调"、创作个性风格以及和中外文学的比较研究几个论题。郁达夫小说的"颓废情调"具体表现为"颓废"倾向、"色情"描写和"零余者"形象等富于争议的问题。许子东的《关于"颓废"倾向与"色情"描写》①、席建彬的《论郁达夫小说的欲望叙述理路及文学史意义》②两文专门分析了郁达夫小说中的颓废和色情问题。许子东从背景因素、主观因素、外来因素和表现因素四个方面，分析郁达夫小说"颓废"倾向产生的根源，揭示了郁达夫"颓废"倾向、"色情"描写的积极意义。席建彬从更为开阔的视野出发，认为郁达夫欲望叙事的理路在于对身体性欲望的转移和压制，并没有表现出生命意义上的欲望满足效果，这使得叙述成为对欲望本义的改写，从而揭示了其欲望叙述的文学史意义。吴茂生的《浪漫主义英雄——论郁达夫小说中的"零余者"》③、谢炜如的《论郁达夫小说中的"零余者"》④、袁凯声的《论郁达夫小说中的"零余者"》⑤等论文，从不同角度论述了"零余者"形象的不同内涵。关于创作风格和个性的探讨，主要涉及对抒情风格和浪漫主义两个问题的论述。对郁达夫小说抒情风格的论述，代表性的论文有张国祯的《郁达夫和我国现代抒情小说》⑥和杨义的《郁达夫与抒情小说的发展》⑦。张国祯考察了郁达夫抒情小说的发展，并概括了郁达夫抒情小说的主要特征。杨义则试图从文学史的角度来考察郁达夫抒情小说的独特价值。对郁达夫小说浪漫主义特征的论述，主要论文有赵园的《郁达夫"自我"写真的浪漫主义小说》⑧和许子东的《郁达夫风格和现代文学中

---

① 许子东:《关于"颓废"倾向与"色情"描写》,《文学评论丛刊》1983 年第 17 辑。
② 席建彬:《论郁达夫小说的欲望叙述理路及文学史意义》,《文学评论》2010 年第 2 期。
③ 吴茂生:《浪漫主义英雄——论郁达夫小说中的"零余者"》,《中国现代文学研究丛刊》1982 年第 4 期。
④ 谢炜如:《论郁达夫小说中的"零余者"》,《广州师院学报》1983 年第 2 期。
⑤ 袁凯声:《论郁达夫小说中的"零余者"》,《河南大学学报》1985 年第 2 期。
⑥ 张国祯:《郁达夫和我国现代抒情小说》,《中国现代文学研究丛刊》1981 年第 4 期。
⑦ 杨义:《郁达夫与抒情小说的发展》,《文学评论丛刊》1983 年第 17 辑。
⑧ 赵园:《郁达夫"自我"写真的浪漫主义小说》,《十月》1990 年第 1 期。

的浪漫主义》①。赵园认为，郁达夫的浪漫主义倾向表现为感伤的哨叹、愤激的控诉、直接的内心抒发、对自然美的陶醉以及以诗和散文笔法入小说。许子东着重考察了郁达夫小说浪漫主义的渊源和内涵。80年代中后期，郁达夫小说创作和中外文学关系的比较研究逐渐成为研究的热点。曾华鹏、范伯群的《郁达夫小说与传统文化》②和《五四时期外国文化对郁达夫的影响》③两篇文章，分别讨论了郁达夫和传统文化、外国文学的关系。前一篇从题材、人物、风格三个侧面考察了郁达夫小说与传统文化的关系。在后一篇中，作者认为郁达夫作品艺术的几个特色，如自叙传的色彩、零余者的形象、感伤的情调、抒情的风格，无疑都受到外国文学的较深影响。其他如周云乔的《日本自我小说与郁达夫创作》④、陈其强的《自叙传与自然主义、私小说》⑤等论文，分别探讨了郁达夫和自然主义、日本私小说的关系。此外，郁达夫和同时代作家鲁迅、郁达夫、老舍等的比较研究成果也比较多。新时期以来，也出版了一些郁达夫小说研究的专著，有张恩和的《郁达夫小说欣赏》⑥、辛宪锡的《郁达夫小说创作》⑦和许子东的《郁达夫新论》⑧等。进入90年代，郁达夫小说研究除了延续以前的论题之外，研究的视野和方法也有所开拓，研究者从性别、精神分析、文化等视角对郁达夫的小说进行了更为深入和新颖的研究。⑨

废名在现代文学史上是个独异的存在，在诗歌、散文、小说创作和

---

① 许子东：《郁达夫风格和现代文学中的浪漫主义》，《文学评论》1983年第1期。
② 曾华鹏、范伯群：《郁达夫小说与传统文化》，《中国现代文学研究丛刊》1988年第4期。
③ 曾华鹏、范伯群：《五四时期外国文化对郁达夫的影响》，《扬州大学学报》1989年第2期。
④ 周云乔：《日本自我小说与郁达夫创作》，《外国文学研究》1987年第4期。
⑤ 陈其强：《自叙传与自然主义、私小说》，《浙江师大学报》1988年第2期。
⑥ 张恩和：《郁达夫小说欣赏》，广西人民出版社1983年版。
⑦ 辛宪锡：《郁达夫小说创作》，北京出版社1986年版。
⑧ 许子东：《郁达夫新论》，浙江文艺出版社1984年版。
⑨ 参见陈红艳《近五年郁达夫研究述评》，《淄博师范高等专科学校学报》2006年第1期。

学术研究方面都取得了引人注目的成绩。新中国成立前，李健吾、沈从文等已经就废名小说的晦涩文风、禅趣和诗味、乌托邦色彩、文体的创新、厌世观、悲观色彩、小说的诗化和散文化、前后期风格的转变等作过零星论述。新中国成立之后到"文革"开始这一段时间，学术界主要关注废名在新中国成立后的学术活动，而很少重视他的文学成就。进入新时期之后，研究者开始重新挖掘被冷落近三十年的废名，从而一度掀起了"废名研究热"，其中，对他小说的研究取得了显著的成绩。

废名的小说具有鲜明的异质性和独特性，很多研究者对其如何归类展开了讨论，提出了他的小说应属乡土小说、田园小说、散文化小说、现代抒情小说、诗化小说等不同看法。1981年，凌宇发表了《从〈桃园〉看废名艺术风格的得失》[1]，认为废名是较早出现的以抒情的笔调创作乡土题材的作家。而杨义则针对废名的早期作品《竹林的故事》《桃园》《桥》等，将废名定位为"中国现代第一个田园派小说家"。杨义也认为，废名是我国现代写景言情式抒情小说的先导，在我国现代抒情体小说发展史上具有拓荒意义。[2] 钱理群等人撰写的《中国现代文学三十年》认为，"在现代抒情小说体式的发展史上，从郁达夫到沈从文，废名是中间一个不可缺少的环节"[3]。格非在《废名的意义》[4] 一文中指出，要研究中国现代的抒情小说，废名是不可或缺的。有些论者将废名的小说归入散文化小说，注意到了废名小说行文结构上松散、缺乏凝练的故事情节与人物、浓墨重彩的风景世俗画描写等特征。但有学者对此产生质疑，认为废名小说的特征不是散文化而是诗化。比如饶新冬认为，尽管废名善于借故事造意境，借意境以抒情，但诗化是废名小说的总体审美特征。[5] 杨剑龙在比较何立伟与废名小说的时候，也认为二人小说最大的共性是以写诗的手法写小说；废名小说具有语言简练含蓄、精心构造意境、意味

---

[1] 凌宇：《从〈桃园〉看废名艺术风格的得失》，《十月》1981年第1期。
[2] 杨义：《废名小说的田园风味》，《中国现代文学研究丛刊》1982年第1期。
[3] 钱理群等：《中国现代文学三十年》，北京大学出版社2001年版，第97页。
[4] 格非：《废名的意义》，《文艺理论研究》2001年第1期。
[5] 饶新冬：《是"诗化"不是"散文化"——废名研究之三》，《上海大学学报》1994年第1期。

隽永、诗意浓厚等特征。① 从诗化角度研究废名的小说，最有代表性的研究者是吴晓东。吴晓东除发表了《背着"语言的筏子"——废名小说〈桥〉的诗学解读》② 等论文外，还出版了《镜花水月的世界——废名〈桥〉的诗学研读》③ 一书。吴晓东将废名认定为中国现代诗化小说的鼻祖，对其诗化小说作了文本细读，更为充分地阐释了废名的晦涩文体和文章之美。

对废名小说的归类研究，从本质上来说，涉及的是对艺术特征、思想内涵的考察。研究者除了认为废名的小说具有诗化与散文化等特征外，还特别重视分析其晦涩特点和叙事特征。陈建军认为，废名小说的晦涩除了来自于简省、跳跃、用典、互文等文体特点之外，还与其小说思想内容的特色和周作人美学趣味的影响分不开，但最根本原因则在于废名自己独特的"文学即梦"的文学观和"尚晦涩"的审美观。④ 田广在《废名小说研究》⑤ 中着力于分析废名的晦涩美学追求，并就其表现和成因展开了论述。格非也在废名小说的叙事特征研究方面作出了较大贡献。他援用叙事学理论，对废名的小说进行了深度解读。在结构方面，他将废名小说分为内外两个叙事层进行研究；在时间方面，又探讨了表面的叙事时间与内在故事场景和细节不断拉长之间的关系。⑥

研究废名小说所受的中外文学影响及其对中国现当代作家的影响也是学界关注的热点之一。研究者注意到，废名受到了同时代作家鲁迅、周作人巨大的影响，也喜欢佛经、儒道、六朝文章，欣赏陶渊明、庾信、杜甫，对温、李诗词更是倍加推崇，他还对莎士比亚、哈代、塞万提斯、契诃夫、波德莱尔、艾略特的艺术世界流连忘返。废名尽管受到了中外文学

---

① 杨剑龙：《寂寞的诗神：何立伟、废名小说之比较——中国现当代作家比较之一》，《中国现代文学研究丛刊》1990年第4期。

② 吴晓东：《背着"语言的筏子"——废名小说〈桥〉的诗学解读》，《中国现代文学研究丛刊》2001年第1期。

③ 吴晓东：《镜花水月的世界——废名〈桥〉的诗学研读》，广西教育出版社2003年版。

④ 陈建军：《废名小说晦涩之因探析》，《黄冈师专学报》1997年第5期。

⑤ 田广：《废名小说研究》，中国社会科学出版社2009年版。

⑥ 刘勇（格非）：《废名小说的时间与空间》，《当代作家评论》2001年第2期。

丰富资源的影响，但他能够独异存在，就在于他能够兼收并蓄，并自成一家。沈从文、萧红、凌叔华、师陀、孙犁、汪曾祺、何立伟等一批作家不同程度地受到了废名的影响。其中，对废名与沈从文进行比较研究成为众多研究者共同的话题。比如，杨义从文化视角论析了废名和沈从文的文化情致，并指出，沈从文对宗法制农村文化的取向与废名基本一致，他们都采取传统的静观态度来观察世界，但沈从文比废名具有更为开阔的文化参照体系，将乡村文化和异化了的城市文化作为对立物加以描写。① 殷卫星则从思想意识、审美情趣、表现手法等方面对两人作了比较，认为废名的小说是经验性抒情小说，注重个人趣味，而沈从文的小说属于描写性小说，注重塑造生活。②

　　丁玲是一位充满传奇色彩和独特创作个性的女作家，她也经常成为人们关注和研究的一个热点。1951年，丁玲的长篇小说《太阳照在桑干河上》获斯大林文艺奖金，这对50年代的丁玲研究是一个很大的刺激。围绕着《太阳照在桑干河上》，有两篇代表性的论文：陈涌的《丁玲的〈太阳照在桑干河上〉》③ 和冯雪峰的《〈太阳照在桑干河上〉在我们文学发展上的意义》④。陈涌认为，《太阳照在桑干河上》是最初反映土地改革运动的长篇小说，是一部较为成功的作品。该文充分肯定了丁玲这部小说注意到了农村复杂的阶级斗争和阶级关系，认为这部小说表现了丁玲一贯的描写人物心理的特长。冯雪峰则从文学发展史的角度论证了《太阳照在桑干河上》出现的意义。他的结论是："我认为这一部艺术上具有创造性的作品，是一部相当辉煌地反映了土地改革的、带来了一定高度的真实性的、史诗式的作品；同时，这是我们社会主义现实主义的最初的比较显著的一个胜利，这就是它在我们文学发展史上的意义。"以上两篇论文具有较高的学术价值，体现了作者深厚的理论素养。50年代相继出版的文学

---

① 杨义：《废名和沈从文的文化情致》，《文化冲突与审美选择》，人民文学出版社1988年版。
② 殷卫星：《论废名和沈从文的小说创作——兼谈中国现代抒情小说的特征》，《徐州师范大学学报》1990年第2期。
③ 陈涌：《丁玲的〈太阳照在桑干河上〉》，《人民文学》1950年第5期。
④ 冯雪峰：《〈太阳照在桑干河上〉在我们文学发展上的意义》，《文艺报》1952年5月25日。

史对丁玲也有论及，但并没有超出那个时代的普遍认识水平。1955年，丁玲被打成"丁陈反党集团"分子，此后的丁玲研究也变成激烈的批判，实际上谈不上什么学术研究。"文革"开始后，丁玲从文坛消失了，丁玲研究也趋于停顿。

新时期以后，随着丁玲的平反，丁玲研究也逐渐展开，并不断走向深入。学术界首先从对丁玲一系列的作品带有拨乱反正性质的重评开始，重要的论文有袁良骏的《褒贬毁誉之间——谈谈〈莎菲女士的日记〉》[1]，张永泉的《在黑暗中寻求光明的女性》[2]，夏康达的《重评〈我在霞村的时候〉》[3]，严家炎的《现代文学史上的一桩旧案》[4]，赵园的《也谈〈太阳照在桑干河上〉》[5]，蔡葵、臻海的《〈太阳照在桑干河上〉的革命现实主义》[6]，杨桂欣的《黑妮的申辩》[7][8]。这一系列文章就过去一段时间对丁玲的否定和污蔑进行了彻底的抗辩，重新肯定了丁玲作品的人物形象和思想价值。

80年代中后期开始，以1984年在厦门大学召开的全国首次丁玲创作研讨会为标志[9]，丁玲研究从重评走向整体性的综合研究，研究的领域不断拓展，涵盖了小说、散文、戏剧等各个方面，研究视角和方法也呈现出多元化的局面，创作道路、创作个性、女性形象和女性意识都是最为常见的研究视角，女性主义、心理分析、比较研究等新的方法也被普遍使用。新时期以来，女性形象和女性意识、创作道路的变化及评价和创作个性成为丁玲小说研究中讨论的最为热烈、成果也较多的三个论题。丁玲塑造了一系列的女性形象，并且表现出强烈的女性意识，赵园

---

[1] 袁良骏：《褒贬毁誉之间——谈谈〈莎菲女士的日记〉》，《十月》1980年第1期。
[2] 张永泉：《在黑暗中寻求光明的女性》，《中国现代文学研究丛刊》1983年第1期。
[3] 夏康达：《重评〈我在霞村的时候〉》，《文艺论丛》1981年第12辑。
[4] 严家炎：《现代文学史上的一桩旧案》，《钟山》1981年第1期。
[5] 赵园：《也谈〈太阳照在桑干河上〉》，《芙蓉》1980年第4期。
[6] 蔡葵、臻海：《〈太阳照在桑干河上〉的革命现实主义》，《新文学论丛》1980年第1期。
[7] 杨桂欣：《黑妮的申辩》，《新文学论丛》1980年第4期。
[8] 以上论文后来大多收入《丁玲作品评论集》，中国文联出版公司1984年版。
[9] 会后出版论文集《丁玲创作独特性面面观》，湖南文艺出版社1986年版。

的《大革命后小说中的"新女性"形象群》①、钱荫愉的《丁玲小说中的女性自我意识》②，王友琴的《中国现代女作家的小说和妇女问题》③，张炯、王淑秧的《从莎菲到杜晚香》④，陆文采的《浅论"莎菲型女性"和"时代女性"的美学价值》⑤，林唯民的《莎菲……美琳……贞贞……陆萍……黑妮——丁玲创作个性研究中的一个视角》⑥ 等论文都探讨了丁玲作品中的女性形象，注意到了这些女性形象性格上的变化，以及包含的女性意识。此外，由于女性主义批评的兴起，一些研究者注意从作家主体的角度探讨女性意识的变化和作品人物塑造之间的关系，如王明丽的《丁玲女性意识的嬗变与其作品的互文性》⑦、徐仲佳的《革命时代自我定义权的丧失与女性主义写作的溃败》⑧、王周生的《丁玲创作中女权思想的衰变》⑨ 等论文就是这方面的成果。丁玲的小说创作经历了几个阶段的变化，梳理这一变化过程并进行总结是丁玲小说研究中突出的问题，出现了蔡传桂的《丁玲的创作道路》⑩、林唯民、陈惠芬的《丁玲在三十年代左翼文艺运动中的创作》⑪、邹午蓉的《浅论丁玲1942年以前的小说创作》⑫、张辽民的《为左翼文艺运动勃兴立照》⑬、袁良骏的《论丁玲的

---

① 赵园：《大革命后小说中的"新女性"形象群》，《茅盾研究》第2辑。
② 钱荫愉：《丁玲小说中的女性自我意识》，《文学评论丛刊》第23辑。
③ 王友琴：《中国现代女作家的小说和妇女问题》，《北京大学学报》1985年第3期。
④ 张炯、王淑秧：《从莎菲到杜晚香》，《新文学论丛》1981年第4期。
⑤ 陆文采：《浅论"莎菲型女性"和"时代女性"的美学价值》，《丁玲创作独特性面面观》，湖南文艺出版社1986年版。
⑥ 林唯民：《莎菲……美琳……贞贞……陆萍……黑妮——丁玲创作个性研究中的一个视角》，《中国现代文学研究丛刊》1988年第2期。
⑦ 王明丽：《丁玲女性意识的嬗变与其作品的互文性》，《西北师大学报》2003年第6期。
⑧ 徐仲佳：《革命时代自我定义权的丧失与女性主义写作的溃败》，《南京师大学报》2008年第1期。
⑨ 王周生：《丁玲创作中女权思想的衰变》，《上海社会科学院学术季刊》1993年第3期。
⑩ 蔡传桂：《丁玲的创作道路》，《安徽师大学报》1980年第2期。
⑪ 林唯民、陈惠芬：《丁玲在三十年代左翼文艺运动中的创作》，《甘肃师大学报》1980年第4期。
⑫ 邹午蓉：《浅论丁玲1942年以前的小说创作》，《文学评论》1980年第6期。
⑬ 张辽民：《为左翼文艺运动勃兴立照》，《晋阳学刊》1981年第1期。

小说》① 等论文。除这些论文外，王中忱、尚侠的专著《丁玲生活与文学的道路》② 对丁玲生活与文学的道路作了综合论述。1987年，严家炎发表了《开拓者的艰难跋涉——论丁玲小说的历史贡献》③，对丁玲各个时期的代表作作了论述，清晰地勾勒出丁玲创作发展的轨迹，从而肯定了丁玲在新文学史上的位置。一年后，王雪瑛在《论丁玲的小说创作》④ 一文提出了不同的意见。作者认为，丁玲从《日记》之后的创作，从《韦护》开始，便走上了失败之路，丁玲到创作《太阳照在桑干河上》时，人们已看不到丁玲自己独特的感受，这部长篇小说明白地宣告了这位女作家的彻底消失。根据王雪瑛的分析，丁玲创作道路的变化是一条走向失败的道路和轨迹。90年代，彭漱芬的专著《丁玲小说的嬗变》⑤ 梳理了丁玲小说创作的曲折历程和发展脉络，客观公允地考察了丁玲各个阶段小说的不同特色，不仅对一些重要作品作了具体周详的微观剖析，而且从总体上对丁玲小说的嬗变作了宏观把握。关于丁玲的创作个性，主要有钱荫愉的《丁玲小说的心理描写试析》⑥、郭成的《论丁玲早期创作的艺术倾向》⑦、张大雷的《论丁玲的创作个性》⑧ 等论文。钱荫愉认为，丁玲创造性地运用了多种心理描写手段，为自己小说所要表达的内容找到了最合适的样式。郭成认为，丁玲早期创作的艺术倾向主要体现在两个方面：第一，严格遵循写自己熟悉的生活的创作原则；第二，注重典型形象的塑造。该文深入细致地剖析了丁玲作为"心理小说派"作家的特点。张大雷分析了丁玲创作中的忧郁性及其历史性的变化。相对而言，对丁玲创作个性和艺术特征的研究仍然有待深入。

---

① 袁良骏：《论丁玲的小说》，《中国社会科学》1985年第4期。
② 王中忱、尚侠：《丁玲生活与文学的道路》，吉林人民出版社1982年版。
③ 严家炎：《开拓者的艰难跋涉——论丁玲小说的历史贡献》，《文学评论》1987年第4期。
④ 王雪瑛：《论丁玲的小说创作》，《上海文论》1988年第5期。
⑤ 彭漱芬：《丁玲小说的嬗变》，湖南文艺出版社1991年版。
⑥ 钱荫愉：《丁玲小说的心理描写试析》，《贵州社会科学》1983年第5期。
⑦ 郭成：《论丁玲早期创作的艺术倾向》，《华中师范大学学报》1984年第3期。
⑧ 张大雷：《论丁玲的创作个性》，《兰州大学学报》1991年第1期。

钱锺书是现代文化、文学史上的一位大家，在小说创作方面，他的作品只有短篇小说集《人·兽·鬼》和长篇小说《围城》。新中国成立之后的三十年时间里，《围城》在国内鲜为人知，文学史上也不曾提起。尽管国内的研究几乎是空白，但国外对钱锺书及其《围城》给予了很高的评价。夏志清在《中国现代小说史》中盛赞"《围城》是中国近代文学中最有趣和最用心经营的小说，可能亦是最伟大的一部"。

新时期以来，国内对钱锺书的小说研究逐渐增多，并且绝大部分围绕《围城》展开，涉及主题意蕴、人物形象、艺术成就、文学史地位等方面①。2002年，河北教育出版社出版了"钱锺书研究丛书"，共九部专著，涉及了钱锺书的生平传记、学术思想、文学世界等方面，其中张明亮的《槐阴下的幻境——论〈围城〉的叙事与虚构》和周锦的《〈围城〉面面观》是两部研究《围城》的专著。关于《围城》的主题意蕴，代表性的论文有李频的《从"围城"的符号意义看〈围城〉的主题思想》②、温儒敏的《〈围城〉的三层意蕴》③、解志熙的《人生的困境与存在的勇气——论〈围城〉的现代性》④、程致中的《〈围城〉主题新论》⑤等。李频认为，作者的基本意向是反映以方鸿渐为首的新儒林的"类"生活，"类"本质。温儒敏认为，小说有三层意蕴，第一层是社会描写层面，描写了抗战时期古老中国城乡世态世相；第二层是文化反省层面，作者对新儒林以及传统文化进行反思；第三层是哲理思想层面，小说蕴含着类似西方现代主义文学中普遍出现的那种人生感受或宇宙意识，那种莫名的失望感和孤独感。解志熙认为，《围城》的主题是批判了现代文明，揭

---

① 参见杨芝明《〈围城〉研究综述》，陆文虎编《钱钟书研究采辑》，生活·读书·新知三联书店1992年版；马光裕《〈人·兽·鬼〉研究综述》，陆文虎编《钱钟书研究采辑》，生活·读书·新知三联书店1992年版。

② 李频：《从"围城"的符号意义看〈围城〉的主题思想》，《河南大学学报》1988年第5期。

③ 温儒敏：《〈围城〉的三层意蕴》，《中国现代文学研究丛刊》1989年第1期。

④ 解志熙：《人生的困境与存在的勇气——论〈围城〉的现代性》，《文学评论》1989年第5期。

⑤ 程致中：《〈围城〉主题新论》，《钱钟书研究》第3辑，文化艺术出版社1992年版。

露人生危机。程致中认为,《围城》的主题是多层面的,既写了爱情婚姻,又写了文化精神和人生社会,是"穿着恋爱的衣装,进行广泛的社会批评和文明批评"。从以上的讨论可以看出,《围城》的主题具有多层面的特点。方鸿渐是小说的中心人物,研究者对这一人物也各抒己见。代表性的论文有呈凤祥的《一个小资产阶级知识分子心灵的写照——论〈围城〉中的方鸿渐》①、张大年的《方鸿渐性格新论》②、解志熙的《病态文明的病态产儿——论"围城人"方鸿渐》③、胡尹强的《方鸿渐论》④等。以上论文从不同的角度分析方鸿渐形象的内涵和意义。对钱锺书艺术成就的探讨涉及艺术风格、结构、语言、讽刺艺术、修辞等,也兼及了他的短篇小说。金宏达的《钱钟书小说艺术初探》⑤、何开四的《略谈钱钟书小说的艺术特色》⑥ 是两篇从总体上论述小说艺术特色的论文。其他如黄维梁的《酝藉者和浮慧者——中国现代小说的两大技巧模式》⑦、郝利群的《幽默·奇谲·广博·机智——略谈钱钟书小说的艺术特色》⑧、郑淑慧的《从〈围城〉看钱钟书艺术创作的审美品格》⑨、宋延平的《〈围城〉结构三说》⑩、胡范铸的《试论钱钟书〈围城〉的语言特色》⑪、苏涵的《〈围城〉语言的艺术特色》⑫、杨继兴的《钱钟书小说讽刺语言

---

① 呈凤祥:《一个小资产阶级知识分子心灵的写照——论〈围城〉中的方鸿渐》,《江汉大学学报》1983 年第 1 期。
② 张大年:《方鸿渐性格新论》,《江淮论坛》1987 年第 2 期。
③ 解志熙:《病态文明的病态产儿——论"围城人"方鸿渐》,《钱钟书研究》第 1 辑,文化艺术出版社 1989 年版。
④ 胡尹强:《方鸿渐论》,《中国现代文学研究丛刊》1996 年第 4 期。
⑤ 金宏达:《钱钟书小说艺术初探》,《江汉论坛》1983 年第 1 期。
⑥ 何开四:《略谈钱钟书小说的艺术特色》,《厦门大学学报》1982 年增刊。
⑦ 黄维梁:《酝藉者和浮慧者——中国现代小说的两大技巧模式》,《钱钟书研究》第 1 辑,文化艺术出版社 1989 年版。
⑧ 郝利群:《幽默·奇谲·广博·机智——略谈钱钟书小说的艺术特色》,《天津师大学报》1983 年第 4 期。
⑨ 郑淑慧:《从〈围城〉看钱钟书艺术创作的审美品格》,《学习与探索》1990 年第 4 期。
⑩ 宋延平:《〈围城〉结构三说》,《东疆学刊》1988 年第 3 期。
⑪ 胡范铸:《试论钱钟书〈围城〉的语言特色》,《华东师大学报》1982 年第 4 期。
⑫ 苏涵:《〈围城〉语言的艺术特色》,《山西师大学报》1985 年第 2 期。

三题》①、吴福辉的《现代病态社会的机智讽刺〈猫〉和钱钟书小说艺术的独创性》②、张环的《〈围城〉讽刺艺术初探》③、王卫平的《钱钟书对中国讽刺幽默文学的贡献》④、田建民的《论钱钟书比喻的特点》⑤ 等论文从不同的层面探讨了钱锺书小说的艺术成就。对《围城》的文学史地位，研究界的认识也不尽一致，大致有两种，一种以敏泽、郭志刚为代表，认为围城是与《阿 Q 正传》《子夜》处于相同历史地位的我国现代文学史上的优秀长篇⑥；一种以杨志今、徐启华、赵辛予、唐金海为代表，认为《围城》只是一部现代优秀的小说，属于现代文学有价值的部分⑦。

90 年代以来，面对不断升温的"钱锺书热"，研究界也出现一些反思的声音，其中不乏"《围城》：中国现当代文学中的一部伪经"这样的酷评，一些研究者从民族主义、女性主义的角度对围城进行了尖锐的批评⑧。这些"另类声音"的出现说明，《围城》研究逐渐呈现出多元化的趋势。

孙犁是现代文学史上具有独特创作风格的作家。新时期之前的孙犁研究大多是对创作名篇的解读以及创作特征的论述，代表性的论文有黄秋耘的《关于孙犁作品的片段感想》⑨、方纪的《一个有风格的作家——读孙

---

① 杨继兴：《钱钟书小说讽刺语言三题》，《中国现代文学研究丛刊》1989 年第 1 期。
② 吴福辉：《现代病态社会的机智讽刺〈猫〉和钱钟书小说艺术的独创性》，《十月》1981 年第 5 期。
③ 张环：《〈围城〉讽刺艺术初探》，《文艺论丛》第 20 辑。
④ 王卫平：《钱钟书对中国讽刺幽默文学的贡献》，《贵州大学学报》1998 年第 2 期。
⑤ 田建民：《论钱钟书比喻的特点》，《钱钟书研究》第 3 辑，文化艺术出版社 1992 年版。
⑥ 参见敏泽《现代文学史上的一部杰作——喜见〈围城〉新版》，《新文学论丛》1981 年第 1 期；郭志刚《我国现代文学史上的优秀长篇——〈围城〉》，《光明日报》1981 年 3 月 4 日。
⑦ 参见杨志今《怎样评价〈围城〉》，《新文学论丛》1984 年第 3 期；《评〈围城〉》，《书林》1984 年第 4 期；赵辛予《从〈猫〉〈围城〉试评钱钟书小说的历史地位》，《广西大学学报》1982 年第 1 期；唐金海、张晓云《钱钟书小说对新文学的杰出贡献》，《复旦学报》1990 年第 5 期。
⑧ 参见汤溢泽编《钱钟书〈围城〉批判》，湖南大学出版社 2000 年版。
⑨ 黄秋耘：《关于孙犁作品的片段感想》，《文艺报》1962 年第 10 期。

犁的〈白洋淀纪事〉》①、冯健男的《孙犁的艺术》（上、中、下）②、冉淮舟的《美的颂歌——孙犁作品学习笔记》③。以上这些论文围绕孙犁的主要作品展开论述，论及了孙犁创作的一些突出的特征，如擅长刻画妇女形象、情景交融的景物描写、浓厚的抒情气息、优美的语言等。研究者对孙犁的创作大都持肯定的态度，认为孙犁是一个形成了自己独特风格的作家，黄秋耘概括为"纤丽的笔触和细腻的情调"，冯健男概括为"清新、俊逸、婉约"，在评论文章中很少看到五六十年代政治化批评的影响，这是非常难得的。

新时期的孙犁研究逐渐成为现代文学研究中的热点之一。80年代初期，周申明、邢怀鹏的《孙犁的艺术风格》④和郭志刚的《论孙犁作品的艺术风格》⑤两篇论文全面系统地论述了孙犁独特的艺术风格及在文学史上的地位，是孙犁研究中有代表性的成果。随着研究的不断展开，抒情风格、人物形象、美学特征、创作方法与创作个性等成为主要的视角和论题，表明孙犁研究走向了深化。孙犁小说的突出特点是抒情性，袁振声的《论孙犁小说的抒情艺术》⑥、金梅的《孙犁小说状景抒情的独特性》⑦、马伟业的《新牧歌文学的创造》⑧、胡明珠的《孙犁小说的"诗美"》⑨、郭志刚的《论孙犁的"诗意小说"》⑩、李力的《试论孙犁短篇小说的散文风格》⑪、曹书文的《试论孙犁小说的"散文化"倾向》⑫等一系列论

---

① 方纪：《一个有风格的作家——读孙犁的〈白洋淀纪事〉》，《新港》1959年第4期。
② 冯健男：《孙犁的艺术》（上、中、下），《河北文学》1961年第1期，1962年第2、3期。
③ 冉淮舟：《美的颂歌——孙犁作品学习笔记》，《新港》1962年第5期。
④ 周申明、邢怀鹏：《孙犁的艺术风格》，《河北大学学报》1980年第3、4期。
⑤ 郭志刚：《论孙犁作品的艺术风格》，《孙犁创作散论》，山西人民出版社1986年版。
⑥ 袁振声：《论孙犁小说的抒情艺术》，《天津社会科学》1983年第4期。
⑦ 金梅：《孙犁小说状景抒情的独特性》，《天津社会科学》1985年第4期。
⑧ 马伟业：《新牧歌文学的创造》，《学习与探索》1996年第4期。
⑨ 胡明珠：《孙犁小说的"诗美"》，《安徽大学学报》1988年第4期。
⑩ 郭志刚：《论孙犁的"诗意小说"》，《社会科学战线》1994年第5期。
⑪ 李力：《试论孙犁短篇小说的散文风格》，《中州学刊》1995年第5期。
⑫ 曹书文：《试论孙犁小说的"散文化"倾向》，《殷都学刊》1998年第1期。

文都探讨了孙犁小说的抒情性特点，研究者提出了新牧歌、诗意小说、散文化等概念，这也说明对孙犁小说的抒情性形成了不同层面的认识。善于塑造女性形象也是孙犁小说的一大特点。郭志刚的《富有时代色彩的儿女们——孙犁作品中的人物谱系之一、之二》①、李永生的《女性形象世界的艺术把握——孙犁"酵素小说"初探》②、洪岷的《三境写人：再论孙犁塑造妇女形象的技巧》③ 等论文，从女性形象的艺术性和美学效果角度探讨了孙犁女性形象塑造的特点。其他如王桂荣的《孙犁小说的女性母题与民族文化本体的重塑》④，梁东方的《父亲视角与宗教化态度——孙犁创作女性意象的原型分析之我见》⑤，姜胜安、王兆胜的《女性意识与孙犁的文学创作》⑥ 则注意从社会、伦理、文化等多角度探讨孙犁女性形象塑造的价值与意义，并由此引发出对孙犁创作心理及思想价值的思考。

孙犁的小说体现了独特的美学追求，新时期以来研究者注意总结挖掘孙犁小说创作的美学特征。乔以钢的《试论孙犁小说的意境》⑦、李永生的《孙犁小说民族化探微》⑧、金梅的《试论孙犁的美学理想和短篇小说》⑨、阎庆生的《论孙犁崇尚"平淡"的审美意识——兼论孙犁文学创作的美学价值》⑩ 等论文，从不同的侧面探讨孙犁小说的美学追求和美学

---

① 郭志刚：《富有时代色彩的儿女们——孙犁作品中的人物谱系之一、之二》，《孙犁创作散论》，山西人民出版社 1986 年版。

② 李永生：《女性形象世界的艺术把握——孙犁"酵素小说"初探》，《山西师大学报》1986 年第 2 期。

③ 洪岷：《三境写人：再论孙犁塑造妇女形象的技巧》，《河南师大学报》1994 年第 6 期。

④ 王桂荣：《孙犁小说的女性母题与民族文化本体的重塑》，《辽宁师范大学学报》1999 年第 6 期。

⑤ 梁东方：《父亲视角与宗教化态度——孙犁创作女性意象的原形分析之我见》，《河北学刊》1991 年第 9 期。

⑥ 姜胜安、王兆胜：《女性意识与孙犁的文学创作》，《海南师范学院学报》2000 年第 4 期。

⑦ 乔以钢：《试论孙犁小说的意境》，《中国现代文学研究丛刊》1983 年第 2 期。

⑧ 李永生：《孙犁小说民族化探微》，《山西大学学报》1984 年第 4 期。

⑨ 金梅：《试论孙犁的美学理想和短篇小说》，《文学评论》1982 年第 3 期。

⑩ 阎庆生：《论孙犁崇尚"平淡"的审美意识——兼论孙犁文学创作的美学价值》，《陕西师范大学学报》2003 年第 5 期。

特征。关于创作方法，郭志刚和张学正都认为孙犁的创作方法是现实主义，但也有人认为，孙犁的创作中浪漫主义倾向大于现实主义，浪漫主义构成了他作品的基调①。无论是现实主义和浪漫主义，这些批评范畴实际上并不能有效地揭示孙犁的创作个性。

90年代以来，张景超的《再释孙犁》②和杨联芬的《孙犁：革命文学中的"多余人"》③两篇论文，从作家主体意识的角度探讨了孙犁的创作个性及其复杂性，体现了孙犁研究所能达到的学术深度。张景超提出了家园意识、童年意象、情爱意象三个作家的主体意识特征，并对孙犁心理世界的矛盾和焦虑作了进一步的分析，揭示了孙犁小说创作的独特之处。杨联芬结合孙犁在现代文学史上创作和思想的变化，深入而令人信服地论述了人道主义和革命话语之间的矛盾和冲突，有力地解释了孙犁创作个性化追求的心理根源和文化根源。除了以上的论题之外，孙犁研究还涉及语言特色、比较研究等。

萧红也是现代文学史上引人注目的女作家，并且，随着时间的推移，人们越来越认识到她的价值和魅力。新中国成立之后出版的一系列的文学史，都会提及萧红，但没有展开论述，只是把她和萧军、舒群、罗烽、端木蕻良、李辉英等"东北作家"并称，指出他们在抗战前反帝爱国主义文学创作中所起的作用，认为萧红是"小资产阶级作家"，《生死场》是她创作的高峰，后期走了"下坡路"。

真正的萧红研究是从新时期以后开始的。80年代初曾经掀起了一股"萧红热"。萧红研究和现代文学研究一样，随着文学观念和批评方法的变化，也经历了历史性的变化。综观新时期的萧红小说研究，主要集中在重要作品的解读和阐释、思想内涵、艺术风格和美学特征的研究等方面。萧红的代表性作品《生死场》和《呼兰河传》是持续不断的阐释对象。

---

① 相关论文有郭志刚的《论孙犁现实主义创作的特征》（《社会科学战线》1983年第1期），张学正的《真诚：孙犁现实主义文学之魂》（《南开大学学报》1995年第1期），高城英的《孙犁艺术个性——兼论他小说的浪漫主义倾向》（《零陵师专学报》1987年第1期）等。

② 张景超：《再释孙犁》，《中国现当代文学研究丛刊》1998年第4期。

③ 杨联芬：《孙犁：革命文学中的"多余人"》，《中国现当代文学研究丛刊》1998年第4期。

邢富君、陆文采的《农民对命运挣扎的乡土文学——〈生死场〉再评价》①、皇甫晓涛的《一语难尽——〈生死场〉的多层意蕴与中国现代文化思想的多维结构》②和《怀旧，还是探新——萧红〈呼兰河传〉再议》③、刘禾的《文本、批评与民族国家文学》④、韩文敏的《〈呼兰河传〉我见》⑤、高秀芹的《一个被误解的文学主题——从萧红的〈呼兰河传〉谈起》⑥等论文，从不同的角度分析了两部作品的主题和文学价值。关于萧红作品的思想倾向，研究者挖掘出了如乡土意识、家庭意识、童年母题、寂寞情绪、生命意识等许多富有意义的论题。但相比较而言，从女性文学的角度探讨女性形象和女性意识是研究的焦点，重要的论文有陆文采的《浅谈萧红笔下的女性形象》⑦、铁峰的《萧红作品中的妇女形象》⑧、曾利君的《时代、女性关怀与女性文本——关于萧红〈生死场〉等著作的思考》⑨、李海燕的《绝望中的女性呐喊与徘徊——萧红及其女性人物论》⑩、徐妍的《萧红小说中的女儿性》⑪、单元的《萧红与20世纪中国女性文学》⑫等。对萧红的艺术风格的探讨主要集中在萧红小说的文体风

---

① 邢富君、陆文采：《农民对命运挣扎的乡土文学——〈生死场〉再评价》，《北方论丛》1982年第1期。

② 皇甫晓涛：《一语难尽——〈生死场〉的多层意蕴与中国现代文化思想的多维结构》，《中国现代文学研究丛刊》1990年第3期。

③ 皇甫晓涛：《怀旧，还是探新——萧红〈呼兰河传〉再议》，《天津师范大学学报》1989年第2期。

④ 刘禾：《文本、批评与民族国家文学》，《跨语际实践》，生活·读书·新知三联书店2002年版。

⑤ 韩文敏：《〈呼兰河传〉我见》，《文学评论》1982年第4期。

⑥ 高秀芹：《一个被误解的文学主题——从萧红的〈呼兰河传〉谈起》，《吉首大学学报》1994年第2期。

⑦ 陆文采：《浅谈萧红笔下的女性形象》，《社会科学辑刊》1984年第1期。

⑧ 铁峰：《萧红作品中的妇女形象》，《萧红研究》1983年第4辑。

⑨ 曾利君：《时代、女性关怀与女性文本——关于萧红〈生死场〉等著作的思考》，《中国现代文学研究丛刊》1999年第2期。

⑩ 李海燕：《绝望中的女性呐喊与徘徊——萧红及其女性人物论》，《文艺理论与批评》2007年第4期。

⑪ 徐妍：《萧红小说中的女儿性》，《中国现代文学研究丛刊》2003年第4期。

⑫ 单元：《萧红与20世纪中国女性文学》，《湘潭大学学报》2002年第6期。

格，抒情性散文化成为普遍的认识。赵园的《论萧红小说兼及中国现代小说的散文特征》①、阎志宏的《萧红和中国现代小说散文化》②、秦林芳的《论萧红创作的文体特色》③、艾晓明的《戏剧性讽刺——论萧红小说问题的独特素质》④ 等论文提出了如"萧红体""戏剧性"等新颖的概念，从不同的方面揭示了萧红小说的文体特征。萧红小说美学特征的研究，论文主要有姜志军的《论萧红的美学特征》⑤、陈汉云的《论萧红创作的审美特征》⑥、张秀琴的《论萧红小说的悲剧特征》⑦、李福熙的《论萧红小说的悲剧意识》⑧ 等。比较一致的看法是，萧红的小说是壮美和柔美的结合，并且具有强烈的悲剧意识。

师陀是一位以独特的创作风致、文化品格和艺术体验在现代文学史上享有重要地位的小说家。新中国成立之前，李健吾、杨刚等人对《里门拾记》《果园城记》等作了印象感悟和社会历史式的批评。从新中国成立至新时期之前，师陀的创作尽管得到了大陆文学史家的重视，但囿于特定的历史文化语境，对他的研究并未取得显著成绩。1954 年出版的王瑶的《中国新文学史稿》⑨ 对师陀创作的思想内容和艺术特征作了描述，但意识形态规约下的政治评判压过了审美判断，对他并未作出较为客观的评价。该著对师陀作品的总结性评价是，"虽然在写作技巧上还相当圆熟，但积极意义就很少了"。在 1979 年出版的《中国现代文学史》⑩ 中，唐弢从思想意识和艺术刻画两个方面，用三四百字提及了

---

① 赵园：《论萧红小说兼及中国现代小说的散文特征》，《论小说十家》，浙江文艺出版社 1987 年版。
② 阎志宏：《萧红和中国现代小说散文化》，《社会科学辑刊》1991 年第 2 期。
③ 秦林芳：《论萧红创作的文体特色》，《江海学刊》1992 年第 2 期。
④ 艾晓明：《戏剧性讽刺——论萧红小说问题的独特素质》，《中国现代文学研究丛刊》2002 年第 3 期。
⑤ 姜志军：《论萧红的美学特征》，《中国人民大学学报》1994 年第 3 期。
⑥ 陈汉云：《论萧红创作的审美特征》，《社会科学家》1998 年第 5 期。
⑦ 张秀琴：《论萧红小说的悲剧特征》，《呼兰师专学报》1996 年第 1 期。
⑧ 李福熙：《论萧红小说的悲剧意识》，《中国现代文学研究丛刊》1998 年第 3 期。
⑨ 王瑶：《中国新文学史稿》，新文艺出版社 1954 年版。
⑩ 严家炎主编：《中国现代文学史》，人民文学出版社 1979 年版。

师陀的《里门拾记》。值得注意的是，美国学者夏志清的《中国现代小说史》[1]则对师陀作了专章论述，重点评述了《父与子》《果园城记》《马兰》《结婚》等文本。夏志清的著作起到了开拓师陀研究视域的作用，在某种程度上矫正了大陆研究者仅仅从社会历史的角度解读师陀的偏颇，使研究者开阔了视野，开始重视《里门拾记》《果园城记》之外的其他作品。

在新时期以来的文学史著述中，师陀逐渐占有了越来越重要的位置。1986年出版的杨义的《中国现代小说史》[2]将师陀分专节论述，认为他是"多姿多彩的小说体式的探索者"。杨义对师陀在北平与上海两个不同文化时空中的创作内容、创作风格、创作追求的动态变化作了评述。钱理群等人撰写的初版《中国现代文学三十年》[3]只简单地提及了师陀，但在1998年出版的修订版[4]中，作者用了较多的篇幅评述师陀作品中的中原文化意象、精神还乡结构、文体的模糊性特征等。由严家炎主编的《二十世纪中国文学史》于2010年出版。该著在"抗战及四十年代的小说"一章专辟一节，题为"师陀小说对现代中国'生活样式'的分解"。该节较为详细地论及了《里门拾记》《果园城记》《无望村的馆主》《马兰》《结婚》等，给师陀总体给予了很高评价："在师陀漫长的文学生涯中，二十世纪三四十年代无疑是建树丰硕的20年，仅就他在这一时期的小说而言，《里门拾记》《果园城记》《无望村的馆主》《马兰》《结婚》五部小说都允称中国现代小说的杰作以至于杰作，虽然它们所描写的不出现代中国乡土社会或都市社会的范围，但作者观照的思路和表现的方式却非同一般，因而就具有了迥异于人的独特意味。"[5]

新时期以来很多论文讨论师陀的小说。刘增杰于1982年发表了《师陀小说漫评》[6]一文。该文分析了从《谷》到《果园城记》等乡土小说，

---

[1] 夏志清：《中国现代小说史》，香港友联出版社有限公司1979年版。
[2] 杨义：《中国现代小说史》，人民文学出版社1986年版。
[3] 钱理群等：《中国现代文学三十年》，上海文艺出版社1987年版。
[4] 钱理群等：《中国现代文学三十年》（修订版），北京大学出版社1998年版。
[5] 严家炎主编：《二十世纪中国文学史》中册，高等教育出版社2010年版，第242页。
[6] 刘增杰：《师陀小说漫评》，《河南师大学报》1982年第1期。

揭示师陀小说创作思想上对黑暗的暴露和对劳动者精神美的发掘，分析师陀小说艺术包括景物描写、诗意抒情的风格、语言的运用及其浓郁的地方色彩等几方面。该文是中国大陆较早对师陀的小说进行总体性研究的成果，拉开了当代学界对师陀进行深入的学术研究的序幕。杨义的《师陀：徘徊于乡土抒情和都市心理写照之间》①也是一篇极具代表性的论文。与以往研究者侧重于研究师陀的乡土小说不同，杨义把乡土与都市小说以同样的分量纳入研究视野。解志熙的《现代中国"生活样式"的浮世绘——师陀小说叙论》②将师陀三四十年代的小说创作全部纳入研究视野，在中外文化资源的背景下，力图探寻其在小说史上的独到之处。该论文从"生活样式"的角度来观照中国城乡社会生态，对比了师陀乡土小说呈现出的"反田园诗叙事"倾向和都市小说呈现出的"反摩登叙事"的倾向，还将师陀与钱锺书、张爱玲、沈从文、巴金进行了比较。诸如此类对师陀小说进行整体研究的论文还有很多。除了从总体来对师陀小说进行研究之外，有些学者着力于文本细读。钱理群的《试论芦焚的"果园城"世界》③就属此类的优秀之作。该文认为，《果园城记》具有形而上色彩的深层意蕴，传递了师陀的哲学情思。还有学者从叙事学的角度分析师陀的小说，焦玉莲的论文《师陀三部小说的叙事特征分析》④就属此类。该文以《马兰》《结婚》《果园城记》三部小说为依托，分别从叙事者、叙述结构中心和叙述时空表现三个角度对作品进行了深刻分析。师陀是京派的关系问题也是研究者关注的一个热点。杨义在《师陀：徘徊于乡土抒情和都市心理写照之间》一文中指出，师陀"看似京派"，"不是京派"，它们的关系是"衣装相近而神髓互异"。吴福辉认为，作家早期以"芦焚"笔名写的小说可列入京派的范

---

① 杨义：《师陀：徘徊于乡土抒情和都市心理写照之间》，《文学评论》1990年第2期。
② 解志熙：《现代中国"生活样式"的浮世绘——师陀小说叙论》，《清华大学学报》2007年第3期。
③ 钱理群：《试论芦焚的"果园城"世界》，《信阳师范学院学报》1990年第1期。
④ 焦玉莲：《师陀三部小说的叙事特征分析》，《山西大学师范学院学报》1998年第1期。

畴，但40年代"趋向左倾"。①

第二节 散文研究

在1949年以来的中国现代文学研究中，散文研究是相对薄弱的。如果以新时期以来的思想解放运动作为分界线的话，1949年以来的中国现代散文研究可以分为前后两个时期。前半期的研究视角单一，成果极为有限，后半期的研究视角多样，成果相对丰硕。

一

新中国成立后，中国现代散文研究进入了歉收的前半期。前半期的中国现代散文研究最先出现在文学史的撰述中，1951年出版的王瑶的《中国新文学史稿》按照文体编排章节结构，在每一编中都设有散文的专章，对不同历史时期的散文创作进行了较为系统的论述。作者认为，"伟大的开始和发展期"的散文"收获丰富"，"左联十年"的"杂文、报告文学、小品"取得了成功，"在民族解放的旗帜下"的"杂文、报告文学和随笔"获得了大发展，在"文学的工农兵方向"确定后的时代里"通讯报告、散文游记"走向了大众化。② 作者不仅按照随笔、杂文、小品文、报告文学等对中国现代散文进行了分类概述，而且也对一些代表性作家的创作进行了详细解读。此后出版的像丁易的《中国现代文学史略》、刘绶松的《中国新文学史初稿》等其他一些文学史都有类似的论述。可以说，除了文学史中的论述，50年代基本上没有出现过有分量的研究论文。

随着文学史的相继出版，中国现代散文在60年代以后受到一些研究者的注意。1961年，《人民日报》《文汇报》《长江文艺》等报刊相继开展了散文讨论，但讨论的重点主要集中在散文理论上，基本上没有涉及中国现代散文创作。此后，陆续出现了一些中国现代散文研究的论文，然

---

① 吴福辉：《京派小说选·前言》，《京派小说选》，人民文学出版社1990年版。
② 王瑶：《中国新文学史稿》（上），新文艺出版社1954年版，第120、284页。

而，由于受政治化学术环境的影响，此时的中国现代散文研究主要集中在鲁迅、茅盾、朱自清等一些著名作家和瞿秋白、方志敏等革命烈士的创作上，其他散文作家的创作基本没有涉及。俞元桂的《现代散文特征漫论》①和王瑶的《五四散文的发展及其特点》②等论文，从总体上对中国现代散文的发展特点进行了初步的分析。俞元桂认为，中国现代散文善于通过广泛的题材揭示思想意义及其哲理，按照中心思想的需要和生活的规律安排灵活的结构，运用简练的语言勾勒人物的精神状态，从而形成了多样的艺术风格。王瑶认为，自由和批判的时代使"五四"时期的散文走向了全面繁荣，出现了叙事的、抒情的和议论的等散文类型。中山大学中文系学生集体撰写的《春来第一燕——论〈饿乡纪程〉和〈赤都心史〉》③和何以聪的《朱自清早期散文的艺术特色》④属于个别作家的创作研究，都能根据作家的创作对作品进行具体的分析，对作品的把握比较客观准确。从总体上来说，五六十年代的中国现代散文研究的成果较少，基本上是运用社会历史批评的方法对中国现代散文发展历史的线性叙述，或者是从思想内容和艺术特色二元结合的角度对一些代表作家进行的作品解读，与中国现代文学研究的整体水平基本一致。

新时期以来，中国现代散文研究进入了快速发展的后半期。视野更为开阔，研究范围明显扩大成为新时期散文研究的一大特点。以前很少被论及的丽尼、陆蠡、缪崇群等散文家被挖掘了出来，而诸如周作人、沈从文、林语堂、梁实秋等散文家得到了被重新评价的机会。大量散文作品的出版对新时期以来的散文研究起到了推动作用。上海文艺出版社、浙江文艺出版社、百花文艺出版社等曾出版过较大规模的散文书系。其中，百花文艺出版社出版的"现代散文丛书"是"百花散文书系"的一个组成部分，选收1917—1949年间散文家的名篇佳作，按作家专集分册。入选的作者均是这一时期的散文名家，所选作品尽可能照顾到作者散文创作的发

---

① 俞元桂：《现代散文特征漫论》，《福建师范学院学报》1963年第1期。
② 王瑶：《五四散文的发展及其特点》，《北京大学学报》1964年第1期。
③ 《春来第一燕——论〈饿乡纪程〉和〈赤都心史〉》，《中山大学学报》1960年第2期。
④ 何以聪：《朱自清早期散文的艺术特色》，《文汇报》1962年8月18日。

展脉络。每集作品前均冠以万字以上的评论性序言，简单介绍作者生平，分析评介其艺术特色及创作发展的道路和影响。所选作品，尽量注明原书发表的出处和时间，对于个别难理解的地方亦加以必要的注释。该丛书共五十卷，五十位作家分别为朱自清、郁达夫、萧红、鲁迅、夏丏尊、石评梅、叶紫、陆蠡、方令孺、俞平伯、丁玲、孙伏园、郑振铎、钟敬文、师陀、梁实秋、叶灵凤、周作人、谢冰莹、钱歌川、废名、袁昌英、丽尼、茅盾、苏雪林、徐志摩、梁遇春、庐隐、缪崇群、许地山、朱湘、鲁彦、何其芳、李广田、王统照、丰子恺、叶圣陶、孙福熙、郭沫若、曹聚仁、林语堂、老舍、黎烈文、施蛰存、沈从文、陈衡哲、胡适、冰心、巴金、凌叔华。这个名单基本囊括了现代散文创作的名家。

新时期以来散文研究的另一个突出特点是文体意识明显加强，散文诗、杂文、报告文学、小品文、随笔等散文门类都得到了专门研究。与前半期相比，后半期的散文研究也经历了研究对象由个别走向全面、研究视野由封闭走向开阔、研究方法由单一走向多元的过程。

在新时期开始以后的中国现代散文研究中，社团流派是最重要的一个研究角度。中国现代文学史上出现的一些重要社团和流派的散文创作都有研究，其中语丝派、论语派和京派的散文创作研究成果尤为丰硕。从流派角度进行的散文研究视角复杂，方法多样，显示了中国现代散文研究的整体性特点。有些研究者侧重于对散文流派创作特征的总体分析。王嘉良的论文《论语丝派散文》[①]在总体透析语丝派散文的思想倾向、审美特色和文体风格的一致性前提下，也分析了不同作家创作的差异性，从而显示了"语丝体"散文的复杂性。陈啸的论文《京派散文流变论》[②]梳理了京派散文的发展历史，分析了不同阶段京派散文的创作特点，指出了京派散文变化中求统一的整体艺术追求。也有研究者从作家构成、地域文化、审美追求、文体风格等方面探讨不同流派散文创作的复杂性。吕若涵的论文《论语派散文的精神意象分析》[③]从精神意象入手，分析了论语派散文

---

① 王嘉良：《论语丝派散文》，《文学评论》1997年第3期。
② 陈啸：《京派散文流变论》，《徐州师范大学学报》2008年第3期。
③ 吕若涵：《论语派散文的精神意象分析》，《福建师范大学学报》2001年第4期。

"以旁观者的隐逸与超脱达到对人情物理的体味与观照"和"以适世者的世俗情怀探取日常的人生经验"的取向。丁晓原的论文《〈语丝〉：现代散文文体自觉的代码》①认为，《语丝》是中国现代散文文体自觉的代码，因为不仅《语丝》作者具有自觉的散文文体意识，创作呈现了主体自主自由的现代性精神内质，而且《语丝》杂志完整地建构了"表示着现代散文作家精神存在的两种不同向度和形态"的杂文和美文并存的现代散文写作格局。

从中外文学关系的角度切入中国现代散文研究，不仅可以发现中国现代散文的古代渊源，而且也可以发现中国现代散文所受的西方文学影响，并进而探究中国现代散文的复杂内涵。刘纳的论文《论"五四"新文学中的散文》②在认同"五四"散文具有新文学的"新"内涵的前提下，详细分析了其在人生意趣、情感方式和审美意向方面与传统文学之间存在着的"相承性"。丁晓原的论文《论晚清散文与"五四"散文的结构性逻辑》③从创作主体的"跨代关联""文界革命"和"文学革命"指涉上的互通、作为报刊文体"新民体"和"随感录"的快捷性等方面分析了"五四"散文与晚清散文之间的内在逻辑关联。蔡江珍的论文《论英国essay 与中国散文现代性理论的关系》④从散文理论的角度探讨了英国 essay 对中国现代散文理论的意义。作者认为，英国 essay 所"张扬的人格、个性和眷注人生的闲话方式，及其'旁观者'姿态所内蕴的对文学的独立性品质的向往"，在精神上极大地影响了中国现代作家，使其成为"五四"散文理论现代性构想的来源之一。岳凯华、卢付林的论文《日本随笔与中国现代散文的走向》⑤认为，日本随笔对于中国现代散文的影响主要有两个方面，一是以周作人为代表的平和冲淡的美文体式，二是以鲁迅为代表的"匕首""投枪"式的杂文体式。

---

① 丁晓原：《〈语丝〉：现代散文文体自觉的代码》，《江汉论坛》2003 年第 1 期。
② 刘纳：《论"五四"新文学中的散文》，《海南师范学院学报》1992 年第 3 期。
③ 丁晓原：《论晚清散文与"五四"散文的结构性逻辑》，《文学评论》2008 年第 5 期。
④ 蔡江珍：《论英国 essay 与中国散文现代性理论的关系》，《福建论坛》2007 年第 3 期。
⑤ 岳凯华、卢付林：《日本随笔与中国现代散文的走向》，《南京师范大学文学院学报》2007 年第 6 期。

与小说、诗歌、戏剧等文体相比，中国现代散文缺乏成熟的散文文体理论，中国现代散文研究由此受到了一定的限制。虽然80年代已有俞元桂、姚春树等人写的《中国现代散文的理论建设》一文，但作者并没有对中国现代散文理论进行深入的探索，缺乏足够的创新。90年代以来，中国现代散文理论受到了研究者的重视，推动了中国现代散文研究的整体进程。刘锡庆的论文《现代散文"理论建设"的回顾与反思》①通过回顾中国现代散文"理论建设"的历程，反思了中国现代散文理论由于"范畴论"的泛化，导致了特征论、创作论、批评与鉴赏论等理论建设失去了基本依据。范培松的论文《20世纪中国散文批评概观》②梳理了20世纪中国散文批评的历史，分析了不同历史阶段出现的言志说、社会学、文本说、政治化、多元化等散文批评类型。蔡江珍的论文《在传统与现代之间——中国散文现代性理论与公安派小品文》③主要梳理了公安派的小品论理论与"五四"散文理论建构之间的关系。作者认为，"五四"散文理论的现代性建构以公安派为现代散文的源流之一，并选取"小品文"为现代散文名称，表明"五四"散文对"小品文"内含的文学精神和艺术本质的认同。由于中国现代散文包含着像随笔、杂文、小品文等不同的文类，因而从整体上研究中国现代散文理论及其批评的文章很多，但是真正能够抓住中国现代散文理论及其批评特征的却很少，因而这方面的研究仍需不断深入。

中国现代散文研究在80年代也出现了一些整体性的研究成果，但主要是一些散文史的研究专著，像林非的《中国现代散文史稿》、俞元桂的《中国现代散文史》等，都比较全面地论述了中国现代散文的发展历史。90年代以后，随着研究视野的开拓，中国现代散文研究中出现了一批具有独特视角的整体性研究专著和论文，研究者从传媒、审美、语言、心

---

① 刘锡庆：《现代散文"理论建设"的回顾与反思》，《海南师范学院学报》2000年第4期。
② 范培松：《20世纪中国散文批评概观》，《厦门大学学报》2003年第1期。
③ 蔡江珍：《在传统与现代之间——中国散文现代性理论与公安派小品文》，《文学评论》2007年第1期。

理、文化等不同角度切入中国现代散文，对中国现代散文进行了全方位的透视。范培松的《中国现代散文史》①、汪文顶的《现代散文史论》②、王尧的《乡关何处——20世纪中国散文的文化精神》③、王兆胜的《真诚与自由——20世纪中国散文精神》④、庄汉新的《二十世纪散文思潮史》⑤等专著和席扬的《文化焦虑与文体选择——论中国现代散文发展的文化心理基础》⑥、周海波的《现代传媒与散文的文体功能辨析》⑦、黄健的《现代休闲文化与现代散文创作》⑧、张艳华的《试论中国现代文学发生期的散文语言》⑨等论文具有一定的代表性。席扬主要从文化心理的角度，分析中国现代作家追求"士文化"的心理动因与情感蓄势对散文表达方式和文体选择的影响，以及知识分子追求"现代化"转型的文化焦虑对中国现代散文文体创造的时代性规范。周海波主要分析了"说自己想说的话，发表知识分子个人的意见"的现代报刊传媒的文化特征既是古代散文"言志"传统的现代诠释，也是现代散文重要的文体功能，同时也使现代散文成为市民社会的消闲方式。黄健从现代休闲文化所具有的"为人们提供精神的自由和营造心灵空间的需要"的特征出发，分析了中国现代散文为现代休闲文化的传播和发展提供艺术审美性传播载体的功能。张艳华认为，中国现代文学发生期的散文由于与启蒙事业相距较远，反而成为最有艺术成就的文学类型，不仅"散文家散漫随意的写作态度更接近于艺术创作的自由心态"，而且他们"文白相间的语言运用、诗文交融的意义构成、文乐相通的形式追求"更符合艺术发展的美学规律。由于切入角度的独特，这些文章对中国现代散文特点的分析是准确而且深

---

① 范培松：《中国现代散文史》，江苏教育出版社1993年版。
② 汪文顶：《现代散文史论》，福建教育出版社1994年版。
③ 王尧：《乡关何处——20世纪中国散文的文化精神》，东方出版社1996年版。
④ 王兆胜：《真诚与自由——20世纪中国散文精神》，陕西人民教育出版社2003年版。
⑤ 庄汉新：《二十世纪散文思潮史》，学苑出版社2005年版。
⑥ 席扬：《文化焦虑与文体选择——论中国现代散文发展的文化心理基础》，《人文杂志》2001年第6期。
⑦ 周海波：《现代传媒与散文的文体功能辨析》，《山东社会科学》2004年第6期。
⑧ 黄健：《现代休闲文化与现代散文创作》，《杭州师范学院学报》2006年第5期。
⑨ 张艳华：《试论中国现代文学发生期的散文语言》，《文学评论》2009年第2期。

刻的,显示了中国现代散文的多方面内涵。

二

随笔、小品文和散文诗研究主要是新时期开始以后才逐渐出现的,同是中国现代散文的重要文体类型,但是研究者往往难以清晰地区分它们之间的差异。尤其是那些专门探究随笔和小品文区别的文章,也常常是越分析越糊涂。其中最主要的原因,是由于"五四"新文学革命以后英国"essay"的引入与中国传统"小品文"之间在文体特征上的重合性所致。随笔、小品文和散文诗的研究成果主要是在90年代以来才逐渐出现的,在个别文体的研究上比较深入。

在随笔研究方面,比较有代表性的成果都从整体上分析中国现代随笔的发展历史及其特点。黄科安的论文《西方现代性与中国现代随笔的话语建构》[①]分析了西方现代性在中国现代随笔话语建构中的作用。作者认为,在中国现代知识者接受了西方现代性的批判观念,将社会启蒙、社会变革、人生改造统一到随笔的创作中,形成了前所未有的新美学特质。王兆胜的论文《中国现代随笔散文的流变》[②]通过分析梁遇春、丰子恺、林语堂、钱锺书和张爱玲的散文创作,勾勒了中国现代随笔散文发展的内在线索,以及西方essay与中国散文艺术相融合的进程。作者认为,中国现代随笔散文经历了由欧化到中国化的发展过程,从梁遇春的西化派,到林语堂和钱锺书的中西融合,再到张爱玲的中国本土经验,西方的essay在中国经历了从移植,到适应,再到扎根生长的复杂过程。中国现代随笔散文借助于西方essay的优长,在"丰富的知识、结构的舒放自由"两方面突破了中国传统小品散文的限制。黄科安的专著《知识者的探求与言说》[③]是系统研究中国现代随笔的重要成果。作者认为,随笔的精魂是"社会批评"和"文明批评","兴之所至,任心闲话""个性精神,人格

---

① 黄科安:《西方现代性与中国现代随笔的话语建构》,《徐州师范大学学报》2005年第3期。
② 王兆胜:《中国现代随笔散文的流变》,《学术月刊》2001年第9期。
③ 黄科安:《知识者的探求与言说》,中国社会科学出版社2004年版。

色彩""信笔涂鸦，雕心刻骨"是其基本美学特征，"非系统""闲笔""机智""反讽""诙谐"是其基本形态，知识分子以随笔作为自己在特定历史语境中探求和言说的主要载体，因此，通过考察中国现代随笔就可以发现中国现代知识分子沧桑的精神史。

在小品文研究方面，既有对中国现代小品文发展历史的概述，也有对中国现代小品文中外艺术渊源的梳理；既有对其思想内涵的解读，也有对其艺术特征的归纳；既有对其审美追求的探索，也有对其现代性精神的分析。在众多的小品文研究论文中，王兆胜的论文《论中国现代小品散文》① 辨析了小品文与杂文、随笔和散文诗的区别，认为小品文比"杂文"的纷乱和批评要清晰和轻松，比"诗的散文"的诗意要平淡委婉，比"随笔"的散漫絮语要短小精致，呈现出题材广泛、独抒性灵、闲适笔调、追求趣味和短小精致的特点。中国现代小品文经历了"五四"时期的"品味与伤怀"、第二个十年的"苦中作乐"、第三个十年的"理性与关爱"三个发展阶段。黄开发的论文《中国现代文学中的小品文》② 从小品文的特性入手，分析了中国现代小品文的发展及其影响。作者认为，中国现代小品文适应了"五四"以来个性解放的需要，在西方 essay 的影响下，融入中国晚明小品、六朝散文等传统文学的质素而形成的"夹叙夹议式"的散文，闲适的笔调是其最主要的文体特点。在中国现代文学史上，小品文尽管受到了人们的不断非议，但是作为个性解放的产物，小品文扩大了表现社会人生的领域，打破了传统"载道"散文的僵化体制，其积极意义是难以否认的。

在散文诗研究方面，研究者大多数对中国现代散文诗进行宏观概括，而对散文诗作品进行具体解读的研究成果较少。有些研究者侧重于分析中国现代散文诗的发展历史及其不同阶段的创作特点。凡尼的论文《略论中国现代散文诗的发展历程》③ 在概述中国现代散文诗发展历程的基础上，分析了中国现代散文诗从"五四"尝试期的"形式多样，没有规范，

---

① 王兆胜：《论中国现代小品散文》，《山东社会科学》2000 年第 6 期、2001 年第 1 期。
② 黄开发：《中国现代文学中的小品文》，《江苏行政学院学报》2007 年第 1 期。
③ 凡尼：《略论中国现代散文诗的发展历程》，《广西师范大学学报》1993 年第 1 期。

游离于诗与散文之间",经过 20 年代中后期的"象征手法的引进,寓言典故运用,抒情独白方式加入",再到 30 年代以后的衰落。王珂的论文《20 世纪中国散文诗文体的流变轨迹及特点》① 从文体的角度分析了中国现代散文诗的发展历史及其特点。作者认为,中国现代散文诗是中外文化在新诗革命的特定时期契合的产物,是 20 世纪中国文学的一种特殊体裁,具有诗化和散文化的双重特点,特别是在外形上具有散文的形体,在文体功能上具有诗的抒情性。20 世纪中国散文诗经历了从散文化的诗到诗化的散文的发展过程,散文诗的非独立文体的存在方式影响了新诗的文体建设,加剧了新诗的"自由化"和"散文化"发展倾向。也有些研究者侧重于对中国现代散文诗的成就进行整体反思。王兆胜的论文《近百年中国散文诗的成就》② 总结了近百年中国散文诗的总体成就。作者认为,近百年中国散文诗在内容上脚踏实地,内涵丰富,既能反映时代风云、社会现实,又能表现人生、人性、人情,还能深入生命的内部作细致体味,表现出较高的境界和品位。该类作品虽在艺术上具有超拔和灵性之美,以"物我相参,动态的双向交流"的方式进行叙事,吸收了绘画、音乐、梦幻等长处形成了"边缘化"的文体,但失衡感、因袭性和世俗性也限制了近百年中国散文诗的进一步发展。王光明的论文《论 20 世纪中国散文诗》③ 概述了 20 世纪中国散文诗发展的五个阶段,肯定了鲁迅《野草》的开创意义。然而,作者认为,由于复杂的时代条件的限制,鲁迅的传统在以后的创作中并没有得到全面的继承,并导致了在处理"生活"与"艺术"的关系时缺乏美学与形式的自觉。因此,散文诗写作必须"自觉地把现代生活的感觉和情感纳入自己的艺术视野,以现代人的眼光和心态处理材料"。李标晶的《中国现代散文诗》④ 和车镇宪的《中国现代散文

---

① 王珂:《20 世纪中国散文诗文体的流变轨迹及特点》,《徐州师范大学学报》2003 年第 1 期。
② 王兆胜:《近百年中国散文诗的成就》,《当代文坛》2009 年第 3 期。
③ 王光明:《论 20 世纪中国散文诗》,《江汉大学学报》2007 年第 3 期。
④ 李标晶:《中国现代散文诗》,甘肃教育出版社 1997 年版。

诗的产生发展及其对小说文体的影响》①是专门研究中国现代散文诗的专著。李标晶主要梳理了中国现代散文诗的发生渊源、发展过程，总结了中国现代散文诗的艺术特征和美学追求，注重通过材料的分析来勾勒中国现代散文诗的演变规律。车镇宪在界定散文诗基本范畴的基础上，阐述了中国现代散文诗产生的时代语境，从散文诗"小说化"和小说"散文诗化"两个方面分析了散文诗与小说文体的相互影响。中国现代散文诗的研究虽然具有宏观的视野，但是缺乏精细的分析，并没有完全抓住散文诗生成的复杂环境和本体特征。

三

在中国现代散文的诸多类型中，杂文和报告文学的文体特征比较明确，与小品文和随笔的界限比较分明，因而，研究者很少从概念上进行必要的界定。新时期以前的杂文和报告文学研究主要集中在鲁迅、瞿秋白等少数左翼作家的创作上，没有从整体上进行概括和分析的研究。新时期以后的杂文和报告文学研究的视野走向了开阔，出现了一些有深度的研究成果。

许多研究者首先从总体上概括杂文的发展历史、创作特点及演化动力等。姚春树的论文《中国杂文由古典向现代嬗变的历史文化合力》②分析了中国杂文由古典向现代演变的历史文化合力，包括"忧患意识、批判意识和变革意识的滋长""科学和民主的启蒙主义思想的兴起""封建士大夫的分化和新一代知识分子的产生""文学观念的更新、新闻事业的发达和文学革新的探索"等方面。姜振昌的论文《压制与冲决压制之间——30年代杂文发展的基本动力》③分析了政治力量对30年代杂文发展的影响以及由此形成的"幽默"色彩的浓化、文风趋向

---

① 车镇宪：《中国现代散文诗的产生发展及其对小说文体的影响》，作家出版社1999年版。

② 姚春树：《中国杂文由古典向现代嬗变的历史文化合力》，《中国现代文学研究丛刊》1997年第4期。

③ 姜振昌：《压制与冲决压制之间——30年代杂文发展的基本动力》，《浙江学刊》1989年第5期。

"隐"与"曲"等时代特点。其次从创作群体的角度进行研究也是杂文研究的一个重要层面。其中解放区杂文和"鲁迅风"杂文受到了研究者的较多关注。袁勇麟的论文《徐懋庸和鲁迅风杂文》梳理了徐懋庸与鲁迅在 30 年代的关系，分析了徐懋庸继承鲁迅杂文传统而形成的"以对时弊的针砭和社会人生的分析为经，以中外史籍、文艺作品和报刊资料为纬，经纬交织，议论不多，点到即止"的特点。① 李东芳的《批判现实倾向的勃兴和消失》② 和黄金鹏的《王实味与延安鲁迅风杂文》③ 等论文分析了延安文艺座谈会召开以前解放区形成的杂文创作风潮及其与鲁迅传统之间的关系。再次是对杂文的精神内涵及规律的分析。周海波的论文《作为知识分子文体的现代杂文》④ 指出了杂文的"借助报刊的知识分子写作"的特征。作者认为，杂文的言说方式是一种隐喻修辞，与符号世界相关，理趣、对话性以及多重反讽是文体上的基本特征。现代作家选择杂文作为"说自己想说的话"的艺术方式，既是对现代报刊文体的深刻理解，也是对知识分子话语方式的准确把握。姜振昌的论文《在整合和分化中嬗变发展——现代杂文流派漫论》⑤ 通过对杂文流派的分析，总结了中国现代杂文的发展就是"弥补旧有创作精神、美学意蕴的粗疏、浅显和片面性"的杂文意识的自觉过程。值得一提的是，杂文史写作成为新时期以来杂文研究的一个重要方面，张华主编的《中国现代杂文史》⑥、姚春树等主编的《中国现代杂文史纲》⑦ 和《20 世纪中国杂文史》⑧、姜振昌的《中国现代杂文史论》⑨ 显示了不同阶段的杂文研究水平。

---

① 袁勇麟：《徐懋庸和鲁迅风杂文》，《中国现代文学研究丛刊》1997 年第 3 期。
② 李东芳：《批判现实倾向的勃兴和消失》，《延安大学学报》2005 年第 6 期。
③ 黄金鹏：《王实味与延安鲁迅风杂文》，《成都教育学院学报》2006 年第 9 期。
④ 周海波：《作为知识分子文体的现代杂文》，《海南师范学院学报》2006 年第 2 期。
⑤ 姜振昌：《在整合和分化中嬗变发展——现代杂文流派漫论》，《文学评论》1996 年第 5 期。
⑥ 张华主编：《中国现代杂文史》，西北大学出版社 1987 年版。
⑦ 姚春树等主编：《中国现代杂文史纲》，河北教育出版社 1990 年版。
⑧ 姚春树等主编：《20 世纪中国杂文史》，福建教育出版社 1997 年版。
⑨ 姜振昌：《中国现代杂文史论》，人民文学出版社 1995 年版。

报告文学研究也取得了较为显著的成绩。在梳理中国现代报告文学发展史方面，王晖的成果尤为引人注目。他的系列论文《百年中国报告文学的体裁变迁》①、《意识形态与百年中国报告文学》②、《20世纪中国报告文学的叙述模式》③等从不同角度总结了20世纪中国报告文学的流变特征：在意识形态视角上，经历了由左翼意识形态为主导渐进至国家意识形态的强力规范，再到多元意识形态的众语喧哗；在叙述视角、叙述时间、叙述结构、叙述者类型上，经历了由传统的"一元化"格局向"多元化"格局、从叙事性向非叙事性的转换和更替。在体裁上，经历了由附庸到独立，显示出文体规范由不确定逐步走向清晰、明朗的总体态势。许多研究者也从地域流派的角度展开中国现代报告文学研究。章罗生的论文《论问题报告文学》分析了问题报告文学的发展历史和基本特色。作者认为，问题报告文学具有"鲜明的主体人格、强烈的理性精神和宏观综合与学术品格"，它的发展强化了文学的现实主义精神，导致了报告文学的文体革命并向传统文论提出了有力挑战。④丁晓原的论文《解放区报告文学创作特征及其文学史意义》主要分析了解放区的报告文学在"斗争文学"的题材、报告"新人物"、多样化与大众化的风格等方面的创新。⑤对报告文学生成与发展的文化关系研究也是研究者关注的一个重点。丁晓原的论文《近代文化转型与中国报告文学的发生》⑥从传媒角度分析了近代文化的转型对报告文学发生的内在影响动因，揭示了报告文学作为"近代新闻文化的伴生物"和"政治文化的载体"的特征。王文军的论文《特殊的外来影响：共产国际和中国左翼报告文学》⑦分析了在中国左翼报告

---

① 王晖：《百年中国报告文学的体裁变迁》，《社会科学辑刊》2002年第3期。
② 王晖：《意识形态与百年中国报告文学》，《社会科学辑刊》2004年第2期。
③ 王晖：《20世纪中国报告文学的叙述模式》，《中国社会科学》2003年第2期。
④ 章罗生：《论问题报告文学》，《中国文学研究》2005年第1期。
⑤ 丁晓原：《解放区报告文学创作特征及其文学史意义》，《南京社会科学》1997年第2期。
⑥ 丁晓原：《近代文化转型与中国报告文学的发生》，《中国文化研究》2001年春之卷。
⑦ 王文军：《特殊的外来影响：共产国际和中国左翼报告文学》，《中国比较文学》2009年第2期。

文学的产生过程中，共产国际发挥的实际的精神领导作用。报告文学理论及批评研究方面也取得了一定的成绩。王钟陵的论文《20世纪中国报告文学理论之变迁》分析了中国报告文学理论的演化过程。作者认为，20世纪中国的报告文学理论经历了从茅盾倡导的"小说化"和夏衍倡导的"论文式"写法，到融入作者议论的时代感最强的写人记事的写法的发展过程，强调了"纪实性"的核心意义。① 丁晓原的专著《20世纪中国报告文学理论批评史》② 以"宏微相间、时空交错、点面结合"的叙述方式，梳理了20世纪中国报告文学理论批评发展的五个阶段，在中国现代报告文学史的写作中具有一定的独创性。比如，该著认为，30年代中国报告文学经历了从"热心于译介、用心于借鉴"到"精心于创造"的中国化进程，40年代报告文学展开了关于本体、客体及其相互关系的哲理思辨等。

四

中国现代散文作家虽然人数众多，但是能够引起研究者长期关注的至今并没有太多系统的、持续的探讨，也有待进一步深入。这一方面是由于散文文体在现代文学体裁系统中较少受到重视的地位决定的，另一方面也反映出研究者在把握这一文学现象时，理论方法上的某种力不从心。

冰心在诗歌、小说和散文方面都有创作，但是研究者似乎更看重她的散文作品。新时期开始以后，冰心的散文受到一些研究者的关注。80年代的冰心研究主要是从艺术风格入手的。徐学的论文《冰心早期散文艺术初探》③ 分析了冰心"五四"时期散文的"诗情化"的构思方式、抒情的表现手法、结构的缜密精巧、语言的精致典雅和节奏感等特点。周家渠的论文《冰心散文语言的音乐美》④ 分析了冰心散文"反复吟咏，回旋盘绕""巧用词组，音调铿锵""匀称凝重，同中有异""抑扬顿挫，情

---

① 王钟陵：《20世纪中国报告文学理论之变迁》，《学术月刊》2006年第6期。
② 丁晓原：《20世纪中国报告文学理论批评史》，安徽大学出版社1999年版。
③ 徐学：《冰心早期散文艺术初探》，《福建论坛》1981年第3期。
④ 周家渠：《冰心散文语言的音乐美》，《暨南学报》1987年第1期。

韵毕现"等音乐性特征。这些论文大多从一个独特的视角入手，能够准确把握冰心散文的艺术特征。90年代以来的冰心研究转向了反思冰心的"爱的哲学"等内容。汪文顶的论文《冰心散文的审美价值》① 探讨了冰心散文的主要创作特征及其审美价值。作者认为，冰心"将爱作为其文学母题和价值尺度、并以布爱为天职"，冰心散文中的"爱的哲学"并不是固定不变的，而是有一个历史深化过程。傅光明、许正林的论文《冰心散文：一个独特的艺术世界》② 分析了冰心的散文因对生命价值的思考和对世界本质的"爱"的概括而呈现出的理性色彩、因受基督教的影响而显现的博爱人格、因对情感的珍视而展现的丰富的情绪内涵。

　　朱自清的散文历来为人们所称道，但是朱自清散文的研究并没有取得突破性的进展。在新时期开始以后的三十年时间里，研究者大多从艺术风格的角度研究朱自清的散文。像语言美、诗意美、至诚美、意境美、结构美、技巧美等是研究者最常选取的研究视角，而研究的结论大多是重复的，鲜有新意。在众多的研究论文中，陈孝全的论文《朱自清散文"以文作画"的艺术》通过具体的作品，详细分析了朱自清"以文作画"的散文技巧，指出了"以文作画"的本质是刻意追求散文的诗情画意。③ 朱曦的论文《朱自清散文创作的文化困境》认为，朱自清的散文创作存在着"兴盛在前期，淡化在后期，丰收和歉收并存，绝唱和遗憾共存"的现象，这主要是由于"中和主义"的创作心理所导致的文化困境的结果。④ 可以说，该文是从文化心理角度对余光中的《论朱自清的散文》一文观点的正面回应。⑤ 比较研究是90年代以来朱自清研究的一个重要方向，研究者主要将朱自清与俞平伯进行对照，但是有创新的成果不多，有

---

① 汪文顶：《冰心散文的审美价值》，《文学评论》1997年第5期。
② 傅光明、许正林：《冰心散文：一个独特的艺术世界》，《文学评论》1994年第2期。
③ 陈孝全：《朱自清散文"以文作画"的艺术》，《华东师范大学学报》1996年第3期。
④ 朱曦：《朱自清散文创作的文化困境》，《云南师范大学学报》1992年第4期。
⑤ 余光中认为："朱文的风格，论腴厚也许有七八分，论风华不见得怎么突出，至于幽默，则更非他的特色。我认为朱文的心境温厚，节奏缓缓，文字清淡，绝少瑰丽、炽热、悲壮、奇拔的掩界，所以咀嚼之余，总有一点中年人的味道。"（余光中：《论朱自清的散文》，《名作欣赏》1992年第2期）

待进一步开掘。徐葆耕的《原父意识的补偿与升华——朱自清散文新释》①、范培松的《论朱自清散文中的性压抑》② 等论文运用精神分析学的方法，分析了朱自清散文创作的心理机制及其表现问题，研究者选取的角度比较新颖，但得出的结论与朱自清的创作实际有一定的出入。

郁达夫的散文类型多样，有日记、游记、小品文等，有些散文在文体上与小说相互混同，常常难以区分。80年代的郁达夫散文研究主要是对郁达夫散文思想内容和艺术特色的概括性评论，俞元桂的《"谁信风流张敞笔，曾鸣悲愤谢翱楼"——郁达夫散文综论》③ 是比较有代表性的论文。作者认为，郁达夫到杭州之前的抒情散文可称为"漂泊记"，表达的是一个带着"创伤的心"的"惨败的人生的战士"在艰难的生活道路上的漂泊，具有浓厚的凄清和感伤情绪。到杭州之后的游记散文多写漂泊中的景物，充满了愤激之情。他的日记是思想感情最赤诚的自白书，他的杂文和随笔则批判性和趣味性共存。90年代以来的郁达夫散文研究既有对游记、随笔、小品文、日记等不同文体艺术特征的分析，也有从江浙地域文化角度挖掘郁达夫散文的精神内涵的，既有从传统文化角度分析郁达夫散文的文化精神的，也有通过散文创作探析郁达夫人格结构的。这些文章视角多样、手法新颖，但最后的结论都落到了"感伤""倾诉""孤独""洒脱"等内涵的解读上。从某种程度上来说，郁达夫散文研究中的这种不足正好反映了中国现代散文研究的困境。

李广田虽然因《汉园集》以现代诗派的诗人闻名，但他的散文创作却更具有个性。80年代的散文研究主要以分析李广田创作的思想内容与艺术特色为主。蔡清富的论文《琳琅满目的生活画廊——论李广田的散文创作》分析了李广田不同时期散文创作的特点，强调了作家创作中革命意识的逐渐增强。蔡清富认为，李广田早期的散文虽然反映的题材不够

---

① 徐葆耕：《原父意识的补偿与升华——朱自清散文新释》，《清华大学学报》1989年第2期。
② 范培松：《论朱自清散文中的性压抑》，《上海师范大学学报》1989年第1期。
③ 俞元桂：《"谁信风流张敞笔，曾鸣悲愤谢翱楼"——郁达夫散文综论》，《福建师范大学学报》1984年第3、4期。

重大，视野不够广阔，但作者通过亲身的经历和感受，描绘了社会生活的某些侧面，向读者展示了绚丽多姿的生活画面，其中反映最多的是劳动者生活的种种不幸。后期的散文随着作家生活的变迁和思想的变化，创作视野逐渐开阔，题材更为多样，爱憎也更加分明，"文风由静美变得更具有战斗性了"①。90 年代以来，李广田散文研究的视角趋向多样。秦林芳的论文《乡间"画廊"中的人性之光——论李广田 20 世纪 30 年代乡土散文的思想倾向》②分析了李广田乡土散文的人性主题倾向。作者认为，李广田继承了"五四"时期"人的文学"传统，从超越政治、关注人生的独特的文学功利观出发，通过乡间"画廊"展示了灿烂的人性之光，表现出弘扬健康人性、以文学的道德力量重塑民族性格的热望。肖剑南的论文《李广田早期散文与古希腊"画廊派"》③探讨了李广田早期散文和古希腊"画廊派"之间的关系。作者认为，李广田散文中的宿命思想、静美恬淡的文风和诗境、"艰苦卓绝"的精神都来自"画廊派"的影响。

林语堂是中国现代最复杂的作家之一，因提倡"闲适"和"幽默"而饱受争议。对林语堂的全面研究虽然从 80 年代就已经开始了，但对他的散文研究基本上是从 90 年代起步的。由于林语堂散文研究的起步较晚，因而研究的视角比较开阔，研究成果主要集中在三个方面。一是对林语堂的小品文精神内涵的分析。王兆胜的论文《论林语堂的小品散文》④认为，30 年代中国特殊的政治文化语境决定了林语堂的小品文注重性灵、激情和欢愉，追求表达方式上大气磅礴的气势和灿烂流逸的韵致。施萍的《幽默何以成小品——以林语堂小品为例》⑤认为，作为一种文化的幽默外化为小品文的文学实践，体现了"五四"后一部分文化精英在集体主义甚嚣尘上的时代坚守个性启蒙立场的话语策略。林语堂等人所说的小品

---

① 蔡清富：《琳琅满目的生活画廊——论李广田的散文创作》，《中国现代文学研究丛刊》1982 年第 4 期。

② 秦林芳：《乡间"画廊"中的人性之光——论李广田 20 世纪 30 年代乡土散文的思想倾向》，《云南大学社会科学学报》2001 年第 6 期。

③ 肖剑南：《李广田早期散文与古希腊"画廊派"》，《福建师范大学学报》1999 年第 1 期。

④ 王兆胜：《论林语堂的小品散文》，《宝鸡文理学院学报》2003 年第 4 期。

⑤ 施萍：《幽默何以成小品——以林语堂小品为例》，《文学评论》2006 年第 1 期。

文，突出了它在文体风格上的独特性，同时又强调小品文是针对"大品文"而表现出的特立独行的姿态。二是对林语堂的小品文与传统小品的关系研究。王兆胜的论文《林语堂与明清小品》认为，一方面，林语堂将明清小品视为自己精神和灵魂的源头，通过明清小品确立了幽默、性灵和闲适的审美趣味，强化了他对常识的尊重；另一方面，林语堂在借鉴明清小品时存在着明显的超越意向，表现出明显的放逸、自由和优雅的气度。① 三是对林语堂散文理论的研究。黄科安的论文《林语堂对现代小品文理论的建设与探索》认为，林语堂以"中西文化的印证"作为出发点，建构起以"闲适""性灵"和"幽默"为中心的小品文理论体系，是对中国现代散文理论的补充和丰富。② 在 90 年代以后的"去政治化"潮流中，林语堂的小品文创作及其理论由于远离时代和政治而受到研究者的青睐。然而，文学毕竟与时代和政治脱不了干系，林语堂散文研究要想获得更大的进展，就不能不从文学与时代和政治的关系入手去思考问题。

梁遇春尽管英年早逝，只留下了《春醒集》《泪与笑》两本薄薄的散文集，但在中国现代散文史上却形成一种独特的艺术风格。学术界对其散文艺术特征的关注尤多。张仲谋的论文《论梁遇春散文的艺术风格》③ 认为，梁遇春的散文具有独特警拔的观念、奇僻飞动的思致和快谈、纵谈、放谈的独特语言。张学军的论文《英年早逝者的泪与笑——论梁遇春的散文创作》④ 认为，梁遇春的散文探讨人生热情率真、不乏真知灼见，谈论知识常常旁征博引，涉古论今，才华横溢，感情奔放，气势畅达。李光连的论文《忧伤、奇诡的美——梁遇春散文论》⑤ 认为，梁遇春散文在新的美学观念支配下，突破传统美文以"善"为表现中心框架，引进社会"恶"的题材，弹奏低沉忧伤曲调，并以此抒发他对社会的深刻认识、哲学思考和深邃多蕴的内心世界。陈啸的论文《恋着肉化血枯的骸骨——

---

① 王兆胜：《林语堂与明清小品》，《河北学刊》2006 年第 1 期。
② 黄科安：《林语堂对现代小品文理论的建设与探索》，《中国现代文学研究丛刊》2001 年第 2 期。
③ 张仲谋：《论梁遇春散文的艺术风格》，《徐州师范大学学报》1985 年第 3 期。
④ 张学军：《英年早逝者的泪与笑——论梁遇春的散文创作》，《文史哲》1991 年第 1 期。
⑤ 李光连：《忧伤、奇诡的美——梁遇春散文论》，《安徽师范大学学报》1997 年第 2 期。

谈梁遇春人生散文的"黑暗"之美》①认为，他陶醉在急景流年与"黑暗"的人生里，带着精神朝圣的态度面对人生的苦难与悲哀，于灵魂深处爆发心灵革命，在看似二律悖反的人生态度中咀嚼人生之青果。研究者除较多地关注梁遇春的艺术风格之外，也从其他角度展开了分析。林奇的论文《梁遇春与英国 essay》②指出，梁遇春虽然从题目、题材、形象、思想的断片、文体乃至艺术表现手法都借鉴了英国 essay，但又扎根于中国的土壤，汲取了中国古典文学的养分。王明丽的论文《乐园、夸父与火——梁遇春散文的生态视境》③从生态批评的角度出发，指出梁遇春所意想的、融于环境想象中的、理想的自然状态对照着人类中心主义的、物质性的、机械的生态现实。张素丽的论文《论梁遇春散文在"审美现代性"建构中的意义》④指出，梁遇春的散文从行文内容到成文风格体现并丰富了"审美现代性"的含义，展现了审美现代性在现代社会中对"世俗的超越"的功能特质。

在现代文学史上，梁实秋既是闻名遐迩的文学批评家，也是因创作《雅舍小品》而享有盛誉的散文家。学术界从许多侧面展开了对《雅舍小品》的研究，但涉及最多的是艺术特征、美学风格等。汪文顶的论文《春华秋实圆熟雅致——略论梁实秋的散文》⑤在肯定梁实秋历史地位的同时，用"春华秋实，圆熟雅致"来概括其散文特征。李林展的论文《平凡的人性深度简朴的文明标尺——略论梁实秋〈雅舍小品〉的艺术特点》⑥认为，《雅舍小品》既描写人性，又表现人性，集中体现了梁实秋

---

① 陈啸：《恋着肉化血枯的骸骨——谈梁遇春人生散文的"黑暗"之美》，《中国现代文学研究丛刊》2012 年第 8 期。
② 林奇：《梁遇春与英国 essay》，《福建师范大学学报》1989 年第 2 期。
③ 王明丽：《乐园、夸父与火——梁遇春散文的生态视境》，《甘肃社会科学》2008 年第 1 期。
④ 张素丽：《论梁遇春散文在"审美现代性"建构中的意义》，《青岛大学师范学院学报》2011 年第 1 期。
⑤ 汪文顶：《春华秋实圆熟雅致——略论梁实秋的散文》，《福建师范大学学报》1992 年第 4 期。
⑥ 李林展：《平凡的人性深度简朴的文明标尺——略论梁实秋〈雅舍小品〉的艺术特点》，《湘潭师范学院学报》1995 年第 2 期。

的人性文学观。何祖健的《反义处生情趣轻松中见幽默——梁实秋"雅舍小品"反语修辞论》[①]指出，梁氏小品是作者洒脱、诙谐、通达个性的流露，综观《雅舍小品》不难发现，反语修辞是梁实秋建立幽默场、表现闲适个性最常用的话语模式。王春燕的论文《略论梁实秋散文"雅幽默"的美学特征与意义》[②]认为，梁实秋散文的幽默特色表现为一种学者加绅士的雅隽风格和高贵品位。这种高品位幽默是一种与"俗幽默"相对的"雅幽默"，是与"市民幽默"相对的"贵族幽默"。苗欣的论文《略论〈雅舍小品〉的生活美学及艺术见解》[③]指出，《雅舍小品》是人生散文的精品，不仅因为它写了人的生活的方方面面，还在于它倡导和表达出了一种健康的生活美学思想，同时表达了作者独特的艺术见解；在生活美学方面，梁实秋遵从自然，讲究实用，力求合度，崇尚充实。党鸿枢的《现实主义的童话——〈雅舍小品〉系列论略》[④]认为，《雅舍小品》具有鲜明的现实主义风格，题材广泛亘古罕有，包括京都市井风情录，忆旧感怀录，社会透视针砭录等部分。解志熙的论文《从"戏墨斋"少作到"雅舍"小品——梁实秋的几篇佚文及现代散文的知性问题》[⑤]则指出，"就现代散文的发展而言，'雅舍小品'的出现可以说是一个标志性的重要事件。它标志着独具一格的'知性散文'在现代中国文坛的成功崛起"。尽管对散文特征和美学风格的关注是梁实秋散文研究的重点，但也有些研究者从其他维度展开分析。贾蕾的论文《谈雅舍小品与明清小品文的内在精神联系》[⑥]认为，作为现代作家的梁实秋在精神气质上受传

[①] 何祖健：《反义处生情趣轻松中见幽默——梁实秋"雅舍小品"反语修辞论》，《湖南大学学报》1998年第3期。

[②] 王春燕：《略论梁实秋散文"雅幽默"的美学特征与意义》，《东方论坛》2005年第2期。

[③] 苗欣：《略论〈雅舍小品〉的生活美学及艺术见解》，《辽宁师范大学学报》2009年第4期。

[④] 党鸿枢：《现实主义的童话——〈雅舍小品〉系列论略》，《西北师大学报》1993年第3期。

[⑤] 解志熙：《从"戏墨斋"少作到"雅舍"小品——梁实秋的几篇佚文及现代散文的知性问题》，《新文学史料》2005年第2期。

[⑥] 贾蕾：《谈雅舍小品与明清小品文的内在精神联系》，《湖北大学学报》2006年第3期。

统文化心态影响很大，他的小品文与明清小品文相比，在文化境界和文化心态上既有所继承又有所超越；《雅舍小品》继承了明清小品文对市民文化的关注，并以现代文化的目光加以审视。高旭东的论文《论〈雅舍小品〉的审美风格及其在中国大陆的接受》① 指出，梁实秋在散文中融入了自己反对"五四"文学与左翼文学的古典主义文学倾向、对理性与人性的推崇以及反对文学太贴近时代的倾向，这一美学特征直接影响到了中国大陆在不同时代对他的接受倾向和价值定位。

在三四十年代的散文发展史上，从浙江上虞白马湖春晖中学——上海立达学园——上海开明书店同人逐渐发展起来的"开明"作家群的散文创作具有鲜明的风格，代表性散文家有叶圣陶、夏丏尊、丰子恺等，其中丰子恺的成就尤为突出，他兼散文家、漫画家、艺术教育家于一身。新时期以来，较早对丰子恺的散文作出整体评价的是王西彦。他在《赤裸裸的自己——〈丰子恺散文选〉序言》② 中指出，丰子恺具有两重性格，一个是出世的、超脱物外的、对人间持静观态度的，另一个是入世的、积极的、有强烈爱憎感情的；而这两重性格经常在他心中剧烈交战，他的散文作品自然也就是他这种两重人格互相交战的记录。该文还对丰子恺散文的艺术特征作了总结：就内容来说是直抒胸怀，就形式来说是信笔所至。关注丰子恺散文特征的研究者尤多。徐型的《论丰子恺散文对绘画艺术的借鉴》③、余志明的《一泓清纯明澈的泉——浅论丰子恺散文的人性美》④、彭书传的《论丰子恺散文的幽默美》⑤、王建华的《丰子恺散文的语言形象》⑥ 等论文都属此类。徐型认为，作为画家的丰子恺从重在表现瞬间、白描手法、"绘事后素"等方面借鉴了绘画艺术，形成了注重对事物发展

---

① 高旭东：《论〈雅舍小品〉的审美风格及其在中国大陆的接受》，《江汉论坛》2005年第1期。

② 王西彦：《赤裸裸的自己——〈丰子恺散文选〉序言》，《文学评论》1980年第6期。

③ 徐型：《论丰子恺散文对绘画艺术的借鉴》，《广西师范大学学报》1992年第1期。

④ 余志明：《一泓清纯明澈的泉——浅论丰子恺散文的人性美》，《上海大学学报》1993年第2期。

⑤ 彭书传：《论丰子恺散文的幽默美》，《湘潭师范学院学报》1994年第4期。

⑥ 王建华：《丰子恺散文的语言形象》，《江西社会科学》2006年第1期。

过程中瞬间的把握、以漫画式的勾勒再现人物形象和精神面貌以及"小中能见大""弦外有余音"等创作特色。余志明认为，丰子恺的散文蕴含着他的独特的人品和文品——至真至纯的人性美，具有愈嚼愈香的魅力。彭书传认为，丰子恺的散文总是具有一种"比笑话更有深度，比微笑更有效果，比哈哈大笑更能感染别人"的幽默力量。王建华指出，丰子恺的散文尤其是"儿童相"散文，往往是由两套语言编制而成的；他一面用率真的语言编织出充满童趣的、活泼的话语形象，另一面又用老成的语言塑造出厚重深邃的话语形象。也有很多研究者关注丰子恺散文的文化内涵和宗教意蕴。罗成琰的论文《论丰子恺散文的佛教意蕴》① 指出，"诸行无常"这一认为世界万物皆为变化无常的佛教观点，对丰子恺的人生观产生了深刻的影响。王泉根和王蕾的论文《佛心·童心·诗心——丰子恺现代散文新论》② 认为，丰子恺的散文与同时代的作家相比，有独特的文品，佛心、童心、诗心三心构织成其艺术追求上的三昧境界。叶青的论文《佛光里的生命咀嚼——试论丰子恺小品散文的佛教意蕴》③ 立足丰子恺学佛的态度，分析其散文中散发的佛理思想。朱晓江的论文《暂时脱离尘世——丰子恺的"闲情"散文及其文化内蕴》④ 则指出，丰子恺优美一面的散文与漫画创作，是与他的"绝缘说"紧密联系在一起的，其在消解现实生活中的紧张、异化与窒枯等方面具有重要的文化内蕴。另外，还有一些研究者将丰子恺与朱自清等散文家加以比较研究。比如，殷琦的论文《读〈儿女〉——谈朱自清、丰子恺同题散文》⑤ 指出，多愁善感、执着社会的朱自清写的《儿女》显示了他诗人的气质、哲人的思

---

① 罗成琰：《论丰子恺散文的佛教意蕴》，《中国现代文学研究丛刊》1991 年第 2 期。
② 王泉根、王蕾：《佛心·童心·诗心——丰子恺现代散文新论》，《中国现代文学研究丛刊》2001 年第 4 期。
③ 叶青：《佛光里的生命咀嚼——试论丰子恺小品散文的佛教意蕴》，《福建论坛》2000 年第 1 期。
④ 朱晓江：《暂时脱离尘世——丰子恺的"闲情"散文及其文化内蕴》，《浙江学刊》2007 年第 4 期。
⑤ 殷琦：《读〈儿女〉——谈朱自清、丰子恺同题散文》，《中国现代文学研究丛刊》1986 年第 3 期。

考，而慧眼独具、超逸脱俗的丰子恺写的《儿女》则表现了他艺术家的眼力、居士的风度。

新世纪以来的散文研究成果虽然较少，但是学术含量很重。陈平原的论文《"思乡的蛊惑"与"生活之艺术"——周氏兄弟与现代中国散文》在对周氏兄弟为人为文展开对读的基础上，通过其人生道路选择之异同的比较，进入周氏兄弟以"思乡""生活的艺术"等主题为中心的散文写作之异同的对照，揭示现代散文两大不同写作路径——"杂文"和"小品"的来去缘由。① 丁晓原的专著《行进中的现代性：晚清"五四"散文论》以"现代性"为视点，从"五四"散文与晚清散文的内在逻辑、传播媒介、语言表达等多个方面，较为全面深入地论述了晚清散文与"五四"的历史性联系。② "知识分子的批判精神和反思意识"与"文体的现代理性自觉"③ 是作者将晚清和"五四"关联起来的两个支点。王炳中的论文《"健全的个人主义"与现代散文理论的"个性说"》分析了"五四"时期以强调个人的自主与自律、权利与义务、利己与利人相统一为原则的"健全的个人主义"观念与"主张个人情感的解放和健全抒发，注重个性表现的社会性内涵"的散文理论的互动关系。④ 吕若涵、吕若淮的论文《文类研究：百年散文研究的新思路》提出现代散文研究应当从"文类"入手，因为"'现代散文'如何定义自己，能否代表文学的'现代本质'，是文类研究最核心的问题及其意义所在，如果借鉴西方文类研究理论会有助于现代散文理论研究走向拓展和深入"⑤。

报告文学也受到学术界的关注。王晖的论文《报告文学：现代性的

---

① 陈平原：《"思乡的蛊惑"与"生活之艺术"——周氏兄弟与现代中国散文》，《中国现代文学研究丛刊》2018年第1期。
② 丁晓原：《行进中的现代性：晚清"五四"散文论》，中国社会科学出版社2016年版。
③ 王兆胜：《现代散文研究的新高度——评〈行进中的现代性：晚清"五四"散文论〉》，《江汉论坛》2016年第11期。
④ 王炳中：《"健全的个人主义"与现代散文理论的"个性说"》，《福州大学学报》2019年第2期。
⑤ 吕若涵、吕若淮：《文类研究：百年散文研究的新思路》，《福州师范大学学报》2008年第5期。

追寻与反思》从现代性入手，分析了报告文学作为"20 世纪中国文坛上引领时代精神气质的'时代文体'"的独特性，作者认为，因为报告文学的文体"从其言说对象及其文体面貌中所折射出来的意味，都传达出与以现代性为核心的时代精神的深度整合与互动，这表现于启蒙与建构、救亡与图存两大主题中对现代性的追寻，以及对悖逆现代性主旨的反思与批判"①。郭志云的论文《互文性理论与中国现代报告文学》运用互文性理论梳理中国现代报告文学的发展历程时分析了现代报告文学有文本互涉、参照牵连的网状脉络。作者认为，文本互渗和文体互渗是其现代报告文学最基本的两种外化形态。② 杨汤琛的论文《晚清域外游记与现代报告文学的兴起》论析了近代公共传媒中的晚清域外游记与现代报告文学之间存在着的内在一致性。作者认为，"其一，晚清域外游记不仅登载于现代报纸杂志上，而且侧重于以纪实方式描述社会、传播信息；其二，晚清域外游记多指摘时事、传达意见，富有强烈的社会批判性；其三，登载于报刊的晚清域外游记，在行文方式上多采取比拟夸张、情感渲染等文学性手法，以达到煽动读者情绪、传播新知的目的。这与现代报告文学的新闻性、纪实性和文学性可谓一脉相承"③。林羚、吕若涵的论文《杂文与旧戏之间的关系》分析了杂文与旧戏之间天然的联系。作者认为，"当杂文家涉笔旧戏时，杂文和旧戏都发生了新的变化。在这类杂文创作中，旧戏不再一味地受到批判，一方面，杂文家发现了它以封建反封建的启蒙功能；另一方面，旧戏自身的审美特性又为杂文的表现增添了别种魅力。以旧戏入文的这类杂文创作既没有中断和破坏与传统旧戏之间的联系，又承接上了文学向现代转型的需求，这为传统旧戏向现代转型，以及探索其他传统艺术如何与时代相适应提供了新思路"④。

---

① 王晖：《报告文学：现代性的追寻与反思》，《文学评论》2003 年第 3 期。
② 郭志云：《互文性理论与中国现代报告文学》，《西华大学学报》2014 年第 2 期。
③ 杨汤琛：《晚清域外游记与现代报告文学的兴起》，《北方论丛》2012 年第 2 期。
④ 林羚、吕若涵：《杂文与旧戏之间的关系》，《福州师范大学学报》2019 年第 2 期。

第十章

文体研究（下）

第一节 诗歌研究

1949年以来的中国现代诗歌研究视野开阔，成果丰硕，经历了一个从涓涓细流到汹涌巨浪的过程。如果以新时期开始以后兴起的思想解放潮流作为分界线，那么六十多年的中国现代诗歌研究可以分为前后两个时期。前半期的中国现代诗歌研究视角单一，方法固定，而后半期的研究则视角新颖、方法多样。中国现代诗歌研究经历了从单一的政治化的社会历史评述走向多元的文化审美阐释的过程，在不同的历史时期呈现出明显的阶段性特点。

一

对于1949年以后的研究者来说，中国现代诗歌虽然只有短短三十年的历史，但对其历史的梳理很快在新中国成立后就展开了。因为，对中国现代诗歌发展历史的梳理也包含着对中国革命历史的确证。尽管研究者大多抱着建构中国现代诗歌历史的强烈愿望，但是紧迫的时间却限制着研究者进行大规模的诗歌史写作。前三十年的中国现代诗歌史研究最主要的成果都是以论文的形式出现的。艾青的《五四以来中国的新诗》、臧克家的《五四新诗发展的一个轮廓》和谢冕、洪子诚等人撰写的《新诗发展概况》是比较有代表性的论文。在对中国现代诗歌产生及其流变历史的简略叙述中，这些文章呈现出逐渐"革命化"的选择姿态。艾青认为，"新月派""象征派"是中国现代诗歌中的"支流"，是"大资产阶级在文化上的代言人"①。臧克家以是否"对于人民的革命事业作出了一定的贡献"作为标准，将中国现代诗歌的历史分为"资产阶级的"和"无产阶级的"两个方向，对倾向于前者的诗人和诗作进行了否定式的批判，对于倾向于后者的诗人和诗作进行了肯定式的赞扬。② 谢冕、洪子诚等人撰写的文章则对毛泽东的《在延安文艺座谈会上的讲话》发表以后解放区出现的以《王贵和李香香》与国统区出现的以《马凡陀山歌》为代表的民歌体诗歌予以特别的评述，强调了新诗与大众之间的密切关系。③ 这种从政治立场出发对中国现代诗歌进行的社会历史式叙述，在"文化大革命"开始后就走向了极端的政治批判。

新时期开始以后，对中国现代诗歌史的梳理迅速展开了。然而，最初的中国现代诗歌史研究仍然以社会历史批评为主，带有强烈的政治性。经过了 80 年代中期的"文化热"和"方法论热"以后，研究者开始注重从诗歌本体入手，研究中国现代诗歌的发展历史，文化审美批评成为此后中国现代诗歌研究的主要方法。研究者最初仍然以论文的方式叙述中国现代诗歌的发展历史，然而，随着研究的深入，中国现代诗歌发展历史的研究专著开始大量涌现。李俊国的《新诗历史的演进》④、孙克恒的《试论中国新诗的传统及其发展》⑤、李怡的《中国现代新诗的进程》⑥、孙玉石的《20 世纪中国新诗：1917—1949》⑦、王富仁的《中国现代诗歌的发展》⑧等论文代表了新时期以来不同阶段中国现代诗歌发展史研究的水平。研究

---

① 艾青：《五四以来中国的新诗》，《艾青全集》第 3 卷，花山文艺出版社 1991 年版，第 303 页。
② 臧克家：《五四新诗发展的一个轮廓》，《文艺学习》1955 年第 2、3 期。
③ 谢冕、洪子诚等：《新诗发展概况》，《诗刊》1959 年第 6—9 月号。
④ 李俊国：《新诗历史的演进》，《中国现代文学研究丛刊》1984 年第 1 期。
⑤ 孙克恒：《试论中国新诗的传统及其发展》，《西北师大学报》1984 年第 3 期。
⑥ 李怡：《中国现代新诗的进程》，《文学评论》1990 年第 1 期。
⑦ 孙玉石：《20 世纪中国新诗：1917—1949》，《诗探索》1994 年第 3、4 期。
⑧ 王富仁：《中国现代诗歌的发展》，《江苏社会科学》2003 年第 1、2 期。

者能够全方位地对中国现代诗歌形成的文化背景、发展形态、审美追求等进行客观叙述，大体能够概括中国现代诗歌流变的基本线索。祝宽的《五四新诗史》[①]、朱光灿的《中国现代诗歌史》[②]、龙泉明的《中国新诗流变论》[③]、陆耀东的《中国新诗史（1916—1949）》[④]、姜涛的《"新诗集"与中国新诗的发生》[⑤] 等专著分别着眼于中国现代诗歌发展的历史整体或者一个阶段，以详细的史料、多样的方法对中国现代诗歌发展中出现的社团流派、诗人诗作、诗思诗美进行了全面的概括和深入的分析。祝宽以中国现代文学期刊为纽带，将"五四"时期的重要诗人纳入不同刊物阵地，分析其不同艺术风格。朱光灿以"作家论"为中心，收入了研究者时常忽视的一些无名诗人。这两部专著以社会历史批评为主，仍然带有50年代的政治偏见。龙泉明在中国现代诗思的探索中注重新诗发展规律的把握。陆耀东以诗歌社团为主体，注重不同社团之间诗人群体的整合。姜涛分析了诗集出版、读者接受和诗歌批评等外部社会因素对中国新诗发生的影响。这几部专著注意历史美学、文化传播等不同方法和视角的综合运用。

中国现代诗歌的诗体形态特征也得到研究者的重视。中国现代诗歌是在反对古典诗歌的基础上产生的，因而形成了与古典诗歌完全不同的诗体形态。无论是中国现代诗歌的倡导者还是研究者，逐渐形成了二元对立的思维模式。新与旧、古典与现代、自由与格律、纯诗化与大众化、文言与白话是中国现代诗歌研究者在诗体形态特征研究中经常用到的立论方式。然而，文学的发展绝不是简单的线性进化过程，而是呈现出曲折反复的复杂性，中国现代诗歌的诗体演化更是如此。1949年以来的中国现代诗歌的诗体形态特征研究就经历了一个由单一的二元对立到复杂的多元交错的变化过程。在前半期的中国现代诗歌研究中，由于毛泽东的《新民主主

---

① 祝宽：《五四新诗史》，陕西师范大学出版社1987年版。
② 朱光灿：《中国现代诗歌史》，山东大学出版社1997年版。
③ 龙泉明：《中国新诗流变论》，人民文学出版社1999年版。
④ 陆耀东：《中国新诗史（1916—1949）》，长江文艺出版社2005年版。
⑤ 姜涛：《"新诗集"与中国新诗的发生》，北京大学出版社2005年版。

义论》和《在延安文艺座谈会上的讲话》的深刻影响,再加上毛泽东本人在不同场合对中国诗歌发展方向表明的态度,因而,这个阶段的中国现代诗歌研究者在注重"革命性"的基本规范的前提下,对以《王贵与李香香》和《马凡陀山歌》为代表的具有民间化特征的诗体形态进行了全面的肯定。口语化的语言、半格律的诗体、民间化的手法等都和诗歌与群众结合、诗人与群众结合的"文艺的大众化方向"紧密相关。所以,民间化和民族化成为中国现代诗歌的诗体形态特征研究的中心,这种研究视角的运用又与当时的中国新诗发展道路的政治化选择联系在一起。

新时期开始以后,研究者对中国现代诗歌的诗体形态特征进行了全方位的探索,自由体、新格律体、民歌体、叙事体、十四行体、散文诗等诗体分别为不同的研究者所青睐。研究者不再为单一的二元对立的思维模式所束缚,注意不同诗体在中国现代诗歌发展进程中的复杂性。骆寒超的《20世纪中国新诗的形式探求及其经验教训》[①]、吕周聚的《中国现代诗歌文体发展的历史反思》[②]等论文和杜荣根的《寻求与超越:中国新诗形式批评》[③]、蓝棣之的《现代诗的情感与形式》[④]、王珂的《百年新诗诗体建设研究》[⑤]、许霆的《旋转飞升的陀螺:百年中国现代诗体流变史论》[⑥]等专著从总体上对中国现代诗歌的不同诗体形态特征进行了反思。骆寒超通过对自由诗、格律诗和自由格律诗各自优势和缺陷的分析,认为中国新诗的发展必须走"定型"之路。蓝棣之分别从诗人与流派的不同角度,分析了中国现代诗歌形式与内容之间的复杂关系。王珂也认为,中国新诗一直走着"破坏大于重建"的道路,中国新诗要适度定型,"有常体好于无常体"。杜荣根全面分析了中国现代诗歌发展中出现的各种诗体,总结出影响中国现代诗歌体式发展的三个矛盾:现代意识与民族传统的冲突、

---

① 骆寒超:《20世纪中国新诗的形式探求及其经验教训》,《中国社会科学》2002年第4期。
② 吕周聚:《中国现代诗歌文体发展的历史反思》,《山东师范大学学报》2009年第5期。
③ 杜荣根:《寻求与超越:中国新诗形式批评》,复旦大学出版社1993年版。
④ 蓝棣之:《现代诗的情感与形式》,华夏出版社1994年版。
⑤ 王珂:《百年新诗诗体建设研究》,生活·读书·新知三联书店2004年版。
⑥ 许霆:《旋转飞升的陀螺:百年中国现代诗体流变史论》,人民文学出版社2006年版。

情感与理智的冲突、简化与非简化的冲突。许霆主要从中国现代诗歌流派出发，分析了同一流派内部不同诗人的诗体创造的差异性。唐湜的《新诗的自由化与格律化运动》①，骆寒超的《论现代自由诗》②，许霆、鲁德俊的《十四行体在中国》③，钱光培的《中国十四行诗的历史回顾》④，王光明的《自由诗与新诗》⑤，王荣的《论中国现代叙事诗艺术形式的变革与创新》⑥ 等论文则是对中国现代不同诗体形态的专门研究。唐湜认为，新诗的诗体不可能定于一尊，而是在自由化与格律化的相互矛盾中发展的。骆寒超在描述中国现代自由诗历史的基础上，分析了自由诗在节奏上追求"旋律化"的规律。王光明通过对比自由诗与新诗的关系，提出了新诗的发展走向应当是格律诗与自由诗的相互对话和调适。王荣认为，中国现代叙事诗艺术形式变革和创新的动力根源于对西方和中国民间文学体裁形式的选择。许霆、鲁德俊从移植途径、形式改造、演化进程等不同角度，分析了十四行体在中国的发展全貌。

对中国现代诗歌诗学本体理论的研究也是研究者关注的重点之一。从诗歌本体上来看，中国新诗是与古典诗歌完全不同的。中国现代诗歌在发生及其流变过程中，逐渐形成了区别于古典诗歌的诗学理论。在新诗本质的认识、意象的选择、审美的标准、语言的表达等方面，均形成了独立于传统诗歌的诗学理论及批评策略。新时期开始以后，随着单一的内容与形式二元对立的思维方式和研究方法逐渐被取代，研究者开始从诗歌本体入手，探求中国现代诗歌在诗学理论及其批评方法上的独特性。一方面，研究者从中国现代诗歌创作出发，力图从理论上总结中国现代诗学观念。吕进的《中国现代诗学》⑦，龙泉明、邹建军的《现代诗学》⑧ 和杨匡汉的

---

① 唐湜：《新诗的自由化与格律化运动》，《诗探索》1980 年第 2 期。
② 骆寒超：《论现代自由诗》，《浙江学刊》1984 年第 3 期。
③ 许霆、鲁德俊：《十四行体在中国》，《中国现代文学研究丛刊》1986 年第 3 期。
④ 钱光培的《中国十四行诗的历史回顾》，《北京社会科学》1991 年第 1、2 期。
⑤ 王光明：《自由诗与新诗》，《中国社会科学》2004 年第 4 期。
⑥ 王荣：《论中国现代叙事诗艺术形式的变革与创新》，《文学评论》1991 年第 2 期。
⑦ 吕进：《中国现代诗学》，重庆出版社 1991 年版。
⑧ 龙泉明、邹建军：《现代诗学》，湖北人民出版社 2000 年版。

《中国新诗学》① 等著作力图通过对中国现代诗歌创作的分析，建构起完整的中国现代诗学体系。吕进主要以抒情诗为中心，分析了诗歌生成过程中的诗与现实、诗与媒介、诗与灵感之间的微妙关系。龙泉明、邹建军主要从中国现代诗歌的本质、创作法则、审美形态、价值标准等方面概述了不同诗人的诗学观念。杨匡汉主要从诗歌的体验、物化、时空、语言、接受等不同层面，提出了中国现代诗学的建构特征。王光明的《中国新诗的本体反思》②、张同道的《中国新诗的审美范式与民族心理》③、张桃洲的《现代汉诗的诗性空间——论 20 世纪中国新诗语言问题》④、郑敏的《中国新诗与语言》⑤ 等论文力图从语言、文体、审美等不同角度对中国现代诗歌进行反思，提出了中国现代诗学建构中诗歌的语言与口语、审美范式与接受心理、欧化与白话等重要问题。另一方面，研究者从中国现代诗歌的理论批评出发，分析中国现代诗人和批评家的理论追求。许霆的《新诗理论发展史（1917—1927）》⑥、潘颂德的《中国现代诗论四十家》⑦ 和《中国现代新诗理论批评史》⑧、蓝棣之的《现代诗歌理论：渊源与走势》⑨、常文昌的《中国现代诗歌理论批评史》⑩、孙玉石的《中国现代解诗学的理论与实践》⑪ 等专著和张德厚的《在历史转换中生成着的"诗本体"理论话语》⑫、臧棣的《现代诗歌批评中的晦涩理论》⑬ 等论文将重

---

① 杨匡汉：《中国新诗学》，人民出版社 2005 年版。
② 王光明：《中国新诗的本体反思》，《中国社会科学》1998 年第 4 期。
③ 张同道：《中国新诗的审美范式与民族心理》，《文学评论》1999 年第 3 期。
④ 张桃洲：《现代汉诗的诗性空间——论 20 世纪中国新诗语言问题》，《中国社会科学》2002 年第 5 期。
⑤ 郑敏：《中国新诗与语言》，《诗探索》2008 年第 1 期。
⑥ 许霆：《新诗理论发展史（1917—1927）》，甘肃文化出版社 1994 年版。
⑦ 潘颂德：《中国现代诗论四十家》，重庆出版社 1997 年版。
⑧ 潘颂德：《中国现代新诗理论批评史》，学林出版社 2002 年版。
⑨ 蓝棣之：《现代诗歌理论：渊源与走势》，清华大学出版社 2002 年版。
⑩ 常文昌：《中国现代诗歌理论批评史》，人民文学出版社 2004 年版。
⑪ 孙玉石：《中国现代解诗学的理论与实践》，北京大学出版社 2007 年版。
⑫ 张德厚：《在历史转换中生成着的"诗本体"理论话语》，《文学评论》1994 年第 1 期。
⑬ 臧棣：《现代诗歌批评中的晦涩理论》，《文学评论》1996 年第 6 期。

点放在中国现代的诗歌理论家及批评家的批评理论和实践上，对中国现代诗学中的一些重要概念和批评方法进行了梳理和分析。常文昌从新诗的意象、境界、主体等方面入手，力图建构起中国现代诗歌理论的批评话语。臧棣从"晦涩"入手，通过对一些诗人及批评家的批评理论的分析，探讨了中国现代主义诗歌批评的诗学观念的深度。孙玉石通过对一些中国现代诗歌批评家解诗方法的研究，分析了中国现代诗学发展中的"晦涩"问题，提出了"重建中国解诗学"的主张。

中国现代诗歌与中外文学传统也引起了研究者的注意。中国现代诗歌在批判古典文学的前提下，广泛接受了西方文学的影响。然而，这并不是说中国现代诗歌只与西方文学有着直接的联系。事实上，中国现代诗歌一方面接受了西方文学尤其是西方诗歌的深刻影响，另一方面与中国古典文学尤其是古典诗歌保持着内在联系。在前半期的中国现代诗歌研究中，由于中国新诗道路问题的政治化影响，研究者把中国现代诗歌与文学传统的关系单一化，将民间形式尤其是民歌作为中国现代诗歌的生命源泉，努力挖掘中国现代诗歌与民间形式及带有"人民性"内涵的古典诗歌之间的关系。因此，这种研究方法不再是单纯的诗歌形式上的影响研究，而是以政治化为中心的"文艺的大众化方向"的价值判断。新时期开始以后，中国现代诗歌与中外文学传统的关系迅速成为研究的热点，并且从两个角度获得了突破。一方面，是中国现代诗歌与西方文学的关系研究。这类研究兴起于新时期开始之初，在80年代后期达到了研究的高潮，并一直持续到90年代。研究者大多从诗歌流派的角度追寻西方诗歌潮流对中国现代诗歌的影响。金丝燕的《文学接受与文化过滤——中国对法国象征主义诗歌的接受》[①]、陆文靖的《法国象征诗派对中国象征诗影响研究》[②]、曹万生的《现代派诗学与中西诗学》[③]、陈旭光的《中西诗学的会通》[④]、

[①] 金丝燕：《文学接受与文化过滤——中国对法国象征主义诗歌的接受》，中国人民大学出版社1994年版。
[②] 陆文靖：《法国象征诗派对中国象征诗影响研究》，四川大学出版社1997年版。
[③] 曹万生：《现代派诗学与中西诗学》，人民出版社2003年版。
[④] 陈旭光：《中西诗学的会通》，北京大学出版社2002年版。

谭桂林的《本土语境与西方资源——现代中西诗学关系研究》①等专著和袁可嘉的《西方现代派诗与中国新诗》②、吴昊的《试论西方现代主义文学思潮对中国新诗的影响》③、李怡的《巴拿斯主义与中国现代新诗》④、张同道的《中西文化的宁馨儿——中国现代主义诗的特质研究》⑤、王泽龙的《论西方象征主义对中国现代主义诗歌的纯诗化影响》⑥等论文都是如此，只是不同的研究者选择了从创作方法、表现方式、诗学理论、意象选择等不同的角度进行论述而已。

90年代以来，中国现代诗歌与传统文学的关系受到了研究者的特别关注。许多研究者从古典诗歌入手，或者分析中国现代诗歌中的古典意象，或者比较中国现代诗歌中的古典风格，或者探析中国现代诗人的古典情怀，努力挖掘中国现代诗歌与古典诗歌之间深层的精神联系，从而对20世纪80年代以来盛行的中国现代文学与传统文学之间关系的"断裂说"提出了质疑。李怡的《中国现代新诗与古典诗歌传统》⑦、王泽龙的《中国现代诗歌意象论》⑧等专著注重中国现代诗歌与古典诗歌传统上的整体关联。李怡从新诗创作中的"物化方式"、新诗诗体中的"历史形态"、现代诗歌与古典诗歌的"本文结构"等角度分析和比较了中国现代诗歌中留存的"古典传统"。王泽龙主要从诗歌意象入手，分析了中国现代诗歌对古典诗歌意象的创造性转化。张新的《论五四时期新诗与宋诗

---

① 谭桂林:《本土语境与西方资源——现代中西诗学关系研究》，人民文学出版社2008年版。
② 袁可嘉:《西方现代派诗与中国新诗》，《读书》1985年第5期。
③ 吴昊:《试论西方现代主义文学思潮对中国新诗的影响》，《银川师专学报》1988年第4期。
④ 李怡:《巴拿斯主义与中国现代新诗》，《中州学刊》1990年第2期。
⑤ 张同道:《中西文化的宁馨儿——中国现代主义诗的特质研究》，《文学评论》1994年第3期。
⑥ 王泽龙:《论西方象征主义对中国现代主义诗歌的纯诗化影响》，《外国文学评论》1996年第4期。
⑦ 李怡:《中国现代新诗与古典诗歌传统》，西南师范大学出版社1994年版。
⑧ 王泽龙:《中国现代诗歌意象论》，中国社会科学出版社2008年版。

的文化氛围》①、孙玉石的《新诗：现代与传统的对话——兼评20世纪30年代的"晚唐诗热"》②、朱寿桐的《论中国现代诗歌对古典意象的继承与改造》③、郑敏的《中国新诗能向古典诗歌学些什么》④、王泽龙的《中国现代诗歌与古代诗歌意象艺术略论》⑤、戴惠的《中国诗歌的现实主义传统与"五四"新诗》⑥等论文对中国现代诗歌与传统文学关系的分析各有特色。张新主要分析了"五四"新诗在议论说理、白话入诗等表达方式上与宋诗的相似性。郑敏认为，中国新诗应当学习古典诗歌的节奏感和豪情、潇洒、悲怆等艺术和人生境界。孙玉石认为，30年代的"晚唐诗热"并不是要单纯借鉴晚唐诗词的艺术规范，而是通过寻求传统里的现代性来完成东西方美学的交流。戴惠认为，"五四"新诗虽然实现了诗体上的大解放，但继承了中国古典诗歌的现实主义精神。从总体上来看，中国现代诗歌与传统文学关系的研究成果不多，研究视野比较狭窄，有待进一步深入和开拓。

二

新诗到底应该走一条怎样的道路？其实这是自从新诗产生以来就一直存在着的一个问题。因为古典诗歌的传统范式被打破了，没有人能够明确肯定自由诗、新格律诗、十四行诗和民歌体诗等诗体中究竟哪一种是最好的，一切只能在探索中向前发展。只是到了1949年以后，新诗道路才被作为一个关系到中国新诗发展方向的重大问题而被提了出来并加以讨论，并在1958年开始的"新民歌"论争中达到了高潮。

新中国成立后，当时中国文学发展的方针是由毛泽东的《在延安文艺座谈会上的讲话》等文献规定的，其中的核心问题是文艺与群众、文

---

① 张新：《论五四时期新诗与宋诗的文化氛围》，《中州学刊》1990年第6期。
② 孙玉石：《新诗：现代与传统的对话——兼评20世纪30年代的"晚唐诗热"》，《现代中国》2001年第11辑。
③ 朱寿桐：《论中国现代诗歌对古典意象的继承与改造》，《福建论坛》2001年第1期。
④ 郑敏：《中国新诗能向古典诗歌学些什么》，《诗探索》2002年第1期。
⑤ 王泽龙：《中国现代诗歌与古代诗歌意象艺术略论》，《文学评论》2005年第3期。
⑥ 戴惠：《中国诗歌的现实主义传统与"五四"新诗》，《学海》2009年第5期。

艺工作者与工农群众相结合的"文艺的大众化方向"。当时的新文学研究者普遍认为,"五四"以来的中国新诗在发展过程中虽然一直在趋向工农大众,但是只有在1942年延安文艺座谈会之后才真正实现了"文艺的大众化"。以此为标准来看,"五四"以来的中国新诗确实存在着如何选择发展道路的问题。1949年以后,曾经发生过多次关于新诗问题的讨论,每一次都会涉及"自由体"与"格律体"的诗体选择问题。在1950年年初《文艺报》开展的"新诗歌的一些问题"的讨论中,田间、冯至、贾芝、陈涌等人提出,新诗要学习"有格律"的"歌谣体"诗歌,因为"歌谣体容易为广大的工农兵接受,诗歌的对象是工农兵,当然以采取他们易于接受的形式为最合宜"①。

在1956年《光明日报》开展的"新诗与传统问题"的讨论中,讨论者普遍对新诗提出了批评,认为新诗"缺乏传统的民族特色","跟我们这个伟大的时代很不适应,没有能很好地把这个伟大时代的现实生活表现出来",要求"新诗应该有韵,至少要有一些'规矩'"②。这些关于新诗的讨论最后都集中到诗歌与传统、诗歌与群众的关系问题。由此来看,这些讨论就决不仅仅是新诗如何继承传统之类的源流问题,而是与工农群众联系在一起的中国新诗的发展道路问题。

在1958年开始的关于"新民歌"的讨论中,由于毛泽东的亲自参与,新诗道路问题的讨论变得更加复杂,最终却以政治化的方式获得了统一的结论。1958年3月,毛泽东在中共中央成都会议上提出要搜集民歌,因为"中国诗的出路,第一条民歌,第二条古典,在这个基础上产生出新诗来,形式是民歌的,内容应是现实主义和浪漫主义的对立的统一"③。此后,以《人民日报》《文艺报》《文汇报》《文学评论》《人民文学》《诗刊》《处女地》《星星》《蜜蜂》《萌芽》等报刊为中心,几乎所有诗人、评论家和新诗研究者围绕毛泽东提出来的关于"新诗的出路"问题及其"五四"以来的新诗评价问题展开了论争,这就是著名的"新诗道

---

① 冯至:《自由体与歌谣体》,《文艺报》1950年第1、2期。
② 朱光潜:《新诗从旧诗能学习得些什么》,《光明日报》1956年11月24日。
③ 陈晋:《文人毛泽东》,上海人民出版社1997年版,第448页。

路"问题。在参与论争者当中，以卞之琳、何其芳、冯至、唐弢等为代表的诗人和学者认为，民歌和"五四"以来的新诗都有价值，都可以成为将来中国诗歌发展的基础。卞之琳说，"诗歌的民族形式不应理解为只是民歌的形式"，"五四"以来的新诗也是我国诗歌的传统，是"诗歌的民族形式之一"①。而以贺敬之、田间、袁水拍、阮章竞、郭小川等为代表的诗人则排除了"五四"以来的新诗，认为只有民歌和古典诗歌才是未来中国诗歌发展的基础。田间说："我们要开一代的诗风，就不能不在古典诗歌和民歌的基础上，丰富和发展新诗。要求得发展，要丰富新诗，使新诗具有中国作风、中国气派、为群众所喜闻乐见，要首先向民歌学习，要首先继承传统。"② 由于李向群、张光年等文化宣传官员的参与，以田间为代表的"新民歌"方向成为压倒多数的主流意见。王力、朱光潜等学者则从格律角度提出了未来中国诗歌应当走格律化的道路。他们认为，诗歌要创造"具有民族特点和时代特点"的新格律，"新的格律诗应该具有高度的音乐的美，也就是要求在韵律上和节奏上有高度的和谐"③。但是，"把新诗格律单纯地建立在民歌基础上，而不建立在既包括民歌又包括文人诗歌的全部民族诗歌传统的基础上"，是片面和过于简单化的。④ 尽管当时的论争相当激烈，但由于政治力量的介入，当1959年年底论争接近尾声时，"新民歌"最终被作为中国新诗发展的方向而确立了下来，新诗道路的论争也就此结束。

中国现代诗歌的流派研究是在新时期开始以后才广泛开展的，经历了一个对研究对象从宏观把握到微观分析、研究方法从单一的社会历史分析到多元的文化审美阐释的过程。根据流派形态和研究视角的差异，新时期以来中国现代诗歌的流派研究大致形成了三种不同的类型。

一是从创作方法角度进行的中国诗歌流派研究。新时期之初，20世纪50年代形成的文学观念仍然是研究者的主导思想倾向，研究者大多从

---

① 卞之琳：《对于新诗发展问题的几点看法》，《处女地》1958年7月号。
② 田间：《民歌为新诗开辟了道路》，《人民日报》1959年1月13日。
③ 王力：《中国格律诗的传统和现代格律诗的问题》，《文学评论》1959年第3期。
④ 朱光潜：《谈新诗格律》，《文学评论》1959年第3期。

现实主义、浪漫主义和现代主义的角度来研究中国现代诗歌流派。而且，根据创作方法和思想倾向的不同，每一种文学潮流又被划分为像批判现实主义和社会主义现实主义、积极浪漫主义和消极浪漫主义等，而现代主义则被视为反动的文学潮流。出于这样的政治化倾向的判断，中国现代诗歌发展中的许多流派得不到合理的评价。直到20世纪80年代中期以后，随着中国社会发展的现代化目标的确立，当文学现代化成为中国现代诗歌流派研究的评价标准时，从创作方法角度进行的中国现代诗歌流派研究才开始有所突破，但90年代以来从创作方法角度进行的研究迅速走向了分化。陈国恩的专著《浪漫主义与20世纪中国文学》中部分章节涉及了中国现代诗歌中浪漫主义潮流的阶段性特点。[1] 曼晴的《中国现实主义诗歌初探》[2]、李标晶的《革命现实主义诗歌流派的历史地位及影响》[3]、江锡铨的《中国现实主义新诗艺术发展考略》[4]、骆寒超的《论中国新诗的现实主义》[5] 等论文侧重于分析中国现代诗歌创作中的现实主义潮流。曼晴从社会主义现实主义文学"主流地位"的立场，简要概述了现实主义在中国现代诗歌中的发展历程及其显示出来的现实批判力量。骆寒超以现实主义为线索，分析了中国现代诗歌在不同历史时期表现出来的现实主义精神。陈超棠的《欧美浪漫主义诗歌对我国五四时期新诗的影响》[6]、杜运通的《三十年代浪漫主义失落的多维考察》[7]、邓程的《自我·大我·整体精神——中国现代浪漫主义诗歌理论三阶段》[8] 等论文侧重于分析中国现代诗歌创作中的浪漫主义潮流。陈超棠主要分析了"五四"新诗

---

[1] 陈国恩：《浪漫主义与20世纪中国文学》，安徽教育出版社2000年版，第97页。
[2] 曼晴：《中国现实主义诗歌初探》，《河北学刊》1983年第1期。
[3] 李标晶：《革命现实主义诗歌流派的历史地位及影响》，《中国社会科学》1991年第1期。
[4] 江锡铨：《中国现实主义新诗艺术发展考略》，《杭州师范学院学报》1990年第4期。
[5] 骆寒超：《论中国新诗的现实主义》，《文学评论》1997年第1期。
[6] 陈超棠：《欧美浪漫主义诗歌对我国五四时期新诗的影响》，《咸阳师专学报》1990年第1期。
[7] 杜运通：《三十年代浪漫主义失落的多维考察》，《中州学刊》1994年第6期。
[8] 邓程：《自我·大我·整体精神——中国现代浪漫主义诗歌理论三阶段》，《云南民族大学学报》2003年第4期。

浪漫主义精神的外来影响。杜运通探讨了浪漫主义在30年代失落的阶级斗争、民族矛盾、文学风气等多方面的原因。邓程从理论角度论述了浪漫主义传统在中国新诗中由小我、大我到整体精神的转换过程。对现代主义诗歌潮流的研究成果在80年代中期以后大量涌现，无论是专著还是论文都可以说是不计其数。虽然研究成果数量巨大，但绝大多数都是缺乏创见的重复之作。对中国现代主义诗歌潮流的研究产生了一定影响的有罗振亚的《中国现代主义诗歌流派史》①、王泽龙的《中国现代主义诗潮论》②、孙玉石的《中国现代主义诗潮史论》③ 等专著和王佐良的《中国新诗中的现代主义——一个回顾》④、陈旭光的《论20世纪中国新诗中的现代主义》⑤、张同道的《探险的风旗——中国现代主义诗潮回眸》⑥、罗振亚的《20世纪中国现代主义诗潮概观》⑦ 等论文。由于对现代主义诗歌潮流的研究是在中国现代文学研究进入整体繁荣状态后才逐渐展开的，因而这些研究成果以开阔的视野和多样的方法概述了中国现代主义诗歌潮流的历史，并对不同历史阶段主要流派的诗学观念、审美追求、所受影响进行了深入挖掘，既呈现了研究对象的复杂性，也显示了研究者深邃的历史意识和审美精神。

二是从历史发展阶段进行的中国诗歌流派研究。研究者一般按照中国现代文学发展的三个十年的阶段划分，概述每一个阶段出现的主要诗歌流派，分析它们的流派特征。王维燊的《选择与效应——二三十年代的诗歌流派竞争》⑧、卓立的《"五四"前后新诗流派之我见》⑨、陆耀东的

---

① 罗振亚：《中国现代主义诗歌流派史》，北方文艺出版社1993年版。
② 王泽龙：《中国现代主义诗潮论》，华中师范大学出版社1995年版。
③ 孙玉石：《中国现代主义诗潮史论》，北京大学出版社1999年版。
④ 王佐良：《中国新诗中的现代主义——一个回顾》，《文艺研究》1983年第2期。
⑤ 陈旭光：《论20世纪中国新诗中的现代主义》，《天津社会科学》1998年第2期。
⑥ 张同道：《探险的风旗——中国现代主义诗潮回眸》，《文学评论》1996年第3期。
⑦ 罗振亚：《20世纪中国现代主义诗潮概观》，《福建师范大学学报》2005年第2期。
⑧ 王维燊：《选择与效应——二三十年代的诗歌流派竞争》，《中国现代文学研究丛刊》1993年第3期。
⑨ 卓立：《"五四"前后新诗流派之我见》，《福建论坛》1994年第3期。

《四十年代长篇叙事诗初探》①、钱理群的《1948：诗人的分化》②、解志熙的《暴风雨中的行吟——抗战及40年代的新诗潮叙论》③、孙玉石的《1920年代中国新诗发展述略》④ 等论文都从历史阶段入手，探讨中国现代诗歌流派的时代影响及审美特征。从中国现代文学的历史阶段入手研究诗歌流派的论文数量虽然不是很多，但大多颇有深度。王维桑分析了20年代到30年代中国诗歌流派繁荣的原因及其不同流派的艺术风格。陆耀东认为，中国现代叙事诗40年代并没有走向衰落，而是出现了以现实主义艺术追求为目标的繁盛的创作局面，描写、歌颂民族英雄成为最基本的创作倾向。解志熙通过引证大量的直接材料，在分析抗战爆发前后新诗坛发生的反思和转变的基础上，阐述了40年代不同诗歌潮流的思想探索和艺术追求，论及了"针对国统区的种种社会弊端而发"的讽刺诗潮、"热心地探求着新形式"而又坚持为抗战而歌的"反抒情"的知性诗派、致力于诗歌艺术的"传统与现代的接续"的新古典主义诗潮、追求"现实、象征与玄学的综合"的现代主义"新生代"诗潮等。孙玉石认为，《新青年》《新潮》等刊物的参与使北京大学成为新诗诞生的渊薮，"为人生"与"为艺术"的兼容并存，写实主义、浪漫主义、象征主义、唯美主义的自由实践，构成新诗多元生态的格局。

三是从期刊社团角度进行的中国现代诗歌流派研究。尽管这种类型的研究在新时期之初就已经开始，但直到90年代以后，随着中国现代文学期刊研究的兴起，以风格相近的文学期刊或文学社团为中心的中国现代诗歌流派研究才开始活跃，产生了大量的研究成果。如果以中国现代诗歌的历史发展为线索，可以看到中国现代诗歌流派研究的大致情形。在以《新青年》《新潮》为中心形成的初期白话诗派研究中，向远的《初期白话诗简述》⑤、徐荣衔的《我国现代诗歌史上第一次大繁荣——早期白话

---

① 陆耀东：《四十年代长篇叙事诗初探》，《文学评论》1995年第6期。
② 钱理群：《1948：诗人的分化》，《文艺理论批评》1996年第4期。
③ 解志熙：《暴风雨中的行吟——抗战及40年代的新诗潮叙论》，《摩登与现代——中国现代文学的实存分析》，清华大学出版社2006年版。
④ 孙玉石：《1920年代中国新诗发展述略》，《北京大学学报》2008年第2期。
⑤ 向远：《初期白话诗简述》，《中国现代文学研究丛刊》1980年第2期。

诗创作述评》①等论文初步阐述了早期白话诗派的基本范畴和艺术主张。在以《晨报·诗镌》和《新月》为中心形成的新月诗派研究中，王强的《新月派的形成和发展》②、朱寿桐的《绅士气度与新月派的形成》③、张玲霞的《论清华新月诗人》④、黄昌勇的《新月诗派论》⑤、朱晓进的《新月派的文学策略》⑥、周晓明的《留学族群视域中的新月派》⑦等论文既有从整体上概述新月派形成的历史的，也有揭示新月派的流派属性的，既有从创作主体入手分析新月诗人的精神个性的，也有从诗歌本体角度探索新月派的诗学主张的。在以李金发和穆木天等后期创造社诗人为中心形成的象征诗派研究中，邱文治等人的《论中国现代象征诗派之升沉》⑧、张毓茂的《论中国的象征诗派》⑨、罗振亚的《1920年代象征诗派艺术形态论》⑩等论文和孙玉石的《中国初期象征诗派研究》⑪、吴晓东的《象征主义与中国现代文学》⑫等专著既有对象征诗派的形成和发展的变迁历史进行梳理的，也有阐释象征诗派的艺术形态的，既有分析象征诗派的诗学主张的，也有探索象征诗派的表现手法的。这些研究成果从不同的角度挖掘了20年代中国现代诗歌流派的不同特征，推动了中国现代诗歌流派研究的进程。

在有关30年代诗歌流派的研究中，现代诗派因为其成就的独特性而成为中国现代诗歌流派研究的重点。孙克恒的《主体感应的变异：〈现

---

① 徐荣街：《我国现代诗歌史上第一次大繁荣——早期白话诗创作述评》，《徐州师范学院学报》1984年第1期。
② 王强：《新月派的形成和发展》，《中国现代文学研究丛刊》1983年第3期。
③ 朱寿桐：《绅士气度与新月派的形成》，《江苏社会科学》1993年第4期。
④ 张玲霞：《论清华新月诗人》，《清华大学学报》1995年第4期。
⑤ 黄昌勇：《新月诗派论》，《文学评论》1997年第3期。
⑥ 朱晓进：《新月派的文学策略》，《中国现代文学研究丛刊》1999年第3期。
⑦ 周晓明：《留学族群视域中的新月派》，《华中师范大学学报》2000年第1期。
⑧ 邱文治等：《论中国现代象征诗派之升沉》，《文学评论》1987年第1期。
⑨ 张毓茂：《论中国的象征诗派》，《沈阳师范学院学报》1988年第4期。
⑩ 罗振亚：《1920年代象征诗派艺术形态论》，《黑龙江社会科学》2006年第4期。
⑪ 孙玉石：《中国初期象征诗派研究》，北京大学出版社1983年版。
⑫ 吴晓东：《象征主义与中国现代文学》，安徽教育出版社2000年版。

代〉及其诗人群》①、孙玉石的《寻找中外诗歌艺术的融汇点——中国现代派诗人的艺术探索》②、祝晓耘的《现代诗派在中国的产生与流变》③、邓达泉的《沿着足迹看行程——中国现代派诗歌演进轨迹的对比分析》④、杨洪承的《现代派文学群体的生命体验与文体创新》⑤等论文和罗振亚的《中国30年代现代派诗歌研究》⑥、张同道的《探险的风旗——论20世纪中国现代主义诗潮》⑦等专著,全面梳理了现代诗派的流变轨迹,展现了现代诗派美学上的共同追求。孙克恒从创作主体入手,分析了《现代》诗人群的诗艺探索。作者认为,30年代的中国新诗不仅"诗情的内涵或实绩"在不断充实与更新,而且"与现实、与心灵世界的多向性联系,语言及情绪结构,也产生较大的变化";尽管《现代》的文化自由主义立场限制了它的视野、声音,但从一种新的现代意识诗化为艺术感觉,诗歌作为解决因现代生活的"失调"所作出的紧张努力,以及它在诗歌语言艺术的建树等方面则是出色的,特别是那些传达现代都市景观及其文化心态表现的诗歌更是如此。杨洪承从文学社团形态的角度对现代诗派进行了研究,提出了现代派文学群体在30年代的文学史意义。作者认为,现代诗派是由"超越外部环境的纯文体建构"的文学社群组成的,当中国现代"绝大多数社团流派为社会主潮驱使,为革命文学的生存抗争之时,现代派群体应运而生,他们忠实于自己生命的体验和感觉,自觉地努力实验中国文学的文体创新,在中国现代文学史上具备开拓性的意义"。

40年代的诗歌流派研究以七月诗派和九叶诗派为中心。在以《七月》《希望》等杂志为中心的七月诗派研究中,郑纳新的《论七月诗派的整体

---

① 孙克恒:《主体感应的变异:〈现代〉及其诗人群》,《西北师大学报》1987年第3期。
② 孙玉石:《寻找中外诗歌艺术的融汇点——中国现代派诗人的艺术探索》,《中国文化研究》1993年冬之卷。
③ 祝晓耘:《现代诗派在中国的产生与流变》,《延边大学学报》1997年第4期。
④ 邓达泉:《沿着足迹看行程——中国现代派诗歌演进轨迹的对比分析》,《成都大学学报》1999年第3期。
⑤ 杨洪承:《现代派文学群体的生命体验与文体创新》,《江汉论坛》2002年第7期。
⑥ 罗振亚:《中国30年代现代派诗歌研究》,国际文化出版公司1997年版。
⑦ 张同道:《探险的风旗——论20世纪中国现代主义诗潮》,安徽教育出版社1998年版。

风格》①、蔡清富的《为民族解放而歌唱——论"七月派"的诗歌创作》②、江锡铨的《"诗的史"与"史的诗"——"七月"诗派综论》③、龙泉明的《高扬主体的现实主义——论七月诗派诗歌创作特质》④ 等论文和刘扬烈的《诗神·炼狱·白色花——七月诗派论稿》⑤、周燕芬的《执守·反拨·超越——七月派史论》⑥ 等专著既分析了七月诗派生成的复杂性和消亡的悲剧性,也揭示了其在审美与政治追求上的矛盾性,同时也分析了胡风的文艺观念对众多诗人创作上的影响。在以《中国新诗》《诗创造》为中心形成的"九叶诗派"研究中,蓝棣之的《论四十年代的"现代诗"派》⑦、罗振亚的《严肃而痛苦的探索——评四十年代的"九叶"诗派》⑧、林焕标的《简论"九叶"诗派》⑨、张岩泉的《"九叶"诗论》⑩、黄科安的《从西南联大到中国新诗群——论九叶诗派的源起与形成》⑪、吕周聚的《论中国新诗派的审美特征》⑫ 等论文和游友基的《九叶诗派研究》⑬、余峥的《九叶诗派综论》⑭、唐湜的《九叶诗人:"中国新诗"的

---

① 郑纳新:《论七月诗派的整体风格》,《广西师范大学学报》1994 年第 3 期。
② 蔡清富:《为民族解放而歌唱——论"七月派"的诗歌创作》,《北京师范大学学报》1995 年第 4 期。
③ 江锡铨:《"诗的史"与"史的诗"——"七月"诗派综论》,《贵州社会科学》1998 年第 5 期。
④ 龙泉明:《高扬主体的现实主义——论七月诗派诗歌创作特质》,《理论与创作》1999 年第 2 期。
⑤ 刘扬烈:《诗神·炼狱·白色花——七月诗派论稿》,北京师范大学出版社 1991 年版。
⑥ 周燕芬:《执守·反拨·超越——七月派史论》,中华书局 2003 年版。
⑦ 蓝棣之:《论四十年代的"现代诗"派》,《中国现代文学研究丛刊》1983 年第 1 期。
⑧ 罗振亚:《严肃而痛苦的探索——评四十年代的"九叶"诗派》,《中国现代文学研究丛刊》1990 年第 1 期。
⑨ 林焕标:《简论"九叶"诗派》,《学术论坛》1992 年第 4 期。
⑩ 张岩泉:《"九叶"诗论》,《江淮论坛》1996 年第 5 期。
⑪ 黄科安:《从西南联大到中国新诗群——论九叶诗派的源起与形成》,《云南民族大学学报》2005 年第 1 期。
⑫ 吕周聚:《论中国新诗派的审美特征》,《山东师范大学学报》2005 年第 3 期。
⑬ 游友基:《九叶诗派研究》,福建教育出版社 1997 年版。
⑭ 余峥:《九叶诗派综论》,海峡文艺出版社 2000 年版。

中兴》①、蒋登科的《九叶诗人论稿》② 等专著,一方面综述了"九叶诗派"形成的复杂历程,概括了其所接受的中外诗歌传统的影响,另一方面主要揭示了其作为诗歌流派在诗学观念上的复杂性和诗歌艺术上的独创性,展现了其作为中国现代主义诗歌在成熟阶段表现出来的综合性特征。

三

与中国现代诗歌研究的整体进程相一致,以新时期开始以后的思想解放潮流为分界线,对中国现代的代表诗人及其诗作的研究大致经历了前后两个时期。在前半期,除了少数左翼诗人以外,大多数诗人失去了成为研究对象的资格。在后半期,随着中国现代诗歌研究进程的加快,越来越多的诗人及诗作得到了研究者的重视。郭沫若、胡适、闻一多、徐志摩、戴望舒、何其芳、卞之琳、艾青、冯至、穆旦、臧克家等诗人成了研究界关注较多的诗人。重要作家研究部分对郭沫若有专论,此处不再赘述。

胡适是"五四"新文学革命的倡导者,也是中国新诗的开创者,中国现代诗歌研究是无法绕开胡适的。然而,在1949年以后的中国现代诗歌研究中,政治化的学术氛围使胡适无法取得自己应有的历史地位。新时期开始以后,胡适作为新诗开创者的地位开始逐渐确立,《尝试集》成为研究的中心。针对50年代对《尝试集》的全盘否定,80年代初期发表了大量为《尝试集》平反的文章,对《尝试集》的开创性予以肯定。龚济民的《重评胡适的〈尝试集〉》③、文振庭的《胡适〈尝试集〉重议》④、刘元树的《论〈尝试集〉的思想倾向和历史地位》⑤、刘扬烈的《重评胡适的〈尝试集〉》⑥ 等论文分析了《尝试集》的思想内容和艺术成就、影响和历史价值、局限和不足等,认为《尝试集》渗透着民主主义思想,

---

① 唐湜:《九叶诗人:"中国新诗"的中兴》,上海教育出版社2003年版。
② 蒋登科:《九叶诗人论稿》,西南师范大学出版社2006年版。
③ 龚济民:《重评胡适的〈尝试集〉》,《辽宁大学学报》1979年第6期。
④ 文振庭:《胡适〈尝试集〉重议》,《江汉论坛》1979年第3期。
⑤ 刘元树:《论〈尝试集〉的思想倾向和历史地位》,《安徽大学学报》1980年第3期。
⑥ 刘扬烈:《重评胡适的〈尝试集〉》,《广西民院学报》1980年第4期。

表现了现实主义精神,在一定程度上"触及了五四时期社会生活和斗争,与当时思想启蒙运动在总的历史趋向上步调是一致的",在诗体解放、诗的音韵节奏和语言方面虽然带有"缠脚时代"的特点,但它带给文坛的是一种新精神。1985年以后,吴奔星的《〈尝试集〉新论》①、盛海耕的《论〈尝试集〉》② 等论文不再停留在为《尝试集》辩护层面,而主要论述了其在题材内容、艺术手法上的开创性。对于《尝试集》和《女神》在中国新诗史上的地位,中国现代诗歌研究中一直存在着争议,80 年代前后有学者重新就"第一部诗集"的问题展开了争论。③ 姜涛的论文《"起点"的驳议:新诗史上的〈尝试集〉与〈女神〉》通过有关两部诗集的争论,分析了"读者的阅读、批评的生产以及文学史叙述"在新诗史叙述中的作用。④

闻一多作为"唯一的爱国诗人"在 50 年代受到了充分的肯定。臧克家的《闻一多的爱国主义诗篇》⑤、刘绶松的《论闻一多的诗》⑥、潘旭澜的《谈闻一多的爱国主义诗篇》⑦、陆耀东的《读闻一多的诗》⑧ 等论文探讨了闻一多诗歌的爱国主义精神及其艺术特色,将闻一多的思想和精神单纯化了。新时期开始以后,闻一多作为爱国诗人的地位在研究者心目中依然没有动摇,但是研究者注意到了闻一多的复杂性。陆耀东的《论闻一多的诗》⑨、俞兆平的《〈死水〉与"以丑为美"的艺术表现方法》⑩、

---

① 吴奔星:《〈尝试集〉新论》,《社会科学战线》1985 年第 3 期。
② 盛海耕:《论〈尝试集〉》,《杭州教育学院学报》1987 年第 3 期。
③ 参见林植汉的《〈尝试集〉不是第一部新诗集》(《黄石师范学院学报》1983 年第 2 期)、文万荃的《中国现代文学史上第一部新诗集辩白》(《四川师范学院学报》1984 年第 1 期)等文章。
④ 姜涛:《"起点"的驳议:新诗史上的〈尝试集〉与〈女神〉》,《文学评论》2003 年第 6 期。
⑤ 臧克家:《闻一多的爱国主义诗篇》,《文艺学习》1956 年 7 月号。
⑥ 刘绶松:《论闻一多的诗》,《诗刊》1958 年 11 月号。
⑦ 潘旭澜:《谈闻一多的爱国主义诗篇》,《文汇报》1961 年 7 月 15 日。
⑧ 陆耀东:《读闻一多的诗》,《湖北日报》1961 年 7 月 16 日。
⑨ 陆耀东:《论闻一多的诗》,《中国现代文学研究丛刊》1981 年第 1 期。
⑩ 俞兆平:《〈死水〉与"以丑为美"的艺术表现方法》,《江汉论坛》1983 年第 2 期。

张劲的《闻一多诗歌中的色彩美》①、刘奋强的《绘有声图画，抒爱国情怀——闻一多诗的绘画美》②、孙玉石的《闻一多的诗歌艺术追求探索》③等论文将关注的重点转向了分析闻一多诗歌的表现手法、审美特色、格律追求等特点。90年代以来，针对闻一多诗歌的研究虽然有所减少，但是仍然有一些重要论文出现。王富仁的《闻一多诗论》、李怡的《传统心理结构的自我拆解——论闻一多与中国传统诗歌文化》④、程光炜的《闻一多新诗理论探索》⑤、孙玉石的《论闻一多对新诗神秘美的构建》⑥、陆耀东的《闻一多新诗与中国古代诗歌的联系》⑦、陈国恩的《论闻一多的生命诗学观》⑧、郑守江的《对于闻一多爱情诗的文化思考》⑨ 等论文深入闻一多的精神世界深处，探寻其复杂性。王富仁从闻一多的精神结构入手，概括了其诗歌创作的总体特征，揭示了寄寓其中的思想矛盾性及其向现实的转化。李怡则认为，闻一多的诗歌在思想内涵与形式选择上形成了一种非常特殊的"互斥"效果。孙玉石认为，闻一多通过创造梦境与幻象、意象与象征、死亡意象与氛围等方式，带来了诗歌的神秘美特征。程光炜、陈国恩分析了闻一多基于生命的自由本性的现代诗学理论。陆耀东分析了闻一多对中国古代诗词的广泛接受，诸如表现上"重意境、意象、幻象、感情、音节、绘藻"，体制上"重均齐、蕴藉、圆满"，手法上"推崇暗示、比兴、事与情'配合得恰到好处'"等。郑守江认为，闻一多的爱情诗是从中华民族古老的情感和道德规范形成的文化积淀中汲取了传统文化的营养，他的诗歌中充溢着传统的思想和人格精神。

---

① 张劲：《闻一多诗歌中的色彩美》，《贵州社会科学》1983年第3期。
② 刘奋强：《绘有声图画，抒爱国情怀——闻一多诗的绘画美》，《南宁师范学院学报》1983年第4期。
③ 孙玉石：《闻一多的诗歌艺术追求探索》，《江汉论坛》1985年第10期。
④ 李怡：《传统心理结构的自我拆解——论闻一多与中国传统诗歌文化》，《贵州社会科学》1995年第2期。
⑤ 程光炜：《闻一多新诗理论探索》，《文学评论》1998年第2期。
⑥ 孙玉石：《论闻一多对新诗神秘美的构建》，《荆州师范学院学报》1999年第6期。
⑦ 陆耀东：《闻一多新诗与中国古代诗歌的联系》，《武汉大学学报》1999年第3期。
⑧ 陈国恩：《论闻一多的生命诗学观》，《文学评论》2006年第6期。
⑨ 郑守江：《对于闻一多爱情诗的文化思考》，《北方论丛》2007年第6期。

徐志摩的诗歌以轻灵飘逸而著称，但是在50年代以后却少有研究者。即使偶尔有人涉及，也大多以否定性的意见为主，比如吴宏聪就认为徐志摩的诗歌"鲜明地表现着资产阶级的堕落色彩"①。不过，陈梦家在《谈谈徐志摩的诗》一文中，较为客观地评价了徐志摩的诗歌创作，肯定了其创作中积极的思想意义和艺术价值。② 新时期开始之初的研究对徐志摩诗歌中表现出来的所谓资产阶级消极思想仍然持批判态度，但肯定了他的诗歌中流动着的爱国主义思想。研究者一方面积极肯定徐志摩诗歌中张扬个性自由和歌颂纯真美好爱情的反封建思想、对黑暗社会现实的不满情绪、同情下层民众的人道主义情怀，另一方面，开始关注徐志摩诗歌新颖的意境、生动的语言、优美的音乐性等艺术特色。陆耀东的《评徐志摩的诗》③，张学植、苏振鹭的《徐志摩诗歌中的人道主义》④，张大雷的《论徐志摩的诗歌创作道路》⑤，蓝棣之的《徐志摩的诗史地位与评价问题》⑥ 等论文论述的就是这些问题。90年代的徐志摩研究注重从诗人主体精神入手，研究其创作的独特性。李怡的《古典理想的现代重构——论徐志摩与中国传统诗歌文化》⑦，陆文采、徐雁的《徐志摩诗歌艺术的独特性新论》⑧ 等论文侧重于分析徐志摩精神世界和艺术追求的复杂性探索。李怡从人与自然的关系入手，挖掘了徐志摩在现实与历史、个人诗兴与文化传统上的融合。陆文采、徐雁认为，徐志摩将性灵、意象、意境、韵律共同融进了他的诗歌艺术整体，取得了无人能够替代的美学价值。

戴望舒是现代诗派的代表诗人，也自然成为中国现代诗歌研究的主要对象。然而，戴望舒诗歌创作道路和人生选择上的巨大变化，导致了50年

---

① 吴宏聪：《资产阶级诗歌的堕落——评徐志摩的诗》，《中山大学学报》1963年第1期。
② 陈梦家：《谈谈徐志摩的诗》，《诗刊》1957年11月号。
③ 陆耀东：《评徐志摩的诗》，《中国现代文学研究丛刊》1980年第2期。
④ 张学植、苏振鹭：《徐志摩诗歌中的人道主义》，《南开学报》1981年第1期。
⑤ 张大雷：《论徐志摩的诗歌创作道路》，《兰州大学学报》1983年第2期。
⑥ 蓝棣之：《徐志摩的诗史地位与评价问题》，《中国现代文学研究丛刊》1988年第4期。
⑦ 李怡：《古典理想的现代重构——论徐志摩与中国传统诗歌文化》，《江海学刊》1994年第4期。
⑧ 陆文采、徐雁：《徐志摩诗歌艺术的独特性新论》，《辽宁师范大学学报》1998年第5期。

代以后对他评价上的尴尬状态。在社会历史批评的学术氛围下，研究者一方面对戴望舒1937年以前的诗歌创作抱着闪烁其词或者否定的态度，另一方面却对抗战爆发以后的诗歌创作及其人格追求持肯定态度。即使在学术环境较为宽松的1956年，艾青为《戴望舒诗选》所作的序中也是用这种方式评价戴望舒诗歌创作和人生道路的，认为戴望舒走了一条"由个人哀叹到战斗呼号的道路"。新时期开始以后，戴望舒研究主要集中在他的诗歌创作与中外文学传统的关系、审美追求和艺术创新等方面，阙国虬的《试论戴望舒诗歌的外来影响和独创性》[①]，秦方宗的《论戴望舒诗艺的美学特征》[②]，王文彬、郑择魁的《试论戴望舒诗歌的独创性》[③]，郑淑慧的《论戴望舒抒情诗的建美模式与诗情的审美价值》[④]，张亚权的《论戴望舒诗歌的古代艺术渊源》[⑤] 等论文都是如此。90年代以来，戴望舒研究开始注重整体性，其抗战爆发以后的诗歌创作得到了重视。汪剑钊的《戴望舒：从"雨巷"到"我的记忆"》[⑥]、王文彬的《论戴望舒晚年的创作思想》[⑦]、王书婷的《在节奏与意象之间起舞——戴望舒诗风转变的艺术辨析》[⑧] 等论文要么分析戴望舒前后期诗歌创作转变的内在逻辑的一致性，要么探究戴望舒晚年创作思想的矛盾性。与此同时，戴望舒研究开始注重主体精神的复杂性及其在诗学观念上的呈现。张林杰的《追寻现代的诗意》[⑨]、陈太胜的《从"唱"到"说"——戴望舒的1927年及其诗学意义》[⑩]、姜

---

① 阙国虬：《试论戴望舒诗歌的外来影响和独创性》，《文学评论》1983年第4期。
② 秦方宗：《论戴望舒诗艺的美学特征》，《杭州大学学报》1984年第4期。
③ 王文彬、郑择魁：《试论戴望舒诗歌的独创性》，《浙江学刊》1985年第5期。
④ 郑淑慧：《论戴望舒抒情诗的建美模式与诗情的审美价值》，《延安大学学报》1986年第2期。
⑤ 张亚权：《论戴望舒诗歌的古代艺术渊源》，《中国现代文学研究丛刊》1988年第5期。
⑥ 汪剑钊：《戴望舒：从"雨巷"到"我的记忆"》，《社会科学辑刊》1995年第3期。
⑦ 王文彬：《论戴望舒晚年的创作思想》，《中国现代文学研究丛刊》2001年第2期。
⑧ 王书婷：《在节奏与意象之间起舞——戴望舒诗风转变的艺术辨析》，《中国现代文学研究丛刊》2006年第4期。
⑨ 张林杰：《追寻现代的诗意》，《烟台师范学院学报》1990年第4期。
⑩ 陈太胜：《从"唱"到"说"——戴望舒的1927年及其诗学意义》，《天津社会科学》2007年第1期。

云飞的《论戴望舒的感觉想象逻辑与圜道思维特征》①等论文要么通过诗歌挖掘作者觉醒后无所逃逸又无所皈依的焦灼和痛苦，要么分析作者受中国传统圜道思维方式的浸润而"在天地之间来回往返的空间感与春秋之间相互包孕的时间感"，总之都是有独到见解的。

何其芳和卞之琳是现代诗派中受到研究者较多关注的诗人。何其芳研究主要是在新时期以后开始的，由于何其芳经历了人生道路和创作风格的巨大变化，因而以1988年前后的"重写文学史"为分界线，何其芳研究可以分为前后两个阶段。前期的何其芳研究注重于分析其诗歌创作的发展道路、与中外诗歌的继承关系和抒情特色等问题，研究者都持积极肯定态度。1987年，刘再复提出要研究"思想进步，艺术退步"的"何其芳现象"。②

在此后开始的"重写文学史"潮流中，研究者将何其芳的创作割裂开来，对他后期的诗歌创作和文艺思想进行了批评。比如，应雄在《二元理论，双重遗产：何其芳现象》一文中分析了何其芳在强调"政治原则"和"艺术原则"的二重矛盾中的精神痛苦和人格分裂。③90年代以来，何其芳研究主要集中在对诗歌本体的探讨上。孙玉石认为，何其芳将以"爱情和青春的歌唱"为主题的30年代的诗歌进行了生命的升华，形成了批判现实和反思自身的"荒原"意识。④谢应光认为，何其芳的诗歌有着明显的叙事化倾向，经历了从前期的审美到后期的功利的变化。⑤卞之琳的诗歌以"晦涩"著称，研究者大多很难进入卞之琳诗歌创作的核心。卞之琳研究也是在新时期以后才开始的，研究的重点一是对《断章》《尺八》《距离的组织》《圆宝盒》等诗作的解读上，孙玉石、解志熙、黄维樑等人都写过赏析文章。二是从与西方现代主义的关系角度探讨卞之琳诗歌的表现艺术和审美追求，包括意象的呈现、主智的诗学原则等，袁

---

① 姜云飞：《论戴望舒的感觉想象逻辑与圜道思维特征》，《文学评论》2008年第2期。
② 刘再复：《赤诚的诗人，严谨的学者》，《文学报》1987年12月24日。
③ 应雄：《二元理论，双重遗产：何其芳现象》，《文学评论》1988年第6期。
④ 孙玉石：《论何其芳三十年代的诗》，《文学评论》1997年第6期。
⑤ 谢应光：《论何其芳诗歌叙事因素的迁移》，《文学评论》2003年第2期。

可嘉的《略论卞之琳对新诗艺术的贡献》①、蓝棣之的《论卞之琳诗的脉络与潜在流向》②、罗振亚的《"反传统"的歌唱——卞之琳诗歌的艺术新质》③、孙玉石的《卞之琳：沟通中西诗艺的"寻梦者"》④等论文和江弱水的《卞之琳诗艺研究》⑤、刘祥安的《卞之琳：在混乱中寻求秩序》⑥等专著有一定的代表性。

艾青的出现虽然使中国现代自由诗创作走上了又一座高峰，但他的影响终究没有形成一种风格鲜明的诗歌流派，这从另一个方面说明了艾青诗歌追求的复杂性。对艾青的研究从50年代就已经开始了，与其他同时期的诗人相比较，50年代的艾青研究是有一定影响的。晓雪在1957年出版了专门研究艾青诗歌的专著《生活的牧歌》，对艾青的诗歌进行了较为全面的论述，"强调诗人保持和发扬艺术个性和创作特色的必要性"，对艾青诗歌中"忧郁"风格的分析尤为细致。⑦当艾青被打为"右派"之后，先前的肯定就完全被否定代替了。新时期开始以后的艾青研究主要集中在对艾青诗歌的思想内容、艺术风格、表现手法等的挖掘上，谢冕的《和新中国一起歌唱》⑧、骆寒超的《论艾青的诗歌艺术》⑨、金汉的《文字的绘画，彩色的诗——谈艾青诗歌绘画美》⑩等论文就是如此。90年代以来，一方面，艾青研究转向了对中外文学关系的研究。常文昌的论文《艾青与波德莱尔》认为，艾青创作中以丑入诗、崇高的忧郁美、描写城市风光、重视意象创造等特点都是与波德莱尔直接

---

① 袁可嘉：《略论卞之琳对新诗艺术的贡献》，《文艺研究》1990年第1期。
② 蓝棣之：《论卞之琳诗的脉络与潜在流向》，《文学评论》1990年第1期。
③ 罗振亚：《"反传统"的歌唱——卞之琳诗歌的艺术新质》，《文学评论》2000年第2期。
④ 孙玉石：《卞之琳：沟通中西诗艺的"寻梦者"》，《诗探索》2001年第1、2期。
⑤ 江弱水：《卞之琳诗艺研究》，安徽教育出版社2000年版。
⑥ 刘祥安：《卞之琳：在混乱中寻求秩序》，文津出版社2007年版。
⑦ 陆耀东：《艾青研究十五年》，《中国现代文学研究丛刊》1995年第2期。
⑧ 谢冕：《和新中国一起歌唱》，《文学评论》1979年第4期。
⑨ 骆寒超：《论艾青的诗歌艺术》，《文艺论丛》1980年第10期。
⑩ 金汉：《文字的绘画，彩色的诗——谈艾青诗歌绘画美》，《艺谭》1983年第2期。

相关的。①何清的论文《城市经验的"影响"向度——也说艾青诗歌创作中的外来因素》认为,艾青在对西方现代城市生活的感知与体验中建立起了自己的诗艺世界,并确立了自己的现代意识和现代视角。②另一方面,艾青研究转向对诗人精神世界的复杂性及其审美内涵独特性的探索。龙泉明的论文《艾青四十年代诗歌创作论》认为,艾青诗歌创作的审美追求是至真至善至美,即追求"真的境界""善的灵魂"和"美的诗艺"。③陈卫、陈茜的论文《神与光——论艾青诗歌及文学史形象》对诗人艾青的形象进行了重估。作者认为,艾青的诗歌既有对"对旧中国的苦难、新中国的诞生和灾难后的复苏"的展现,也有对"黑暗、死亡、复活"等宗教意识的追寻。因而,艾青既是"一个革命性诗人",也是一个具有宗教意识的生命体验者。④其实,宗教意识是 90 年代以来艾青研究的一个重要内容,具有开创性的是汪亚明的论文《论艾青诗的宗教意识》。该文从"受难:人与神的共同情感体验""献祭:人格与神格的精神契合"和"再生:与太阳同行共享永恒"三个方面详细分析了艾青诗歌宗教意识的内涵。⑤

冯至的诗歌创作主要集中在"五四"和"抗战"两个时期,风格类型比较多样,是具有广泛吸引力的诗人之一。冯至研究主要是在新时期以后开始的,虽然开始研究的时间较晚,但成果却较为丰硕。陆耀东的《论冯至的诗》⑥、陈雷的《梦和青春,生活的倒影——论冯至早期诗歌的艺术个性》⑦、周棉的《论冯至的〈十四行集〉》⑧、陶镕的《论冯至

---

① 常文昌:《艾青与波德莱尔》,《中国现代文学研究丛刊》1992 年第 4 期。

② 何清:《城市经验的"影响"向度——也说艾青诗歌创作中的外来因素》,《中国比较文学》2008 年第 3 期。

③ 龙泉明:《艾青四十年代诗歌创作论》,《文学评论》1998 年第 5 期。

④ 陈卫、陈茜:《神与光——论艾青诗歌及文学史形象》,《文学评论》2009 年第 6 期。

⑤ 汪亚明:《论艾青诗的宗教意识》,《中国现代文学研究丛刊》1996 年第 4 期。

⑥ 陆耀东:《论冯至的诗》,《中国现代文学研究丛刊》1982 年第 1 期。

⑦ 陈雷:《梦和青春,生活的倒影——论冯至早期诗歌的艺术个性》,《中国现代文学研究丛刊》1987 年第 2 期。

⑧ 周棉:《论冯至的〈十四行集〉》,《河北师范大学学报》1983 年第 2 期。

的〈十四行集〉》①等论文是 80 年代比较有代表性的成果。这些文章涉及冯至前期的抒情诗和后期的哲理诗,研究者对冯至不同时期诗歌的思想倾向、艺术风格、表现手法进行了艺术的、心理的、社会的等不同角度的分析,基本把握了冯至诗歌创作的风格特点。90 年代以来,除了袁可嘉的《一部动人的四重奏——冯至诗风流变的轨迹》②、冯金红的《体验的艺术——论冯至四十年代创作》③ 等论文沿着 80 年代开创的研究方向继续探索以外,冯至研究一方面转向了对其诗歌的哲学精神和审美心理的把握。孙玉石的《中国现代诗国里的哲人——论二十年代冯至诗作哲理性的构成》④、方李珍的《对存在的关怀:从生命忧患到生命超越——论冯至 20 年代与 40 年代的诗歌创作》⑤、肖百容的《于瞬间寻觅永恒——论冯至诗歌的时间观》⑥ 等论文将研究的重点放在分析冯至诗歌的哲理性上。孙玉石认为,冯至是"诗国里的哲人",只有从"哲理的窗口"入手,才能进入诗人的心灵世界,并进而发现其审美追求。在分析冯至诗作的基础上,孙玉石发现,由于"不断地思索世界和人生的同时也不断地审视内在的灵魂",最终形成了冯至"作为一个'自己的'诗人的精神品格"。另一方面,冯至研究转向了对其与中外文学及哲学关系的探讨。冯至与存在主义、冯至与里尔克等成为冯至研究的热点,其中最有代表性的论文是解志熙的《生命的沉思与存在的决断——论冯至的创作与存在主义的关系》。该文在存在主义哲学的理论背景下,梳理了冯至与存在主义发生关系的始末,分析了存在主义哲学在冯至创作中的表现。作者认为,创作《北游及其他》时,诗人对存在主义有了初步自觉,30 年

---

① 陶镕:《论冯至的〈十四行集〉》,《中国现代文学研究丛刊》1990 年第 1 期。
② 袁可嘉:《一部动人的四重奏——冯至诗风流变的轨迹》,《文学评论》1991 年第 4 期。
③ 冯金红:《体验的艺术——论冯至四十年代创作》,《中国现代文学研究丛刊》1999 年第 3 期。
④ 孙玉石:《中国现代诗国里的哲人——论二十年代冯至诗作哲理性的构成》,《北京大学学报》1994 年第 4 期。
⑤ 方李珍:《对存在的关怀:从生命忧患到生命超越——论冯至 20 年代与 40 年代的诗歌创作》,《诗探索》1997 年第 4 期。
⑥ 肖百容:《于瞬间寻觅永恒——论冯至诗歌的时间观》,《海南师范学院学报》2006 年第 3 期。

代冯至在德国留学时接受了存在主义思想,"强调生命自觉的死亡观"和"沉思的孤独"是《十四行集》体现出来的存在主义主题。① 哈迎飞的《现代中的传统——论冯至与佛教文化之关系》②、杨志的《冯至与杜甫诗歌的时空体验比较》③ 等论文则主要是着眼于探讨冯至与中国文化的关系。叙事诗是冯至"五四"时期的重要创作类型,但是研究成果较少。吴武渊的《真爱的投影与人欲的自然——论冯至20年代的叙事诗》④、王荣的《沉钟之声:将真和美歌唱给寂寞的人们——论冯至早期叙事诗创作》⑤、董琼的《诗意世界里的青春独白——评冯至早期的叙事诗》⑥ 等论文分析了冯至叙事诗复杂的哲理意蕴、青春期独有的生命体验,以及诗人在理想与现实的失落、精神憧憬与人生现实的错位情形下对命运和人生的深刻反思。也有研究者通过冯至的创作活动与同时代诗人和社团之间的交流,探讨了冯至的意义和价值。孙玉石的论文《冯至:通向新现代主义的艺术桥梁》⑦ 肯定了《十四行集》的艺术探索对当时的青年诗人产生的重大影响,认为冯至构架了通向40年代中国现代主义诗歌艺术创造的桥梁。解志熙的《精深的冯至与博大的艾青:中国现代诗两大家叙论》⑧ 平行对比了两位诗人的诗歌活动,分析了冯至诗歌的"青春的抒情"和"存在的体验"与艾青诗歌的"独立的自我"和"开放的艺术"的内涵。

穆旦是"九叶诗派"的代表诗人,他的诗歌因充满了"丰富的痛苦"

---

① 解志熙:《生命的沉思与存在的决断——论冯至的创作与存在主义的关系》,《外国文学评论》1990年第3、4期。

② 哈迎飞:《现代中的传统——论冯至与佛教文化之关系》,《贵州社会科学》1999年第6期。

③ 杨志:《冯至与杜甫诗歌的时空体验比较》,《中国现代文学研究丛刊》2006年第5期。

④ 吴武渊:《真爱的投影与人欲的自然——论冯至20年代的叙事诗》,《陕西教育学院学报》2001年第1期。

⑤ 王荣:《沉钟之声:将真和美歌唱给寂寞的人们——论冯至早期叙事诗创作》,《怀化师专学报》2001年第1期。

⑥ 董琼:《诗意世界里的青春独白——评冯至早期的叙事诗》,《中州大学学报》2005年第2期。

⑦ 孙玉石:《冯至:通向新现代主义的艺术桥梁》,《吉林师范学院学报》1998年第4期。

⑧ 解志熙:《精深的冯至与博大的艾青:中国现代诗两大家叙论》,《清华大学学报》2005年第4期。

而吸引了众多的研究者，然而能够真正理解诗人的研究者并不多见。穆旦研究基本是在80年代开始的，当时的研究成果大多收集在1987年出版的《一个民族已经起来》一书里。真正有价值的研究成果主要出现在90年代以后，1997年出版的《丰富和丰富的痛苦》收入了90年代的一些研究成果。由于穆旦自身思想的深刻性和精神的矛盾性，致使穆旦研究也显得异常复杂，甚至出现了观点完全对立的情形。到目前为止，穆旦研究呈现出了以下三个研究重点。一是对穆旦重要诗作的文本解读。其中阐释得最多的是《诗八首》《赞美》等诗作。孙玉石的《解读穆旦的〈诗八首〉》[1]、王毅的《细读穆旦的〈诗八首〉》[2]都从"爱情诗"的角度对此诗进行过详细分析，代表了穆旦诗歌作品解读的最高水平。易彬的论文《赞美：在命运和历史的慨叹中——论穆旦写作（1938—1941）的一个侧面》[3]主要通过对《赞美》的解析，揭示了穆旦在抗战初期内心涌动着的对于"'新生的中国'的强炽希望"。二是对以主体精神为中心的穆旦诗歌的主题分析，这是穆旦研究中成果最多的一个方面。有代表性的论文有张同道的《带电的肉体与搏斗的灵魂——论穆旦》[4]、李方的《试析穆旦诗中的"自己"》[5]、王毅的《围困与突围：关于穆旦诗歌的文化阐释》[6]、李荣明的《论穆旦诗歌中的"异化"主题》[7]等。其中李方的论文分析了穆旦诗歌中的"自我"抒情主体的独特性。作者认为，穆旦诗歌中的"自我"是人格分裂的，充满了内省自剖的精神特征，负载着"丰富的痛苦"而最终"超越了自己"。三是对穆旦诗歌现代性内涵的揭示。李怡的《论穆旦与中国新诗的现代特征》[8]、孙玉石的《走近一个永

---

[1] 孙玉石：《解读穆旦的〈诗八首〉》，《诗探索》1996年第4期。
[2] 王毅：《细读穆旦的〈诗八首〉》，《名作欣赏》1998年第2期。
[3] 易彬：《赞美：在命运和历史的慨叹中——论穆旦写作（1938—1941）的一个侧面》，《中国现代文学研究丛刊》2006年第5期。
[4] 张同道：《带电的肉体与搏斗的灵魂——论穆旦》，《诗探索》1996年第4期。
[5] 李方：《试析穆旦诗中的"自己"》，《江西社会科学》1996年第6期。
[6] 王毅：《围困与突围：关于穆旦诗歌的文化阐释》，《文艺研究》1998年第3期。
[7] 李荣明：《论穆旦诗歌中的"异化"主题》，《中国现代文学研究丛刊》2001年第3期。
[8] 李怡：《论穆旦与中国新诗的现代特征》，《文学评论》1997年第5期。

远走不尽的世界——关于穆旦诗现代性的一些思考》①、杨春时的《战争风暴中灵魂的呻吟——穆旦诗歌的现代主义倾向》② 等论文虽然都探讨穆旦诗歌的现代性特征，但由于切入角度的不同，他们得出的结论并不完全一致。李怡认为，穆旦的诗歌通过对"晦涩""白话""口语""散文化"新诗规范的自觉艺术选择，实践了"五四"一代诗人所建构的"现代特征"的理想。孙玉石认为，穆旦诗歌的现代性在精神上是知识分子基于现实斗争和苦难生活而产生的"冷静的智性与超人的觉醒"，而不是哲学玄思的抽象意义上自我精神的折磨与痛苦；在形式上是深入于民族文学传统而又是传统文学的感觉与传达方式最深刻的叛逆者。杨春时认为，穆旦的诗歌是"现代主义—个体体验—生存的意义—痛苦的拷问"的综合，对战争的否定、对大写的我的否定、对现实的否定以及对生命终极意义的追求是其创作的现代主义基本内涵。

臧克家是中国现代文学史上享有盛誉的诗人，他自1933年自印出版第一部诗集《烙印》起，共出版了近三十部诗集。新中国成立前，闻一多、茅盾对他的诗歌给予了很高的评价。新中国成立后，臧克家一直在文学史写作中占有重要地位，但真正具有开拓性的臧克家诗歌研究到新时期以后才真正开始，研究者从不同的角度展开了对臧克家诗歌的分析。首先，研究者肯定了臧克家在诗歌史上的意义，分析了他对当下诗歌创作的启示。吕进在《臧克家：新诗文体建设的重镇》③ 一文中指出，"从文体角度望去，臧克家是中国新诗文体建设的重镇"。丁尔纲在《臧克家的文学史意义》④ 一文中，肯定了臧克家在中国现代文学史上的地位，认为臧克家承前启后，是中国特色新诗的新起点的奠基者和开路人。吴开晋在《臧克家的新诗创作对当代诗坛的启示》⑤ 一文中指出，臧克家新诗创作

---

① 孙玉石：《走近一个永远走不尽的世界——关于穆旦诗现代性的一些思考》，《天津社会科学》2006年第3期。
② 杨春时：《战争风暴中灵魂的呻吟——穆旦诗歌的现代主义倾向》，《吉首大学学报》2008年第5期。
③ 吕进：《臧克家：新诗文体建设的重镇》，《文学评论》1995年第1期。
④ 丁尔纲：《臧克家的文学史意义》，《文史哲》2005年第5期。
⑤ 吴开晋：《臧克家的新诗创作对当代诗坛的启示》，《山东大学学报》2005年第5期。

的现实主义精神、以情为主的创作主旨、广泛吸收中外优秀文化等特征对当今诗坛有深刻启示意义。其次，研究者侧重分析臧克家诗歌的诗学特征及其现实主义风格。龙泉明认为，臧克家以客观生活、主观情感、形式范畴三要素为框架来建构其诗歌美学系统。① 李志艳指出，臧克家遵循的生活诗学理论，蕴含着诗人对生活本真、作家与生活之间的关系、生活与诗歌之间艺术关系的体验与理解。② 臧克家诗歌的美学特征尤为研究者关注，吕家乡的《语象美——绘画美——流动美》③、金乐故的《论臧克家的诗美》④、李继曾的《臧克家诗歌创作的意境美》⑤ 等论文都属此列。再次，研究者关注臧克家诗歌的艺术渊源，并将他与其他诗人进行比较研究。李庆立认为，臧克家主要继承的是我国文学艺术的优秀传统，他的风格富有民族特色。⑥ 常文昌将臧克家和艾青加以比较，认为臧克家与艾青分别代表了中国新诗的两种走向，尽管他们在艺术渊源、美学特征、题材选择上具有共同之处，但也有明显差异。⑦ 姚家育以《烙印》为例，论及了臧克家对闻一多新格律诗的接受问题，并指出，臧克家对闻一多现代格律诗的接受最早体现在诗集《烙印》的格律化追求中，但诗人在追求新诗民族性的同时，也疏离了新诗区别于古典诗歌的审美现代性。⑧ 最后，很多研究者也关注臧克家诗歌的发展道路等问题。比如，章亚昕认为，臧克家始终自觉追随着社会思潮，并且有针对性地选择了相应的诗歌文体：臧克家早期抒情短章带有新格律体的艺术韵味，而抗战初期的长篇叙事诗

---

① 龙泉明：《论臧克家诗歌美学系统》，《中国现代文学研究丛刊》1989 年第 3 期。
② 李志艳：《臧克家的生活诗学及其诗歌创作》，《北方论丛》2010 年第 5 期。
③ 吕家乡：《语象美——绘画美——流动美》，《中国现代文学研究丛刊》1984 年第 4 期。
④ 金乐故：《论臧克家的诗美》，《诗刊》1985 年第 11 期。
⑤ 李继曾：《臧克家诗歌创作的意境美》，《聊城师范学院学报》1985 年第 3 期。
⑥ 李庆立：《"通到诗国的堂奥"之路——谈臧克家的艺术探索》，《诗探索》1982 年第 3 期。
⑦ 常文昌：《中国新诗的两种走向——臧克家艾青比较论》，《中国石油大学学报》2010 年第 4 期。
⑧ 姚家育：《臧克家对闻一多现代格律诗的接受与偏差——以诗集〈烙印〉为例》，《求索》2006 年第 2 期。

和抗战后期的政治讽刺诗更强化了写实的趋向。①

新世纪以来的诗歌研究成果众多,学术视野宽广,问题意识突出。既有伴随纪念新诗诞生百年开展的一系列总体性学术反思。谢冕的专著《中国新诗史略》放弃了传统学术著作的理性分析,而是以感性的诗化语言,将诗歌创作和诗学理论结合在一起,描绘了中国新诗从 1891 年到 2010 年的发展历程,梳理了中国诗歌百年发展的脉络,厘清了诗歌在中国文学格局中的重要地位。② 沈奇的论文《从"别立新宗"到"百年和解"——新诗百年反思兼谈汉语诗歌之"大传统"与"小传统"》在梳理新世纪前后新诗学者基本观点的基础上,从文字、语言、体统、道统、历史性等多种维度反思新诗百年得失,提出新诗"在汉语古典诗歌'大传统'与汉语新诗'小传统'之间,实现古今'通和'以重构传统"的路向。③ 陈众议的论文《百年新诗:一"独"二"悖"三"惑"》以古典诗歌为参照系,反思了新诗百年发展的三个问题:形式、诗意与规范。④

也有以新诗发展过程中的某一方面的问题为中心开展的专题研究。方长安的专著《中国新诗(1917—1949)接受史研究》运用接受美学的理论和方法考察中国新诗(1917—1949)的接受史。该作既梳理了新诗接受史的外在形态,又揭示了其内在嬗变逻辑与根源,也挖掘了读者阅读接受与新诗创作、诗学建构的关系,从读者接受角度深化了对新诗情感空间、审美形式生成发展的认识,发现了读者接受对新诗"经典"生成所起的作用,展现了新诗"经典"塑造的历史。⑤ 刘涛的专著《百年汉诗形式的理论探求——20 世纪格律诗学研究》以丰富的史料对现代格律诗学的一些核心概念作了详细的阐释,并梳理了百年新诗格律诗学的发生和演

---

① 章亚昕:《臧克家现象:中国新诗的"文体陷阱"》,《文艺争鸣》2007 年第 4 期。
② 谢冕:《中国新诗史略》,北京大学出版社 2018 年版。
③ 沈奇:《从"别立新宗"到"百年和解"——新诗百年反思兼谈汉语诗歌之"大传统"与"小传统"》,《北方论丛》2019 年第 1 期。
④ 陈众议:《百年新诗:一"独"二"悖"三"惑"》,《福建论坛》(人文社会科学版)2017 年第 7 期。
⑤ 方长安:《中国新诗(1917—1949)接受史研究》,中国社会科学出版社 2017 年版。

变轨迹。① 王泽龙、高健的论文《对称与五四时期新诗形式变革》以"对称"为切入点,论析了"五四"时期新诗变革中的对称形式的现代转变现象。正是由于对称形式的变革使新诗初步完成了从以整齐一律为主导的旧体诗形式,到自由多元的现代诗体形式的变革。作者认为,"新诗的对称主要体现在诗形建构、节奏安排以及诗意构筑等方面,多样自由的对称形式为新诗的诗形建构提供了多样化途径,以对称形式安排的音节和韵,为新诗节奏的试验提供了技术支持,多元化的对称推动了新诗诗意建构的复杂化"②。熊辉的论文《外国诗歌形式的误译与中国现代新诗形式的建构》从诗歌翻译中的"误译"现象出发分析中国现代新诗形式的建构问题。作者认为,"外国诗歌形式的误译与中国新诗形式的建构之间互为因果关系,二者相互之间会产生积极的触动作用,但与此同时,前者对后者也会带来消极影响。如何处理好诗歌翻译过程中的形式问题,不仅关涉译诗的质量和形式艺术,也关涉中国新诗形式的建设与发展"③。张松建的专著《现代诗的再出发——中国四十年代现代主义诗潮新探》《抒情主义与中国现代诗学》既有史料的钩沉,也有理论阐释,对中国 40 年代的现代主义诗潮作了重新解读,作者以文学行为分析为中心,通过对物质、制度、文化、政治的考察,重构了这场诗歌运动的多重面向。④ 在新世纪以来的诗歌研究中,张松建的专著无论是在史料挖掘方面,还是学术方法的运用方面都有新的开拓。

第二节 戏剧研究

50 年代随着现代文学学科的建立,戏剧研究成为现代文学研究的一个重要组成部分。许多现代文学史的写作,都有专门的章节论述戏剧运动

---

① 刘涛:《百年汉诗形式的理论探求——20 世纪格律诗学研究》,人民出版社 2013 年版。
② 王泽龙、高健:《对称与五四时期新诗形式变革》,《中国社会科学》2017 年第 6 期。
③ 熊辉:《外国诗歌形式的误译与中国现代新诗形式的建构》,《中国现代文学研究丛刊》2018 年第 6 期。
④ 张松建:《现代诗的再出发——中国四十年代现代主义诗潮新探》,北京大学出版社 2009 年版;《抒情主义与中国现代诗学》,北京大学出版社 2012 年版。

和戏剧创作状况。与此同时，开始出现戏剧史的研究。对重要的剧作家如曹禺、郭沫若、田汉等的研究也取得了很大进展。新时期以来，现代戏剧研究进入一个新的阶段，一方面对作家作品的研究越来越深入和丰富，另一方面，随着现代文学研究范式的变化和新方法的运用，现代戏剧研究日益多元化。

一

新中国成立之后，现代戏剧史写作得到了许多研究者的重视。50 年代初，著名戏剧理论家张庚就开始了《中国话剧运动史初稿》[①] 的撰写，并在《戏剧报》上发表了该书的第一、二章。张庚的戏剧史研究，资料丰富，是 1949 年以后具有开创性意义的作品，不仅对中国早期的戏剧运动作了翔实的论述，对话剧运动的重要人物的活动和思想也作了一定的记述。1954 年掀起了对《红楼梦》研究中胡适派的批判，1955 年戏剧界也提出要彻底清除胡适的反动理论，张庚因为对胡适的评价而受到批评。张庚的戏剧史研究虽然中途夭折了，但在史料的搜集及现代戏剧史观的形成方面至今仍具意义。以 1957 年纪念话剧运动 50 周年为契机，戏剧史的研究又受到重视。1958 年，中央戏剧学院和上海戏剧学院为满足教学需要而合编了《中国话剧史》，描述了五十年来的话剧运动及创作发展的状况。该书由于受政治化批评的影响，突出了革命戏剧运动的地位。该书虽未出版，但在话剧历史的梳理方面，也有一定价值。

除了戏剧史的编写以外，还有一些文章也论述了话剧运动的历史，如田汉的《中国话剧艺术发展的径路和展望》[②]、张庚的《半个世纪的战斗经历——中国话剧运动史的一个轮廓》[③]、赵铭彝的《话剧运动三十年概况（1907—1933）》[④] 和《通俗话剧运动的来历及其艺术特点》[⑤]、夏衍的

---

① 张庚：《中国话剧运动史初稿》，《戏剧报》1954 年第 1、2、3、4、5、7、9 期。
② 田汉：《中国话剧艺术发展的径路和展望》，《戏剧论丛》1957 年第 8 期。
③ 张庚：《半个世纪的战斗经历——中国话剧运动史的一个轮廓》，《戏剧论丛》1957 年第 8 期。
④ 赵铭彝：《话剧运动三十年概况（1907—1933）》，《戏剧论丛》1957 年第 8 期。
⑤ 赵铭彝：《通俗话剧运动的来历及其艺术特点》，《文艺报》1957 年第 6 期。

《中国话剧运动的历史和党的领导》①、马前的《谈通俗话剧的传统》②、马彦祥的《通俗话剧和话剧》③、东方亮的《关于话剧运动五十周年》④等。这些文章都是概论性的，所论多强调革命话剧运动的主流地位，突出党对戏剧运动的领导。这一阶段，话剧运动史料搜集整理也取得了一定成果。1957年至1963年，中国戏剧出版社出版了三集《中国话剧运动五十年史料集》。

新时期以来，戏剧史的研究取得了很大的成绩，话剧史的著作有阎折梧编、赵铭彝校订的《中国现代话剧教育史稿》⑤、陈白尘、董健主编的《中国现代戏剧史稿》⑥、黄会林的《中国现代话剧文学史略》⑦，葛一虹主编的《中国话剧通史》⑧、柏彬的《中国话剧史稿》⑨、田本相的《中国现代比较戏剧史》⑩、王卫国、宋宝珍、张耀杰的《中国话剧史》⑪、田本相主编的《中国话剧》⑫、郭富民的《插图中国话剧史》⑬ 等。以上已出版的著作中，影响最大、在中国话剧史编写上具有重要意义的是陈白尘、董健主编的《中国现代戏剧史稿》、葛一虹主编的《中国话剧通史》和田本相的《中国现代比较戏剧史》。《史稿》详尽地叙述了中国现代戏剧发生、发展的历史，在介绍戏剧运动和进行理论概括的同时，突出了戏剧作家作品的介绍和评价，专章论述了田汉、曹禺和夏衍三位中国现代话剧史上的杰出人物，对他们的戏剧活动、代表剧作、思想内容和艺术特色等都

---

① 夏衍：《中国话剧运动的历史和党的领导》，《戏剧报》1957年第20期。
② 马前：《谈通俗话剧的传统》，《文艺月报》1957年第2期。
③ 马彦祥：《通俗话剧和话剧》，《人民日报》1957年6月28日。
④ 东方亮：《关于话剧运动五十周年》，《北京日报》1957年11月26日。
⑤ 阎折梧编，赵铭彝校订：《中国现代话剧教育史稿》，华东师范大学出版社1986年版。
⑥ 陈白尘、董健主编：《中国现代戏剧史稿》，中国戏剧出版社1989年版。
⑦ 黄会林：《中国现代话剧文学史略》，安徽教育出版社1990年版。
⑧ 葛一虹主编：《中国话剧通史》，文化艺术出版社1990年版。
⑨ 柏彬：《中国话剧史稿》，上海翻译出版公司1991年版。
⑩ 田本相：《中国现代比较戏剧史》，文化艺术出版社1993年版。
⑪ 王卫国、宋宝珍、张耀杰：《中国话剧史》，文化艺术出版社1998年版。
⑫ 田本相主编：《中国话剧》，文化艺术出版社1999年版。
⑬ 郭富民：《插图中国话剧史》，济南出版社2003年版。

作了介绍和评价。黄修己指出，《史稿》"无论是对戏剧运动，或对作家作品的分析，都贯穿了一分为二的原则。好处说好，坏处说坏，这精神到了 80 年代，已经普遍为新文学研究者们所重视并加运用了。戏剧史中总的说来是做得好的"①。《通史》，名为"通史"，实际只写到 1966 年"文革"前。该著淡化了对话剧作家作品的评介，侧重于介绍话剧运动，以剧团、剧社及话剧演出活动为主，翔实完整地描述了中国现代话剧运动的发展历史。《比较戏剧史》从话剧这一"舶来品"接受外国影响的角度，阐述中国现代话剧发展的历史，介绍了外国戏剧运动、戏剧流派对中国话剧的影响，并详细地介绍了易卜生、王尔德、奥尼尔、莎士比亚、契诃夫、果戈理等外国戏剧家在中国的影响。朱伟华在《中国话剧文体研究的反思与前瞻》一文中指出，"这三部史著立意不同，分别对中国话剧的文学史、运动史、外来影响史三方面进行考察，使 20 世纪现代话剧史形成三足鼎立的学术格局，代表着本世纪话剧史著编撰的最高和整体成就"②。除了以上的著作之外，还有许多话剧历史研究的论文，此处不再赘述。

现代戏剧思潮与理论研究，在新时期以后才展开，除了对剧作家的戏剧观与戏剧理论的研究之外，出现了一些从整体上论述中国现代戏剧思潮与理论的著作，如孙庆升的《中国现代戏剧思潮史》③、胡星亮的《二十世纪中国戏剧思潮》④、焦尚志的《中国现代戏剧美学思想发展史》⑤、庄浩然的《现代戏剧理论与实践》⑥、宋宝珍的《残破的戏剧翅膀——中国戏剧理论批评史稿》⑦ 等。孙著是新时期以来具有开拓性意义的著作之一，主要从思潮流派的角度阐述了现代戏剧的发展，重点论述了现实主

---

① 黄修己：《中国新文学史编纂史》，北京大学出版社 1995 年版，第 326 页。
② 朱伟华：《中国话剧文体研究的反思与前瞻》，《社会科学辑刊》2001 年第 1 期。
③ 孙庆升：《中国现代戏剧思潮史》，北京大学出版社 1995 年版。
④ 胡星亮：《二十世纪中国戏剧思潮》，江苏文艺出版社 1995 年版。
⑤ 焦尚志：《中国现代戏剧美学思想发展史》，东方出版社 1995 年版。
⑥ 庄浩然：《现代戏剧理论与实践》，福建教育出版社 1997 年版。
⑦ 宋宝珍：《残破的戏剧翅膀——中国戏剧理论批评史稿》，北京广播学院出版社 2002 年版。

义、浪漫主义、现代主义三大戏剧思潮在中国的译介、传播、流变，并相应地分析了受到某一思潮影响的作家的创作。胡著把话剧、戏曲和歌剧一起纳入研究的范围，扩展了对中国戏剧思潮的观察面，它不但重视戏剧思潮的类型和历史演变，而且将研究重点放在对中国戏剧的现代化和民族化的理论思考，因此带有史论的特色。焦著主要从美学的层面上对中国现代戏剧史作一番全新的思考与探讨。作者认为，中国现代戏剧及其美学思想虽然是以现实主义为主体的，但同时又是写实、写意与表现等多元美学因素构成的复合统一体，从而凸显了中国现代戏剧及其美学思想所走的一条独特发展道路：既广采博取中外戏剧文化与美学思想，又与以写意为主的中国传统戏剧和非写实发展趋向的西方现代戏剧思潮有着质的区别。庄著是一部论文集，论述了自王国维以来的戏剧诸家，包括宋春舫、田汉、鲁迅、夏衍、丁西林、欧阳于倩、熊佛西、李健吾、杨绛、陈白尘、曹禺等人的戏剧理论观念。宋著探讨了中国现代戏剧史上有代表性的有成就的十四位批评家、理论家。作者在探讨这些理论家、批评家的过程中，都将他们纳入戏剧史的发展过程中加以考察评判，而对于那些戏剧观争论较激烈的历史时期，作者则将体系外的其他观点一并纳入讨论范围，如将"五四"戏剧论争、国剧运动论争分别融入对胡适、余上沅戏剧批评探讨的部分。在现代话剧思潮研究方面，对现实主义的影响关注最多。田本相的《论中国话剧的现实主义及其流变》①、蔺永钧的《中国话剧的现实主义》②、陈咏芹的《中国现代话剧的现实主义特征及其历史生成》③、柯汉琳的《五四时期话剧的诗化现实主义》④ 等论文从不同的角度论述了现实主义对现代戏剧的影响和历史特征。

在现代戏剧类型研究中，喜剧一直显得比较活跃。早在 30 年代，熊佛西、朱光潜、马彦祥等人就有关于喜剧的专门研究。新时期以后，喜剧

---

① 田本相：《论中国话剧的现实主义及其流变》，《文学评论》1993 年第 2 期。
② 蔺永钧：《中国话剧的现实主义》，《戏剧》2000 年第 2 期。
③ 陈咏芹：《中国现代话剧的现实主义特征及其历史生成》，《首都师范大学学报》2002 年第 1 期。
④ 柯汉琳：《五四时期话剧的诗化现实主义》，《文学评论》2007 年第 3 期。

研究更是取得了更大的成绩，代表性人物是张健。90 年代以来，他陆续出版了《中国现代喜剧观念研究》①、《三十年代喜剧文学论稿》②、《幽默行旅与讽刺之门——中国现代喜剧研究》③，对现代喜剧观念和现代喜剧文学史作了系统的论述。《喜剧观念研究》把中国现代喜剧观念的发展演变置于中国传统喜剧观念逐步走向解体的文化背景和中国现代社会变迁的时代氛围下加以考察和观照，对于中国现代喜剧观念的产生、主观派和客观派的对立及"未完成的整合"作了细致的分析和整体的勾勒，提出了颇为独到的见解。《论稿》用幽默的喜剧、讽刺的喜剧、风俗的喜剧三种类型来概括 30 年代的戏剧格局，对一些剧作家的研究也有一定深度。此外，胡星亮的《中国现代喜剧论》④ 对中国现代戏剧的发展作了简要的历史描述之后，把喜剧分为趣剧、幽默喜剧、讽刺喜剧三大流派，将它们置于时代与社会、文学与戏剧思潮的变迁中，结合具体作家作品，对各流派的美学追求与艺术上的成败得失作了系统的分析和论述。悲剧研究并不如喜剧发达，代表性的论文主要有王列耀的《"罪"意识与中国现代戏剧悲剧观》⑤、韩素玲的《论中国话剧悲剧意识的时代语境》⑥、曹晓乔的《试论现代话剧悲剧风格的开创》⑦ 等。王列耀认为，基督教文化中的"罪"意识，对中国现代戏剧悲剧观的形成产生过巨大影响。该文通过对《莎乐美》《暗嫩》《潘金莲》以及《雷雨》《原野》等几个剧本的分析，阐述了这一影响的过程，并进一步论述了中国现代戏剧中悲剧观念的新特点。韩素玲指出，中国大转型时期社会观念的颠覆与重建与西方悲剧意识的影响与渗透应是中国话剧悲剧意识形成的主要原因。悲剧意识的形成打破了中国传统戏剧的"大团圆"模式，成为中国话剧初创时期的主导艺

---

① 张健：《中国现代喜剧观念研究》，北京师范大学出版社 1994 年版。
② 张健：《三十年代喜剧文学论稿》，河南大学出版社 1995 年版。
③ 张健：《幽默行旅与讽刺之门——中国现代喜剧研究》，中国人民大学出版社 1997 年版。
④ 胡星亮：《中国现代喜剧论》，南京大学出版社 1995 年版。
⑤ 王列耀：《"罪"意识与中国现代戏剧悲剧观》，《文学评论》2001 年第 4 期。
⑥ 韩素玲：《论中国话剧悲剧意识的时代语境》，《齐鲁学刊》2007 年第 3 期。
⑦ 曹晓乔：《试论现代话剧悲剧风格的开创》，《江淮论坛》1986 年第 2 期。

术特色。曹晓乔根据陈瘦竹关于"英雄人物的悲剧""正面人物的悲剧""错误造成的悲剧"三种悲剧分类，论述了郭沫若、田汉等人对这三种悲剧在话剧开创时期的奠基作用。关于现代话剧的文体研究，黄振林的《论对话装置在早期话剧文体成型中的作用和特点》① 一文，探讨了对话和台词对话剧成型的结构意义，从微观的角度揭示了早期话剧逐渐领悟和体认话剧文体的特点，以及我国话剧文体的基本成型过程。丁罗男的长篇论文《中国话剧文体的嬗变及其文化意味》② 通过中国话剧从早期的文明新戏，到"五四"以后诞生的现代话剧，再到当代新时期话剧，期间的几次文体更替，分析了不同历史时期、不同话语体系对话剧叙述方式的影响，并阐释了文体演变的文化内涵。此外，陈咏芹的系列论文论析了中国现代话剧作家的政治思维定势对中国现代话剧文学的结构形态、人物形态、语言形态的深刻影响和制约③。

现代戏剧发展道路问题是研究者关注的一个重点。话剧在中国是"舶来品"。话剧要扎根中国生存、发展，"民族化"是必经之路。中国30年代的"戏剧大众化"探讨，40年代话剧"民族形式"的论争，以及50年代话剧舞台艺术的民族化实践，都显示出话剧走向民族化的艰难历程。对现代戏剧发展道路的研究首先集中于对民族化的探讨。胡星亮的《论中国话剧的民族化历程》④、邹红的《中国现代话剧民族化的历史进程》⑤ 等论文都详尽描述了话剧民族化的历史进程，总结了民族化的历史经验。作者一致认为，民族化要以现代化为前提，向西方学习和借鉴。学界过去关注的主要对象是话剧作家作品和戏剧思潮与理论，对现代演剧运动及舞台艺术较少涉及，系统、深入的演剧历史探寻与理论研究更是凤毛

---

① 黄振林：《论对话装置在早期话剧文体成型中的作用和特点》，《天津师范大学学报》2006年第1期。

② 丁罗男：《中国话剧文体的嬗变及其文化意味》，《戏剧艺术》1998年第1、6期。

③ 相关论文有《作家政治思维定势与话剧结构形态》（《中国现代文学研究丛刊》1996年第1期），《政治思维定势与中国现代话剧人物形态》（《江海学刊》1998年第2期），《政治思维定势与中国现代话剧语言形态》（《人文杂志》1998年第1期）等。

④ 胡星亮：《论中国话剧的民族化历程》，《文艺研究》1996年第3期。

⑤ 邹红：《中国现代话剧民族化的历史进程》，《文学评论》1999年第4期。

麟角。实际上，演剧职业化、商业化也是现代戏剧的主要特征。马俊山的《演剧职业化运动研究》① 是作者多年潜心思考、研究中国话剧发展问题的新成果。该书对中国现代演剧职业化运动的前因后果及相关问题进行了全面的梳理和深入的阐释，得出了一些非常具有启发性的结论：话剧是市民的戏剧，中国现代市民戏剧正是在演剧职业化运动中走向成熟的。从某种意义上讲，中国现代市民戏剧的成熟，正是演剧职业化运动的必然结果。演剧职业化运动也就成为中国话剧走向现代的一块里程碑。该著史料翔实、史论结合，填补了中国话剧研究的一个空白。无独有偶，葛飞的《戏剧、革命与都市漩涡——1930年代左翼剧运、剧人在上海》② 也是一部研究30年代左翼戏剧演剧史的专著。该著在"触摸历史"的基础上，解释了30年代左翼戏剧运动诸种途径的生成原因，描述了其发展历程。作者突破了剧本研究的传统研究模式，把演员的表演样式与观众的反应纳入研究视野，把观剧演戏视为一种社会行为，综合演剧史、戏剧性、戏剧文化史，揭示了"戏剧现象"的文化意义。

80年代以来，现代化、现代性等范畴在现代文学研究中的运用，也引发了关于中国现代戏剧现代性的探讨，启蒙精神作为中国现代话剧现代性的主导倾向，成为话剧研究界的共识。董健认为，唯有现代启蒙精神才是中国话剧百年时显时隐的可贵传统，也正是这一精神通过剧场演出和剧本阅读，激发了中国人的思想解放和精神提升，在促进"人的现代化"方面发挥了积极作用，从而推动了中国现代化的进程。③ 李扬也指出，尽管话剧前辈们并没有使用"现代性"这一词语，但这种"启蒙精神"正是"现代性"的题中应有之义。多年来，"启蒙精神"一度是一个充满了荣光的词汇，人们把它看作是中国走向"革命"、走向"现代化"过程中最为珍贵的精神资源。然而，90年代以后，伴随着后现代主义思潮的涌入，"启蒙精神"也曾饱受质疑，认为"启蒙"是一种宏大叙事，

---

① 马俊山：《演剧职业化运动研究》，人民文学出版社2007年版。
② 葛飞：《戏剧、革命与都市漩涡——1930年代左翼剧运、剧人在上海》，北京大学出版社2008年版。
③ 董健：《现代启蒙精神与中国话剧百年》，《文学评论》2007年第3期。

正是这种精神导致了中国现代话剧"高台教化"的弊端，在某种程度上承继了传统文学的"载道"传统，而这是21世纪文学需要"消解"的一种思想。①

话剧作为"舶来"的戏剧样式，它的发展演变同外国戏剧及其思潮、文化的关系非常紧密。因此，中外话剧的比较研究，尤其是影响研究，一直是话剧研究中的重要课题。中外戏剧比较研究从话剧诞生之初即已开始，到三四十年代，随着中国话剧逐渐成熟，戏剧研究也日益活跃与深入，但真正自觉地重视比较研究，并将这一研究推向一个划时代的新阶段的，还是新时期以来。② 比较研究中首先受到重视的是中国现代剧作家所受外国戏剧的影响问题，从研究的状况看，曹禺、郭沫若、田汉、夏衍是比较集中的对象。关于以上作家所受外国戏剧的影响研究，在作家研究的部分都有梳理，此处不再赘述。随着比较研究的不断深入，外国戏剧作家、戏剧思潮对中国现代戏剧的"影响源"的研究也开始活跃起来，外国戏剧作家的影响研究主要集中在曾对中国现代戏剧史产生过重大影响的易卜生、奥尼尔、契诃夫等剧作家，尤其是易卜生的影响研究成果较多。这方面的论文主要有温大勇的《易卜生的社会问题剧对中国早期话剧创作的影响》③、薛晓金的《"易卜生主义"及其对中国话剧的影响》④、汤逸佩的《论易卜生与中国话剧剧种观念之演变》⑤、何成洲的《试论易卜生的"社会问题剧"及其对中国话剧启蒙的影响》⑥、宋宝珍的《易卜生与百年中国话剧》⑦ 等，分别从不同的角度探讨了易卜生对中国现代戏剧的影响。温大勇从题材与主题、情节与结构、人物等方面探

---

① 李扬：《20世纪中国话剧发展中的现代性问题》，《南开学报》2007年第6期。
② 参见焦尚志《中外话剧比较研究述略》，《戏剧》1998年第2期。
③ 温大勇：《易卜生的社会问题剧对中国早期话剧创作的影响》，《中国现代文学研究丛刊》1983年第2期。
④ 薛晓金：《"易卜生主义"及其对中国话剧的影响》，《戏剧》1997年第3期。
⑤ 汤逸佩：《论易卜生与中国话剧剧种观念之演变》，《戏剧艺术》1998年第3期。
⑥ 何成洲：《试论易卜生的"社会问题剧"及其对中国话剧启蒙的影响》，《外国文学研究》1998年第1期。
⑦ 宋宝珍：《易卜生与百年中国话剧》，《中国图书评论》2007年第1期。

讨了易卜生社会问题剧对早期戏剧的影响。薛晓金针对中国话剧的实际，以胡适的《易卜生主义》和萧伯纳的《易卜生主义的精华》为切入点，从现实主义、"讨论"、个人主义三方面出发，探讨"易卜生主义"的真谛，从而研究其对中国话剧的影响。另外，值得注意的是刘海平、朱栋霖的专著《中美文化在戏剧中交流——奥尼尔与中国》①。该书运用翔实的历史资料，从中西文化交流的角度，系统地考察了这位诺贝尔文学奖获得者所受东方哲学的影响、奥尼尔对中国现代戏剧的影响和六十年来中国接受奥尼尔的文化进程。这是国内第一部研究外国剧作家与中国文化关系的专著。外国戏剧思潮与流派对中国现代戏剧的影响研究也受到很多研究者的重视，田本相的《西方现代派戏剧在中国之命运》②，葛聪敏的《"五四"话剧创作与外国文学》③、《"五四"现代派剧作与西方现代派作家的影响》④，胡志毅的《"五四"话剧与西方新浪漫主义》⑤，刘珏的《在肯定与否定的背后——关于中国现代戏剧所受西方现代主义戏剧影响的探讨》⑥，李致、孙胜存的《二十年代中国话剧与唯美主义戏剧关系再辨》⑦，黄爱华的《论西方浪漫主义思潮对中国现代话剧创作的影响》⑧，李勇强的《1930年代话剧作家与精神分析理论》⑨，袁国兴的《早期中国话剧形态与日本新派剧》⑩，解志熙的《"青春，美，恶魔，艺

---

① 刘海平、朱栋霖：《中美文化在戏剧中交流——奥尼尔与中国》，南京大学出版社1988年版。
② 田本相：《西方现代派戏剧在中国之命运》，《南京大学学报》2001年第5期。
③ 葛聪敏：《"五四"话剧创作与外国文学》，《文学评论》1987年第1期。
④ 葛聪敏：《"五四"现代派剧作与西方现代派作家的影响》，《中国现代文学研究丛刊》1986年第2期。
⑤ 胡志毅：《"五四"话剧与西方新浪漫主义》，《戏剧艺术》1987年第1期。
⑥ 刘珏：《在肯定与否定的背后——关于中国现代戏剧所受西方现代主义戏剧影响的探讨》，《文学评论》1992年第4期。
⑦ 李致、孙胜存：《二十年代中国话剧与唯美主义戏剧关系再辨》，《鲁迅研究月刊》2007年第12期。
⑧ 黄爱华：《论西方浪漫主义思潮对中国现代话剧创作的影响》，《浙江艺术职业学院学报》2004年第2期。
⑨ 李勇强：《1930年代话剧作家与精神分析理论》，《戏剧》2007年第2期。
⑩ 袁国兴：《早期中国话剧形态与日本新派剧》，《中国现代文学研究丛刊》1992年第1期。

术……"——唯美—颓废主义影响下的中国现代戏剧》① 等论文，在更为宏阔的文化背景下，全面系统地探讨了浪漫主义、现代主义、唯美主义、精神分析学以及日本的新派剧等各种国外的戏剧思潮、文化思潮对中国现代戏剧的影响。除了以上各个层面的比较研究之外，中外戏剧研究也从大量的微观研究走向宏观。重要的著作有丁罗男的《中国话剧学习借鉴外国戏剧的历史经验》② 和田本相的《中国现代比较戏剧史》③。丁著总结了借鉴外来戏剧的生吞活剥和拒斥所带来的历史教训，对话剧民族化作了一定的思考。董健的论文《论中国现代戏剧"两度西潮"的同与异》④ 认为，近百年来，中国文化经历了两次西方文化的冲击和挑战，中国戏剧也经历了"两度西潮"，这使中国戏剧冲出了原有的美学圈子，戏剧观念和艺术价值体系发生了根本变化，从而真正开始了中国戏剧现代化的历史进程。陈坚的论文《中国话剧受西方影响的文化思考》⑤ 从文化和文化变迁的角度入手，考察了中国戏剧在走过漫长的戏曲道路之后，为何突然转向接纳西方话剧的影响，以及怎样接纳它的影响。

现代戏剧与戏曲的关系研究也是研究者关注的一个重点。话剧作为从西方传入的文学样式，它的发展又和传统的戏曲有着千丝万缕的联系，话剧是在向戏曲借鉴学习的过程中逐渐民族化的。蔺海波的《话剧：在向戏曲的学习中发展自身——中国话剧发展史的启示》⑥、胡星亮的《话剧继承戏曲传统以创建民族形式——论 20 世纪 40 年代话剧"民族形式"论争》⑦ 两篇论文，都主要探讨了话剧对传统戏曲的借鉴和学习。话剧在向戏曲学习的同时，戏曲也受到了话剧的影响，开始现代化。安葵的论文

---

① 解志熙：《"青春，美，恶魔，艺术……"——唯美—颓废主义影响下的中国现代戏剧》，《中国现代文学研究丛刊》1999 年第 3 期、2000 年第 1 期。
② 丁罗男：《中国话剧学习借鉴外国戏剧的历史经验》，中国戏剧出版社 1983 年版。
③ 田本相：《中国现代比较戏剧史》，文化艺术出版社 1993 年版。
④ 董健：《论中国现代戏剧"两度西潮"的同与异》，《戏剧艺术》1994 年第 2 期。
⑤ 陈坚：《中国话剧受西方影响的文化思考》，《艺术百家》1992 年第 3 期。
⑥ 蔺海波：《话剧：在向戏曲的学习中发展自身——中国话剧发展史的启示》，《戏剧文学》1999 年第 10 期。
⑦ 胡星亮：《话剧继承戏曲传统以创建民族形式——论 20 世纪 40 年代话剧"民族形式"论争》，《戏剧》2001 年第 4 期。

《百年话剧对戏曲的影响》① 以京剧为例，论述了话剧在戏曲发展中的作用。作者认为，不仅是理论家借助话剧进一步认识到了戏曲的特点，同时，如梅兰芳等艺术家也重视向话剧学习借鉴，并且在这种学习和借鉴中获得了益处。话剧和戏曲相互影响，但两者之间的区别依然很大，在现代的戏剧历史中，基本形成了话剧和戏曲二种形式并存的格局。施旭升的《现代性的追寻与迷失——从现代中国文化语境看话剧与戏曲的价值设定》②、贾冀川的《话剧意境和传统戏曲意境的比较研究》③、王景丹的《话剧语体与话剧对戏曲的偏离》④ 等论文，都着眼于话剧—戏曲的二元结构及其区别。施旭升从20世纪中国现代文化语境分析的角度，分析了话剧与戏曲之间相反而相成的价值定位。作者认为，作为20世纪中国戏剧文化"现代/传统"二元结构的具体体现，话剧与戏曲之间，由对"现代性"的追求而表现出各自的价值定位：话剧以表现现代精神为主，戏曲则以展示古典神韵见长。贾冀川认为，尽管话剧意境和传统戏曲意境具有本质的一致性，但话剧意境和传统意境还是存在差别，主要体现为营造意境的手段不同，这种差别是由于话剧和传统戏曲的艺术追求的不同所致。王景丹指出，话剧不论是在艺术形式上还是在思想内容上都与传统戏曲具有承继关系，但是传统戏曲和现代话剧二者之间具有质的区别。话剧语体是决定话剧偏离戏曲的重要因素。话剧对戏曲的偏离主要是语言在起作用，是语言的根本变化才产生了话剧这一新的剧种。胡星亮的《中国话剧与中国戏曲》⑤ 是第一次全面、系统、深入地研究中国话剧和戏曲关系的专著。该书从戏剧审美和艺术创造等方面入手，着重考查中国话剧与戏曲的对立统一，互动互补，实际上写了一部中国话剧与戏曲的百年关系史。作者尤其对话剧民族化道路以及中国的话剧作家和导演艺术家为话剧的民族化与现代化作出的创造性的贡献，作了深入细致的论

---

① 安葵：《百年话剧对戏曲的影响》，《戏剧文学》2007年第6期。
② 施旭升：《现代性的追寻与迷失——从现代中国文化语境看话剧与戏曲的价值设定》，《戏剧》2002年第2期。
③ 贾冀川：《话剧意境和传统戏曲意境的比较研究》，《宁夏大学学报》1998年第3期。
④ 王景丹：《话剧语体与话剧对戏曲的偏离》，《社会科学辑刊》2008年第4期。
⑤ 胡星亮：《中国话剧与中国戏曲》，学林出版社2000年版。

述。该书资料翔实，立论有据，思路新颖，对中国话剧和戏曲的关系研究具有开拓性意义。

新世纪以来，现代戏剧的研究比较突出的是戏剧史、跨文化交流、戏剧语言和戏剧理论等方面。

戏剧史研究方面，除了通史性的戏剧史著作之外，一些重要的戏剧现象受到了关注，或者从新的视角观照戏剧发展的历史。如杨新宇的《复旦剧社与中国现代话剧运动》[1]、赵建新的《中国现代非主流戏剧研究》[2]、吴武洲的《多面的现代性诉求——理解20世纪上半期中国话剧的一种方式》[3]、张亚丽的《中国早期话剧现代性研究》[4]、牛鸿英的《20世纪中国现代主义戏剧史》[5]等。复旦剧社是中国现代话剧史上产生过重要影响的业余话剧团体。杨著从复旦剧社的时代坐标、演剧进程、演剧倾向、话剧史地位等角度入手，将复旦剧社放置在中国现代话剧运动的大背景下进行考察，探讨了复旦剧社与现代话剧运动之间的互动关系。赵著在中国现代戏剧史的"问题剧—左翼戏剧—抗战戏剧"主流模式之外，寻找了另外一个非主流的传统，梳理了从20世纪20年代的现代主义戏剧到20世纪30—40年代的自由知识分子的戏剧创作再到抗战时期沦陷区的商业剧传统。吴著从现代性理论论述了20世纪上半期的中国话剧，认为从晚清、"五四"、左翼到抗战时期，这四种戏剧模式各不相同又互相关联，它们在时间上的承续性与在内质上的互补构成了20世纪上半期的宏大景观。张著对19世纪末20世纪初的上海早期话剧进行研究，揭示了中国早期话剧在舞台美术中展现出的现代性特征及对中国戏剧发展的启示。牛著对20世纪中国现代主义戏剧作了梳理，力图在由剧作家作品、剧作家群体、时代文艺思潮所构成的点、线、面的系统性连接中勾勒现代主义戏剧的整体脉络和发展特色。抗战时期上海的话剧因其商业化产生繁盛的景

---

[1] 杨新宇：《复旦剧社与中国现代话剧运动》，广西师范大学出版社2004年版。
[2] 赵建新：《中国现代非主流戏剧研究》，中国戏剧出版社2012年版。
[3] 吴武洲：《多面的现代性诉求——理解20世纪上半期中国话剧的一种方式》，世界图书出版公司2013年版。
[4] 张亚丽：《中国早期话剧现代性研究》，金盾出版社2014年版。
[5] 牛鸿英：《20世纪中国现代主义戏剧史》，中国社会科学出版社2016年版。

象，也成为话剧研究的重点。胡叠的《上海孤岛话剧研究》①、邵迎建的《上海抗战时期的话剧》②、李涛的《大众文化语境下的上海职业话剧》③都是抗战时期上海话剧史的研究著作。胡著在大量历史资料搜集整理的基础上，对"孤岛"时期的话剧文本和演剧现象均作了比较深入的分析，揭示了其戏剧价值和历史地位。邵著对上海"孤岛"时期到沦陷时期的话剧作了详尽的历史描述，资料丰富。李著从大众文化的视角出发，尝试运用"城市文化"理论，阐释了抗战时期上海话剧的繁荣现象。在观点和方法上都颇有新意。

在中国现代话剧发展的历史中，总是伴随着对外国戏剧的译介，出现了大量的改译剧。在以往比较研究的基础上，刘欣的《论中国现代改译剧》④、胡斌的《中国现代戏剧跨文化改编研究》⑤、安凌的《重写与归化——英语戏剧在现代中国的改译和演出》⑥等著作都探讨了外国戏剧的译介与改编现象。刘著现代对改译这一重要的戏剧现象作了比较系统地整理和研究。胡著从中西文化在戏剧中的碰撞与交融的视角，对中国现代戏剧的跨文化改编作了深入细致的研究，探讨了中西文化彼此交融互促互进的发展历程。材料丰富，方法新颖。安著根据文本和演出资料，从现代戏剧演出史的基本语境梳理英语戏剧在现代中国的改译及其文化史、戏剧史和跨文化交流史的意义。此外，中国现代戏剧的英译和传播也受到了关注。李刚、谢燕红的《中国现代戏剧的英译传播与研究》一文，比较详尽地描述了中国现代戏剧英译的历程，评析了英译传播的特点。作者认为与小说、诗歌的海外传播相比，中国现代戏剧的传播数量有限，且主要集中于田汉、李健吾、曹禺、丁西林等经典作家作品，覆盖面较窄，但中国现代戏剧在新文学发生的第一时间向西方展示了现代中国文学的发展与成

---

① 胡叠：《上海孤岛话剧研究》，文化艺术出版社 2009 年版。
② 邵迎建：《上海抗战时期的话剧》，北京大学出版社 2012 年版。
③ 李涛：《大众文化语境下的上海职业话剧》，上海书店出版社 2011 年版。
④ 刘欣：《论中国现代改译剧》，上海书店出版社 2011 年版。
⑤ 胡斌：《中国现代戏剧跨文化改编研究》，人民出版社 2015 年版。
⑥ 安凌：《重写与归化——英语戏剧在现代中国的改译和演出》，暨南大学出版社 2015 年版。

绩，力求为西方文学建构可以对话的东方"他者"奠定了西方对中国新文学经典的认识与评价基础，并在海外汉学研究中注入了中国现代戏剧的元素。① 严慧的《〈天下〉杂志与中国现代戏剧的英译传播》主要介绍了《天下》杂志对现代戏剧的译介。② 张翠玲的《中国现代戏剧在美国的译介与传播》一文，主要考察了现代话剧在美国的翻译、出版和接受情况，并就中国现代戏剧在美国的译介的状况和特点作了评析。③

现代戏剧语言的研究也是值得注意的。陈曦的《话剧语言的滥觞与成熟》④ 从戏剧文体学的话语分析方法维度，通过对不同时期话剧语言的形式分析，在历时的基础上对戏剧语言进行共时研究，探寻不同文体形态戏剧语言呈现出的不同面貌，对话剧语言的转变进行梳理。司建国的《言辞行为转隐喻研究——基于中国现代戏剧语料库》⑤ 把语言学、文体学和戏剧分析相结合，在揭示言辞行为转隐喻在戏剧中的文体功能，拓展认知隐喻学研究的范围，完善认知隐喻学应用于戏剧研究的方法等方面都具有较大理论意义和应用价值。语料翔实、分析细致。潘超青的《语言选择与中国现代话剧文体嬗变研究》⑥ 以近现代语言运动与语言思想变革为背景，通过语言观念、语言实践及对戏剧文体嬗变的影响，探讨了语言形态转换与戏剧文体变迁的复杂关系。陈留生的《语言变革与中国现代戏剧的初期形态》一文，通过对中国现代戏剧语言最初状况的分析，探讨了语言变革的要求如何改变了中国传统戏剧的基本形态，催生了以话剧为主要形态的中国现代戏剧。⑦ 王佳琴的《语言变革与中国现代话剧的"诗化"》一文认为，由于现代文学语言的变革，现代话剧的诗

---

① 李刚、谢燕红：《中国现代戏剧的英译传播与研究》，《艺术百家》2018 年第 4 期。
② 严慧：《〈天下〉杂志与中国现代戏剧的英译传播》，《当代作家评论》2012 年第 6 期。
③ 张翠玲：《中国现代戏剧在美国的译介与传播》，《解放军外国语学院学报》2016 年第 1 期。
④ 陈曦：《话剧语言的滥觞与成熟》，团结出版社 2013 年版。
⑤ 司建国：《言辞行为转隐喻研究——基于中国现代戏剧语料库》，中山大学出版社 2017 年版。
⑥ 潘超青：《语言选择与中国现代话剧文体嬗变研究》，中国电影出版社 2018 年版。
⑦ 陈留生：《语言变革与中国现代戏剧的初期形态》，《江苏社会科学》2009 年第 4 期。

化孕生了古典诗化戏剧所没有的内涵。同时，早期诗化话剧在超越初期白话的贫乏、提升白话语言品质和戏剧的文学地位方面作出了历史贡献，但由此带来的"诗大于剧"的问题要求剧作家进一步自我否定和超越。①

戏剧理论研究一直是比较薄弱的部分，新世纪以来，许多研究者致力于戏剧理论资料的整理和研究。2000 年，河北教育出版社出版王钟陵主编的《二十世纪中国文学史文论精华·戏剧卷》。2008 年，苏州大学出版社出版季玢编的《中国现代戏剧理论经典》。2014 年，凤凰出版社出版了田本相、丁罗男、焦尚志主编的《中国现代戏剧理论批评书系》，共三十八册，系中国现代戏剧史上重要的戏剧理论批评著作的影印本。本书系的影印以曾发行过单行本的书籍为主，共计百余种，第三十八册附录部分则为编者多年来搜集的多篇评论资料的集合。《书系》收录了自 1914 年出版的《啸虹轩剧谈》始，至新中国成立前这段时间的代表性理论批评著述，集结了重要理论家、实践家的研究成果和经验总结，是中国现代戏剧理论、批评的大汇总。2014 年，人民出版社出版刘子凌编的《话剧与社会——20 世纪 30 年代中国话剧文献史料辑》。2017 年，安徽教育出版社出版董健、胡星亮主编的《20 世纪中国戏剧理论大系》。2017 年，傅谨主编《中国话剧百年典藏》由人民文学出版社出版，全套书分为剧本和理论资料两大部分，其中前十卷是剧本，后五卷是话剧理论与资料汇编。话剧理论研究方面的著作有周宁主编的《20 世纪中国戏剧理论批评史》②和沈后庆的《中国现代戏剧批评史论稿》③，周著在世纪性的"大历史""长时段"的宏观背景下，系统研究了 20 世纪中国戏剧理论，对重要理论家的理论体系与批评实践进行评析，分析他们的理论与批评中的"时代性因素"与"一般性理论"，探讨中国现代戏剧理论出现的可能性方向与问题，并对 20 世纪中国戏剧戏曲学研究作了学术史的回顾。沈著选取中国现代戏剧批评中曾引起较多争议的现象、人物以及作品，从话

---

① 王佳琴：《语言变革与中国现代话剧的"诗化"》，《中国文艺评论》2017 年第 1 期。
② 周宁主编：《20 世纪中国戏剧理论批评史》，山东教育出版社 2014 年版。
③ 沈后庆：《中国现代戏剧批评史论稿》，广西师范大学出版社 2018 年版。

剧与戏曲的关系、戏剧的理论研究、社会角度的戏剧批评、戏剧的商业化四个维度，归纳整理了中国现代产生过重大影响的戏剧批评，深入探讨了现代戏剧批评的美学背景、文化根源，以及批评背后的语境和动机。另外，值得注意的是田本相的《中国现代话剧表演艺术理论的发展轨迹（1907—1966）》一文，对中国现代的话剧表演理论的发展轨迹作了勾勒和概括，认为中国现代的表演艺术理论主要包括三个方面，一是在艺术实践的基础上，把演剧的经验提炼上升为理论；二是在借鉴外国表演艺术理论中结合中国演剧实践，形成系统的理论；三是翻译或者译述外国的表演艺术论著。①

二

和现代文学的研究进程一样，现代戏剧作家作品的研究大致以新时期开始为界，分为前后两个时期。就研究对象而言，主要集中于曹禺、郭沫若、田汉、夏衍、李健吾等人。本书在重点作家研究部分对郭沫若有专论，此处不再赘述。

曹禺作为中国现代话剧史上的大师级人物，始终是现代戏剧研究者关注的焦点，一直有"说不尽的曹禺"之叹。1949年以后的曹禺研究，主要集中在《雷雨》和《日出》的人物形象、作品主题和世界观等问题，甚至一度还引起了争论，其他方面的研究则比较薄弱。60年代初，钱谷融的《〈雷雨〉人物谈》②对周朴园和蘩漪两个人物形象作了深入细致的分析。作者认为，周朴园作为资产阶级的代表，自私、专横、凶残、虚伪是他的性格的主要特点，但在对待的侍萍态度上，也不能说一点感情也没有，以及他后来的忏悔都表明曹禺对人物阶级本质的揭示中渗透着人物个性的复杂认识。文章还指出，蘩漪不但有"雷雨"的性格，其实，她本人简直就是"雷雨"的化身，她操纵着全剧，她是整个剧本的动力。针

---

① 田本相：《中国现代话剧表演艺术理论的发展轨迹（1907—1966）》，《四川戏剧》2018年第2期。

② 钱谷融：《〈雷雨〉人物谈》，《文学评论》1962年第1期。

对钱谷融的分析，胡炳光发表了《读〈雷雨〉人物谈》①，提出了不同的看法，认为钱文由于曲解了曹禺的漏掉的"第九个角色"的论述，对蘩漪形象的认识有偏差，对《雷雨》这部剧也多有误解的地方。胡炳光认为，曹禺所说的漏掉的"第九个角色"并非是指蘩漪，这个角色显然是在冥冥之中主宰着人们命运的一种力量。同样，关于《日出》中主人公陈白露的悲剧实质问题，也有争论。陈恭敏的《什么是陈白露悲剧的实质》②一文对剧作人物和主题提出了非常深刻的意见。作者认为，把陈白露处理为一个玩世不恭、自甘堕落的女人，并以此来批判小资产阶级知识分子人生观念的颓丧和软弱，或把陈白露的死当作小市民的悲剧来揭示给观众，"那今天演出她的一段经历就变得毫无意义"。因此，"对陈白露的小资产阶级人生观的批判也只在揭示他灵魂中理想与现实、人性与奴性、尊严与屈辱、同情与麻痹……的复杂矛盾的前提下才是可能的"。随后，徐闻莺有一篇和陈恭敏商榷的文章《是鹰还是金丝鸟》③，批评陈恭敏没有站在无产阶级的立场用阶级分析的观点分析陈白露，而是用小资产阶级的温情主义和不健康的情调，孤立地片面地强调这个人物复杂的内心过程和"精神世界之谜"。最终作者认为，陈白露是一个软弱和颓废的小资产阶级知识分子的典型，生活堕落是这个社会制度造成的，但她自己也有过失，她对这个社会没有丝毫的反抗行为。以上关于两部剧作人物形象的争论不仅显示了曹禺剧作本身的丰富和复杂，对蘩漪形象的关注和对作品命运主题的探讨则显得非常可贵，从中也可看到政治化的社会批评对学术研究的影响。60年代初，对曹禺戏剧结构的艺术探讨也比较突出，代表性的论文有陈瘦竹、沈蔚德的《论〈雷雨〉和〈日出〉的艺术结构》④、沈明德的《谈谈〈雷雨〉的几个场面》⑤、文萍的《戏的结尾艺术》⑥等，都对曹禺重要剧作的情节设置和戏剧冲突安排作了细致的分析，高度评价

---

① 胡炳光：《读〈雷雨〉人物谈》，《文学评论》1962年第6期。
② 陈恭敏：《什么是陈白露悲剧的实质》，《戏剧报》1957年第5期。
③ 徐闻莺：《是鹰还是金丝鸟》，《上海戏剧》1960年第2期。
④ 陈瘦竹、沈蔚德：《论〈雷雨〉和〈日出〉的艺术结构》，《文学评论》1960年第5期。
⑤ 沈明德：《谈谈〈雷雨〉的几个场面》，《安徽文学》1962年第3期。
⑥ 文萍：《戏的结尾艺术》，《剧本》1961年第5—6期合刊。

曹禺在戏剧结构方面的艺术成就。陈瘦竹、沈蔚德总结道："从结构上说，他的剧作组织严密，场面灵活，头绪纷繁，互相穿插，前后呼应，自成对照，因而动作鲜明，气氛紧张，随处引人入胜，给人强烈印象。"此外，王正的《从巴金的〈家〉到曹禺的〈家〉》①是新中国成立后改编研究中有理论价值的收获。廖立的《谈曹禺对〈雷雨〉的修改》②梳理了曹禺对《雷雨》的几次修改，分析了作家创作思想的变化，总结了剧本修改中的经验和教训。1961年后，曹禺研究逐渐呈现出疲软状态，至1963年基本全部停顿，接着是长达15年之久的荒废。

新时期以来，曹禺研究进入了一个新阶段。随着思想解放潮流的不断推进，研究者们也逐渐从政治化的社会批评模式中解放出来，从研究对象的客观实际出发，研究方法不断多样化，开创了曹禺研究的新局面。新时期开始的曹禺研究，一个突出的特点是对代表性作品的分析和解读。田本相的《〈雷雨〉论》③、卢湘的《论〈日出〉》④、朱栋霖的《论〈北京人〉》⑤、胡润森的《〈原野〉简论》⑥等论文，分别对曹禺剧作中一些重要问题或富有争论的问题进行了论析。有些研究者开始重视曹禺研究中的薄弱方面，如胡润森主要就《原野》的第三幕论述了剧作的表现主义特点，对以往的指责作了阐释。其他的论文从人物形象、戏剧冲突、艺术特色等不同角度，对曹禺的代表作逐一进行剖析，体现了曹禺剧作研究的深化。在剧本研究的基础上，曹禺戏剧艺术成就的诸多方面也成为研究的热点，胡叔和的《略谈曹禺的戏剧艺术》⑦、陈平原的《论曹禺戏剧人物的民族性格》⑧、王世德的《论曹禺剧作中的"间色"》⑨、孙庆升的《曹禺

---

① 王正：《从巴金的〈家〉到曹禺的〈家〉》，《文学评论》1963年第3期。
② 廖立：《谈曹禺对〈雷雨〉的修改》，《郑州大学学报》1963年第1期。
③ 田本相：《〈雷雨〉论》，《戏剧艺术论丛》1979年第1期。
④ 卢湘：《论〈日出〉》，《吉林大学学报》1979年第2期。
⑤ 朱栋霖：《论〈北京人〉》，《文学评论》1980年第3期。
⑥ 胡润森：《〈原野〉简论》，《四川大学学报》1982年第2期。
⑦ 胡叔和：《略谈曹禺的戏剧艺术》，《剧本》1979年第3期。
⑧ 陈平原：《论曹禺戏剧人物的民族性格》，《中国现代文学研究丛刊》1983年第1期。
⑨ 王世德：《论曹禺剧作中的"间色"》，《中国现代文学研究丛刊》1981年第3期。

剧作的人物配置初探》①、朱栋霖的《论曹禺的悲剧艺术》②、钱谷融的《曹禺戏剧语言艺术的成就》③、田本相的《曹禺的现实主义戏剧艺术及其地位和影响》④ 等都是代表性的论文。胡文是发表较早、影响较大的一篇论文，作者从思想与形象、性格与冲突、语言与动作等层面论述了曹禺戏剧的艺术魅力，对长期以来在曹禺研究中有影响的观点进行了批判和质疑。陈平原论析了曹禺剧作人物的民族性格，认为"曹禺的功绩，在于透过历史的硝烟迷雾，发掘我们'国人的灵魂'，如果说鲁迅以一个思想家的高瞻远瞩的目光，从寻求革命动力和革命道路的立场出发，自觉地探讨国民性，那么，曹禺则是以一个正直的知识分子对人生缜密的观察和对历史细致的思考，从推动社会前进的立场出发，不自觉地探讨国民性"。王世德借用"间色"这个色彩学上的术语，联系曹禺戏剧的创作实际，分析了"中间性人物"，所谓"配角"在剧作中的作用和意义。论文角度独特，观点新颖。孙庆升总结了曹禺戏剧人物的设置和搭配方面的经验，认为曹禺的剧作在人物性格的塑造和人物关系的处理方面都呈现出多元化的状态。朱栋霖主要分析了曹禺戏剧的悲剧特征。他认为，曹禺的悲剧艺术关键在于写出悲剧人物深刻的精神痛苦，为悲剧艺术提供了典范。"曹禺的悲剧以被压迫、受压抑的不幸命运，写出一片缠绵悱恻、深刻沉挚的悲痛，激起人们深深的哀怜同情和对黑暗社会斗争的决心，引我们去认识美、追求美，憎恶丑、反对丑。在这一点上他与郭沫若的崇高、雄伟、悲壮的悲剧殊途同归。正如人的气质有阳刚与阴柔之分，悲剧艺术也有阳刚之美与阴柔之美，郭沫若悲剧体现了阳刚之美，曹禺悲剧属于阴柔之美。"钱谷融从曹禺戏剧语言的个性化、动作性、抒情性诸方面全面考察了它的美学构成和杰出成就，显示了相当大的理论容量，而且达到了全新的高度。文章认为，曹禺的戏剧语言"真正做到了

---

① 孙庆升：《曹禺剧作的人物配置初探》，《中国现代文学研究丛刊》1985 年第 3 期。
② 朱栋霖：《论曹禺的悲剧艺术》，《中国现代文学研究丛刊》1982 年第 1 期。
③ 钱谷融：《曹禺戏剧语言艺术的成就》，《社会科学战线》1979 年第 2 期。
④ 田本相：《曹禺的现实主义戏剧艺术及其地位和影响》，《海南师院学报》1992 年第 1 期。

戏剧因素与诗的因素的统一，使他的剧作得以跻于最上乘的戏剧文学之列"。田本相论述了曹禺诗化现实主义的成因、主要美学特征及其在中国现代戏剧史乃至世界近代戏剧史中的地位和影响。诗化现实主义的概括深化了曹禺现实主义创作方法的研究。以上的众多论文表明，曹禺研究突破了以往研究的僵化模式，薄弱环节也受到了很大的重视，达到了一定的广度和深度。

新时期以来，曹禺研究也逐渐从局部的作品评论走向综合研究。从1979年年初开始，陆续发表的重要论文有甘竞存的《曹禺的创作道路》①、钱谷融的《曹禺和他的剧作》②、华忱之的《论曹禺解放前的创作道路》③、孙庆升的《曹禺剧作漫评》④等论文，全面立体地对曹禺戏剧的思想和艺术成就的发展和相互联系进行了研究，无论就立论的扎实或就见解的准确而言，跟40年代吕荧的《曹禺的道路》和杨晦的《曹禺论》比较，都有很大的进步。甘竞存、钱谷融和华忱之分别论述了曹禺的思想变化对创作的影响，尽管在具体的观点上略有分歧，但他们都认为，以《雷雨》为代表的前期创作，表明曹禺的早期思想存在矛盾之处和局限性。以上三人的论述都有以往政治化社会批评的痕迹。孙庆升在大致勾勒了曹禺戏剧创作历史道路的同时，主要分析了曹禺剧作在冲突和结构、现实主义、外来影响和民族传统的影响等方面的特点。该文基本摆脱了传统批评的束缚，见解较为新颖，触及了曹禺研究中诸多重要的问题。进入新时期以来，尤其是80年代中后期，标志着曹禺研究获得重大突破的是许多研究专著的出版。重要的著作有田本相的《曹禺剧作论》⑤、辛宪锡的《曹禺的戏剧艺术》⑥、朱栋霖的《论曹禺的戏剧创作》⑦、孙庆

---

① 甘竞存：《曹禺的创作道路》，《南京师大学报》1978年第3期。
② 钱谷融：《曹禺和他的剧作》，《上海师大学报》1979年第3期。
③ 华忱之：《论曹禺解放前的创作道路》，《江西师范大学学报》1981年第1期。
④ 孙庆升：《曹禺剧作漫评》，《中国现代文学丛刊》1982年第2期。
⑤ 田本相：《曹禺剧作论》，中国戏剧出版社1981年版。
⑥ 辛宪锡：《曹禺的戏剧艺术》，上海文艺出版社1984年版。
⑦ 朱栋霖：《论曹禺的戏剧创作》，人民文学出版社1987年版。

升的《曹禺论》①、马俊山的《曹禺：历史的突进与回旋》②、潘克明的《曹禺研究五十年》③、李丛中的《曹禺创作启示录》④、钱理群的《大小舞台之间——曹禺戏剧新论》⑤⑥等。田著是国内全面系统地研究曹禺创作的第一部专著，书中对曹禺几乎所有的作品逐一进行研究，但又有所侧重，在论述中突出了艺术个性的变化、现实主义的发展和民族化、群众化风格的尝试等问题。这部书一般被视为是新时期曹禺研究的奠基之作。辛著也是一部较有影响的著作，全书分为上下两编，上编八章为剧作论，所论包括曹禺在新中国成立前后的全部剧作，大致勾勒出了曹禺的创作道路。下编七章为创作问题或创作技巧论，以戏剧冲突为基本线索，概括地分析了曹禺剧作的艺术成就。朱著把曹禺剧作放在中国话剧文学的发展史和众多中外剧作家的比较中来研究，显示了作者在视角和方法上的突破。作者重点强调了曹禺对各种风格流派作品的吸纳和融合，从而肯定了他在话剧史上的历史地位。孙著打破了以往曹禺研究中常见的剧作分析和创作道路结合的方式，把纵向的历史分析和横向的影响研究结合起来，对曹禺的戏剧观念和戏剧创作作了综合研究，是曹禺研究领域的一部力作。马著在总结曹禺研究的基础上，突破了过去剧本研究的基本格局，系统地探讨了曹禺的历史地位、戏剧观、戏剧形态和所受影响等不同层面的问题，尤其关于"市民正剧"艺术形态的论述，揭示了曹禺剧作的艺术功能和文化内涵。潘著对曹禺研究的历史作了全面的梳理和总结。李著不仅探讨了曹禺创作的成功之路，而且论述了后期创作中存在的"滑坡现象"，分析了曹禺创作的"困惑之源"。钱著从曹禺戏剧文本的重新阐释、曹禺戏剧的接受史、曹禺戏剧的演出史三个方面，将曹禺及其作品与中国现代社会

---

① 孙庆升：《曹禺论》，北京大学出版社1986年版。
② 马俊山：《曹禺：历史的突进与回旋》，中国工人出版社1992年版。
③ 潘克明：《曹禺研究五十年》，天津教育出版社1987年版。
④ 李丛中：《曹禺创作启示录》，云南大学出版社1990年版。
⑤ 钱理群：《大小舞台之间——曹禺戏剧新论》，浙江文艺出版社1994年版。
⑥ 其他的著作有钱谷融：《〈雷雨〉人物谈》，上海文艺出版社1980年版；华忱之：《曹禺剧作艺术探索》，四川文艺出版社1988年版；柯可：《曹禺戏剧人物的美学意义》，上海文艺出版社1988年版。

的政治风云变幻有机地结合在一起，全面而深刻地论述了曹禺戏剧几十年来经历过的风风雨雨，并进而揭示了20世纪中国文学艺术界的坎坷命运和现代中国人思维方式和价值观念的历史变迁。此外，还有传记研究的著作，如田本相、张靖编的《曹禺年谱》①、田本相的《曹禺传》② 等，都体现了曹禺研究的繁荣和发展。

从80年代中期开始，随着新观念的出现和新方法的使用，曹禺研究超越了以往的社会批评模式，各种新的理论视角受到研究者重视，曹禺研究呈现出许多新的研究动向，取得了大量的成果，开创了研究的新局面。许多研究者开始重视基督教文化对曹禺剧作的影响研究。最早开始这方面研究的是宋剑华，1988年，他发表了《试论〈雷雨〉的基督教色彩》③和《曹禺早期话剧中的基督教伦理意识》④ 等论文，提出从基督教文化的角度认识曹禺的剧作，认为曹禺虽未受洗入教，亦非耶稣的忠实信徒，但他受基督教文化的影响却是极为深刻的，曹禺最早的三部剧作都笼罩着一层基督伦理意识光环。"在曹禺早期的艺术思维中，始终存在着一个以基督伦理意识为基础的艺术创作模式，即：恶→毁灭→善。在这个模式中，作者揉进了他从日常生活中所撷取的各种各样的悲剧因素，编制成一幕幕'平凡的悲剧'；而悲剧的主人公，也多披蒙上了一层浓厚的罪人色彩"，所以，"曹禺笔下的人物形象同他的创作模式一样，其文化意识远远大于政治意义"。后来，宋建华出版了专著《基督精神与曹禺戏剧》⑤，更是把这一研究推向了深入。1988年以后，许多研究者如黄健、高杰、董炳月等人纷纷转向基督教文化对曹禺影响的研究。基督教文化意识的阐释，打开了曹禺戏剧研究的新视界。

精神分析理论的运用也开拓了曹禺戏剧研究的局面。代表性的论文有周安华的《论心理分析场中的曹禺戏剧本色》⑥、邹红的《"家"的梦

---

① 田本相、张靖编：《曹禺年谱》，南开大学出版社1985年版。
② 田本相：《曹禺传》，北京十月文艺出版社1988年版。
③ 宋剑华：《试论〈雷雨〉的基督教色彩》，《中国现代文学研究丛刊》1988年第1期。
④ 宋剑华：《曹禺早期话剧中的基督教伦理意识》，《江汉论坛》1988年第11期。
⑤ 宋建华：《基督精神与曹禺戏剧》，湖南师范大学出版社2000年版。
⑥ 周安华：《论心理分析场中的曹禺戏剧本色》，《艺术百家》1987年第1期。

魇——曹禺戏剧创作心理分析》①、夏志厚的《曹禺笔下的蘩漪、白露和金子》②、宋剑华的《苦闷与自责——对于曹禺及其作品的精神分析》③等。这些论文都着眼于对曹禺戏剧中的人物进行心理分析式的诠释，并试图从心理分析的角度揭示曹禺的生活经历和情感体验与其创作之间的关系。周安华主要分析了曹禺戏剧中无意识心理的表现和作用，认为"曹禺是个杰出的艺术心理学家，他的剧作多以表现深刻而复杂的心灵冲突著称，充分体现了文学作为'人学'的艺术本质，成为描画心灵的典范"。邹红认为："对于前期的曹禺来说，'家'是一个无法挣脱的梦魇，一个外在的心狱，而冲出'家'的桎梏，则成为曹禺剧作一再重复的潜主题"，"对曹禺笔下大多数人物来说，'家'是一个永远挣脱不了的桎梏"。作者指出，"家的梦魇"的存在，实际上源于曹禺幼年由于家的压抑所造成的心理固结。夏志厚从分析曹禺擅长刻画女性形象入手，透视了曹禺个性与他作品中人物形象个性之间的内在关系，认为"正是那些聪颖而骄傲的女性，那些迷人的孤独的女性，生动地造就了剧作家曹禺的心灵"。他将曹禺与"家庭型"少爷、缺少爱意的周冲作了暗示性的对比。宋剑华则直接分析了曹禺与其作品中人物的精神对应关系。以上无论是基督教文化意识的阐释还是精神分析学理论的使用，都为曹禺研究开辟了全新的领域，也提出了许多新颖的观点，但是对宗教意识和心理分析的过分强调，正如有些研究者指出的，"一些研究者为了创新有意无意地加大了曹禺剧作本身所承载不起的文化内涵，抵销或削弱了曹禺剧作实际所具有的社会历史内涵。因此，这也就夸大了曹禺剧作的文化品格，淡化了曹禺剧作的现实品格。这与曹禺剧作的重心，不能不是一种疏离"④。

大量运用比较研究方法，也是新时期以来曹禺研究的一个突出现象。代表性的论文有王文英的《曹禺与契诃夫的剧作》⑤、刘珏的《论曹禺剧

---

① 邹红：《"家"的梦魇——曹禺戏剧创作心理分析》，《文学评论》1991年第3期。
② 夏志厚：《曹禺笔下的蘩漪、白露和金子》，《戏剧与电影》1988年第6期。
③ 宋剑华：《苦闷与自责——对于曹禺及其作品的精神分析》，《学术界》1992年第3期。
④ 龙泉明：《曹禺研究浅谈》，《戏剧之家》1996年第2期。
⑤ 王文英：《曹禺与契诃夫的剧作》，《文学评论》1983年第4期。

作和奥尼尔的戏剧艺术》①、周音的《谈〈雷雨〉对索福克勒斯和莎士比亚戏剧的借鉴》② 等。王文英认为，曹禺在戏剧创作中借鉴了契诃夫戏剧创作的优点，在分类归纳的基础上，明确指出曹禺剧作的戏剧冲突之所以趋向"含蓄深沉"，无不得益于契诃夫。刘珏揭示了曹禺钟爱奥尼尔的缘由，通过比较，突出了奥尼尔与曹禺对于各自国家的现代戏剧发展的推动作用及之于世界的意义，是关于曹禺与奥尼尔最有影响的比较研究的论文。周音从命运视角、戏剧结构及创作动机等方面入手进行比较，阐述了曹禺对索福克勒斯和莎士比亚戏剧的独特借鉴。比较研究方面突出的专著是焦尚志的《金线和衣裳——曹禺与外国戏剧》③。该书全面研究了曹禺与希腊悲剧、莎士比亚、易卜生、契诃夫、奥尼尔的关系，深化和拓展曹禺戏剧的外来渊源研究。在以上关于曹禺剧作所受外国戏剧的影响研究之外，曹禺与同时代剧作家的平行比较研究，也不容忽视。朱栋霖率先从事这方面的研究，将《雷雨》与《打出幽灵塔》、《日出》与《大饭店》、《北京人》与《三姊妹》等进行比较，取得了丰富的研究成果。曹禺与郭沫若、夏衍等剧作家的比较研究也比较常见，显示了曹禺比较研究领域里的活力。胡润森的《现代悲剧艺术对峙的双峰——曹禺和郭沫若的创作风格》④、韩日新的《三四十年代曹禺与夏衍剧作比较》⑤、柯可的《抗战时期曹禺与陈白尘剧作的美学比较》⑥ 就是其中的代表。以上这些论文通过戏剧人物、创作方法、风格、冲突安排等方面的比较，论述了戏剧家不同的艺术个性。除了以上研究的新视角之外，还有研究者从演出的角度研究曹禺的剧作。比如，孔庆东的论文《从〈雷雨〉演出史看〈雷雨〉》⑦

---

① 刘珏：《论曹禺剧作和奥尼尔的戏剧艺术》，《文学评论》1980 年第 2 期。
② 周音：《谈〈雷雨〉对索福克勒斯和莎士比亚戏剧的借鉴》，《丹东师专学报》1985 年第 1 期。
③ 焦尚志：《金线和衣裳——曹禺与外国戏剧》，中国戏剧出版社 1992 年版。
④ 胡润森：《现代悲剧艺术对峙的双峰——曹禺和郭沫若的创作风格》，《中州学刊》1987 年第 5 期。
⑤ 韩日新：《三四十年代曹禺与夏衍剧作比较》，《文学评论》1991 年第 2 期。
⑥ 柯可：《抗战时期曹禺与陈白尘剧作的美学比较》，《广东社会科学》1990 年第 2 期。
⑦ 孔庆东：《从〈雷雨〉演出史看〈雷雨〉》，《文学评论》1991 年第 1 期。

考察了《雷雨》在不同的历史时期演出时导演、演员和观众对它的不同理解、不同处理，勾勒了以导演、演员、观众为主体的《雷雨》接受史，向人们展示了《雷雨》强大的艺术生命力。曹树钧的《曹禺剧作演出史》① 是演出史研究的专著，内容细致详备，填补了中国话剧史论著作的一块空白。

田汉作为中国现代杰出的戏剧家和现代戏剧最早的奠基人之一，也是众多戏剧研究者的兴趣所在。1949年之后，对田汉现代文学阶段的戏剧创作研究相对比较少，对新中国成立以来的戏剧创作关注较多。1957年，李诃发表了田汉研究领域里的第一篇长篇论文《田汉前期的话剧创作》②，对田汉1919—1938年的作品进行了全面、深入的论述。作者简要介绍了田汉戏剧活动的历史之后，将田汉前二十年的话剧创作分为三个时期进行分析，根据作品实际指出了三个时期思想倾向和创作方法的差别。最后，李诃总结了田汉创作思想的时代性、剧作的抒情性和结构上的单纯集中等特点。1961年，陈瘦竹出版了新中国成立后田汉研究的第一部专著《论田汉的话剧创作》③。该书全面分析了田汉除《文成公主》之外所有的话剧作品，代表了这一时期田汉研究的最高成就。作者把田汉的话剧创作分为三个大的历史时期进行论述，即从《梵峨琳与蔷薇》的创作到大革命失败是前期，三十年的"转向"到1949年是中期，新中国成立后是晚期。通过对作品的细致分析，陈瘦竹概括了田汉话剧创作的四个艺术特点，即浓郁的抒情性、丰富的戏剧性、描写的生动性和形式的多样性，最后从作家的世界观、作家的生活和斗争经验及作家的思想三个方面总结了田汉话剧创作的经验。由于受到当时的批评模式的影响，作者对他早期剧作中的感伤情调持批评的态度。60年代中期开始，真正的田汉研究基本全部停顿了。

1979年，随着田汉的平反，田汉的戏剧创作和戏剧活动又重新被学术界重视。新时期以来的田汉研究集中在创作方法、民族化特征以及田汉

---

① 曹树钧：《曹禺剧作演出史》，中国戏剧出版社2006年版。
② 李诃：《田汉前期的话剧创作》，《戏剧论丛》1957年第2辑。
③ 陈瘦竹：《论田汉的话剧创作》，上海文艺出版社1961年版。

和外国戏剧的关系三个方面。关于田汉剧作的创作方法，大部分人都接受了陈瘦竹的意见，即前期（1930年以前）是浪漫主义（或曰积极的浪漫主义），中期（1930—1949年）是革命浪漫主义，后期（新中国成立后）是革命现实主义和革命浪漫主义相结合。新时期以来，随着研究的不断深入，出现了不同的看法。有些研究者倾向于用现实主义来概括田汉的创作方法，如陈白尘对田汉的主要话剧作品考察之后说："我们可以断言他是名副其实的现实主义的戏剧大师。"① 田本相在《田汉评传》中通过对田汉戏剧创作的总体考察，提出用"诗化现实主义"概括其创作方法。针对以往研究中的偏颇，刘方政在《田汉话剧创作方法的有机构成》② 一文提出，单纯地用浪漫主义或现实主义概指田汉的话剧创作很难正确地解读其作品的实质。他认为，以中国戏曲文化为本，积极吸取现代派戏剧的有益营养，执着于现实人生而发挥创作主体天性中的浪漫主义特长，在民族传统戏曲文化的基础上，现代、现实和浪漫有机结合，是田汉话剧创作方法的有机构成。田汉的剧作尽管受外国戏剧影响较大，但是他一直自觉地致力于民族化的探索，取得了很大成就。丁罗男的《论田汉对话剧民族化的贡献》③、张鹰的《论田汉话剧的民族特色》④、董健的《论田汉与中国传统戏曲的关系》⑤、胡星亮的《论田汉话剧借鉴戏曲的艺术创造》⑥ 等论文，都从不同的角度探讨了田汉为话剧的民族化所作的努力和贡献。张鹰在分析田汉话剧创作与传统戏曲的关系之后总结道："纵观田汉的艺术生涯及其他的重要作品，我们发现，具有浓郁的民族特色已成为田汉话剧创作的重要特色，随着他对中国传统戏曲的吸收、借鉴由自发走向自觉的进程，话剧民族化已成为他的美学追求。"田汉与外国戏剧的关系是新时期研究的焦点。古希腊戏剧、莎士比亚、歌德、席勒、易卜生、19世纪后期的现代派戏剧、日本作

---

① 陈白尘：《中国剧坛的骄傲》，《田汉选集》，四川文艺出版社1990年版。
② 刘方政：《田汉话剧创作方法的有机构成》，《齐鲁学刊》2004年第4期。
③ 丁罗男：《论田汉对话剧民族化的贡献》，《戏剧艺术》1984年第1期。
④ 张鹰：《论田汉话剧的民族特色》，《戏剧》1998年第3期。
⑤ 董健：《论田汉与中国传统戏曲的关系》，《剧艺百家》1985年第1期。
⑥ 胡星亮：《论田汉话剧借鉴戏曲的艺术创造》，《广西师范大学学报》2002年第2期。

家的剧作都曾对田汉产生过影响，但对田汉影响最大、对形成田汉式戏剧风格作用最直接的是新浪漫主义戏剧。董健的《田汉与现代派问题》① 一文认为，从1920年到1929年田汉的许多作品有选择、有扬弃地吸收了现代派戏剧中的美学特质和艺术手法，尽管有些作品因此蒙上了一层感伤、颓废和唯美主义的色彩，但都是为表现他所把握的反帝反封建、追求光明、改造社会的内容服务。总之，田汉研究在进入新时期以来，取得了一定的进展，专著、传记和年谱研究的成果虽时有出现②，但突出的并不多，田汉研究和田汉在戏剧史上的地位并不相称，还需进一步深入。

夏衍也是现代剧作家中较有影响的一位。50年代，在王瑶等人撰写的一系列文学史著作中，夏衍被作为三四十年代重要的剧作家而加以介绍。这一时期的夏衍研究集中在1957年《上海屋檐下》等剧重演之后，李健吾、唐弢、袁水拍等人纷纷发表了评论文章③，大多肯定该剧的价值，但也有人指出了其中的不足。对夏衍剧作作全面论述的是陈瘦竹，他在《左翼时期无产阶级革命文学》④ 中"左翼时期的戏剧"一章的第四节，专门论述了《赛金花》《秋瑾传》和《上海屋檐下》。陈瘦竹认为，前两部是优秀的国防戏剧，后一部是成熟的现实主义作品。另外，刘献彪的《夏衍和他的戏剧创作》⑤ 一文，对夏衍的思想变化、创作道路、创作的倾向、风格和问题也做了综合论述。文章认为，由于夏衍是小资产阶级的革命派，这就影响作者站在更高的位置上去揭示生活中更重大的问题。刘文显然有很强的"左"倾色彩。

进入新时期以后，夏衍研究取得了丰硕的成果。新时期的夏衍研究首先是进行拨乱反正，重新评价《赛金花》和《在上海屋檐下》。1979年，

---

① 董健：《田汉与现代派问题》，《戏剧论丛》1984年第1辑。
② 参见刘方政《田汉研究的回顾与展望》，《文学评论》2003年第3期。
③ 相关论文有李健吾的《论〈上海屋檐下〉》(《人民日报》1957年1月26日)，唐弢的《二十年旧梦话"重逢"——再度看〈上海屋檐下〉的演出》(《解放日报》1957年6月2日)，袁水拍的《看〈上海屋檐下〉的一点体会》(《北京日报》1957年2月19日) 等。
④ 陈瘦竹：《左翼时期无产阶级革命文学》，江苏人民出版社1960年版。
⑤ 刘献彪：《夏衍和他的戏剧创作》，《山东师范大学学报》1959年第3期。

柯灵的《从〈秋瑾传〉说到〈赛金花〉》①一文首先发难，肯定了《赛金花》的历史作用，明确地提出要推倒加在《赛金花》上面的诬蔑和不实之词。随后许多文章都提出要重新评价《赛金花》，在同类文章中，有代表性的是陈则光的《论历史讽喻剧〈赛金花〉》②和辛宪锡的《论〈赛金花〉》③。陈文针对这一历史悬案，客观公正地对《赛金花》的成败得失进行了全面的论述。辛文针对《赛金花》研究中一些有代表性的意见，也提出了自己的看法。两篇文章在肯定《赛金花》的成就的同时，并没有回避它的缺点。在《在上海屋檐下》的重评方面，突出的文章有王保生的《评夏衍的〈上海屋檐下〉》④和王文英的《现实主义杰作——〈上海屋檐下〉》⑤。王保生在比较《在上海屋檐下》和《日出》以及契诃夫剧作的基础上，总结了夏衍剧作的独特之处，在研究方法和论述的视野方面，都给人耳目一新的感觉。王文英认为，夏衍在剧中运用了"双重结构"形式，有明暗两重结构、正反两条线索，显得有深度、有新意。在重评的基础上，也陆续出现了一些综合研究的文章和专著，体现了夏衍研究的新进展。董立甫的《夏衍解放前的话剧创作》⑥、陈翰的《略论夏衍的话剧创作》⑦、钟德慧的《夏衍抗战剧浅析》⑧、袁良骏的《夏衍剧论》⑨等论文，一改以往单篇作品的评论模式，都致力于从总体上把握夏衍的创作。袁良骏从总体上考察夏衍的剧作，系统地探讨了夏衍戏剧创作的成就和局限，认为夏衍剧作从现实生活出发汲取灵感，形成了题材上多写知识分子和小市民生活及艺术风格上的"淡彩"等鲜明特色。研究专著有陈坚的《夏

---

① 柯灵：《从〈秋瑾传〉说到〈赛金花〉》，《人民日报》（战地增刊）1979 年第 1 期。
② 陈则光：《论历史讽喻剧〈赛金花〉》，《文学评论》1980 年第 2 期。
③ 辛宪锡：《论〈赛金花〉》，《新文学论丛》1983 年第 3 期。
④ 王保生：《评夏衍的〈上海屋檐下〉》，《中国现代文学研究丛刊》1982 年第 3 期。
⑤ 王文英：《现实主义杰作——〈上海屋檐下〉》，《文学评论丛刊》第 15 辑。
⑥ 董立甫：《夏衍解放前的话剧创作》，《上海师范大学学报》1979 年第 4 期。
⑦ 陈翰：《略论夏衍的话剧创作》，《上海师范学院学报》1980 年第 2 期。
⑧ 钟德慧：《夏衍抗战剧浅析》，《四川大学学报》1981 年第 2 期。
⑨ 袁良骏：《夏衍剧论》，《戏剧艺术论丛》1980 年第 3 辑。

衍的生活和文学道路》①、会林和绍武的《夏衍传》②、陆荣椿的《夏衍创作简论》③、王文英的《夏衍戏剧创作论》④、陈坚的《夏衍的艺术世界》⑤等。前四部研究专著基本属于以时间为经，以作品为纬的研究模式。最后一部则有所不同，作者超越了作品论的层次，自觉地将创作主体与戏剧创作视作一个统一的整体，努力从理论上完整系统地评估和透析夏衍所特有的戏剧艺术世界，着力揭示夏衍现实主义的戏剧美学特征，以及夏衍在中国现代戏剧上的历史地位。该著作是把夏衍研究推向深入的一个标志。新时期以来的夏衍研究从总体上看，比较突出的是对夏衍剧作艺术风格与美学特征的把握以及比较研究方面。唐弢的《沁人心脾的政治抒情诗》⑥、陈坚的《夏衍剧作的艺术风格》⑦、王文英的《论夏衍戏剧艺术的创新》⑧、沈敏特的《夏衍剧作的美学价值》⑨等论文，力图从整体上论析夏衍戏剧的艺术风格与美学特征。唐弢用"沁人心脾的政治抒情诗"来概括夏衍戏剧的特色。陈坚从取材于平凡的生活事件、注重内在心理活动的再现、结构的简约和谨严三个方面论析了夏衍剧作的风格。王文英从"平淡"入手，分析了夏衍剧作在戏剧冲突设置方面的特点以及审美风采，论述了夏衍剧作艺术上的创新。沈敏特主要论述了夏衍剧作的现实主义美学特征。比较研究的成果主要有黄旦的《夏衍与契诃夫的戏剧风格比较》⑩、韩日新的《三、四十年代曹禺和夏衍的剧作比较》⑪、顾晓红和黄德志的《田汉与夏衍话剧创作比较论》⑫等论文，契诃夫、曹禺是主要

---

① 陈坚：《夏衍的生活和文学道路》，浙江文艺出版社1984年版。
② 会林、绍武：《夏衍传》，中国戏剧出版社1985年版。
③ 陆荣椿：《夏衍创作简论》，重庆出版社1984年版。
④ 王文英：《夏衍戏剧创作论》，上海社会科学院出版社1987年版。
⑤ 陈坚：《夏衍的艺术世界》，中国戏剧出版社1993年版。
⑥ 唐弢：《沁人心脾的政治抒情诗》，《文艺报》1983年第7期。
⑦ 陈坚：《夏衍剧作的艺术风格》，《中国现代文学研究丛刊》1981年第2期。
⑧ 王文英：《论夏衍戏剧艺术的创新》，《文学评论》1985年第2期。
⑨ 沈敏特：《夏衍剧作的美学价值》，《安徽大学学报》1983年第3期。
⑩ 黄旦：《夏衍与契诃夫的戏剧风格比较》，《杭州大学学报》1990年第3期。
⑪ 韩日新：《三、四十年代曹禺和夏衍的剧作比较》，《文学评论》1991年第2期。
⑫ 顾晓红、黄德志：《田汉与夏衍话剧创作比较论》，《徐州教育学院学报》2002年第2期。

比较的对象。

　　李健吾在中国现代文学史上具有很重要的地位，既是著名的文学批评家，也在戏剧创作方面取得了卓越的成绩。学术界在关注他的文学批评方法和品格的同时，也展开了对他剧作的研究。较早关注李健吾戏剧创作的是司马长风。他在《中国新文学史》中卷①第二章"收获贫弱的戏剧"中设立专节，谈到了李健吾的名作《这不过是春天》，认为该剧"在技巧上没有人达到这样完美的境地，连曹禺也不行"。柯灵的论文《论李健吾的剧作》②较早对李健吾的剧作作了全面的评述。该文首先介绍了李健吾30年代的剧作，对一些主要的人物形象进行了富有深度和新意的解读，也论及了李健吾40年代的改编剧。1989年出版的《中国现代戏剧史稿》③设立专节，探讨了李健吾对于中国现代戏剧的贡献。该著虽重点分析了李健吾30年代成熟期的话剧，但也介绍了新中国成立前后李健吾的创作道路。

　　李健吾的创作在30年代之前几乎全是悲剧，但30年代之后转向以喜剧创作为主。因此，从悲剧或喜剧的角度出发，也是学术界研究李健吾剧作的一个重要切入点。汪修荣的论文《试论李健吾的悲剧艺术》④认为，李健吾以创作悲剧登上剧坛，悲剧成为他反映生活的最主要艺术形式，他的悲剧"具有一种诗的内核、诗的境界和诗的气氛"。王卫国、祁忠的论文《试论李健吾三十年代的悲剧创作》⑤主要论及李健吾30年代的五部悲剧——《梁允达》《村长之家》《这不过是春天》《黄花》《十三年》，竭力挖掘其中的"革命""进步"因素。但有些研究者更侧重于分析李健吾的喜剧。宁殿弼的论文《李健吾喜剧艺术论》⑥将李健吾的喜剧创作分为三个时期：一是抗战时期的多幕剧，二是新中国成立初期的独幕剧，三

---

① 司马长风：《中国新文学史》中卷，香港昭明出版社1976年版。
② 柯灵：《论李健吾的剧作》，《文艺报》1981年第22期。
③ 陈白尘、董健主编：《中国现代戏剧史稿》，中国戏剧出版社1989年版。
④ 汪修荣：《试论李健吾的悲剧艺术》，《山西大学学报》1988年第4期。
⑤ 王卫国、祁忠：《试论李健吾三十年代的悲剧创作》，《中国现代文学研究丛刊》1984年第1期。
⑥ 宁殿弼：《李健吾喜剧艺术论》，《辽宁师范大学学报》1986年第5期。

是粉碎"四人帮"之后的独幕剧。该文还将李健吾的喜剧特征归纳为：第一，嬉笑怒骂，戏谑不庄，妙趣横生，具有强烈的讽刺力量；第二，寓悲于喜，悲喜相生，以喜剧方式写悲剧，在喜剧形式中容纳悲剧的内容；第三，注重喜剧人物性格的刻画，塑造出栩栩如生的喜剧形象。张健的论文《试论李健吾在中国现代风俗喜剧中的地位》① 从风俗化角度，研究李健吾喜剧在中国现代风俗喜剧形成过程中的美学意义。该文介绍了中国现代风俗喜剧的形成过程，将李健吾的风俗喜剧放在中国现代世态风俗喜剧的大坐标系上加以考察，认为其具有浓郁的生活情趣、丰富的幽默感、才气盎然的机智、温和的讽刺、淡淡的忧郁和深刻的哲理。胡德才在专著《中国现代喜剧文学史》② 第十章"李健吾：世态喜剧作家"中，对李健吾的戏剧创作作了全面评述，分析了李健吾从早期悲剧转向喜剧的原因，并认为李健吾代表着中国现代世态喜剧发展的新阶段。除了从悲剧或喜剧的角度归纳李健吾喜剧的特征之外，有些研究者也整体地把握李健吾的戏剧艺术特征。比如，何春耕在论文《论李健吾戏剧的审美艺术特征》③ 中，将李健吾的艺术特征归纳为四点：一是丰富生动的性格美；二是紧凑、自然的结构美；三是悲喜交融的情调美；四是抒情氛围的诗意美。

许多研究者从"人性"的角度展开对李健吾戏剧的研究。吴品云的论文《李健吾剧作中的人性形态及其内涵》④ 认为，李健吾话剧中的人性形态表现为两种：一种是心灵的受难与反抗，另一种是心灵的冲突与挣扎。孙焕周的论文《审视灵魂剖析人生——李健吾话剧创作风格论之一》⑤ 认为，李健吾着力于表现人性中的善与恶、爱与恨、情与理之间的矛盾。也有学者分析了李健吾的戏剧观念。比如，张健在《论李健吾的

---

① 张健：《试论李健吾在中国现代风俗喜剧中的地位》，《中国现代文学研究丛刊》1992年第4期。
② 胡德才：《中国现代喜剧文学史》，武汉出版社2000年版。
③ 何春耕：《论李健吾戏剧的审美艺术特征》，《广西师范大学学报》1998年第1期。
④ 吴品云：《李健吾剧作中的人性形态及其内涵》，《福建师范大学学报》1997年第3期。
⑤ 孙焕周：《审视灵魂剖析人生——李健吾话剧创作风格论之一》，《开封大学学报》2001年第1期。

喜剧观》① 一文中指出，李健吾于 30 年代中期在"艺术幻象说"的基础上，建立起了自己的喜剧观，具有三个最基本的特征：张扬主体内在的精神性因素；以"哲学的心境"养成乐观的基调；强调豁达和宽容。这一喜剧思想的形成，为李健吾的戏剧创作带来了一系列明显而深刻的变化。

---

① 张健:《论李健吾的喜剧观》,《北方论丛》1999 年第 5 期。

参考文献

陈平原：《作为学科的文学史》，北京大学出版社2011年版。

陈思和：《巴金研究的回顾与展望》，天津教育出版社1991年版。

樊骏：《中国现代文学研究论集》（上、下册），人民文学出版社2006年版。

冯光廉、谭桂林：《中国现代文学研究概论》，南京大学出版社1995年版。

黄侯兴：《郭沫若文学研究管窥》，天津教育出版社1987年版。

黄修己：《不平坦的路——赵树理研究之研究》，天津教育出版社1990年版。

黄修己：《中国新文学史编纂史》，北京大学出版社1994年版。

黄修己、刘卫国主编：《中国现代文学研究史》（上、下册），广东人民出版社2008年版。

黄修己编：《中国现代文学研究方法论集》，首都师范大学出版社1994年版。

解志熙：《考文叙事录——中国现代文学文献校读论丛》，中华书局2009年版。

金宏宇：《现代文学的史学化研究》，长江文艺出版社2018年版。

刘勇：《现代文学研究》，北京出版社2001年版。

潘克明：《曹禺研究五十年》，天津教育出版社1987年版。

邱文治、韩银庭：《茅盾研究六十年》，天津教育出版社1990年版。

商金林：《闻一多研究述评》，天津教育出版社1990年版。

邵宁宁：《现代文学：学科历史与未来走向》，甘肃教育出版社2013年版。

唐弢：《唐弢文集》第9卷《文学评论卷》，社会科学文献出版社1995年版。

田本相、焦尚志：《田汉研究指南》，天津教育出版社1990年版。

王德威：《现当代文学新论——义理·伦理·地理》，生活·读书·新知三联书店2014年版。

王富仁：《鲁迅研究的历史与现状》，福建教育出版社2001年版。

王宏志：《历史的偶然——从香港看中国文学史》，牛津大学出版社1997年版。

王瑶：《中国现代文学史论集》，北京大学出版社1998年版。

王瑶、樊骏、赵园等：《中国现代文学研究：历史与现状》，中国社会科学出版社1989年版。

温儒敏、李宪瑜等：《中国现当代文学学科概要》，北京大学出版社2005年版。

徐瑞岳主编：《中国现代文学研究史纲》，江苏教育出版社2001年版。

阎浩岗：《中国现代小说研究概览》，河北大学出版社2008年版。

杨义：《重回鲁迅》，上海三联书店2017年版。

杨义：《重绘中国文学地图》，中国社会科学出版社2003年版。

曾广灿：《老舍研究纵览》，天津教育出版社1987年版。

曾庆瑞：《中国现代文学史学科论》，台北智燕出版社1990年版。

张恩和：《郁达夫研究综论》，天津教育出版社1989年版。

张梦阳：《中国鲁迅学通史》，广东教育出版社2000年版。

朱德发、贾振勇：《评判与建构：现代中国文学史学》，山东大学出版社2002年版。

后 记

　　当代中国的现代文学研究，已历七十年的发展，其内容之丰富，头绪之繁多，变化之曲折，一想到要为它作总结，常常有令人望而却步的感觉。十年前，我曾说，自打受杨义先生之命撰写本书，我就陷于巨大的压力之中，感觉无论如何表述，都难免有挂一漏万、以偏概全之虞。而从更早的时候，我还曾就这类的工作表达过一种"想以萤火之光探照苍穹的沮丧"。这些话现在看来不免有些夸张。现代文学研究的历史虽已不短，从事研究的学者也的确为数众多，但真正具有原创性、有学术积累价值的成果，仔细看来其实并不很多。然而要弄清这一点，所要付出的劳动和时间，对个人来说实在有点太多。即便是三人合作，要想交出一份满意的答卷仍然不易。实际勾画在这里的，恐怕只能永远是一份草图。当初想，这类工作的真正意义，不唯在展示，亦且在反思。但真正做起来，那个方面都不易措手。再加上思路的变化，底稿内容的删删调调，更使全书文气时现有欠畅达的地方；至于概括的乏力、剪裁的失当，更是在所难免。唯愿以后还有机会，再对有关问题缺欠，作出更好的补偿。

　　全书的撰述，原由我提出基本构架和一般设想，然而各人分头搜集资料，编写完成。具体分工是：邵宁宁负责撰写"引言"及第一、第二、第三、第四章；郭国昌负责撰写第五章第二节、第三节，第六章第二节，第八章，第九章第二节，第十章第一节；孙强负责撰写第五章第一节，第六章第一节，第六章第三节，第七章，第九第一节，第十章第二节。最后由我统稿完成。在前一次的编写中，张宝林也参加了部分的资料查找和订正工作。限于我们的眼界和水平，材料搜集有很多不尽如人意的地方，评述也未必尽能得当。最要感谢的，仍然是郭晓鸿女士和陈肖静女士的信任和督促，这本书之所以能再次面世，的确是和她们的努力分不开的。谨此说明。

邵宁宁

2019 年 7 月 6 日